陌生人的孩子

〔英国〕艾伦·霍林赫斯特 著
黄英利 译

The Stranger's Child

Alan Hollinghurst

译林出版社

图书在版编目(CIP)数据

陌生人的孩子/（英）霍林赫斯特（Hollinghurst, A.）著；黄英利译. —南京：译林出版社，2016.7
（文学新读馆）
书名原文：The Stranger's Child
ISBN 978-7-5447-6111-6

Ⅰ.①陌… Ⅱ.①霍… ②黄… Ⅲ.①长篇小说-英国-现代 Ⅳ.①I561.45

中国版本图书馆CIP数据核字（2016）第007266号

著作权合同登记号　图字：10-2011-598号

书　　名	陌生人的孩子
作　　者	［英国］艾伦·霍林赫斯特
译　　者	黄英利
责任编辑	王　维
原文出版	Picador, 2011
出版发行	凤凰出版传媒股份有限公司 译林出版社
出版社地址	南京市湖南路1号A楼，邮编：210009
电子邮箱	yilin@yilin.com
出版社网址	http://www.yilin.com
经　　销	凤凰出版传媒股份有限公司
印　　刷	江苏凤凰通达印刷有限公司
开　　本	880毫米×1230毫米　1/32
印　　张	16.875
插　　页	4
字　　数	395千
版　　次	2016年7月第1版　2016年7月第1次印刷
书　　号	ISBN 978-7-5447-6111-6
定　　价	58.00元

译林版图书若有印装错误可向出版社调换
（电话：025-83658316）

作者题词

非常感谢比利时文学组织“描绘”(Het Beschrijf)给我提供的机会,使我在布鲁塞尔的帕萨波塔作家公寓住了一个月,这本小说的部分章节就是在此完成的。

I M

米克·伊姆拉[①]

1956—2009

① 米克·伊姆拉（1959—2009），苏格兰诗人，被誉为英国同时代最杰出的诗人之一，作品《失落的领袖》曾获得过英国诗歌大奖“前进奖”。1992 年起进入《泰晤士报文学副刊》担任编辑。艾伦·霍林赫斯特将本书献给了他。——译注

目　录

第一章

两英亩

1

她躺在吊床里，读了一个多小时诗歌。这可不容易，她心里一直在想着乔治带塞西尔来家里的事。她时不时从吊床上滑下来，有一半原因就是因为自己心不在焉。后来她干脆蜷成一团，疲惫地把书举起来对着脸。此时白昼的光渐渐退去，诗句开始隐藏在书里，看不清了。她想看一眼塞西尔，在他见到她之前、在他被介绍给她之前、在他问她在读什么书之前，先偷偷地看看他。但他一定是没赶上火车，或者至少是错过了转车时间：她仿佛看见他在哈罗威尔德斯通站的长长月台上来回踱步，后悔到了这么个地方。五分钟后，随着夕阳下的天空在假山上空变红，让人感觉可能发生了更糟的事。她突然感到一阵庄重的兴奋之情，开始想象她收到了一封电报，大家互相传递着这一消息；想象着她自己会失去控制失声痛哭；然后看到她自己在很多年后还跟别人叙述事情的经过，尽管她还没决定电报上的内容到底是什么。

客厅的灯亮了。透过开着的窗户，她能听到母亲正在和卡尔贝克太太聊天。卡尔贝克太太是过来喝茶的，她愿意待在这里，反正她自己家里也没人。客厅里的灯光洒向小路，使花园突然显得比以往更孤寂。达夫妮从吊床上滑下来，穿上鞋，把书忘在了那里。她向房子走去。但此时此刻，有什么吸引了她，带有被她忽略了的神秘：它吸引着她走下草坪、走过假山，那里有一个鱼塘，水面映着树的倒影，显得与灰白的天空一般深沉。这是那种漫长而安静的时刻：树篱和边界都变得昏暗而朦胧，但只要凑近细看，所有的东西，如玫瑰、秋海棠、闪光的月桂树叶等，却似乎都带着神秘的灵动色彩，恢复了它们白昼时的光泽。

她听到了一声熟悉的轻响，是花园那扇已经破裂的大门碰撞底部木桩的声音；接着是一个陌生的声音，略有些尖厉，然后是乔治的笑声。他一定是带着塞西尔走了另外一条路，穿过了那个小修道院和那片小树林。达夫妮跑上假山旁半隐半现的狭窄台阶，从最上面她可以看出他们正在下面的灌木丛里。实际上她听不清楚他们在说什么，但是塞西尔的声音使她有些不安，他的声音听起来那么快那么果断，仿佛他们家的花园、房屋，甚至整个周末都将在他的掌控之中。那是一种很容易兴奋的声音，仿佛在说他才不在乎谁听到了他说的话呢，但在他的语气里，还是带有一点嘲弄、一点高傲。她转身看了一下房子，天空下是巨大的黑色屋顶和大烟囱，以及低矮屋檐下亮着灯的窗户。她在想，到了周一，在塞西尔离开后，他们又会轻易恢复到以往的生活。

树下，暮色越来越重，有趣的是，他们的小树林看起来变大了些。两个男孩还在那儿磨蹭，塞西尔显得有些不耐烦。当他们在桦树林之间慢慢走动时，他们的浅色衣服、乔治硬草帽的帽檐，都显现在黯淡的灯光下，但却看不清楚他们的脸。乔治停下了，用脚拨弄着什么东西，略高一点的塞西尔紧靠他站着，好像在和他一起分享他的发现。达夫妮小心地向他们走去，过了好一会儿她才意识到他们根本就没注意到她的存在；她站住了，有点尴尬地笑着，深呼了一口气，释放着自己的焦虑情绪。然后，她既迷惑又兴奋，开始思索她的处境。她知道，尽管她完全有能力对付乔治，但塞西尔是客人，而且他已经是大人了，不能跟他瞎闹。所以虽然有能力，她却想不出来该如何利用它。现在塞西尔的手放到了乔治的肩膀上，仿佛是在安慰他；他还在笑，不过笑声比以前小了点；他们两人的两顶帽子靠得很近，有些地方还有些重叠。她觉得塞西尔的笑声很好听，总体来说，是有一点好笑的嘶嘶声。不过，像以往一样，他们的玩笑中并没包括她。然后，塞西尔抬起头，看到了她，说道："嗨，你好啊！"仿佛他们相识已久，很高兴见到彼此。

乔治困惑了片刻，一边瞥了她一眼，一边快速扣上了外衣的扣子，说："塞西尔没赶上火车。"他声音很急促。

"是啊，显然如此。"达夫妮选择了一种冷淡的语气，以免像以前那样被他戏弄。

"接下来我自然就得去看看米德尔塞克斯郡了，"塞西尔说着走上前来，握住她的手，"我们好像把大半个郡都走遍了。"

"他领你走的是乡村小路，"达夫妮说，"到这里有两条路，一条是乡村小路，一条是城郊的大路，不过大路可能不会给你留下好印象。它直接通到斯坦莫尔山。"

乔治局促地喘了口气，不过也有一丝解脱。"好了，塞斯，你见到我妹妹了。"塞西尔的手温暖而有力，他仍紧握着她的手，让人感觉他是个直率而欢快的人。他的手很大，但不知为什么，似乎感觉不到什么；那是一只惯于握紧船桨、抓牢绳索的手，还不习惯十六岁姑娘的纤纤玉手。她闻到他身上有一股汗味和青草味，呼出的气有一种酸味。当她抽出手指时，他又捏了一两下，然后才放开。她不喜欢这样，但在随后的一分钟里，她却发现手还保留着他的手的记忆，而且还有点想再伸出去，在暗暗夜影中再次触摸它。

"我刚才在读诗，"她说，"但现在天已经太黑了，恐怕读不了了。"

"啊！"塞西尔还是快速而大声地笑着说话，那几乎是一种窃笑了；但她感觉到他看她的目光是友好的。在沉沉暮色里，他们必须靠近了凝视，才能确认彼此脸上的表情；这使他们看起来格外被对方吸引着。"哪位诗人的诗呢？"

她有丁尼生的诗，还有《格兰塔》杂志，里面登有三首塞西尔的诗作：《科里》《科里的黎明》和《科里：黄昏》。她说："噢，是阿尔弗雷德·丁尼生男爵的。"

塞西尔慢慢地点点头，似乎在找些友好生动的话说。"你觉得他现在水准还那么好吗？"

"哦，是的。"达夫妮肯定地说，然后怀疑自己是否听明白了他的问题。她的目光扫过树与树的间隙，但心中感受到了另一个阴暗的视角，类似于乔治惯用的剑桥式对话，人们说出来的话未必是他们的真实想法。那是一种文雅的调侃，你永远也无从知道为什么他们说你的答案是错的。"我们这里的人都喜欢丁尼生，"她说，"两英亩这里。"

现在塞西尔的眼睛在他的宽帽檐下看起来很顽皮。"那么我认为我们应该继续下去，"他说，"如果你们喜欢大声朗读的话，那大家都来朗读自己最喜欢的诗吧。"

"噢，好的！"达夫妮欢呼雀跃起来，虽然她除了听休伯特朗读过《泰晤士报》上那封他赞同的信之外，她就再也没有听过他读过任何东西。"你最喜欢的是什么？"她问，有一刹那她担心会听到一首她从来没有听说过的诗。

塞西尔享受着选择的权利，笑着对他们说："噢，等我读的时候你们就知道了。"

"希望不是《夏洛特夫人》①。"达夫妮说。

"我喜欢《夏洛特夫人》。"

"我是说，那是我最喜欢的一首。"达夫妮说。

乔治说："好了，过来见见我母亲吧。"张开了双臂拥住了他们。

"顺便说一下，卡尔贝克太太也在这儿。"达夫妮说。

"那咱们就试着把她撵走。"乔治说。

"那，你就试试看吧……"达夫妮说。

---

① 丁尼生《国王叙事诗》中的一首诗。

“我已经替卡尔贝克太太难过了，”塞西尔说，“不管她是谁。”

“她是一只大蟑螂，”乔治说，“去年带我母亲去了一趟德国，从那以后就再没放过她。”

“她是一个德国寡妇。”达夫妮用一种悲观的现实主义口吻说道，同情地摇着头。她发现塞西尔也伸开了双臂，然后不假思索地也张开了双臂；一瞬间，他们仿佛结成了一队带点叛逆精神的同伙。

2

当女仆在收拾茶具时，弗蕾达·索尔站起身来，穿过小桌子和几把小椅子慢慢走到开着的窗户前。几缕云彩高高地挂在天空，在假山上空发出粉红色的光芒，黄昏的第一缕灰色光线使花园显得格外安静。这是一天中让她有些不安的时刻。“那孩子还在外面，要把眼睛看坏了。”她说完，就转身回到了室内更温暖的光线中。

“如果她带着诗集的话。”克拉拉·卡尔贝克说。

“她正在研究塞西尔·瓦朗斯的诗。她说那些诗都很好，但还不能跟斯温伯恩[①]和丁尼生男爵的诗相提并论。”

“斯温伯恩……”卡尔贝克太太小心翼翼地轻声笑着。

“我读过塞西尔的诗，都是关于他自己家的房子的。不过乔治说他还有一些更有意思的诗。”

“我觉得我对塞西尔·瓦朗斯家的房子很了解。”克拉拉说，言语中透露出的那点不客气能使她最美好的评价也显出一丝挖苦的意思。

---

① 阿尔杰农·查尔斯·斯温伯恩（1837—1909），英国维多利亚时代末期的重要诗人，代表作有《冥后之园》《诗歌与民谣》。

弗蕾达踱过一小段距离，来到了房间的音乐角，站在摆放钢琴和深色留声机匣子的窗口前。自从造访了科里庄园，乔治本人就开始用批评的眼光来看待“两英亩”了。他说它用某种方式使自己变成了一个角落。这个角落有它自己的窗户，窗户被宽大的橡木梁柱支撑着。“他们来得太晚了，”弗蕾达说，“不过乔治说塞西尔这人没什么时间概念。”

克拉拉宽容地看了一眼壁炉上方的钟。

“我觉得他们有可能在附近闲逛。”

“唉，谁知道乔治跟他到底在干什么！”弗蕾达说，对自己的尖刻语调皱了皱眉。

“他有可能在哈罗威尔德斯通没赶上转车。”克拉拉说。

“很有可能。”弗蕾达说；有那么一会儿，这个地名里面收紧的元音，喉音 r 和几乎可以发成 f 的模糊音 w[①]，使她猛然觉得，它们就像是小小的象征，她朋友在向英国、向斯坦莫尔，也是向她宣告主权。她开始摆弄起小圆桌上的半圆形相框：亲爱的弗兰克，在工作室里，将手放在另一个小圆桌上；休伯特坐在划艇里；乔治骑在一匹矮马上。她把两个相框分开，把达夫妮的相片突出出来。通常她很高兴有克拉拉的陪伴，克拉拉也自然很情愿坐在这里，一坐就是几个小时。她可以算是一个朋友，一个值得同情的朋友。弗蕾达有三个孩子、有电话，还有一个在楼上的卫生间；这些东西克拉拉都没有。所以当她艰难地从潮湿的小“罗蕾莱”翻山越岭地过来找人说话时，很难拒绝她。不过，今天晚上，随着厨房里准备晚餐的紧张气氛逐步增加，她继续待在这里则显得有些不合时宜。

“看起来乔治对朋友来访感到非常高兴。”克拉拉说。

“我知道。”弗蕾达答道。她突然间又恢复了自己的耐心，重新坐下来。“当然我也很高兴。以前，他好像从来也没有什么朋友。”

“可能失去了父亲使他变得怕羞了，”克拉拉说，“他只是想跟你在一起。”

---

① 地名原文为“Harrow and Wealdstone”。

“嗯，可能你是对的。”弗蕾达说道，对克拉拉的智慧感到恼火，同时也被乔治的忠诚所打动，“但他现在显然是变了。从他走路的姿势我就能看出来。他现在经常吹口哨，通常这表明一个男人正在期待着什么……当然他热爱剑桥。他喜欢那种有理想的生活。”她认为不管是对面的小路还是大学周围的广场，都是通向理想的路径，年轻人追随着它们，顺着阶梯一级级朝上走。下面是花园和河堤，还有让人惊叹的社交自由。在那里，乔治和他的朋友们伸开双臂躺在草坪上或驰骋在平底船里。她谨慎地说：“你知道他已被选为对话社团的成员了吧。”

“是吗……”克拉拉说，不易察觉地摇了摇头。

“这事情他不愿让我们知道。但我认为这是一种人生态度。是塞西尔·瓦朗斯介绍他加入的。他们在一起讨论各自的想法。我记得乔治说他们讨论诸如‘这个炉前地毯真的存在吗？’之类的问题。”

“都是些大问题。”克拉拉说。

弗蕾达带点内疚地笑着说：“我知道成为会员是件很光彩的事情。”

“塞西尔比乔治大吧。”克拉拉问。

“我觉得大两三岁吧，但差不多已经是研究印度兵变问题的专家了。很显然他希望自己能成为大学里的研究员。”

“是他主动要求帮助乔治的吧。”

“嗯，我认为他们是很好的朋友！”

克拉拉停了一会儿。“不管什么原因，”她说，“乔治现在正像花在绽放呢。”

弗蕾达接受了朋友的想法，坚定地笑了。“我知道，”她说，“他这花总算是开了。”这一想法很美好也有些许不确定。这时，达夫妮把头贴在窗户上喊着：

“他们来了！”——她的声音听起来有点愤怒，似乎在抱怨她们竟然连这个都不知道。

“啊，好啊。”她母亲说着，重新站了起来。

“总算到了。”克拉拉·卡尔贝克干笑着说，好像这种等待已经让她失去了耐心。

达夫妮快速地转过头扫视了一眼，然后说：“你知道吗，他非常迷人，而且他的声音也很好听。”

“你也是，亲爱的，”弗蕾达说，“快去把他带进来吧。”

“我该走了。”克拉拉低声而严肃地说。

“噢，别胡说。”弗蕾达说，没有想到自己会这么投降。她站起来走向大厅。碰巧休伯特刚下班回家，他戴着圆顶硬礼帽，正站在前门，几乎要把两个咖啡色的手提箱扔进室内。他说：“我把面包车里的这些东西拿回来了。”

“噢，肯定是塞西尔的行李，”弗蕾达说道，“对，你看‘C.T.V.’①，千万小心点啊……”她的大儿子身强体健，长着奇特的红胡子，但在那一刻，根据她最近的谈话，她发现他还没有绽放，而且可以肯定的是，在机会来的时候，他头上的头发都掉光了。她说：“有人给你寄来了一个很神秘的包裹。晚上好，休伯特。”

“晚上好，母亲。”休伯特说着，越过手提箱倾过身来，吻了下母亲的脸颊。他们之间富于喜剧性的冷淡关系显露出来。这也说明了一个事实：休伯特是一个缺少情趣的人，不懂得玩笑消遣，可能甚至不知道其中的乐趣。“是这个吗？”他拿起一个用闪光的红纸包着的小包裹，“看起来更像是女人的东西啊。”

“嗯，我也曾这么想，”他母亲说，“是从马潘珠宝店送来的——”在她身后，花园的大门一整天都敞开着，其他人正在朝这边走来：在洒满小路的柔和光线下、在黄昏的暮色中，乔治和塞西尔携手在门口站了一会儿后，走了过来。达夫妮睁大眼睛，紧紧跟随在他们身后，在这一幕中扮演了找到他们的角色。有一瞬间弗蕾达觉得好像是塞西尔在领着乔治，而不是乔治在介绍他的朋友；而塞西尔本人，穿着浅色亚麻布衣服，手里

① 塞西尔·瓦朗斯（Cecil T. Valance）名字的缩写。

仅仅拿着帽子，丝毫也不拘束地跨进门口。他看起来就像是从自己家的花园走过来的。

3

在楼上的备用卧室里，乔纳把第一只手提箱放到床上，用手抚摸着硬皮子光滑的表面；箱盖中间印着缩写的 C.T.V. 金色的印记已经有些褪色。他换了一下姿势，然后不知所措地叹了口气，留心着房子里客人的声音。楼下，他们正在说着些让彼此都哈哈大笑的话，但这些声音传到楼上，却没有任何意义。他听到了塞西尔·瓦朗斯的笑声，那声音就像一只被关在屋子里的狗的叫声；在大厅里又看到了他，他穿着乳白色的夹克，臂弯处有一些青草的印记。他黑色的眼睛熠熠生辉，脸色很红润，像是刚刚跑过步。乔治先生叫他塞斯——当乔纳用指尖描摹着 C 这个字母时，不出声地念了一下。然后他站直了身子，松开皮箱带子，释放出这位令人陶醉的可靠绅士的气味：古龙水、淀粉浆的味道，还有渐渐消散的皮革的气味。

按以往的规矩，乔纳只到楼上来提箱子或整理床铺；去年冬天，他刚来“两英亩”，他曾拿了些煤上来生火。他十五岁，个子有点矮，但很结实；他劈木材、完成主人交给的差事、坐着霍纳的面包车往返于车站等。他是男仆不假，不论这个词含有多少实际的意义，但他以前从未做过贴身男仆。乔治和休伯特看起来都能自己穿衣服、脱衣服，而索尔夫人的女仆马斯托，会把所有要洗的东西拿下来。尽管如此，今天早上吃完早饭后，乔治把他叫过去让他关照好他的朋友瓦朗斯，他说他的朋友习惯被仆人伺候，而且仆人的数量多多益善。在科里庄园，他有一个很好的仆人叫威尔克斯，乔治在他家时，他也照顾过乔治，而且不露声色地给了他一些好建议。乔纳问乔治是什么样的建议，但是乔治不肯说，只是笑着说："看一看他需要什么东西吧。他到了以后尽快打开他的箱子，把他的东西整理好，别让他挑出毛病来。"这就是他说的话，很重要但很费解。乔纳一整天都在琢磨这些事，偶尔其他要做的事情会打乱他的思绪，但过后这种微妙的恐惧又会再次将他抓住。

现在他打开了手提箱，犹豫地用手指拿起了绵纸。尽管他需要帮忙，但他很高兴他现在是独自一人。看起来手提箱是由一个很有经验的仆人包装整理的，可能就是威尔克斯本人吧，乔纳明白也需要有人用相似的技巧拆包整理。里面有一套带两件马甲的晚礼服，一件黑色、一件杂色，然后绵纸下面是三件礼服用的白衬衫，还有一个圆形的皮制小盒子，用来放假领子。乔纳拿着衣服穿过房间时，能从衣柜的镜子里看见自己，能从床头柜的灯光中看到自己的影子正从倾斜的天花板走向房间的后面。乔治说威尔克斯做过一件特别的事情，就是他到了以后，把他所有的零钱都拿去清洗了一遍。乔纳琢磨着他怎样才能从塞西尔那里拿到那些零钱，既不用张口跟他要，也不会被怀疑为试图偷窃。这似乎很困难，所以乔纳想乔治有可能是在跟他开玩笑，但这些天跟乔治在一起，觉得他好像不是在开玩笑，而且正如索尔夫人所说的，这些事很难判断。

第二个箱子里装的是板球服和泳衣，还有几件色彩鲜艳、质地松软的衬衣，乔纳觉得有点不同寻常。他把它们都放到空着的架子上，就像在服装店的展示柜里一样。接着是亚麻布的内衣，像女人的内衣一样漂亮，那闪着微光的象牙白色的内裤，碰到了他粗糙的拇指，他把它们重新抚平。他听着楼下谈话的腔调，听了一会儿后，他利用这个机会，展开了一条内裤。他把它拿起来，贴在了他年轻的圆脸上，光线穿透它们闪亮着。他心绪难安，脉搏兴奋地跳动着，热血冲到了脑门。

手提箱的箱盖很沉；上面有两个大口袋，用按扣扣着，里面装着书和纸。乔纳更有信心地把它们拿出来，从乔治那里他知道他的客人是个写作的人。他自己就能工整地写字，而且如果有足够的时间的话，他还能阅读任何东西。乔纳打开的第一个笔记本里字迹很难看，而且那些字总是从一个角度向上歪斜，字母 g 和 y 的笔画胡乱地纠缠着。这看起来是本日记。另外一本，几个角都被磨得很破了，看起来像是厨房里的现金账簿，但里面有些肯定是诗歌的东西。“噢，如果这是最后的时刻，请不要对我微笑。”字写得很大，乔纳辨认出来，可是几行后，就画掉了，后面的字变得小了一些，也有更多的勾画，整页的字都横七竖八的，直到相互覆盖着挤在右下角底部。有一些已经卷了角的纸塞在那里，还有一个信封，上面的地址是“国王学院塞西尔·瓦朗斯先生收”，字迹很认真，他一下就看出是乔治的笔迹。突然他听到楼梯传来了急促的脚步声，塞西尔在喊着：“嗨，哪个是我的房间啊？”

“这里，先生。”乔纳说着，赶紧把信放回去，又把桌上的书本摆放整齐。

“啊，你是我的伙计吗？”塞西尔说，突然就控制了这个房间。

“是的，我是，先生。”乔纳说，瞬间有了一种背叛的感觉。

“我没有太多的事情需要你，”塞西尔说，“实际上早上你不用管我。”他立即脱掉外衣，递给了乔纳，乔纳把它挂在了衣柜里，但没碰臂弯处的污渍。他准备等晚一点，等他们去吃晚饭时他再回来，处理那些潜在的脏衣服。从现在开始到周一早晨，他就要跟塞西尔先生的东西打很多交道了。“哎，我应该怎么称呼你啊？”塞西尔问，几乎像是要从他脑子里那些名字中给他选一个了。

“我是乔纳，先生。”

“乔纳，嗯……？”名字有时会引发评论，乔纳开始重新整理桌上的书本，不确定它们的外表是不是也和他所看见的里面内容一样。过了一会儿，塞西尔说："喂，那些是我创作诗歌的笔记。你得保证永远都不去碰它们。"

"好的，先生。"乔纳说，"您想把它们拆包打开吗，先生？"

"对，对，可以。"塞西尔语气很公正。他把领带解下来，开始解衬衫上的扣子。"在这里待了很久了吗？"

"从去年圣诞节开始的，先生。"

塞西尔含糊地笑着，仿佛已经忘记了他刚才的问题。他说："挺有趣的小房间，是吧。"由于乔纳没有回答，他补充说："很可爱，不管怎么说，是很可爱。"然后是一声大笑。乔纳有一种奇怪的感觉：在被某个人亲近的同时又被这个人忽略了。这通常是一个仆人所期待的方式。但他从来也没有被留在任何其他更小的卧室里谈过话。他恭敬地低头看着地面，觉得千万不能让客人看出来，他在看着客人裸露的肩膀和胸脯。塞西尔从口袋里掏出零钱，把它放到盥洗台上；乔纳扫了一眼，咬着腮帮子。"给我放点洗澡水，行吧。"塞西尔说着，开始解他的腰带，并扭动着臀部往下脱裤子。

"是的，先生。"乔纳说，"马上，先生。"他赶忙如释重负地从他身边溜走了。

4

那天晚上，休伯特放弃了洗澡，因为他想让他们的客人对他们家的房子充满崇拜之情。所以他只是在自己的房间里简单地洗了一下，结果他觉得很不满意。听到从隔壁房间传来的哗哗的流水声，他感到很欣慰；但是当他对着镜子打领带的时候，却在皱着眉头想，他白白牺牲了半个小时的沐浴时间，却没人会知道。

看到还有一点时间，他来到楼下紧靠前门的那个昏暗的小房间，那里以前是他父亲的办公室，休伯特也喜欢坐在这里写写信。实际上，他很少有私人信件，也隐约知道自己没有这方面的本领。每当有信件要回复时，他都以公事公办的姿态来处理。现在他坐在橡木写字台前，从他的无尾礼服里掏出他的新礼物，不安地把它放到了记事本上，然后从抽屉里拿出一张带信头的信纸，在湖蓝色的墨水瓶里蘸了点墨水，开始写信。字有些高低起伏地向后倾斜着：

我亲爱的老哈里——

对你的银质香烟盒我真是感激不尽，哈里老伙计。这可是个让人大开眼界的珍品啊。我还没跟任何人提起过它，但晚餐后，我会让所有的人都看一遍，见识一下，想象一下他们惊讶的表情吧！你太慷慨了，我敢说没人有哈里你这样的朋友。好了，到晚餐的时间了，我们这儿有个年轻的留宿客人，是乔治的朋友，一个诗人！明天你过来的时候会看到他。尽管我还没看过他写的只言片语，但我得说，他看起来像是那么回事！万分感谢，哈里老伙计，最衷心的爱来自你永远的——

休伯特

休伯特把信纸翻过来，用拳头轻轻地压了压。由于字写得很大，最后几个字不得不显示在折叠起来的信纸的第三面，这表明他不是个只会循规蹈矩的人；信写得很愉快，重新读过一遍后，他对自己的幽默感很满意。他把它装进信封，写上“马托克斯，哈罗威尔德斯通，哈里·休伊特先生收”，然后在一角写上了“专人送达”，把它放到了大厅的托盘里，早上乔纳就可以送走了。他站在那里，又看了一会儿那封信，被这种庄严的贴切感所打动。他住在这里，哈里住在他的地方，他们之间的信件竟然能以如此高的效率传递。

5

乔治是最后一个下楼的，即便如此，他还是在楼梯上站了一会儿。他们差不多都准备好了。他看见女仆拿着餐桌上的盐瓶穿过大厅，他闻到了鱼的味道，听到了塞西尔的高声大笑，他觉得自己真是有点胆大过头，竟然把这个人带到了母亲的家里来。然后他开始想塞西尔在公园里跟他说过的话。在那半个小时的时间里，他们假装是塞西尔误了火车，从而制造了一点他们自己的时间。在那个意义深远的秘密承诺下，他感到他的头皮、他的肩膀以及整个脊柱都有一种刺痛感。他蹑手蹑脚地走下来，悄悄地溜进了客厅，那情形就好像前面有危险在等着他，随时都会让他晕头转向似的。“啊，乔治。”他母亲带点责备意味轻声说道；他耸了耸肩膀，自嘲地笑了一下，仿佛只是由于他的无礼害得大家久等。背对着空空壁炉的休伯特，正在大肆谈论当地的交通问题，吸引着大家的注意力。“所以你就被滞留在哈罗威尔德斯通站了，是吧？”他对斯坦莫尔的严谨生活感到骄傲，也对自己的福气感到骄傲。透过举起的香槟酒杯，休伯特笑着说。

“小事一桩。”塞西尔捕捉住乔治的眼神，神秘地笑了。

“正如一位智者曾经说过的，听起来像是中世纪的酷刑。哈罗威尔德斯通——你难道就不明白嘛！”

“唉，快别提威尔德斯通了！”达夫妮说。

“不管智者说过什么，我们都忠于哈罗威尔德斯通。”他母亲说。

乔治在那里站了一会儿，他把手放到塞西尔后背的下部，注视着他朋友的酒杯。他的手指在朋友的后背上敲击着抱歉与承诺的密码。“我们瓦朗斯家族的座右铭，”塞西尔说，“是‘抓住每一天’。我们从小就知道不应该浪费时间。你会惊奇地发现任何时候都有很多事情可做，即使在无聊的郊区火车站也是如此。”他向他们展现着他最快乐的笑容。当达夫妮问“你说的是什么样的事情？”时，他继续保持着微笑，装作没有听到她的问题。

“我猜你是经过了那个小修道院吧。”休伯特问，决定搞清楚他沿途所经历的每一步。

“对，没错。”塞西尔非常平静地说。

“你知道吗，阿德莱德王后曾经在那里住过。”休伯特说，但很快就皱了一下眉，似乎表明他并不想小题大做。

“我也听说是这样的。”塞西尔说道，他的酒杯已经空了。

“我记得后来变成了一家很豪华的酒店。”卡尔贝克太太说。

“现在是所学校了。”休伯特带着一点鼻音，囔囔地说。

“可悲的命运啊！”达夫妮说。

天哪！乔治叹道。不过当他穿过房间时，他只是带着那种心烦意乱的轻笑。他把波马利酒瓶里的最后一点酒倒进自己的杯里，向窗里看去。由于灯光的缘故，窗户里映出的房间好像有平时的两倍大，这是理想的尺寸，而且动人地延伸至黑黢黢的花园。他背对着他们，一只手颤抖着拿起了一个满满的酒杯，又用另一只手保持着酒杯的平稳。真是难以想象塞西尔竟然有这样的弱点，这一发现隐隐约约地增加了乔治的羞耻感。他转过身来看着他们，而他们似乎都在看着他，仿佛他们都是根据他的要求聚集在一起，正等着他来解释似的。他原来设想的只是利用安安静静的家庭晚宴，把朋友介绍给家人。他当然没想到老卡尔贝克会在场，而且她似乎把“两英亩”当成了她的旅馆——她可真是把本领用到了极限，以非常狡猾的方式，让人浑然不觉地留了下来，他母亲则慷慨地借给她一件外套，并给她喷洒上她自己常用的科蒂香水。现在他惊恐地看到，她正歪着头，向塞西尔询问关于意大利多洛米蒂山的信息；她又黑又黄的大板牙使她的笑既粗鲁又讨厌。但是一两分钟后，塞西尔竟然用德语跟她聊了起来，几乎使她的在场成了名正言顺的事情。住在伯克郡的塞西尔，当然不会面临卡尔贝克太太在饭前光临科里庄园的危险。他德语说得很好，总是在接近句尾时，慢慢保持着一种让人愉悦的学究式腔调。当仆人宣告晚餐已备好时，卡尔贝克太太弄得像是有什么意料之外的事情干扰了他们愉快的倾心交谈似的。

“卡尔贝克太太，您坐在这里可以吗？”休伯特问。他站在桌子前部他自己的椅子旁，看着大家找寻着自己的位置，脸上带着不易觉察的笑。乔治也在微笑着，但从香槟酒杯后流露出些许不安。他感到一种耻辱的痛苦和没有父亲的遗憾，而且将永远都不得不接受这一事实。或许这只是因为对科里庄园的记忆，那里巨大的东方风格的餐厅，使眼下的这个聚会餐厅显得拥挤不堪、让人窒息。塞西尔进房间时弯了一下腰，也许是感受到“两英亩”小而舒适的环境而下意识地做出了这一姿态。塞西尔的父亲既富有，在新来者面前又有权威，能给晚餐定下令人心安的基调。他灰白色的络腮胡子很浓密，要从外面梳理，而胡子本身就像是一把刷子。休伯特二十二岁，长着柔软的红色胡子；他每天乘火车去办公室上班。当然他们的父亲曾经也是那样，乔治努力想象他父亲坐在休伯特现在坐的椅子里，比他上一次见他时年老十岁的样子。但这些影像很模糊，无法捕捉；像任何被过度处理的记忆一样，浅蓝色的眼睛很快就在摆满鲜花与蜡烛的桌子上消失了。

即使这样，他母亲确实很可爱，与瓦朗斯夫人相比，她可称得上是个大美人。基于瓦朗斯夫人与第一个威灵顿公爵的些微相似之处，塞西尔和弟弟将母亲称作“将军”，或者有时干脆叫她“铁面公爵”。今晚，弗蕾达戴着她的那条紫色水滴形水晶项链，她金色偏红的头发，就像她杯中被烛光照亮的葡萄酒一样，闪着醉人的亮光。“将军”是个天生的禁酒主义者，滴酒不沾——现在乔治在想，塞西尔本人会不会对女主人竟在晚餐前喝酒感到震惊？不过，他最好还是能入乡随俗。他们可是以最隆重的形式来欢迎他的：餐巾被叠成了百合花的形状，小巧的银质餐具、不常用的碗碟等，都被擦得亮铮铮的，摆在酒杯和烛台之间。乔治往前挪了挪，稍稍向左边倾斜了一点，因为花瓶里白色的玫瑰和悬垂的常青藤使他看不到对面的塞西尔。塞西尔盯着他看了好一会儿——他感到震惊，一种既危险又安心的感觉向他袭来。然后他看到他的朋友慢慢地眨了下眼睛，转过身去回答坐在他右侧的达夫妮的问题。

“你家的房子有圆形屋顶吗？”她想知道。

“科里吗？”塞西尔说，“说实话，还真有。”他说“科里”的时候，听起来就像别人说“英国”或“国王”，语气里充满了虔诚的快乐和纯粹的自信。

“你能不能确切地说一下，”达夫妮说，“它们到底什么样？”

“哦，它们非常独特，”塞西尔说着，展开了他的百合花，“不过不是我认为的严格意义上的穹隆圆顶。”

“它们像是屋顶上那种小隔间，是吧。”乔治说，懊恼自己为什么那么愚蠢，竟然跟家人提过这些。

休伯特心不在焉地自言自语，看着正在往每个盘子里放圆面包的客厅女仆，她是被叫进来帮助清洁女仆服侍晚餐的。她每放一个，都会放松地呼出一口气来。

“我想它们被刷成了艳丽的颜色吧？”达夫妮问。

“真是的，孩子。”她母亲说。

塞西尔诙谐地看着桌子对面。“我记得它们是红色和金色，对吗，乔吉？”

达夫妮看着金色的菜汤从长柄勺里流进了塞西尔的碗里，叹了口气。“我希望我们也有圆形屋顶，”她说，“或者那些小隔间。”

“小姐，在‘两英亩’这样的小地方，”乔治对着上方不高处的橡木梁做了个鬼脸，说道，“圆形屋顶看起来会格格不入的。”

“我真希望你没这么说，”他母亲说，“你这话听起来好像咱们家的房子只是商店上面的一套房间似的。”

塞西尔没把握地微笑着，对达夫妮说：“噢，你一定要到科里来，自己来看一看。”

“这下好了，达夫妮！”她母亲说，语气里既有责备又有喜悦。

“你有兄弟姐妹吗？”卡尔贝克太太问，可能已经在想象去拜访了。

“只有我们兄弟俩。”塞西尔说。

“塞西尔有一个弟弟。”乔治说。

“他是叫达德利吗？”达夫妮问。

“是的。”塞西尔承认道。

“我想他一定很英俊吧。”达夫妮说，获得了新的信心。

乔治惊骇地发现他自己脸红了。“那个……”塞西尔说，闷闷不乐地喝下了第一口汤，但是，谢天谢地，他没有看他。实际上，任何人都应该说达德利长得相当好看，但乔治不好意思再对塞西尔说一遍他曾经说过的话。“有个弟弟有可能是件坏事啊。”塞西尔说。

休伯特点着头，靠在椅子背上大声笑着，仿佛这是他自己开的玩笑。

“达德是个愤世嫉俗的家伙，你不这样认为吗，乔吉？”塞西尔继续说，并越过白玫瑰，给了他会意的一瞥。

“他很考验你母亲的耐心。”乔治叹着气说，似乎他和这个家庭已相交多年。他也意识到他自己的家人从来也没有叫过他“乔吉”，可塞西尔却在反复地这样称呼他，从全新的角度向他们展示着他。

“你弟弟也在剑桥吗？”乔治母亲问道。

“不是，他在牛津，谢天谢地。”

“噢，是嘛，在哪个学院呢？”

“哎呀，是哪个来着？”塞西尔说，“我想是叫什么……好像是贝列尔吧？”

“那的确是牛津的一个学院。”休伯特说。

“哦，那么就对了。”塞西尔说道。乔治偷偷笑着，带着紧张的钦佩心情注视着那张沉思的面孔，塞西尔那高高的衣服领子浆得很硬，黑色领带闪着亮光，他衣服上的饰扣在烛光下熠熠生辉。乔治感到他桌子底下的脚被快速地碰了一下。他吸了口气，清了下嗓子，但塞西尔带着温和的笑容转向了卡尔贝克太太，接着当休伯特说着一些愚蠢的废话时，乔治感到塞西尔的鞋底又用力地碰了一下他的脚踝，这使他与塞西尔这种经常隐秘的胡闹有了些更粗野的成分，几次试探加上几秒钟的自我认知后，乔治抱歉地把脚挪开了。“我肯定你绝对是对的。”塞西尔说，再次庄严地摇了摇头。他已经无情地嘲弄了他弟弟，这让乔治不安地兴奋起来，好像他会被要求做一次忠诚度的巨大转移。他马上站起身来，去安排与鱼搭配的葡萄酒去了，这件事仆人们根本搞不清楚。

卡尔贝克太太按她惯常的癖好享用着一条小鳟鱼。“你打猎吗？”她以一种直率得有点洋洋得意的方式问塞西尔，就好像她自己总是骑在马背上似的。

“我偶尔会和打猎俱乐部一起出去，”塞西尔说，“不过，我担心我父亲不会允许我打猎。”

“噢，真的？”

“他养不同的牲畜，您知道吗，他对一切生物都充满怜悯之心。”

“哦，他真是太仁慈了。”达夫妮说，颇有同感似的摇摇头。

塞西尔用一种温和的居高临下的神态看着她，使乔治也只能尽力仿效。“由于他不骑马打猎，他在当地赢得了大学者的荣誉。”达夫妮微笑着，仿佛被这些话迷住了，但很明显她并不明白他的意思。

乔治说："哎，塞斯，他也真是个学者之类的人吧。"

"没错，他确实是。"塞西尔说，"他的《牛犊的饲养与护理》已经发行了第四版，显然是瓦朗斯家族迄今最成功的文学作品。"

"你是说，到目前为止吧。"乔治说。

"你母亲在打猎的事情上同意他的观点吗？"索尔太太有点开玩笑地问，可能不确定自己应该站在哪一边。

"哎呀，不——不，她坚决拥护捕猎。每当有机会，她都鼓动我带着枪出去，不过我们都尽量不让我父亲知道。我枪法很准的。"塞西尔对着烛光，又狡黠地扫视了一圈，看到大家都在听他说，"在我还很小的时候，将军就给了我一把枪，让我出去，去打那一大堆吵闹不停的秃鼻乌鸦——我打掉了四只……"

"真的啊……？"达夫妮说，而乔治则在等着下面的话——

"但是第二天我就写了一首诗纪念它们。"

"啊哈！那……"又一次，他们不确定应该作何感想；乔治马上给大家解释说"将军"是他们对塞西尔母亲的称呼，他感到很尴尬，为这个事实，也为这种做作，因为他以前没有跟他们说起过。

"我应该先解释一下的，"塞西尔说，"我母亲天生就是男人的领袖。但等你了解她以后，你就会发现她其实是个很和蔼可亲的老人。你不这样认为吗，乔治？"

乔治认为瓦朗斯夫人是他见过的最恐怖的人，固执、虚伪、坦率得令人难以原谅、对所有的笑话都无动于衷，即使别人给她解释也没用；她的儿子们学会了珍惜她的一本正经，并把这当成一种很棒的笑话。"嗯，你母亲把大部分的时间和精力都贡献给了那些慈善事业，不是吗？"乔治慎重而虔敬地说道。

随着主菜和新葡萄酒被端上桌，乔治突然觉得一切进展顺利，曾被视为空前挑战的事情现在已取得了适度的成功。显而易见的是，他们都很欣赏塞西尔，乔治对他的朋友多了些信任。他对所做的事情、所说的话，都把握得恰到好处，避免了言行上的粗暴无礼。在剑桥，塞西尔经常出言不逊，至于他的信——对乔治来说，他在信中所描述的那些事情，现在已经模糊了，成了剧团里戴面具的人影，像庞贝城的淫乱藏到了帷幕后人们看不见的地方和炉边的阴影里。但此时此刻，一切都尽善尽美。就如丁尼生诗歌里的深河一样，塞西尔有很多种声音……乔治的脚尖不时地寻找着他朋友的脚尖，得到的回应不是简单的触碰，而是脚尖的欢快扭动。他担心他母亲喝得太多了，但这种红葡萄酒是好酒，是休伯特强力推荐的。由于对"两英亩"而言，显然这也是不多见的新情况，所以整个聚会期间，欢乐的情绪一直弥漫在房间里。让他感到烦心的只是他妹妹对塞西尔的深情注视、娇羞的浅笑以及把头歪向一边的姿势，这可真是无礼。然后让他惊恐万状的是，他听到卡尔贝克太太说："我听说你和乔治是一个古老社团的成员！"

"啊……噢……"乔治喃喃说着，这马上就变成了对塞西尔的考验。他发现自己不敢看他本身就是一种耻辱。

过了一会儿，仿佛知道是躲不过去了，塞西尔索性说："其实，我敢说，你知道了也没什么害处。"

"因为坦诚是我们的箴言！"乔治插嘴道，并带着一点点愤怒地看着他母亲，因为她答应过要保密的。不管怎么说，塞西尔一定看到了，在某种场合，轻松愉快地接下话题比傲慢地回避要明智得多。

"哦，对，绝对坦诚。"他说。

"我明白了……"休伯特说，他显然对此一无所知，"你们要坦诚什么？"

现在塞西尔确实看了看乔治。"那个，不好意思，我们不允许告诉你们。"

"这是严格的保密协定。"乔治说。

"对，"塞西尔说，"实际上那是我们的另一条箴言。你们确实不应该知道我们是会员。这是最严重的违规——"一丝气恼的冷酷从他的玩笑中一闪而过。

“什么成员？”达夫妮问，也加入了这一游戏。

“完全正确！”乔治用太过宽慰的口气说，“没什么社团。妈妈，我相信你没再跟别人说过吧。”

她犹豫地微笑着。“我记得只跟卡尔贝克太太说过。”

“哦，卡尔贝克太太不算。”乔治说。

“真的吗，乔治……！”他母亲衣袖一扫，差点碰倒了她自己的酒杯。幸运的是，里面只剩了几滴酒。乔治对克拉拉·卡尔贝克咧嘴笑了一下。坦诚本身就是一种取笑的风格。在剑桥，这比善良与尊重还重要。但在这种郊区，这些可能还不能被人们所理解。

“不是，你知道我的意思。”他平静地对他母亲说，半笑半嗔地迅速地看了她一眼。

“这个社团是个秘密社团，”塞西尔耐心地说，“因此没人可以大惊小怪地嚷着要加入。当然，我被选举进去之后我就告诉将军了。她可能会告诉我父亲，不过她自己就相信箴言。在四十年代我祖父也是它的成员。很多杰出的人物都曾是它的成员。”

“但我们的社团跟政治无关，”乔治说，“跟世界的命运也无关，我们是完全民主制的。”

“没错，”塞西尔带有一点遗憾地说，“当然还有很多大作家都是成员。”他眼睛低垂，适度地眨着眼。同时，坐在椅子前部，他在桌子底下狠劲地踢了乔治一下。“真对不起！”由于乔治喊叫了一下，他说。不过在别人还没明白过来发生了什么事之前，他就赶紧转移了话题。留下乔治带着一丝内疚的愤懑。除此之外，这个社团不为人知的秘密和其他无法言说的秘密，就像一列火车后面跟着的另一列火车，依然隐藏着，不为人知。

布丁端上来时，乔治已经希望晚餐赶紧结束了，并且在想，还有多久他才能礼貌地安排塞西尔重新回到他身边。他和塞西尔都狼吞虎咽地吃着每一样食物，而其他人则自然是有意地细嚼慢咽，消磨着时间。晚餐进入后期的时候，他就已经知道，他母亲可能会想方设法地拖延时间。这么多人聚在桌旁进餐已经引起了她一阵战栗的喜悦，她开玩笑地恳求让她再来一杯葡萄酒。那之后，半个小时的波尔图葡萄酒真的让人难以忍受。休伯特友好的陈旧话题像达夫妮包打听式的东拉西扯一样让人厌倦——在开始一个尽人皆知的乱七八糟的话题前，他会说："这个你会感兴趣。"也许因为没有几个人，今天晚上他们会一起起身；或者塞西尔会认为那是一个非常糟糕的方式？他会不会感到非常无聊？或者，有可能，他会对此非常高兴而且很放松；或者乔治很明显想尽快吃完晚餐摆脱家人的渴望会让他感到困惑甚至尴尬？当他母亲往后推开椅子，对卡尔贝克太太微笑着说"咱们可否……？"时，乔治赶紧瞥了塞西尔一眼，发现他微笑着做了回应——陌生人可能会认为这种眼神和蔼可亲，但是乔治知道，这种眼神表明了他要达到自己目的的决心。三位女士刚到大厅，塞西尔就对休伯特友好地点了点头说："我有一个讨厌的习惯，文明社会对之恨之入骨，所以只能在室外，在夜幕的掩盖下才能体面地进行。"

面对这种意料之外的坦白，休伯特稍显焦虑地微笑着，从兜里掏出银质香烟盒，相当腼腆地把它放到桌上。塞西尔转而掏出他的皮质烟盒，它像两个枪支弹药筒一样，装着一排雪茄。它们的设计相当令人称奇，似乎是定制的成对的款式。"这是我亲爱的伙计。"休伯特说，带有一点困惑的语调，羞怯地扫了一眼自己的手，表明如果他愿意他可以奉陪之意。

"不行，真的，我可不能吞云吐雾，在——"有那么几秒钟塞西尔有点语塞，"在如此亲密的环境中。不然你母亲可能会觉得我这个人很糟糕的。它会弥漫在整个房子里的。你知道吗，即使在科里，我们对此也是非常严格的。"他面带坏笑看着休伯特，表示这一时刻他也很兴奋。他可以打破常规却同时做了正确的选择。乔治不确定休伯特是否也这样看，他只是不想再在这里耽搁太久，于是他说："休伊，明天哈里过来时，咱们们可以好好聊聊。”

“好啊，当然了，会的。”休伯特说。他看起来只有一点点不高兴，虽然有点困惑但也许是松了口气，已经顺从了两个剑桥男人间的协定。“瓦朗斯，你会发现我们这里没那么多规矩！所以你尽可以出去，愿意制造多少臭味就制造多少，我要……我要过去和女士们抽一口了。”他对他们挥动了一下他的香烟盒，带着一种愉快自足的神态离去。

6

离开餐厅后，达夫妮上了楼，然后披着她母亲那条带黑色流苏的深红色披肩，又回到了楼下，感觉这样做还算能被允许。她看到清洁女仆用一种批评的眼神看着她。茶水和酒杯端了进来，达夫妮心不在焉地要了一小杯姜汁白兰地，她母亲扬了扬眉毛，露出一丝着意克制的嘲讽的笑，把酒递给了她。休伯特站在壁炉前的地毯上，把玩着手里的香烟盒，并拿着一支香烟在盒盖上敲着。他的脸在轻微地动着，好像随时会抱怨，或者开个玩笑，或者好歹说点什么，但最终还是什么也没说出来。很明显，塞西尔不想污染房间，他抓住机会打开了落地长窗，然后拿着雪茄走了出去，乔治紧随其后。卡尔贝克太太坐在扶手椅上，出神地微笑着，她目光越过桌上摆放着的形状各异的瓶子.哼着一首她熟悉的主题音乐。看起来每一个人都醉意熏熏。就达夫妮的经验，知道在这种成年人晚餐桌上他们将如何不停喝酒，也知道他们喝完后会是什么样子。她倒不在意渐渐多起来的友善和喧闹，也不在意人们想什么就说什么，即使是那些乔治觉得很怪异的东西，她也不在乎。让她烦恼的是当她母亲满脸通红、滔滔不绝地说个没完没了时，似乎没人在意，因为那些人自己也迷糊着。可她还是感到尴尬，因为有时威尔士语也会从她母亲的话里蹦出来。如果有音乐的话，估计她都会哭起来了。现在她说："我们来点音乐好吗？我要给塞西尔放我的埃米·德斯丁[①]。"

"好啊，窗户是开着的，"达夫妮说，"他在外面就能听到。"她感觉如果她去花园，自己也会被淹没。她以浪漫的手法披上披肩，像随时准备着跑出去。

"孩子，你帮我弄一下机器吧。"

弗蕾达一阵风似的穿过房间，不时地碰到放照片的小圆桌。她的裙撑很宽，束胸很紧，礼服后面的褶皱颤动着，让人想起女裙后部的撑架。有好几秒的时间达夫妮都在出神地注视着她。在她生命中比任何东西都记忆深刻、呼之欲出的母亲的身影，此刻看起来像是一个她完全不认识的人，一个在商店或在影院看到的意志坚定的小女人。"那……我走了，我还有几封信要写！"休伯特说。卡尔贝克太太温和地对他笑着，似乎在说等他回来时她依然会在这里。

红褐色的直立式留声机，是他们的邻居哈里·休伊特最近给他们的礼物；除了在右边伸出的把手，它就像一个漂亮的老式谢拉顿小柜，有趣的是，当你要听唱片时，要掀起盖子，打开抽屉，然后才能看到它的形状。没有能看得见的喇叭，那些抽屉实际上是门，里面隐藏着一些神秘的像百叶窗板似的小隔间，音乐就是从那里飘出来的。

现在她母亲正弯着腰费力地从底部的小柜里往外拿唱片，希望找到《珊塔叙事曲》[②]。他们只有一打左右的唱片，不过当然了，它们看起来都没什么区别，更何况她还没戴眼镜。

"咱们有《荷兰人》[③]吗？"卡尔贝克太太问。

"如果我妈妈能找到就有。"达夫妮说。

---

① 埃米·德斯丁（1878—1930），原名埃米莉·基特洛娃，捷克女高音歌唱家，歌剧演员，一生共演出歌剧八十余部，录制唱片二百余张。主要作品有《游吟诗人》《假面舞会》等。

② 选自著名德国作曲家威廉·理查德·瓦格纳的歌剧《漂泊的荷兰人》，珊塔为剧中女主人公。

③ 即《漂泊的荷兰人》。

“哦，太好了。”老妇人拿着一杯樱桃白兰地，脸上带着耐心的微笑坐回到椅子上。他们家所有的唱片她都听过几遍了，约翰·马科麦克[①]、内莉·梅尔巴[②]，所以她很兴奋，其中掺杂了一种习以为常的感觉，这几乎让她觉得同样称心。

“是这个吗……？”弗蕾达问，眯着眼睛费力地看着标签上的小字。

“哎，我来找吧。”达夫妮说着，在她母亲身边蹲下，并用胳膊肘把她母亲攆走。

那是达夫妮本人的最爱。每当她听它的时候，心中总有一些难以描述的感觉，和听《茶花女》里的歌或《林登牧园》很不同。每次，她都渴望着能再次领略这些特殊情感带给她的那种紧张的、几乎让人痛心的新奇感受。她把唱片放到地毯上，又喝了一大口酒，有失优雅地大声咳嗽了几下，然后紧紧地转动把手，让唱机转起来。

“孩子，小心点！”她母亲说着，将一只手伸向壁炉台，眼睛专心地盯着唱机，好像是她自己要歌唱似的。

“她是个强悍的姑娘。”卡尔贝克太太说。

达夫妮放下唱针，随即朝窗户走去，看能不能看到外面的两个小子。

他们一致认为，管弦乐队水准还不够理想。弦乐器的声音像六孔哨一样尖锐，铜管乐的击打声像是什么东西被从楼上扔到了楼下。达夫妮知道如何体谅这些。她曾在女王大厅听过一次真正的管弦乐队演奏，还跟大家一起去考文特花园看过《莱茵的黄金》[③]，他们有六架竖琴，有铁砧，还有一大帮人。听唱片时，如果你知道这些管乐器或击打乐器想要表达的意思，那你就得学会忽略那些不尽如人意的地方。

当珊塔开始演唱时，那真是令人沉醉——达夫妮这样对自己说道，一阵欢愉的震颤随之传遍身心。她围着披肩，坐在靠窗的位置，在第一

① 约翰·马科麦克（1884—1945），爱尔兰籍美国男高音歌唱家，以演唱莫扎特与威尔第的歌剧闻名于世。

② 内莉·梅尔巴女爵士（1861—1931），澳大利亚第一位获得国际声誉的女高音，也是当时世界上最著名的歌剧演员之一。

③ 《莱茵的黄金》是瓦格纳的歌剧《尼伯龙根的指环》的“序夜”部分。

次亲密接触了姜汁白兰地后，脸上露出了神秘的微笑。在此之前，她有过一次真正的喝酒经历，那是在休伊的成年礼上，她喝了半杯香槟，还有一次是很早以前，她和乔治试过一次烹饪用的白兰地，他们只喝了一点但喝得很急。和音乐一样，喝酒既奇妙又让人不安。她被这个姑娘的奇异声音所吸引，"哟——嗬——嘿，哟——嗬——嘿"的呐喊清楚地提醒着他们这是悲剧作品；但同时她也有一种美妙的感觉，因为不管怎样都没有什么可担心的。她轻松地看着其他人：她母亲打起精神做好了海浪来袭的准备，卡尔贝克太太则歪着头欣赏，表现得更为成熟。达夫妮看到了自然而不加修饰的美，不得不咽回她突然想说的几句话。她对着波斯地毯皱了皱眉。音乐中有两部分不断地重现：一种是狂野风暴音乐，你可以看到男人们悬挂在钢丝绳上，然后，风暴平息后，她所听过的最美妙的曲调传来，抑扬顿挫、让人销魂、令人遐想，但是又充满忧伤，不论是哪种情况，都终究不可避免。除了反复出现的 Mann[①] 这个词，她并不知道珊塔唱的是什么，但是她能够体会到剧中表现的那种强烈的爱，感受到它传奇的气息，深深地吸引着她。她想象埃米·德斯丁本人就是个狂放的细高个儿，有一头黑色长发，因其奇特的名字而与众不同。几乎是同时，她唱出了一个高音，好像铜管掉到了楼下，达夫妮迅速跑下楼抬起了唱针。

"这段被缩短了，太可惜了。"卡尔贝克太太说，"实际上还有两个诗节。"

"是的，亲爱的，你以前就说过了。"弗蕾达相当尖刻地说；然后又恢复到柔和的语气："在唱片上他们可以做太多手脚。对我而言，他们这样做真是不可思议。"

"那咱们再听一遍怎么样？"达夫妮回头看着她们，问道。

"哦，为什么不啊！"她母亲说，口吻就像是两个女人刚策划了一场无恶意的阴谋，达夫妮眼中的那一小堆空酒杯更让她听起来洋洋自得。

① 此处为德文，意为"人"或"男人"。

卡尔贝克太太点了点头，无助地赞同着。唱片确实是神奇之物，但它们能给予的只是音乐海洋中的一小部分享受而已。

在第二次享用时，达夫妮在屋子里慢慢地走动。她拿起酒杯，喝光了杯中的酒，又心情复杂地把酒杯放下，完全被瓦格纳不安宁的叙事曲打动了，心里交织着忧伤与满足。音乐刚一停止，她马上就跑出门，溜到了花园里。“噢，亲爱的，你要出去吗？”她母亲招呼她说。这只是另一个谋划的诱饵，与陪同两位老女人相比，她更急切地希望与小伙子们一起进入树林。“可能会有露水！”弗蕾达说，口气听起来像是会有雪崩。

“我知道，”达夫妮喊道，找到了她的借口，“我把丁尼生勋爵忘在露水里了！”看来她的机会来了。

她快速地走过窗户，然后站在草坪边。她弯腰摸了一下青草，它们还很干燥——现在天气尚暖，还没有露珠。温暖但不热。从外面看这个房子，让她想起之前太阳落山、室内灯火齐明时，孤独感带给她的刺痛。她确实是要找她的书，应该还在原处、在吊床边。她想准备一下要在塞西尔提议的朗读会上朗诵丁尼生的诗，她已经开始想象了……“我要成为五月的女王，母亲，我会成为五月的女王……”或者“夏洛特夫人喊道：‘诅咒已经降临到我头上了！’”……它们当然是完全不同的诗句——她难以取舍。可是那两个小伙子去哪儿了？好像夜色已经完全吞噬了他们，只留下树梢吹来的微风在夜色中低语。她所能看到的只是模模糊糊的黑灰色的轮廓，但空气中弥漫着绿树和青草的清香。她感到大自然以其秘密的气息，恢复着它自身，而人们，大多数人，却驻留在室内，对此毫无知觉。她兴奋地飞奔过草坪，尽情地呼吸着，说不清吸入的是空气中女贞树的气味，是大地的气息，还是玫瑰的芬芳。不可否认，独自外出有点鲁莽又漫无目的，这让她的心怦怦直跳，她突然来到了石凳旁，于是停下来望了望四周。头上的天空，群星密集，在高高的流云间时隐时现，仿佛已经习惯了她的存在。她听到了一声呻吟，就在她前边，很快又消失了，然后是一连串咯咯的笑声；当然还有在干爽的青草与树木植被中显得格外明显的远处的那种气味，那是塞西尔绅士派头的雪茄。

她往悬挂吊床的树丛中又走了几步。她不知道自己会不会被别人看见。奇怪的是，她的感觉还是像塞西尔刚刚到达那时一样，在树丛中时一样，她不确定她是不是算在偷窥。不过，现在天已经太黑，看不着了。她听到塞西尔在说一些有关胡子的趣事："相当漂亮的胡子。"乔治低声说了句什么，塞西尔说："我想他留胡子是想让自己显得年龄大一些，但效果却正好相反，他看起来像是一个在玩捉迷藏的孩子。""嗯……我不知道是否有人特意在找。"乔治说。"那……"塞西尔说，有一阵压抑的窃笑声和咕哝声传来，持续了大概有十秒钟，直到乔治喘着气，声音相当大地说："不，不，另外，休伯特是个彻头彻尾的风流坯子。"

风流坯子！在达夫妮朦朦胧胧的词汇界限中，这个词既复杂又恶毒。有那么一会儿，她想象着它背后是一个更模糊的意象，一个男人和一个女人在跳舞，那个女人的衣服领口开得很低。在这个虚构的房间里，她今夜的醉意被强化了，她看到的确实是个女人，但她很确定那不是休伯特，他跳舞最笨拙了。她突然陷入一阵奇怪的沉默，能听到自己的脉搏跳动。她意识到，有更多的东西她需要了解、需要学习。然后，乔治问："达夫妮吗，怎么了？"

"噢，你们在这儿啊？"她说，扒开挡住了吊床的低矮树丛往前走着。"我把书落在这了，在露水里。"

"是嘛，我可没看见。"乔治说，她听到吊床的绳子在树上摇荡的咯咯吱吱的声响。

"对，你当然看不见了，因为是晚上嘛。"她带点嘲弄地笑着，从看不见的地面往前移动着。"但我知道它们在哪儿。我有印象。"

"那好吧。"乔治说。

她沿着草丛边往前走，刚能看清时而倾斜时而平稳的吊床那陷下去的轮廓。她再一次弯腰去抚摸青草，半弯着身子前行，对自己东倒西歪的样子感到既惊奇又欣喜。"塞西尔没和你在一起吗？"她巧妙地问。

“哈……！”塞西尔拿下嘴里的雪茄，就在她头上轻声说——她抬头向上看去，看到了烟头的红光，以及红光下三秒钟之后才在阴影中显现出的他的脸。然后烟头忽闪着渐渐熄灭，他的脸隐入到黑暗中，但强烈而干燥的气味还在空气中飘浮。

“你们俩都在吊床上啊！”她站直身子，感到自己有点被戏弄了，或者在他们编造的这个新游戏中被忽视了。她伸出一只手抓住吊床边，他们的脚就在这里。如果摇动他们，甚至把他们弄下吊床都易如反掌，也会很有趣；不过同时她有一种强烈的渴望，想爬进去和他们待一起。在她的童年时代，她有时候就会和她母亲一起躺在吊床里，听母亲给她读故事；现在她比较在意的是发烫的雪茄。“嗯，我说的确如此。”她说。雪茄烟头起初很暗，很难看到，然后慢慢地像萤火虫在夜空中闪现，又重新亮起来，但这次在微弱的光中她看到的是乔治的脸。“噢，我以为是塞西尔的雪茄呢。”她只是简单地说。

乔治快速地吸了三口雪茄后哈哈大笑。塞西尔清了清嗓子——不知为什么带点支持又感激的神情。“没错啊，”乔治以最似是而非的口气说，“我也在抽塞西尔的雪茄。”

“哦，是吗……”达夫妮说，不知道自己应该用什么样的语气来应对，“那我不应该让妈妈发现。”

“没事儿，大多数年轻人都吸烟的。”乔治说。

“哦，是吗？”她问道，决定最好还是使用讽刺的语气。又一缕黯淡的光映出塞西尔的部分脸庞和他警觉的眼神时，她看着他们，感到既痛苦又难受，那点光随之又逐渐消失。突然，《漂泊的荷兰人》又响了起来，透过开着的窗户，声音响亮得可怕。

“哎呀！怎么回事啊，都第三遍了！”乔治说道。

“天哪，”塞西尔说，“她们真是狂热啊。”

“肯定是卡尔贝克，”乔治说，像是要把他们索尔家从这种固执的行为中排除，“天知道科斯格洛夫斯家会怎么想。”

“妈妈在认识卡尔贝克太太之前就喜欢瓦格纳了。”达夫妮说。

“亲爱的，我们都喜欢瓦格纳。但即使不把同一张唱片放十遍，他的作品本身已经重复得够多了。”

“这是《珊塔叙事曲》。”达夫妮说，听到第三遍，她也不能不受影响，实际上在室外听，让她突然更受触动，仿佛它就在空气中，成了大自然的一部分，让所有人倾听并分享。从这里听，管弦乐听起来好多了，就像在远处听真正的乐队演奏一样，埃米·德斯丁好像也更狂放、感情更强烈。有一会儿，她想象他们身后亮着灯的房子就是夜色中的一艘船。“塞西尔，”她温柔地喊道，这是她第一次叫他的名字，“我觉得你能听懂这些歌词。”

“是，是[①]，它们莫名其妙。”塞西尔说，虽然困惑但还算友好地哼哼了两声。

“她是个疯狂的姑娘，爱上了一个从未见过的男人，”乔治说，“这个男人被诅咒了，只有女人的爱能解救他。她很想成为那个女人。就是这样。”

“听上去给人的感觉是不会有什么好结果的。”塞西尔说。

“但是你们听……”达夫妮说。

“你想试试吗？”塞西尔问。

正在深刻理解并消化珊塔故事的达夫妮，斜靠在绳子上。“到吊床里来吗？”

“试试雪茄。”

“真的啊……”乔治低声说，有点吃惊。

“噢，我可不想试！”

塞西尔示范性地深吸了一口。“我知道女孩子们都不想试这些东西的。”

现在美妙的音乐在花园中唱响，旋律中充满了渴望、反抗以及意料

① 原文为德语“ja”。

之外的美丽邂逅的强烈效果。她确实不想要雪茄,但她担心自己会失去这一个尝试的机会。她很确信地知道,她所有的朋友还都没有尝试过这个。

“这是支很好的歌曲啊。”塞西尔说,她能听出他话里的含糊不清和漫不经心。现在雪茄又被传到了乔治那里。

“唉,好吧。”她说。

“什么?”

“我的意思是,真的,给我吧。”

她斜靠在乔治身上,感到整个吊床都在震颤,她紧紧地抓着他的胳膊,从他的拇指及食指间拿到了它,但她觉得自己犯了禁忌,已经感到有点厌恶了。一直到现在,她才模糊地看见两个小伙子荒唐地挤在一起,当然是由于醉酒的原因了,不过看起来很紧密很稳定,就像她记得的很久前她父母一起坐在床上的情景一样。那东西的气味就在面前,还没尝试她就几乎要咳嗽了,然后她迅速把它夹在双唇间,内心交织着羞耻、顺从和悔恨的复杂感情。

“噢!”她吸了一小口之后,就赶紧把它推开,剧烈咳嗽起来。苦涩的烟味太恐怖了,而且那东西出人意料的感觉也让人难受,在手指上是干的,但在嘴唇上和舌头上却是湿乎乎的。乔治从她那里拿过雪茄,带着点悔意地笑了笑。再次咳嗽起来的时候,她转过身,做了另一件更不淑女的事情:她往草地上吐口水。她想彻底清除嘴里的那些东西。她用手背擦了擦嘴,很庆幸身处黑暗当中。远处,在熟悉的房子里,埃米·德斯丁的歌声还在响着,以高贵的姿态忽略着达夫妮的举动。

“想再吸一口吗?”塞西尔问,好像对她第一次的反应挺满意。

“我不想再吸了。”达夫妮说。

“你会更喜欢第二口的。”

“看起来不太可能啊。”

“第三口会更好。”

“在你清醒过来之前，”乔治说，“你会在齿间咬着一支难闻的方头雪茄，在斯坦莫尔徜徉。”

“我没发现索尔小姐的雪茄啊？”塞西尔开玩笑地说。

“那种事永远都不会发生。”达夫妮说。

但总的来说她确实很高兴。她站在那里，有些大胆地凝视着烟雾缭绕的黑夜。“姜汁白兰地属于口味很冲的酒吗？”她问。一定是酒精的原因，才有了这样一次美妙的心血来潮，以至于她说了一些并不想说的话，又做了一些她并没想要做的事情。

“哎呀，达芙。”乔治说。还没等意识到自己做了什么，她就爬到了吊床的另一端，喘着气、大笑着，而那里是两个小伙子放脚的地方。

“注意！”乔治喊着，“那是我的脚啊……”

“你会把这该死的玩意儿弄坏的。”塞西尔说。

“看在老天的分上……！”乔治说着，将身体歪到一边，试图从吊床上跳下来，可就在那一瞬间，出乎意料的是，达夫妮已经跌在了地上。塞西尔翻了个筋斗，一只脚重重地砸中了她的肋骨间。

“哎哟！”她喊道，然后又一声“哎哟……”，但她不喜欢大惊小怪；当两个小伙子都笨拙地伸出手，把她拉起来时，她又笑了。她知道她跌倒时，披肩被刮破了，这个胡闹的后果肯定让她免不了要被训一顿，但还是那句话，她并不是很在乎。

“趁着还没发生什么真正丢脸的事情，”塞西尔说，“咱们还是赶紧回去吧。”

他们低声嘟囔着，相互搀扶着走到了草坪上。乔治花了点时间把衬衫塞到裤子里，把裤子抻直。“在科里，你们有吸烟室，”他说，“这种事就绝不会发生。”

“没错。”塞西尔认真地说。埃米·德斯丁唱完了。从她站的地方，达夫妮看到她母亲的身影正向亮着灯的窗户走来，徒劳地凝视着窗外。

“我们都在这儿！”达夫妮喊道。在沉沉夜色中、在成千上万颗星星的照耀下、在一边一个小伙子的搀扶中，她觉得她可以代表他们所有人说话；她有一种非常有趣的安全感，似乎更新了塞西尔初到时他们没有说出来的那份协定。

“那就快进来吧，”她母亲说，语气很急但很巧妙，“我想听塞西尔给咱们读诗了。”

“原来在这儿等着我呢。”塞西尔低声说道，趁机把他的蝶形领结理正。达夫妮抬头看着他。乔治尽责地在前面引路，他们在他身后跟随时，塞西尔把他又大又热的手滑下来环着她，并停在那儿——那里正是他刚才踩着她的地方，一直到他们来到落地窗前。

7

第二天早饭后，她发现塞西尔坐在草坪上的一张帆布椅子里，正在一个褐色的小本上写着什么。她也坐在旁边的矮墙上，热切地看着写作中的诗人，她坐得离他很近，近到能妨碍他的书写；他马上转过身来微笑着，合上笔记本，把铅笔夹在本里。“你拿的是什么？”他问。

她拿着自己的一个小本，是个紫色丝绸装订的签名簿。“不知道你可否赏脸签个名？”她说。

“我可以看看吗？”

“如果你愿意，签个名字就行了。不过当然……”

塞西尔的长胳膊和青筋暴突的手像要把她拉向他身边。她拿出本子，脸上显出一抹红晕，心里交织着自豪与不满足的复杂情绪。她说：“这个本子我才保存了一年。”

“那你都得到谁的签名了？”

“有阿图尔·尼基施[①]。我觉得他是最好的一个。”

---

① 阿图尔·尼基施（1855—1922），匈牙利著名指挥家，擅长演绎布鲁克纳与柴可夫斯基的作品。

“对——噢！”塞西尔用一种欢快的肯定语气，隐藏他对此事的怀疑。达夫妮从帆布椅子后倾过身来，给他解释每一页的内容。今天早上他像个叔叔，很知心却没有一点亲密的痕迹。昨天晚上的粗鲁举动，好像根本没有发生过一样。她又注意到他的那种气味，就仿佛他总是从一次闲逛或攀爬活动中刚回来，她想象那些活动都很喧闹很粗鲁。唉，男孩子们就是这样，他们守着自己的尊严，关着门说一些有趣的事情，但就在几分钟前他们才让你见证了那些事情。不过也许这是对她昨天晚上愚蠢行为的一种责备。

“我是在去听《莱茵的黄金》时得到他签名的。”

“哦，是吗……他是一个相当不错的大人物，是吗？”

“尼基施先生吗？他是一位乐队指挥！”

“对，我听说过他，”塞西尔说，“顺便说一句，你可能该知道我是个乐盲。”

“哦……”达夫妮说，看了一会儿塞西尔的左耳，它是褐色的，顶上有点被太阳晒伤了。她说：“我一直以为诗人的耳朵都很灵光呢。”她对自己意想不到的聪明用词皱了皱眉。

“我对诗歌很敏感，”塞西尔说，“但恐怕所有瓦朗斯家族的人都是乐盲。将军对此很疑惑。她曾经去听过一次《威尼斯船歌》，但她说绝不会再去了。她认为那歌没完没了的好像永远也唱不完。”

“哎，那么说她肯定不会喜欢瓦格纳了。”达夫妮说，从她最初的失望中找到了一点善意的优越感。但她还是不确定她是不是都明白了：“不过昨晚你说你喜欢留声机。”

“哦，我不讨厌它，只不过对我而言是对牛弹琴罢了。我喜欢有人陪伴。”说着这些的时候，他的耳朵稍稍有点变色，她发现或许这是对她的恭维，自己竟也有点脸红了。他问：“你去听歌剧的时候喜欢它们吗？”

“他们给莱茵姑娘[①]准备了新的游泳器具，但我觉得不太让人信服。”

---

① 瓦格纳歌剧《尼伯龙根之歌》中守卫莱茵河黄金的姑娘之一。

“既要游泳同时又要唱歌，难度一定很大，”塞西尔说着，翻到了另一页，“这个叫拜占庭的家伙是谁？”

“那是巴斯托先生。”

“我该认识他吗？”

“他是斯坦莫尔的助理牧师。”达夫妮说，不确定他是不是也和她一样喜欢这精心设计的签名。

“明白了……然后是这个：奥利芙·沃特金斯，她的字在二十步之外都能看到啊。”

“我不是真想要她签字的，因为这应该都是大人们签的，但是她要给我签。”在签名下面，奥利芙用力地写道：“患难见真情。”由于用力过猛，字的印记在后面几页都能看清。“我很确定，她的收藏最棒，”达夫妮说，“她有温斯顿·丘吉尔的签名。”

“天哪……”塞西尔佩服地说。

“我知道。”

塞西尔又翻了一两页。“但是你有杰布兰德啊，你看。这是另一种方式的与众不同啊。”

“他是我另一个最喜欢的，”达夫妮承认，“他是在他的螺旋桨断裂的前一周寄给我的。我听说飞行员的东西不能等。它们和其他的签名不同。奥利芙就是这样失去斯特凡内利的。”

“奥利芙有杰布兰德吗？”

“没有，她没有。”达夫妮说，尽量减少对已逝的、令人尊敬的飞行员流露出得意的音调。

“我发现挺毛骨悚然的啊，”塞西尔说，“你让我有点担心呢。”

“哎呀，这里签名的其他人都还活着呢。”

塞西尔合上本子。“好吧，把它放在我这儿，我保证会在走之前想起点什么写上去的。”

“要是想临时写点诗也请随意。”她来到椅子旁，站在那里从正面看着他。他又一次用手指抚摸着他自己的本子，然后在阳光下眯着眼睛，表情紧绷地朝她笑了笑。她感到自己在他面前有了片刻的优势，她以一种新奇的放肆盯着他微启的双唇、他柔软的蓝色衬衣里露出的强壮的褐色脖子。他此时肯定是在写诗，铅笔在他的本子里等着。她觉得自己不能问，但她也不会让他独自待在这儿，于是问道："你参观过这个花园了吗？"

"你知道，我参观过了。早上第一件事就是和乔治一起绕着花园走了一圈。"

"噢……"

"啊，是在你起床之前很久，我偷偷去把他从床上叫起来的。"

"明白了……"

"你知道，我是一个异教徒，我敬拜拂晓。我正在努力向你哥哥灌输这种迷信。"

"我想知道你们进展如何。"塞西尔疲倦地闭上眼睛，微笑着，这更让她感到幕后事件的神秘。"也许明天早晨你可以把我也从床上叫起来。"

"你认为你母亲会允许吗？"

"噢，她不会在意的。"

"那，我们到时再说吧。"

"我能带你看所有的东西。"她用手摸了摸草坪，然后在塞西尔的椅子边坐了下来，"我都不相信乔治已经带你参观了整个'两英亩'。"

"啊，也许没有吧……"塞西尔说着，快速闪过一丝窃笑。

达夫妮很受鼓舞地看着周围的景致——整齐干爽的草坪、假山庭园、一排深色的冷杉，以及冷杉掩映下的科斯格洛夫斯家的盆栽园圃和车库。对她来说，他们家房子名称里的"两"字一直是一种安慰，是对那些居住在城镇里和排屋里的同学的一种有力的夸耀，是一种生活富足的证明。但随着塞西尔的到来，她对这一切都有了一些不确定。肩并肩地坐在一起，她希望能让他分享她的美景，但不知道是否与此相反，她已经开始分享着他的。她说："你知道吗，那个假山是我爸爸建的。"

"他一定对此倾注了很多心血。"塞西尔说。

"是，他的确为此付出了很多。那些红色的大石头都是从德文郡运来的——当然都是他运的！"

"对后代来说，它们可能会成为地质学上的一个难解之谜。"塞西尔说。

"对，我觉得很有可能。"

"它们会像巨石阵里的整块巨石一样。"

"嗯。"达夫妮说，感觉被取笑了，而她原本期待他能说点更好的话。她继续强调："我父亲不像我母亲那样有艺术眼光，但她放手让他按自己的想法建造了假山。从某种意义上说，那是他的丰碑。"

塞西尔用一种受了惩戒般的表情看着假山。"我想你可能不记得你父亲了吧，"他说，"你那时一定太小了。"

"噢，我记得很清楚的。"她朝他点着头，"他通常都是下班回来后，在我洗澡的时候，喝一杯施美格。"

"你是说他在浴室里喝威士忌？"

"是的，他同时还给我讲故事。当然我们那时有保姆，通常是由她给我洗澡。坦白说，我觉得我们那时比现在有钱得多。"

塞西尔用转瞬即逝的同情目光看了她一眼，她在谈到金钱及仆人时就已经注意到了。"我想象不出来我父亲能这样做。"他说。

"你父亲不工作，是吧。"

"那倒是真的。"塞西尔迷人地笑着。

"当然了，休伊工作很努力。我母亲说我们当中的一个人需要结婚。"

"我一点也不怀疑，你会结婚的。"塞西尔说，他的黑眼睛盯着她的眼睛，眼眉稍稍往上抬了抬以示强调，并表露出一丝快乐，所以她的心猛跳了起来，赶紧接着说：

"也许有一天吧，再说呗。我敢说我们都会结婚的。"她想说她听到了他们昨晚的对话，想告诉他，他和乔治都错了：休伯特绝对不是风流坯子，他是个值得尊敬的正派人。但她对这个没有把握的主题有点恐惧，担心她有可能误会了。

“我想乔治没有特定的女朋友吧？”过了一分钟后，塞西尔问她。

“我们都以为你会知道呢。”她说，然后对他们一直在谈论的有关他的话题有点后悔。当然有些关于塞西尔的话是要谈的。她拔下几片草叶，看着他，依然对他的在场感到很新奇而有趣。他在椅子里换了下姿势，把右脚踝搭到左膝上，露出一截褐色的小腿。他穿着白色的帆布鞋，鞋跟已有点磨损。如果他们能在乔治背后讲讲乔治，那一定很有趣。她说：“我们都以为他开始收到信的时候，就应该有个人；但是当然了，他那些信都是你寄的。”

听到这些，塞西尔看起来既有点高兴又有点尴尬，他转过头看了眼房子。“你觉得你母亲怎么样？”他忽然语气敏感地问，“她还很年轻，而且非常有魅力。她自己也应该再婚啊。她一定有很多追求者吧？”

“噢，我不这么想！”达夫妮皱着眉头，这个问题让她有点脸红。谈论可怜的乔治的前途是一回事，问一些他几乎不认识的中年女人的事情是另一回事。这是非常冒失的；而且，她可绝对不想要个继父。她想象着哈里·休伊特站在她父亲的假山上的情景——更糟的是，他可能会将之强制拆除。实际上，几乎是肯定的，他们都得要搬到有那些奇怪的画和雕像的马托克斯去。她坐在那里看着塞西尔的白鞋，绞尽脑汁地想着。他没有给她施加压力，跟她要答案。她发现这是一类新的谈话，她还没有准备好回答这些问题。这就像某些书，很明显它们是用英语写的，但里面的内容都是关于大人的，她还看不懂。他说：

“我不是想刺探别人的隐私。你知道，我、乔吉还有我们很多人都是非常直率的，想到什么就说什么了。”

“没什么。”她说。

“告诉我这不关我的事。”

“那个，今天晚上有一个人会来吃饭，我觉得他很喜欢我母亲。”她说，一种背叛的感觉让她在接下来的几秒钟感到不安。

“是哈里吗？”

“是的，是他。”她说，感到更加羞愧。

“就是那个送你们留声机的人。”

“哦，对，他送了我们各式各样的东西。他给了休伯特一把枪，还有……很多东西了。谢里丹[1]的全部作品。”

“我想休伊可能比别人更珍惜某些礼物吧。”

“那个，他给过我一套梳妆工具，带有一瓶香水，我还没到能用的年纪，还有刷子，背面是银的。”

“听起来他像是个圣诞老人，”塞西尔说，他露出一丝无聊的神态，看了看四周，“多么快活的家伙啊。”

“嗯，我觉得他很慷慨，但一点也不快活。你到时候自己看吧。”她抬起头看着他，还是有点莫名的气恼，既对他也对哈里，但是他却在看着小树林的上空，那是昨晚他们相遇的地方，仿佛那里有什么更神秘的东西。“你知道吧，他做进出口生意，经常去德国。他给我们带了很多东西回来。”

“你觉得他的那些礼物都是他……讨好你妈妈的方式。”塞西尔说。

“我怕是。”

塞西尔精致的侧脸、专横的鼻子、圆睁的眼睛好像随时准备做出论断；但是当他转过身微笑时，她突然觉得他对她的关注和友善又回来了。“但是，亲爱的孩子，你用不着害怕，除非你觉得你妈妈会对他的感情有所回报。”

“哦，我不知道……！”她有点慌张，因为他们已经谈得太深入了，因为他出乎意料地叫她“孩子”，那个称呼只有她母亲才很自然地使用，尽

---

① 理查德·布林斯利·谢里丹（1751—1816），爱尔兰剧作家、诗人，代表作包括《对手》《造谣学校》《批评家》等。

管有时是带点批评的意味。昨天晚上当她努力使塞西尔感到宾至如归并问他一些问题时，她就听到妈妈这样叫过她，可能有一两次吧，他一定是听到她妈妈这样叫了。现在她感觉在口头上已经被别人占了上风——他在打算让她高兴的关键时刻却让她变得谦卑。

塞西尔微笑着。“我跟你说啊。我要以一个完全是局外人的身份，好好看看他，然后告诉你我的想法。”

“好吧……”达夫妮说，对这一妥协不是很确定。

“啊哈！”塞西尔说着，在椅子上往前倾了倾身子。原来乔治正穿过草坪向他们走来。他的夹克搭在肩膀上，欢快地吹着口哨。然后他站住了，低头看着他们，一些疑问隐藏在他的微笑里。

“你总吹的那个东西是什么？”

“不知道，”乔治说，“是我大学校工唱的歌，‘看到你，我就心情激荡’。”

“真的……！我老是想，如果你实在想吹口哨，就应该吹一点好听的东西，”她看到了把他们带回到昨晚那个话题的机会，“比如《漂泊的荷兰人》。”

乔治把他的手放在胸口上，开始唱《珊塔叙事诗》好听的部分，他眼睛看着她，眉毛向上挑着，轻轻地晃着头，像是要把他自己的自我意识扔给她。他的口哨音色优美，但是他用了太多的颤音，使这首歌听起来很傻，不久，他就不能把两片嘴唇合到一起了，口哨声变成了带有喘息的笑声。

“哈……”塞西尔低声嘟囔着，看起来有点不太舒服。他站起身来，把他的笔记本放到衣服口袋里。然后冷冷地笑着说：“噢……恐怕我不会吹口哨。”

“嗯，你是个乐盲嘛！”达夫妮说。

“我要把这个珍贵的本子拿进去了。”他说着，拿起达夫妮的小签名册。然后他们看着他穿过草坪通过花园门走了进去。

“你都跟塞斯说什么了？”乔治问，低下头来看着她，脸上是有趣的笑容。

她挑拣着她面前的青草，有意拖延逗一下乔治。她第一个想法，是她和塞西尔的关系正独立于乔治在发展着，即使不完全令人满意，也要尽可能保密，这想法强烈得让她意外。她觉得有点什么东西还不能公开，免得被盘问或被取笑。“我们当然是说你了。”她说。

“噢，”乔治说，“那一定很有趣了。”

达夫妮听后鼻子哼了一声。“如果你非想知道，就告诉你吧，塞西尔问，你有没有特定的女朋友。”

“噢，”乔治说，这次表现得更轻描淡写，“那你怎么说的？”他的脸红了，转过身徒劳地想掩盖这一点。现在他低头看向花园，好像刚刚发现了什么有趣的东西。这相当出人意料，出于妹妹的直觉，达夫妮也花了几分钟才理解，然后她喊道：

“啊，乔治，你有！”

“什么？噢，胡说八道……”乔治说，“小声点！”

“你有，你有！”达夫妮说着，立即察觉到这发现的乐趣被孤单的阴影所笼罩着。

8

那些先生们一离开，乔纳就动身上楼，快上到最高层时，才发现他忘了塞西尔先生的鞋子，于是回身去拿。但就在这时，他听到楼下大厅里有人说话。他们一定是去前门右侧的书房待了一会儿，现在他们在大厅的衣帽架旁拿帽子。乔纳站在原地，没有躲藏，而是站在楼梯拐角的阴影里。

“这个是你的吗？”塞西尔问。

“啊，你这头蠢驴，”乔治说，“快点，咱们赶紧出去吧。我想我得要带着这个，以防万一。”

“好主意……我看起来怎么样啊？”

“你看起来挺像样，不过也就这么一次吧。乔纳一定是伺候你伺候得不错吧。”

“噢，乔纳好极了，”塞西尔说，“我跟你说过了吧，我要把他带到科里去。”

“噢，不行，你不能这样做！”传来一阵轻微的扭打声，乔纳看不见，但扭打声伴随着咯咯的笑声、喘息声以及低低的说话声传来。“……

啊！……看在老天的分上，塞西尔……”然后是打开前门的声音。乔纳又上了三级楼梯，从楼梯的小窗户向外看着。塞西尔从花园门跳了过去，乔治好像是想了想，然后还是打开门走了出去。此时塞西尔已经上了外面的那条小路了。

乔纳在原地又站了一会儿，看着剩下的上面的三级台阶及穿过楼梯平台通向客房的门。“乔纳好极了”——他们是怎么说话的……不过它的意思肯定是说事情进展得还行，他的工作让客人很满意。他不认为索尔太太会让塞西尔把他带走，他自己当然也不愿离开家。当然了，他去过哈罗很多次，还有埃奇韦尔，有一次还去了亚历山大宫去听管风琴演奏……他继续往上走。楼梯平台是橡木壁板，铺着厚厚的土耳其地毯，所以显得有点暗，但是卧室的门窗都开着，以便让空气流通，所以屋里光线很充足。他能听到清洁女仆韦罗妮卡在休伯特的房间里，她一边抖落拍打着枕头，一边快乐而敬业地自言自语：“……就是这样……放上去……非常感谢……”乔纳觉得他明白了一些东西，他们已经肯定他准备好了。他现在渴望着清理房间，花一些时间整理整理塞西尔的东西，更仔细地检查他的衣服纽扣扣及口袋。他绝不会对楼下的人提起这件事，但他想，如果他学会当贴身男仆，那么有可能会在一两年内成为他的下一个工作。也许有一天，他会让塞西尔先生或类似他那样的人，最终把他带走。

他刚一推开门就立即发现，他其实什么也不懂。他们根本没告诉他，在就寝和早餐之间的这段时间里发生了什么事情。他好像是迈进了另一个房间。他紧走了两三步进到屋里，感到这个塞西尔·瓦朗斯先生是个疯子；想到这里，他发出了一阵咯咯的笑声。那么他就只能等韦罗妮卡来了。这里好像刚刚有过一场战斗，床上的东西散了一地。他看了看冰冷的剃须水及盆里的浮渣，剃须刷放在书架顶上，四周滴了一圈水。他对散落在地板上和小扶手椅上的衣服皱了皱眉，感到新奇而悲伤，因为在早些时候，在他认识它们时要比现在快乐，那时一切都令人信服地进展顺利。此时玫瑰花都已经快要枯萎了——对，塞西尔一定是把它们碰倒了，然后把它们胡乱地插在没有水的花瓶里。由于好几个小时无人问津，它们的头耷拉着，印花地毯上有一块颜色偏深，用手背一碰发现那里是湿的。梳妆台上写得乱七八糟的纸是乔纳更期待的东西。“你来时，我已离去，”乔纳读道，“但阿尔卑斯山冈上，依然弥漫着英伦五月玫瑰的气息。”然后他抓起刮须刷，看着被它弄得油腻腻的水池。

乔纳走到废纸篓前，像是按惯例整理一个很少用的房间一样，倒出了一些废纸。他看到有一张是乔治写的，他替乔治感到尴尬，因为他的客人把这里弄得乱七八糟。纸上的字很难辨认……好像是说“Veins[①]”，但写的是“Viens[②]”。乔纳曾被警告过绝对不许动的那个写诗的笔记本，就放在床边的桌子上，触手可及。他想，他甚至几乎可以肯定，一会儿之后，他一定会拿起来看一看的。

“我看他把这里当成自己的家了，”韦罗妮卡从门边说，她干劲十足的语气让乔纳振奋起来，“对了，厨师说他会乱得一塌糊涂，但他会给你十先令做小费——如果你走运，也可能是一个基尼呢。”

“我预料到了。”乔纳说，好像已经习惯了这种待遇，他不自然地把那些纸塞进了裤兜里，然后忍不住笑了。“厨师这样说的？”

韦罗妮卡把枕头从床上拿下来。“啊，他是个贵族。”她说，神态好像是见过不少似的。“如果他们把东西搞砸了，他们能赔得起。”她拉出被盖下的床单，看了看，然后扬起眉毛，嘴角奇怪地撇了一下。

“嗨，乔纳，看看我发现了什么？”

“哦，好啊……”乔纳说。

“你的绅士先生完成了他的使命。”

“啊。”乔纳还是带着那种克制的困惑表情回应着。

韦罗妮卡狡猾但不失友好地看了他一眼。“你不知道那是什么，是吗？他们管它叫夜间使命。年轻的绅士们都容易沉迷于此。”她用让人

① “Veins”英语意为“纹理”或“血管”。
② “Viens”法语意为“刚刚”。

惊讶的力气拉下床单，床垫一阵颤抖。“来，你闻一下就知道了。”

“不，我不想闻！”乔纳赶紧说，他觉得这样做是不对的，而且突然把这个和他自己的担忧联系起来，他脸红了。

“好吧，亲爱的，你不久就会明白这一切的。”韦罗妮卡说，她让乔纳想到某个年龄大很多又很邪恶的角色。“啊！别担心。你应该看看休伯特先生的床单。他的床单一周得换两三次。S太太[①]知道的——我是说，她没确切地说，她只是说：‘韦罗妮卡，如果发现任何痕迹或脏东西，就好心地把那些小伙子的床单换掉吧。’亲爱的，恐怕这是很自然的事情吧。”

乔纳忙着把衣服捡起来、叠好，不确定是该把这些穿过的东西放回到衣柜里还是礼貌地藏在什么地方，等到塞西尔要离开时再装起来；韦罗妮卡不高兴的嘀嘀咕咕还在让他的耳朵发热，这时候他还不能问她任何事。这是扔下来的昨晚穿的礼服衬衫，笔挺的白色前襟有一块灰色的印记，可能是雪茄的烟灰吧，还有像女士内衣一样漂亮的背心和短裤都被漫不经心地弄脏了，他都不忍心看，只能等待会儿他自己一个人的时候再看了。他把洗脸盆拿出去，穿过楼梯走廊，小心地把它们倒到厕所。上千个带着肥皂沫的头发楂依旧在弯曲的表面浮着。如同给塞西尔做的其他事情一样，他带着一种很怪的复杂情绪，半是担心半是骄傲地注视着它们。

后来，他走出去来到户外厕所，在穿过门上方磨砂玻璃的灰色光线中，他从口袋里掏出那垃圾，翻过来又翻过去地读着纸上被画掉的文字。他清楚地知道他这是在满足自己“无意义的好奇心”，厨师会苛责他的。厕所里，他脚下聚集的恶臭，与厨房传出的让人窒息的焦炭灰烬一起，使他的行为显得更加鬼鬼祟祟、更加邪恶猥琐。他甚至不知道自己为什么要这样做。这两个先生的谈话好像不太正常，乔治也是怪怪的，现在他的朋友在这……乔纳辨认出来，是“树荫中的吊床，头上是落叶，脚边是褪色柳”。他读得很慢，试图将他知道的所有东西联系起来，只是在他读得

① 指索尔太太。

多了一些的时候，他才渐渐地意识到那种不安。塞西尔先生写的是他们的吊床，是乔纳本人帮休伯特先生在今年初夏时才装好的吊床。他想知道他会怎么评价它。“你的脚边是桦树，头上是垂柳——”看来他显然是拿不定主意了！然后纸边写着：“木虱啃着柳树，螨虫咬着枕头！——”这里被波浪线画掉了。他头脑一片混乱，担心他在说什么让人震惊的事情，担心这里的卧具、索尔太太最好的鹅绒枕头里有螨虫，这些忧虑过了会儿才消散消失吧。他想起来这是诗歌，但不确定这究竟是使它更接近或更偏离事实。另一张纸被撕成了两半，他把两部分拼起来，心里在想，威尔克斯在清理他主人的废纸篓时，是不是也做过类似的事情。

鸟虫~~群集~~鸣唱的林地四周
是英国土地上神赐的两英亩
~~走在~~漫步在它最遥远的边界
在女贞树篱~~柏树桃金娘~~的阴影下
头顶高悬一簇簇榛果
我们将走过~~秘密漫长而黑~~暗狂野而黑暗的爱之路
在白嘴鸦和雄鸡的咏叹间
心中的秘密无人能听见
爱如春天般生机盎然
而秘密则如—— XXX（什么东西！）
诚挚、饱满、热烈，且无所畏惧
只是羞于将其倾吐——

这里有很多删减，好像不单单是塞西尔的文字，就连他的想法都需要被抹掉似的。乔纳听到了碗碟洗涤处的门发出的熟悉的刺耳声响，接着是砖路上的脚步声——不一会儿，一个高大的身影（是厨师，对吧，也或者是穆斯托小姐？）从外面关掉了电灯，乔纳颤抖着手把插销拨得嘎嘎直响，摸摸索索地把那些纸又揣到了兜里。“等一下！”他喊道，然后花了一秒钟思考着他是不是应该把那张纸扔到厕所里，但最后还是打消了这个念头。

9

弗蕾达拿起她的玻璃酒杯，用一种开明的笑容扫视一圈桌上的人，注意力没怎么放在谈话上。但是，对，是真的，又是德国，现在哈里又说“我们每一天都离德国战争更近”——这是他的口头禅，但却开始惹恼了她。“我经常去汉堡出差，”他解释说，“我相信我亲眼所见的。”弗蕾达根本不在乎什么德国战争，对哈里一再坚持的预测感到很不耐烦；可是塞西尔好像做好了马上参战的准备——他说他会欣然抓住这个机会。乔治的优柔寡断让人感动，也挺好笑。任何缺少为之战斗的勇气的人都难以想象，但显然他不想让塞西尔失望。“如果它真的来临的话——我想我会去的，对吧？”他说。

“噢，毫无疑问，老伙计。”塞西尔说，故意慢慢地转了一下头，让大家都能看到他的侧面。他已经跟他们说过，他多么喜欢猎杀，显然杀德国人比光杀狐狸、野鸡和鸭子要刺激得多。弗蕾达很庆幸克拉拉今晚不在座：她弟弟——好像是她唯一的一个亲戚——在德国皇帝的军队里任职，不过谢天谢地，只是个文职工作之类的。她说：“我不是很确定我想让我的儿子们被砍成碎片——”她的声音听起来很古怪，而且这一意象吓坏了所有人，儿子们在蜡烛的光亮里眨着眼睛，休伊用白色的餐巾布擦着胡子。然后休伊坚决但友好地说：

“妈妈，让我们希望事情不会到那一步吧。”

“我认为我们的小伙子们都已经准备好去打一仗了。”埃尔斯佩思说。

“对，但是亲爱的，你可没有小伙子能去打。”弗蕾达说。埃尔斯佩思是哈里的老处女姐姐，人们不禁会想，如果哈里结了婚，那埃尔斯佩思会去哪儿。这么多年来，她给哈里当管家，很难想象她住在自己的房子里的情形。但她总得有个去处吧……不过，哈里结婚，这话听起来不觉得荒谬吗？

布丁是一种什锦水果冻，苹果是从果园里摘的。坐在弗蕾达右侧的塞西尔快速地吃着，看起来好像不是很高兴，甚至还有点恼怒的样子。虽然这会让女主人感到沮丧，但或许这只是一种很有教养的表现，显得他并没有耽湎于吃喝上？仆人不由分说地把一些东西放到你面前，不管怎样都暂时打断了你想说的更重要的事。今晚乔治就坐在塞西尔旁边，以某种方式和他站在同一阵线；时不时，他会把手放到他的衣袖上，不顾周围的大声喧闹，跟他低声说着什么，但塞西尔似乎更倾向于对在座的所有人说话。塞西尔也去过德国，了解很多关于德国军队与工业方面的信息——大多信息都是不可翻译的。弗蕾达的德语水平只限于爱情、忠诚与报仇这些词汇，只够告诉别人是要白兰地还是要水，不久就觉得难过起来，而且插不上话。她印象中的德国炎热、正规，却并不是很有条理，所有的安排自始至终都是个迷宫，但对《沃尔松格传》《森林低语》及《沃坦告别颂》[1]的热爱，可以永远弥补这一切，那是她十年寡居生涯中最为热切紧张的十分钟。想到这里，她全身一阵颤抖，下嘴唇收了回去。

他们坐的位置有点尴尬，达夫妮坐在两个小伙子对面，两侧是哈里和埃尔斯佩思。达夫妮看起来兴味索然，但每当塞西尔把注意力转向她，

① 瓦格纳的歌剧《尼伯龙根的指环》里的歌曲。

她就立刻又精神焕发了。通常都是哈里带给休伯特一缕光芒，有时几乎是一丝火花——他是她这些朋友里最关注他的；但是不知为什么今晚休伊好像有点走神——他是不是有点嫉妒？塞西尔分明对哈里很着迷。哈里像是读过了所有的新书，有很多关于剑桥的人物要问他。“不知道你是否认识年轻的鲁伯特·布鲁克[①]？”他问。

“噢，鲁伯特·布鲁克，”弗蕾达说，“他可是个阿多尼斯！”

塞西尔发出一声带鼻音的笑声，好像在笑某些基本的误解。“哦，对，我认识布鲁克，”他说，“以前我们经常在学院里看到他，当然现在很少见了。”

“我母亲认为鲁伯特的作品很超前。”乔治说。

“是吗，亲爱的？”埃尔斯佩思语气里带着一种闪烁不定的关切。

弗蕾达想她最好别反驳——作为一个母亲，有时就得装傻。“我不是特别在意去读一些关于他晕船的东西，”她回答道，“这绝对是实话。”

“噢，恶心死我了！”达夫妮说。

“谢谢你，孩子，我说过我不喜欢的。”实际上，那是她们自己发明的警句之一，是给别人的发言加一些孩子气的结束语的方式，但它们只是家人之间的说说笑笑，绝不应该在别人面前说出来的。弗蕾达紧皱着眉头使劲地瞪了她女儿一眼，同时也是为了阻止她自己的假笑。她觉得会给塞西尔留下很坏的印象。

“我对诗歌不太在行。”休伯特带着悦耳的声音，多此一举地说，好像已经要将话题转移到另一个方向了。

“我不太了解英国诗歌的最新情况。”埃尔斯佩思说。

哈里道：“我一直喜欢斯特雷奇在《旁观者》[②]中的文章——我想你一定认识他吧？”

---

① 鲁伯特·布鲁克(1887—1915)，英国诗人，著有十四行诗等作品，最著名的诗作是《士兵》。1914年加入英国皇家海军，1915年在地中海远征中死于希腊。

② 自1828年发行的英国杂志，每周一期，主要关注政治与文化，但也涉及书籍及音乐方面的内容。

也许，又是那个传言中的男孩俱乐部、那个极其重要的不让她提及的社团吗？“我们确实能时不时地见到利顿。”塞西尔谨慎地回答。

“他现在是非常聪明了。”埃尔斯佩思说。

“亲爱的，他是谁啊？”弗蕾达问。

“利顿·斯特雷奇[1]——你一定读过他的《法国文学大事记》了吧？”

“哦……我……”

“哈里不像我那么喜欢这本书。”

“和那些净说大话的相比，我更喜欢言之有物的事实。”哈里道。

“我们都相信总有一天利顿会做一些了不起的事。”塞西尔温和地说。

“我不喜欢他。”乔治说。

“亲爱的，为什么啊？”弗蕾达取笑地问，尽管一分钟前她还从未听过斯特雷奇这个名字。

“噢，我也不知道。”乔治低声答道，脸有点红，然后看起来相当恼怒。

“没人能否认，”塞西尔说，“可怜的斯特雷奇说话的声音很糟糕。”

“噢？”弗蕾达知道她一定不该看达夫妮的目光。

“我想你们音乐爱好者将其称为假嗓子。让他无法进行任何形式的公共演讲。”

“即使是私人间的谈话也不可能。”乔治说。

“啊，幸运的是，我们不用非得听这个家伙说话，”哈里说，“或者，像你母亲这样，连读都不用读。”他看着坐在他旁边的弗蕾达，口气里几乎是父母串通一气的得意之笑。然后看向休伯特，他正在不置可否地笑着。他好好的一记冷幽默凝结成了讽刺，这就是那类大家得去容忍的事情。他是一个善良慷慨的人，对一个冷静的人来说，这种慷慨可能有点怪异，但你很难确定他是否能达到预期的效果。

“哎，至少在半公开演讲这件事上……”塞西尔狡黠地说，用一种奇

① 利顿·斯特雷奇（1880—1932），英国评论家和传记作家，《维多利亚女王传》为其代表作。

怪的眼神看了一下达夫妮。

“噢，对啊！”达夫妮说，对这种突然而来的关注表现出了孩子般的机敏，“塞西尔，咱们朗读的事情怎么样了？”

“噢，亲爱的，你说的是什么啊？”弗蕾达问，唯恐达夫妮会惹恼了他们的客人。

“这可是塞西尔的主意啊。”达夫妮回答。

“人家可能只是好心那么一说。”弗蕾达说。

“绝不是那么回事。”塞西尔答道。

“妈妈，是塞西尔主动提出要给咱们朗诵的！”达夫妮说，好像弗蕾达是个聋子，又好像是她故意要忽视这一慷慨的美意。

弗蕾达说：“啊，塞西尔，那太好了，随便怎么说吧。如果你真的……”头天晚上，在把他们从花园叫到屋里时，她自己就曾提出过类似的建议。

“也许你能给我们读一读你自己的作品吧？”哈里郑重其事地问道，向塞西尔表明他作品的名声已经先期到达。

塞西尔微笑着，再次低下头。“是这样的，你们知道吗，我和达夫妮想了这个计划，就是每个人都要朗诵一段他们最喜欢的丁尼生的诗歌。”

“哎呀，我不知道啊！”弗蕾达叫道，她在想她没有眼镜可读不了。

休伯特热情地说：“哎，不行，老伙计，我们还是愿意听你的。”

“啊，如果你们真的喜欢的话……”塞西尔说，聪明地显露出些许不安。

弗蕾达看向达夫妮，她很想在他们大家面前表现一下，但出于对塞西尔的迷恋，她把这一强烈愿望掩藏了起来。对于一个女主人来说，这类朗读有可能变得很尴尬，当然也可能会变成一次成功的、大家可以经年不忘的盛事。既然哈里已经这样要求，弗蕾达不想让他失望。她怕哈里无聊。她说：“那好，就晚饭后吧！”随即又说：“你们一定都知道我们见过他，对吗？”

“塞西尔，你会对这个感兴趣的。”休伯特说。

“我亲爱的，你们见过谁了？”埃尔斯佩思问。

“哦，丁尼生勋爵。对，是真的。”弗蕾达热情地说，她把手在塞西尔的衣袖上放了一会儿，然后迅速捏了一下才将手拿走。“我们那时在度蜜月，所以好像是个好兆头啊。”她扫视了一圈桌子，对大家都在洗耳恭听感到很满意，但对乔治的表情有点担心，他的眉毛往上扬着，露出一丝取笑的迁就。她现在终于找到机会讲这个故事，却觉得他想转移话题。她知道她有自己的方式来将它讲出来，也根据以往的经验会酌情删减。“那是我们的蜜月。”她重复说，让自己冷静下来。当那个能激起好奇心的词汇在烛光下跳跃着的时候，她把目光若有所思地停留在哈里身上。她不认为他以前听过这个故事，不过她也并不确定。“我们去了怀特岛——弗兰克说他想带着我在水面上航行！”

“他就是这样的人。”休伯特说，深情地摇着头。

“你知道你走上渡船，是从……林茅斯，对吧？”

“我想，是利明顿吧……”哈里说。

“我怎么总弄错啊？”

“你当然还可以从朴茨茅斯走，”乔治说，“不过稍微有点远。”

“让母亲把故事讲完吧。”达夫妮说道，听起来她对故事本身和对人们的干扰都感到懊恼。

弗蕾达让哈里把她的酒杯倒满，慢慢地喝了一大口葡萄酒。“那肯定是夜晚将至的时候。你们坐过那种渡船吗？它好像就在怀特岛上徘徊，仿佛它拥有世界上所有的时间！或者可能是我们不够耐心……我记得女王当时在奥斯本[①]，弗兰克说他曾经见过王室侍从武官，还拿着红盒子——渡轮上的所有人都是在来来往往地忙着，当然，他们是在执行公务。”

“我认为他们才不在乎呢，”休伯特说，“她毕竟是女王，那是他们的工作。”

---

① 奥斯本庄园为维多利亚女王与阿尔伯特亲王的避暑行宫，阿尔伯特亲王设计，1851年建成。

“对，他们可能真不在乎。不管怎么说吧——我们坐在里面，我觉得很冷，但弗兰克总是对船充满好奇！”

“可以说我父亲迷恋所有种类的交通工具。”休伯特说。

“弗兰克问我，”弗蕾达说，“虽然是我们的蜜月，但我能不能让他出去看一看。”

“然后他就遇见了丁尼生。”塞西尔说，他向前倾着身子，身子弯曲着压住了桌上自己的盘子，全神贯注地听着。

“嗯，我当时并不知道是他！”弗蕾达说，被塞西尔的打岔弄得有点不安。“你知道，弗兰克总是喜欢跟船长之类的人交谈。过了一会儿，我往外看了看，看到他倚在栏杆上，身旁站着一个无比奇特的身影。”

“我敢确定，”塞西尔说，“他一定经常乘渡轮，到法令福德[①]去。”

“嗯，肯定是这样……但是我吓了一跳！”弗蕾达说。她开始以一种模糊的恐慌神情，将她最了解的故事，从她先前的叙说中逐字逐句地说出来：“那是一位高大的老人，尽管我想他可能已经八十岁了，但即使那样他还是比弗兰克高。我仿佛现在还能看见他的样子，他在衣服外穿了一件宽大的外衣，戴了顶——”她总是在说到这里时从她的头上做一个俯冲的姿势，“一顶样式奇特的特别宽的帽子，从后面看——”

“低顶宽边软毡帽。”乔治说。

“对……从后面看去，你能看到他的——”这里她总是压低嗓音，“看起来有点脏的头发。我现在还能看见他的样子。我第一个想法是这个人在骚扰弗兰克，你知道吗，我是说他是个乞丐什么的！你们想象一下吧！”

“那可是英国的桂冠诗人啊！”休伯特感慨着。

“他们谈了有一会儿。很明显船长告诉他我们是新婚夫妇。”她又喝了一口酒，从酒杯上方看着哈里。她的心慌乱地跳着。

“亲爱的，他们都谈什么了？”乔治脸上带着紧绷绷的微笑，提示

① 法令福德庄园位于怀特岛，1853 年以后，丁尼生多数时间居住于此。

地问道。

“噢，我忘了……”

“哎哟，天哪！”塞西尔重重地坐回到椅子上，就好像花了钱却什么也没得到似的，但也还是表示出一点惊奇，好像他和她已是老相识，可以开玩笑了。她自嘲着，又把手放到他的衣袖上。

“丁尼生勋爵说——我真不应该说出来的。”她觉得心口一阵痉挛，随即语无伦次起来。

“我们不会说出去的。”埃尔斯佩思说，态度很友好，但却好像是对一个挺难缠的孩子说的。

达夫妮用一种粗哑的近乎于方言的声音大声说道：“他说：‘年轻人，我们需要更多地使用‘非常’。”

“确实是这样的，孩子……”弗蕾达笑着说，脸涨红了。

“‘年轻人，少用特这个词，尽量多用非常这个词！’”达夫妮低沉有力地说道。

“我可以告诉你们，他是个很脚踏实地的人！”弗蕾达说。

此时塞西尔笑了，还是那么直接、那么大声地笑着，接着，桌上的气氛变得愉快轻松起来，在某种程度上笑着这个姑娘荒唐的角色扮演。

“这就是他们从那个大诗人那里得到的一切，”达夫妮用她正常的声音解释道，“没有即兴的诗节，只是——”她再次缩紧下巴，“‘尽量多来些该死的，年轻人！’”

“够了，孩子……！”弗蕾达说。

“我觉得大家都明白他的意思。”哈里说。

“那时候他可能已经厌倦了华丽的词藻。”休伯特说，对他们家的这种趣闻逸事感到很自豪，也看到了其中的利害关系。

“可怜的弗兰克被弄得惊慌失措的。”弗蕾达说，对欢快气氛的转瞬即逝感到不确定，意识到她忘了说丁尼生关于蜜月的一番议论。那也让她觉得惊慌，但她决定就此放过，不再提了。

“噢，他应该很迟钝啊。”塞西尔说，用一个银色的胡桃夹子夹开了一个巴西坚果。

“你应该说，是非常迟钝。”乔治说，傻笑着环顾着四周。

“如果你到了八十岁还不迟钝……”达夫妮说。

“他可能是真的很迟钝了。”塞西尔嘴里塞满了坚果，突然表现得像是酒醉后粗野无礼的家伙，“我记得我祖父这样说过——当然了，他跟他很熟的。”

“啊，真的吗？”弗蕾达说——几乎带着哭腔了。

“哦，老天，是真的。”塞西尔大声强调过后，就完全失去了兴趣；他变得面无表情，神情凝重，然后转过脸去。

女士们撤离了桌子去喝咖啡了，餐厅的门紧紧地关上了，但大声的谈笑还是在大厅里回荡——塞西尔的喋喋不休以及休伊偶尔发出的尴尬的笑声。围着桌子推杯换盏的时候，人们永远也不知道周围发生了什么事情；但不论是什么，都没有出了这个屋子。他们随后带进来的是团结一心的娱乐气氛和让人惬意的雪茄气味。而女人们则相反，她们没有策略漫无目标地谈笑着。

“哦，我亲爱的，天哪……”弗蕾达含糊地做了个手势让埃尔斯佩思坐下。

“我想站一会儿。”埃尔斯佩思说着，拿起咖啡杯，随着身子的一阵轻微颤抖，她拒绝了甜酒，而是走到屋子的另一头，轻松地察看屋里的装饰和画像了。在马托克斯，他们当然收藏了许多标新立异的画，来自多个大陆流派的怪异的象征派作品。人们怀着一定程度的理解四处观看着。

“还有你，孩子？”弗蕾达问，“来一点姜汁白兰地吧？”

“不要，谢谢你，妈妈。”

“不要，真的！”埃尔斯佩思说。

“那好吧，”达夫妮说，“就要一小杯吧，妈妈，非常非常感谢。”

埃尔斯佩思生性好斗，但轻易不会被激怒。她又穿过房间走了回来，坐在了靠窗边的椅子上。她笔直地坐着,潇洒但一成不变地穿着灰色的衣服,她有哈里身上的那种俊美之气,目光犀利,而且不得不承认,也有那种沉稳气质。“我觉得你们那位年轻的诗人很有魅力。”她说。

“是,他真的很有魅力。”弗蕾达说,赶紧吸掉杯中装得过满的橘味白酒。她小心地坐了下来。“他已经在这里留下了深刻的印象。”

“他挺迷人,”埃尔斯佩思说,“但并不是非常迷人。”

“我觉得他是最迷人的。”达夫妮说。

弗蕾达看了她女儿一眼,她女儿满面嫣红而且行为有点轻率,好像已经把酒喝了似的。她带着开始是朦胧的愿望继而变成气恼的语气说:“达夫妮觉得他是有点魅力,但她认为他说话声音太大。”

“哎呀,妈妈!”达夫妮说,“那是在我了解他之前。”

“我的小羊羔,他昨天晚上才到这里啊,”弗蕾达说,“我们还都不完全了解他。”

“我觉得我了解他。”达夫妮说。

“人们可以看出乔治很爱慕他,”埃尔斯佩思说,“以剑桥的方式。”

“乔治当然喜欢他,”弗蕾达说,“塞西尔为他做了很多事情。提携他,你知道,你所……”

埃尔斯佩思赶紧喝了一口咖啡。“应该说,乔治对他,是一种英雄式的崇拜,你说是吧!”

这好像让乔治显得非常愚蠢。“噢,乔治可不傻!”弗蕾达说。她看到达夫妮的脸上闪着一种愉快的亮光,像孩子一样顽皮地反复抓住一个新词、一种新观念。

达夫妮说:“噢,我认为他就是把他当英雄一样地崇拜着。”她坦率地轻晃着头。从大厅那边传来一阵众人的大笑声,这显得女士们在试图愉悦自己方面有些逊色。“我想知道他们在说些什么。”达夫妮说。

“我们最好不知道,我这么想,你说呢。”弗蕾达说。

“那会是什么呢,可是,你是说我们不应该听吗?”达夫妮问。

“我觉得肯定是些胡说八道。”埃尔斯佩思道。

“是什么啊，亲爱的？”

“明知故问。”埃尔斯佩思说。

“你是说他们在谈论女人？”达夫妮问。

“照这种情况看来，他们一定认识一些有趣的女人。”当又一阵笑声传来的时候，弗蕾达说。她对哈里有种不安的感觉，因为他在她面前总是一本正经，而当女士们不在时，他则显露出另一种本性。她说：“弗兰克总是说，他们男人的秘密是他们不想来烦我们，但却不介意烦烦他们自己。他总是匆匆应付他们。他想再回到女人中间。”这种想法极为辛酸。

达夫妮装作漠不关心地说：“休伊特小姐，你们自己有很多晚餐派对吗？”

“在马托克斯吗？噢，不太多，不多。”埃尔斯佩思说，“可怜的哈里特别忙，还有他经常外出。”

“所以你总是独自一人享用大餐，”弗蕾达说，“在那个宫殿……”

“我倒是并不在乎。”埃尔斯佩思干巴巴地说。

“置身于那么多的绝妙画作中。”达夫妮说，弗蕾达察觉到了她的夸张。她说：“哈里一定做得很出色……”但是听到这些，埃尔斯佩思的骄傲似乎被满足了，她站起身，放回咖啡杯，有效地把她弟弟的前途之事一带而过。弗蕾达感觉自己有点不自然地问：“我一直想问你，亲爱的，你的晚装——是从克莱尔夫人那里买的吗？”

埃尔斯佩思假装抱歉地皱了皱鼻子。“露西尔。”她回答。

“啊，是吗！”

“噢，是的，”埃尔斯佩思说，“我不能否认，哈里总是让我保持精致的风格。”

“对，确实如此！”弗蕾达说，忽地感觉自己处在了她的地位，这感觉迅速蔓延开来。当然埃尔斯佩思有可能在暗示哈里会同样对待他的妻子，但是弗蕾达很清楚她说的意思是她没有这个机会了。

传来了开门的声音，达夫妮说："啊哈，先生们来了。"

"啊，是的。"弗蕾达说，当那帮人出现时，她抬起头来看着他们。他们的脸上都带着好笑而谨慎的笑容，就好像是他们做出了什么决定，但又不能公开披露它是什么。哈里在门口给塞西尔把着门，又等了几分钟，给休伯特把着门：他把一只胳膊搭在他的肩膀上走了进来，像是感谢和安慰他。招待着三个比自己聪明的男人，休伊喝得比往常多，看起来有些燥热，有些迷离。"那么……"他说着，表现得像他父亲对类似事情一样的高兴，"那么，咱们准备怎么来做这个呢？"

大家简短地讨论了一下塞西尔的位置，以及椅子如何摆放等问题。乔治问屋里是不是太热，可不可以打开落地窗。"我们可不可以都坐到外面去？"达夫妮问。

"别傻了。"弗蕾达说。朗诵本身已经够冒险了。她看着哈里，希望在椅子后边他能坐在她身边。他以一种大师级的拥抱方式拿起一个小扶手椅，把它搬走，穿着质地良好的裤子的腿呈现出令人愉悦的张力。椅子在窗前大致形成了一个半圆形。塞西尔在小桌上放了一盏灯，实际上是在外面的石砖路上，旁边放着一把椅子。那就是一个微型的舞台。灯光照亮了灌木丛，照亮了倾斜着的蜀葵，也照亮了他身后黯淡的中国小灯笼，但这灯光使上面和下面的其他一切都显得更加昏暗。

"既然有人热心邀请，"塞西尔说，满怀自信地看了一眼哈里，"那么，在我们攀登丁尼生大师的，呃，高峰之前，我先读一两首我自己的诗吧。"他坐了下来，一本打开的《格兰塔》放在灯下他伸手可及的地方。"我读一首关于科里的诗吧，希望你们不会认为我太不谦虚。不知为什么，这个地方似乎总能让人产生作诗的灵感。"一阵兴奋与尊敬的低语声传来。塞西尔抬起下巴，扬起眉毛，然后，像面对着有一百多人的集会的人群，或者说会众，开始了：

家的灯光！家的灯光！

从遥远的公园里清晰可辨，
苍茫的树林、芬芳的土壤，
极少被车马踏足惊扰，
勇敢地走过科里的树与草，
我那穿越黑暗的幸福之路。

塞西尔像牧师一样地唱颂着这些诗句，一点也不谦虚。因为几乎没有说明诗的寓意，弗蕾达感觉自己一头雾水，不明白他在说什么。她直视着达夫妮，她正在眨着眼睛咧嘴笑，好像突然之间要努力控制自己的感情。休伯特看起来惊讶了几秒钟，然后迅速而狡黠地皱了一下眉，好像是在衡量他听过的其他朗诵。哈里和埃尔斯佩思，确实对文学聚会更熟悉、更了解，所以保持着冷静的微笑欣赏着。乔治已经转过身去，直视着花园，把他的脸隐藏起来；只是因为灯光才使他的耳朵涨红了吗？

弗蕾达拿起酒杯，小心翼翼地强迫自己喝了一大口，然后带着肯定的微笑看向塞西尔的方向。她听别人朗读时总是这样，即使是听思想性更强、更安静的东西也是如此：开始，她几乎听不进去，好像被她自己的专注搞得不知所措；然后她静下心来集中精力；接着大约十分钟后，就会一点点进入状态，塞西尔的声音有他自己的格调，每个人都是一样，或多或少相似的诗句在山丘与峡谷中起伏，这样词汇本身看起来似乎都一样。“蕨草中掩藏着幼鹿的足迹”——她明白了他的意思，但却想笑出声来。“爱并不总是从前门抵达”，塞西尔以最具说教的口气朗诵着。弗蕾达把头向后仰去，漫不经心地窥视着哈里严肃但精致的轮廓，他强壮的左腿伸了出去，不由自主地随节奏抖动。他可能是在以前的浪漫情事中受过伤害，伤过心吧？她想一定是的。难以想象会有人爱慕他，确实如此；但是他很富有，而且在金钱上也很慷慨，她又想起他对休伯特让人动容的亲切友善：很少有人像哈里这样“影响”过可怜的休伊。但毫无疑问，他也有他的难处——他的单身既是邀请也是警示。带着忧郁的笑容，她看向别处。没人提过这次活动的规模;但似乎每一种出现的情况他们都处理得很好,没有任何惊喜,也没有任何预测,弗蕾达开始变得烦躁不安,然后,她反其道而行之,闭上眼睛,试着去品味这一感觉,实际上这样就不用非得看着塞西尔了。温暖急促的电流般的声音、全新形势下充满信心的进展、在康沃尔海滨与米丽亚姆·科斯格罗夫的交谈,火车不久就要开了,他们得收拾行李了,在去旅馆的时候却走错了方向,他们无助地迷路了。就在这时,是那种寂静,以它自己奇怪的紧张方式,使她惊醒。她赶紧在座位上坐好,又伸出手去拿她的空杯。“好极了。”她低声说道,有一点点晕眩、视线也有点模糊。她强迫自己清醒。“真是一个难忘的夜晚!”

“我现在给你们读我最喜欢的部分,”塞西尔说着,喝了一口杯中酒——他是在喝水还是喝威士忌?“没有人看,园中树依然随风摆动——”

“啊,对了,我喜欢这一首。”弗蕾达有点过分夸张地说;她女儿恼怒地看了她一眼。

“柔嫩的花朵依旧飘落地上——”

“啊哈……”

“没有人爱,山毛榉依旧适时变黄/枫树也如期把自己烧成一片火红。”他高高扬起的右手张扬地舞动着,仿佛要把花园握于掌中。

弗蕾达突然间感到神清气爽,她微笑着看向四周,以几乎共谋者的微笑看向哈里,哈里正在愉快地轻轻地点着头。埃尔斯佩思则目光低垂,好像注意到了她的动作。那是一首美丽的诗,美丽而忧伤。“没有人爱,向日葵依旧向阳开放/结满果实的圆盘闪着火焰般的光……”

她再一次地想象,如果用更细腻的情感去朗读这首诗会是什么情景——她是说还不够细腻吗?——不管怎么说,这里没有威斯敏斯特教堂那样的特定氛围。可怜的休伊已经沉沉入睡;这有可能会是一个伟大的无情布道。她在想她是否该小心地捅醒他或者走到他身边提醒他,但她在惊愕之下又感到了一阵隐藏的笑意。好了，就让他睡吧。她的另两个孩子，都在舞台的侧面，支持着他。乔治隐隐约约地在映衬着塞西尔的重要性，而达夫妮傻傻的脸上则显示出渴望回应的紧张表情。弗蕾达能够看出，其实她一个字儿也没听进去。

没有人爱，在沿途诸多的沙洲边，
小溪依旧流过平原，浅声低语；
无论是日上中天的正午，
还是北斗绕着北极星旋转的夜晚。

塞西尔又一次用他长长的有力的手指，吸引着大家的注意，他在面前舞动着手指，将他的脸掩藏在戏剧性的阴影中——

没有人管，
风中的小树林仍被笼罩，苍鹭、秧鸡之所依然明亮；
溪中散碎的银剑闪着波光，
朗朗皓月照旧当空照耀——

在这里他带着一种吃惊表情向上看去，像发现了什么滑稽的不利因素似的，然后坚定地继续下去——

直到从花园、从旷野，
新奇的联想随风掠过，
而岁月流逝，这里的景色，
陌生人的孩子将会熟悉——

最初犹豫的漏读，就像轻柔的脚步声和机智的清嗓子的声音，迅速获得了信心，急促的噼啪声开始了，塞西尔对原文也不陌生，匆匆读过，在诗歌接近尾声时，他提高了嗓音，高亢地继续念着：

犹如农民一年年辛勤耕种，
他熟悉的土地，或砍伐树木，
而一年年过去，我们的记忆渐渐模糊，
终将忘记这周围的山岭——

可此时他们全都站了起来，拿走了灯、关上了窗户，他最后的诗句像是坚定的呐喊，在咆哮的大雨中，高声回响。

10

休伯特醒得很早，他的左眼上方疼得厉害，一些郁闷的思绪似乎在那里聚集并纠缠在一起。他的睡衣扭成一团，被汗水弄得湿乎乎的。社交生活，虽然有其重要性，却经常让他很纠结，也让他的身体颇感不适。敲打在屋顶的雨滴滴答答的，使他恍恍惚惚地睡了过去，继而又因为燥热得难受而醒了过来。他昏昏然知晓人们在走动；他母亲一夜未眠，现在，当他打着盹或再度醒来时，他想起了晚饭期间和之后的一些事情，他对她的担心在他的记忆里不安地迂回穿行。然后太阳出来了，散发出无情的光辉。和塞西尔一样，休伯特憎恶浪费时间，但与塞西尔不同的是，他有时不知道该如何打发时间。他决定不和其他人一起去参加晨祷，而是去参加一大早的圣餐活动。二十分钟后，他关上了前门，带着愠怒的神情出发向山下走去。这是一个空气清新、安静祥和的清晨；北方的米德尔塞克斯的巨大山谷就在前面，与其高度相应的马斯威尔山朦胧地矗立在远方。他试图找到属于这里的往日的冷静愉快，但却只是枉然。

仪式是由勤恳的助理牧师巴斯托先生主持的，他没怎么注意活动仪式；但是坐在教堂的条凳座位上、跪在圣所台阶硬硬的地毯上，他得到了某种满足。然后，他穿过小修道院走回家，当加入家人的早餐行列时，身上还带着爬山时的余热。塞西尔正在以他既讨厌又有趣的方式说着话。尽管休伯特很得体地跟大家打了招呼，并问大家昨晚睡得怎么样，但他发现是塞西尔在掌控着局面。

"我睡得简直好极了。"塞西尔说，皱着眉头展示着他的煮鸡蛋，以期得到大家的笑声；然后从他被打断的地方继续说："不，如果您不介意，就交给您来决定。"

"妈妈，你知道塞西尔是个异教徒。"乔治说。

"塞西尔崇尚黎明。"达夫妮补充着。

"我明白了……"母亲说，脸上带着一大早紧张匆忙的神色。

塞西尔说："我承认当乔吉告诉我斯坦莫尔教堂已是没有屋顶的废墟时，我感到了一种解脱。"

"但是他可能没提，"休伯特说，"就在它旁边，有一座一流的新教堂。我可以推荐它。"

"我觉得我还是倾向于被毁坏的那个。"达夫妮试探地说。

"真的吗，孩子，"她母亲说，她的手游移着往她的杯里倒着茶，"好吧，那我们得让你一个人去了。"

"噢……！"

"我是说塞西尔，不是说你。"

"你知道我们很想带着你向镇上的人炫耀一下。"乔治说。

"达夫妮会在午饭时向你重复那些布道的。"他母亲说。

"那我们去教堂的时候，塞西尔干什么呢？"达夫妮问。

塞西尔露出一丝犹豫的微笑，然后低声说："噢，我希望我能读一读诗歌。"

"好吧。"达夫妮说；乔治看起来也认同。

休伯特觉得有点心神不定，他倒了一杯咖啡，站了起来。"如果我请求离开，"他说，"希望你们不会介意。"他离开了房间，清楚地知道没人会介意。他穿过大厅，进入他父亲的办公室，关上了门。

我亲爱的哈里，（他写道）

我当然会带着香烟盒到金斯利去，把你的名字刻在上面——我想还是不要由我写了，不然智者会说像是男人在学绣花！

透过空格很大的小窗户，他忧郁地看着外面，那扇窗户被树叶挡着，有一半是昏暗的；他继续往下写：

哈里，昨晚你可能有点生我气了，我不知道你是否完全公正。其实我一直在有意回避男人间的感情表达。

在此他又一次停下，然后，带着被他的畏惧表情出卖的坚定，在“有意回避”后面加上了“也不喜欢”；他把句号改成逗号，又写下去：

可能是由于没有男子汉气概，以及“美学”上的原因吧。我知道索尔家族的其他成员都更像那样，但那却从来不是我的天性。你知道没人有比你更好的朋友，哈里老伙计。我不应该告诉你我们的处境。无论如何，都没到“绝望”的境地，我希望我们能处理得很好。我们还没到像你说的“山穷水尽”的地步！但不管别人怎么说，生命中的一点小安慰会使生活完全不同。我不是善于表达的人，哈里，你现在可能知道了，但我们都感激不尽。

休伯特靠到椅子上，烦恼地将翘到嘴上边的胡子捋下来。他觉得他的信写得不好。他对挂在书架上方他父亲的照片扫了一眼，不知道他是否也处理过类似的问题。当你确实有个朋友，他也准备好伸手相助，却发生了这样的事，真的很难处理，特别是当你不清楚要发生的到底是什么事的时候。他觉得他必须得在哈里开车带他去圣奥尔本斯之前说点什么。尽管他还不太确定他究竟会不会寄出这封信，但还是冷静地把信封好了。“你永远的休伯特。”他想起他曾有的一个主意，希望不会惹恼哈里，或许还能被看作是一种简洁优雅，他补充道：“又及，昨晚我在想如果在香烟盒上只刻一个能代表咱们两个人的H好不好……”

接下来他想他最好还是全部重写吧。

11

他们从前门走出花园，走上了通往公地的小路，塞西尔本能地在前面领路。“我们坐着听那些沉闷的布道的时候，你都干什么了啊？”乔治问。他发现离开塞西尔待在教堂的那几个小时，超乎想象的痛苦。

“哦，差不多一样。”塞西尔说，“我坐在草地上；还跟客厅侍女沉闷地说了会儿话。”

“小韦罗妮卡？”

“可怜的孩子，是她。我们在谈论与德国战争的可能性。”

“我相信她有很多中肯的意见吧。”

“她似乎认为有可能。”

“噢，天啊！”

“我担心小韦罗妮卡会一下子爱上我。”

“亲爱的塞西尔，‘两英亩’的人不会每一个都爱上你，你醒醒吧。”乔治笑说，微笑中带着隐秘的得意，也有一丝不信。不过他确实在想塞西尔是不是已经有点太春风得意了。

“她是一个很吸引人的姑娘。”塞西尔以他最公道的口气说。

“是吗？”

“嗯，对我来说是这样。”塞西尔对他温和地一笑，“你一想到女人的阴道就会有那种恐惧，我可不是这样。”

“对，确实如此。”乔治冷淡地说，不过脸马上就红了。他的脸开始发烧，显出不太自然的表情。他看出以塞西尔高傲好斗的习性，如果他愿意，他能轻易地就毁了这次散步、毁了这一天、毁了整个周末。“她才十六岁。”他说道。

“确实如此。”塞西尔应着，但听起来心平气和，他把手臂伸到乔治的胳膊处，把他拉过来紧靠着他，一起往前走。“你在十六岁时，就没有过最邪恶的念头吗？”

“在遇见你以前，”乔治答道，“或者说至少在我看见你从草坪那端，那么大胆、那么渴望地看着我之前，我从来也没有过邪恶的念头。”这是他们两人都喜欢的场景或话题，是他们起源的小神话，它的人为成分成了性爱魅力的一部分。“真是没想到有一天你竟会是我的神父。”现在他们已到了尼古拉斯小姐的小屋旁。知道他们可能会被人看见，乔治挺直了身子，但还没想好应该给人以什么样的印象。他有一点从心里想吓唬一下尼古拉斯小姐的想法，但到头来却只是举起帽子，献殷勤地晃了晃。

“你看起来真是非常非常的……合适。”塞西尔说，突然放下他的手臂，在乔治的屁股上快速使劲地捏了一下。

“你是这么评价它吗？”乔治一边说着，一边自由地扭动了几下，又赶紧四处张望着。

“我不能说你哥哥休伯特特别合适。”

“不能。”乔治肯定地说。

“尽管有人可能会情不自禁地爱上他的胡子。”

“别再说这个了，”乔治说，“你这样说不就是因为我说达德利的腿很漂亮吗。我不确定是否有人爱慕过可怜的休伯特。另外，他是一个完全的风流坏子。”他们两个有些好色地对他们愚蠢的粗话又疯狂地大笑起来。乔治感到一种幸福荡及全身。然后塞西尔说道：

“不过在那件事上，恐怕你错了。”

“哪件事？”

塞西尔看了下四周。“我敢说你哥哥休伯特有一个非常热烈的爱慕者——名叫哈里·休伊特先生。”

“什么，哈里？别傻了。哈里在追求我母亲。”

“我知道那是个猜想。你妹妹非常非常担心。但我敢保证她根本不用担心。”

“我不知道你根据什么这么说。”

“哦，是他对艺术的鉴赏力——你知道，他跟我说过他藏品的种类。但主要是，我必须承认，只要有可能，他会对你哥哥动粗的。”

“他有吗？”乔治问，微蹙的眉头里，既有否认，也有同意，“他对他可是非常慷慨的。”

“亲爱的，那个人一定是哈罗地区最彻头彻尾的鸡奸犯。”

“这罪名可太大了吧！”乔治说，为争取一点时间而跟他争执。

“我就是正好撞见了那特殊的一刻，是在晚饭后在壁炉边，我肯定那个老怪物想要吻他。他们不知道我会看见。可怜的休伯特恐惧地躲闪到了一边。”

乔治喘着气笑着。“你说他老，”他说，“不过我想他还不到四十岁吧。”这个塞西尔式的惊愕信息，带着一些冷酷的世故，带来了它独有的连续反应，抵抗、让步，以及在此情景下有趣的解脱。塞西尔总是对的。而且有一种变态的愉悦在里面。只是在后来他才想到这件事对他母亲的危害。“嘿，真是岂有此理。”他说。

“是，没错。”塞西尔说，给了他一个奇怪而强硬的眼神，好像认为他是个傻瓜。现在他们正经过斯坦莫尔宅邸，大门顶上有半狮半鹫的怪兽，这是座很大的豪宅，几乎像科里庄园一样宏伟；塞西尔隔着草坪往里面看，但即使他有什么好奇，也没有显露出来。在他胜利地透露了关于哈里的事情后，他变得平静且带点茫然。索尔家的人不大可能知道哈德利[1]；他们在这个镇子上认识的最上层人物是做缝纫生意的威尔夫人，还有在房子后的一排棚屋里养观赏鸟类的凯托一家——这些在乔治童年时代就很友好的人，在目前情况下却起不了什么作用，甚至会让人觉得尴尬。乔治半是欢喜半是挑剔地看着非常熟悉的小路，铺着石板的路面，满目皆是的树木、围墙，及重新加固过的白色围栏，渴望着塞西尔会用诗人的眼光，给它们祝福。

“这是第一个池塘。”乔治说，把他从一个泥泞发滑的路面拉过来，那里有一个戴着布帽的小女孩正在把玩具船放在水里玩。

越过褐色的水面及绿色的浮萍，塞西尔翘着嘴角微笑地看着。“我觉得在这种地方我连衣服都懒得脱，”他说，“离这些人的房子和其他东西都这么近。”

“噢，我们不在这里游泳，”乔治说，“我知道更漂亮的地方，而且非常隐蔽，记住了。”

“是吗，乔吉？”塞西尔带着一种喜爱与傲慢的混合神情，还有点怀疑，因为他愿意自己制定这些计划。

“是的。这里有三个池塘，我相信村里的男孩们都会在树林那边的那个大池塘里游，你想看一看他们吗……？”

塞西尔同情地看着那个女孩，也许是她年纪太小，不知道如何让玩具船好好航行而不至于下沉；小木船一直左右摇晃着，湿淋淋的三角形风帆在努力使小船保持平稳。“目前情况下，”他恍惚地说，“我只想看你。”然后转过身，对乔治笑着，这句话似乎已经飘散进了空中，朝着某个更明显而且更值得的目标出发，然后又却神奇地俯冲回来。

他们穿过靠近树林的开阔地带继续向前，不再手挽手，塞西尔还是习惯性地靠前一点，所以，几分钟前的那个美好而确定无疑的时刻似乎显得让人质疑。乔治觉得这一小小的分离就像预示着第二天早上的情

① 英国一个时尚品牌，主要产品是衣服、鞋子等。

景。他打算坐面包车和塞西尔一起去车站，但一想到分别的场面，他就已经慌乱不安、难受不已，再不会有时间，不会有机会……真的，所有的一切都取决于这最后一个下午。“等等我！”他喊道。

塞西尔放慢脚步，转过身来，笑得欢快而隐秘，乔治重获信心，感到几乎要晕眩了。“我已经迫不及待了。”塞西尔保持着微笑说；然后他们肩并肩走着，都在想各自的心事，没再说话。当一排参差不齐的橡树在他们面前出现的时候，乔治能听到自己的呼吸、自己脉搏的跳动。他完全沉浸在自己的感情里，穿过纯粹的象征性景观，仿佛要飘向它们。由于过度兴奋，他已经感到软弱无力了。他们右边不远处有一对中年夫妇也正在走向树林，还有一对抽着鼻子、嘴里发出响声的西班牙猎犬。他没认出他们是谁。现在清楚地看到了他们，却并没有真正意识到他们的存在。女人穿着一件亮蓝色上衣，戴着一顶帽檐很低的褐色帽子，上面带一只羽毛；男人穿着法兰绒衣服，戴着和塞西尔一样的顶上带扣的帽子，举起手杖友好地打了个招呼。乔治点了点头，加快了脚步，感到一阵罪恶感和快乐。他应该可以轻易地避开这些人的。其他步行者都预见到了。在树林边缘有一条长一英里左右的骑车小路；在整个公地，有其他小路通向林中空地。还有一些小鹿在低矮树枝下踩出来的羊肠小路。乔治走进一条要穿过橡树和山毛榉树苗的绿色通道小路，塞西尔只好跟着，不过发出一阵奇怪的咳嗽声表示屈服。“可以看出来你确实认识路。”他说。

实际上，乔治在这些树林里，和他哥哥、妹妹玩了很多年，但自从长大后，他就经常独自在里面玩。有半打的大树他都曾经攀爬过，他知道如何长时间地屏住呼吸勇敢地、不用别人帮助地爬上去；还有些隐藏的地方和墓地。让塞西尔看这些东西，似乎是在承认某些离剑桥或社团很远的东西。他在那个小通道尽头的一块空地上站住，然后回身去帮助塞西尔，却正好挡住了从他身后来的塞西尔的路。

塞西尔止住笑，拍拍乔治的侧身，然后紧紧地抓住了他的前臂，使他和他之间有点距离但又不放手。他看起来是在倾听什么,他的头仰着、耳朵竖着,是一种下意识的姿势。他们听到了不远处的狗叫声和相互厮打的声音。偶尔可以透过树叶看到那个女人的蓝上衣,能听到那个男人喊“玛丽! 玛丽!”,开始乔治以为那是那个女人的名字,可后来听那个女的也这样喊。给狗起名叫玛丽有点莫名其妙的趣味,可能是随女王的名吧,他站在那儿咯咯笑,胳膊被塞西尔捏得很疼;不过相比之下这点痛根本不算什么,在塞西尔强壮肌肉的亲密接触下,他的大腿后部和他厚实的胸脯正在经受着更难以承受的痛,他发着嘘声的嘴唇,公然露骨地显示着他的冲动。乔治有点忘情地呼吸着、喘着气,心在怦怦地跳。他们又听到了狗的叫声,不过稍远了一点,还有两夫妇的谈话,听不清说什么,是婚后夫妇那种奇怪的沉闷语调。塞西尔小心地走过铺满树叶的地面,往前走了几步,还是把乔治拽在自己伸手可及的范围,然后四处窥视着。他们离树林边缘很近——透过葱茏的山毛榉树叶的边缘,能看见一块空地。塞西尔还是有点荒唐——如果玛丽的主人们想起他们,那他们会对他们如此的安静感到困惑,他们突然的消失看起来会很怪异。

“我们还是再往里走一走吧。”塞西尔说,乔治叹了口气,跟在后面,带着一丝不满的神情搓着手腕。他发现这种表现谨慎的默剧,表现出对森林很了解的样子,是塞西尔惯用的手段,表示他高高在上、掌控局面,夺去了乔治计划的事件的领导权。不止是计划,也包括同样多的梦想,而记忆中有很多已经混淆的未及实施而且可能永远也无法实施的想法。在其他场合,塞西尔都很大胆,几近鲁莽。乔治让他走在前面,把弹回的树枝拨拉到一边,但很少费心替他的朋友挡住这些树枝,好像他能照看好他自己似的。一切都如此新奇,因为一些相反的原因使快乐带上了一些瑕疵、带上了一些小小的伤害与矛盾,看起来既像是爱的一部分,又像是明确表示接纳的注视。他看着塞西尔的背影:宽松的灰色亚麻布夹克、帽檐下露出的一些深色鬈发,有一瞬间他感觉自己好像是在跟着一个陌生人。他不知道应该说什么,由于塞西尔很苛刻,有时甚至带有暴力倾向，他的渴望被染上了一丝忧虑。现在他们来到了那条路上，路上有倒下的橡树，如果是乔治领路，那应该比这条路快得多。在几年前的一个冬天，风暴将这棵大树刮倒，他看到随着时间的推移，大树已慢慢下沉到下面那些被毁坏的树枝上，像一个长期躺在那里的扭曲的怪兽，睡在自己腐朽与残破的躯体中。塞西尔停下脚步，欢快地耸了耸肩，脱下夹克，挂在他头上一个向上的树杈上。然后他转过身，急不可耐地伸出双手。

“真是好极了。”塞西尔低声叹道，他已经站起身来——然后走出几步，随便地把衣服抻了几下。他看着像屏障一样低矮茂密的荆棘，左右晃动着脖子，用手指梳理了几下头发，温和地对一只松鼠微笑。他能马上拉开距离，而且可以假装什么也没发生地对抗无缘由的忧伤带来的那一阵沮丧。只要有一餐饱饭，他就可以口若悬河，他的思绪就已经跑到更重要的事情上了。他站直了身子，笑着抽了抽鼻子。松鼠摆动它褐色的尾巴，抓挠着爬上树枝，再次看向他。或许它看到了他的整个表演，正在用它的小手为他鼓掌喝彩。依然躺在树叶上的乔治，看着他们俩。每一次他都惊奇于塞西尔的超脱，不确定这应该算是他的优点还是缺点。也许塞西尔认为，乔治对这一经历感到震惊反而很糟糕。乔治复苏的轻喜剧、极力的退缩，还有抗议的呻吟都被无视了。有一次在学校里，因为有论文没写完，塞西尔回了一趟教室，当他过了一会儿回来的时候，几乎气恼地发现乔治还躺在那儿，就像现在这样，很疲倦但很温柔，渴望着耐心的抚摸，流露出共享欢情后的单纯微笑。

“真是有趣的小东西。”塞西尔有点儿心猿意马。

“噢……谢谢。”乔治说。

“没说你。”塞西尔抬起下巴、努着嘴，模仿着啮齿类动物的啃咬动作。

乔治露出遗憾的笑容，朝前坐起身，用双手抱着膝盖。他想让塞西尔知道他的感受，但又害怕他的感觉是错的；即使如此，告诉他等于是赞扬他，因为是他在他身上制造了这些疯狂的影响。“先生，请把我拉起来。”他说。

塞西尔走回来，抓住他伸出来的手，把他拉起来。他离得不远——他们开始亲吻，一两秒钟吧，长到可以彼此安慰，但又不至于使任何事情再次发生。

树林里有两三条小溪，它们在橡树巨大的树根下潺潺流动，汇聚成水塘，再倾泻而下。它们静静地流着，几乎无声无息，人们走近了才意外地发现它们，然后就可以听到它们快速的流动声。它们带着树叶一起流下来，在树根与细树枝上形成一道小小的金灰色水坝，一个清澈的小池塘就在后面形成。在低处，在树林的边缘处，两条溪流在倒下的树木后方汇到一起，慢慢变成一个大点的池塘，那些倒下的树则半淹在水里；在盛夏时节，这里的水会太浅，不能游泳，但最近的雨水又让池塘注满了水。

“最下面的那个池塘比看起来要深。”乔治说。

“啊哈……”塞西尔应着。

“如果你想泡一泡？”乔治觉得他不能让塞西尔看出来，他多么希望他再裸露一次，那样他就会明白。在现阶段，这个周末被脱下的裤子和解开了一半纽扣的衬衫束缚着、限制着。

“你先去，然后报告一下情况。”塞西尔说。

乔治斜着嘴笑了一下，他已准备好但是有点失望。“好吧。”他说着，开始解鞋带。

“慢点脱，”塞西尔说，“要一直看着我。”他走到池塘上方一棵大橡树下，察看缠绕在一起的球根状的树枝，然后找到一个落脚点，五秒钟后他就爬到了一个较低的地方，然后小心翼翼地抄近路来到一个宽大的、几乎是横卧着的树枝上。他坐在那里，忽然有一种拥有整个树林的感觉，就像乔治曾经的感觉一样。“我能看到你。”他说。

“我也能看到你。”乔治正在解他的衬衣扣子，然后从头顶上脱下来。

“我说过慢一点脱。”塞西尔喊道。

到脱裤子时，乔治听话地放慢了速度。他感到一定程度的羞涩掩盖了他对快乐的渴望。塞西尔还保持着那种似笑非笑的挑衅神情，被激起的兴奋情绪掩藏在愉悦里。“你怎么像一些害羞的乡下人似的，”他说，“还是不适应男人探寻的目光。你也许是个树神吧。”

“树神是女的，”乔治说，“我相信你能看出来我不是。”

“我还真是没看出来。对我来说，你有点像树神。我觉得你就住在我现在坐着的橡树里。”

乔治把他的裤子松散地叠了一下，放到一个老树墩上；但他转过身去脱白色内裤时，难过地发现在十分钟前的打闹中，裤子上沾上了一些烂泥。“哎，你害臊了。”塞西尔近乎发怒地说。乔治转过头看过去，忘记了对裤子上的泥点的担心，因为更尴尬的是，他现在裸着身子。在斑斑驳驳的树林里，其他来散步的人都能看到他，而且塞西尔穿着衣服、裤子、鞋子，正在定定地看着他。他小心地穿过枯死的树叶和橡木走下去，走向近乎椭圆形的水塘。天气很暖和，但在忽明忽暗的斑驳阳光中，他还是感到后背阵阵发凉。他发现自己正在为自己扮演的角色而兴奋，细微的服从场景、他的价值和美丽都从中得到了强化。你应该知道，你是塞西尔最想要的。他还是背朝着塞西尔，蹲了下去，看向水面，深深的水呈现着褐色，小溪轻轻地持续流入，激起阵阵涟漪。阳光在二十英尺之外闪着亮光。他先把一条腿滑向冰冷的水面，当感到一阵寒冷袭来时，马上把身体也滑了进去。他先是在里面转着，然后稳定下来，气喘吁吁地喊道：“太美妙了！”

现在轮到他来看塞西尔了，那个准备更充分、更老练的脱衣高手。塞西尔摆脱那些东西的方法就是拉、扭、踹。他像半人半兽的森林之神一样从布满树叶的斜坡上腾跃而下，皮肤黧黑、肌肉发达，小腿和前臂长满黑色的汗毛。他纵身跳进了小池塘，几乎跳到了乔治身上，把他摁在水里一两秒钟，然后乔治抓住了他，接着他们的腿就疯狂地纠缠在了一起，既恐惧又兴奋。他想让塞西尔冷静下来好拉住他。他们互相拥抱着、泼着水，大声笑着，水面上时而平和安定时而气泡迭起。水下，他们用脚踢着树枝、踢着被卷起的树叶和软泥。塞西尔伸出手抓他，一只胳膊环住了他的肩膀，然后在水下紧紧抱住了他。

最后几分钟，他们在树林边躺了一会儿，把身上的水晾干。太阳透过树叶的空隙照射下来，远方的田地已经犁过，没耕的地里的草已经被踩得不剩多少了。从他们刚刚游泳的池塘里流下的小溪，经过长满荆棘的长长沟渠从他们身后流过，水流声像各种鸟鸣一样婉转。乔治已经穿上了内裤，但塞西尔还在裸露身体伸展着，他抬起胳膊肘，对自己的身体微蹙着眉毛。乔治喜欢这种充满信心的展示，但也隐约半是欣喜、半是忧虑地为它而惊恐。他想起了那只叫玛丽的西班牙猎犬，于是看向树林边的弧形地带，希望看到那件蓝色的上衣，听到随风而至的他们干巴巴的闲聊。他几乎是害羞地回头看着塞西尔——他觉得他永远都会沉溺于他。他喜欢他潇洒的举止风度，这点大家有目共睹，他也喜欢一切看起来不那么漂亮的东西，换句话说，就是通常隐藏起来的东西，他斑斑点点的肩膀肌肉凸起、大腿强健有力、黑色的毛发平伏在身上，形成道道条纹，夏日里蚊子的叮咬在他的胳膊和脖子上留下一个个渐渐退去的深色疤痕。他身后是光影斑驳的树林中高高耸立的模糊大树，还有曾经是乔治独自拥有的公地的美丽景色。这就是那个不了解其中的秘密却已经闯入此地的人：他很快审视了一遍就将其据为己有；现在他就在这儿，在它面前伸展着四肢。就在这里，他心不在焉地注视着他，然后滚过来趴到他身上。他压着他，实验性地抽动着，一股冰凉的水滴突然从他的头发上流到乔治四处躲闪、气喘吁吁的脸上。

越过塞西尔的肩膀，他最先看到的是帽子，那时他的朋友正在他身上有节奏地运动着：红白相间、模糊不清，但确实是在长满欧洲蕨的地上移动着，那里树林绕着远处的空地边缘呈现出一个弧形。“别，不行……！”他试图站起来，所以用拳头推着塞西尔，想转过身把他推开。

“不行……？”塞西尔气喘吁吁地说，脸上是讥笑的表情。

“不行，别，塞斯……不要！快停下！”他使劲抬起头来想看清楚一些。

“真的吗？”塞西尔问，显得更加放荡。

“是我妹妹——走过来了。”

“哎呀，天哪……”塞西尔说着，猛然停了下来，然后敏捷地从他身上滚下来。“她看见咱们了吗？”

“不知道……我觉得没有。”乔治坐起身来，同时滚过来伸手拿裤子。塞西尔的衣服还在远处，他只好像士兵一样快速爬过去，雪白的屁股在草丛中蠕动着。

“来个日光浴没什么坏处，对吗？”他说，“她在哪儿？”有那么一会儿，红帽子消失了。他穿上他的丝绸内裤，然后坐下，漫不经心但脸还是红红的，依然兴奋着。

“你最好把裤子穿上。”乔治说道。

“刚洗完澡……”塞西尔说。

“那也得穿上……”乔治断然地说，那微妙时刻的感觉依然笼罩着他。

“是不是有点粗鲁了？”塞西尔看着他得意地笑着，“不管怎么说，这算怎么回事啊？——只是一点牛津的风格而已，乔吉，算不上是真的。”

“裤子！”乔治再次说道。

塞西尔咂了咂嘴说：“好吧，也许你说得对。咱们不能让你妹妹看到我的雄性器官[①]。”

“我觉得一个有教养的绅士应该换一种说法。”乔治说。

“你那是什么意思？”塞西尔说，“我是十……足的绅士——”他蹲下

① 原文为拉丁语“membrum virile”。

身穿上裤子，窥视着灌木丛。“我没看到那可恶的丫头。”他说。

“绝对是她。她的帽子即使隔着半英里地我也能认出来。”

“怎么，是一种带帽子的长雨衣吗？”

“是一顶红色的草帽，一侧有一朵丝绸做的白花。”

“听起来挺恐怖的啊。”

“她喜欢。主要是它很显眼。”

“你说，如果她真看见了……”

乔治脑子里一遍又一遍地想着不同的话——他扣着衬衫上的扣子，一脸的困惑，因为他不清楚他妹妹会问什么令人吃惊的问题，也不知道他该如何回答那些问题。“唉，也许她没看到咱们……”过了一会儿，他说。

塞西尔眯起眼睛看着他。“你不是为了不让我跟你试牛津式，就编造说看见你妹妹了，对吧，乔吉？因为你知道那个绝活永远也做不来。”

“不是的，亲爱的塞斯，我没骗你，”有一阵他很生气，“看在老天的分上，我明天就要失去你了，我希望能尽可能久的……拥有你。”

“那……好吧。”塞西尔有点害羞地说，他站起来伸展了一下，然后又弯下身把他拉起来。

当他们重新穿上鞋和外套时，塞西尔说：“请允许我。”然后快速地吻了他的嘴唇，同时迅速抓起两顶帽子，做了调换。他把乔治的硬草帽斜扣到他自己湿漉漉的满是鬈发的头上，而把他绿色的粗花呢帽子放到了乔治更大更圆的脑袋上——他发现那帽子支在那儿很有意思。他们往上爬，走过池塘，小溪的潺潺流水声很快就听不到了。乔治开始大声谈论学校的事情，几乎都是些废话，但当他们又来到小路时，他们调整了步伐，看起来就像是两个在树林里散步的朋友。当他们发现达夫妮时，她也正以自己的方式，跟他们一样，假装就是想出来呼吸新鲜空气，而实际上她是想找到他们并跟着他们的。她知道她不能公开地在人多的地方找他们。她一直走着的小路正好与他们的交叉，她放慢脚步，装作端庄地靠近他们，她红色的帽子在灌木丛中闪现，使她看起来像是童话里的姑娘。乔治对她有点恼火，但同时也感觉需要非凡的机智来应对。她的行为举止告诉他，她没看见他们在草丛中的情景。塞西尔高兴地挥着手喊道："达夫妮！"达夫妮抬起头，明显有点吃惊，也挥了挥手，快速朝他们走来。"你觉得怎么样？"塞西尔低声问。

"我觉得没事，"乔治回答，"不管怎么说，她根本不懂这些事情。"他的担忧不是她发现了他们在做什么，而是天真无邪的她对这些不应有一点概念。他仿佛看到她跟母亲谈起这些事情，母亲做着更冷静狡黠的猜测。

"索尔小姐！"当她走近时，塞西尔扬了扬借来的硬草帽说。

"达夫妮！"乔治喊着，碰了一下塞西尔的帽子顶，脸上现出滑稽的微笑。

达夫妮在三码外站住脚看着他们。"很好，"她说，"你们看起来很有趣。"

"噢……"两个小伙子可笑地张大嘴巴彼此注视，拍着自己，乔治担心还会有其他搞笑的事情出现。显然塞西尔整个人由于难以启齿的欲望而满面红光；而达夫妮单纯地张大了嘴望着他，然后不确定她是不是被取笑了，赶紧移开了目光。"算了，我不知道。"她说。她连这么明显的事情都看不出来，真是很奇怪，或者说在某种程度上让人感到很宽慰。

"如果叫我说，你那顶帽子真是别具一格啊。"他们一起往上走去时，塞西尔说。

达夫妮抬起头看着他，傻傻地笑着。"哦，谢谢你，塞西尔！"她说，"谢谢。"继续往前走着时，她又说："是的，我已经听到很多人赞美这顶帽子了。"

对乔治而言，达夫妮跟他们一起走回家让他很烦恼——如果不是她，这二十分钟的时间他可以继续和塞西尔独处。他在想明天早晨面包车到来以前，他们还会不会有其他机会。也许晚饭后他们可以溜出去抽根雪茄。当然他们还可以早早起床，步行去车站，然后乔纳坐车带着塞西尔的行李一起过去。他专心致志地想着该如何说出这些安排，所以只是偶尔以苍白的喜悦口气参与到他们喋喋不休的交谈中。当他们需要一个个分别穿过灌木丛时，不管是在哪里停下，乔治都会拍拍塞西尔，有时塞西尔也会心领神会地拍拍他。不久他们就从一条小路走出了树林，然后走上了另一条小路……一辆拉满了稻草的四轮马车吱吱嘎嘎地走了过去，一辆汽车紧随其后，发出砰砰的响声和一阵烟雾。他觉得塞西尔似乎对达夫妮挺有兴趣，弯着腰跟她说话，当那辆气味难闻的汽车经过时，还保护着她，他觉得这真是多此一举；但当他跟在这对滑稽可笑的人身后无精打采地走着时，他知道他是在愚蠢地嫉妒，那个像运动员一样高大的人，在过大的硬草帽下，耳朵朝外竖着，而那个戴着鲜艳红帽子的小姑娘则急急地跟在他身边。

那边，已经可以看到两英亩倾斜的红色屋顶、低矮的院墙、前门，以及餐厅窗外一排深色叶子的樱桃树。通向阴影遮蔽的大厅的前门像夏天时一样敞开着。在它另一边，花园的门也敞开着，午后的阳光温柔地洒在光滑的橡树上、洒在那个瓷碗上——任何人都可以像轻风一样进到房子里。门的上方是一个已经钉好的马蹄铁，下面是一个古老的棕榈木十字架。乔治感觉到一些看不见的神奇的东西、不同方面的好运都挤撞在了一起。他们，他和塞西尔正在进行一种不同寻常的、疯狂得让人眼花缭乱的冒险。在大厅的衣帽架上，挂着休伯特无可指责的圆顶高帽和他父亲的圆顶低毡帽，它总是挂在那里，好像他会再次回来或已经回来了，觉得有必要再出去一趟似的。塞西尔环顾了一下四周，手里拿着乔治的硬草帽，轻轻地在空中旋转了几下后扔了出去，帽子准确地落在了空着的挂钩上。“哈！”他说，得意地对乔治也对自己笑着。乔治发现他在把塞西尔的帽子挂在旁边时，手在颤抖。

12

“塞西尔，你创造了一个奇迹啊。”达夫妮喊道。

“我亲爱的姑娘……”塞西尔有点沾沾自喜。

“你把水变成了酒。”

“哈，”休伯特迅速地看了他母亲一眼，低声说，“特殊情况特殊对待嘛。”

“我们周日很少喝酒。”乔治说。

“这是一个很忧伤的时刻，”母亲说，拿起酒杯时摇了摇头，“这是塞西尔和我们共度的最后一个夜晚，我们不能让他跟我们喝水。他想喝什么都行。”

“我该说您是高兴得有点迟钝了。”塞西尔敲着他装满白葡萄酒的酒杯，说道。

“就是哎！”达夫妮说，她还在被迫保持他们普通的周日礼拜。礼拜天晚上厨师休息，他们的晚餐只有鸡肉冻和沙拉。他们放弃了节日的格调，有一点往前看的意思——在昨天晚上的庆祝香槟与朗读完丁尼生的诗歌之后，今晚的餐桌上好像是理智地为星期一早上准备着散文。

“是啊，老伙计，你的离开，会使我们很难受的。”乔治说。

“多可惜啊……”他母亲看着达夫妮说，脸上带着一点不确定的微笑。

而达夫妮则偷偷地看着乔治，他看起来确实是很奇怪，心情沮丧——她知道他总是喜形于色，一不高兴就会拉长脸，也知道他一发现有人在盯着他就会生气地皱紧眉头。“还有两周你就可以回剑桥了。”她说。

“噢，我想我们能应付过去的。”塞西尔心不在焉地说。

达夫妮说：“我是说，乔治还可以，但是我们将会有很多年看不到塞西尔，说不定永远也见不到了呢！”

塞西尔似乎对这番做作的话感到很高兴，他笑着，黑亮的眼睛凝视着她的眼睛，说：“你也一定要到剑桥来啊。对吗，乔吉？”

“噢，当然……”乔治无精打采地说。

“嗯……”达夫妮说。

“对，你当然得来。”乔治真诚地说；不过达夫妮知道乔治不想让她到剑桥去，“跟屁虫”会打断他和塞西尔的重要谈话，她也还可能去做其他的事情。

“你们都可以过来看法国戏剧。”塞西尔说。

“我想是这样。”达夫妮说，不过感觉从他笼统的邀请中她听到了一种她以前从未怀疑过的暗示，那就是总体上的乏味无聊。

“你们在演什么？”她母亲问。

“莫里哀的《唐璜》。”塞西尔说，好像这是他们大家都很了解的东西。达夫妮至少知道那是讲什么的——一个玩弄女人的男人——一个十足的风流坯子！“我演的是斯加纳莱尔——很好的角色，不过自然有很多东西要学了。”

“你知道吗，那是法语的。”乔治说，如果他是想阻碍他妹妹，那他做得很有成效了。

“我知道，”达夫妮说，“我不知道我能不能看懂一部全用法语演的剧。”她几乎没想过是否值得，可能就是想看看塞西尔披着斗篷拿着剑昂首阔步地演戏。但想到她可能会错过，马上就感到一阵难过。

“真是不可思议啊。”她母亲客气地说，同时请求离开了。

过了一会儿，塞西尔旁若无人地对乔治说：“这个星期我必须得赶一赶哈夫洛克的作业了。”所以达夫妮清楚地知道，他实际上已经离开了他们，甚至可能想今天午饭后就走吧。

晚饭后，乔治被派到科斯格洛夫斯去办点事，他清楚地知道这件事不是非他去办不可，但休伯特声称有几封信要写；他们的母亲，则走向休息室，停顿了一会儿，抬起手，又走了出去。这样塞西尔和达夫妮就被留在了壁炉前的地毯上。达夫妮把夜晚将尽时的这一切看作是她迈入成人世界的一个门槛，是她还不很确定的社交需求。

“我猜你不想听留声机吧。”她问。她感觉这是个机会，但又怕会烦扰到塞西尔，这种新的恐惧使她更加语无伦次。

“不是特别想听。”他说，很随意但很友好，脸上是一种她从未见过的微笑，他自然地张大嘴看着她，使她都感觉有点害怕了，可能是剑桥的把戏吧：很难分辨出来，但在剑桥，无礼好像几乎是尊重的标志，可以随时说出自己的感受。坦率是他们的口号！塞西尔把手指伸进马甲口袋，拿出他的小剪刀。他说：“不知道索尔小姐是否愿意在我享用雪茄的时候陪陪我？”

“噢，行啊！”达夫妮说，“那我去拿件衣服。”她跑到楼梯下的衣帽间。这一想法如此让人兴奋，但也一定会有剧烈的反对意见。可是那是塞西尔生活环境的一部分，是他的恳求。她回来了，不过没穿她自己沉闷的外衣，而是在肩膀上披了一件乔治的旧花呢夹克。她喜欢即兴创作的氛围；一件男人的夹克好像显示着她已准备好做一只云雀，表现出她需要骑士保护的意味。“这衣服有点味儿。”她说，不过她没有想到这会让塞西尔不安。

"是吗,我也要出去弄点味儿。"

"嗯,就是。"

"我可能太敏感了,"塞西尔看着大门,"将军很讨厌抽烟,在家里时我们都是躲到吸烟室抽烟。她使我们的快乐都带点内疚感。"

"不会,不会的。"达夫妮说。

塞西尔从一个让人意想不到的口袋里拿出雪茄盒。"我有两支,如果你愿意,可以再尝试一次。"他说着,打开了坚硬的皮套,给她看它们的顶部。它们让她想起了士兵,或者休伯特来复枪的弹夹。她不知道说什么,觉得什么都不说可能更明智一些,他看起来被她故作迁就的笑容逗乐了。她知道她应该告诉她母亲一声,但想到母亲肯定反对,就叹了口气,跟着塞西尔来到花园,把落地长窗半开着。

今晚比昨晚凉了很多,不过她并不想提及。她说:"塞西尔,我觉得我应该永远把你和《悼念集》联系在一起。"

"啊……"塞西尔正忙着用火柴点着雪茄。接着新的烟雾魔术般地将他们包围起来。

"咱们可以在这儿坐会儿吗?"

"还是走走吧,"塞西尔说,带着她走过客厅的窗户,"来看看星星们都在干什么,好不好?"

"好啊。"达夫妮说,当他弯起胳膊时,她伸出手臂挽住了他。和其他任何事情一样,塞西尔做的一切都很得体;他可能都不知道她对自己扮演的角色的高兴程度,她在黑暗中挽着他的胳膊,高高地扬着头。不一会儿,只是披在肩上的乔治的夹克滑落了下去。

"我来帮你。"在草坪边,塞西尔捡起外套,当她披上后,他拍了拍她的肩膀。

"我看起来一定像个流浪汉吧。"她说,她的双手被衣服袖遮挡着,有那么一会儿,凉凉的丝绸里子让她赤裸的双臂感到很凉,夹克的重量和气味拥抱着她。

“把衣服穿好，扣上扣子就好了。”塞西尔牙齿咬着雪茄说。他的大手又伸了过来关照她，似乎比平时更大更强，然后他又一次把胳膊贡献了出来。

他们轻松地走了几步，达夫妮发自内心地高兴，塞西尔稍微拘谨一些，不过她看不清他的脸，也许他只是在看星星吧。她在想他是不是又想起了吊床——事情发生后她自己想起来都觉得尴尬。她知道他喝了三四杯酒；尽管对于头脑清醒的人来说，他们可能看起来像是在闹着玩或酒劲延缓发作，但他似乎没事，照样可以轻易就做决定。她抬起头，看着树梢上面的轮廓。“塞西尔，我觉得今晚乌云太重了。”她说。

塞西尔又吐出一口浓重酸臭的烟雾，声音模糊地问：“今天下午你在树林里待了很长时间吗？”

“今天下午，哦，没有。”

“你没有走很多路吧。”

“自然是看到你们后就回家了。”

她感到他更紧地挽住了她在他那边的胳膊，成人出色的一面在塞西尔身上显现出来，晚礼服下他高大的身躯、他强壮肌肉的温暖，甚至她以前认为很尖锐刻薄、傲慢无礼的声音，都让她改变了想法。“那我们先前看到的可能是别人了。我跟乔吉说：‘那不是达芙吗？’但是等他去看的时候，不知道是谁的那个人已经走远了。”

“啊，那有可能是我啊。你们喊了吗？”

“你知道，我并不确定那是你。”

“确实有很多人在那里散步。”

“当然了，”塞西尔说，“不管怎么说，你没看见我们吧。”

达夫妮再次感到她错过了一些什么东西，但还是为谈话本身而兴奋，她确定地捏了一下他的胳膊。“我要是看见了你们，就会打招呼的。”

“我也认为你会的。”

“说实话，是乔治。他不愿意让我跟着你们。”

塞西尔带点非难地低声嘟囔着什么，他们转过身来。“现在能看得清楚一些了，”他说，“那边就是著名的假山公园吧！”

“我知道……”她觉得他还是对假山公园带有嘲弄的意思，这让她有了勇气。“塞西尔，”她问，“我什么时候可以去科里？”

“嗯……？去科里？”好像他从没听说过这个地方，也自然不记得他先前的邀请了，然后他笑了。“亲爱的姑娘，只要你愿意，任何时间都可以。”

“噢……谢谢你啊。”

“随时恭候……”接着好像是要蓄意破坏他刚才说过的话似的，又说道：“我想或许不用等到圣诞假期的，对吗？”

对达夫妮来说，这再好不过了。“我想，不用。”

“让乔吉带你来。”

他们继续走着，走向假山公园的暗处。在黑沉沉的暗夜里，人们可能真的只把它看作是一块大一些、远一些的露出地面的石头而已。达夫妮随意地哑着嗓子说：“我想我可以自己来。”

“你母亲会允许你那么做吗？”

“你知道，我已经长大了。”达夫妮说。

塞西尔什么也没说。他像以往一样充满信心地大步向前走；她认为她应该说“那里有个台阶——”。就在她要喊出来时，他已经绊了一跤，身子猛地朝右边倾斜，靠右腿支撑着稳住了自己，但把她也拖向了那边，然后又蹒跚着保护性地抓住她。

“哎呀，天哪，你没事吧？”

“我还好……！”赶紧挪开了重重地踩着她脚边的脚。

“每次我们出来，好像最终都是以绊一跤结束，是吧！”

“我知道！”

“我把那该死的雪茄弄丢了。”

他们脸对脸地站着，她的心还因为刚才的惊吓怦怦地跳着，他把双臂环到她腰上，把她拉到身边对着他，因此她不得不转过脸对着他冰凉的衣领。他的手从乔吉温暖的粗花呢夹克上上下地抚摸着她的后背。"该死的台阶……"他说。

"我没事。"达夫妮说。当他们往里走的时候，她更不敢看的是她的鞋，但是是塞西尔处于不利地位，她马上明白，他这个人任何时候都不能容忍别人为任何事指责他。她静静地说："我真想不到那些台阶怎么会在那里。"然后加强了语气说："那些讨厌的台阶！"

塞西尔摸着她的头发，笑着松了口气。"噢，孩子，孩子……"他用她从未听过的温柔与忧伤的语调说，这种语调从她母亲那里她也从没听过。"接下来我们做什么？"

达夫妮更自如地放松下来。她想要演好她的角色，感受被塞西尔关注的荣幸——被他这样紧紧地握着的感觉太好了——但他话语里有些东西让她很担心。"那个，我想你是不是该收拾行李了。"

"哈……"塞西尔说，又是一种奇怪的失望的口气，就像他读诗时的声音一样。

"我想……我们是不是该回去了？"

"对，对，"他说，"你能保守这个秘密吗，达芙？"

"通常没问题。"达夫妮说。

"那我们就都守着这个秘密吧。"

"行。"她不太确定她是否明白。在石阶上摔一跤并不算什么秘密吧，可是塞西尔好像真的被它困扰着。

他的手放松了些，几乎移动到她的臀部，他笑着低声说："你知道吗，认识你们真是太好了。"

"哦……那个……"她说，她被他的手抓得动不了，"我们大家都是这样说你的。从来没有什么事情像这一样。"

就像送她去床上睡觉似的，他低下头吻着她的额头，然后随着他的鼻尖沿着她的脸颊向下移动，在她的嘴边吻着她，嘴里哈着雪茄的气味，然后,完全没有表情地吻住了她的嘴唇。“好了。”他说。

“塞西尔,别傻了,”她说,“你喝多了。”他把脸扭到一边,把他张开的嘴贴到她的嘴上,笨拙地用舌头舔着她的牙齿,使她感到很不舒服。她挣脱着离开他一点;她有点害怕但保持着镇静,甚至还颇为讽刺地笑着。

“你不在乎我吻你吗?”塞西尔迷迷糊糊地问。

“塞西尔,我可不把那个叫吻!”她说。

“噢……?”塞西尔问,“达夫妮,那你觉得什么才是吻呢?”他的话里带着一点笨拙和嘲弄,还有一点恼火,然后像突然爆发出一种力量的舞者一样,把她拽了回来。“像这样吗?”——他又重新开始,把他的嘴唇在她脸上快速地移动着,像是一种痛苦的游戏,允许她躲闪并微微侧着头,但却把她的腰箍得很紧,因此她被他裤子兜里硬硬的雪茄盒顶着肚子,感到很痛。她发现自己在快速而微弱的喘息间,咯咯地笑了,还没等她止住笑,笑声就变成了小声的抽泣,然后是孩子般失败投降的无声哭泣。

“喂……?”那是乔治,从科斯格洛夫斯回来了,过来找他们,真的吗?达夫妮孩子般的羞怯与解脱几乎马上掺杂了骄傲。但不对,是休伊,听起来很有趣,声音里既有歉疚,又实际上感到相当气恼。“我说……”

塞西尔松开手,无奈地叹了口气,不过他给她的那一点点窃笑似乎在说他还没有放弃。越过灌木丛,他打量着四周,想看一看那是谁,可能他也以为是乔治吧,而她则再次感到了她自己与塞西尔之间存在的特殊的秘密话题。他们两个人都得谨慎些:她被他吓着了,但她还是有种感觉告诉她,他知道该怎么做。“我们在这里。”她声音里带着哭腔地喊着。

“你们没事吧?”

“我在那该死的台阶上摔了一下,”塞西尔拉长了声音说,“我好像踩着你妹妹了。”

休伯特站在那里，显出他模糊的轮廓，传达着一种既愤慨却又难以抉择的表情。“你还能走路吗？”他问，听起来很清楚，就像是在讲电话一样。

“我当然能走，我们正在往回走。”

“现在在那周围散步确实有点黑了。”休伯特说。

“你说得对，”塞西尔说，“我们刚才在观察星星。”

休伯特疑惑地往上看了看。“这天看星星，云太重了吧。”他说着，然后转身回家了。

达夫妮在床上辗转反侧，被自己的想法搅扰得疲惫不堪，同时也被这些想法警醒着。她的右脚有瘀伤，能感到一阵阵的刺痛。

有时她会不知不觉地进入一种无意识的状态，但马上又会心跳过速地醒来，想着塞西尔的亲近、他的力量及他的呼吸。他的身体异常强壮，他的气息温暖湿润又带点苦味。

塞西尔喝醉了，肯定的，晚饭时她发现有两个酒瓶子都空了，那是德国莱茵河地区产的白葡萄酒，瓶子上是黑色的德国字。达夫妮知道醉酒通常会给人带来什么，星期五晚上，她自己在喝过姜汁白兰地后的情景还历历在目；她还知道更多关于醉酒后那种奇异的飘飘欲仙的感觉。它们是神秘的，但不是必要的，事实是一般情况下它们有点令人恶心。随后大家就不再谈论，以摆脱那种模糊的羞耻感，人就清醒过来了。塞西尔早上起来肯定会头疼，但他会好的。她母亲就经常在睡前醉醺醺的，但到第二天早饭前就完全神清气爽了。可能没必要大惊小怪。

整个事件中塞西尔都显现在黑暗中，或半明半暗中……他们间的大多行为都发生在黑夜，即使她能看到他一点，也就是在雪茄头那一点光亮下，或者是郊区夜晚那微弱的星光下。他来的时候，他用与众不同的气质、他讽刺的话语、他的聪慧和他的富有，激励了他们。现在，当她辗转反侧难以入眠的时候，她在想，如果乔治知道他的朋友试图做的这些出乎意料而不光彩的事情，他会怎么说。她把发生的所有这一切，按照事情发生的顺序，又在脑子里过了一遍，来好好品味它带给她的震撼。

实际上，她并不幼稚，她很清楚，有些上流社会的人的举止行为骇人听闻。或许应该告诉乔治他宝贵的朋友到底是个什么人。不过她有可能把这一切都藏在心里，等以后有机会再把这些事说出来。不久，可能就会更像大人的行为，而不必大惊小怪了。她开始想《银盘子》里的佩蒂弗勋爵，她的心追逐、确认并失去记忆中的一个个生动瞬间，她穿过亮着灯的房间，迷迷糊糊地来到欢迎她的睡梦中，然后又在嘟嘟囔囔的声音中醒来，又马上开始第七次或第八次回放她自己的故事，那个和塞西尔·瓦朗斯在花园里的故事。

每一次重述这本质上是一桩丑闻的故事，都会让她心跳放慢，想象着它会给乔治、给母亲、给奥利芙·瓦特金斯带来的影响，他们的愤怒与迷惑，都会给她补偿。不过达夫妮感到这个故事的温暖洪流在她的身体里奔涌，把她整个身心都紧紧地抓住了；但每一次，它的浪潮都会比前一次弱一些，随着这种逐渐发生的变化，她合理的解脱中都会有一点愤怒。

或者那就真的是亲吻的感觉吗？更像是孩子气的大胆之举，把你的舌头伸到其他人的嘴里，哪怕他们很喜欢你，也只是耐心忍受着。唉，她没人可以问。如果她跟母亲说，她会马上变得疑神疑鬼。休伯特有没有像想象的那样吻过一个女人？如果乔治真有女朋友的话，他也许曾经试过。她想问问他，但这件事发生在她与他最好的朋友间，那这个想法就显得有点恶作剧和滑稽的意味。

她有意不让自己去想的是他有节奏地用身体蹭她的方式。他肆意地舔着她的嘴、抚摸着她的臀部，她所有的感受都集中在这些更轻松、更好笑的举动上。

后来她发现自己睡着了，当她在深灰的黑夜中睁开眼睛的时候，她还没有完全从梦境中清醒过来。然后她想她之前是个很傻的孩子。“孩子、孩子”，他这样叫她，而她正是如此。她在想塞西尔到底说了什么，认识她为什么会那么令他高兴，她扑通一下翻过身来，冷静地想着他是否爱上了她。她注视着天花板上的阴影部分，窗帘上方透进来的第一缕夹杂着粉尘的光线，像是一种她自己的天真意象。有什么迹象呢？塞西尔看她的方式很特别，即使别人在场也是；在他们谈话时，他总是凝视着她的眼睛，因此另外一种不用言语的交流似乎也在进行。以前她从来没有经历过这种事，那种大胆及绝对的隐秘。塞西尔在乔治背后做这事是很糟糕的，但她对他所做的秘密选择还是感到很得意。他当然只能这样做了，他的爱必须先隐藏着，然后再表达出来。塞西尔的热情很让人感动，但也让人心慌。现在她宽容地跳过花园里的乱摊子，想象着他们将共同享受的生活。他还会想再做那件事吗？很可能得等结婚以后吧。还有一个光辉的前景在她面前打开：她看见自己正坐在科里庄园的圆屋顶下或隔间里吃晚餐。

她睡得比平时晚，只是当周围已经有了偶尔的低语声，燕子已经在阳台传来沙沙声及撞击声，楼下已经传来说话声时，她才睡了一会儿；当她终于昏昏沉沉地醒来时，她的小闹钟显示的是八点四十五分。那之后，又经过无助的三分钟的回笼觉，她发现她已经习惯了什么，那她已经习惯却已经失去的东西——这让她感到惊讶，那就是房子里塞西尔的声音。他当然已经走了！空气中一丝淡淡的气息，这天早晨特有的情致，仆人们走路的方式，及谈话的片言碎语所传达出的内容都在给她这样的信息。她对他的所有计划都泡汤了，她还准备等他爬进霍纳的面包车后跟他讲点有趣的话呢……再次见到他可能得几周或许几个月以后了。对这让人伤心的延迟，她像被爱折磨的恋人一样悲叹，同时也感到一种愠怒的解脱，她猛地从床上爬了起来，刚把右脚放到地上，就感到一阵疼痛。

她独自吃早餐正起劲的时候，女仆站在一边隔一会儿看一下她是否吃完了，她看到乔治从窗前走过，他是去车站送塞西尔刚回来。一看见他满脸忧郁、恍恍惚惚的神情，她就感到很烦恼，她知道那意味着什么。

现在是跟他摊牌的时候了——他的客人、他平生的第一个客人，离开了，现在他的家人可以多多少少地告诉他一些对他带回来的这位客人的看法。他可能会比较脆弱，情绪波动很大，不知道应该站在哪一边。然后她突然想到了她的本子。哎呀，塞西尔对它做了什么？他在上面写字了吗？他把它放到哪儿了？她突然对乔纳把它和塞西尔的其他书本放到一起感到很生气。现在它甚至可能不为人知地被夹在塞西尔的其他书本里，与他的行李箱以及哈罗威尔德斯通车站里其他的行李箱挤在一起。

“喂，韦罗妮卡。”她喊道。

“对不起，小姐！”韦罗妮卡答道。

“不是，不是那个事。”达夫妮说，“你看没看见，瓦朗斯先生有没有给我留下什么东西，我是说，我的签字本？”

“噢，没有，小姐。”韦罗妮卡假装有兴趣地缠着掸子上的结，“是那个有牧师签字的吗？”

“什么？”达夫妮问，“啊，里面有好几个重要的人物。”她不是很信任韦罗妮卡，她跟她年龄相仿，却总是有点把她当傻瓜对待。

“我去问一问吧，小姐，可以吗？”韦罗妮卡问。可是这时乔治看了看门边，露出一丝懊恼的笑容说：

“塞西尔跟你说再见。”他在那儿走来走去，感受着那里的气氛，好像拿不定主意是否要跟他妹妹分享更多关于塞西尔的话题。

“我觉得我睡得不太好，”达夫妮说，意识到了自己的大人口气，“然后就睡过头了……”

“他起得非常早，”乔治说，“你知道塞西尔的！”

“小姐，也许乔治先生拿了。”韦罗妮卡说。

“哦，真的，没关系。”达夫妮说，由于泄露了她私人的担忧，有点变了脸色。

“拿了什么？”乔治问，带着他自己那种焦虑的神情。

因此达夫妮只好说："我不知道塞西尔是否有时间在我的小本上写了点什么，就这个事。"

"我想他应该写了点什么东西。塞斯很少无话可说。"

"我猜他把它放到什么地方了。"达夫妮说，往她的吐司上抹了些黄油，不过让她窒息的不安使她一点食欲都没了。她带着漠然的微笑看着她哥哥。"那你今天干什么，乔治？"她问，有意识地不让他谈论那个明显的话题。

"嗯？噢，我会找到事情做的。"他伤感地说。他倚在门框上，一脚在门里一脚在门外，女仆悄悄地从他身边走过，进了大厅。达夫妮发现他想说话，然后听到他快活地说："哎，塞西尔不能多待几天太可惜了……"达夫妮则说："我邀请奥利芙明天过来喝茶，他们从道利什回来后，我还没见过她呢。"她知道在见过塞西尔之后，奥利芙·沃特金斯已微不足道，就像见过多洛米蒂山之后道利什也不算什么了，她觉得有些羞愧，几乎是同时带点难过与挑衅意味地提起她。因为她不能容许乔治沉浸在目前的情绪中。它那么近地碰触着她自己的心事。

"噢，是吗……"乔治说，感觉很震惊也很无聊。达夫妮发现她创造了一种特别的家庭氛围，在塞西尔访问所带来的广阔视野后，它本身就让人压抑沮丧。另外，她确实想把她的本子拿回来，好给奥利芙展示一下塞西尔在上面写的东西，不论是什么。这也是她请她来喝茶的主要目的。

这时，韦罗妮卡以她自己无趣的固执，回过头来说："小姐，我问了乔纳。他会找一找。"

"谢谢。"达夫妮说，为现在要这么大张旗鼓地找让她感到很烦恼。

"乔纳现在正在他房间里找，我是说他正在瓦朗斯先生的房间里找。"

乔治没再说什么，离开了，接着达夫妮听到他也上了楼，她认为他相当诡秘地一步两个台阶地蹿了上去。尽管不太相信，她还是对自己说，或许，除了名字和日期，塞西尔根本什么也没写。

一分钟后，乔治回到楼下，手里拿着打开的达夫妮的签字本，乔纳跟在他身后。“哎呀，妹……”他惊奇地说，翻着本子，继续读着，“他肯定会让你感到骄傲的！”

“写了些什么？”达夫妮问，她往后推开了椅子但又决定要保持自尊，显出几乎漠不关心的神情。那么，就不仅仅是签名了：她能看到有很多字，非常多——既然本子在这，而且是打开的，就在这个屋子里，她感到一阵恐惧，不知道里面究竟会写了些什么。

“那位先生把它留在房间里了。”乔纳说，挨个看着他俩。

“是的，谢谢你。”达夫妮说。乔治慢慢地眨着眼，聚精会神地轻轻咬着下嘴唇。他可能是在想如何开口跟她说一些难堪的事情吧。他走过来，在她对面坐下，把本子放在桌子上，然后又翻到前面开始看。“好吧，等你先看完。”达夫妮语气不太不客气，但还是表现出不情愿的尊重说道。塞西尔写的是一首诗，所以要花一点时间才能看完，况且他的字迹不是很清楚。

“天哪，”乔治说，抬起头看着她，脸上带着坚定的微笑，“我觉得你应该感到受了极大的恭维。”

“哦，是吗？”达夫妮说，“我可以看了吗？”看起来乔治决心在她看见任何一个字之前掌握这首诗及它的秘密。

“是，确实很棒，”他说，又快速地读了一遍，摇了摇头，“你得让我给自己抄一份。”

达夫妮把茶杯里的水彻底喝完，叠起餐巾，看了对面的两个仆人一眼——他们正傻傻地为本子的失而复得而眉开眼笑，同时他们也是她生命中这一不安时刻的有限观众——然后以尽可能轻柔的口气说：“别逗我了，乔治，让我看看。”这当然是在逗她了，这只是他千万恶作剧中的最新一项，还远不止这样，而且她愤恨地知道，乔治就是禁不住要这样做。

“对不起，妹妹。”他说，终于靠着椅背坐着，把签名册递给了她。

“谢谢！”达夫妮说。

“你要是能看到你的表情就好了。”乔治说。

她把早餐盘推到一边。“请把这些都拿走吧。”她对女仆说。女仆慢慢地收拾着，却在偷窥塞西尔写的一行行黑色字迹，仿佛它们证实了她对他形成的相当可疑的看法。“谢谢。”达夫妮又严厉地说了一遍；她皱着眉头红着脸，一个字也看不进去。她必须得马上看出来，乔治说的她被恭维了是什么意思。难道就这样，突然无助地把它公之于众了吗？或许不会，不然乔治还会说别的。她越努力地看，越看不明白。对了，非常简单直接，它就叫《两英亩》，洋洋洒洒地写满了五页，两面都是字——她轻轻地前后翻着。

“对塞西尔来说，”乔治说，“这首诗写得比较正式，但相当质朴。”

“嗯，确实如此。”达夫妮说。

“就是普通的四音步双韵体。”

“就是这样吧。”达夫妮随声应答着，等着韦罗妮卡和乔纳走远。他们确实很烦人。她又往后翻了翻，看到了巴斯托牧师的字，那种学者型的花体字，‘B. A. 顿埃尔姆’，然后往前是塞西尔，他以他巨大的字体打破了签名簿的所有规矩，使其他人显得渺小而顺从。这很无礼，她不知道自己应该气愤还是应该赞赏。当写到纸的下边时，字迹变小变草了。第一页最下面一行挤到上面的边缘。“*雄鸡*。”她读道，这绝对是诗的语言，尽管她不很确定它的意思。

“我想他可能会在什么地方把它发表，”乔治说，“《威斯特敏斯特评论》或其他什么地方。”

“你这样想吗？”达夫妮尽可能平静地问，但非常强烈地感到这首诗终究是属于她的。塞西尔不是碰巧写在这里的，就写在她的本子里。她在看里面是否还写了关于她本人的事情，还是只是写了房子——还有花园：

靠墙生长的珍妮荨麻，
被有的人称作魔鬼的玩意儿——

这是她和他之间的对话——现在竟轻易地变成了诗。她父亲把刺荨麻叫作魔鬼的玩意儿，他们在德文郡时就这样称呼它们。对自己出现在一首特意为她创作的诗歌以及其他神奇的事情里，她感到很兴奋，也有点迷惑，就像看相片里的自己一样。

被遗忘在树下的书，
微风将其一页页翻起，轻读。
灌木丛中随风低语的松林，
在头上彼此亲吻。
在它们的树荫下，情侣们也将会
亲吻，把彼此的秘密倾诉。

这里再一次将文字、意象与事实，通过细微的交错，惊人地融合到一起。她真的必须到一个没有其他人的地方，独自欣赏。"我觉得到花园里去读最合适。"她说着，站起身来，感到有点不舒服；但就在这时，她母亲带着清晨沉重的神色和欢快的举止，出现在门边。实际上她有点慌乱；她的笑容背后藏着什么东西。话肯定是已经传到她那儿了。告密者韦罗妮卡在她周围游荡着。

"好呀，孩子！"她母亲说，神情古怪又热切地看了达夫妮一眼，"什么事这么兴奋。"

"等我看完了，每个人都可以看，"达夫妮说，"你们大家似乎都忘了这是我的本子。"

"哦，当然了，亲爱的。"她母亲说，绕过桌子，打开了窗户，好像表示她还有其他正经事要做；然后说："很显然你……给他留下了很深的印象。”她没说塞西尔的名字，像是出于某种糟糕的体贴。她戏弄地看了达夫妮一眼，里面含有新的意义——准备着做好父母应尽的义务的感觉。

“妈妈，他只在这里住了三个晚上，”乔治说，几乎要生气了，“塞西尔所做的，就是以他惯有的慷慨，写了一首关于我们家的诗歌答谢我们对他的款待而已。”

“我知道，亲爱的，”他们的母亲说，在她两个敏感易怒的孩子面前，她有点退缩，“他对乔纳也是最慷慨的。”

乔治站起身，走到窗前，看着窗外，看起来像是想要坚决地说些什么又难以启齿。“这首诗真的和达夫妮没什么关系。”

“是吗？”达夫妮摇着头说。没有吗？它就在那儿，她已经看过，情侣们在阴影中亲吻，诉说他们的秘密；但是她当然不会把这些跟他们任何人说。“我想我应该为他没有给你写一首诗感到遗憾吧。”

乔治同情的目光集中在外面的樱桃树上。“实际上，他给我写过一首诗。”

“噢，乔治，你从没说过啊，”他们的母亲说，“你是说刚才吗？”

“不是，不是——是上个学期的什么时候——这真的并不重要。”

“哎，”他们的母亲说，试图保持一种迷惑的快乐的口气，“不就是一首诗嘛，真是小题大做。”

“没有小题大做，亲爱的。”乔治说，耐心多了。

“依我看，有诗人专门给你们写诗很好嘛。”

“我很赞同！”达夫妮说，所有的一切都被毁了的感觉堵在心里，如鲠在喉。

“如果塞西尔的来访只能以这种幼稚的争吵结束的话，那我为我提起了这件事感到遗憾。”

“啊，如果你想看就看吧！”达夫妮噘起嘴唇控制着眼泪，把本子打开轻轻翻到那一页。她母亲注意看着她，过了一会儿，才轻轻地从她手里拿了过来。

“谢谢……现在如果哪个姑娘能跑去把我的眼镜拿来就好了。”当韦罗妮卡回来后，他们的母亲坐在餐台旁，以充满疑问又夸耀的神态，把注意力集中在那首刚刚写完的关于她房子的诗歌上。

第二章

雷维尔

男人现在就要话别出征了
对父母，
对威廉·退尔[①]，
还有奶牛夫人。

——伊迪丝·西特韦尔[②]
《约德尔之歌》

① 威廉·退尔是公元11世纪瑞士的民族英雄，被尊为“瑞士独立之父”。

② 伊迪丝·西特韦尔（1887—1964），英国诗人、批评家，诗歌创作受法国象征主义影响，代表作包括《田园喜剧》《睡美人》等。

1

从她坐着的晨间起居室的窗台边，她看到两个身影似乎都在急急地跑向对方。在法式花园的一端，长长的树篱上，一个身影蹒跚着一晃一晃地匆忙走过。“拉贝士！”他喊着，“拉贝士！”此时在他右边，在公园朦胧的绿色马栗树之间，一辆闪亮的米黄色轿车正渐渐开过来，挡风玻璃在阳光下闪着亮光。

“D——”她写道，笔尖停在纸上犹豫着。不是“宝贝（Darling）”，所以自然是“亲爱的（Dear）”了，又停了一下，结果在她加上“最（est）”之前，纸上就出现了笔尖留下的污点：“最亲爱的雷维尔。”人们在称呼别人的尺度上总是或上或下地拿不定主意——这当然是因为人之间亲密的程度不同，有时它会导致关系变得冷漠生疏。不过，雷维尔是他们家的朋友，所以这种最高级别的称呼是合适的。“关于大卫的事情真是让人震惊，”她继续写着，“我表示万分同情——”但是她想，对“不值得信赖的杰茜卡”“可恶的卡尔顿—布朗先生”之流，应该有一个低于“亲爱的（Dear）”的词来表达。因为不管出于什么原因，对于不喜欢的人，人们都不会浪费时间在纸面上和他们热情拥抱。

她听到了外面传来的停车的声音，听到了急促的叮当的铃声，然后是脚步声和说话声。“瓦朗斯夫人在吗？”“我想她是在晨间起居室，夫人。噢，我可以——”“我不想打扰她。”“我可以告诉她——”威尔克斯给了她明确的机会来做正确的事。“不，不用麻烦了。我就直接去办公室了。”“好的，夫人。”这是一场小小的意志较量，在这场较量中，机智勇敢却无能为力的威尔克斯输给了盛气凌人的赖利太太。一分钟后，他走进来查看炉火，说：“夫人，赖利太太来了。她去了她所说的办公室。”

“谢谢，我听到她的声音了。”达夫妮说着，抬起头来，同时轻轻地用衣袖遮住了那张纸。有一瞬间，她与威尔克斯交换了一下古怪而亲密的眼神。“我猜她是带着计划来的？”

“好像是的，夫人。”

“这些计划！”达夫妮说，“连我们自己都不能马上知道。”

“没错，夫人。”威尔克斯说，把戴着白手套的手伸进放在木筐里的黑色连指手套里，“但它们还只是计划而已。”

“噢，你是说不能实现？”

威尔克斯神秘地笑着，往燃烧的柴堆上面放入一根小树枝，控制着飞溅的烟灰和火星。“可能不是全部，夫人，不是；在任何情况下，不是……无可挽回的。”他继续秘密地说，“我知道瓦朗斯夫人在餐厅的事情上是站在我们这一边的。”

“嗯，她不会轻易改变主意。”达夫妮有点冷淡地说，但还是对男管家一如既往的忠诚表示尊重。这个家里有两个瓦朗斯夫人，在表达方式上自然有细微的不同，就连威尔克斯有时也会弄错。“不过昨晚她说她发现新的衣帽间‘很安静舒适’。”她又回到她刚才写的东西上，威尔克斯又摆弄了一会炉火后，离开了房间。

“也许这个周末你最好别来——我们家里会人满为患，主要是家人和（我母亲）——更重要的是塞比·斯托克斯会过来谈塞西尔的诗。这个周末可能会有点像是个‘塞西尔的周末’，你可能连一句话都插不上！

不过或许”——但这时壁钟嗡嗡响了,喧闹地敲响了十一点,由于突然的能量消耗,它向下沉坠着。她只好静静地坐一会儿,等待回声消失,好重新聚集起思绪。其他钟表 (现在她能听到大厅里那祖父级的大钟迟到的钟声) 都以更尊重的姿态报时。它们都敲响了,声音穿过整个房子,像尽责的仆人一样。如果不这样的话,那古老的黄铜大钟就总是欺负晨间起居室的钟,总是以它最快的速度敲响着。“生命是短暂的!”它喊着,“在我再次敲响之前,赶紧抓紧时间做自己该做的事!”对了,那是他们的座右铭,不是吗:抓住今天!她想了想,去掉了“也许”,然后认真地签上名:“来自我们两人的爱,达芙儿。”

她把信拿到大厅,在屋子中间那张巨大的橡木桌旁站了一会儿。她突然觉得这张桌子就是科里的象征和本质。孩子们围着它疯跑,狗经常钻到桌底下,女仆们像宗教信徒一样,一遍遍地擦拭它。尽管它笨重、毫无用处,而且是大家去往其他房间的障碍物,但它在达夫妮的幸福生活里,有着举足轻重的地位,她担心有人可能要通过武力将其移动。她再次发现这大厅是多么壮观,它有着深色的装饰板、哥特式的窗户,在这里瓦朗斯家族的盾徽不断地重现。那些东西还能被保留下来吗?设计得像个城堡一样的壁炉,用城垛取代了壁炉台,两边都各有一座小塔,每一个小塔上都有个小窗户,窗户上有可以开关的活动护窗。伊娃·赖利对此给予了特别的讽刺——这个东西确实很难保护下来,除非有人愚蠢地说喜欢它。达夫妮来到客厅的门边,手握着把手,然后一下子将门打开,好像是要给她自己以外的某个人一个惊喜。

在四月明媚的晨光里,它耀眼的白色,使它不可否认地给人以深刻印象。它就像某高级疗养院的一个房间。舒适而时髦的椅子盖着灰色椅套,取代了原来那些老旧的竹藤、印花棉布及坠着沉重丝绒流苏的椅子。墙上的深色护墙板和屋顶上的格子,花了几个月时间画好的十二个内嵌的镶板,都顺利地装进去了,新的墙壁上挂着几幅原有的画,旁边则是些不同的作品。旧画是尤斯塔斯爵士和他年轻的妻子杰拉尔丁,这两幅全身画像原来被挂在一起，画中人温柔地注视着彼此，但现在这两幅画中间挂上了一个工厂或者是监狱模样的“抽象”的巨幅画。达夫妮转过身，看着被更恭敬地挂在对面墙上的埃德温爵士，旁边是她婆婆相当吓人的画像。这幅画是在大战前几年画的。她穿着紫红色的礼服，头发挽在脑后，一双大大的浅色眼睛里闪着坚定的光芒。她拿着一把折起来的扇子，就像是拿着一根涂黑漆的指挥棒。这对夫妻间没有任何别的东西分隔，但在雕刻的镀金画框里，似乎还是有一点朦胧的讽刺气息在威胁着他们。原来的老客厅，因为窗帘很厚重，即使拉开窗帘，也会遮挡大部分的阳光，达夫妮曾经喜欢坐在几乎是藏在那里；但是新的客厅就没有这种庇护了，她决定上楼看看孩子们是否准备好了。

“妈咪！”她刚一进到儿童室，威尔弗里德就喊道，“奶牛夫人要来了吗？”

“威尔弗里德害怕奶牛夫人。”科琳娜说。

“我不怕。”威尔弗里德说。

“为什么会有人害怕一个和蔼可亲的老妇人呢？”保姆问。

“是啊，谢谢你，保姆，”达夫妮说，“现在，亲爱的，你们想去给索尔外婆一个特别的惊喜吗？”

“是像上次一样的惊喜吗？”科琳娜问。

达夫妮想了想，说：“这一次会是个双重惊喜。”对威尔弗里德来说，他姐姐发明的这些仪式依然让他极度兴奋，但是科琳娜自己已经开始觉得这些太小儿科了。“我们大家都要对奶牛夫人好一点，”达夫妮说，“她身体不太好。”

“她会传染吗？”科琳娜问，她得了麻疹，刚刚好起来。

“不是那种不好，”达夫妮说，“她有很严重的关节炎，我担心她可能会很疼。”

“可怜的老太太。”威尔弗里德说，明显是想用成熟些的观点来谈论她。

“就是啊……”达夫妮说，“可怜的老太太。”她有意地坐在带着垫子的高高的护板上。“保姆，今天没生火？”她问。

“嗯，夫人，我们觉得不用生火也挺好的。”

“你觉得够暖和吗，科琳娜？”

“是的，母亲，正好。”科琳娜不安地看了科普兰太太一眼，说道。

“我觉得很冷。”威尔弗里德说，一旦问到他，他就想说出自己的委屈。

“那我们就到楼下去暖和暖和吧。”达夫妮说，愉快地违反了保姆的第一条规则，然后轻快地站起身来。

“威尔弗里德，你注意啊，不能一下跳两个楼梯！”保姆说。

“放心吧，跟我在一起没事的。”达夫妮说。

当他们来到外面最上面的通道时，威尔弗里德问：“奶牛夫人会在这里过夜吗？”

“威尔弗里德，那当然了，”科琳娜说，好像她的耐心已经到了极限，“她是和索尔外婆一起坐火车来的啊。”

“乔治舅舅会在星期天午饭后把他们接回去。”达夫妮说。她发现自己在握着他的手，她说：“我想如果你能带她去她的房间就太好了。”

“那我就带外婆来到她的房间了。”科琳娜说，这使威尔弗里德更难脱身了。

“可是那威尔克斯干什么呢？”威尔弗里德巧妙地问。

“哦，不知道啊。威尔克斯可以跷起脚喝杯好茶了，你觉得呢？”达夫妮看到威尔弗里德犹豫的困惑神态，开心地笑了，直到威尔弗里德也试探地跟着笑起来。

他们手牵手从最上层的楼梯走下来，为了保持步调一致，确实需要有一定的纪律。接着，从一楼平台的窗口，她看到去车站的车回来了。“他们到了……噢，亲爱的，快跑！”她说着，松开了拉着孩子的手。

“噢，妈咪……”威尔弗里德因为突然的兴奋有点呆住了。

“快点走啊！”科琳娜喊着；他们在带三个转弯的明亮的橡木楼梯上飞跑着，威尔弗里德在最后一个拐角处失去了平衡，很快从几层楼梯上屁股朝地滚了下去。达夫妮一阵紧张，感到一阵懊恼。不过他已经起来，现在正一瘸一拐地（看起来跟他父亲一样）绕着桌子穿过大厅，他还没来得及装模作样地号啕大哭，注意力就已经被下一件要做的事情吸引了。

威尔克斯带着那个新来的苏格兰男孩出现了，达夫妮从门廊处看着，看到他们在汽车旁边忙着。她心里很难过地承认，重见母亲的喜悦里有一点戒备的心理：她在想她走了以后她丈夫会说些什么。威尔克斯微笑得体地遵从着弗蕾达的吩咐，用他一贯的直觉细心体察着客人的需求。对达夫妮个人而言，弗蕾达风韵犹存、面庞红润、善良可爱，她穿着一件簇新的长及脚踝的蓝色连衣裙，戴着一顶时髦的小帽，也带着对这次访问会否愉快的担忧。那个帅气的男孩正在帮助克拉拉·卡尔贝克，这可是一件体力活：她慢慢地坚定地走在铺满沙砾的路上，身材颀长，穿着黑色衣服，拄着两根拐杖，跟在和她一样老态龙钟的弗蕾达身后。

2

威尔弗里德用目光扫视着他姐姐，然后看向百叶窗的缝隙。他的腿还有点灼痛，心脏也扑通扑通地跳着，但他还是希望自己能把事情做对。他看见罗比拿着手提箱走了进来——他向前倾着身子看着他，用脸颊将门轻轻打开。“我没说动就别动。”科琳娜说。罗比抬起头，对他们眨了下眼睛。

“我知道。”威尔弗里德小声说，敬畏又恼怒地窥视着阴影里的她。其他人好像都待在门廊不动了，没完没了地说着大人的话。他知道他们说的都是些废话。他想马上大声喊叫，但就像科琳娜说的，他也感到很恐惧。周末伴随着身影模糊的客人和挑战正在慢慢逼近。明天还有更多的人要来——他知道，乔治舅舅和马德琳舅妈，还有一个从伦敦来的叫塞比叔叔的人。他们全都会说啊、说啊，不停地说，但到了一定时候，他们就不得不停下来，然后科琳娜会弹钢琴，威尔弗里德会跳舞。由于担忧和兴奋，他感到很空虚。当大厅的炉火点燃的时候，这个像洞穴一样的过道会变得温暖而难以呼吸，但今天它却散发着石头般冰冷的气息。他很高兴有人陪着他。索尔外婆终于从前门进来了，她神情冷漠地看了一眼壁炉，威尔弗里德因此知道她在期待着一些惊喜——不过不知为什么，这并没有使事情变糟，在某种程度上，反倒变得更好了。等到她刚一转过身去，他就赶紧打开百叶窗，大声喊道：“外婆，您好——”

“还没到时候！”科琳娜急得大声喊道，“威尔弗里德，你弄错了。”但是外婆已经转过身体，一只手捂在了胸口上。

“噢！”她说，“噢！——”科琳娜也只好打开她的百叶窗，说出了正确的欢迎词：“索尔外婆、卡尔贝克太太，欢迎来到科里庄园！”威尔弗里德也热闹地随声附和，以此掩盖他刚才的失误，不过卡尔贝克太太还没有挪进屋子。

“太让人惊喜了！”外婆说，“墙里面竟然有人说话。”威尔弗里德开心地咯咯笑着。“啊，达德利，亲爱的——”现在他父亲进来了，狗在叫着。弗蕾达提高了声音说：“这个古老的壁炉还有着神奇的特点呢！”

“拉贝士，拉贝士！”当狗在前门附近抖动着身子，边跑边叫时，他父亲喊道，“到这来，拉贝士，过来！安静点！”不过，像往常一样，拉贝士不会那么做，它要给每个客人展示它自己独有的科里式欢迎仪式。

“真神奇！”外婆继续说。

“啊，不过它神奇不了多长时间了，”他父亲意味深长地说，吻了一下她的脸颊，“赶紧从那里出来，行吗！”不过现在也搞不清他是对孩子还是对狗叫嚷了。

“威尔弗里德把事情搞砸了。”当卡尔贝克太太终于来到前门，倾着身子进来的时候，科琳娜说。卡尔贝克太太两手拄着拐杖，双腿一前一后地往里迈着步子，当拉贝士跳起来，把前爪放到她肚子上，跟她一起跳华尔兹的时候，她显然是被吓着了——她喘着气往后退了两步，狗从她身上跳下来，兴奋地围着她的腿和她黑色的圆口鞋嗅着。这之后过了好一会儿，她才弄清小姑娘说话的声音是从哪里传来的。

“卡尔贝克太太，再次见到您真是太好了。”达德利说，快速但笨重地蹒跚走向她，因此看起来像是在跟她一起玩，是在效仿她或只是加入进来，看不出到底是哪一种。“别理我的这两个孩子。”

“噢，但是亲爱的，”他们的母亲说，“孩子们主动要求要带客人去她们楼上的房间啊。”

达德利带着被他们称为“疯狂一闪”的神情转过身来。像以往一样，气氛变得紧张起来，但是他只是简单地说了一句：“哦，那些小东西。”就又缓和过来了。

卡尔贝克太太上起楼梯来异常缓慢。每一次当手杖的胶皮头触到闪亮的橡木地板时，威尔弗里德都盯着那胶皮头。“这是非常危险的。”他以令人信服的口气说，“我自己就在这里摔倒了。”因为要负责照看她，他观察着她，发现她很有趣但也很吓人。他在楼梯上，在她身边上蹦下跳地鼓励着她，评论她比别人慢得多的进步。科琳娜和索尔外婆已经走在了前面，像平时一样，他有点担心他会晚了，也担心他父亲会说什么。“这座房子是维多利亚时代的。”他解释说。

卡尔贝克太太叹着气，轻声地笑了，看向他有点扁平但很可爱的脸。“我也是，亲爱的。”她用一丝不苟的德国口音说，她大大的灰色眼睛似乎对他有一种魔力。

“那您喜欢它吗？”他问。

“这座非常棒的老房子吗？”她快乐地说，但是越过他，带着茫然的焦虑偷偷看向明亮照人的楼梯。

“我父亲不喜欢它，”威尔弗里德说，“他要彻底给它换个样。”

“啊，”她失望地说，“如果他想那么做的话。”

卡尔贝克太太被安置在黄色的房间，是在房子的尽头。沿着平台上一条很宽的地毯，威尔弗里德走在她前头一两步。他们走过了索尔外婆开着门的房间，里面的科琳娜已经得到了一件礼物，是一条鲜艳的红色围巾，她正戴着照镜子。这是一个让人愉快而舒适房间，威尔弗里德想走进去，但是站住了，又继续向卡尔贝克太太的房间走去。对面相邻的房间是他父母的卧室。“恐怕您不能去那个房间，”他说，“当然了，如果我父母让您进就可以。”他不知道奶牛夫人确切的名字，所以有点尴尬；不过与此同时，他也很享受以非尊称的名字想着她的感觉。他不想离她黑色的衣服太近，她身上有一种不好闻的气味。“卡……太太。”他试探地说。

“说吧，菲尔弗里德。”

“您知道吗，卡……太太，我的名字不是叫菲尔弗里德！”

老妇人站住了，顺从地噘起嘴唇。“威尔弗——里德。”她说，脸色有点变了，这使威尔弗里德也困惑了一会儿。他转移了视线。“你是说，威尔弗——里德，亲爱的……？”但是他当然不能说。他继续沿着阳光照射的长长平台舞动着向前走，把她落在后面。

黄色房间的门开着，他不怎么喜欢的女仆萨拉正站在卡尔贝克太太蓝色的旧手提箱旁，整理着里面的东西，脸上带着点讥笑的表情。当卡尔贝克太太看到她时，着急地把身子探向前去，一块小地毯在她的手杖下滑动，使她几乎摔倒了。“哎呀，这些我能做，”她说，“我自己来做吧！”

“没事的，夫人。”萨拉冷静地笑着说。

卡尔贝克太太沉重地坐在梳妆台边的凳子上，喘着气，拿不定主意，不过她也无能为力。“那些旧东西……”她说，快速地将眼光从女仆身上转到威尔弗里德身上，希望至少他没看到，但当它们被隆重地拿到开着的衣柜里时，她又转回来。

“那，再见。”威尔弗里德说着，退出房间，好像不会再见到她一样。

独自一人站在楼梯平台上，他怎么也赶不走那种感觉：他应该说点什么。走过书架时，他的手指摸着书架上一本本书的书脊，心里产生了一点不大不小的涟漪。尽管没人看到，他还是用一种不在乎掩藏着他的不安。他已经做了让他做的事情，他对奶牛夫人是极为和善的，但他的担心更为幽深而晦涩：让他做这事的人明知这样不对，却假装是对的。他父亲左脚的三个脚趾头被德国炮弹炸掉了；而因为一个德国狙击手的射击，那个他曾学着叫塞西尔伯伯的人现在成了楼下小教堂里一座冰冷的白色雕像。威尔弗里德跑下走廊，暂时获得了离开所有大人的自由，一种说不清楚的、想要隐藏起来的愿望取代了原先对迟到的担心——他跑过祖母的房间，绕过转角，一直跑到被褥保管室，走进去并关上了门。

3

“喝一点吧，达芙儿。”达德利和善地说，好像她是另一个客人。

“我们正在喝曼哈顿鸡尾酒。”赖利太太说。

“噢……”达夫妮说，她谁都没看，而是带着好脾气的表情穿过屋子。每当来到“新”客厅，她还是会有种很奇怪的感觉，就像是个实验课题；有赖利太太本人坐在那里，使她觉得更怪。“咱们要等母亲和克拉拉吗？”

“噢，不知道，”达德利说，“伊娃看起来很渴了。”

赖利太太发出了她那急促而带烟味的笑声。“你们是怎么认识……那个什么太太的啊——？”她问。

“卡尔贝克太太吗？她是我们在米德尔塞克斯的邻居。”达夫妮说，表情捉摸不定地察看着托盘里的瓶子，不过她喜欢曼哈顿鸡尾酒，也曾喜欢曼哈顿，当他们为达德利的书去那里的时候，她曾动手为自己混调了一杯杜松子酒和杜本内酒。

赖利太太说：“她看起来相当……啊……”玩着自己带有恶意的游戏。

“对，她是一个可爱的人。”达夫妮说。

“她肯定是我们这个家庭聚会的一个举足轻重的人物。”达德利说道。

达夫妮挤出一丝微笑说：“可怜的克拉拉经历了严酷的战争。”这是她妈妈为了保护朋友常说的一句话，现在听起来像达德利以前的言论一样含有讽刺意味。她一直也不喜欢克拉拉，但很同情她，由于她俩都有兄弟在战争中牺牲，自然就对她有了一种亲切感。

“你就等着听她唱《女武神之骑》吧。”达德利说。

“噢，她还会做那个。”赖利太太说。

“她热爱瓦格纳，”达夫妮说，“你知道在战前她带我妈去过拜罗伊特。”

“可怜的人啊……”赖利太太说。

“她一直也没真正恢复过来，”达德利圆滑地说，“对吧，达芙儿，我是说你母亲，真正恢复过来？”

赖利太太又咯咯地笑了，达夫妮看着她：是的，她就是那样咯咯笑，头往后仰，上嘴唇向下咧着，往外吐着带烟味的气息，带着或多或少的宽容姿态大笑着。

“我真不知道。”达夫妮皱起了眉头说，但看到了让丈夫保持良好心情的意义。这个周末只好让他们把索尔家的某些事情当谈资了。她喝完杯里的酒，坐到一把低矮的灰色扶手椅里，对它不变的新奇报以一丝得意的假笑。她想她从没见过像伊娃·赖利身上这么短的晚礼服，坐下的时候只够到膝盖，也确实没见过像她戴的红项链那么长的东西，毫无疑问，又是她自己设计的。她怪怪的扁平身体好像就是为时尚而生的，或至少是为这种时尚而生的；她瘦削的小脸，说实话并不漂亮，但却装扮得挺可爱，她的脸上汇集着红、白、黑不同的色彩，看起来像是一个中国玩偶。设计师们似乎从来都不休假。她红色的项链从她身上垂到沙发的一角，不时溜到灰色的沙发靠垫上，赖利太太像是她房间的一个广告；或者也许这个房间是她的广告。“我知道这个周末对塞西尔来说是很神圣的，”达夫妮说，“但我真的很高兴，克拉拉是经过劝说才肯一起过来的。真的，除了我母亲，她没有别人。这对她意味着很多。可怜的人儿，你知道吗，她家里甚至都没有通电。”

达德利高兴地哼了一声。“在这里她可以在电器之中狂欢了。”他说。

达夫妮微笑着，似乎并不想笑，狂欢[①]这个词无意的使用让她的心沉了下去，陷入片刻的遗憾；她接着说：“她住的地方根本就是个烂棚屋，我是说那里当然很干净，但太小也太黑。它就在我母亲原来住的地方的一个山脚下。”她依然觉得让雷维尔别来是正确的。

“你是在那里长大的，达芙儿，”达德利说，好像他的妻子有什么可以宣扬的，“著名的‘两英亩’。”

“哦，对啊，”赖利太太说，“它什么样……那个‘英国土地上神赐的两英亩’？”

“没错！”达德利说。

“我想那是塞西尔最有名的诗，对吗？”赖利太太问。

“我也不确定。”达夫妮说，又轻微地皱了一下眉。在看完伊娃·赖利裸露的长腿后，她似乎得到了某些安慰。聪明的女人若想在有钱人太太的眼皮底下勾引她丈夫，就应该在着装上慎重一些，掩饰一下。达夫妮移开目光，透过窗户看向在早春的夜色中已失去光彩的花园。每个窗户中间部分的顶端都能看到瓦朗斯的盾形徽章。盾徽下面是用哥特式字体书写在褶皱的长条上的格言。华丽而俗气的盾形徽章看起来与房间冷硬的现代感大相径庭。

达德利虔诚地喝了一口鸡尾酒，说：“我有时会情不自禁地为我哥哥塞西尔感到难过，他是准男爵和三千英亩土地的继承人，况且还有英国南部最丑陋的某所房子，却因对一座小小的郊区花园的赞美而被人们铭记在心。”

“事实上，”他已经不是第一次这样说了，达夫妮坚定地回道，“那是

---

① 此处“revel”与雷维尔（Revel）的名字是同一个词。

一座很可爱的花园。希望你不要跟塞比·斯托克斯说这样的话。”她看着赖利太太，费力地掩盖着纵容他们两个人的笑容。“还有我可怜的母亲。她对那首诗感到很自豪。况且，塞西尔写了更多关于科里的诗，很多首，你知道得很清楚的。”

“充满异国梦幻的城堡，”达德利用一种荒唐的悲剧腔调说，“映在瓷釉般光亮的溪流上……”——不过听起来真的很像塞西尔的“诗歌的声音”。

“我相信塞西尔从没写过这么糟糕的东西。”达夫妮说。达德利兴奋起来，他以嘲讽他人珍视之物为乐，对伊娃·赖利张大嘴笑着，把他那闪着亮光的虎牙亮给她看，赖利太太在烟灰缸上摁灭香烟，非常平静地说：

“你母亲没有再嫁，我感到很吃惊。”

“老天，将军吗？”达德利说。

“不是……瓦朗斯夫人的母亲。”伊娃·赖利说。

“不知为什么，这件事好像从没有提过……我不知道她是不是想要再嫁。”达夫妮说，以一种被激怒的尊严，压抑着自己对这一话题的不适感。

“她是一个娇小可爱的女人。她一定是很早就守寡了吧。”

“是——是的。”达夫妮心不在焉但坚决地说；她看着达德利，希望他能换一个话题。他点燃一支香烟，把一个很重的银质烟灰缸放到他椅子的扶手上。他在一百多样东西的底部都盖上了章：“窃于科里庄园”。这个烟灰缸就是其中之一。在楼上他的更衣室里，还有一个没多大价值的锡制的杯子，“窃于海普顿城堡”几个字醒目地刻在杯子的底部。在科里，他还是遵循着这一实践活动，以坚定的决心亲自监督着这里的工作。

“斯托克[1]什么时候到啊？”过了一会儿，他问。

“很晚，得在晚饭后。”达夫妮说。

“我想他有些很重要的事要谈吧。”达德利说。

---

① 斯托克斯的昵称。

“有些很重要的会议，关于矿工的，你知道的。”达夫妮说。

“你不认识塞巴斯蒂安·斯托克斯吧，”达德利告诉赖利太太，“他把惊人的文学敏感和敏锐的政治头脑很好地结合到了一起。”

“啊，我当然对他有所耳闻了。”赖利太太很小心地说。在达德利的谈话里，往往是坦率与讥讽并举，没有经验的人会对他的言论拿不定主意，只能目瞪口呆地笑着。现在赖利太太又躬身从放在矮几上的孔雀石盒子里拿出一支烟。

“只要是斯托克斯负责矿工的事情，那你就用不着操心，只管好好睡觉就行了。”达德利说。

“我一向睡得很好。”她不停地摆弄着手里的火柴，傲慢地说。

达夫妮喝了一点杜松子酒，想着如果关于可怜的矿工的事情提出来，她能说点什么。她说：“我觉得他和首相一起在伦敦忙得焦头烂额，却还能为塞西尔做这一切，真是太神了。”

“但是他把塞西尔偶像化了，”达德利说，“你知道吗，他在《泰晤士报》上发了一个讣告。”

“哦，真的吗？”赖利太太说，好像她已经读过也琢磨过。

“他那样做是为了取悦将军，但却是发自内心的。一名战士……一位学者……一名诗人……等等，等等，等等……等等……还是一名绅士！”达德利突然以惊人的兴奋之情敲着他的酒杯，“那是一篇相当精彩的悼词；不过当然了，很多了解我哥哥塞西尔的人都有点不明所以。”

“那么说他实际上并不认识他了。”赖利太太说，仍然小心翼翼地跟进，但可以看出她很享受话题危险的转变。

“噢，他们见过几次，塞西尔一个讨厌的朋友带他去过剑桥，他们一起去坐平底船，塞西尔给他读了一首十四行诗，你知道，斯托克斯被彻底震撼了，把那首诗发表在某本杂志上。塞西尔给他写了一些比较夸张的信，后来在他死后，他把它们发表在《泰晤士报》上了……”达德利看起来有些疲倦，他呆坐在那里，眼眉微微上扬，仿佛觉得此事单调乏味得不可思议。

“我明白了……”赖利太太面带扭捏的假笑说道，然后看向达夫妮。“瓦朗斯夫人，我想你大概从未见过塞西尔吧？”她问。

“我嘛，天哪，当然见过！”达夫妮说，“实际上我很早就认识他了，认识他很久以后才见到达德——”就在这时，门被威尔克斯打开了，她母亲走了进来，看起来有点犹豫，因为她在等她的朋友克拉拉，她朋友本人正拄着两根手杖，慢慢地穿过大厅，心神不定地跟达德利的母亲说话，后者轻快地走进来紧跟在她身后。

“可以公平地说，我丈夫不喜欢音乐，”路易莎·瓦朗斯说，“不是说他讨厌音乐，你明白吗。从很多方面来说，他有点过于敏感。音乐容易使他伤感。”

“音乐是伤感的，没错，”克拉拉说，看起来隐约受到了侵扰，“但我认为，它也——”

“请进来，进来坐下吧。”达夫妮说，微笑着营救克拉拉，她身上破旧的衣衫已被磨得发亮，黑色晚礼服在腋下绷得紧紧的。当她用手杖点着地，慢慢往屋里挪动的时候，战前就曾陪着她去听歌剧的那个老旧的黑色晚装手袋，在她左手手杖上左右摇摆。那个穿着马裤和晚礼服，帅得像个歌手的苏格兰男孩给她搬来了一把高椅子。她一坐下，就把手杖放在了椅子边。伊娃和达德利好像被手杖吸引了，怔怔地看着它们，好像以为这种简陋的东西早就不存在了。男孩小心地在周围走动，笑着扮演自己的角色，恰到好处地展现他不受情绪影响的魅力。在达夫妮掌管科里后，他是威尔克斯指任的第一个人，出于一些说不清的、几乎是浪漫的缘由，她认为他是她自己的人。

“塞巴斯蒂安还没到吗？”路易莎问。

“还没有，”达夫妮说，“他得等晚饭后才能到。”

“我们有太多的事情要谈了。”路易莎说，心情开朗但有点不耐烦。

“啊，妈妈……”达德利说，走近她，似乎要吻她，却在几步外站住了，张开大嘴笑着。

“晚上好，亲爱的。你知道我要进来了。”

“是啊，妈妈，我当然希望如此了。你想喝点什么？”

“柠檬水吧。今天感觉像春天一样啊！”

“就是，”达德利说，“我们来庆祝一下吧。”

路易莎对他冷淡地笑了一下，似乎有一半被他的嘲讽吸引，另一半又在回避，然后转移了目光。她的眼睛停留在赖利太太的腿上，然后又安慰地转到达夫妮的腿上。她的面孔并非自然委婉，似乎冻结了五秒钟，这期间一种“评价”已形成并被压制下去。或许是有意，她就站在她自己的画像下，这使语言显得多余。这所房子她管理了四十年。与她被画进这幅画像时相比，她的眉毛更稀疏，下巴也更尖了。她的头发从黄褐色变成了灰白色；红色的晚礼服无可挽回地换成了黑色的。每次从她现在居住的、她经常选择在那里独自进餐的套房“进来”这里，她都会因为感到被撼动的尊严而颤抖，使阳光下一切伴随她的表演更清晰。“我真的认为你很聪明，亲爱的，”她对赖利太太说，“你使这个房间面目全非了。”她的眼角扫到了那幅抽象画，但她假装没看见。

“哦，谢谢您，瓦朗斯夫人。”伊娃说，笑得有点紧张。

“这是最出人意料的。”克拉拉说，她下意识的德语腔调里有着更多的含义。

路易莎看了看四周。“我发现这里最安静了。”她说，好像安静是她特别关心的一种品质。

“你还什么都没看呢，”达德利说，拿着他母亲想喝的东西走向她，“我们想让这里的一切都明亮起来。”

“如果图书馆也变了，那我会感到很痛心的。”路易莎说。

“如果你这样说，妈妈，那图书馆就免了，还是让它保持它原有的阴沉模样吧。”

“好吧……”她喝了一口柠檬水，微微地笑了一下，仿佛很享受她自己的幽默。“那么大厅呢？”

“说到大厅……我相信赖利太太对壁炉已经有了完整的想法。”

“噢，别动壁炉！”弗蕾达有点失去控制似的说，“孩子们喜欢这个壁炉。”

“那就肯定是说，为了喜欢这个壁炉，一个人将不得不变成孩子了。”伊娃·赖利说。

“那么，我一定是个孩子了。”弗蕾达说。

“那我就成了孩子的孩子了，”达夫妮说，“襁褓中的婴儿！”

达德利看了一下四周，满屋子的女人让他感到有点烦躁，但立即又恢复过来。“妈妈，你知道吗，现在有很多上流社会的人都在拆除这些维多利亚时代的老东西。你可以去看看威瑟斯家，看看他们是怎样改造贝德利—梅德利的。他们拆毁了钟塔，在那里建了一个奥林匹克游泳馆。”

“天哪！”路易莎说——换成另一种说法应是“好恐怖啊”，在她不多的感叹词的名单里，这些词多少都可以互换。

“在马德雷，”伊娃·赖利说，“他们很久前就开始了。他们八十年代就把餐厅改造了，我觉得是那时候。”

“你看！就连当初建它的人都受不了了。”达德利说。

“建这个房子的人是你祖父，”路易莎说，“他很喜欢它。”

“我知道……他不是有点奇怪吗？”

“但是对你祖父在意的东西，你那时从来也没表现过什么感情啊，对你父亲的也没有。”她咧嘴笑着看向大家，好像他们都站在她一边。

“哦，不是那么回事，”达德利说，“我喜欢奶牛和克拉雷[①]。”

“路易莎，你要不坐下来吧？”弗蕾达热情地说，把她身边鼓鼓囊囊的靠垫抚平。达夫妮知道，她讨厌科里谈话中的直白。自从埃德温爵士去世后，这种情况就经常上演，但她自己很快就适应了这种无休止的争论。

---

① “克拉雷”是英国人对波尔多干红葡萄酒的昵称。

"亲爱的，我喜欢坐硬板椅子，"路易莎说，"我觉得扶手椅有点太软了。"她叹了气。"我不知道塞西尔对这些变化会怎么想。"

"噢，我也想知道。"达德利说完就转过脸去；然后以好像不太希望被人听到的开玩笑的语气说："下一次再与他联系的时候，你或许可以问问他？"

达夫妮心惊胆战地看了路易莎一眼，但看不出来她是听到了还是没听到，达德利无声地笑着点头，他母亲固执地继续说："塞西尔的传统观很强，他一直都很高贵——"这时，门突然被打开了，保姆进来了，她的两只手分别搭在两个孩子的肩上。她拥着他们，可能对她来说一会儿的时间太长了吧，因为看起来有点像是她在倚着孩子们了。"好了，他们来了！"她说。通常当索尔外婆来访时，在六点钟他们会被带下来，在晚餐和上床休息之间。威尔弗里德突然离开，跑着去向她打招呼，深深地鞠了一躬，这是他的新节目，科琳娜走到壁炉前，两只手背在身后，好像要宣布一个消息。他们都找到机会偷看了父亲一眼——但达德利此刻情绪高昂，没有太在意。

"给赖利太太问好。"他说。

"赖利太太，您好。"两个孩子很快地说，缺乏热情。

"亲爱的……"赖利太太的眼睛越过鸡尾酒杯看着孩子们。

威尔弗里德礼貌地跑向祖母，也鞠了一躬，祖母警惕地说："你看看你啊！"此时，拉贝士正从开着门的花园跑进房间，急促地喘着气，兴奋地围着主人转圈，尾巴拍打着椅子和桌子腿。

"噢，咱们真的让狗进来吗？"达夫妮问，发现她母亲拿走了被它的鼻子碰倒了的酒杯，对它味道很重的灼热呼吸现出了一脸苦笑。她站起来想抓住它，但是达德利纵容又令人生气地低吼道："噢，小拉贝士，小拉贝士，小拉贝士！"他已经从什么地方拿到了一块拉贝士喜欢的那种像骨头一样硬的黑色饼干，他拿着饼干逗了一会儿狗，然后一手扔了出去——它一口就被吞了。克拉拉还是有点怕狗，但她热心地笑着，想表明自己并不害怕。她像演哑剧一样掩饰自己的羞怯，像孩子一样伸出一只手以求和解，但她没有饼干，拉贝士像没看见她似的扬长而去。

科琳娜谨慎而有意地挪到钢琴边，坐在凳子边上，观察着她父亲，等待最好的说话时机。“丫头，你不是要给我们弹点曲子吧，是吗？”达德利问道。

“噢，她会弹钢琴吗？”伊娃吐出一口轻烟。

“会弹？她是一个完美的钢琴小行家，”达德利答道，“对吧，宝贝？”科琳娜对此不确定地笑了笑。

“我明天给你们弹。”她说。

“好主意。弹给你乔治舅舅听。”达德利说，他已经厌倦了自己的嘲讽，也厌倦了这一话题。

“威尔弗里德可以伴舞。”科琳娜说，提醒她父亲这项交易的各项条款。

“对啊，没错……”达德利过了一会儿说。

依然在关注着伊娃的路易莎说：“我想你大概还是喜欢音乐的吧，赖利太太？”

赖利太太微笑地看着她，准备着让她接受她的回答：“噢，非常喜欢——至少是某些音乐呢。”

“什么音乐呢，古诺[①]之类的吗？”

“我不怎么喜欢古诺，不是他……”

“我料到会有人跟古诺划清界限的。”

“好了，威尔弗里德，”达德利说，大声地咳嗽了一声，像是在责怪他；但随即问：“你听说过《上校与河鼠》吗？”

“没有，爸爸。”威尔弗里德柔声地说，不敢相信诗歌开始登场了，不过对它的题目还是感到有些不安。

“是这么念的……”达德利说，“上校在那里，气得头发竖起，一股痛

① 夏尔—弗朗索瓦·古诺（1818—1893），法国作曲家，代表作是歌剧《浮士德》。

苦与绝望的恐怖气息。”

威尔弗里德笑了起来，至少是笑着他父亲背诗时那可怕的表情；有些可怕的东西也可以很可笑的。“噢，宝贝儿，”达夫妮说，“爸爸在给你做打油诗呢。”

“达芙儿，这不是打油诗，”达德利说，憋着气没对这么多头韵笑出声来[①]，“这是斯凯尔顿[②]体短韵诗，它可以追溯到亨利八世的时代。要是你还记得斯凯尔顿曾是桂冠诗人就知道了。”

“噢，是这样啊。”达夫妮说。

“好了，想不想听我给你再念一首诗啊。”

“噢，想听，爸爸！”威尔弗里德说。

“你伯父塞西尔是一位很有名的诗人，但人们不知道我本人在那方面也很有天分。”

达夫妮看了路易莎一眼，她看起来是一副不可被激怒的表情，好像才发现她孙子和儿子一样不可理喻。

“我知道的，爸爸。”威尔弗里德说，一脸渴望地站在他父亲的膝边，好像差不多要将手放到上面了。

---

① 原文“Oh ducky, Daddy is doing doggerel for you.”包含了多个头韵。

② 约翰·斯凯尔顿（1460—1529），英国诗人、学者，诗歌多具写实、讽刺、机智的成分。作品多为短诗，被誉为斯凯尔顿体。

4

第二天早餐后达夫妮来到了儿童室，科普兰太太刚给孩子们准备好，要带他们出去散步。“不行，威尔弗里德，不能穿那条白裤子，你会弄得满身是泥的。”

“保姆，你的意思是说，烂泥会沾满我全身的吧。”他说。

“母亲，我们要步行去普里切特农场。”科琳娜说，当科普兰太太用发带绑紧她的头发时，她一脸极力忍痛的表情。

“别担心，保姆，”达夫妮说，“我亲自来带他们。我们这里来摄影师了。”

“是吗，夫人！”保姆说，带着一点热切的微笑和一丝气恼，用更挑剔的眼光看着她照管的两个孩子。“那咱们是不是又要上报纸了？”

“嗯，对，我们又要上报纸了。”达夫妮本想说“不包括你”，但却说：“我想是上《每日速写报》[①]吧。”

科普兰太太更用力地拽着科琳娜的头发。“我在伦敦的姐姐给我寄了一张达德利先生在《每日邮报》上的照片。”

① 英国的一份通俗小报，主要侧重于上层社会、贵族阶层的生活及相关资讯。

“恐怕要当名作家就免不了要这样宣传吧。”达夫妮说，“不用，不用脱掉那条裤子，宝贝儿，咱们就只是坐在花园里。”

威尔弗里德勇敢地向她皱了皱眉，但好像突然想起了外面的什么事儿，转身走向了窗户。“威尔弗里德得到承诺说他能看到小马驹，”科琳娜同情他，语气里几乎有一点嘲讽，“还有恒温箱里的小鸡。”不过她也被奇怪的悲伤情绪所感染，当听到从窗边传来的哭声时，她也感到情绪低落，因为情势失控，所以对她而言情况更糟。她没有出声，但沉着脸开始专注于她装玩偶的小包，把太阳伞和红色的小毛开衫塞进了包里。

“噢，宝贝儿，你要带着梅维斯吗？”达夫妮问。科琳娜含糊地点点头，但什么也没敢说。

“噢，亲爱的，噢，亲爱的！”保姆沾沾自喜地说。

“好了，威尔弗里德，不要哭了。”达夫妮说，想象着小马驹用鼻子蹭着妈妈，然后勇敢地跑开的情景；但她让自己强硬起来：“你不想让报纸上的你满身都是脏点子吧。”

“我不想上报纸。”威尔弗里德让自己强硬起来，他还是背向着她们。达夫妮理解了他的意图，但她说：

“宝贝儿，怎么这么说呢。你会很出名的。你会和邦祖狗[①]一起，想一想吧。全英国的人都会问他们自己——”说到这儿，她跑过去抱起他，他六岁了，已经有点重了，她发出一声嘟哝，身子还晃了晃，“那个特别的小男孩是谁啊？”

但跟不能在泥泞里散步相比，威尔弗里德好像觉得这个想法让他更难过。

在迷宫似的树篱间，在点缀在花园里的小草坪上，达夫妮发现他慢慢快乐起来，或许已经忘了刚才的事吧。半分钟后，他似乎忘记了昏沉的悲伤，投来和解的一瞥，又过了十秒钟后，却好像依然有意识地想起那种伤感，再然后就浑然不觉地开始专注于一路上的游戏了。沙砾铺就的

① 乔治·斯塔迪于1911年创作的著名的卡通形象，最早载于《每日速写报》。

小路、带标牌的狭长草地，这些小路在灌木丛中曲曲弯弯地伸展，而灌木则在狭长的草坪两端，呈弧形弯曲。现在科琳娜大步走在前边，朝下走在草丛中的主路上，它两边满是沿着铁链生长的铁线莲，在高高的木桩间高低起伏——再过一两周，它们将会开出绚烂的白花，这里将像一条婚礼之路。她手里握着一个东西，不是梅维斯，而是梅维斯的红色小皮包。威尔弗里德避免直线行走，他在周围一会儿左一会儿右地小跑，用奇怪的声音低声自语，时而像在跟自己或跟想象中的朋友或跟班生气。"过来，宝贝儿，我们来看看那些鱼在干什么。"达夫妮说。

面对农家场院的那种炽热的微风和气味、踩上去咯吱作响的泥地，她觉得这一池不会说话的鱼像一丝无力的安慰。当他们都来到中心鱼塘时，威尔弗里德鼓起勇气把注意力集中到这里。"它们是不是都藏在那片叶子下面呢？"达夫妮说。鱼塘被一条石板路环绕着，在两个爬满玫瑰的高高的拱门之间有四个石凳，拱门上爬满了浓密的红色和深绿色的叶子，现在还只有一两个花蕾的顶部露出一点粉红或白色。达夫妮坐了下来，出于冷淡和保守，她认为这里是个照相的好地方。

"母亲，塞比会来这里吗？"科琳娜问，把她的小皮包放在她们之间的长凳上。

"不知道啊，乖乖，"达夫妮四下看了看，"他还在跟你父亲谈话呢。"

"塞比叔叔到底是在干什么啊？"威尔弗里德问。

"他不是塞比叔叔。"科琳娜咯咯笑着说。

"不是，乖乖，他不是……"可怜的威尔弗里德被想象中的叔叔伯父们折磨着、困惑着。塞西尔伯父至少还在这座房子里，以一种大理石般冰冷的理想形式存在着，还经常被人们提起；但是休伯特舅舅却很少有人说起，所以对他来说，这位舅舅几乎是不存在的——达夫妮都不确定他是否见过他的照片。关于叔叔、伯伯、舅舅……他只得硬着头皮往下想，却只有偶尔出现、一说起话来就长话连篇的乔治舅舅。当大多数叔叔伯伯们不在时，指派一两个常在的人当叔叔伯伯也是正常的。

"好吧,是这样的,"达夫妮说,"塞西尔伯伯的诗歌全集就要出版了,塞比过来跟你父亲、祖母——实际上是跟每一个人商谈这件事。"

"为什么?"威尔弗里德问。

"噢……要知道,将有一本传记……就是有关你塞西尔伯伯以前生活的,祖母想让塞比来写。所以他需要跟每一个认识他的人交谈。"

威尔弗里德什么也没说,开始玩一个游戏,一分钟后,他盯着鱼塘说:"传记……"在他的低声悄语中,仿佛他们都知道这是一个愚蠢的主意。

"可怜的塞西尔伯伯,"科琳娜以她少有的虔敬口气说,"他可真了不起!"

"对……是的……"达夫妮说。

"还那么英俊。"

"对,是很英俊。"达夫妮承认说。

"你说他比爸爸还要英俊吗?"

"他的手非常大。"达夫妮说,听到第一声狗叫后看了下四周,这意味着达德利和其他人都过来了。

"噢,母亲!"

"你知道吗,他是一个很棒的登山者。他总是去爬多洛米蒂或其他大山。"

"多洛米蒂是什么?"威尔弗里德问,用一根短木棒小心地搅动着鱼塘。

"那是山脉。"科琳娜说,拉贝士从他们身后的玫瑰拱门跑了进来,然后快速地跑了半圈,接着又转回来,低着脑袋用鼻子在石板上嗅着,摇着脏兮兮的灰尾巴。威尔弗里德勇敢地用他湿乎乎的棍子指着它,科琳娜命令道:"拉贝士!"但拉贝士只是敷衍地在他们身上嗅了嗅;在它只会以服从得到奖赏的严格系统里,他们是多么渺小,这对孩子们几乎是个伤害,不过当然也是一种解脱。"坏狗!"威尔弗里德说。有时候拉贝士独自探寻,有时候它又跑到你身边摇尾讨好,好让你带它出去散步,然后它就会加倍地跑开忙乎自己的事情,但它主要是奔跑着预告达德利的出现,自己的名字在哪里被喊了出来,就追向那里。达夫妮等着喊声,无视着狗的存在,她实在是不喜欢它;但是却没有喊声传来,过了一会儿,拉贝士才反常地礼貌地走上前来,在她面前停下了,接着发出一声长长的哼声讨好她,她看了一眼四周,看到了站在拱门下的雷维尔。

在拱门的框架下,他站在那里像是一幅画儿。"亲爱的,"达夫妮说,"你终于赶来了!"好像她不曾阻止过而是鼓励他的到访似的。她觉得在她的欢迎词里,在她注视他的目光中,她加了一点警告的意味。她看着他轮廓鲜明的迷人小脸,寻找着他为此苦恼的迹象。但他几乎没理睬她,佯装悔恨地咬着嘴唇,黑亮的眼睛从一个孩子身上转到另一个身上。他所做的一切都取决于他们——和那只狗正好相反。"拉贝士告诉我可以在这儿找到你们。"他说着,走上前来吻了吻科琳娜头顶丝绸般的头发,又一把把威尔弗[①]拉到他大腿边。狗粗暴地吠着,意识到自己完成了任务,就头也不回地向家里跑去了。

"雷维尔叔叔,"威尔弗里德说,表现得不像他母亲那么惊讶,"您给我画个雷龙好吗?"

"宝贝儿,只要你喜欢,我愿意给你画任何东西,"雷维尔说,"不管雷龙多么难画。"他走向达夫妮,她正不大情愿地站起来,感到他粗糙的脸颊和下巴在她脸上贴了一下。他低声说:"希望你不要介意,我打电话给达德,他告诉我来就是了。"

"我没介意,当然可以,"她说,"你见过谁了吗?见过摄影师了吗?"不知为什么,她觉得如果雷维尔的来访是不可避免的,那也不应该让他出现在报纸上——可如果摄影师看到他的话,一定会让他一起拍照:她觉得他一来就显得那么重要,形象那么理想,以他独有的成功微妙地与这四月一天里的平常光辉区别开来。每个人都在谈论他,也许不像谈论塞比或工会那么多,但肯定比谈达德利、赖利太太多,当然也比她要多!

① "威尔弗里德"的昵称。

现在他又跟大卫大吵了一架，所以他的光辉里既有盛名也有苦难。自然他最不希望看到自己在《每日速写报》上满天飞的形象。

“有个头上戴着油腻腻的软毡帽的家伙我没见过。”雷维尔说。

“噢，就是他。”达夫妮说。

“我想我看见你哥哥和他太太了。”

“哦，真的吗？”达夫妮的语气颇为沉重。

“皮肤白皙、头发稀疏，戴着金属框眼镜？”

“听起来像是马德琳……”

“但挺好看的，”雷维尔咯咯笑着说，达夫妮就喜欢他这种笑声，“马德琳看起来就更严肃。脚步沉重、帽子很糟糕。如果能让我这么说的话。”

“哦，你可以畅所欲言，”达夫妮说，“这里的每个人都这样。”

“乔治舅舅来了吗？”威尔弗里德问。

“来了，”雷维尔说，“我想他们正在往高地走。”

“他可真是不守规矩啊。”科琳娜说。

“别胡说。”达夫妮说。

“真是太乖戾了。”科琳娜说。

“行了，也许我们也该加入他们呢。”达夫妮说。她带头穿过了远处玫瑰拱门，孩子们最终跟了上来，雷维尔从容地走在孩子和达夫妮之间，用那种人们通常对别人的孩子说话的方式说着话，取悦孩子，也以不同的方式取悦正在聆听的父母。“当然我想最近这些年在伯克郡都看不到雷龙了，”他说，“但我听说有一些其他的凶猛野兽，有一些还穿着漂亮的白裤子坏坏地把自己伪装起来……”达夫妮觉得他的存在就是一种磁干扰。当她领着他们走上台阶，穿过拱门下白色的大门时，这种干扰就在她身后，在她的眼角。跟雷维尔这样的男人在一起，你当然会觉得异常安全；但安全本身却带有某种弹性。那里是乔治和马德琳——太奇怪了，他们竟然直接就出来散步。也许他们只是想找点事做，因为玛德琳是个不懂放松的人；又或许是想尽可能体面地推迟见到达德利的时间。

高地是法式花园对面一片巨大的草坪，尽管爬上去并不费劲，但正如达德利形容的——那里“没什么好东西可看”，只有这幢房子，以及向班普顿和布赖兹诺顿的村子缓慢向下延伸的广阔农田。这是令人惬意的寻常风景，不会给人带来过度的兴奋感，牧场上山毛榉和杨树的小树林正慢慢绿起来。几英里外的某处，泰晤士河涨起的河水蜿蜒流过。今天高地已经修剪过了，这是今年的第一次，小毛驴穿着奇怪的胶皮鞋套拉着咔嗒咔嗒响的割草机，由一名男子在后面控制，这人在靠近他们时，摘下了帽子示意。说真的，谁会在周末锄草呢，但达德利将此事安排在周末，无疑是想烦一烦他的客人们。乔治和马德琳在远处漫步，躲避着割草机的噪声，低头交谈，也许他们自己正乐在其中呢。

孩子们加快了脚步，踉踉跄跄地走向他们的舅舅和舅妈——好像不很确定他们的快乐有多少是真实的，有多少是出于礼貌；乔治站在那里，穿着黑色西装和棕色的大鞋，蹲下身子，以他们自己的水平谨慎地检查着他们。马德琳裹在一件长雨衣里，落在后面，脸上是一抹浅浅的微笑，那后面藏着很多的疑问。

“马德琳舅妈，我学了一点新东西要表演给你们看。”科琳娜马上说。

“噢，”马德琳问，“是什么啊？”

“叫《快乐的小袋鼠》。”

“啊，宝贝儿，”马德琳好像从中看出了某种无力的妥协，“那我们可得看看。”

“她一直在练习，是吧，科琳娜。”达夫妮说，看到她正在看着威尔弗里德。

“威尔弗里德要跳舞。”科琳娜说。

“啊，那可太棒了，”乔治说，“你们什么时候表演啊？我可不想错过。”他很及时地补上了他太太话里欠缺的热情。

“儿童房茶点之后，”达夫妮说，“他们可以下来。”看到乔治和马德琳在一起，会使你更喜欢乔治；他站起来，出声而坚定地吻了吻对方，两人都很愉快。“伯明翰怎么样？”达夫妮问。

“伯明翰还不错吧。”乔治说。

“要做的事情太多了，”马德琳说；“我担心你发现我们不是在最佳状态。”

“马德琳，我想你们还没见过雷维尔·拉尔夫，马德琳……雷维尔，我哥哥乔治·索尔。”

握手时，乔治亲切地看着雷维尔。“我和马德琳听了很多关于你的消息……祝贺你！你的设计听起来棒极了。”

“对，是的。”马德琳不确定地说。

“不知我们可否过去，”乔治说，不安地对雷维尔笑着，“我很想看一看。”

“好啊，要来的时候告诉我。”雷维尔说。

“达芙，你肯定已经去过了，是吧？”乔治问。

“我总得有地方待才行啊，对不对。”达夫妮说。

“你应该在城里买个小房子。”雷维尔说。

“唉，我们在马里波恩确实有过一套很好的单元套房，但是当然了，后来被路易莎卖掉了。”达夫妮说，在继续下去之前赶紧换了话题。“小心点儿啊……”小毛驴正快速朝他们过来，他们来到已经修剪的草坪一边，潮湿的草屑沾到了他们的鞋子上。“天知道他们为什么要今天修剪草坪。”她说，不过她从中也得到了乐趣，只不过与她丈夫的不同——这事关系到劳动，管好这地方要20个仆人。

“达德利怎么样？”乔治问。

“我觉得挺好的。”达夫妮说，快速地瞥了孩子们一眼。

“他的书快出了吗？”

“唉，我觉得最好别问。”

乔治给了她一个奇怪的眼神。“你一点也没看到？”

“没有，没有。”她用愉快而强硬的语气说，“你知道他总喜欢把东西藏起来的。”

“噢，对了，这个我可得看一看，”乔治说，他对争论与设计有同样的兴趣，“他进展得怎么样了？”

“哦，挺快的吧。”

“但你不在乎。”他撇嘴微笑看着她。

“有一些东西。你会看到的。”

“你怎么看，拉尔夫？”乔治问，“对维多利亚时代这些超乎寻常的怪东西，你是赞成还是反对？”达夫妮发现在经过自发的短暂休息后，他们又回到了吵闹的公共休息室。孩子们得意地笑着。

雷维尔想了想说：“我可以站在中间立场吗？”声音里有一种恳求似的闪躲。

“我想知道为什么。你具体的立场更好。”

“我想我觉得，”雷维尔过了一会儿才说，“怪诞是我最喜欢的，真的，越超乎寻常越好。”

“什么？不是圣潘克拉斯车站[①]？”乔治说，“不是基布尔学院[②]？”

“我第一次看见圣潘克拉斯时，”雷维尔说，“我就认为那是地球上最漂亮的建筑。”

“看见了帕台农神庙之后也没改变想法吗？”

雷维尔的脸有点微微变红——达夫妮想也许他还没见过帕台农神庙吧。“我觉得世界上还有足够的空间容许一种以上的美存在，”他坚定但礼貌地说，“这样说可以吧。”

乔治听明白了，这下他自己倒有点脸红了。他停下脚步，朝房子的方向看去：房子的角楼和山墙，哥特式窗户上装有耀眼的平板玻璃，红、白、黑三色砖头砌成的外墙有一种不安宁的感觉，攀缘植物像恐惧一般盘绕在最西边的窗户边。达夫妮觉得不是她选择了它，而是它以某种方

① 英国伦敦的圣潘克拉斯地区的一座大型铁路车站，于1868年启用，以哥特复兴式风格闻名。
② 基布尔学院是牛津最大的学院之一，由威廉·巴特菲尔德设计的哥特复兴式红砖大楼曾饱受争议。

式选择了她，现在如果失去它，她会从心底感到伤心。她转向马德琳。“马德琳，我还记得乔治第一次到这里暂住的情景，”她说，“我们以为他对科里庄园的赞美永远都不会有到头的一天。噢，餐厅的圆形屋顶啊！”但与她嫂子这样滑稽的联盟很难形成——马德琳微笑了一会儿，但她更相信乔治的智慧。“那时可没说它古怪！”达夫妮坚持说。

乔治显然觉得这时候自嘲一下是明智的：“塞西尔喜欢它们，谁都不会和塞西尔争论的。”他似乎不介意他正在嘲讽他妹妹的家。

“我明白了。”雷维尔的话中有些冷淡和宽恕的意味，跟达德利的幽默感是那么不同，“所以你对这座房子很了解了。”

“是，很了解……”乔治心不在焉地说，关于他为何很少来科里庄园的问题可能会使他很尴尬，“你太年轻了，不认识塞西尔。”他说。

“恐怕是这样的。”雷维尔一本正经地说，脸上带着难以察觉的微笑，因为大家都认为年轻是他的优势，杂志上所有的文章老是这样说——他这么有才华、这么年轻。

“但你以前来过科里吧。”乔治说，话里有点屋主的口气。

“哦，来过许多次了。”雷维尔答道；有一瞬间，一种奇怪的紧张、较量和遗憾的气氛闪烁在两个男人各怀心事的微笑里。

“不管怎么说，你会见到赖利太太，”达夫妮说，“她会在这里度周末。”

“噢，是吗……”雷维尔说，好像终于看到了不利于他来访的因素。

“你知道，她已经待了很久了，测这个、捣鼓那个、把烟灰弹到地毯上；出于某种原因达德让她留下。你能相信吗，她所有的晚装都放在她的后备厢里。”

“为什么啊？”威尔弗里德问。

“老伙计，那是因为她会一直在去往别人家的路上。”乔治说。

“是啊，她还设计服装，”科琳娜说，“她车里有好多好多的裙子和连衣裙。她还想给我做一件，绿色天鹅绒，低腰而且不带明显的胸部设计。”

“不带明显胸部设计！”达夫妮说。然后又说：“她可真能那么干！”

“她怎么样？”雷维尔问，“我相信她有点——我们做事的方向不一样。”

达夫妮有点拿不准话题转向这个是否妥当。“我敢说她真是个天才，”她说，“我只是不太擅长和非常时髦的人打交道。”她想，她现在在哪儿？——瞬时的焦虑过后，她很快又镇静下来。

“我想她要价肯定不低吧。”雷维尔说。

“不低，实际上她的要价高得离谱。”达夫妮说，指出了一个非常合理的让人烦恼的理由。

他们慢慢往回走，这帮人还是有些踌躇，各怀心事，走向石拱门下的白色大门以及通向房子的宽阔道路。弗蕾达和克拉拉走出了房间，出来呼吸点新鲜空气，她们以特有的步伐，走在庭园里春天的苗床及低矮的篱笆间。达夫妮看到了雷维尔提到的那个人，戴着褐色的软毡帽，大步跑过庭园，跟她们说起话来——她们看起来很困惑，真诚地想帮忙，但又带点戒备心。克拉拉举起一根拐杖，指点着，像是要撵他走。他脖子上挂着一个相机套，但好像没兴趣给她们照相。“宝贝们，快点走，去救救索尔外婆。”达夫妮说。但就在那时，那个人向后一退，四处看了看，他看到达德利本人出现在花园门那里，带着一副面对记者时的机智亲切的表情，塞比紧跟在他身后，却被兴奋异常的狗挤在门边，很显然他不太情愿被大家看到。

“大家都在呢。”达德利说，当他们走过来时，他跟乔治握手，又相当用力地与马德琳握手，不过在握手时对她使劲地咧嘴笑着。“还有雷维尔，亲爱的，你还是来了。”他摇摇晃晃地转动身子笑着想拥抱所有人，“多么美好的团聚啊！”达夫妮看了她母亲一眼，她觉得在这些人中，她是对达德利的表演最敏感的人，但是她沉浸在自己与乔治的重逢中，并没有注意。

“你好，乔治！”弗蕾达说，因勇气而轻微颤抖，像是某人不确定对方是否还记得自己的口气。或许这一细微的表现也感动了乔治——他给了母亲一个坚实的拥抱,贴心而内疚地多拥了一会儿。

“马迪,亲爱的。”他说,于是马德琳也抱住了弗蕾达的肩膀,在她们碰到一起的帽檐下,倾斜着吻了她一下。

“现在,女士们先生们,我非常遗憾地说,”达德利说,“我们难得的田园诗般的周末被伦敦新闻界一个不知疲倦、没有同情心的代理人侵扰了。你叫什么名字来着?”

“噢,我叫戈德布莱特,达德利爵士。”摄影师忍受着达德利粗鲁的语调,“杰里·戈德布莱特。”他把帽子抬起一英寸高,向四周的人致意。

“杰里·戈德布莱特,”达德利不悦地停顿了一下,“要为《速写》拍几张快照。”

“我倾向于说是肖像,”戈德布莱特说,“肖像群。”

“所以如果大家不那么介意,我们就听他的,十分钟吧,然后我们就可以让这个可恶的家伙离开这里了。”

“非常感谢,”戈德布莱特说,“好吧,女士们先生们——”

但他们很快就发现,是达德利在指挥他们做这做那。在伸着胳膊裸露胸部的青铜和大理石雕像下,他们像些滑稽的小丑一样,花了一个多小时的时间,以不同的组合在不同的石凳上摆着不同的姿势。苏格兰男孩帮了很多忙,很快布置好了槌球的草地,他们在那里假装开始玩,但不久就较真起来,随后勉强不玩了,转移到另一个地点去。实际上,摄影师只想要三个人的身影,就是达德利、塞比及雷维尔,达夫妮和孩子们可以当陪衬。达德利自然知道这些,但说了一通复杂冗长的话,把所有人都弄来了,而且假装他自己一点都不想参与其中。

达德利说:“看看这儿,戈德布莱特,你得给我们的朋友卡尔贝克太太来一张快照。你知道吗,她是斯坦莫尔山最早的瓦尔基里[①]之一。”

“哦,是吗,达德利爵士?”摄影师小心地说。

---

① 北欧神话中奥丁的侍女之一。

“不行，不行，千万别……”克拉拉说，被逗乐了，同时也很窘迫。她好像已经准备把棍子塞到别人看不见的地方了。

达夫妮说：“亲爱的，如果你不想照就不要勉强。”她确实认为他们不可能用这样一张照片，从长远来看，还不如不照，否则会使她更伤心。

“我想还是不照吧。”克拉拉说道，把她小小的失望掩藏在一声做作的叫喊中——“可是赖利太太哪儿去了？”这很出乎意料，但她似乎对伊娃挺有好感。

“亲爱的达德利，赖利太太在哪儿？”达夫妮冷冷地问。

“噢，天哪……”达德利说，有一瞬间他困惑的声调里闪烁着一丝疯狂。“罗比，跑去找一下赖利太太。”看到罗比快速跑走了，他说：“她可能就是太忙了……”

“先生，那个是伊娃·赖利太太吗？”杰里·戈德布莱特狡猾地瞥向房子，问道，“那个室内设计师？”

“是的，是的，”达德利答道，“赖利太太是著名的室内设计师，旋转木马餐厅就是她设计的。”好像他在给《速写》写文字说明。

“那可真是幸运，达德利爵士。”戈德布莱特说。

达夫妮发现达德利几乎已经得到了他想要的一切；他从一个快把他逼疯了的外人手中拯救了这个时髦、有趣而重大的聚会，而且还通过一闪一闪的相机快门，摆给全世界看。塞比·斯托克斯实际上婉拒了参与，担心他不应该在国家处于大罢工边缘的时刻，被人看到他在玩槌球。他狡黠地对戈德布莱特说，他会“在图书馆里处理内阁会议文件”。乔治对宣传领域还很陌生，只是呆板地按照雷维尔的指示摆着新姿势，跟孩子们一起玩闹，表现出狂热而令人感动的爱意。看起来他挺喜欢雷维尔——也许是他们在圣潘克拉斯车站方面的小摩擦让他很兴奋。马德琳以羞怯之人那种愁苦的孤独模样坐在克拉拉旁边，实际上是选择了不要被拍到。至于雷维尔本人，达夫妮发现她无须担心，实际上在他参与忙乎这一切的热心里，似乎遇上了更大的摩擦。“嗯……好吧……”达德利皱着眉头说，“不，不，你是设计师啊！”——他有点迷惑地摇着头，杰里·戈德布莱特恳求说：“让瓦朗斯夫人和孩子们坐过来可以吗？”这时，伊娃·赖利过来了，她闪亮的长袜使她的长腿看起来一片苍白，几乎是可笑的时髦，一顶珍珠色的钟形帽紧扣在她的黑色短发上。“你真的想把我也照进去吗？”她声音里带点哭腔，杰里·戈德布莱特大声回应说他当然想。

雷维尔和达夫妮站在后面的鱼塘边，一起照了张相。他们站在玫瑰拱门的两侧，每个人都像舞蹈演员那样扬起一只手臂，指向周围的景色。达夫妮笑着以显示她不是演员，当然更不是舞蹈演员。她看向雷维尔，而雷维尔则不露声色地看着前方。达夫妮觉得她的笑里有一种恐慌。她不安地想象着下一周的《速写》放在晨间起居室的桌子上，他们傻傻的面孔和滑稽的《邦祖小狗》一起争夺着读者的眼球。

5

午饭接近尾声的时候乔治离开了餐厅，去较远的一间盥洗室，很珍惜这四五分钟的独处时间。塞西尔的话题已让他感到窒息，尤其是想到在未来的二十四小时里，人们都将谈他绝世的才华、他的英勇及他的迷人魅力。他们都会不自觉地说这些那些。也许在一些特定的修道院，或某些精修学校里，餐间谈话才会像这样被严格限定范围。将军抛出了一个话题，其他人都小心翼翼地回应着，塞巴斯蒂安·斯托克斯做裁判；就连达德利的冷嘲热讽也适时地悬崖勒马。乔治以前见过斯托克斯一次，那是在剑桥，他们一起在平底船里，塞西尔划船时气势十足，摆动着船篙，时而背诵些十四行诗，无疑让友人们很尽兴。当话题转到他们在剑桥的日子时，斯托克斯看起来已经不记得乔治也参加了那次聚会，乔治也没提醒他。他无可否认地感到不安，喝了几杯香槟，试图让自己放松下来，但它们只是使他觉得更闷热晕眩，而餐厅本身庸俗的装修、房间里的镜子及镀金的边框，就像举办葬礼的场地，使他比往日更厌恶它。当然人们一般都迁就死者，免他们的债，在哀悼他们的同时也原谅了他们；毫无疑问，塞西尔一直非常聪明，无所畏惧，在他短暂的生命中，让很多人为他心碎。但可以肯定的是，除了路易莎，再没有人会想起给他开一个新的追思会，他过世有十年了？他们都来了，顺从地紧握着自己手中那一份贡献。一种让人沮丧的气氛、虚伪的虔诚及尽责的克制仿佛从桌上升起，像卷心菜的味道一样在果冻形的圆屋顶上袅绕不散。

当他穿过大厅时，楼梯下的门被威尔克斯打开了，他脸上有一种吃惊的表情，像一个有自己生活的人，但也只是一会儿。

"啊，先生……！"威尔克斯说，转过身来把着门，脸上迅速恢复了往日的温和亲切，像是有点脸红。

"非常感谢，威尔克斯。"乔治说。既然看见了他，就顺便问候："希望你一切都好。"

"非常好，谢谢您，先生，真的非常好。"好像乔治的关怀让他更好了。

"我很高兴。"

"我相信您也很好，先生；索尔太太……'

"噢，对，我们两个人都忙得焦头烂额，工作压力也大，你知道，但是，谢谢，都非常好。"

乔治和威尔克斯两个人都在把着门，威尔克斯以他以往不乏耐心的奉承注视着他，看不出来一分钟前他正在往哪里奔波。"很高兴看到您又回到科里庄园，先生。"不过，他用圆滑平稳的话语含蓄地把他对道德评论的把握表达了出来，乔治察觉到了。

他皱了皱眉头说："虽然我们希望能常过来，但毕竟还是无法成行。"

"可能是你们不太方便吧。"威尔克斯认可了，放下了把着门的手。

"是不太方便。"乔治说。

"我知道瓦朗斯夫人对您的到来特别高兴，先生。"

"噢……"

"我是特指老夫人，先生……不过我肯定您妹妹也是！"

"哦，我起码能为她做到这点。"乔治足够确信地说。

"因为您跟瓦朗斯上尉是那么要好的朋友。"

“嗯，对。”乔治很快坚定地说，掩盖着他红了的脸。“不过，唉，威尔克斯，一切都仿佛是上辈子的事了。”他环顾了一下大厅，心情疲倦，惊奇地发现一切还在那儿：带家徽的窗户、擦得锃亮没人会坐上去的大厅椅子、巨大的高地峡谷油画。褐色的画布上，一些长着长角的牛站在水中。他依然记得他第一次来访时看到这幅画的情景，塞西尔的父亲告诉他，那是“一幅很好的画”，还告诉他那些牛的种类。塞西尔在他身后，没有碰他，但却有一种潜伏的热流传过来；他在说着什么，“那是麦克阿瑟的牧群，对吗，爸爸？”——他的兴趣像他的谎言一样油滑而自信；老人表示赞同，然后他们就去吃午饭，有一会儿，塞西尔的手就放在他客人的后腰上。“当然这一切我还都记得。”乔治说，他甚至更尴尬了，“我一直记得那幅苏格兰画。”那幅画本身单调乏味，但它似乎有所寓意——低头喝水的牛好像是象征着埃德温爵士对他儿子的所作所为一无所知。

“啊，是的，先生。”威尔克斯说，表明他指的是对他来说也完全不同的事情，“埃德温爵士很喜欢《盖尔博湖》。他常说和拉斐尔比起来，他更喜欢它。”

“是的……”乔治说，不知道威尔克斯在亲切回忆中扬起的眉毛，是认可人们对于拉斐尔的普遍看法。“我在想，威尔克斯，斯托克斯先生在这里的时候，可能会找你谈一谈塞西尔。”

“哦，没人这样说，先生。”

“真的吗？你可能比任何人都了解他。”

“那是真的，先生，从某些方面来说，是的。”威尔克斯谦虚地说，他的犹豫中似乎还藏有其他东西，是一种模糊的幻觉，所有人都认为自己是最“了解”塞西尔的那个人。

“瓦朗斯夫人在午饭时很清楚地说她想要他童年时代所有的照片，”乔治说，带有一点炫耀的意思，“我想，她有一首他三岁时写的诗……”

威尔克斯脸红了，但还是彬彬有礼，正在想该如何着手开始这项新任务，很微妙。“我当然有许多记忆。”他不确定地说。

“你知道吗，塞西尔谈起你时，总是充满……佩服，”乔治说，然后用了一个他刚才回避的词，“而且很深情，威尔克斯。”

威尔克斯低声地说着些半是感激的话，乔治低头想了一会儿，说：“我个人认为我们应该把我们知道的都告诉斯托克斯先生；由他来判断该使用哪些细节。”

“先生，我确定没什么是我不愿告诉斯托克斯先生的。”威尔克斯用近乎责备的亲切语气说。

“是，是，”乔治说，“我知道……”他对这种围绕着难以启齿的真相东拉西扯的情形再次感到慌乱不安。“我不应该再耽搁你了！”他鼻音重重地说，看起来像无意识地模仿着男管家，稍微躬了躬身子，这使乔治的脸再次变色。他转身走出门，轻轻地关上，然后走向长长的走廊。

在这条走廊上，有一种奇怪的感觉。他以一个客人所拥有的自然权利、以成人的随心所欲的自由沿着信步走着，可是随着他十三年前初次来访记忆的苏醒，他马上感到呼吸困难。一切都未曾改变：昏暗的自然光线、像学校一样的地板蜡的气味、那一长排几乎成矩形的公牛和母牛的画像。他很诧异地发现他那么强烈、那么频繁地脸红心跳。他很不安地想，那时作为贴身男仆的威尔克斯，对他殷勤周到，总是在某种程度上提供帮助，他是否在别的场景，只是不被自己记起了？他是不是轻手轻脚未被察觉地经过了那里？暗中监视主人、偷偷读主人的信件、浏览废纸篓里被扔掉的废纸、更全面地了解主人的意图并猜测主人的需要，真的是一个好男仆的部分职责吗？这些他偷窥到的东西是不是会增加或减少他对主人的尊敬？一个法国的哲人不是说过吗：再伟大的人在他们的贴身男仆眼里也不会伟大。就是在这里，刚刚转过墙角的地方，塞西尔抓住了他，开始吻他，同时还告诉他盥洗室的位置，那时他才刚到科里庄园。他专横地吻着他，带有侵略性地扭动着身子。乔治想起这些，一瞬间心跳加快。那个吻，连同刚到一座豪宅的紧张，以及他想讨好并欺骗塞西尔父母的热切愿望，突然使乔治烦恼得发疯。他与塞西尔撕打在一起，塞西尔一直为自己的强壮而自豪。衣帽间里挂满了大衣，仿佛隔壁就有一场会议或音乐会。塞西尔把他推到大衣边，从挂钩上拉下一件硬硬的防雨斗篷——它慢慢地盖到他们身上，使他们滑稽地暂停了一下。

在大衣的另一边，是暗色的大理石和带有红木家具的盥洗室，第三个房间带有蓄水塔和像监狱一样高的窗户。乔治以曾经熟悉的心情锁好门，觉得进入了庇护所，然后有些迷茫地想到，他所躲避的那个人早已魂归他处了。

在他沿着走廊往回走时，他觉得还是躲开人群更久一点比较惬意，于是决定去小教堂看一看塞西尔的雕像。当达夫妮和达德利举行婚礼时，坟墓还没修好，看起来就是一个砖垒的长方体，只能在左侧或右侧通过。说实话，当时他极力避免看到它。他们在塞西尔的尸骨之上举行婚礼，看起来简直是一种潜在的可怕的笑话。现在大厅里空无一人，寂静无声，他绕开巨大的橡木桌子走出去，来到了装着玻璃的拱廊，这里一半是走廊，一半是暖房，拱廊沿着房子的一边延伸，一直到小教堂的门前。这里也是如此，一切都还是原来的样子，所有的东西都陈旧不堪、样式落伍，显得很杂乱而且积习已深，毫无疑问这里也在等着赖利太太无情的改造。真是难以想象它只有五十年，还没有他自己母亲的年龄大。看起来，它沉沦在习惯和历史之中。哥特式底座支撑着石头做的花盆；三个黄铜的枝形吊灯，粗糙地被连上了电线，几乎能碰到人头；地面上铺着深红色和淡褐色的棱形花格瓷砖。乔治感觉到小教堂深色的橡木门正在一点点逼近，仿佛要用同样黑沉沉的凝视召唤来访者，让其灰心丧气。他握住冰冷的把手环，门闩在里面咔哒一声弹了起来。他再一次看到了塞西尔。第一天下午，他带着他匆匆忙忙地来到这里，回头张望着，看是否有人跟踪——“这个阴暗的洞穴是家庭教堂。”他说，然后用双臂紧紧地抱着他。乔治窥视着四周，兴奋而困惑，以所需的对宗教的鄙视心情压抑着自己的敬畏，同时也感到塞西尔还是希望他能对他们家竟然有家庭教堂这件事表现出一丝羡慕。当然他们两人都因它兴奋着。教堂不大但很高，木质屋顶在阴影下模糊不清，其时正是午后，透过彩色玻璃射进来的光线使这个地方呈现出一种暮色苍茫的感觉。颜色浅淡的东西被微光照出一些斑斓，但其他东西，像地板砖和挂毯，都是在眼睛适应之后才能看清楚。

现在，在灰色的阴影中，他看到的是塞西尔白色的身影，平直地伸展着，像是飘浮于地面之上。太阳早就从东边艳丽的窗户上消失了，白昼的光，似乎全都倾斜着集中到了塞西尔身上。他的脚朝着圣坛的方向。看起来好像这个教堂就是为他而建的。

乔治把门打开后，没有关紧，站在第一排条凳边上，他表情肃穆，有一点点恐惧。现在他又和他的老友单独在一起了，他感觉他更像是来到了一间医院病房而不是教堂，他害怕打扰他，心里竟有点希望看到的他正沉沉入眠，而后他悄悄溜走，遵守他的诺言。

这是他进行过很多次的探访，无论是在战争中还是在战争后，因为他害怕看到他的伙伴出事、害怕看到自己脸上的恐惧。这里弥漫着强烈的复活节百合的香味，而不是消毒水的气味。“嗨，塞西尔，老伙计。”他愉快地低声说，传来一阵回声，在随后的沉寂中他独自笑了一会儿。他们不必来一次令人尴尬的谈话。他聆听着四周的寂静，教堂里的寂静，它微弱模糊的暗影，摒除了一切声音——鸟语、远处割草机周期性的嘎嘎声，还有听起来像楼顶的风声而其实是他耳中脉搏跳动的声音。

塞西尔穿着军装躺在那里，雕像在细节方面做得很认真。雕刻家将注意力集中于他的袖口徽章、上尉的方形星徽、军功十字勋章上细小的方形花朵上。新的纽扣闪着奇异而黯淡的光，从黄铜变成了大理石。那是谁……？乔治弯腰读着上面的名字，垫石的边缘以漂亮的字体写着“法里内利教授”——字迹漂亮而且带有一丝学究气。雕像置于一个白色的柜子上，哥特式字体像辫子似的，从右边成一长溜地写着些很难辨认的字：塞西尔·图瑟·瓦朗斯十字勋章获得者*皇家伯克郡军团第六

兵团上尉 * 一八九一年四月十三日出生 * 一九一六年七月一日牺牲于马里库尔 * 明天我们将航向辽阔的大海[①]。这些文字透着十足的庄严与高贵,实际上极为得体。教堂本身以其对财富与地位无声的压倒性的肯定,以及知晓自己地位的气魄,在第一天就打动了乔治。塞西尔好像被放到了一个十字军东征时期的骑士与贵族的行列里。有一瞬间,乔治觉得它们像是广袤土地上成千个大小教堂里一艘艘闪着亮光的小船。他抓着塞西尔的大理石靴子的头,闷闷不乐地摇晃着;他的手在晃动,大理石却纹丝不动。然后他沿雕像边缘走着,去瞻仰已逝者的面容。

自从和活着的他共处一室,已经十多年过去了,他最初的想法是他肯定已经忘记了塞西尔是什么样子。但是没有,当然没有,那带点弯度的长鼻子……宽宽的颧骨……坚毅的嘴唇,它们当然是他记得的样子。他凸出的眼睛自然地闭着,头发短而整齐,他一定是最近才把它们全都向后梳平,然后从中间分开。不知何故,他的鼻子长得很有数学意义上的精确感。他感觉他的整个头部很理想,像是标准化的,毫无疑问,在父母的希望和艺术家的艺术能力范围之内,它被简化了,但还可以接受。那位教授从来没见过塞西尔本人,他一定是根据路易莎挑选出来的照片来雕刻的,而它们只诉说着自己的真相。塞西尔有很多照片,也毫无疑问被充分描述过;他是一个受过细致描述的人,这很难得,大多数人终其一生也没有得到过关于其相貌的文字描述。然而所有这些描述,在某种意义上说是失败的,正如这华丽的雕像一样……所以乔治思考了半分钟,看着他被打磨得平整的面容,那双曾经深深地看向他而现在却已经闭上了的双眼;他在想当他跟路易莎谈起这件事时,他该用什么样的词语来表达;同时他也在极力驱赶一些意料之外的悲伤——不是因为他失去了塞西尔,而是因为他自己的一些渴望,被这一天、这个地方、被跟他超自然的重逢再次唤醒,而这些渴望却被他那么断然地否认。

尽管如此,他还是想在侧边的条凳上再坐上一两分钟——他也说

① 此处为拉丁文“Cras Ingens Iterabimus Aequor”。

不清为什么；但是当他坐到那儿，把他的额头抵向撑起的手臂、微微向前倾着身子默默无声地祷告时，他就像是一个带着想象和承受责备的祈祷者。他抬起头，目光看向与他平行的睡眠中的塞西尔，他倔强的鼻子朝向屋顶，寻常可见的那种士兵的身形，也许是某位艺术家的模特摆出来的姿势，看起来并不是完全不像塞西尔，既不是矮子，也不是巨人，但以任何一种特定的方式看都不是真正的塞西尔。那个特别的塞西尔的图像慢慢在他面前呈现：在卡姆河岸裸露着身子，水珠从身上往下滴；或背着橄榄球袋，穿着哒哒响的钉子鞋匆匆穿行在巴克斯，比赛前洁白干净、一副坚不可摧的神态，比赛后则浑身是泥渍和血迹。那是些美好的画面，但却因为被一再修饰变得有些模糊了。他还有其他更神奇更私密、很少看到更多是感觉到的画面：双手保存的那份记忆、塞西尔的体温、汗毛浓密的漂亮肌肤、衬衫下温暖的腰肢以及从腰部向下延伸的一缕缕粗糙的卷曲的毛发。乔治祷告的手指伸开，像在试着抚摸回忆中的他。然后当然是值得颂赞的……值得颂赞的雄性器官，大理石外衣下，永远难以想象，它曾经是多么持久有力而且机敏警觉……塞西尔曾经多么骄傲又有责任感地不断谈起它——他谈论它的方式就像是人们谈论英国大宪章。尽管荒诞不经，但却不容否认，即使到现在也是如此。因此他的脸有点发红，作为一种补救措施他想起了马德琳，不过却没什么用，实际上是完全不管用。

乔治再次低下头，深究起往昔的感情让他感到奇怪。塞西尔死了，真是太可惜了，他在很多方面都出类拔萃，谁敢说他不会让英国诗歌发扬光大呢。可简单的事实却是，几个月过去了，他都未曾想起过他。如果塞西尔还活着，他会结婚、继承遗产、生几个孩子。如果与塞西尔爵士一起，站在已有半个世纪之久的客厅炉前地毯上，完全否认他们之间那些疯狂而兽性的行为，应该是件很奇怪的事情。那一切真的可以称为过去吗？——不过是几个月，不过是个瞬间。那会不会有另一个瞬间，某天晚上在书房，塞西尔像他父亲从前那样占据着书房，本能地投降于旧日的激情，乔治像个学者似的光头秃顶，塞西尔则满身疤痕憔悴疲惫？在这种种变化之后，激情还会存在吗？这一场景真是不可否认的美妙。他摘下了眼镜吗？或许那个时候塞西尔也戴上了眼镜，在他们双唇彼此靠近的瞬间，单片眼镜会在他们之间掉下。只有年轻男人才接吻，而且也只是偶尔为之。他看到了雷维尔·拉尔夫那张迷人而烦恼的脸，看到他和自己一样紧张不安的神情，他突然感到心怦怦地跳着，这种感觉他几乎都要忘掉了。

门的铰链发出一阵刺耳的响声，塞比·斯托克斯走了进来，他有一种官员式安静的气派，雪白的衣领高高地竖着，衬着他的满头银发。他像乔治一样，没有把门关严实，向前走来——显然他以为这里没人，在最初的几分钟里，对半隐在坟墓后的乔治来说，他毫无防备的表情看起来很怪、很有些喜剧的意味。对与塞西尔的相会，斯托克斯显然充满一种细微但却不同寻常的兴奋心情。乔治更清楚地看到，在他的步态里、在他的目光中，都充满着紧张的神态和女性的阴柔气质；但是他的嘴角、他紧锁的眉头也显示出另一些东西——严厉与急躁，一点也看不出他在社交场合的举止风度。乔治突然站起来，看到他被吓得跳了起来有点开心，但他有一会儿表现出一些恼怒，但随后诙谐地恢复了常态。"哎呀！索尔先生……您吓死我了。"

"得了吧，是您吓死我了。"乔治平静地说。

"噢！啊，我向您道歉……"斯托克斯表情坚定地绕着坟墓走，坦诚而充满敬意，所以现在你看不出他在想什么。"一件很精致的作品，您不这样认为吗？我可以叫您乔治吗？——看起来此时此地这已经成为了一种风格，人都不喜欢自己显得古板！"

"当然，"乔治说，"不胜荣幸。"然后感到有点迷茫，不知道这是否意味着他可以管斯托克斯叫塞比，如果这样，似乎就唐突地和这个人变得亲密起来，这个人年长很多，而且奇怪又让人惊讶的是，他的地位很高。

"不管怎么说，挺像他的，"斯托克斯说，"我经常以为如果不了解他们就塑造不好他们。我曾经看过很多仿制的千篇一律的东西。”

“是的……”乔治谦恭有礼地说，但是既然话题被引出来了，他觉得自己更具批判性与专有性，“当然我以后没再见到他，”他承认，“但我没觉得在这里又看到了他。”他若有所思地将手指放到塞西尔的胳膊上，出神地看了一会儿那慵懒地放在腹部的大理石手臂，快碰到一起了，那是睡着的人的手。这双手小而整洁，有点古板和格式化，一看就是教授的模式。那是一双绅士的手，甚至是大孩子的手，没有使用过，更没有参加过劳动。但它们不是登山、划桨及诱惑人的塞西尔·瓦朗斯的手。如果上尉干净整齐的头颅是教授出于好心为接近本人而制作，他的双手就是冒牌的了。乔治说：“这双手的样子完全不对。”

“是吗？”斯托克斯问，显出片刻的不安，然后有点不情愿地说：“对，我觉得你说得对。”他们亲密关系的不平等显现出来了。

“不知道您最后一次见他是什么时候？”

“噢……啊……”斯托克斯看着他，“应该是……他阵亡的前十天？”

“哦，原来如此……”

“你知道吗，他接到命令要紧急出发，我邀请他去我的俱乐部吃饭。”斯托克斯自然而实事求是地说，但显而易见的是，这个邀请对他有着很多的意义。

“他怎么样？”

“哦，他好极了。塞西尔永远都是那么棒。”斯托克斯对着大理石像微笑了一会儿，这当然是对这种观点的一种鼓舞。和跟威尔克斯在一起时一样，乔治感到这个老者的话里，含有一些对他自己认为可疑且不得体的行为的指责。“当然我第一次看到他是在平底船上。”斯托克斯说，因为担心可能被发现，乔治的脉搏跳得快了起来，这是一个有趣的小插曲。

“您来剑桥了……”他以中立的态度说，静静地觉得这可能性已经没了。那时船上有四五个人，自然有拉格利和威拉德，他们俩都去世了，还有一个人乔治没看着。和塞比一样，他当时的注意力也是集中在船尾撑船的身影上。

“布兰查德夫人的儿子彼得，让我去那儿见见塞西尔，也顺便会会其他新诗人。”

“当然……”乔治说，“对了，彼得·布兰查德……”

“彼得·布兰查德满脑子都是塞西尔。”

“是啊，他特别……”乔治说着，看向别处，有些困惑地想到他曾经多么嫉妒布兰查德啊。那些日子里痛彻心扉的折磨：楼梯里一晃而过的外衣、拉上窗帘后一瞥而逝的面孔，现在看起来都像是遥远的迷信。若干年后，特别是当他们的对象已经死去后，当初的那种情感还有什么意义吗？斯托克斯犹疑地很快看了他一眼，但却幽默地说道：

“现在我已经不记得他们那些人了，但是有一个年轻人始终一句话也没说，他的职责是让香槟保持凉爽。”

“他是不是在瓶子上系了根绳子，然后把瓶子放进了水里……”乔治急切地问，随即感到自己相当愚蠢，不论是在回想中的过去，还是眼下。每当船向前推进时，那些瓶子总是碰着船身；一旦松开绳子，软木塞就会砰地像子弹一样射入垂在头上的柳树。

“一点没错，”斯托克斯说，“一点没错。那天天气好极了。我永远也不会忘记塞西尔读——或许不是读，而是背诵——他写的诗歌的情景。那些诗句好像已经刻在他心中了，是不是，所以这些诗句才会那么自然地像说话一样从他嘴里流淌而出；但却是不同的声音，诗人的声音。那情景给我留下了不可磨灭的印象。他背诵着‘噢，不要对我微笑’——不过谁能不对他笑呢！”

“是的，我也这样想。”乔治说，脸突然就红了，随即转过身去。越过擦亮的黄铜扶手，他瞥了一眼圣坛，仿佛看到了什么有趣的事情。整个周末他都注定要像灯塔一样亮着吗？

“你就从来都不是诗人中的一员吗？”

“什么？噢，从来也没写过一行诗。”乔治说完，转过头去。

“啊……”斯托克斯在他身后低语着，“但你却有效地激发、或者说启迪了他的灵感，使他创作出了也许最著名的诗篇。”

乔治转过身——他们站立的位置正好在坟墓与圣坛之间，好像被围起来一样。这个问题很友好，但他还是仔细地把它又快速过了一遍。“啊，如果您是指《两英亩》，”他说，“那么您自然知道那首诗是写给我妹妹的。”

斯托克斯朝他意味不明地笑了笑，然后又看向地面。好像有一层微妙的薄雾遮住了棘手的话题。“当然。今天下午我跟瓦朗斯夫人——达夫妮——谈话时，应该问问她。你在那些诗行里就没看到自己的影子吗，是什么样？‘试问天下男子／还有谁比斯坦莫尔的那个，更满腹经纶？’”

乔治谨慎地笑着。“罪名成立。”他说道，不过他知道塞西尔最开始不是选用“满腹经纶”这个词。“您知道他最初是把这首诗写在达夫妮的签名簿上的吧。”

“它在我这儿。”斯托克斯说，简洁又不失周到；然后他又说：“她一定觉得她得到的远远超过了她所期待的吧。”然后他发出一阵奇怪的笑声。

“是的。”乔治说。他对自己与这首诗有某种联系还是感到欣慰，但他已经厌倦了这首诗；这首诗的流行让他感到烦躁与尴尬，其中的秘密倒让他开心，也对这一秘密永远不能张扬而感到痛心和宽慰。塞西尔曾给他读过诗中未发表、不能发表的那部分——现在可能永远失传了。英国田园诗里有一些秘密段落，有充满雄性力量的身影出现于树林与灌木丛中……“达夫妮会跟你说这件事的。”他像以往一样拒绝了。

斯托克斯用最圆滑得体的口气说：“但是你和塞西尔无疑是……非常亲密的朋友啊。”这种老练继续表现出对他的失去的同情，但暗示给乔治的是一些遥远的、不是很受欢迎的微妙同情。

“噢，有一段时间我们是非常要好的朋友。”

“你还记得你们是怎么认识的吗？”

“您知道，我不是很确定。”

“我想是在大学里吧……”

“塞西尔在大学里很是个人物。如果他对什么人感兴趣，那是一种抬举。我记得我得过……噢，我们的一个论文奖。塞西尔对年轻的历史学家很感兴趣……”

“我想，的确如此。”斯托克斯说，对乔治的语气带有一闪而过的欣喜表情。

“我真的不能说这些，”乔治看到斯托克斯一闪而过的笑容因被压抑的好奇心而僵住了，“但是还有……我想，您一定知道一些关于社团的事情吧。”

“啊，我明白了，社团……”

“塞西尔是我的教父。”一组秘密竟能藏匿在另一组秘密里，这让人惊异，但也很实用。

“明白了……”斯托克斯又说，带着牛津人对剑桥风俗惯有的淡淡嘲弄。尽管如此，这种对深奥问题的探讨交换却是他的风格，他的脸再次变得柔和，准备好应对可能的暗示与隐喻。“所以他……”

“他挑选了我——他提名我为候选人。”乔治简短地说，仿佛感到自己连这些也不应该说出来。

听到这些，斯托克斯几乎是狡诈地笑了。“你还回去过吗？”

“看来你确实知道我们，或许每个人都知道吧。”

“哦，不管怎样，我可不这么认为。”

乔治耸了耸肩。“我有好些年没回去了。我在伯明翰系里的工作很忙。你都不知道我有多少事务缠身。”他听到了自己迫不得已的音调，他认为自己看到斯托克斯也听到了，正在将其消化和隐藏。他快速地笑了笑，继续说：“坦率地说，我已经把剑桥抛在了脑后。”

“噢，或许有一天他们会再叫你回去的。”

斯托克斯像是代表全世界的谨慎力量，代表委员会及顾问们说了这番话，乔治对他的好意微笑着，低声说："也许吧。谁知道呢。"

"啊，对了，那些信怎样了？"

"哦，我有很多他的信，"乔治叹了口气，选择了斯托克斯的用词，"那些信都棒极了……但是当我们从'两英亩'搬走时，那些信恐怕都丢了。至少它们没再出现过。"

"太可惜了。"斯托克斯说，他说得如此真诚，以至于像是在暗示一种模糊的猜疑，"我自己收到的塞西尔的信，尽管不多，你知道，但它们都是很奇妙的东西……让人快乐的东西。即使到了最后，他还有如此的精神，真是难得。我肯定要给出一些美好的实例。"

"希望如此。"

"当然如果你的那些能找到……"

"啊。"乔治用一阵笑声掩盖着他瞬间的眩晕。会有男人给男人写那样的信吗？如果世人读到那些信，这个世界会怎样哀号与谴责，然而信里所描述的一切却像春天本身一样自然真实。他从斯托克斯身边走过，又看了看坟墓，他认为他应该问一些实际的问题："我想您是他的遗著保管人吧？"

"是的，"斯托克斯说，可能是听出了这个问题的弦外之音，"说实话，他并没有指定我，但我承诺我愿意替他保管好所有的这一切。"乔治发现他没法问，这个承诺是面对塞西尔许下的，还是斯托克斯一厢情愿地将其当作己任。

"那，他很幸运，至少在那方面。"

"总得有人……"

"对，但应该是有判断力的人。遗著的出版并不一定会提高作者的声誉。"他的语气很直白，近乎带点学术气，"我不知道您会如何评价塞西尔·瓦朗斯这个诗人？"

"噢……"斯托克斯看着他，然后看了看塞西尔，现在看来这给他带来了一点阻力,他的大理石鼻子对任何背叛行为都很敏感。“噢,我认为没人会质疑,”他说,“你会吗? 有很多诗歌,实际上数量可观,塞西尔的诗歌,特别是他的抒情诗……一两首战壕诗歌,当然……还有《两英亩》,的确轻柔婉转、动人心弦……只要还有读者喜欢听英国音乐,只要还有读者愿意读英国的东西,这些诗就会被吟诵……”

这一大段慷慨陈词看起来相当有可能在后面冗长的从句里蒸发掉。乔治扫了一眼塞西尔骑士般的身姿,友好地说:“我只是想知道人们会不会厌倦战争。”

“噢,我觉得我们对战争的兴趣会一直持续的。”斯托克斯说。

“嗯,是的,”乔治说,“当然塞西尔的大部分作品都是在战前写的。”

“确实如此,确实如此……但你得同意,是战争让他声名远扬;当丘吉尔在《泰晤士报》上引用了《两英亩》中的诗句时,塞西尔就成为了战争诗人……”斯托克斯在第一排长凳的边上坐下,好像是要缓和争论所带来的严肃气氛,同时也显示他有足够的时间奉陪。

“但是,”乔治同往常一样,以一位教师的执着说道,“《两英亩》这首诗是在战争开始前一年就写完的,差了一整年。”

“是的……”斯托克斯带着一种委员会成员的面孔,“是的。但是我们的诗人及艺术家们不是经常具有一些预言的特点吗?”他妥协着笑了,“或者不那么精确,也许只是一种对不可避免的未来的先知先觉,一种感觉,可我们大多数人却听不到看不到?”

“也许是这样吧。”乔治说,防备着这种宏观的谈话,以他的观点,这些似乎囊括了太多有关文学批评的东西。“但是关于这个,我有两点要说。我肯定您会赞同的,在战争爆发之前的很长时间里,我们一直在谈论它。你不需要有预言的能力就会知道它会发生,不过曾经去过汉堡、柏林,在弗里西亚海岸航行过的塞西尔,自然置身其中。第二点是,我确定您肯定知道当《两英亩》在《新数字》上发表时,塞西尔增补了一小部分内容。”

“灰狗奔驰在原野/苍鹰翔在山巅,你是指这部分吧。”

“它们坚定地朝着目标进发,英格兰也决绝地奔向沙场。”乔治接口说,对圆满地完成了引用感到很高兴,不过更让他高兴的是这些文字本身。“这些跟‘两英亩’这所房子丝毫也不搭界,不过却把《两英亩》这首诗变成了战争诗歌——依我所见—— 一种让人压抑的战争诗。”

“它的确改变了这首诗。”斯托克斯更温和地说。

“对我们来说,有点像在花园的尽头发现了机枪工事……不过也许你认为它更好。我是个历史学家,不是批评家。”

“我看不出有什么严格的区别。”

“我的意思是说我通常不读新诗。我不像你那样,能与时俱进。”

“嗯,我在努力,”斯托克斯说,“我承认现在有一些诗人的作品我看不懂—— 一些是美国诗人的,也许……”

“但是您没有落伍。”乔治安慰他说。

斯托克斯仿佛陷入沉思。“我想的更多的是我能帮助的那些个体。”他说,声音里马上有了一种高尚与悲悯的味道。

“那么……”

“那么……噢,现在我得把塞西尔的所有东西搜集到一起。”斯托克斯说着,站起身来,像是上班要迟到了。

“依您看,会有多少?”

斯托克斯停顿了一会儿,好像在考虑更多的信心。“噢,会是规模相当庞大的一本书了。”

“有很多新东西吗?”

一点逃避的神色。“哦,有很多旧东西。”

“您指的是那些婴儿期情感迸发的文字吧。”

塞比·斯托克斯看了看周围,样子近乎滑稽,坦率与谨慎并存。“是婴儿期情感迸发的文字,正如你恰如其分的表达。”

“不做删除吗?”

“全都是写给母亲的。”

“当然……”

“极其令人遗憾。”

“从某种程度上说，或许很感人？”

“噢，很感人，当然。很恰当。”

乔治沮丧地咧嘴笑了笑。

“我想，然后就是在马尔伯勒写的作品了吧。”

“在这一时期就明朗多了。从《守夜》上我们看到了一些他在校时的作品，但是我应该多梳理一下《马尔伯勒校报》的。”

“但是还有……后来不为人知的诗吗？”

斯托克斯敏锐地甚至有点祈求地看了他一会儿。“如果你知道任何……”

“如我所说，我们完全失去了联系。”

“对……有一些东西我感到很纠结。”斯托克斯看了一下坟墓，“在伦敦我最后一次见塞西尔的那天晚上，他给我看了一些新诗，其中几首还没写完。晚饭后，我们回我的公寓，他读给我听，读了大约半个多小时吧。非常感人：不但是诗歌本身，还有他读诗的方式：非常平静而且……有深度。那是一种全新的声音——如果你明白我的意思的话，当然也是充满诗意的声音。我被深深地震撼了，心潮起伏。”由于重新苏醒的感情，斯托克斯片刻间显得有些失态。

乔治带着宽恕的心情看着这一幕，因为斯托克斯永远也不知道塞西尔的另一面：裸体主义者、好色之徒及私通者；同时他也因为嫉妒而纠结——单身公寓、穿着军装的塞西尔、士兵出征前令人困惑不解的仓促话别、炉火旁奢侈地谈论诗歌。“诗的主题是什么？”

“噢，都是些战争诗，讲的是他的战友及战壕生活。它们都很直白。”斯托克斯说得坦白而轻率，小心探寻着乔治的面部表情。

“那么，我希望能看看。”（不对，炉火肯定是胡说八道，根据他自己的记忆——应该是六月份，在伦敦的夜晚，窗户是开着的。）

斯托克斯不耐烦地点点头。“确实我也应该看看。”

“啊。他没把它们留给你吗？”

“他说他会寄给我。”斯托克斯说，有一点暴躁；然后带着接受的鼻音说：“但是显然等他回到法国后，没有找到机会。”

“他脑子里可能是想着其他的事情吧。”乔治说。

“我相信是这样的……”斯托克斯说，清楚地表明不需要他给上课。

“这些诗不包括在他的作品中吗？”乔治有一种感觉，斯托克斯高度有效的工作被这一遗漏给破坏了。

斯托克斯摇了摇头，然后迅速地几乎有点鬼鬼祟祟地看向他们身后发出声响的门。“不管怎么说……你太太来了！”

乔治转过身，看到马德琳在昏暗中小心翼翼地走了进来。他扬起一只手臂喊道：“嗨，马德[1]。”空气中传来一阵回声。

“啊，你在这里啊。”马德琳说。她往前走着，让眼睛慢慢地适应着这种阴暗，或许还有如此氛围下别的什么东西。“你们是在这里祈祷还是在策划什么？”

“都不是。”乔治说。

“都是。”斯托克斯说。

“我们在和塞西尔谈心。”乔治说。

“啊，我是来看看塞西尔的。”马德琳以其可能的幽默自然地说；乔治曾经看到人们凝视着她，试图理解她。两个男人静静地站着，看着她走向雕像，以她学者般坚定的兴趣，以及对所有审美情操冷静的免疫力俯视着。“很像他吗？”她问。

“碰巧，”斯托克斯说，“我们最终也不能确定；是不是，乔治？这是塞西尔，还是如它所示，其他人？”他有点偏袒地取笑着马德琳，乔治当然心知肚明，对此深觉厌恶。他说：

---

① “马德琳”的昵称。

“恐怕我认为这不是他。”

马德琳站在坟墓的头部，以一个资深护士的神情凝视着。很难猜想她知道些什么；也不知道她能猜到些什么。“他不是应该更高大些吗？”她问。

“哦……有可能……”乔治说，走过来面对着她，他们中间隔着塞西尔的身体，他表现出一种清楚虚伪的愿望，好像只要需要他就会拿出诚实、放松及批评的姿态。“不过不是那个。”

“没有更多肌肉吗？”马德琳问，对这个一直以来人们都鼓励她相信的死去的英雄瞥了一眼。

乔治扬着眉毛站着，轻轻地摇着头……“怎么说呢？——简单地说，应该是更有活力。”

“哈，对啊，”马德琳快速而困惑地看了他一眼，“你们的讨论有什么结果吗？”

“您丈夫一直很好心地在帮我，”斯托克斯说，“不过我觉得我跟他还没谈完。”

“塞巴斯蒂安有很多事情要做。”乔治说道，大笑着。

斯托克斯礼貌而幽默地低下头。“确实，我得要走了——我承诺过要向你亲爱的母亲咨询一些事情……”他走了出去，想到前面要从事的工作和要考虑的新问题，脸部不由得又僵硬起来。

乔治抬起头看着他的太太，又低头看了看塞西尔，似乎不知为什么他变成了一个证据，躺在他们中间，含糊不清却不容忽视。几乎是身体的感知告诉他应该转变话题了，于是他转过身来说：“你知道吗，到目前为止，老瓦朗斯一直还尚可忍受。”

马德琳僵硬地微笑着。“到目前为止？但咱们可是才到了三个小时啊。”

“我想再提起对这些关于塞西尔陈年旧事，他一定很难过。”

“我不明白。”马德琳说，自然持相反意见。

“让人觉得这种纪念活动在向前延伸着，永无止境。”

“达德利·瓦朗斯是个很奇怪的人。这么多年后，如果他还在嫉妒的话，那可真是件挺悲哀的事情。”

“一场可恶的战争，当然了。”

“不过作为塞西尔的朋友，你应该觉得还不太糟吧。路易莎刚刚跟我讲了他牺牲的事情以及他们到法国去看他的经过。”

“对，他坚持了几天，对不对？”乔治觉得“倒在马里库尔”是一个冠冕堂皇的理由，而不是严酷与混乱的事实。

“他们得到准许可以把他的遗体带回来。我说的是他们，但我觉得是路易莎一个人做的。”

“她的将军称号不是白叫的。”

“我可以理解他们想见儿子的心情。”马德琳公平地说。

“当然了，亲爱的。”

“不过我也马上会想到成千上万无法做到这一点的父母。”

“是真的。比方说我自己的母亲。”

“就是啊。”马德琳说，但听起来像是在争论而不是赞同——这是他们的方式，他们自己奇怪的表示亲密的方式，尽管此刻掺杂着一些更让人不安的东西。“他们把他带回到这里，他被安置到他自己的房间里，面对着升起的太阳。”

“哦，天啊。难道是在棺材里吗？”他噘起嘴唇，防止自己发出可怕的傻笑。

“我不是很清楚。”马德琳说。

“那……他到底是哪里被打中了？”

“我没法问，怎么问啊。我想他可能被严重毁容了。”

乔治发现他以前是在如何极力回避这类问题；也清楚地知道，马德琳选择了合适的时机提起这个话题。

“我想你从来没跟我说过，”她说，“你是什么时候知道这个消息的。”

“哦，马德，我没说过吗？”乔治眨了眨眼睛，皱着眉头看着地面。他一边看着呈斜角铺着的大菱形的红色瓷砖，一边想着。现在她发问了，他必须回答。“有一两件事情我记得很清楚。我当时在马斯通，记得那天天很热，每个人都很疲倦，也都对法国发生的事情很紧张。晚饭后，我被叫去听电话。一听到是达夫妮的声音，我就怕得要命，我想一定是休伯特出了什么事。说出来很可怕，当听到是塞西尔出事时，我强压了涌上心头的一种巨大的解脱。”他看了他妻子一眼。“我记得我脱口而出道：‘那么休伊没事吧！’达夫妮很冲尖锐地问：‘什么？……哦，休伊没事儿。’然后，是她的原话：‘死的那个人是漂亮的塞西尔’——随后她好像在电话里哭了，那种特别的声音我从没听过，也再没听过。”乔治看着马德琳，他本人则发出一阵怪异的笑声。她回头看去，脸上的茫然神情显示她还有疑问。“漂亮的塞西尔死了。”乔治又低声说道，声音里充满了对往昔的回忆。乔治永远也不会忘记亲妹妹说出的话和突然爆发的惊人的伤痛。尽管在那时他也不愿承认，但他突然明白，他们曾经分享过什么东西，只是现在才说出来。实际上，那个夏天有太多的人死去，塞西尔的死既不可思议又在意料之中。在其后的一两周里，他就觉得这是不可避免的了。

6

“亲爱的。皮卡迪利……”赖利太太问，“是有两个字母C吗[①]？”

“对！”达夫妮说。

“嗯，我想是两个。”过了一会儿，她母亲说。

“我没那么蠢，”赖利太太说，“但是有一两个词……”她在地址下面粗粗地画了条线，然后对着她写的东西淘气地笑着。她们谁也不知道那些字母是什么，但是皮卡迪利的地址好像是为了迷惑她们。她们在晨间起居室里，里面有印花棉布和瓷器，微弱的火光在阳光下渐渐消失。弗蕾达看着惨淡的火光，说着达夫妮知道她会说的话：

“阳光会使火苗熄灭。”

赖利太太有点不耐烦地点燃了一支烟。“亲爱的，你相信吗？”她问。

“你可能会见笑。”弗蕾达说，接着说：“至少，我认为是这样。”然后很羞怯地对她笑着。她早就清楚地注意到她女儿不喜欢这个女人，但她自己发现她不过是让人感到不舒服而已。

达夫妮愉快地说：“嗯，我们不会想念这火的，妈妈，是吧，今天天气

① 原文为“Piccadilly”。

多暖和啊。"她对对面的母亲笑了,她母亲坐在那里,膝盖上放着另一封信,是一封旧信,信封已经在很久前拆信的时候被撕坏了,她用拇指压着将其抚平。

"我只有这些,"她说,"我都差不多不认识塞西尔。"

"真的没关系的,"达夫妮说,"不管怎样,你认识他的。"

"我不知道他会成为一个大诗人。"

"哦,我想没人会认为……"在远处通向图书馆的大门旁,塞比·斯托克斯正在跟人谈话。她想威尔克斯一定也在那儿,被问着有关早年天才显示的征兆。谈话内容她们当然听不到,但不管怎样,坐在晨间起居室还是能看到一些情形,她们坐在那里,像是等待候诊的病人,有点希望听到从手术室里传出的哭声。弗蕾达看着她的女儿,正在烦躁不安地努力集中精神。

"我确实记得有关他的一两件事……他来过咱家两次吧？你看,我只有这一封信。"

"可能是两次吧,对。"

"他的精力很充沛。"弗蕾达说。

"嗯,可能吧,是不是……"

尽管从来也没说什么,但达夫妮感觉她母亲并不特别喜欢塞西尔。在他们家里,她又见过他一次,他尊贵无比,屈尊在他们低矮的屋檐下。他们视他为诗人和上流社会的一员,给了他很多特权:他可以随便打破东西、可以通宵达旦地不眠不休、可以膜拜黎明……他们竭尽所能把他的荒谬当成美德、当成启迪人心的新事物。他作为乔治的朋友受到热情的款待,乔治有朋友这事就够新奇的。弗蕾达注意到了入夜后花园里的动静吗？在那些年里,有很多东西她都没有发现:因为那些放在衣柜里的酒瓶子,谁知道还有哪里。她曾对那首诗激动不已,当塞西尔开始给达夫妮写诗时,她确实很受鼓舞——她无疑从中看到了一种未来;当塞西尔出征前,她允许他们见了面。即使如此,还是有什么地方不对。很可能是塞西尔做了或说了一点不同寻常的小事，一些弗蕾达永远也不能说也永远不会忘记的小事——实际上她珍藏着它所导致的那种愤怒的悸动……现在他只是她的一个借口——达夫妮知道她之所以周末会过来，是为了看孩子们。但是弗蕾达深锁的眉头舒展开来："我永远也不会忘记那天晚上他在花园里给我们读诗的情景——他给我们读的是斯温伯恩的诗，对吗，用那样的声音……"

"噢，对……是斯温伯恩吗？我记得他读的是《悼念集》。"

"哈，真的，多么贴切啊，"弗蕾达说，然后又茫然地看向微弱的火苗，"他没给咱们读他自己写的东西吗？"

"他让我们大家一晚上都在听他读。"达夫妮说。

"我们都坐在外面的草坪上，在星光下，对不对……"达夫妮觉得不对，但又觉得不值得更正。弗蕾达的目光环顾着屋子，然后看向外面，越过赖利太太，看着修剪一新的草坪和公园周围的树。"有时我想如果乔治从来没有遇见过塞西尔，情况会是多么不同啊。"她说。

"嗯，是的！"达夫妮说，短促地笑了一下，"当然会不同，母亲。"

"不，宝贝，你知道，"弗蕾达说，"但我真的认为他的一些想法很傻……我不知道……我猜我们不应该说这个。"

"他的想法……？"达夫妮觉得她并不完全明白她母亲的话，"我觉得你可以想说什么就说吧。"

弗蕾达似乎在掂量她的特权。"他当然让你神魂颠倒。"她用相当阴郁的声调说。

"我那时还太小。"达夫妮轻声说，她比以往任何时候都希望赖利太太没有占用着她的书桌、没有玩弄着她的自来水笔、没有观察着她们的谈话，而且是以她那种失望的、令她受挫的方式。现在她几乎带点狡诈地说：

"你那时一定是个单纯的女孩，亲爱的。"

"是的，我是。"

“她很容易被感动，”弗蕾达解释着，“对吧，达夫妮？”

“谢谢你，母亲！”

“然后他就给你写了那首最著名的诗，你一定是彻底被他迷住了。”赖利太太说，享用着这样的画面。

“是的，他是写了那首诗。”弗蕾达说。

达夫妮说：“不过，那首诗他是写给我们大家的，真的，对吧。”对那首诗所带来的这一切，对它曾经对她所具有的意义的尴尬回忆，使她现在隐约觉得有些诧异。她永远都不可能被允许独自占有它。那天早晨她就知道那是她有生以来得到的最珍贵的东西，可就在那时她已经知道人们正在把它从她身边抢走。每一个人都想得到其中的一部分。好吧，现在他们得到了，给他们吧，如果她试图把它要回来，那也只会成为她初恋的尴尬证据。有时她会扮演好自己的角色：当有人听说了这个故事，夸赞她时，她会赞同地说她曾经是个多么幸运的姑娘；在可能的情况下，她会继续说她已经不在乎了。一个星期之后，她就听乔治说，其他人也在读它。它被做了很大部分的修改，刊登在《新数字》上。然后当塞西尔牺牲后，丘吉尔在《泰晤士报》上引用了它。她刚才把她著名的签名簿借给了塞比·斯托克斯；签名簿已经油迹斑驳、陈旧破损，相比之下，他的签名之前和之后的签名页都还干净完整。但是诗歌本身……“它成为了英语的一部分，对不对。”她说。

“那诗的韵律是有点儿铿锵。”弗蕾达说，这些话达夫妮以前就听她说过。

“你一定感到非常自豪吧。”赖利太太坚称。

“哎，你知道的。”弗蕾达说。

赖利太太摇着头。“我禁不住想，我们这样谈论塞西尔，他如果泉下有知，会怎样想。”

“哦，我相信他一定会对自己依然是大家关注的中心感到非常欣慰。”达夫妮说。

“塞西尔非常喜爱塞西尔！”弗蕾达说，“你知道我什么意思。”

赖利太太看了下四周，然后才十分狡黠地说：“我不知道，你婆婆是否还能收到他的信息？”

“没有了，”达夫妮说，“不管怎么说，那都是些无稽之谈，所有的都是，都是些让人难过的东西。”

“都是些什么啊，亲爱的？”

“噢，没什么，母亲……是路易莎的特异功能测试，你还记得吧。”

“噢，那些东西啊，是的……”弗蕾达露出悲伤的表情，“太让人难过了。”

“我相信那都是胡说八道，”赖利太太说，“但我认为试一试也是挺有趣的。”

“我不认为那会有什么趣。”弗蕾达说，完全出神了。

“我们可以试一试跟老塞西尔联系上……”赖利太太跃跃欲试地说。正在这时，门开了，斯托克斯走了进来，动作既得体又让人完全注意到了他。

“亲爱的索尔太太……”他说，微笑着淡化他的郑重其事。

“哦，好吧！”弗蕾达幽默地颤着声说，伸手去拿自己的手袋。

达夫妮看着母亲穿过房间，用好笑的语气给自己鼓劲，她知道人们在看着她，略有一丝不安，但也做得很不错，在女儿家当一位顺从的客人。当她穿过房门，走进更大但更昏暗的图书馆时，看得出她有点虚弱，她做作的举止显得她比五十九岁老很多似的，在她女儿如今不得不装作习以为常的这座富丽堂皇的房子里，她蹒跚的步子有些迷茫。达夫妮看到她一直熟悉的母亲内在的不屈、能干及真实，与其他女人相比，她是一个“大女人”，精神上很强大，这一点别人看不出来，大概只有乔治能看出来；但与此同时，她也确切地看到她是多么心惊胆战、多么敏感脆弱。她也是一个悲伤的母亲，只不过根据这里哀伤的等级划分，她的悲伤被大大忽略了。塞比在拉开门的时候，回过身来心不在焉地点了下头。门锁干涩的咔哒声显得沉重得有点怪异。

赖利太太从桌子边站起身朝她走来。她走路身体有点倾斜、脚步有点踉跄，说起话来慢吞吞的，充满神经质。她穿过炉前地毯，将烟灰弹进了炉火中。“这整件事情看起来像是阿加莎·克里斯蒂的一个悬疑故事了，”她说，“而塞巴斯蒂安就是那个聪明的波洛先生。”

“我知道……”达夫妮也站了起来，朝窗户走去。

“我在想是谁做的。我认为我没有……”

“我想你还记得吧？”达夫妮问，并不想正面回答。外面，草坪的另一端，雷维尔正坐在石凳上画着房子。

“你觉得他会在最后把我们大家都召集到一起寻找方案吗？”

“不知为什么我觉得很难说。”达夫妮说。他的姿势、他的表情、那种自然融入画中的表情，都有一种很迷人的东西，她情不自禁地微笑着，继而叹了口气。他做到了，抓住每一天——他坐在外面四月末的阳光下，而达夫妮却在这里，像个被关在家里、接受无意义惩罚的孩子。她低头看着写字台，那封信放在记事本上，但信上的地址却被赖利太太的涂漆香烟盒遮盖着。

“我看你的朋友雷维尔正在画画。”赖利太太说。

“我知道，我感到很幸运。”达夫妮说着，转身离开窗边。

“嗯，很显然，他身上有某种特质，”赖利太太心不在焉地微笑着，“有一种很阴柔的女性气质——可能比我还更女性化一些！”

“哦……啊……”

“当然他还太年轻。”

“没错……”

“他多大了？”

“我想是二十四岁吧。”达夫妮有一点吃不准。但很快又接着说：“我非常高兴他在画这所房子。他对科里庄园一直钟爱有加。”

“你是说，你想在我把它推倒前，让他把它画下来吧！”赖利太太说，意识到了自己的敌对意识，不由笑了一笑，脸也有些红了——这在涂抹了厚厚的白粉的脸上实属不易。“哎，你不必担心。”

“哦，我不担心。”达夫妮浅笑了一下，但感觉有些不高兴。赖利太太相当古怪地朝外面看着雷维尔，因此达夫妮希望他不要往这边看，不要看到她。

“你是怎么认识他的？”

这个好回答。“是他为《长画廊》画的护封。”

“噢，你是说你丈夫的那本书？”赖利太太脱口问道。

“你还记得吧，就是那幅哥特式老窗户的图……”

赖利太太扔掉香烟，变得非常单纯。“说实话，我觉得有些蠢。”她说。

“是吗……”

“我的意思是，我没能认识塞西尔。”

“不认识塞西尔很正常，算不上蠢。”达夫妮不动声色地迁就着她。她想，她自己许多愚蠢的行为，都是因为认识了他。

“那……”赖利太太做出了一副无可奈何的表情，不情愿地继续问，“你真的确定不想让我离开吗？”

“噢……伊娃……”达夫妮倒抽了一口凉气，“真的，真的，”她不自在地皱着眉、红着脸回答，“你怎么能离开啊？”

“你确定吗？我觉得自己有点像人们说的，可怕的‘不速之客’。”达夫妮想象着赖利太太那辆别致的小轿车正撞向科里庄园的大铁门。“我对诗歌一窍不通。我不像你，是文学爱好者。”

“那个……”

“是的，你是。你总是在读书，我看见过的。而且，天哪，你嫁给了一位作家！我只读恐怖小说。你知道吗，当你丈夫要求我留下来的时候，”她又穿过房间去拿烟盒，“我真的是非常吃惊。”

“这个……”达夫妮尴尬地应着，“我相信他是想从这些关于他哥哥的谈话中得到一些轻松的宽慰。”

“哦,或许吧,我不知道……”伊娃说道,不能马上调整到这一角色。

“我是说我们不可能一整天里的每分钟都谈论塞西尔——我们会疯掉的！我可不可以跟你要一支烟？”

“哦,亲爱的,我还不知道。”伊娃说,走回来,懒洋洋地把香烟盒递给她,又犀利地看了她一眼。

“谢谢。”达夫妮努力让自己脸上的红晕褪去,制服自己骚动的情绪,这向赖利太太证明了她自己的聪明手腕。在离开她一定距离的地方,她别扭地划着了火柴,心不在焉地转动着它,掩饰她的紧张情绪,然后将它递给伊娃,这一举动把伊娃逗得笑弯了腰。她们两个人都吞云吐雾的时候,伊娃转过身子将烟雾吐出去,饶有兴味而坦率地看着她。她说:“好吧,我很高兴你认为我可以留下来。”又说:“跟我说实话,塞西尔躺在旁边的屋子里,你就没觉得有一点点的压抑吗——没有偶尔想过要忘掉所有那一切吗？我不得不说,我非常厌恶战争,我认为很多人都是如此。”

“其实,我喜欢他待在那儿。”达夫妮说道,不是很诚实,但随着脉搏的快速跳动,她发现了另一个可以表示她对伊娃不满的渠道。“你知道吗,我也失去了一个哥哥,不过没人还记得。”

“亲爱的,我真不知道。”

“是啊,你怎么会知道。”达夫妮勉强地说。

“你是说在战争中……”

“是的,比塞西尔稍晚一点。《泰晤士报》上没做过任何报道。”

“能不能跟我说说他的事？”

“好吧,他是一个可爱的人。”达夫妮说。她仿佛看到了她母亲,在图书馆厚重的橡木门的另一边,独自承受着这一切。

伊娃坐下来,像是要庄重地聚精会神去听,她把蓬松的坐垫往后理了理,好让她周围更宽松些,但是达夫妮还是倾向于站着。“他叫什么名字？”

“嗯……休伯特。休伯特·索尔。他是我大哥。”她觉得是出于麻烦而怪异的礼节，她才告诉伊娃这些事情，但似乎并没有传达出她想传达的深沉心痛。当她走到窗口时，发现雷维尔好像已经走了；她的心沉了一会儿，但随后又看到了他，他正在跟乔治谈话——他们在树篱中慢慢移动着，只能看到他们的头和肩膀。此时，乔治让他停了下来，他们一起在笑。她感到一阵嫉妒所带来的刺痛。“由于我父亲很年轻就去世了，休伯特很大程度上就是我们家的顶梁柱。”

“那么说，他没结婚？”

“没有，他没结婚……不过他曾跟一个女孩很亲近，是汉普郡的……”

“是吗……？”

达夫妮转身回到屋里。“不管怎么说，最后还是没什么结果。”

“很多勇敢的姑娘都因为战争陷入困境。”伊娃用奇怪而无礼的口气说。然后又稍稍吸了口气说：“我希望我先前说的话没有让你母亲难受，你知道，跟塞西尔建立联系——我是说实际上我认为这很荒谬，但我真的不知道你哥哥的事情。”

“我认为她确实是去过一次降神会，但好像没什么效果。”

“是吗，那个……”

达夫妮发现她不想在任何外人面前谈及路易莎对神鬼之事的入迷，达夫妮和达德利都强烈反对；尽管完全理解，但对伊娃的嘲弄她还是感到很气愤，因此更激起了她的忠诚。墙上的钟响了，敲的是三点半的钟点，钟声也带走了所有的思绪。“那个东西多么野蛮啊！”伊娃摇晃着脑袋说，仿佛是说就算是达夫妮也一定不会后悔把它扔掉。接着她说：“对了，你知道吗，你丈夫给我读了一点他新书中的内容，关于著名的特异功能测试的——真是太有趣了，不是吗，他写的方式——深深地印在我的脑子里了。”

“哦，是吗……”

达夫妮说道，停顿了一会儿消磨着时间，不过她知道她的整张脸都因为伤害与愤怒而变得僵硬了。“对不起，我离开一会儿。”她转过身，快速来到了大厅。大厅里古老的大钟平和地显示着时间，而另一边客厅里的钟则慢腾腾的，全然不顾她郁闷烦躁的心情。她匆匆地走到前门，又走出去来到了门廊。她站在那里，透过石子路，看着各种不同的树木，又向上看着入口处长长的斜坡车道，看向门内的布景，阴沉的伯克郡的午后全在那一边藏着。她带着明显的厌恶情绪把最后半英寸的烟吸完，然后用鞋跟将它踩灭在台阶上。她不会跟达德利提起这件事，她自己当然也不会跟伊娃·赖利说还没有人看过“他的新书”的只言片语，更不用说把非常吸引人的部分读给他们听了。毫无疑问，在他的“办公室”，有很多情况发生，而且都凌驾于这些计划之上。这可怕的背后的证据表明，她所顾及的对路易莎、对这个家庭的忠诚，他这个一家之主本人却并不认同。在想到自己单纯的高尚品格，她觉得自己很傻，愤怒之情远远超过了被伤害的感觉。她像在镜子前一样，摸了摸头发和脖子，然后像人们在科里总在做的那样，回去进了房间。

伊娃看起来很高兴看到她。她继续说道：“你知道吗，遇见——你丈夫我感到很幸运。”她谦逊但也带有一点点占有欲。

“我有点傻，”达夫妮说，“但我不是很明白你是怎么遇见他的。”她当然知道达德利是怎么说的。

“啊，我给萨里的波比·班尼斯特装修房子，他一定跟……你丈夫提起了我。我想他给了他改善科里的整体设想。”

这和达德利说的如出一辙，不过这冷静的大言不惭的“改善”让她发笑。她说：“达德还真把这当回事了——我认为他这样做主要是为了气气她母亲。”

“哦，我真希望不仅仅如此，”伊娃说，“我得说我很喜欢在这工作。”她用令人不安的甜蜜目光看了达夫妮一眼。

“这个嘛……”达夫妮走向窗口，去看看雷维尔和乔治去了哪里，但现在他们已经无影无踪了。这时，图书馆的门响了一声，达夫妮转过身，以为是她母亲在令人安心的低语与致谢中回来了，然而却是塞比一个人。他歪着头，脸上带着一点抱歉的浅笑。看起来弗蕾达被带着从另一个门进了大厅，有那么一两秒钟，让人很困惑，好像从更长远的意义来说她已经消失了。“看起来她很担心她的朋友。”塞比说。

“啊，是的，我担心她真的不舒服。”达夫妮朝着伊娃温和地点了下头，走了进去，当塞比关上了她身后的房门后，门锁的咔哒声证实了她先前对事情进程的感觉：你看见了什么东西，你就成了它的一部分，再也别想置身事外。她感到自己像是自己家里的一个客人，一丝尴尬使他们两人都有些脸红，但他们用微笑遮掩了过去。“我感觉自己好像是个医生。”塞比说。

“赖利太太觉得像侦探。”达夫妮答道。

塞比迟疑了一会但又坚定起来。“真的，我希望只是好心的朋友。”他说，等待着达夫妮坐下。大大的桌子上，堆放着出版过塞西尔的诗歌——一小摞各种期刊、诗集、《乔治时代的诗歌》、《剑桥诗人》，以及他一生中出版过的唯一一本书《午夜梦醒与其他诗歌》，它是灰色的平装本，很容易折角和磨损。另一摞看起来是些手稿——她今天早上交给他的那个签字本也在那里。达夫妮很受感染，她再一次对这一清晰的程序感到不安。她发现她还没准备好。因为她一直做不到，她的思绪怎么也集中不到任何她想说的事情上。她曾经莫名其妙地很有信心，以为只要塞比的问题一出来，她就会有应对的灵感。现在她对在过去的十分钟里一直在跟伊娃斗嘴感到很懊悔，她应该用这个时间把事情理出个头绪来的。

“请稍等一会儿。”塞比说着，转向桌子，开始在那一摞手稿当中寻找什么。达夫妮瞥见了她自己收到的塞西尔的信，这些她也忠实地交了出来——她还是不愿去想它们。她看着他弯着的腰，然后看向这间长长的昏暗的房间。尽管如伊娃所说，她喜欢读书，但她却从未真正地喜欢过图书馆——就像她从未踏足的达德利的书房，那是这房子中她不能支配的部分。有时她会进来找一本书，从皮面版的套书中找一本特罗洛普[①]或狄更斯的小说，或者一本老版本的《笨拙》[②]给威尔弗做卡通，但她感觉就和在有很多规矩和条例的公共图书馆一样，她总也摆脱不掉自己是个访客的心理。而且由于这里是她婆婆做"著名"特异功能测验的场所，因此有一种让人不快的气息。塞比对这些可能一无所知。但对她而言，这个房间在早些时候曾被用来试图联系塞西尔——当然，就像她和伊娃都认同的，这些都是无稽之谈，但和大多无稽之谈一样，要摒弃它却并不是件容易的事。

塞比坐了下来，和她坐在桌子的同一方向，他再次注意到礼仪方面的细节，她的年龄只是他的一半，却是个有头衔的夫人；他则要聪明睿智得多，是一个被主人赋予特殊使命的尊贵客人。"希望这些不会让您伤心难过。"他说。

"哦，一点也不。"达夫妮优雅地说，她的微笑显示出对这一想法感到有点惊奇，也许是应该伤心的吧。她发现了塞比本人那犹疑不定的目光。他说："亲爱的塞西尔激发了很多与他相识的人的强烈感情。"

"的确如此……"

"从您慷慨地让我分享的书信中看，您似乎对他也有一种类似的影响。"

"我知道，真是很糟糕。"达夫妮说。

"哈……"塞比再次对她琢磨不透。他转身拿起一沓信。由于对这些信中所说的关于他们两人间的一切，感到强烈的多重尴尬，她自己都没能把它们再读一遍。"有一些段落写得很美——昨晚我在我屋里连夜把它们读完了。"他把那些叠着的信展开，温和地笑着，在自娱自乐。达夫妮想象着他在那个石榴石红色房间那张巨大的床上坐着，以既热切又

① 安东尼·特罗洛普（1815—1882），英国小说家，主要作品有《巴塞特郡见闻录》等。
② 英国的一份政治漫画类杂志。

遗憾的复杂心情整理着这些文稿的情景。他习惯于处理机密事宜，尽管不是些什么大的规则性的东西，或许只是兴奋的年轻男子的多情宣言。他犹豫着，抬头看向她，然后以一种很动情的表情读道："亲爱的孩子，我想今晚的月亮一定在斯坦莫尔明亮地照耀着，就像明亮地照耀在科莱特太太的菜园、在副官那长长的鼻子上一样。他的呼噜声足以惊醒屋子那头的匈奴人。你也在打呼噜吗——你打呼噜吗，孩子？——还是睁着眼躺着，想着你可怜的脏兮兮的、相隔遥远的塞西尔？他非常需要他的达夫妮的甜言蜜语和……"塞比停住了，小心翼翼地避免着那些亲昵的话语，"很美，不是吗？"

"噢……是的……我都不记得了，"达夫妮半转过头看着，"从法国来的那些更好点，是不是？"

"我发现那些是最感人的，"塞比说，"我自己也有几封他的信，两三封吧……但这些却是完全不同的语气啊。"

"他总是有东西写。"达夫妮说。

"他有非常多的东西要写。"塞比带着礼貌的责备快速地笑了一下。他又粗略地翻看了几封信，而达夫妮则在想，即使她想说清自己的心情，她是否能做得到；她感到她必须首先理解它们，但这种不自然的闲聊很难帮到她。她那时的感觉是什么，现在的感觉又是什么，现在对那时的感觉又是怎么想的，还真是不好说。塞比是个彻头彻尾的单身汉——他对年轻女孩初恋的直觉及作为情人的塞西尔本人的直觉，使他难以相信这些东西的价值。塞西尔与她相爱的方式交替地在指责她也教训他自己：尽管他是出了名的精力充沛，他们的相爱并没有给他们带来多少乐趣。每次与她别离，他看起来都似乎很高兴(而他们总是聚少离多)，她越来越感觉到他是多么享受他一直哀叹的分离。战争的来临绝对是上帝的恩赐。塞比说："如果我问了太多不该问的，请告诉我，但我觉得问清这些问题会帮助我把当时可能的情形弄得更清楚一些。这就是那封信，是那个什么，一九一六年六月，'达夫妮，告诉我，如果嫁给我会成为寡妇，你还愿意成为我的遗孀吗？’”

“哦，是的……”她的脸有点泛红。

“您还记得您是怎么回复的吗？”

“哦，我说当然了。”

“那您认为你们自己……有了婚约？”

达夫妮微笑着，低头看着深红色的地毯，一时间有些困惑，不明白为什么她到底还是在这里被难住了。遗失多年的期望是什么状态？她现在无法重温当时所想象的将来跟塞西尔在一起生活的心情。“就我所能记得的，我们两个人都同意保守这个秘密。我完全不是路易莎心目中另一个瓦朗斯夫人的人选。”

塞比对这一小小的讽刺偷偷一笑。“您给塞西尔的信都不在了。”

“真希望不是这样！”

“印象中塞西尔从来也不保留信件。他可真是让人头疼。”

“塞比，他预见到您会来的！”达夫妮说道，笑着掩盖着她语气中的惊奇。他不习惯被人开玩笑，但她不确定他会不会在意。

“确实如此！”塞比站起来，看着桌上的书，“好了，我不想耽搁您太长时间。”

“噢……没有。”也许她到底还是让他紧张了，也许他以为她只是轻浮无礼。

“我希望您可以，”塞比说，“给我写几段文字，只是对亲爱的塞西尔的回忆，提供一两个趣闻逸事即可。作为一个小备忘录。”

“备忘录啊，行。”

“还有我是否可以引用信中的内容……”她第一次看见他的不耐烦，这种没人情味的逻辑，即使最会奉承的外交家也不例外。当然你要记得他还肩负着很多急需处理的事情。

“我认为没有问题。”

“如果您不反对，我希望能简单称呼您为S小姐，”在瞬间的不快后，达夫妮发现她并不反对，“现在我想请您和我一起浏览一遍《两英亩》，希望您能给我一些感想——关于当地的细节等。我不想给您母亲太多压力。”

“好，一定尽力。”达夫妮说，感觉既宽慰又失望，因为塞比也没能给她什么压力——当然，也就这样了吧，她很高兴她没在这上面浪费什么时间，她现在明白了：在他的这个回忆录里，他什么也不会说，路易莎是他的编辑，而这个周末的“调查”，不论是忧伤、辛辣还是有趣的尴尬，都不过是走走过场罢了。他拿起那本签名册，淡紫色的丝绸封面已经被几百双肮脏的手翻弄得边角破损、污迹斑斑，他优雅地迅速翻阅起来。毋庸置疑，对他而言，里面还有其他东西——如果不是一些真实的个人原因，一个事务繁忙的人不会这样费心劳神。塞比本人也曾特别喜欢塞西尔。她抬头注视着离她最近的带有雕刻图案的书架和旁边的彩色玻璃窗，突然神思恍惚。威胁着晨间起居室炉火的四月光辉，倾斜着洒落，把斑驳的光影碎片投射到墙上，投射到白色的大理石壁炉上。它们使失明的荷马和弥尔顿的半身像在粉色、青绿色和黄色的花毛茛间转换着。这些色彩悄悄地移动、延伸，似乎在温暖、关怀着他们。她又看见了塞西尔最后一次出征前的情景；她感觉，当那个炎热的夏天夜晚她看见他时，他好像刚和塞比一起吃完晚饭。不过，他永远也不会知道这些。而此时，她必须想出一些更合适的东西；就是那些她苦恼地认为已经被写了出来的东西，她只需找到它们，再将它们重复出来。

7

弗蕾达穿过门厅，走上宽大的楼梯，在每一层亮得吓人的楼梯上都要伸手抓着楼梯扶手，停上一会儿。这些扶手都是伊丽莎白风格的，特别宽，相对于楼梯扶手，它看起来更像墙面，很难把住。她想对达夫妮来说有一个盾徽肯定是好事——它就在那儿，在每个转弯处、在一个龇牙咧嘴的野兽的爪子中，那个野兽的头上是一个灯笼。在一开始、在知道她知道的这些事情之前，她也曾希望女儿得到这些。科里庄园是个让人望而生畏的地方——即使在她的房间，深色的木板格子及哥特式的壁炉也像是个诱人的陷阱，好像会向她索取一些不可能的东西，使她有一种恐惧感。她关上门，穿过陈旧宽阔的深红色地毯，在梳妆台前坐了下来，对没有跟塞巴斯蒂安·斯托克斯说出任何她应该说、但内心深处知道她不能说的东西，她感到一种困惑的、得到了解脱的不快，为此她都几乎要流泪了。

她给他看的那封信，她曾经称呼它为“寡妇的捐赠”，一杯科林斯酒，纯粹是敷衍他的，没有任何意义。她看到他礼貌但快速地浏览着，他翻动信纸的神态就像是背面还会有什么能吸引他的东西，但他当然是大失所望了。他坐在那里，说自己像个家庭医生，不过对她来说，他是个让人敬畏的重要人物，态度既强硬又谦恭有礼，他每天与之交谈的人都是赫伯特·萨缪尔[①]爵士及鲍德温[②]先生。他很有魅力，但他的魅力是一种外交手段，不但是为了取悦别人，更是为了节省时间，把事情搞定；不是可信赖的朋友间那种自然散发的魅力。她感到自己很愚蠢，因为老是在想着什么东西不能说，这种压力使她把最简单的谈话也给搞砸了。她确实说了塞西尔把他的卧室弄得一团糟，这样谈论一位诗人和获得过军功十字勋章英雄的这些琐事，显得她很小气。另外，她还提起他的"活力"以及他打碎的几样东西——又是"寡妇的捐赠"，还有可悲的委屈。而她更不能说的是塞西尔·瓦朗斯给她的孩子们的生活制造的麻烦。

她坐了一会儿，然后拿起手袋把它打开——里面是一只已经褶皱的马尼拉纸的信封，叠放在其他一些信件中间……她实在不忍再看一遍。当她在战争期间发现它们的时候，就应该当机立断地把它们销毁。但是冥冥之中有什么东西阻止了她——一堆大大的篝火正在燃烧，烧的都是秋日落叶，她走出去，用木叉子翻搅着，看到了在中间闷烧着的灰中带红的火光。那时，她要是毫不犹豫地把这个看似普通的包裹扔到火里、付之一炬就好了，反正没人会知道、没人会在乎。她就是这样告诉乔治的；但实际上她做不到。是出于尊敬还是只是迷信？这些信是一位绅士写的——当然它们本身并不说明什么；它们出自一位诗人之手，给了它们更多流传下去的权利，这些本来不该使她动摇的。她把这些信放到梳妆台上，看着它们，对自己这种悬而难决的困惑深恶痛绝。塞西尔·瓦朗斯那种潦草的笔迹，给她留下了一种很奇怪的印象，即使现在也是；在一年或更长的时间里，信件源源不断地飞进她家，给乔治的，然后是给达夫妮的，她希望那些大胆的让人肉麻的诗歌从没有被写过。给达夫妮的那

---

① 赫伯特·路易斯·萨缪尔（1870—1963），英国政治家及外交家。
② 斯坦利·鲍德温（1867—1947），曾三次出任英国首相。

些信件足以让一个年轻女孩心旌摇荡，坠入情网，不过弗蕾达并不喜欢那些语气，她也看出那些诗带给达夫妮的不仅仅是兴奋与快乐，还有同样多的恐惧与慌乱。当然与一个比自己大六岁的男人交往，她缺少深思熟虑。不过那时他似乎也没有经过深思熟虑：那是些可怕的表明姿态的信件，信中他似乎在为他自己这样或那样的问题而责备她可怜的孩子。不过弗蕾达并没有劝阻他——现在看起来她那时也是思虑不周。也许，一切都会迎刃而解，谁知道呢。

给乔治的那些信，被马上藏了起来，或被销毁，以防家里的其他人看到，只是轻描淡写地提及——“塞西送来了他的问候！”结果它们变成了说不清又摆脱不掉的担忧。在乔治离家去部队的时间里，从事“情报”战略，一些不能让她知道的工作。在那些无边的夏季夜晚，只有她和达夫妮在“两英亩”的家里——她会不由自主地进到小伙子们的房间，拿出他们以前的学生课本，轻抚、折叠着他们不再穿的衣服，清理乔治床边书桌的抽屉，那里全是些孩子气的零零碎碎的杂物、成堆的明信片、信件……现在不用看它们，她也能记起其中的某些词句，能看到它们在那些信中像蛇一样紧紧地扭动着。不过，她绝不会再去看那些东西，她没必要让自己再去经历那一切。那些信件在战前来自国王学院、剑桥，来自汉堡、吕贝克、战前的老德国、米兰；当然还有从这所房子里寄出的信。她把它们放回褐色的信封里，信封的开口处已破损，几乎不能用了。然后她理了理头发，使她看起来依然忧虑重重，她又往脸上多扑了点粉，重新走出来，走向在长长的楼梯平台尽头的克拉拉的房间。

克拉拉在她的房间里升起了火，并坐在火炉旁。她穿戴整齐，只是没穿鞋，似乎随时准备着被带往别处。带给她无尽伤痛的双腿，穿着褐色的长袜，正放在一摞鼓囊囊的坐垫上。

“你谈完话了？”她问。

“谈完了。没太多要谈的。”

“嗯，你是很快。”克拉拉说，还是那种弗蕾达早已习以为常的半是羡慕半是批评的语气。

她说："不想浪费他的时间。"口气是她自己那种忍不住不耐烦的嘟囔声。"他们一直照顾着你吗？"她在房间里转着，就像自己在照顾她似的，然后心绪不宁地走到窗前。"你想出去坐会儿吗？我问过他们，埃德温爵士的轮椅还在，如果你需要，他们可以帮你拿出来。"

"噢，不用，弗蕾达，谢谢你。"

"我相信那个英俊的苏格兰男孩愿意推着你。"

"不用，不用，亲爱的，真的不用！"

如果她不愿让别人推，那就没什么可做的了。弗蕾达知道她们两个人都渴望赶紧回家，不过克拉拉不会说出来；而如果弗蕾达说出来，就会成为一种可悲的承认。她想念女儿、也爱她的外孙们，但每次到科里来，结果通常都不是很愉快。当鸡尾酒对它们的主人有这样惊人的影响时，就连喝鸡尾酒的时间也失去了它通常的某些承诺。

"在我们走之前，"克拉拉问，"我们能听到科琳娜弹钢琴吗？"

"我想是今天晚上吧——达德利答应过他们。"

"哦，那就好。"克拉拉说。

从房子尽头的这间卧室看出去，是一片巨大的草坪，通向菜园那边高高的红色院墙，附近的温室在阳光下闪烁着。其实弗蕾达并不真想散步，只是想独自"拖着沉重的脚步艰难地走一会儿"或"踉踉跄跄地慢慢走一会儿"，让自己的情绪平复下来——不过她知道她有可能会撞到彬彬有礼的客人。她有点害怕赖利太太，也不确定年轻的雷维尔·拉尔夫的魅力。"亲爱的，我想出去一会儿。"她转过头说。克拉拉发出一阵嘟囔声，好像她太专注于让自己舒服起来，无暇顾及她朋友的话。"很显然有一棵白玉兰，只有亲眼看见才会相信。"现在，从法式花园看去，两个褐色的身影正在慢慢走着：乔治将手背在身后，马德琳则把双手插在她防水外套的口袋里。不知何故他们的手好像都被锁了起来，没有按应该的方式使用。尽管他们忙着说话，但乔治向后仰着头，似乎在给他的言语增加一些分量,他们看起来更像是同事,而不是夫妇。

站在窗前,弗蕾达想象自己在某个时刻已经越过草坪,借着瞬间的灵感、不计后果地把她手里的那些信还给了乔治;也许这才是这次艰难来访的真正成果吧。这一次将最终驱走她的心魔。由于这种思绪和机会的双重影响,她的心几乎要跳出来了——时间太紧迫,也没有很多空间来思考与回头。然后她仿佛看见这些信被粗暴地扔向空中,飘过他们之间的草坪,被突然出现的勇敢的路易莎踩在了脚下,而身手敏捷的塞比·斯托克斯从一旁的树丛中蹿出来从她脚下拿走了信。她想起了她一直以来的感觉,尽管这种感觉现在被一种瞬间的解脱模糊地改变着——但这些秘密还是不能泄露出去。那些信是乔治的,他应该拥有它们,但此时此刻给他这些东西,等于是告诉他,他确信十年前就已经死去的东西其实一直还活着。

"亲爱的,我要出去一会儿。"她又说了一遍。现在乔治和马德琳已经走远了。也许她应该把这一切都告诉克拉拉,她生活艰难,从中得到了很多智慧;可是在某种程度上,正是她的智慧让她心惊胆战——它会适得其反,让她看起来像个傻瓜。因为没人可以保守别人的秘密,所以没有其他人可以倾诉,这件事尤其不能让达夫妮知道。现在,年轻的拉尔夫先生正在慢慢地走入视线,他在和那个苏格兰男孩说着话,好像是被带着走向围墙内的花园。他带着他的素描本,他们并肩走着,轻松自在、亲切友好,弗蕾达突然被他们的这种方式打动了;当然他们俩都很年轻,毋庸置疑,雷维尔·拉尔夫绝不是个古板的人。他们在墙里的大门处消失了。看到别的人都在做着什么事情,她的心里感到非常烦躁。

她回到房间戴好帽子,确定把信都藏好了。这事很荒谬,曾经是乔治的那些秘密,现在却成了让她愧疚的秘密。她走下后楼梯,可能这不是她该走的楼梯,但她感觉她宁愿遇见一什个人也不愿遇见任何客人。这道楼梯通向一个被叫做绅士厅的地方,远处有吸烟室,一扇小门可以去后面的车道。她先是沿着宅子的边缘走，然后沿着法式花园的一边走，她觉得走得差不多够了。她突然想在茶点时间前到树林里待上半小时。只一两分钟她就已经站在树荫下了，高大的栗树已经开花，酸橙树也已吐出鲜绿的嫩芽。她往后推了推帽子，抬起头，从树叶间可以看见天空钻石般的光芒，晃得她有些晕眩。然后她继续向前走，依然一反常态地走得很快，没一会儿，踏上铺满细枝和山毛榉果实的丛林之时，她就感觉有些气喘吁吁了。

她开始觉得她不应该走得太远，于是俯身从树林边钻了出来，来到了公园里的草坪上。一长排白色的栅栏把公园和高地隔开，她沿着栅栏漫无目的地走了一会儿，她十分纠结该不该试着从这里跨过去，因为没人注意到她；她先得若无其事地看看到底有没有人注意到她。这里有两条细长的铁栏杆，上面的一根齐臀部高，每隔六英尺左右有一个平顶的木桩支撑着。她又看了下四周，然后练习似的撩起裙子，赶紧将她的便鞋稳稳地踩在了较低的栏杆上，再去够较高的栏杆，但几乎是同时，她就明白了她跨不过去，只好又继续朝远处的大门走去，假装悠闲而随意，不让人看出她的匆忙。

高地刚刚除过草，弗蕾达刚一关上身后的大门，她就看到割下来的草的碎屑沾到了她的鞋子上，依旧翠绿而湿润。她又看到了他们，乔治和马德，他们正从巨大草坪的那边朝这儿走来，这片草坪本身大概就足足有两英亩那么大。她觉得她希望逃避的那件事一直埋伏在那里等着她；不过也许躲避没什么意义。他们沉浸在自己的世界里，总是在谈着、总是在走着，弗蕾达感觉没人太在意他们，乔治一贯有点腼腆和拘谨——直到（又来了）塞西尔出现。午饭时她曾试着不去看他，她知道她已经知道的：这个周末对乔治来说一定是极为尴尬与不安的；从某种程度上来说，她没想到乔治会来。不过，不论怎么说，如果他曾经爱过塞西尔……这会儿她发现有一束光在他的眼镜上闪烁，他光秃秃的前额很独特。他们发现了她，彼此说了点什么——然后乔治挥了挥手。她快步走了一会儿，但是不对——她很少有机会看到他们——她停下脚步，捡起一根黑色的羽毛，它的尖头部分已被割草机削掉了，然后才转过身，慢慢地朝他们走去。她皱着眉头微笑着，不自然地看向一边，试图营造一种能引起有趣谈话的气氛。

实际上，是她自己的负疚感使有关信件的整件事情还在继续——大多处在休眠、健忘、嗜睡的状态，但在这样的时刻，她跟他说的一切都是赤裸裸的伪善。她要是从来没看过它们就好了；可是她一发现它们，带着忐忑又慎重的好奇心从中拿出一封，读了让人惊骇的第一页，她就发现她停不下来了。她现在对自己糟糕的好奇心感到很惊讶，她需要知道最坏的情形，但显然她宁愿自己什么也不知道。她看着五十码外脸上带着温和笑容的乔治，她又看到了和他对质的那个早上。乔治穿着军装，哀悼他的哥哥，也身处战争。这件事的发生一定是她的悲痛引发的。像她一样，他不知道该做什么：他非常生气，从没这么气过。那些是私人信件，她没权利这样做，但同时他又因羞愧与焦虑而憔悴不堪，因他母亲知道了这些事。“都结束了，”他说——当然，既然塞西尔已经死了，“很早以前就都结束了。”然后在战争结束前，他向这个忧郁沉闷的女学究求了婚。所以在她最坦率或最郁郁寡欢的时候，她都会觉得，是她使他陷入了这种高尚的痛苦生活。“嗨！嗨！”乔治打着招呼。

弗蕾达抬起头，冲他们一笑。

“散步开心吗，母亲？”马德琳问。

“还不错。”她抬头看着他们，脸上闪着那种名声不好的父母在孩子们面前感到渺小的神色。

“我以前不知道你喜欢散步。”马德琳有点怀疑地说。

弗蕾达说：“亲爱的，你不知道的事情多着呢。”然后惊讶地咀嚼着她自己说的这些话。

“你和塞比聊过了吧。”乔治问。

“是，是的。”她不愿谈论此事。

“没事吧？”

“嗯，我实在是没什么可说的。”

乔治抿着嘴拘谨地笑了笑，看向周围的树林。“对，我想是没什么可说。”他然后说：“你要回屋吗？”

“我想要喝杯茶了。”

“那我们和你一起回去吧。”

他们一边走一边看着这幢宅子，弗蕾达觉得他们都在想着各自想说的事情。他们的思绪不由自主地集中在这房子上，有一种潜伏的愉悦与关心的氛围，但至少有一分钟，他们都沉默不语。弗蕾达抬头看着乔治，心里在想，那些正在折磨她的事情是否也同样使他难得安宁。九年来，这个话题从未被提起；漠然的逃避慢慢变成了自然的遗忘。

“对了，你看过那座墓了吗？”当他们穿过白色的大门进入花园时，马德琳问。

“嗯，我以前就看过。”弗蕾达说。她很不喜欢那座墓——因为某种很强烈却无法解释的原因。

“很壮观，是吧。”

“是的，没错。”

“我在想可怜的老休伊。”乔治说，至少在这一点上他跟上了她自己的想法。

“噢，我知道……”

“亲爱的，咱们一定得去。”乔治说，挽起母亲的胳膊，这使她感到一种奢侈的宽恕。

“去法国吗？”

“咱们这个夏天去，长假的时候。”

“好啊，我觉得很好。”弗蕾达说，把乔治拉向自己身边，然后几乎是有点害羞地看了看马德琳。对她而言，这像是个谜，另一种宏大的逃避，由此产生的虚无填满了她的生活，此前还不致如此。

她在大厅里与他们分别，上楼回了自己的房间。她这会儿满脑子都是休伯特，几乎热泪盈眶。真的，他的死本来应该使所有其他的担忧都变得无足轻重的。失去亲人的剧痛被愤怒激起。她感到在某个时刻，她必须最终正式跟路易莎谈谈休伯特，让她认识到，最残酷的事情也同样发生在了她身上。休伊不聪明、也不英俊，也从来没遇见过利顿·斯特雷奇，没有写过十四行诗，爬过的最高的地方就是苹果树——每次在塞西尔的母亲面前小心地提到他的名字时，不知为什么她总是强迫自己去承认这一切，她摘下帽子，坐了下来，相当粗暴地整理着头发。

她知道嫉妒路易莎没有意义，也很无情，她在最后的时刻可以跟塞西尔在一起，并以贵族的身份穿越海峡把他的遗体带了回来，而成千上万个别人却注定被留在那里等待着末日。达夫妮说这也是这个老妇人拒绝搬出大房子的原因：她想待在一个每天都可以去看望儿子的地方。弗蕾达回忆着休伊，在"两英亩"、在最后一次出征前——此时此刻热泪涌出眼眶，她放下梳子，摸索着衣袖找手帕。在他死后寄到她手中的那些信里，他们讲到了伊夫里树林：为了夺下藏在那里的机关枪架，他倒在了那里。在那几个星期里，她一遍遍地看着自己朴素的园中景色、她自己小小的桦树林，想到休伊永远都不能再踏足这块土地，她感到自己被撕裂了。第一天，她几乎不敢相信，他已经被埋葬在法国了——他们说，在隆隆的炮火下，有人读了一段《启示录》中的话。他已经被永远埋葬，灰飞烟灭了。每当她想起这些，每当她想象着伊夫里树林，她看到的都是自己的小树林。因为想要把那个场景变得更贴切，她只能怪异地将自己的小树林幻想成法国北部，仿佛看到休伊冲了进去、冲进了纷飞的枪林弹雨中。

后来他又被重新安葬了，她有坟墓和葬礼的照片。一个穿着白色法衣的随军牧师站在伞下，男人们鸣放着礼炮。好了，现在乔治终于要带她、或许还有达夫妮一起去法国，他们大家都去，她要亲自去看看。她只出国旅游过一次，那还是在战前，她和克拉拉有过一次去拜罗伊特的朝圣般的旅行，两个寡妇坐着肮脏的渡船，在闷热的火车上，德国士兵们在另一节车厢里高声歌唱。一想起这次新旅行，想到他们要去往那里的坚定信念，她就感到喉头一紧。

8

那天晚上，在达夫妮着装穿戴时，达德利漫步走进她房间，打着哈欠说他希望马克·吉本斯不会不喜欢雷维尔。“噢。”达夫妮有点迷惑地应着，但她更关心的是晚饭以及讨厌的座位安排，她感觉在这方面最容易暴露她作为女主人的才能。“我觉得雷维尔跟每个人相处得都挺好。”她把珍珠色的衬裙从头上慢慢套上，又用手掌将其顺着抚平，此时听到他的名字她感觉很开心。她会安排他坐得近一点，不过不会挨着她。她母亲自然要坐在达德利的右边，但如果能把克拉拉安全地放到中间，那么是让伊娃还是让马德琳坐在他左边呢？达夫妮想她很可能会把马德琳强加给他。“不管怎么说，”她说，“没有什么特别的理由让他们马上见面，对吗？”然后她才知道，原来达德利邀请了马克过来吃晚饭，还有弗洛拉，还有斯特里奇—佩吉特——因为“我们很长时间没见到他们了”。

“天哪，你应该早点告诉我！”达夫妮说，突然变了脸色，“该死的斯特里奇—佩吉特家，居然有他们……”她看了看镜中的自己，感到很无助：她穿着内衣，脚上套着长袜，对比达德利在后面显露出的超脱，她的慌乱显得有点可笑。首先最重要的是，她想到了海鳌虾，由于雷维尔的到来已经不够了。

“噢，达芙儿……”达德利说，微蹙着眉头看着他衬衫前面的装饰扣，“马克是一个很出色的画家。”

“就算马克是个该死的天才，”达夫妮说，急急忙忙地穿着衣服，“他也得吃饭。”

达德利转向她，脸上的表情包含了迁就、客气的为难和带着嘲弄的反感，而达夫妮对他的这种表情早已司空见惯，并为此感到厌恶及愤怒。“对了，达芙儿，你要记得，弗洛拉是个素食主义者，”他说，“只需给她一些坚果、一个橙子，她就会高兴得跟粪坑里的猪一样了。”他嘴张到最开对她一笑，湿润的尖虎牙发出老一套可悲的恳求，但此时这些却像他的粗言秽语一样恐怖。达夫妮想她最好还是自己下去关照一下厨师。这将是又一个可怕的声明，实际上是一个再明显不过的恳求。

马克·吉本斯是个画家，客厅那幅巨大的抽象画《监牢》就是他画的，他与有一半丹麦血统的女朋友弗洛拉一起住在旺蒂奇附近的农场。达夫妮很喜欢他，但仍然有些怕他。他和达德利相识于军营，个性相左却非常亲密，在达夫妮看来，马克是个社会主义者，他父亲是商店店主。他看起来并不想与弗洛拉结婚，他也不会为了一顿晚饭而盛装打扮，这可是更值得担忧的事情，因为有路易莎在场；曾经是塞西尔上级军官的方丹上校也将专程开车从奥尔德肖特军事训练基地赶过来。达夫妮急匆匆地走下后廊楼梯，一步两级，她的座位安排已因各种无法协调而崩溃了。没办法，她的丈夫和婆婆像两块相互排斥的磁铁。不过稍显宽慰的是至少斯特里奇—佩吉特夫妇还比较容易安排。他们是一对古板的老夫妻，非常有钱，在皮尤西另一边有自己的乡村别墅。达德利儿时就认识“臭鬼”斯特里奇—佩吉特，目中无人地忠实于他，把他的那些狭隘的八卦当成是哲人智慧的格言。

塞比·斯托克斯先走了下来，正好到客厅去取杜松子酒和柠檬的达夫妮，被他逮住闲聊了几分钟，酒精慢慢给了她一种温暖的安慰。他们先前在图书馆的交谈像是被蒙上了色彩的影子，那种刻意表现的亲密感永远都不会再现了。她在窗边的椅子上坐下，看着外面的石子路，车子随时会在那里出现。她已经做了她能做的，现在要放松一下了。塞比好像还要谈塞西尔，片刻之间她忘记了这个人才是这整个聚会的借口。这里的每个人不都是因为有各种乱七八糟的急事，而忘了去回忆一下他吗？"我一直在读塞西尔的战友们寄给您婆婆的信。"

"那些信写得多好啊！"达夫妮说。

"的确如此，他们都很喜欢他。"塞比说，她感觉他的语气有点怪怪的。她看他站得笔直，手里拿着酒杯和香烟，真是优雅而完美的绅士化身，她发现了那天下午她开始明白的事，他曾经爱过他，愿意为他做任何事情来保全他的名声。她温和但戏谑地说：

"我们还有一些关于我哥哥的信，也写得很好。不过我认为这种信本来就应该是很好的，对吗？没人会写信说：'瓦朗斯上尉是个恶棍。'对吧。"

"对，的确如此……"塞比说，脸上的笑有些抽搐。

"您打算给这本书起什么名字呢，我猜，就叫《诗歌》吧？"

"我想或者叫《诗集》吧。路易莎比较倾向于《某某人的诗歌作品》，但您丈夫认为有点太像赫门兹夫人[①]的风格了。"

"就这次我觉得他说得对。"达夫妮说。接着传来了一阵警报似的嗡嗡声，像飞机从远处传来的声响，一会儿，一辆面包房的褐色厢式货车在车道上跳动咆哮着，那是马克和弗洛拉的交通工具。

"他发现它对他的绘画非常有用！"达夫妮发现自己在解释，欢快地叫喊起来，同时觉得自己真的没准备好应付这个晚上。当看到马克衣装整齐得体地从车里下来时，她感到如此如释重负，竟然兴奋地把刚进来的乔治和马德琳都吻了一下，他们俩完全没有准备。他们身后是依然

① 费利西娅·赫门兹（1793—1835），英国女诗人，著有《英格兰家园》等。

在大厅里的她母亲、正在看着壁炉的雷维尔和把头探出带角塔窗户的伊娃·赖利。“真可笑！”她说，“太让人恶心了！”无论如何，这已经像个盛会了，它已经开始了，达夫妮勇敢地自认为能够驾驭——当然如果随着速度的加快，她感到有点力不从心，也是可以理解的。她母亲轻声说，克拉拉感觉很疲劳，希望能在房间里吃晚饭——达夫妮感觉这是注定要发生的，将要影响到座位的安排，但她只是告诉了威尔克斯，让他来处理。然后她就又去拿了一杯杜松子酒。

原来马克早就认识伊娃·赖利，这是好事，但也隐隐有点让人不快。他以他欢快又略带威胁的语气称呼她为“大姑娘”或“伊娃·布里克”。在其他客人面前，这份老交情似乎带点炫耀甚至夸张的成分。他们有很多其他人都不认识的朋友，马克一直兴致勃勃地谈论着这些不在场的人的趣事，仿佛是模仿某些礼貌的习俗。“老罗米利在忙什么？”他问。然后是：“斯特拉怎么样？”

“噢，她还是那么迷人。”伊娃说，面带她神秘的笑容，或许感觉有点尴尬。马克的画挂在房间里那么显眼的位置，似乎在鼓励他，也以某种方式代表了他，像是一个挑战，预示着一个狂野的身影已经远远地走在了其他人前面。

在前一天，达德利就亢奋得带点危险的样子，除了他妻子和母亲精心策划的这个聚会外，他还组织了自己的聚会。就连方丹上校的到来也成了他恶作剧的素材。当他被带进来时，达德利问道：“上校，您认识将军吧？”这着实让这位老人困惑了一两分钟。达夫妮想象上校应该是位喜欢喝酒、性格奔放的人，但实际上，他不爱说话，看起来像苦行僧，他的一边耳朵在法国战争中受伤失聪了，跟人对话都不太方便。他礼貌地把自己托付给路易莎，像参加小孩子聚会的老舅舅一样依赖她，不确定自己是否听清了那一长串人名。

最后，斯特里奇—佩吉特夫妇由所雇的司机开车送了过来，被带进了喧闹的客厅，达德利演戏似的跟他们打招呼，这下聚会的人都到齐了。

就在这时，门又被打开，保姆和孩子们下来了，来享受他们的半小时时间。真是个非常不理想的时机。达夫妮看到保姆在看着达德利，达德利也盯了回去，在毫无表情的面具后面，愤怒在一点点形成并聚集。在保姆通常的顺从中，好像掺杂着一种模糊的反抗情绪。这样的夜晚，孩子们应该好好地待在楼上——但也出于同样的原因，孩子们更想下来。保姆举起双手松开他们，让他们跑进人群，达夫妮俯身扑向他们，心中升起一种罕有的羞耻感，希望能把他们藏起来。但在这个超现代的客厅里，他们无处可藏。他们在客人们的腿中跑来跑去，寻找关爱，至少是关注。索尔外婆当然是可靠的，雷维尔跟孩子们交谈时是那么友好而平等，使他们觉得自己是大人。"臭鬼"和蒂尔达没有孩子，所以总以一种好奇和恐惧的心理看待他们——或者只是达夫妮这样觉得。她再次知道她只能由着他们去了。

她索性跟她非常喜欢的弗洛拉说了一会儿话，关于在弗恩哈姆即将开始的展销会，以及马克正在伦敦举办的展览，但似乎感觉她在逃避其他责任。她看了下四周：还好，科琳娜正在逗上校高兴，威尔弗正在与乔治和塞比·斯托克斯讨论矿工罢工的事情。她把弗洛拉介绍给她母亲，她们马上开始谈论《指环》[①]了。去年弗洛拉去过一次拜罗伊特，达夫妮看出她母亲对这个意外的话题表现出了热情。"我希望您认识一下我亲爱的朋友卡尔贝克太太，"她说，"她就在楼上！我们在战前一起去过拜罗伊特。"只一会儿，她们就开始说着歌唱家的名字，弗蕾达往往刚说完就不确定对不对了。"我们非常幸运，看到了舒曼—海因克夫人[②]，"她说，"她是三女神之一，我记得好像是。"正当此时，她们都听到从房间的那一头传来一阵声音不大但有力的钢琴声。接下来，传出一阵水准意外但仍在排练阶段的曲调，这首让人发疯的小曲子，达夫妮几天来一直假装非常欣赏它。"噢，不……！"达德利干脆但欢快地说，就像是一个很好的笑

① 指瓦格纳的歌剧《尼伯龙根的指环》。

② 欧内斯廷·舒曼—海因克(1861—1936)，著名的歌剧女低音歌唱家。

话，把所有闹闹哄哄的说话声都吸引了过去。有人饶有兴致地扭过头来，从谈话里转移出一半注意力。威尔弗已经站到了钢琴边，背对着房间里的人，就像被罚思过的孩子。马德琳和乔治对这次表演给予了特别的关注，靠近站在他们跟前，像是父母看着被自己送上舞台的孩子；但是其他人对正在进行的计划全然不知。路易莎露出滑稽而不悦的神情，摇着头，在方丹上校那只能听见的耳边说着埃德温爵士对音乐是多么敏感。谈话恢复了信心，带来了一定程度的解脱。过去四十年里，没人碰过这架钢琴，它一直被一面带有长长流苏的天鹅绒钢琴罩盖着，成了一个摆放任何有用或装饰性物件的坚固平台，如果偶尔有人在晚饭后撩开盖着的琴键，开玩笑似的凭记忆弹出一两个音节，从堆得满满的对开本、盆栽植物及相框大舞台底下发出的声音，因时间和忽视而变得异常刺耳，让人沮丧得不敢再去尝试演奏音乐。尽管如此，此时，科琳娜正在开始弹奏一首曲子的开头部分，这平和的序曲其实是很误导人的……“今晚可别弹了，小姐。”达德利从房间的那头喊道，语气仍带点幽默感，但说得很坚决，想让她明白他的意思——他对马克友好地一笑。威尔弗里德全神贯注，表现得像官员或警卫，让大家靠后站，让钢琴前留出一小块空地。房间里安静了一会儿，在这段时间里，他们父亲的命令似乎已被理解。但是科琳娜却自以为是地把这种沉默理解为对他们表演的期待，起劲地弹起《快乐的袋鼠》来。三个小节后，威尔弗里德一脸无私的样子，像是顺从了法则与命运，表演了他舞蹈的开头几个动作，当然包括屈膝和猛力向前跳跃的动作。客人们快速向后退，保护着手里的饮品，小声提醒着别人，而有人显然已经意识到这种行为并未获得允许。“臭鬼”继续大声说着话，好像根本没注意这些——“他说过一件非常明智的事情……”但是达德利放下了他的酒杯，大步踏过房间，脸已经板了起来，盯着他们，有点情绪失控。他站到钢琴边，用实际上很低的声音说：“我说过今天晚上不弹了。”

“但是，爸爸，你说过今天晚上可以弹的。”科琳娜兴奋地说，继续弹奏。

"我今晚说了不行！命令有变！"——他冲着上校发出一声尖笑，显示出比刚才更能控制自己的情绪。达夫妮大步走上前——这就是她听人们谈论过的科里庄园，在达德利时代产生了什么样的变化，有平民、作家与画家的古怪组合，成了个疯人院。她感到既想反抗又满怀歉意。威尔弗里德不跳了，他放弃了对姐姐计划的信任，而科琳娜还在弹琴。

"或许现在不该弹了，宝贝儿。"弗蕾达说，伸出袖口缀满蕾丝的手，放到她外孙女的肩上，而此时达德利正弯腰对着他俩，他吓人的脸成了危急中的众矢之的，双拳不断重重地砸在高音区叮叮当当响的琴键上，愚蠢的效果让他更气愤了，他用胳膊肘将科琳娜挤下琴凳，然后重复地使劲敲着另一边更响亮、更激烈的八度音区。接着他猛地盖上了琴盖。

"过来。"达夫妮轻声说，拉着两个孩子的手，带他们离开了房间。保姆，在你需要她的时候，却踪影全无。然后她发现她母亲也跟在他们身后，从某种意义上说，这让她高兴，但她也感觉到了那些没说出口的怜悯与责备，怎么嫁给了达德利·瓦朗斯呢，这么个疯子、野蛮人。科琳娜双唇颤抖着，而威尔弗里德走着走着已经开始低声哭泣了。

当三分钟后达夫妮重新回到客厅时，经过共同的努力，这里的气氛已经恢复过来。她低声说孩子们很好——她感到大家都暗中支持她，但其中也夹杂着怯懦，不愿与达德利作对。"真是些小捣蛋鬼啊，是吧？"上校说，轻拍了一下她的手臂。马克和弗洛拉，以及斯特里奇—佩吉特夫妇以前见过类似场景，所以明知无聊却依旧谈着打猎的话题，以证明一切都在掌控中。达德利本人，以那种永远都不会错的人所拥有的敏感和友善，正和塞比·斯托克斯交谈，塞比天生的外交手腕正好可以帮他渡过这个难关。大家都明白瓦朗斯家的人从不会为任何事情道歉。路易莎什么也没说，不过达夫妮像以往一样清楚地知道她在想什么；然后她听到她对上校做着必要的澄清："我们在六点钟之后就不再见我们的儿子们了。"达夫妮知道最难过的是她自己的母亲，晚饭前她就没再进来过。现在最好是来一杯烈酒。一两分钟之后，她发现聚会上的人都在谨慎地恢复欢闹的氛围。

晚饭时，因为难以预料会发生什么事，达夫妮的情绪从一种无意义的消遣变成了让她呼吸困难的半惊慌状态，完全不知道用餐期间会发生什么事。她想最好在今晚的疯狂气氛把大家都吞没前，将方丹上校的话引出来。鱼上桌以后，她清楚地问他关于塞西尔的事情，却发现她的话带来一阵突然的沉默——她的声音听起来都不像她自己的了。上校坐在桌子的中间位置，在路易莎右边，他敏锐地、几乎有点挑战性地环顾了一下四周，说话像是在对不同类型的人讲简报。看着他的人同时也发现自己能看到路易莎，她的表情庄重而焦急，盯着面前的银制盐瓶。谢天谢地，他讲的不是关于塞西尔牺牲的事，而是他如何从战火中救出三位受伤的战友、获得军功十字的著名事件，上校简要地介绍了一下当时的情形，征用了盐瓶当德国人的机枪点。沉默寡言的他对那个场景引以为荣的细致描述，不知为什么增加了这些事情的可信度；但是达夫妮——或许还有桌上的其他人——却感到有点失望，因为他讲的这些东西似乎和其他一些类似的场景很相像，他似乎已分辨不出它们的不同了。当时他给路易莎写了一封感人至深的信，是塞西尔获得的勋章的推荐人，他此时的言辞与十年前的文件用词如出一辙。或许经历过相似“场面”的达德利和马克，对此会有更清楚的想象吧。上校讲话时，达夫妮的目光巡视着四周。与塞西尔第一次见面以来，这个房间最能让她联想到他，此时摇曳的烛光从直角镜中、从头上圆形屋顶朦胧的金叶中反射出来，正是它最为迷人的时刻。在房间另一头，在一盏电灯的光晕中，挂着拉斐尔画的一幅肖像，一个戴着无边帽的年轻女子。“我不大明白他是怎么做到的，”上校说，“那时薄雾已经彻底散去——所以他是完全暴露的。”她知道雷维尔跟她一样也很喜欢这个房间，她慢慢将目光停在他身上，他好像马上就察觉到了，也抬起头来看着她。

在连续喝了三杯葡萄酒后，晚餐余下的时间就在一片模糊中过去了。达德利尽管已经醉了，但还是在努力控制自己，没有酒后失态。达夫妮决定一定要控制自己看向雷维尔的次数，她很快就感到雷维尔似乎也跟他自己达成了相似的协议——这先是很有趣，然后就变得有些尴尬了。当然，人们向塞比问了一些关于矿工的事情，他的回答让他们觉得他们身处危机的中心，但其实他并没有真正透露什么。马克比其他人表现得更为愤怒，明确地针对着塞比。他说了很多不必要的蠢话，或者听起来像是蠢话的言辞，关于他在雷丁一家屠夫的门店后的成长经历，直到达德利——唯一一个可以说那种话的人——说："亲爱的马克，你真的应该记住，不要瞧不起那些长大成人时缺少你那些不利条件的人。"桌上响起一阵像是得到许可的大笑。对达夫妮而言，这好像是那段萦绕于心的最初的婚后时光，觉得达德利可以带给她无比快乐和纯真的幸福。他在烛光里闪耀，对自己的魅力如此确信。她发现自己苏醒的渴望集中到雷维尔艺术家的纤细手指上，它们伸展开放在桌布上，好像在等着有人捧起它们。然后就是女士们离席的时间了——这是个很简单但却是个决定性的主动权，她依然能从中感到，像在今天这样的夜晚，稚嫩的她成了她婆婆的篡位者。

当男士们经过时，方丹上校的司机被从仆人的餐厅叫了出来——他们将直接回奥尔德肖特。达夫妮把他送到前门台阶上，感到自己有点醉了，思绪繁乱。她双手握着上校的手，但却想不出要说什么。尽管这个老人有点让人失望，但思想难以集中的她知道，他们也让他大失所望。

回到客厅，她发现大家正在讨论玩个游戏。热心的人半掩着他们的兴趣，而不想做的人则假装无所谓。痛恨浪费时间的路易莎，正在给要参加不列颠军团义卖的手帕缭边。"猜字游戏吗？"她问，低下头给线打上结。

"噢，我觉得行。"乔治说，还是那种达夫妮从孩童时代起就熟悉的表情：隐蔽的兴奋，嘴角冷静的微笑似乎在告诉人们，只要他肯屈尊加入，他就一定会赢。

“战前，”路易莎向塞比·斯托克斯解释，“我们经常玩那个什么猜字游戏，一玩就是几个小时。达德利和塞西尔玩起来都像兔子一样快。当然塞西尔知道的要多得多。”

“塞西尔是聪明绝顶，妈妈，”达德利说，“不过我不确定兔子是由于对常识的了解而特别出名，它们……”

“或者副词游戏怎么样，”伊娃问，“那个很有趣的。”

“啊，对，副词。”路易莎说，好像是想起了过去跟它们的一段不愉快的经历。

“哪些副词？”蒂尔达问。

“宝贝儿，你知道的，就像‘快速地’或……或‘迷人地’。”伊娃说。

“你得照着文字的意思做一些动作。”马德琳说，她并不是很热心于此。

“那会很有趣呢，”雷维尔说，送给达夫妮一个甜美但不确定的微笑，“这个是测试做事方式的游戏。”

“噢，我明白了……”蒂尔达说。

达夫妮觉得她倒并不在乎玩一会儿，但她知道路易莎不爱热闹，也不喜欢任何靠幽默感取胜的事物。他们曾跟孩子们一起玩过一次这种副词游戏，结果路易莎用“少有地”这个词难住了所有人。事实上，她说：“我不想成为一个让大家扫兴的人，所以希望你们能原谅我现在跟你们说晚安。”男士们站起身，然后是此起彼伏的道晚安的声音以及愉快的反对声；喧闹中，塞比低声说他有些东西要读，弗蕾达也对达德利显出一丝无奈的苦笑，然后说她这一天过得很愉快。达夫妮陪着他们走到最后一级台阶，露出一种抱歉神情；不过看着他们爬上楼去睡觉她实在感到很欣慰。

他们又都喝了一杯，还没有决定到底玩不玩游戏。马德琳开始东拉西扯，痛苦地努力摆脱游戏的威胁。蒂尔达问有没有人知道“剥光杰克”纸牌游戏的玩法。然后达德利按铃叫来了威尔克斯，让他把自动演奏钢琴挪出来，他们要跳舞。“哦，真有意思。”伊娃说，透过烟雾挤出一点微笑。

“我要为客人们演奏，”达德利说，“这才是正事。”

“注意点地毯……”达夫妮低声说，耸了下肩膀，好像不大在乎，这是唯一能使达德利这样做的方法。

“对了，别忘了我的地毯！”伊娃说。

“走廊里跳，威尔克斯。”达德利说。

“如您所愿，达德利爵士。”威尔克斯说，在他乐观的神情下，闪现出一丝忧虑，不确定客人们是否能玩得尽兴。

自动钢琴原先被放在牲畜通道。达德利不一会儿就来到大厅，看着罗比和另一个人把它推过宽阔的橡木地板。他自己则走下通道，带回来一大摞谱子：他看起来很狂野，脸上交织着嘲弄与兴奋的复杂表情。在这一刻，达夫妮知道，她已经丧失了她曾可能有过的对今夜微乎其微的掌控——她怀着熟悉的痛苦与解脱交织的复杂心情彻底投降了。

有一些谱子只是一些大家都熟知的音乐，狐步舞曲之类的；有一两卷是帕德雷夫斯基[①]演奏的作品，肖邦的一些小曲，听起来应该像是他自己弹奏才是。达德利弹奏这些曲子只是为了对这位头发蓬乱的音乐大师进行滑稽的模仿。现在他放进一张谱卷，醉醺醺地集中精神，因自己为客人们准备的这项娱乐节目微笑，也笑着看向这架机器，对它有一种孩子般的敬畏。然后他坐了下来，把头往后一仰，开始踩踏板——他们已经听过上百遍的狐步舞曲响了起来，达夫妮知道，如果没有更强更好的东西来替代它，她将只能让自己在这种状态下继续头晕目眩。琴键随着看不见的手指上上下下，看上去几乎有些吓人。

和达德利一样紧张的马克，马上拉着达夫妮开始快活地在大厅里摇摆穿梭；她感觉到了马克对她热切但无差别的兴趣，仅是因她是名异

① 伊格纳奇·扬·帕德雷夫斯基（1860—1941），波兰钢琴家、作曲家、政治家，被认为是肖邦之后波兰最伟大的钢琴家之一。

性而已，他们俩都笑得喘不上气来，然后马克猛地撞到了桌子上，差点摔倒，但还是紧紧地抓着她。她挣脱出来，转头看着其他人，马德琳几乎是弯腰躲在自动钢琴后面，像是在寻找掉了的什么东西；乔治假装在称赞达德利的弹奏表演，脸上带着戏谑的笑，不过达德利完全没理会他。当然，她想和雷维尔跳舞，但是她看到他十分恰当地把手伸给了弗洛拉，至少她觉得是很恰当，然后很自信地与她跳了起来。他们像是被施了魔法一样，避开了大厅座椅、盆栽架子和祖父级的大钟这些危险障碍物。达夫妮只用她一半的注意力看着他们，然后她发现雷维尔越过弗洛拉的肩膀给了她一个大大的笑容，不过她仍然觉得自己有权从中解读出一些私密含义的东西。这张曲谱演奏完了，达德利跳起来拿了另一张换上，结果是另一首他总爱弹奏的狐步舞曲。他不会欣赏音乐，但对这两首很着迷，或者说至少喜欢弹奏，自命不凡地认为任何真正喜欢音乐的人也同样会喜欢它们。因此达夫妮一把抓住"臭鬼"开始跳舞，像决意要捉弄人似的，他在她身边踉踉跄跄地跳着，从某种程度上说，几乎是倚在她身上了，他气喘吁吁地说："噢，亲爱的姑娘，你太快了，我可跟不上……"达德利一边踩踏板一边用他沙哑的声音唱起歌来："噢，家中的灯光！……家中的灯光！一个可以为我所拥有的地方！"

"那是什么歌呀？""臭鬼"转过头喊道，极力想从舞伴手中挣脱出来。

"什么？你不会这么孤陋寡闻吧。这是我哥哥塞西尔写的一首好歌。"他继续弹着，将词语胡乱填进旋律中，不一会儿就笑得眼泪都流了下来。那幅巨大的《盖尔博湖》悬在他上方，画里的母牛们都不明所以地瞪着他。这首曲子也结束了。

"天哪，跳完舞以后太热了。""臭鬼"说，夸张地向人们描述着他旋转着回到客厅时那种奇妙的乐趣。人们不时听到谨慎的避免不了的碰撞声，以及像煤气发生器一样粗重的喘息声；然后自动钢琴又弹了起来。"快过来，臭鬼！"达德利喊道："现在是《小老鼠听钟声》——你的最爱！"

"快来，臭鬼！"蒂尔达喊道，她很少这样兴致高昂，因此引来一阵笑声，但马上大家就附和起来："快过来，我们要开始了！"——弗洛拉已经急不可耐地旋转起来，伊娃搂着她的肩膀，当她的男伴，轻快地在房间里跳了起来，头一会儿抬起一会儿低下，就像一只母鸡，这是她自己设计的新动作。她们戴的串珠项链相互摩擦，发出一阵阵声响。"噢！"蒂尔达喊着，"噢，天哪！"她睁大眼睛笑着看她们跳，达夫妮从来没见她这么开心，她的快乐里有一些感人而又好笑的成分，她看着每个人，看大家是否也这么觉得；她狡黠地偷偷看了一眼乔治，他也笑得很开，但有点僵硬，她猛然勾起他的手臂，并将它环在她腰间，然后他们就开始跳了起来，蒂尔达在做着几个原地后踢腿动作，而乔治则一边一声声惊呼"哎呀！"或"噢，天啊！"一边也在尝试着类似的动作。"哎，臭鬼，快点来吧！"达德利又喊道，他踩踏板的时候，左右摇晃着身子，像正在山上的陡坡上骑自行车，笑容里有一种疯狂与执著。"臭鬼！"马克喊着，"臭鬼——眼罩！"尽管如此，他抵抗住了所有这些呼喊。几分钟后，达夫妮发现他手里拿着一只平底酒杯，溜达到窗前，然后消失在相对安全的花园里。今晚的月亮很圆，他像是在窥视着它。

舞了之后，弗洛拉说："我们都出去呼吸点新鲜空气吧。"达夫妮看向雷维尔，他说："哦，好主意啊。"他面带灿烂的笑容，目光在她的脸上停留了一会儿才若有所思地移开。大家都拥向前门，推推搡搡，发出几声抗议。接着，已经走到车道上的马克，忘情地用《友谊地久天长》的音调唱道："我们在这里因为我们在这里因为我们在这里。"达夫妮觉得这有点太粗鲁了，不过比起他和达德利醉了之后唱的那些军歌要好多了，比如《圣诞节在济贫院》，可接下来他就开始唱《圣诞节在济贫院》了。

"告诉马克别唱了。"达夫妮对弗洛拉说，弗洛拉明白她的意思。在寂静的夜里，路易莎在卧室里每一个词都听得见。

"达德，你出来吗？"乔治问，仍在喘着气，把他欢快的情绪传递给他的妹夫。

"嗯？噢——不，不，"达德利说，坐在凳子上转过身来说，然后又转回去拿酒，“不去，不去——你们都出去吧。我要待在屋里读点东西。”

“噢……”蒂尔达说道，仍旧上气不接下气，非常开心的样子。达德利站起来，还挂着笑，但已经有些恍惚，拖着脚向一侧挪了一步，然后往后一倒坐到了凳子边上，结果凳子在光滑的地板上滑了出去——他摔倒时扑向了琴键边缘，雕花玻璃酒杯飞出来的时候，乔治跳了起来；达夫妮朝前冲去，但也只是在他重重地向后摔去的时候抓住了他的胳膊肘，他狂吼了一声“注意！”仿佛正处在危险中的是别人而不是他。“噢！”蒂尔达又说。他倒在那里，过了几秒钟，然后像垂死的高卢人[①]一样坐在那里，一只手撑着地，看着地板，好像刚控制住自己，然后抬起另一只手，说不清是在寻求帮助还是要挥手摆脱帮助。达夫妮因恐惧和同情而喘不过气来，又差点像小孩一样欢快地咯咯笑出来。

“没事，我好得很。”达德利以他依然尚存的军人姿态敏捷地站了起来，不过有一会儿没太站稳。对整个事件的一阵讥笑掩饰了痛苦的抽搐。他的衬衣前襟和翻领都被威士忌弄湿了。

“你真没事吗，老伙计？”乔治问。达德利没有回答，甚至连看都没看他一眼，而是带着动摇的自尊穿过大厅，打开大门，消失在宽阔的牲畜通道里。大门在他身后被重重地关上了。

“你们还是去外面吧。”达夫妮对其他人说。按照往常的处理方式，她紧随着达德利走了出去。但有一种新的直觉表明，这并不是简单的重复，而是变得更糟糕了。

她发现他在盥洗室里，当他从洗脸池上抬起头时，他滴着水的脸已经涨得通红。他像是被人掐住了喉咙一样，太阳穴青筋暴突。但是当他擦干了脸上的水珠，把头发梳理到后面后，脸上的红色已然退去，他看起来几乎又恢复正常了。达夫妮想了各种徒劳的责备与建议。她看着他用湿毛巾擦洗了一下翻领，然后将它扔到地上，他一直如此。然后她发现他在镜中朝着她微笑着，在他逮住她的目光时，只有片刻的疑惑，这是

① 古罗马时期的大理石雕像，表现一位垂死的加拉太人战士，手撑着地坐在他的盾牌上。

他不用想就开始的老把戏。“哦，天啊，达芙——”他转过身，靠到她身上，他的牙齿湿润，闪着光，双臂用力地环住她的肩膀而不是腰，他吻着她、吻着她，然后挤着她仿佛要得到什么东西；她不知道要是她给了他什么东西将会怎样：她本人从这种行为中得到的是不适：酒精和雪茄混在一起的酸臭直扑向她的脸。他已经很多年没这样做了，这就像是他们还做爱的那些岁月里一次小小的暴力回访。他往后站了站，然后像一个旧日好友般轻轻摇了一下她，像在给她打气，然后一瘸一拐地走开了，一会儿抬头，一会儿低头。“过来，达芙。”打开通往大厅的门时，他回头喊道。她仍站在那儿，看着大门在他身后再一次被重重关上。

“哦，亲爱的，达德利不跟我们一起吗？”伊娃问，她已经走到了外面的石板路上。

“不，他来不了。”达夫妮说，语气中有种满足感，将披肩裹在了身上。“要知道，通常他晚上都不出门的。”

“什么，从来都不出来吗？”伊娃问，“他可真是太有意思了……”她的话听起来油滑而可疑，不禁让达夫妮怀疑：伊娃跟达德利是否曾经在夜间一起出来过；不过她完全想不出会在什么时候。

“你知道，他很少谈论这件事，但这是他的秘密之一。”

“是吗，他的秘密之一。”

“达德不出来吗？”马克突然出现在他们身后问道，随后将他的手放在她的腰上——实际上是放在她们两个人的腰上。

“他不出来，亲爱的，你是知道的，”达夫妮说，然后她开始解释，主要是讲给伊娃听，尽量无视马克那一瞬间故意的动作，“实际上是因为战争。也许我不该说……”走在坚硬的路上，她发现从客厅窗户流泻出来的光线洒在了这条小道上，不过这更加重了夜的阴影，她轻轻地挥了挥手，摆脱她的犹豫。“你知道，他一个非常要好的朋友在战争中牺牲了。被狙击手打中了，就死在他身边。你知道，他们曾在月光下看着他，所以他一直也不能忍受月光。”

“哦，天哪。”伊娃说。

达夫妮停了下来。“他听到了枪声，看到那小伙子头上开了一朵黑花，然后他就死了，就死在他旁边。”她宁愿说出的这个故事没有被人听到，达德利只在很少的场合提起过这个故事，而每当说起它的时候，他都会双手颤抖、哽咽不已，这也确实不是她该说的。她感到恐怖和惊人的诗意都是那么强烈，让她分不清自己到底是在保护达德利，还是在背叛他——她似乎是在不可避免地扮演着双重角色。“那以后，你知道，当然还有塞西尔……”

“哦，他也是在月光下牺牲的吗？”伊娃问。

“不，但也是被狙击手杀死的，它们都被联系在一起了。”达夫妮说道。说实话，没有人会记住别人的创痛。

不一会儿马克就离开了他们——她看见他在低矮的灌木丛中弓着身子跑着，要去吓唬蒂尔达和弗洛拉，她们正在月光照耀下的铁线莲之间散步。她不太想单独跟伊娃待在一起；她看了看四周寻找雷维尔，她能听到他和乔治在附近某处传出的笑声……不过，这给她提供了一个机会。“我一直不知道，”她轻声说，“实际上你从来也没说过，你知道，关于赖利先生的事情。”

“哦，亲爱的……”伊娃说着，传出一阵带着烟味的笑声，有些被她逗乐了，又有些尴尬。

“我没有打探你隐私的意思。”

“关于老特雷弗……实在是没什么可说的。”

“我是想问，他是还活着吧？”

“哦，是的，老天……他是还活着，不过你知道，一大把年纪了。”

“我明白了。”达夫妮说，不过当然也没人知道伊娃到底多大年纪，“我还以为他或许已在战争中牺牲了。”

“完全不是。”伊娃说，口气听起来很机警，但还莫名的有点兴奋。当她们转过身时，看见头上抬起手臂的裸胸仙女雕像，像达成了某种沉默的共识，她们走向通往鱼塘的小路。看不见色彩，但是月色下的花园看起来越来越靠近它的边缘，仿佛朦胧的红色和紫色在一片灰色中羞涩地展示着自己的色彩。达夫妮转过身看着房子，此刻它看起来最浪漫。月亮明亮得耀眼，而当她们慢慢走动时，它从一扇窗滑向另一扇窗。

“那么，特雷弗……”过了一会儿，她说，“你们没离婚或者什么的吧。”对这个问题揪住不放有点狡诈而滑稽，但是喝了那么多酒以后，谁还管什么礼仪呢。

“不算真离了，”伊娃说，“没有离。”达夫妮猜想她一定是为了钱才嫁给他的。她知道特雷弗·赖利有一家小工厂之类的。也许战争不仅没有要他的命，还给他带来了财富。她发现伊娃用一只手臂挽起了她的手臂，而用另一只手臂把她戴的有长流苏的围巾往脖子上缠了一缠——她感到丝质的流苏掠过她的脸颊。伊娃轻轻地颤抖着，把达夫妮拉过来紧贴着她。“我真的认为婚姻通常是可怕而讨厌的东西，你不这样认为吗？”她问。

“哦……我真不知道。”

“嗯？”伊娃说。

“啊，我是说，它是在某些时候人不得不忍受的东西。”

“确实如此。”伊娃说，带着一丝冷酷的幽默。

“我不知道特雷弗有没有不忠。”达夫妮说，她自己也为如此接近这一话题而颤抖起来。她们继续朝前走，貌似很亲密，伊娃可能在思忖该说什么。她的晚宴手袋像一个小挎包，向下垂到她的臀部，每走一步都会碰到她；还有她的内衣也使达夫妮非常迷惑，伊娃的一侧身体紧靠着她的上臂，从她身体传过来的温度就可以推论出，她肯定是只穿了一件贴身小背心，根本没穿任何种类的胸罩……在薄薄的衣物下，她显得出乎意料的脆弱、瘦小而柔滑。

“可以请你抽支烟吗？”伊娃问，她的手垂下来，有一瞬间碰到了达夫妮的臀部。她香烟盒上由珍珠母制成的弧线装饰在月光下像珠宝一样闪亮着。

“哦！呃……这，行啊……”

她的打火机上面闪出一团有油光的火焰。“我喜欢看你吸烟的样子。”伊娃说，烟草被点燃，发出火光。

“我自己也开始喜欢了。”达夫妮说道。

“那就对了。”伊娃说。继续前行时，最影响她们步伐的是黑暗，她的手友好地环住了达夫妮的腰。

“我们得注意点，别掉到鱼池里。”达夫妮说，轻轻地移开了一点。

“希望你能让我给你做点可爱的东西。”伊娃说。

“什么，你是说，穿的东西吗？”

“当然了。”

“哦，你真是太好了，不过我还是不要了。”达夫妮说。让她来重新设计房子是一回事，但让她设计自己又是另一回事。她想象着她自己穿着伊娃设计的束腰上衣，走下楼来吃晚饭的荒谬情景。

“亲爱的，我不知道，你现在主要是在哪里买衣服的？”

透过烟雾达夫妮短短地笑了一下。“大多数是从艾利斯顿和卡维尔家。”

伊娃也笑起来。“对不起，”她说，再一次诱惑地靠近她，“我觉得你不知道你能有多迷人。”现在她们停下脚步，透过童话般的月光，伊娃在打量她，一只手放在达夫妮的臀部，另一只手拿着燃着的香烟，从她的前臂快速移动到她的肩膀，烟气从侧面进了她的眼睛。她捏着她腰部衣服的柔软位置，达夫妮觉得她的目光曾经驻留于此。伊娃用犹豫甚至近乎无所谓的口气说：“希望你能让我带给你一些快乐。”

达夫妮说：“我们真得回去了。”她感到喉咙一阵发紧，而这与香烟无关。“万分抱歉，我真的感觉很冷。”她赶紧离开，把手里的香烟扔到路上踩灭了。屋里透出的灯光使篱笆及其他位于路途中的障碍物的轮廓变得很模糊，但她已经很难带以完整的尊严撤离；而且月光也不像她想象的那样友好。她抄近路穿过草坪，发现她的鞋跟陷进了泥土里，然后又跌跌撞撞地走回去，绕过一个奇怪的人为设置的隔断。这感觉像提心吊胆被扩大化了，假装自己在夜里知道该怎么走。她感到伊娃有可能跟着她，但是当她转头看去时，她已经无影无踪了——好吧，她一定是在那里的什么地方，徘徊、苦想，把一缕缕烟雾喷向夜空。达夫妮走上了房前坚固的石板路，马上注意到有一个黑影蜷缩着斜靠在她身边的长凳上，她的手被抓住了——“别进去……”

“噢，天哪！——你是谁？噢，蒂尔达……”

“对不起，亲爱的，对不起……”

“你把我的魂都吓飞了……”蒂尔达还是抓着她的手不放。

“夜色多么美好啊！”她欢快地说，“你怎么样？”接着又说：“我就是很担心亚瑟。”

有一瞬间，达夫妮没想起来她说的是谁。“噢，臭鬼，对……为什么啊，蒂尔达？”她发现自己很随性地在凳子的边缘坐了下来。就像是和一个孩子在一起一样，她把赖利太太那些不堪提起的事情放到了脑后。她发现蒂尔达在注视着她，她白皙的小脸已经全然不是今晚早些时候那样明快的样子。是不是酒精的作用？她热切的神情似乎显示她似乎要给达夫妮注入一种神奇的力量。

“你看到他了吗？”她问。

达夫妮问：“谁啊……？哦，臭鬼……他是不是在附近散步啊，亲爱的，我肯定他没事的，亲爱的……”她通常不这样称呼她，就像她总是叫他“臭鬼”，很少叫他亚瑟一样。她一直把蒂尔达当成年纪不大的阿姨，或许有些傻气，但不会伤人，可以做她一生的阿姨。

“他这些天都是怪怪的，你觉察到了吗？”

“是吗？”从达夫妮能想到的范围，她倒希望他完全是个陌生人。

“是我疯了吗？你不这样想，对吗，他有没有可能跟别的女人在一起？”

“臭鬼吗？哦，当然不会了，蒂尔达！”她轻松得体地笑了一下，“不会的，我真的认为不会。”

“哦——哦，那就好——”蒂尔达看起来有点放松，“我觉得要是有事你应该能知道。”她退缩了一下，然后又凝视着她。“为什么不会？”她问。

达夫妮控制着不让自己笑出来，说：“很明显臭鬼很爱你啊，蒂尔达。”接着有点不假思索地问：“不管怎么说，会是谁呢？”

蒂尔达半笑着，犹豫着说：“我想可能是因为我们没有，你知道……”就在这时，达夫妮看到雷维尔穿过落地窗，皱着眉头沿着小路走了出来，循着声音来到这里。她明白蒂尔达的意思是说，因为他们没有孩子。

“过来吧。”达夫妮说道，站起身来，但这次反过来，是她拉起了蒂尔达的手，来掩饰自己的无礼。这个话题如果再谈下去会让人受不了的。

“哦，我想坐在这儿等着他。”蒂尔达说，她依然还处在醉酒的迷离中，沉浸在自己的担忧里，没有注意到周围发生的事情。

“那好吧，亲爱的。”达夫妮说，很庆幸自己在得到解放的同时，又得到了她想要的东西。她几乎在小路上跑起来。

“噢，达芙儿，亲爱的。”雷维尔说，他们一起回来进到房间的时候，他碰了下她的胳膊，并保持着五秒钟的微笑完成他要说的话，“我们上去看看孩子们睡觉吧。”

“好，”达夫妮说，“当然。”仿佛感觉自己很不称职，竟然没有想到可以用这来款待他。她凝望着他，笑容里带点懊恼。她认为要是自己经历了《小老鼠听钟声》事件，即使在两层楼上，也根本睡不着。接着，早些时候在真正的钢琴边上感受到的恐惧，再次向她袭来——她能忘掉它们一会儿，真是太好了，太幸运了。

“达德利已经去睡了。”雷维尔说，语调平淡而愉快。

“知道了。”经历了花园里发生的一切后，客厅里的事不过让人头晕目眩；当他们都不在时，它已经被完美地摆平了——一切都总是能被摆平。“你喝酒了吗？”她问。

“每一种我都喝了很多。”雷维尔有点神秘地说。

“我觉得我已经喝够了。”达夫妮说，低头看着托盘里的瓶子，有的挺友好，有的过于熟悉，而有的是要避免的。她给自己又倒了一杯红葡萄酒。“嗨，蒂尔达在外面！”她对刚进屋、被落地窗的门槛绊到的臭鬼说，“你可能没看见她。”他倚着桌子注视着她，但一时没找到可说的话。

她在前面走出通道，走上东边的后楼梯，每次走到楼梯平台，雷维尔都会轻轻地在她后背中间摸一摸，当她看向他的时候，他的神情很体贴，内心闪着愉悦的光芒，期待近在咫尺的享受。她兴奋得都有些语无伦次了。“就如赖利太太所说，大家都宁愿走后面的楼梯。”她说。

“我认为她心里并不是这样想的，你觉得呢。”雷维尔冷静地说，这样似乎已经有了一个跳跃，几件难以言说的事同时悬在那里。达夫妮心跳加速，同时又被一种怪异的倦怠攫住，仿佛是要抵消或掩饰她脉搏的激烈跳动。她说：

“我得告诉你，刚才跟我们的赖利太太发生的一件怪事。我非常肯定她是在向我示爱。”

雷维尔漫不经心地笑着说：“她倒终于干了件有品位的事啊。”

达夫妮觉得这话有点油嘴滑舌，不过当然也很陶醉。“这个……”

“你知道吗，我以为她盯上了弗洛拉，因为她全是那种劲儿，对不对？”

“你知道吗，我想……”但是太复杂了，无法解释。此时，一个女仆抱着个孩子来到最上面的平台，不对，不是孩子，是热水瓶，用披肩裹着。“你对孩子们太好了，”达夫妮大声说，“他们看到你一定会高兴坏的。”当女仆从他们身边经过时，她心不在焉地点了点头，她想这个可以解释一切，楼下的吵闹事件发生后，她为人母亲的美德以让人动容的方式得到了维护。“当然，我是说如果他们还没睡着的话！”她用嘴轻轻碰了下食指，小心翼翼地打开了门，谨慎得有些可笑。然后让那束光在她身后停留了一会儿，直到他们两个人都进到屋里来。雷维尔关上了门，门在他身后发出一声闷响。现在，一缕蜡黄色的夜光从桌上射出，向墙上和床上投下一大片阴影。“别，威尔弗宝贝儿，继续睡。”她说。房间沉闷而昏暗，她不确定地看着他——他动了一下，嘟囔了两句，但好像并没醒……然后她看向睡在窗边的科琳娜，她平躺着，头歪在枕头上，轻轻地打着呼噜，看起来并不那么可爱。“但愿她能看到自己这个样子。”达夫妮喃喃地说，略带惆怅地取笑着她平日里很注重礼仪的孩子。

“但愿我们能看到我们自己……”雷维尔说，“我是说，我想，如果你能看见我……”

“嗯。”达夫妮说，向后靠了下，双肩几乎碰到了他，感到他的左手轻轻地滑向她的腰，充满自信又谦恭有礼，但只停留了一小会儿。“嗨……好了，你看过他们了！”——她以跳舞的姿势闪到一边，仿佛是承诺还要回来。她大口地喝着葡萄酒，小声说：“恐怕这场景并不是那么美好。”她开始为一些琐碎的小事感到抱歉：孩子们也许会让雷维尔感觉不愉快；他一定注意到了夜壶的味道，她好像看到了威尔弗的黄色小便。“当然了，他们的父亲从来不看他们——我的意思是说在他们睡觉的时候，不过，其他时间——在他们醒着的时候，也是能不看就不看！——他们不可能白天晚上都永远像画一样。”她摇了摇头，又饮了口酒，朝雷维尔转过身来。雷维尔拿起威尔弗的棕色小熊罗杰，像个家庭医生似的以那种和蔼而古怪的表情皱着眉头看这个东西，然后他用同一种微笑看向她，好像她说什么没关系。她自己提起有关达德利的话题，古怪地悬在这个顶楼房间半明半暗的光影中。

她转了一圈，走向威尔弗小床的另一边，把她的酒杯放到床头柜上，低头看着他，然后重重地坐在床边。他宽宽的脸庞，像是他父亲的翻版，只是小一些、柔和一些，还有眼睛和嘴，都像。她想起刚才在走廊，达德利吻她的情景，她对他的所有认识，都不能让孩子知道，他们的孩子，脸朝上，一面脸颊在阴影中，而另一面脸颊则在夜光中。她一点也不愿想起她的丈夫，但是他的吻还留在那里，在她的唇上，困扰着她。她温柔地拉直、抚平又拉直威尔弗卷过来的被单头。达德利有一种诱捕你的方法，他会潜进并跟踪你的内心，即使在他最疯狂的时刻，他也很有策略。然后大家当然都会觉得他很可怜、很受伤、很受折磨——总之是那一套。威尔弗里德的头动了动，眼皮一会儿睁开一会儿闭上，突然把整个身体全转到了右边，只一两秒钟就又翻转过来，嘴里生气地嘟囔着什么。他有时会把不好的梦讲给她听，他不会描述情节，却非常认真，她只能假装听这些无聊的东西。他说他梦见过布朗森中士，这让达夫妮感到有点可惜还感到很羡慕。她俯身用胳膊搂着他，好像他只属于自己，对他说有人替他说话了。"雷维尔叔叔。"威尔弗里德很有礼貌地叫道。

"你好，小家伙！"雷维尔小声说，低头朝他微笑，把罗杰稳稳地放到枕头边，"我们没想把你吵醒。"

威尔弗里德的神情像是毫不犹豫地给了他许可，然后他闭上眼睛，噘起了嘴唇。他们都低头看着他，他脸上欢快的神情渐渐退去，重新变成了那副柔和空洞的面具。

"你看他多崇拜你啊。"达夫妮说，几乎带点抱怨的语气，轻喘着笑出了声。孩子的头就在下面，她盯了他好一会儿。雷维尔冷静的笑容让她有过瞬间的困惑，让她清醒地去想他是不是在耍弄她。他走到桌子前，拉出一把孩子的椅子坐下，膝盖高高地支起来。他演滑稽戏似的假装一直都是按照这样的比例生活。她看着他，有点被逗乐了。他在那里快速地画画，在夜光下在他的脸上探究着。他的专注中有戏谑的成分，似乎还能看到他笑容残留的最后一点影子。他用的是孩子们的蜡笔，仿佛它们是艺术家梦寐以求的工具，而他是位大师。然后随着一阵较大的哼哼声，科琳娜自己醒了过来，并坐起身来，咳嗽了几下。

"妈妈，怎么了？"她问。

"躺下睡觉，乖乖。"达夫妮说，努着嘴发出嘘声，慈爱但有点不耐烦地哄着她。孩子的头发湿乎乎的，还有点蓬乱。

"不，妈妈，到底怎么回事？"她问。睡梦中醒来，却发现房间里有不速之客，看不出来她到底是在生气，还是只是有点迷惑。

“嘘，宝贝儿，没事啊，”达夫妮说，“我和雷维尔叔叔过来跟你们说晚安的。”

“实际上他不是雷维尔叔叔。”科琳娜答道；不过达夫妮觉得这不是唯一一件让她误会的事情。这孩子有一种让人害怕的特性就是好吹毛求疵；她真正的意思是说她母亲喝醉了。

雷维尔从小椅子上半转过身来，扭头看着她。“我们在想，如果我们诚心邀请，我们是不是还能看到你们的舞蹈。”他说，这实际上可不是什么好主意。

“哦，那可有点太晚了，”科琳娜说，“实在是太晚了。”好像他们是些孩子，来向她恳求某些特别的许可似的。她下了床，脚步砰砰地穿过房间，去了厕所。达夫妮有点担心她回来后会闹一场，让她随心所欲地说她想说的话。如果他们都说出各自的心中所想……此时威尔弗里德被再次吵醒了，脸上带着偷偷摸摸的表情，就像大人假装没睡着一样。她看着雷维尔画完了画。这时传来一阵金属的叮当声和流水声，门突然被打开，让声音更大了。不过现在科琳娜看起来平静了一些，也可能是更清醒了一些。她回到床上，身体发出一阵轻微得体的颤抖，这是白天里她性格特征的一部分。

“我给你们读点东西好吗，宝贝儿，然后你们就都可以接着睡觉了。”达夫妮说。

“好的，读吧。”科琳娜说，睡了下去，侧身躺好，做好了听书与睡觉的双重准备。

达夫妮坐在威尔弗里德的床头看着，然后站起来去看科琳娜都有些什么书。这真是很烦，但只有这样他们才能立刻睡着。“你在读《银色战马》吗——我多么喜欢这本书啊——虽然我觉得自己是大一些之后才……”

“小家伙，这个给你。”雷维尔说，从桌子旁站起来，把那幅画拿到威尔弗里德面前的灯光下。孩子琢磨着这幅画，脸上露出一种类似于有条件的微笑，对抗着睡意。“我想把它放在这里，可以吗？”

“嗯。”威尔弗里德说。达夫妮没怎么看明白；她只看到一只鸟的大嘴。

“是第八章。”科琳娜说。她是在想她也应该得到一张画吗？也许，明天吧，如果雷维尔不介意的话，可以要求他给她画一张肖像。

“因此佩蒂福勋爵爬进了他的四轮马车，”达夫妮读着，昏暗的灯光下，她读得很慢，“里面全是金子……两个英俊的男仆穿着镶金边的猩红色制服，马车夫戴着一顶超大的扇形帽子——三角帽——绿色的……对不起啊！——车门上装饰着莫登的佩蒂福家族的大盾徽。外面开始下雪了，雪花轻柔地静静地飘落着，轻柔的白色雪花坐到——落到——四匹黑色骏马的鬃毛上、金子上——以及男仆神气十足的帽子的羽饰上——噢，哎呀，我还记得他们呢——我们是怎么说来着？——用法语说是羽饰……”透过书的边沿她抬头看着雷维尔，昏暗的灯光下，他就像是一个黑色的柱子，好像是对她的表现有点不耐烦。他终究是个剧院型的男人；仅仅这种大声朗读就足以说明你喝了多少酒。“‘星期天傍晚前我就回来！’佩蒂福勋爵说，‘请告诉我的被监护人米兰达，让她自己……准备。’”她不知道自己对这种朗读应该投入多少感情；而实际上，从科琳娜的床上传来了一阵鼻息声，达夫妮发现她张着嘴，已经睡着了。她充满希望地瞥了一眼威尔弗里德，他却正清醒地看着她，不过他对目前的形势丝毫不知情。“好吧，我就再多读一点，行吗？”她问。她压低了点声音，继续读，跳过去一些内容，直接到了对佩蒂福勋爵冒雪到达多佛的奇妙描写，这部分内容她长大之后就再没读过。这事真是古怪，一方面她不想这样读，因为雷维尔在场，她无法集中注意力，读起来也是磕磕巴巴的；另一方面又觉得停下来会感到不安，所以继续读着。“他们看到远处有一座孤零零的房子亮着灯光——那是她永远无法返回的地方。”达夫妮读道，一下子翻过去了两页，过了一会儿才意识到。她看了威尔弗里德一眼，继续读，她也搞不清自己是怎么了。他茫然地笑着，似乎在说现在这样终于说得通了，礼貌地向她表示感谢，他转过身背对着灯光，将被子下的双腿蜷起来，她感到这是一个要她停止的信号。

他们走出来，再次来到走廊后，气氛变得更加急迫也更加尴尬。她觉得如果不马上采取行动，就会出事，延误和优柔寡断会让他们处于十分难堪的境地，会错失机会。但就在此时，雷维尔用双臂将她轻轻抱住。“别，”她喃喃说道，“保姆在……”

“噢……”

“我们下楼吧。”

“真的？”雷维尔问，“如果你愿意就行。”她第一次感觉到她可能伤害他，会给他增加一些新的伤痛；不过他微微皱起的眉头显示出一种关心她的神情。

“对，你会明白的。”她说，快速吻了一下他的脸颊。她在前面带路，穿过L形的顶楼走廊，来到了主楼梯的顶部，他们突然出现在这儿，那些拿着盾牌、举着闪光的玻璃球的狮鹫兽或说不清是什么东西的东西，在下方次第排开。她想，这是高调亮相。

“它们是双脚飞龙，”她边说边往下走，“我想是吧。”

“是哦。”雷维尔应道，好像他真的问过似的。

在他们去往的一楼楼梯平台处，从那面巨大的镜子里，故事中的人物从光中隐退到了黑暗里。她以为自己冷静了一些，但随即就开始喘着气说起八卦来：“亲爱的，我真是必须得告诉你蒂尔达·斯特里奇—佩吉特说的话，”她看了下四周，“关于臭鬼的！”

“哦，是吗。”雷维尔就像是一个正在开车的人，三心二意地听着。

“我不确定应不应该说。但很显然他有外遇了，金屋藏娇。”

雷维尔轻声地笑着。“哦，我怀疑他往哪里，呃，藏娇。”他放慢速度，打开他房间的外门，“你确定吗？”

“唉，这种事怎么确定啊……”

“不，我是说……”他先看看她，又看了看门。她想要的东西如此简单，让她突然感到有点失落。她有一种奇怪的、非常超人的感受，仿佛听到了她母亲在房间里的呼吸，然后是克拉拉的，在几英里外，当然还有达德利的，但她不能想那些。

“不，这里不行。”她说，带着他转过一个角落。桌上亮着一盏孤灯，以方便客人，当她打开布草房的门时，门投下的影子就像是穿越屋顶的一扇翅膀。“来这里可以吗？”她看起来很严肃，但也在咯咯笑着。

这里很暗，但也正是它可爱的地方，天窗闪着微弱的光——月亮，当然了，把其他阴影扔进了房间的天井里。这里也看不着什么色彩，只有架子上摞得高高的床单在灰色的王国里闪着白色的光。“你可以从这里爬出去，一直到达房顶。”达夫妮说。

“我想现在可不行。”雷维尔低声说，两只手捧起她的脸吻着，她在他身前推搡了一会儿，然后用双臂抱住了他，抓住包裹着他未知的修长身体的无尾礼服的宽松部分。她让他吻她，好像一切还有回转余地，这不过是一个开始，接着她热烈地回应，开始回吻他。

他们吻着、吻着，雷维尔恭敬地抱着她、抚摸着她。在他们的吻和吻之间，穿插着低语和浅笑，不自觉地流露出自我意识中的喜剧表演，模仿自己亲吻的声音。尽管如此，一切都那么美好，是一种被遗忘的欢愉，你在取悦的某人也一心只想取悦你。她从未有过在同一晚上被两个男人亲吻的经历——也是的，她一共也不过才被两三个男人亲吻过。这是如此亲密的一件事，两种经历的对比，是那么美好，那么令人困惑。当然有一点没提，雷维尔通常喜欢亲吻的是男人，这使她感觉更加受宠若惊，也可能更不真实。在这些方面，雷维尔似乎比其他男人更得心应手，这从他恶作剧般的目光中就能看出来。达夫妮不能确定，现在这一切总算开始了，终于认真起来了。如果不是认真的，那或许就是其魅力和要点所在。她站得离他远了一点儿，站了一会儿——从天窗透进来的单色光线中，她抚摸着雷维尔的脸、他好看的鼻子及他的额头、他的嘴唇。在她这样做的时候，他则抓住她的手，亲吻着。然后他再一次吻了她的脸颊。很奇怪他没有给她施加更多的压力。她现在有点怀疑他以前有没有吻过女人。她猜想当男人们互相亲吻时，动作一定很粗野；她不怎么愿意去想这件事。她知道她必须得鼓励雷维尔，但又不能让他觉得他不够好或者需要鼓励。尽管他比她小，但他毕竟是个男人。为了取悦他，她希望自己也是个男人，这有点奇怪，也很浪漫。“你知道，我们可以做任何你想做的事。”她说道。听着他的笑声，她在想，她让自己陷入了一种什么样的境地。

9

接着有二十分钟的时间，是鸟的世界。在浓密的树林里、在外面的高地上、整个花园里、在凳子上、在灌木丛中、在此地高高的屋顶和烟囱上，小家雀、画眉、燕八哥及乌鸫都在黎明时分不约而同地欢叫起来。威尔弗里德睁开眼，在昏暗的晨光中，他看到他姐姐已经坐在床上，正在看书。他小心地转过头，集中了点精神，发现此时是六点半。昏暗的光影中，床边桌子上好像有点奇怪的东西，吸引了他的注意力，但他不想费心去想它。没什么意义，就像不应该有窗户的地方出现了窗户。他重新闭上眼睛。鸟鸣的声音如此之大，它吵醒你之后又会把你送回梦乡。然后当你再次醒来时会发现，天已大亮了，而此时那些鸟儿们已经离开，变得不那么重要了。你会全然忘了它们。他看到门虚掩着：科琳娜已经去梳洗，他想问她一两件事情，关于昨晚的说话声、音乐声及来来回回的走动声，那些像梦境一样困扰着他的事情。他转过身，发现壁炉台上，靠着小酒杯立着的，是雷维尔叔叔画的火烈鸟，那只鸟单脚独立地站着，正冲着他狡黠地微笑。梦中的一些事情留在了现实世界，像是一种证明或是一种承诺，他滑下床，去把它拿了下来。看来雷维尔叔叔确实来过，和母亲一起，说笑着，而且他还画了一幅画，像变魔术一样快。威尔弗里德拿着画回到床上——原来之前误导他的、桌上闪着奇妙光线的东西，是他母亲的葡萄酒杯，里面还残留着最后一点深红色的葡萄酒，酒中还有一点黑渣。他看了看杯子里面，闻到了一股酸味，也是他母亲最后亲吻的味道，这让他很困惑。他听到隔壁房间保姆的说话声、地板急促的咯吱声以及拉窗帘的声音。保姆在跟某个人说话，听起来像是女仆萨拉。她们出门来到楼梯平台。“他们又疯了一夜，”保姆说，“天知道他们今早会是什么样子。”萨拉哼了一声，笑着。“不知道什么时候，达芙和她年轻的艺术家朋友一起，来到了这里，她说看一看熟睡的小东西们。当然了，经过了那些事以后，他们怎么能睡得着啊，那件事让他们都很不愉快。经过了这一晚，他们肯定都会成小捣蛋鬼。”

“啊……！”萨拉说，今天她的口气好听了些。威尔弗里德讨厌保姆说的那些关于他母亲的坏话。

“好了，亲爱的，我今天休息，不用伺候他们了！”

“罗比说他们在玩沙丁鱼游戏①。”萨拉说。

“沙丁鱼！一群笨蛋，更可能是在……”保姆说，两个女人叽叽咕咕地讲着话，似乎是朝下面的走廊走去。“我猜你听到了音乐声吧……”保姆说，随后顶层台阶的门就咣一声关上了。威尔弗里德想：好啊，他们都听到了音乐声。他母亲曾一直和雷维尔在大厅跳舞，他的脑子对这一幕还记忆犹新。现在他想睡觉；但是他的心里和头脑里有一阵阵不安的抗议，抗议对他母亲的毁谤与不尊重，也抗议母亲给他带来的这个烦躁而疲惫的夜晚。他被这些梦搅扰得精疲力竭。

几件事情立刻同时发生了，虽然都是些非常正常的事情，但这样接连而来却依然令人不快。一大早，就有人来传话说斯托克斯先生要走了，夫人要他们都下楼去。科琳娜已经开始练习钢琴，所以女仆就把威尔弗

---

① 一种躲猫猫游戏。游戏中，一个人先躲起来，后来每一个找到那个躲藏者的人都会和他挤在一起藏着，直到最后只剩一个人。

里德一个人带了下来。他感到很孤独，也很不情愿，所以使劲皱眉头表示抗议。大厅里，那架自动钢琴还在，琴键被盖住了，斜靠着墙放着。他喜欢自动钢琴，有一两次，他父亲为他踩着踏板，让他上下弹奏舞动的琴键，科琳娜对此不屑一顾。但是今天它只让人想起头天晚上丁零当啷地发生的一切，别人在玩这玩具时，却不带上他一起。他极想让他们赶快把它收拾走。他走出去察看那辆戴姆勒汽车。就连罗比在帮塞比叔叔往外拿行李，朝他眨眼时，也让人不高兴，这对他不够尊重。他为什么总朝他眨眼？“您好吗，威尔弗里德少爷？”罗比说。

“唉，我有些劳累过度。”威尔弗里德说。

罗比对这句话想了一会儿，露出一丝微笑。“您是说劳累过度？为什么啊？”他把手里的包递给塞比的司机，威尔弗里德走过来看着它们被放到后备厢里。后备厢的门很特别，里面黑黑的像道沟，让他觉得很有意思，但也敌不过他的不满。

“好吧，如果你真想知道，是因为我夜里没睡好。”威尔弗里德说。

“这样啊。”鲁比同情地点点头，但还是带着令人不安的乐趣，“是他们跳的舞让您睡不着，是吗？”对此，威尔弗里德只能抬起头看着他，点了点头。

祖母下来给塞比送行，他们没完没了地说了两三分钟话，威尔弗里德则借此机会在戴姆勒周围溜达，看它的车灯，看深灰色的车身反射出的他自己忽隐忽现的身影。然后塞比走过来，握着他的手，在进到车里之前，出乎意料地给了他一枚大大的硬币。在一阵突然而起的蓝色烟雾下，汽车呼啸而去。威尔弗里德笑着望着离去的汽车，也看看他的祖母，她正在热切地看着他，等他对此的回应，但实际上他感到有点迷惑和气恼。“哟！”祖母说，“一个克朗[①]呢！”他把它放到裤兜里，但感觉真正应该得到它的人是威尔克斯。

不一会儿，双轮马车被带了过来，送科琳娜和她的祖国、外婆去利特

① 英国旧币制的5先令硬币。

摩尔的教堂。从这里到教堂有一英里半的路程，瓦朗斯夫人将自己驾车完成这一路程，科琳娜轻声提起她早先得到的承诺，她可以执着缰绳赶一会儿车。他们可以听到小马在前门嘶叫的声音，马夫在跟它交谈。客厅里一阵忙乱，人们纷纷寻找手套、帽子。祖母总是穿着同一种黑衣服，所以不用花什么时间，但是科琳娜有新裙子和新帽子，索尔外婆在帮她穿戴。

当乔治舅舅和马德琳舅妈出现后，外婆说："这里的教堂弃之不用，实在是太可惜了。"

"现如今，"祖母说，奇怪地强调着，"小教堂仅限重大节日使用。"说着，她走到了外面的大道上。

"现如今，"乔治说，"似乎成了路易莎在表示反感时最爱用的词。"他诙谐地看着他的母亲。"亲爱的，你完全可以不去，"他说，"我们从来不做，你知道的。"

她反复摆弄着科琳娜下巴下面的蝴蝶结。"路易莎很想让我去呢。"

"你没必要为了她去。"乔治说。

"噢，外婆，一起去吧。"科琳娜说。

"好，我会的，孩子，别担心。"外婆说，伸出手抱住她，很坚定地看着她。

威尔弗里德跟着舅舅和舅妈晃到门外，看着大队人马离去。祖母在车凳上坐下后，小马在石子路上迅速拉下了一大堆粪便。威尔弗里德咯咯笑着，科琳娜则不高兴地捏紧了鼻子。马车颠簸着离开了，仿佛什么都没发生过，马童则去取铁锹了。在车道坡顶上，索尔外婆转过身，朝他挥着手。威尔弗里德站在他舅舅和舅妈旁边，阳光照着他的眼睛，他也漫不经心地朝她挥手。"好了，威尔弗里德，就剩下咱们了。"马德琳舅妈说，威尔弗里德觉得她就像是在做总结似的。她直挺挺地站在他前面，挡住了他的视线，挡在他想象中更为快乐的上午的画面前，在里面，他与雷维尔叔叔一起坐在桌子旁，画着鸟，画着哺乳动物。当他们回到房子里的时候，他母亲从晨间起居室走了出来，脸上带着一种奇怪而僵硬的笑容。

“希望你们都睡了一两分钟？”她问。

“噢，多多了，”乔治舅舅说，“至少十分钟。”

“我睡了整整半个小时呢。”马德琳舅妈说，明显不是在开玩笑。

“这一晚上过的，”乔治说，“达芙，我真不明白你怎么受得了。”

“需要时间来适应，”她说，“你得逐渐适应。”

威尔弗里德盯着他舅舅，寻找这种奇异颜色的蛛丝马迹。可实际上，他妈妈和乔治两人的脸色都很苍白。

“你好吗，妈咪？”他问。

“早上好啊，小东西。”他母亲说。

“你每个周末都这么过吗？”马德琳问。

“不，有时候我们很安静很听话，是吧，我的天使。”当威尔弗里德跑向他母亲，她弯腰搂着他时说。他感到母亲的身体一阵战栗，就更紧地搂着她。他们相拥站了一会儿，他慢慢放开了手。他妈妈伸出手隐隐约约地想再次抓住他，但不知为什么又停住了。他抬起头看着她，还是那圆润白皙的脸，扑闪的睫毛笑起来时嘴角的细小皱纹，这些美他早已熟记于心，不需要任何语言来描述，可是在那一奇怪的瞬间，这一切似乎都成了另一个人的面貌。“好了，我得走了。”她说。

“别走，妈咪……”威尔弗里德说。

“算不上是最好的时机。”她对马德琳解释说，“但是雷维尔主动说要给我画像，这份好意我没法拒绝，哪怕是在宿醉的时候。”

“我明白你的意思，”乔治说，平静地微笑着。“对，这正经是件好事。”

“噢，妈咪，我也可以来吗，我可以来看看吗？”威尔弗里德叫道。

他母亲再次用那种奇怪又漠然的目光看着他，里面似乎潜伏着一些伤人的幽默。“不行啊，威尔弗，这可不是个好主意。你知道吗，艺术家在工作的时候必须全神贯注，你可以等画完后再看。”对他而言，这有点承受不住，他开始哭了起来。他想跟母亲在一块儿，但又把她推开了，大声叫喊、呜咽着，都不理他们，任凭眼泪滴到毛衫上。

之后，不知过了多长时间，他被留在那里，和乔治舅舅及马德琳舅妈在一起。他们进了图书馆，乔治靠在空空的壁炉上，跟他说话，给他打气。威尔弗里德无精打采地站着，用手转着那个大大的彩色地球仪，转着上面代表着英国的那一片粉红，开始朝一边转，然后又反过来转。他的手轻轻地敲打着地球仪上的亮漆纸，世界在里面发出微弱的回声。和往常一样，汹涌的泪水流过后，他就会感到疲劳而虚弱，要过好长一段时间，他才可以重新看到事情的关键。

“我想你今早还没看到你父亲吧。”乔治说。

威尔弗里德想着该如何回答。“我们早上通常都看不到爸爸。”

“哦，真的吗？”

“嗯，不过并不总是这样。你知道，他在写书。”

“哦，对，当然了，”乔治说，“那是头等重要的事儿，是不是啊。”

威尔弗里德并不完全同意这个说法。他说：“他在写一本关于战争的书。”

“那么说跟他其他的书不同了。”马德琳说，她正朝后仰着头，张着嘴看着头顶书架上的书，眼镜都掉到了鼻尖上。

“一点也不一样，”威尔弗里德说，“是关于布朗森中士的。”

“哦，这样……”乔治含糊地说，“那么他跟你说了书里的事了？多令人兴奋啊……”

在这间充满了古老文化气息的房间里，绝对事实的存在感更强烈更有威胁力。他没有直接回答，而是笑着踱到中间的桌子前，“乔治舅舅，”他说，“你喜欢雷维尔叔叔的画吗？”

“哦，非常喜欢，老伙计。不过我并没有看过多少。你知道的，他还很年轻。”乔治说，脸色不像刚才那么发青而是开始变红润了。“你知道他实际上不是你的叔叔，对吗？”

“我知道，”威尔弗里德说，“他是一个光荣的叔叔。”

“噢，哈，哈，哈！……嗯，对，说得没错。”

“你是说荣誉叔叔啊。”马德琳说。

“哦，”威尔弗里德说，“是的……”

“威尔弗，我想你是指两者都是吧，对不对？”乔治说，对他微笑表示理解。威尔弗里德知道他父亲不喜欢马德琳舅妈，这更给了他讨厌她的理由。她没给他带任何礼物，但实际上还不止这些。她从来也不会说好话，而每当她试着说的时候，结果总是很糟。现在她收起她的下巴，一脸假笑地从眼镜上方看着他。他倚着桌子，来回好几次开着关着带铰链的银质墨水罐，使它发出阵阵好听的咔哒咔哒的声响。马德琳舅妈皱了下眉毛。

“我想你祖母就是在这里做通灵试验的，是不是啊？”她问，皱了皱鼻子，笑容变得僵硬了。

“我觉得孩子不知道这事。”乔治舅舅低声说。

“实际上，我在跟着保姆学识字。”威尔弗里德说，离开了桌子，走到了房间的一个角落，那里有一个壁橱，里面有一些有趣的旧东西。

“很好啊，”乔治说，“那你现在在读什么书？咱们干吗不一起读点什么呢？”威尔弗里德感到他舅舅好像是如释重负地找到了读书的话题——他已经在一张皮椅子上坐了下来。

“科琳娜在读《银色战马》。”他说。

“你现在读它不吃力吗？”马德琳问。

“达夫妮喜欢那本书，”乔治说，“是儿童读物。”

“我没读它，”威尔弗里德说，“乔治舅舅，我现在不怎么想读书。你见过这些样的卡片机吗？”他打开壁橱，小心翼翼地把卡片机拿了出来，但还是嘭一声撞上了柜门。他捧着它，递给了他舅舅，他挤出了一丝心不在焉的笑容。

“啊，是……很好……”乔治舅舅在这方面并不很聪明，他把它的方向都转反了。“这个东西可有点历史了。”他说，准备把它再递还给他。

“什么东西？”马德琳问，走了过来，“哦，是，我明白了……确实是个古物。不过恐怕现在没什么用处了！”

“我喜欢它。”威尔弗里德说，又想到了一点什么，他在舅舅的膝边，舅妈在他头上弯着腰，她的气味就像是一本古书。“乔治舅舅，”他问，“你们为什么一个孩子也没有啊？”

“哦，宝贝儿，”乔治叔叔说，“我们只是还没考虑要孩子。”他看着那台机器，似乎有了新的兴趣，但却接着说：“你知道吗，你舅妈和我在大学的工作都很忙。跟你说句真心话，我们并没有多少钱。”

“很多穷人都有好几个孩子。”威尔弗里德相当直率地说，因为他知道他舅舅在胡说。

“对，但是我们想让我们的姑娘和小子们在舒适的环境下长大，比如说，能像你和你姐姐一样拥有一些可爱的东西。”

马德琳说：“乔治，你别忘了，你还得完成要交给副校长的那些评论呢。”

“我知道，亲爱的，”乔治说，“但是跟我们外甥的谈话要比那个愉快多了。”

尽管如此，一分钟后，乔治还是说：“马德，我想你说得对。”威尔弗里德心里升起一阵切实的担忧，他害怕自己会被留下来单独和马德琳舅妈待在一起。“你和舅妈留在这里，没事吧？”

“噢，求求你，乔治舅舅——”威尔弗里德感觉那种担忧正在向他逼近，但马上被一种他无法解释的沮丧感抵消了，他感到他不得不经历一些无可避免的事，不管是什么，而这似乎也无所谓。

“过会儿我们可以做点有趣的事情。”乔治说，犹犹豫豫地在他外甥的头发上乱摸了一把，然后又给他抚平。在门口，他转过身来说：“我们可以看你跳那著名的舞蹈。”

他离开后，马德琳抓住了这一点。

"可是，我一个人没法跳。"威尔弗里德说，双手放在臀部。

"对，你还需要音乐吧。"

"我是说，你会弹吗？"威尔弗里德问，摇晃着脑袋。

"我弹得不是很好！"马德琳说，语气够愉快了。他们走出去，来到大厅。"我想那架自动钢琴总会在那儿吧……"但幸运的是，仆人们已经把它推到牲畜通道去了。威尔弗里德不想跟她一起弹自动钢琴。他本没想开始做什么游戏，但已经钻到了大厅的桌子底下。

"亲爱的，你在干什么？"马德琳舅妈说。

"我在我家里。"威尔弗里德说。实际上，这是一个游戏，他有时会和他母亲一起玩，他觉得自己对她有点不忠诚，但是当他趴到几乎碰着他头的那张巨大的橡木桌子底下的时候，也感到自己很安全。"你可以来我家看我。"他说。

"噢！好吧，不过我不确定。"马德琳说着，弯下腰朝里看。

"坐到桌子上就行了，"威尔弗里德说，"不过你得要敲一敲门。"

"那是自然。"马德琳说，开始了解另一种使画面复杂化的消遣方式。她听话地坐下，威尔弗里德向外一看，看到她绿色的鞋子在左右摇摆，还有她半透明的裙边及衬裙。她敲着桌子，大声问："威尔弗里德·瓦朗斯先生在家吗？"

"噢……我不是很清楚，夫人，我去看一下。"威尔弗里德说；他发出一点很有节奏的喃喃声，表示有人正要去看看情况。

马德琳舅妈几乎马上问："你不问一问我是谁吗？"

"噢，哎呀，夫人，您是哪一位？"威尔弗里德说。

"你不应该说'哎呀'。"他舅妈说，不过听起来并不是很在意。

"对不起，马德琳舅妈，请问您是谁？"

当他跟他母亲一起玩时，这个问题的答案应该是"我是伊迪丝·西特韦尔小姐"，然后他们会努力憋住笑。他父亲经常嘲笑西特维尔小姐，她的嗓音听起来像男人，长得像只老鼠。威尔弗里德自己则只要有机会就会取笑她，尽管实际上他很怕她。

但是马德琳说："哦，请告诉威尔弗里德·瓦朗斯先生我是马德琳·索尔。"

"好的，夫人。"威尔弗里德说，模仿威尔克斯的礼貌回答。

他又"离开"了一会儿，没急着回来。他能想象到他舅妈正坐在硬桌子上，不耐烦地笑着。他突然想到了一个疯狂的主意，他说他不在家不就得了嘛。但很快这一想法又被蒙上了一层阴影，这样好像会显得懒惰而残酷。但是这个游戏，其实是要你假装是另一个人，他舅妈已经理解错了。无法玩下去了，然后你马上就会感到无聊与不满。他内心深处对母亲的渴望随即强烈地冲击着他，想到她，想到雷维尔叔叔正在画她，一阵痛苦使他的脸僵硬起来。这是一个火烧眉毛的重要事件，而他却被当成一个多余的人，被排除在外。马德琳突然说："威尔弗里德，你在那里待一会儿可以吗，我还有点事，得走了。"

"哦，行，没问题。"威尔弗里德说；他看着她滑过桌面，从六英寸高的桌面跳到了地板上，她笨重的绿色鞋子快速朝楼梯走去。

在地板抛光蜡的气味中，威尔弗里德在桌子底下待了十分钟，开始时觉得如释重负，继而是一阵被遗弃的刺痛，然后有了一种急切而比较实际的想法，开始想他现在可以做些什么事情。

刚打过蜡的铮亮地板在他橡胶底的拖鞋下有点发黏。在他被严格看顾的生活中，这种不期而至的自由很让他兴奋，但也同时被阴影笼罩着，担心这种旨在保护他的系统会很容易就崩溃掉。

他从厚重的橡木桌子的一边爬了出来，站起身，慢慢地走着，却并没有直接走向楼梯。他的舅妈并没有给他这样的越轨行为开许可，现在他处于他父亲随意和非理性司法管辖权下。"爸爸，我没有，"当他爬上楼梯时，他说，"我没在平台上玩耍——"随着每一个用于否认的受伤小谎言因无用而被抛在身后，不断增长的自由感被更阴暗的内疚所困扰。这种自由不自在地伸展着，就好像是屏住的呼吸。他沿着宽大的平台慢慢走动，依然以别人听不见的声音自言自语，低着的头左右摇晃，由于独处而充满愧疚。在角落处，挂着蓝衣夫人的画像，她的眼睛看起来挺吓人，还有苏格兰的一幅画，通常被称为“山羊的屁股”。一个女仆从房间出来，穿过平台去了仆人楼梯，但竟然神奇地没有看见他，然后他来到洗衣房的门口。黑色的瓷器把手对他小孩子的手来说有点大，而且把手有点松动，所以当他转动它的时候，它摇动着差点暴露他，门很快就嘎吱一声开了，如果把不住它，它就会脱手而去，砸到旁边的椅子上。

再次打开那扇门的时候，他假装没过多长时间。楼下大厅的钟表传来响声，听起来很遥远，一刻钟过去了，半小时过去了，四十五分钟过去了，不过透过楼梯平台窗户昏暗的光线，并不能看出时间。他心怀一种担忧看了看两边，这种担忧就是被魔法从洗衣房里放逐出来的，不过想到长长的走廊和台阶前面的景象，他也有一种紧张的兴奋感。他的担忧一部分还是出于内疚，另一部分则是一种不同的尴尬，觉得可能没有人想念他。看起来还是走主平台尽头的仆人楼梯好了，可以从那里绕到儿童室，然后坚持说他一直都待在那里。他小心翼翼地握着把手，关上了洗衣房的门，然后沿着墙走，朝房间的角落张望着。

奶牛夫人脸朝下躺着，她的右手无力地抓着她的拐杖，那拐杖把长长的波斯地毯推了上去，呈波浪形弯曲在一张小桌子的腿边，还碰掉了那个不大的黄铜猎人雕像，这个猎人也是脸朝地躺着，长矛朝外伸出去。她的另一根手杖在几步开外，仿佛是因为突然的痉挛而被无意识地扔到一边，或试图挡开什么东西。她的左臂被压在身下，那个角度对一个有知觉的人来说会很痛。威尔弗里德凝视了一会儿，移开了目光，又小心地靠近一下，踮起脚尖，不想被听到，至少不想被这个老妇人本人听到。然后他喊道：“哎呀，奶牛夫人……？”有点儿心不在焉，仿佛如果他继续说就会得到某个问题的答案：重点是想引起成年人的注意并保持住。他隐约地知道她不会回答，永远也不会再用她根深蒂固的德国腔回答问题了。但是有什么在建议他应该假装礼貌，多待一会儿，权当她还能跟他交谈。他来到她的头旁边，它歪向了一边，她的左脸靠着地毯；她的右眼眼皮耷拉着，半睁半闭。虽然她没在看他，但看起来像是在无言地寻找什么她够不着、却能帮助她的东西。他控制不住地微微颤抖着，蹲下身子，把头也歪向一边，去寻找她的目光，对一个正常人来说，这样可能会吸引到注意力。他看到她的嘴也是半张着，流出来的一摊口水把红色的地毯弄暗了，自身也褪去了亮色。

老妇人的左胳膊被压住了，但是手却伸在外面：它就躺在地毯上，又小又胖，有隆起的包，也有陷下去的窝。威尔弗里德从他蹲着的位置凝视着它，然后站起来，又绕着她走了一圈。他害怕那只手会动，但也奇怪地、甚至病态地被它吸引着。他看了看两头，屏住呼吸，弯下身来，朝它伸出手去；他抬起了那只手，但只是一瞬间，他就又把它放下了，然后把自己温暖的双手抓在一起，接着赶紧放到了自己的腋下。他凝视着卡尔贝克太太垂下的手，有一阵儿他转过脸去，那只手轻微动了动又往回缩了点，又回归了原状。

他在楼梯上哭得太厉害，泪眼蒙眬得都看不清自己是往哪里走了——他不是呜呜乱哭，而是号啕大哭，眼泪流了一脸。他急急忙忙地下楼，哭泣声在跌跌撞撞的一步步下楼过程中颤抖成一种滑稽的呻吟声。无可奈何中他来到了父亲的书房门前。那是整栋房子里最难以接近的房间，大得记不住它的尺寸，里面所容纳的一切：时钟、火炉围栏、噼啪作响的废纸篓都充满了黑暗的禁令。昨天晚上，他父亲对钢琴事件的怒气，现在都退回到这里，就像龙退回到了它的巢穴。威尔弗里德在门外站了一会儿，用衣袖使劲地把鼻子抹干净。尽管他很无助，头脑却很清晰。他知道敲门会引发更多让任何人都无法忍受的悬念，还会使他陷入提前承受愤怒责骂的险境；所以，他扭动门把手时很讲策略。

房间里出人意料的黑，厚重的窗帘几乎拉得严严实实，他慢慢地朝前走，没有仔细听钟声，但却有种感觉，钟的滴答声之间的间隔在增加，仿佛要停了。最初的几秒钟，投射到红色地毯上的一缕光线似乎更加重了周围的阴暗。威尔弗里德知道他父亲有早晨头疼的毛病，所以总是不喜欢阳光，这又带给他一阵绝望的愧悔。与此同时，一束光照出了地毯的脊线和绳结，这片地毯本身就带有些梦幻色彩——在这个房子里，地毯是他的领土、城堡、跳方块的地盘，但在这间屋子里他从未在上面跳过。有很长一段时间他们好像没看到他，在他向前挪动时，似乎还有回身的余地——他们知道他出现过的第一证据应是他关门时的咔哒声。保姆背对着他，支着双腿躺在长沙发上，看着站在壁炉边、在那束光线另一端的他父亲。他的父亲还穿着晨衣，手里拿着一把剑，看起来像个骑士。这里的壁炉围栏是座城堡，带有黄铜城垛，在黑色的炉底石上，有一堆打碎的盘子——地毯上还散落着其他的瓷器碎片。威尔弗里德又一次明白了这里的情况：那是些法国产的厚盘子，上面有小公鸡的图案，是别人给的结婚礼物，但他们都说它们既难堪又让人讨厌。保姆听到了他走路的声音，看了看四周，半坐起来，然后拿起一个垫子挡着自己的身体。“上尉。”她喊道。

“怎么了？”他父亲问，转过来看着他，皱起了眉头，准确地说，不是生气，但似乎是想了解发生了什么事情。他把剑放到了壁炉台上。

威尔弗里德知道他不能说。他继续朝亮处走着。他希望他自己泪迹斑斑的脸和抽抽搭搭的鼻子能证明发生了严重的事情，具体说出是什么事情并不是什么问题。他说：“噢，爸爸，我刚才看见了……奶牛夫人。”

“哦，是吗。”他父亲说，立即表现得很失望。

“我想她是摔倒了。”

他父亲不耐烦地咂了下嘴，走到了自己的写字台边，拧亮电灯，看着一些纸，好像已经要开始做什么重要的事情了。他通常又黑又亮的头发，像只翅膀似的朝一边立着。保姆似乎漠不关心；她已经站了起来，抻了抻裙子，翻着沙发上的垫子找她的手袋。达德利没有看他，只是问道：“你让她站起来了吗？”

“没有，爸爸。”威尔弗里德说，看到父亲如此有悖常理的表现，他又想哭。他说："你知道吗，实际上，她站不起来了。"

"两条腿都摔断了，是吗？"

威尔弗里德摇摇头，但什么也说不出来，他怕自己会哭出来，而这是父亲忍受不了的。

"达德利爵士，我在想我是不是应该去看一看？"保姆摸着自己的头发，有点不情愿地说。不管怎么说，今天是她休息的日子，她可能不想被卷进来。达德利带着他惯有的开玩笑似的威吓，他每次要讲个什么故事时就这样，转过头，看着威尔弗里德。

"威尔弗里德，你是不是想告诉我，"他说，"卡尔贝克太太已经死了？"

"是的，爸爸，她死了！"威尔弗里德说，感到了一种解脱，刚想咧嘴笑一下，憋了许久的眼泪却再次奔涌而出。

"当然了，她压根就不应该到这里来。"他父亲说，尽管还是怒气冲冲的样子，但似乎不再埋怨威尔弗里德了。他严厉地看向保姆。"惹得我儿子如此难过，"然后爆发出一阵惊人的大笑，"好啊，这对她是个教训，是吧？她再也不会来了。"

保姆站在威尔弗里德身后，犹豫着把手放到他的肩上。"好了，你是个好孩子，别哭了啊。"她说道。他努力想听从她的话，不再哭了。他试了一会，但一想到那个死去的女人的脸，和她下意识微微移动的手，他就无法自控，那一切就像波浪般将他卷走了。

"保姆，你快去威尔克斯的房间，给怀亚特医生打个电话，好吗？"他父亲说。

"我马上去，达德利爵士。"保姆应着。威尔弗里德当然愿意跟她一起去，但是她在门口不确定地转过身，他父亲点了点头，说：

"小子，你就在这儿待着。"

因此威尔弗里德走向他父亲，被拉过去在他身上靠了一会儿，他缎子料的晨衣边缘散发出一股奇异的香味。这是一种特惠的抚摸，是可怕的事情发生时所特许的一种奢侈的让步，而有趣的是他马上就停止了哭泣，这也让人惊讶。然后他们踩着那些奇形怪状的瓷器碎片，一起走到窗前，每人拉开了一扇窗帘；没人提碎掉餐具的事儿；他父亲已经换上了那副顽皮的神情，就像有时宣布请客，或有什么事情让他惊讶需要与人分享一样。它就像是疯狂的瞬间光芒，但通常看起来都更友善。他看着花园，眼睛紧盯着什么东西，有一阵子威尔弗里德想，那一定是让他觉得好玩的东西，然后他开始说话了，声音很低、语速很快，一开始威尔弗里德都跟不上——“一具尸体——横躺在地——无声无息——”

“噢，是《骷髅》，爸爸。”他说，他父亲宽容地露齿一笑。

“奶牛夫人又老又胖——那张脸看起来像母猪一样——你再也不用听她嘟嘟囔囔——”他转过身，兴奋地在屋子里转圈，威尔弗里德有一种迷茫的感觉，他怎么真的就从来也没注意过父亲是跛脚呢。“想着她的李斯特和瓦格纳——她的头发散乱成麻——而且总是婆婆妈妈——像个可怕的匈奴狂——带着把十二口径的枪——怎么了？”

“没事，爸爸……”

“——臭味熏天的老女武神——玫瑰水滑石粉的味道——来到科里——说她身体欠佳——剧痛难耐——”他父亲转过身时，他看到父亲嘴里的唾沫在光线下飞舞。有很多词威尔弗里德跟不上也不明白，但父亲即兴作诗让他高兴，但也察觉到父亲诗中那总是让人难以感知的恐惧感。他走到门边，猛力打开门——“年轻人，这个，”他说，“可比我六个月来写的书还要多。”

“真的吗，爸爸？”威尔弗里德说。从他父亲的语气里，他听不出来这是在庆贺还是表示绝望。

第三章

“坚持住，勇士们，坚持住！”

1

五点钟，当大家都收拾好自己的东西准备下班回家时，经理秘书科布小姐罕见地出现在员工室。“布莱恩特先生，”她说，“既然卡特尔小姐不在，我想知道，您愿不愿意跟吉平先生一起走回家。”

“噢，”保罗说，看了下其他人，“我不知道……”在这个炎热的夏日夜晚，他的心早已飞到家了。

“我愿意去。”希瑟·琼斯说。

“吉平先生点名要布莱恩特先生陪他，”科布小姐答道，“他想认识一下新员工。”

“噢，既然如此，我当然愿意。”保罗说完，脸有点发红，他真不明白为什么要叫他。

“那我就转告吉平先生了。五分钟内，在银行营业厅碰面可以吗？非常感谢……”科布小姐带着一丝苦笑离开了。

在一周之内，他记住了所有人的名字，不过逐个记住他们并区分出他们的不同，却依然有些困难。希瑟·琼斯及汉娜·吉尔林，出纳主任杰克·里夫斯，出纳助理杰夫·瓦伊纳，是个美男子，苏西·卡特尔，性格好，爱说话，她今天休息，去纽伯里参加葬礼去了。她空着的椅子和被罩起来的打字机使他身后的办公室很安静。他把保温杯放进手提包，低声地问希瑟：“苏西都跟吉平先生做些什么？”

希瑟想了一会儿说：“没什么，她就是跟他一起走回家。”

汉娜用更有母性的口吻说：“吉平先生喜欢有人做伴。通常情况下，苏西陪他是因为她住的地方要经过那座教堂。走过去挺不错的，实际上只要五分钟。”

“只是别说：‘你好吗，吉平先生？’”琼·安德伍德说。

“我不会的。”保罗说，对他而言，她们说得都有点怪异和委婉。从他了解的情况看，吉平先生是个不苟言笑的人，稍有点尖刻，但他注意到员工们像要保护他似的。就算他们曾经认为一个中年男人需要有人陪着走路回家是件怪事，那他们现在也都把它当成件平常事了。他问：“经理不应该住到银行楼上吗？”他看到楼上的客厅都被文件柜塞满了，几间卧室也堆满了旧桌子和垃圾。

“反正，这个经理不住。”杰克·里夫斯说，他刚点燃他的烟斗，浓重的烟雾象征着他的权威。

杰夫·瓦伊纳用梳子和手掌捋着头发，说道：“我想你还是不认识吉平太太。”

“噢，杰夫，你认识她，对吧！”琼说，接着屋里响起一片笑声。

杰克·里夫斯说：“我敢保证吉平太太肯定不想住在商店上面。”

“我可不会把米德兰银行叫商店。”希瑟说。

“那是她说的，不是我。”杰克说。

“不过，她也是为儿子们着想啊，”汉娜说，“他们需要一个好花园来在里面玩吧。”

“他们都有些什么孩子？”保罗问。

“哎，都是男孩吧……约翰在上大学，对吧？”

“约翰是大儿子，在杜伦大学，”由于他与经理更亲密的关系，杰克·里夫斯从他的烟斗上皱着眉说道，“朱利安在奥多中学上六年级，我想学业还不错。”他吸了口烟，朝大家点着头，看着他们头顶上方，“他们谈论过去牛津——”接着他走了出去，留给他们半屋子的烟雾。

在男厕所里，保罗洗掉手上接触过的铜板、镍币及肮脏的纸币等钱币的气味。热水锅炉轰隆隆地响着。灰黑色的脏水溅上了洗手盆。即将来临的散步让他困扰，但是，用他母亲的话说，这也是个机会。既然吉平先生有儿子，而且还有一个跟保罗本人同龄，那事情就变得容易些了。约翰和朱利安，他仿佛看见了他们，他们凭空出现，形象诱人，已经带着他在看他们的大花园了。他对着镜子勉强笑了笑，轻轻地左右转着头：他鼻子很长，他母亲说是典型的“布莱恩特鼻子”，他拒绝承认它；为了这份新工作，他把头发剪得特别短；照明灯光很强，把它的黄铜色光泽和光点照在他的前额上。然后他开始咧嘴笑，想看一看那会是什么样子，但杰夫突然从他身后走了进来，去了小便池；那是一个在隆起的台阶上的双便池，保罗从镜子里偷偷地看着杰夫的后背。

“对了，小保罗，关于老板的事情，”杰夫快速转过头看着他说，“是因为他参加过残酷的战争。”

“哦，是吗，对……”保罗说，忙着打开水龙头洗手，然后又忙着用套在滚筒上潮湿的毛巾擦手。

“战俘，”杰夫说，“他从来也不说这些，所以看在老天的分上，别提它。”

“好的，我不会提的，当然不会。”保罗说，“这是肯定的。”

杰夫完事了，抖了抖，紧紧地拉上了拉链，来到水池边。他照着镜子，看不出有什么不满的迹象，看来只是保罗的感觉而已。他抬起下巴，用手摸着脸并向两边转头。他脸有些圆，两边的鬓角往前修得很漂亮，使他的脸看起来很有棱角，末端被他剃光，只露出些黑黑的胡茬。“说起来很遗憾，”他说，“他的神经受了些刺激。说实话，很令人同情。本来他应该到更大的分行去做经理。他们说他很聪明，但不能承受压力。好像是他自己一个人哪儿也去不了。有个词来形容这种……”

“哦，广场恐惧症？”

“对，没错。因此，姑娘们陪他一起走路回家。”他打开热水水龙头，热水锅炉又轰轰响了。“至少他说是这个原因……”保罗发现他扬起一边的眉毛，在镜中看着他，他心里暗笑，脸红了，低下了头。他还没有准备好跟同事们开玩笑。他开始明白一点他们之间一些特定的气氛，觉得自己瞥见了些过往；不过任何性方面的笑话都可能让他暴露。他肯定逃不掉他们的追问。杰夫走近他身边来用毛巾；他身上有一股强烈的准五点钟的味道：烟味、尼龙衣服味及逐渐淡去的须后水的味道。“好了，我可不能叫我的美人儿等着了。”他说。他和一个女孩一起走了出去，那个女孩是广场对面国家地方银行的，是他们的竞争对手，米德兰银行的姑娘们觉得这件事有点不妥。

当保罗回到银行大厅时，吉平先生刚从经理室走出来。他把一件浅色的雨衣折叠着搭在他的胳膊上，手里拿着一顶深褐色的软毡帽。保罗紧张地从他身上搜寻弱者的迹象，搜寻战争给他带来的创伤。他给人的最深印象，当然是他的秃头。他大大的方形额头，是他聪明头脑的居所，也是他智慧的象征。下面的五官却看起来很小，像是借来的。他的嘴唇很干，而且好像怪怪的没有唇线，他一笑，嘴角就拉下来，让人困惑，以为那是在表达厌恶。当他们走出来时，他站在台阶上，听着大门从里面被锁上并闩上时发出的连续闷响。他戴上帽子，帽子向前倾，压到他的眉毛处。他立刻看起来有趣多了，甚至有了点调皮的神情。他警惕的灰色眼睛，在帽檐的阴影里，显得有些玩笑的意味。他微微地弓着身，显出一点点拿不准的犹豫——像是期望保罗能挽起他的胳膊——他们朝集市上方那个宽宽的斜坡走去。保罗认真地提着他的手提包，吉平先生手臂上搭着雨衣，像是一个小镇访客，有点好奇地在观望。

保罗真希望杰夫没有跟他说过吉平先生的精神问题——他感觉很纠结，不知道吉平先生本人是否希望他知道那些事情。他淡淡地微笑着，明显很警觉，不轻信商店的任何东西和他注视的任何人。他原来想借这个机会得到经理赏识的想法被他的恐惧所削弱，他担心自己是被挑出来，是经理要指出他的某些错，或是给他来一些让人困窘的打气的谈话。他看到汉娜·吉尔里穿过广场，钻进了去往什里弗纳姆的公共汽车，好像是把他扔给了他的命运。“你母亲怎么样啊？”吉平先生问。

“挺好的，谢谢您，先生，”保罗说，“她还不错。”

“希望你上班不在家的时候，她能好好的。”

“没事，我姨妈住得离我们很近。问题不大。”他感到有点释然，但对这类问题比较犯难，“我们已经习惯了。”

“真是糟糕。”吉平先生低声说，他抬起帽子向一个走近的妇人致意，脸上挂着不安的微笑，好像是说他准确地记得她的透支额度。

他们朝上走，进入了更安静的沃克教堂附近。教堂的扇形窗、前面的栏杆及蕾丝窗帘都隐约可见。一周前，保罗还几乎不认识小镇里的任何人，而现在通过柜台、通过那扇桃花心木做成的木门门口他的“位置”，他却被迫跟成百上千的人有着一种奇怪又可怕的特权关系。他是他们的公仆，也是他们的判决者，这个陌生的年轻人至少在一个方面对他们的生活有了一种私密的了解，知道他们有多少钱、没多少钱，以及他们想要多少钱。他礼貌地跟他们交谈，有心照不宣的理解，有无言的尴尬时分，关于贷款、关于“条件”。现在他看着沃克教堂，灰色的窗纱、闪着亮光的桌子、精美的瓷器、大钟，有一种将时间与空间都带进阴影中的感觉。吉平先生没再说什么，好像对这种沉默很满意。

在教堂对面，他们进入了一条还没修好的土路——格里布路，路的一边都是大房子，路的另一边是可以延伸到田野的树篱。长满荆棘的野蔷薇在树篱上迎着微风轻轻摇曳。这条路有着它自己的氛围，很独特，也像是被人遗忘了。奇怪的是刚才还在镇中心，可两分钟后你却已经到了这里。青草和雏菊肆意沿着路边的田埂生长。保罗看着大门口对面的别墅，它们坐落在巨大的花园里、石子路后面；在一两个房子之间，可看到有几栋现代式样的房子突兀地插入进来，立在那里——“果园住宅”“度假屋住宅”等。“你知道吗，保罗，这是一条私人小路。”吉平先生说，恢复了他讽刺的口吻，“因此这里有无数的洞穴和原始的植被，我建议你绝不要开车到这里来。”保罗觉得他绝对可以对此做出承诺。“我们到了……”他们转入倒数第二座房子的小道：小路已经是下坡，而且变窄了，仿佛要让自己消失在附近的田野里。

这栋房子也是一座灰色的别墅，前门两边各有一个带凸窗的房间，上面粉刷着它维多利亚时代的名字“卡拉文”。前门大开着，仿佛臣服于这个阳光明媚的日子。一辆浅蓝色的莫里斯牛津车停在车道上，车窗敞开着，在它的阴影里，一只胖胖的杰克拉西尔梗躺在石子路上，喘息着、思考着。保罗蹲下来跟狗说话，在它耳朵后面抓了抓，但这并未真正引起它的兴趣。吉平先生已经进了屋。但他似乎已经忘记了保罗还谦恭地站在那里等着。他发现车道上有进口和出口，但并未做什么标记，可是这一事实却使他的心一沉，一些已被埋葬的童年的美好时光又在心头泛起。

车道边缘有一个长得很茂盛的花坛，缤纷多彩，但杂草丛生，而且花草肆意疯长。他看着四周的灌木丛，看着房子边上的花园，穿过神秘的两三棵大树的阴影，延伸至生气勃勃的草坪。这地方，在一天中无法定义时间的此刻——六月末、傍晚时分、工作已经结束但阳光依然照耀——给他留下了特别的印象。时间，像这阳光一样，不知为什么似乎凝滞了。他研究着它的名字“卡拉文”，拼写有点像“沙漠商队”，也有点像“角叉菜”[①]，那是他母亲曾经用来做牛奶冻的东西，很有些浪漫的意味，可能是苏格兰语吧。有些人现在已经完全忘记了很久以前曾经非常喜欢的家或者度假的地方。由于无法说清的原因，他感到自己沉迷其中，有点气闷窒息。通过左手边的凸窗，他能看到一架巨大的钢琴放在看起来像是餐厅的房间里，不过中间的桌子上摆满了书。教堂的钟敲响了一刻钟，

---

① 三个词的拼写分别是：“Carraveen”、“caravan”和“carrageen”。

似乎更凸显了随后的沉寂。真的，你唯一能听见的声音就是鸟鸣。

他听到有人说话，再次透过阴影看向明亮的后边草坪，他看到那里有个戴着宽边草帽的女人，帽檐上插着一朵红花，正在一边跟一个他看不见的人说话，一边慢慢朝房子走来。她身材高大，穿着一件不成形的蓝色连衣裙，拿着一只大大的织锦包。这就是那个目中无人的吉平太太，朱利安和约翰的母亲？无疑太老了。可能是吉平先生自己的母亲，或者是来串门的亲戚朋友吧。她停了一会儿，像是被听到的什么东西难住了，看着地面，然后视而不见地看着房子的一侧，在那里她才看见了保罗。她跟那个人说了句什么——现在保罗听到了那个女人的声音——当她回头望的时候，他抬起头笑了一下，然后轻轻地挥了挥手，搞不懂自己是想借此介绍一下自己还是想隐去自己。她从远处点了点头，算是另外一种交流，不过并不完全是对保罗，然后继续走着，隐到了房子后，看不见了。

保罗来到前门，喊着说再见。保罗感到自己被当成了一个低能的闯入者、一个趴着别人窗户偷窥的人。一个中年女人朝他走来，她苍白的脸有些宽，黑色的头发被盘上去，塞在一个硬硬的宽大的头盔里。“嗨，您好，”他说，“我是保罗·布莱恩特——银行的……”

她很实际地看了他一眼。“你是来找我丈夫的吗？”

“实际上我刚跟他一起走过来。”保罗说。

“噢……”她表示出瞬间的让步，她的眉毛被描画得很粗壮，使她看起来很难讨好，“那你还有别的事儿吗？”

“实际上，我不知道，”保罗说，他觉得不能让她觉得错在自己，“他刚刚把我留在这儿了。”

“啊！”吉平太太说，然后半转着身子，喊道：“莱斯利！”吉平先生出现在走廊一端。“这个年轻人想知道他能不能回家了……”她带着诙谐的神情看着保罗，好像这个玩笑是对任何人开的，唯独不包括她自己。

“噢，对了，”吉平先生说，“这是保罗·布莱恩特。他刚从旺蒂奇过来加入了我们。”

“旺蒂奇？”吉平太太说，好像还是在逗他。

“你知道，我们都有个老家的嘛。”吉平先生说。

保罗在平和但无需验证的信念中长大，这个信念告诉他旺蒂奇是个很好的小城。“不错，先生，对阿尔弗雷德大帝来说那已足够好了。”

吉平太太对这种抗议和玩笑睁一只眼、闭一只眼。“噢，你有点扯远了。”她说。不过她好像想到了别的什么东西。她把头转到一边，皱着眉看着他的肩膀、他的姿势。“你身体还行吗？”

“我想，还可以吧，”保罗回答，被她的这种调查搞糊涂了，“是的，我想……”

“那么我想我可以利用利用你了。这边来。”她的语气里流露出一点点笼络的味道。

“亲爱的，保罗可能还有其他事。”吉平先生说，但随时准备向太太投降。

“不会占用他太长时间的。”

“我几分钟的时间还是有的。”保罗说。

他们沿着走廊走着，来到了尽头的一个房间。“我不想让我丈夫闪到腰。”吉平太太说。客厅里放满了家具，有宽大的安乐椅，沙发在金色的地毯上一个个地紧挨着，还有几张桌子、几个落地灯，还有一对让人称奇的维多利亚时代的画像，画像在房间里显得很大，穿红衣服的女人和黑衣服的男人从放在壁炉边的柚木电视柜上和立体画上方看着外面。电视上方挂着几个相框，从那里保罗看到两个在帆船上的男孩，那自然就是朱利安和约翰了。他们穿过落地窗走了出去，来到一个宽大的露台。“这是布莱恩特先生，”吉平太太说，“你可以把你的手提包放在那儿。”

“噢……好的……”保罗说，对两个坐在帆布躺椅上的女人点了点头。她们被介绍为“我母亲，雅各布斯太太”——这是那个戴草帽的老妇人，他已经见过——和“珍妮·拉尔夫……我的侄女，对，我同母异父弟弟的女儿！”说得好像她第一次才了解真相似的。保罗本人则假装是这样，再次点点头，悄悄走过的时候小声地问了声好。珍妮·拉尔夫是个眉头紧锁的黑发女孩，好像比他小一点，膝盖上放着一本书和一个记事本——他感觉自己是在回避她甩出来的带搭不理的挑战。

他们遇到的问题是草坪最边儿上的一块大石槽，它可能是从两个街区中的某一个地方滑到这里或被人推来的，草坪上散落着很多的泥土，深橙色的桂竹香，倚靠着墙壁向上或向外凌乱地伸展着。“你要是能把它弄走，我会真的很高兴。”吉平太太说，恢复了不高兴的腔调，好像是保罗本人把它推到这里似的。“我不想让它掉到罗杰的头上。”她说。

保罗弯下腰，试着活动了一下这个石槽。但这块在其他石头上的石槽只是轻微动了一下。“你可别把它整个推下来。”吉平太太说。她站在几码外，可能是防备这种意外发生吧。

“明白……”保罗说。他接着说道：“它真沉啊，对吧。”

“你要是把外套脱了可能会更使得上劲儿。”

保罗听话地脱了外套，却发现吉平太太并没有要把他的外套接过去放到附近的花园椅子上的意思。没有了外套，他觉得更不行了，这更暴露了他的瘦弱。“好样的！”他说，相当自满地笑了笑。在他试图评估女主人的时候，她向他露出了一个转瞬即逝的微笑。他把手放到石槽一角的下面，那个角就在草地上，但是使出浑身的劲试了几次后，他也只能把它抬起一英寸高，只好又让它重重地落到原来的地方。他摇了摇头，看着三十码外露台上的那些人。吉平先生加入了他岳母和侄女的谈话，他们谈话时，眼睛看着他的方向，但也只是出于礼貌，并没有显示出更多的兴趣。他感到自己很重要的同时，又感到自己是多么渺小可怜。

“你知道吗，你得先把那个地方清理出来。”吉平太太说，好像保罗拒绝过这样做似的。

他认识到某种坚忍的幽默感的必要——微笑着放弃他的时间和计划。“请问你们有铁锹吗？”他问。

“对啊，你当然需要什么东西来弄那些土了。只是小心我那些桂竹香，好吧。”她说，既然已经谈到这样的细节了，她露出了一点和蔼可亲的神色。“你知道吗，我想让那个姑娘也加入。”

“噢，我想我自己可以的……”保罗说。

“这对她绝对没坏处，”吉平太太说，“下个学期她就要去牛津了，但她除了坐着读书什么也不干。他的父母在马来西亚，所以她才被困在这里，和我们待在一起。”她的话里明显表现出，他们才是被困住了，不得不和她待在一起。她离开后穿过草坪时，下巴已经高高扬起，喊了起来。

珍妮·拉尔夫带着保罗来到花园的另一边，穿过朴素的拱形门来到不见阳光的一个角落，那里有一个堆肥堆和窗户上满是蜘蛛网的工具房。开始，她以紧张而居高临下的姿态对待他，就像孩子对待一个不熟悉的仆人。“在这里你能找到所有你想要的东西。”她说，然后看着他慢慢移近杂乱的工具房。锄草机放在门口，挡住了往里走的路，它的储物袋装满了草，那些草已经干结成块。他伸出手要拿铁锹却碰着了松散堆放的几张藤椅，它们控制不住地哗啦啦向四面八方倒了下来。有一股令人不快的木馏油和柴油的气味扑鼻而来。“里面乱七八糟的吧。”珍妮从外面喊道。她说话的声音很美，但和她姑妈的冷静干脆相比，显得有些随意。对于一个年轻人来说，她的口音更引人注意，更显真诚。她的声音听起来有点厌倦了，但似乎并没想要放弃。

“不，还好。”保罗也喊道。他以一种轻松的职业态度掩盖了和姑娘在一起感到的尴尬，把铁锹和一些旧塑料编织袋递了出来——他肯定比她大五六岁，但这种优势不堪一击。她不太好的皮肤和闪着油光的黑色鬈发都向他表明他陷入了麻烦、难以自拔。她不是特别漂亮，尽管从某些方面来说是种安慰，似乎也给他增加了一些微妙的侠义气概的压力。他出来了，不过有点讽刺的是，他扬起的手里拿着一把小铲子。

“我猜你不会想一分钟就把这事干完吧。”珍妮说，狡黠地笑着，“我担心他们总是愿意叫人干这干那的。”

“哦，没关系。”保罗说。

“你知道吗，这是个考验。科琳娜姑妈总是愿意考验人，她控制不住自己。我见过太多次了。我指的不单单是钢琴。”

“噢，是吗？”保罗被她的坦率吸引了，很真诚，也很能表现她上流社会的身份。当他们一起来到草坪时，他紧张地张望。科琳娜姑妈在远处的一个角落，察看凉亭上有些松动的木格，非常有可能正在给他找更多的任务和考验。她身边有一棵巨大的山毛榉树，树枝低垂，伸展的姿态怪异而浪漫，它的树荫下放着一张桌子。

“你知道吗，她本该成为一位钢琴家的。我不知道这到底是不是真的，但至少大家都是这么说的；我是说每个人都可以说他们自己可以成为一个什么什么的。不管怎么说，她现在在教钢琴。她教学的效果当然非常好，不过可以看出孩子们都怕她。朱利安说她是一个虐待狂。”她说，显出一点点的不自然。

“噢！”保罗皱着眉，轻蔑地笑了笑，然后，由于提到的某些禁忌，他的脸变得通红。脸上的红晕自我组合着，有时不经意地退去，有时又持续来临。他弯着腰，把塑料编织袋铺展到草坪上半遮着自己。“那么朱利安是她的小儿子了。”他说道，依然是背朝着她。

“哦，约翰可不会这样说，他简直是太方正了。”

“那朱利安就不方正了吗？”

“朱利安什么样？朱利安是那种……有点儿像椭圆形。”他们两人都大笑起来。“我让你难堪了吗？”珍妮问。

“一点也没有，”保罗说着，恢复过来，“你知道吗，我还不了解你们家族。我是从旺蒂奇来的。”

“哦，我明白了，”珍妮说——好像这实际上是个缺陷似的，“嗯，他们都是些很难相处的人……你见到的那边那个老妇人是我祖母。”

“你是说雅各布斯太太？”

“对，我父亲还很小的时候她就改嫁了。她结了三次婚。”

“天哪。”

“我知道……她快七十岁了，我们要为她办一个大型派对。”

保罗开始小心翼翼地从石槽下往外拔植物——面对这一对它们尊严更进一步的侵犯，它们颤抖起来。在那些旧的菲松斯编织袋上面，他费力地处理着纠缠到一起的泥土和草根，坚持着、忍受着。那些被稀稀拉拉地耙入土壤的某种肥料的松软结块，依然有点黏滑。“我希望我的做法是对的。”他说。

“哦，我想是这样的。”珍妮说，像别人一样，她也只是看着，实际并没太在意。

“你姑妈说你要去牛津了。”他试图隐藏他的嫉妒，如果那算是嫉妒的话，于是以一个长辈的亲切口吻问道。

“是嘛。对。”

“你想学什么？”

“我在圣安妮学院学法语。”她使这些听起来美丽而独特，使用的得体名词丰富而淳朴。在他去往拉夫堡参加银行培训前，他曾带着母亲到牛津去了一趟，实实在在地把牛津好好地转了一遍，里面形形色色的不同学院看得他目瞪口呆；但是他们没去女子学院。“朱利安今年也要申请去牛津。”

“哦，所以你们有可能会一起念大学。”

“那可就太好了。”珍妮说。

他把所有的泥土都挖出来后，就用双手去推石槽，现在它松动多了。不过他嘲笑着自己的第二次失败。“开始了。”他说，又弯下了腰。他看到吉平太太在草坪那边，关注着时间。他聚集起所有力量，在那一刻这种力量本身似乎很好笑，他搬起了那块巨大的石头，随着一声沉闷的大叫，他把它放到了另一块障碍物上，至少是放在了它的边上，但任务总算完成了。“啊哈！”吉平太太喊道，“我们总算把它弄走了。”当他稳住它，抬起头几乎专心地朝她笑着的时候，他感到手一滑；如果不是他快速地跳后几步，那一瞬间那块大石头就有可能砸到他的脚上了——它底下的障碍物突然倾斜了，现在那个巨大的难以移动的大石槽，就躺在了草坪的一边。“哎呀，你没事吧？”珍妮问，像欢迎他似的用力抓着他的手臂。吉平太太发出了一阵像是叹息的声音。“真是该死。”她说。“噢，你看，”珍妮说，“你的手流血了。”他不知道怎么弄的，直到这时她说起来，他才感到拇指肚上一阵阵剧烈的疼痛，被擦伤的皮肉则是针扎般的痛。他想这种疼痛一直是被他的意志力、也就是他独自作战的孤独感所控制着，不过现在石槽已经破成两半了。

十分钟后，他发现自己坐在花园的低凳上，右手拿着一杯鸡尾酒，说不清是小丑、英雄还是受害者，他的左手缠满了绷带，手指因为包扎的缘故，很难活动。脸上带着自责假笑的吉平太太，亲自给他包扎，当长长的绷带缠得越来越紧时，自责变成了攻击。此时，这一家人关切地、悔恨地、还有一丝自鸣得意地看着他的手。什么也说不出来的保罗，伸手去抓挠罗杰，那只杰克拉西尔梗，它转了一圈来到房子后面，坐在紫色南庭荠花朵组成的坐垫上，那种花一直延伸到石板上。吉平先生在客厅给大家准备喝的；他朝落地窗外喊：“亲爱的，你还是照旧吧？”

“完全正确！”吉平太太说，抿嘴浅笑了一下，摇着头，好像是说那是她应得的。她坐在木凳上，撕扯着包装绢画的玻璃纸。

“达夫妮呢？”

“杜松子和它！”雅各布斯太太喊道，好像是在玩一个游戏。

“大杯吗？”

“特大的！”

保罗和珍妮听到这儿笑了，但吉平太太只是发出了一阵觉得有趣的咕哝声。雅各布斯太太坐在保罗对面，他们中间是一张带金属边的矮桌子，桌面是马赛克的。如果他想看的话，就能从桌子的上面，直接看到她神秘的米黄色内衣。从她宽松无形的太阳裙和宽宽的松软帽子上可以看出她的身体已经衰弱不堪，但是她的表情友好而警觉，由于年龄或一定程度失聪的原因，如果情愿，她可以让一两件事从她面前溜走，而不会注意。她戴着大大的眼镜，透明的低框和顶部使她看起来像是长着一对黄色的眉毛。当她的饮品放到她面前的马赛克桌子上时，她热切但清醒地笑了笑，仿佛是说她知道它的结局会是怎样。她笑起来的时候，露出了一口黄牙——吸烟者的笑伴随着吸烟者的声音。“来啊，干杯！”

“干杯……”吉平先生坐下来，身上还是穿着银行经理的制服，这使他自己大杯的金汤尼看起来显得有点滑稽。

“干杯。”珍妮说。

“孩子，你喝的是什么啊？”雅各布斯太太问。

“噢，祖母，是苹果汁……”

“我不知道你喜欢苹果汁。”

“我倒不是特别喜欢，但我还不到喝酒的年龄，而且一个人总得要为点什么事才喝醉，是吧。”

“我相信是的……”雅各布斯太太说，像是验证了一个全新的理论。

“达夫妮，保罗这周才开始到银行上班，”吉平先生说，“他是从旺蒂奇来我们这儿的。”

“噢，我喜欢旺蒂奇，”雅各布斯太太说。过了一会儿，她又说：“实际上有一次我逃到了旺蒂奇。”

“哦，母亲，不是吧。”吉平太太说。

“只是在你父亲极其残暴的时候，待了一两个晚上。”保罗从来没听过有人这样说话，起初他搞不懂她说得到底是真的还是在演戏，是真正的老练还是仅仅使人难堪。他看了一眼吉平太太，她正浅笑着，不耐烦地眨着眼皮。“我带着你和威尔弗里德疯了一样将车开到了旺蒂奇。我们在马克那里待了一两天。马克·吉布森，还记得吧。”然后她对保罗说：“他是个很出色的画家。我们在他那里待到情势平复下来。”

“你怎样说都行。”吉平太太小声嘟囔着，拿起香烟。

“是真的，宝贝儿。你可能太小没记住。”她听起来有点受伤的感觉，但似乎已经习惯了。

“你不会开车，母亲。”吉平太太爽朗地继续说，她没办法停下来。

“我当然会开车……”

吉平太太努力做出一种幽默的表情吐出嘴里的烟雾。“咱们不应该用咱们家的这些乱事来烦扰布莱恩特先生。”她说。

在喝了一些非常冲的金汤尼后，保罗处于最初的头晕眼花状态，他微笑着，低着头，表明他对这些未经解释的名字和事实并不在意。与往常和老年人在一起一样，他既感到无聊又总是莫名其妙地被牵扯进来。“没事，没事。”他说，对吉平先生笑着，吉平先生则带着戏弄的沉着旁观着整个局面。这天晚上的情形与一小时前发生了难以想象的变化。

“你看，我觉得我们家很有意思，”雅各布斯太太说，“我想你低估了这些事情的趣味性。你应该从中感到更多的骄傲。”她从椅子上弯下腰，拿起她的手袋，是那个大大的织锦手袋，手袋的狭窄开口处是木制的，就是保罗先前看到的那个。她打开包，开始翻找什么东西。

吉平太太叹了口气，显示出更多和解的姿态。“嗯，我对其中的一两个是感到骄傲，母亲，你很清楚。塞西尔不是我的那杯茶，但是父亲，尽管有那些……古怪的行为，但还是有些天才的。”

“是啊，他当然很聪明。”雅各布斯太太说，轻轻地对着手袋皱眉。保罗感觉像是些纸张、粉饼、眼镜盒及药片引起的小规模的混乱。她停了一会儿，抬头看着他，一只手放在包里。“珍妮的祖父也是一个很杰出的画家。你可能听说过他，雷维尔·拉尔夫？没有啊……他是的，不过与马克·吉布森不同。我想你可能会说他偏重于装饰。”

“祖母，我认为马克的水平更高一些。”珍妮说。

“好吧，有可能，亲爱的，因为他几乎像我一样老了。”保罗当然知道这有多老，但不知道这是不是秘密。“你可能也在想雷维尔那个糟糕透顶的旧帽子吧。”

珍妮噘了噘嘴，抬起了眉毛，好像是说她有做出负面判断的理由。

“不是，我喜欢祖父的东西。实际上我觉得它们是相当引人入胜的。特别是后期的那些。”保罗再次被她充满自信的观点吸引和打动了。她说话的时候微微皱着眉，仿佛她已经在牛津了。他问：“他已经……不在了吗？”

“他在战争中牺牲了。”吉平太太说，很快地摇了摇头，弄灭了香烟。

“嗯，他勇敢得异于常人，”雅各布斯太太说，“他炸毁了两辆坦克，当他跑着去炸第三辆的时候，被炮弹击中了。”她一只手拿着香烟，一只手拿着打火机，但在别人开口前，她继续说，“实际上他是一个英雄。他被追认为奖章获得者，你知道……”

“祖母，那个奖章后来到底怎么了啊？”珍妮用温和了些的口气问。

“噢，我拿着呢，”雅各布斯太太说，快速地吐出一口烟，“当然在我这儿。”保罗不太明白她是冲谁发火。她对他使了个眼色好像他们已经联合起来一起对抗别人了。“你知道吗，人们以为他反复无常，以为他是个同性恋者等诸如此类的，但实际上他是个勇敢无畏的人。”

“是的，”保罗说，“我相信……”他有些被她感化了，而且已经成了这个人的崇拜者，尽管一分钟前他还从未听过这个人的名字。

在大门口，保罗转过身，挥舞着缠着绷带的手，但是受命出来送他的珍妮已经从前门台阶上消失了。然而当他轻快地摇摆着走在小路上时，他的脸上依然下意识地保持着快乐和礼貌的微笑。他微笑着，对着树篱、对着另外一些前院的花园，以及正在驶近的罗孚车及它的司机，眯着眼睛看着夕阳，使保罗再次感到自己像个入侵者，现在或许更像个逃亡者。傍晚阳光照在后背依然灼热。在树林间，教堂的大钟再次敲响了一刻钟——他看了下手表：当然已经是七点一刻了；刚才过去的一小时仿佛只是二十分钟的时间，一些补偿感使他怀疑实际上是否应该是八点一刻了。现在他来到了沃克教堂。这里是集市。其实他以前从未接触过酒，像第一杯一样大口喝下的第二杯金汤尼，把他带到一种担忧和困惑交杂的兴奋异常的状态。他一边滔滔不绝地说着，一边告诫自己千万别说，别说那些他平时避免谈论的话题：关于他父亲被击落的飞机、关于他母亲的疾病，甚至他在学校时的那些丰功伟绩，说那些事情会让他显得幼稚无知。但好像没人在乎。现在他不知道一直沉默着的吉平先生是否把他当成了傻瓜——实际上吉平先生很阴险，他把保罗灌醉，然后坐在那里，带着令人紧张不安的笑容，隔岸观火地看着。他想象着明天办公室里会传出的一些针对此事的讽刺话。不过从另一个方面来说，他觉得自己在老夫人达夫妮·雅各布斯面前表现得很成功，她似乎对有了一个新听众感到很高兴，而他则对她的故事时而大笑时而同情地回避，而不必非得弄懂。他经常发现，当他太专心于某人的谈话时，他却听不进去多少。陶醉其中的部分原因可能是因为他置身于一个认识很多作家，尤其是很多著名作家的家庭中。他很少注意达德利·瓦朗斯，但却引用了塞西尔·瓦朗斯的整段诗歌给老夫人听，老夫人开始宽容地微笑着，随后显出一些焦躁。自从与他成为恋人，她就从某种程度上容光焕发——岂知《两英亩》就是专门为她创作的。在喝第二杯杜松子和它（无论“它”是什么）时，她很坦率地跟保罗说起这些，珍妮说：“祖母，我觉得塞西尔的诗歌带有强烈的帝国主义倾向。”她假装没听到这些。在威尔大街，那些国际商店已经打烊，他看见的橱窗一片模糊，一种非常悲伤的情绪袭上心头——生气勃勃、醉意朦胧，只有二十三岁的他，感到孤单寂寞。现在离日落还有一些时间，他却无事可做，也没人可以跟他一起度过。

去往寓所的路带他出了城，走过已经关闭的杂草丛生的古老货车站，走过夕阳下显得坚实又清晰的新建的现代高等学校。然后他穿过马尔伯勒花园，这是个回形或环形花园，有一个通向主路的出口。从人行道上，他看到人们或在厨房吃饭，或已经吃完来到花园，锄草浇水。房子是一个奇怪的经济现象，没有文字可以形容，这些房子通常都是盖成三个单元，两个半独立房外加一个中央的房子，像是阳台的一部分。马什太太至少有一个靠一边的半独立房，房子后面可以看到一大片麦田。

她丈夫是个长途汽车驾驶员，工作时间比较奇怪，有时带着一些人到伦敦，有时又匆忙跑到伯思茅斯或者怀特岛去待一个晚上。现在她待在前屋，为了遮阳光，窗帘放了下来，一阵刺耳的噪音传来——那是连续剧《Z-Cars》的片头音乐。她有一套不骚扰房客的友好方式——转过身来，点点头，算是打了招呼；厨房里，在一块布下面，有一盘留给他的火腿沙拉和一封改寄的信，上面有一个条子写着“这是寄给你的，马什太太”。保罗一步两个台阶地上了楼，用了下洗手间。置身在放满了这对夫妇的刮胡皂、毛巾及柜子里马什太太的其他东西之间，他感觉这里是他最陌生的地方。卫生间的门上有一块磨砂玻璃，用来表示夜间洗手间是否被占用，但也使厕所里的一切既可听到又可看到，甚至隐约有点受罪的感觉。按规定保罗的洗澡时间是星期二和星期四。正好是今天！星期六银行营业到下午一点，然后他就会下班，坐着汽车回到旺蒂奇。那时，他在这个银行工作的第一个星期就结束了。

晚饭后，他回到楼上，从衣柜的最上面一格拿下了日记本。他在这个房间里几乎没有留下什么痕迹——他的拖鞋、浴衣、几本书都被他放到一个包里。他从图书馆借了一本安格斯·威尔逊的新书，以他自己的方式阅读着，他眼睛不停地快速浏览，寻找马库斯的踪迹。马库斯是那个古怪的儿子，他把他滑稽的动作当成是一种预兆或建议。他不想在家里读这本书，免得他母亲不停地问这问那。还有最新的企鹅现代诗人系列，《默西之声》，他觉得这根本就不是诗歌；还有五十年前出版的《今日诗歌》，里面有很多他非常喜欢而且已经熟记于心的东西，比如德林柯沃特的《月光下的苹果》和瓦朗斯的《士兵之梦》等。房间里有一把很硬的方形扶手椅，上面的面料是机织的，有点扎人，它靠着窗子放着，床边还有一张带三面镜子的女士梳妆台和一张圆凳，保罗每天晚上就是坐在这里写字的。每当他抬起头，他都会看到自己，布莱恩特家的鼻子以胜利的姿态一式三份地展现在面前，两边脸互相玩着捉迷藏。自从离开学校，他就一直坚持记日记，记的都是些顶级秘密，本子本身是黑色的四开大的笔记本，随着笔记本越记越多，已经很难藏起来。在家里他有一只箱子，放在床底下，里面是些学校时的旧物，隐藏着一些比较低级的报刊文章、在校时男孩子们那些易碎的纪念品、三期《华美！》杂志，上面有肌肉男子的各种造型，有时会在事后清晰地勾勒下来。还有就是这些日记了，让保罗能深入这些出版物不允许探讨的话题。

现在，他向前倾着身子，就像学校的男生们挡着自己的作业一样，写道："一九六七年六月二十九日：一整天都阳光明媚，很热。"他写的时候，很用力，博罗牌圆珠笔使劲地印在纸上，纸的边缘向上翻卷起来。当本子合上时，就会非常明显地显示出已经使用了多少。已经写过字的那些页，边角会有褶皱，颜色会深一些，是对他辛苦工作的一种满意证明，而本子的其余部分，则整齐、干净厚实，像是一种令人愉快的挑战。这周的事情挺多，他对女同事们做了个总结，给杰夫·瓦伊纳一个不同于银行的更坦诚的评价。此时，他把在洗手间里和杰夫的闲谈写下来，还有发生在卡拉文的整个始料不及的冒险经历。"结果是J太太嫁给了C的弟弟，达德利·瓦朗斯。但是在战前她和塞西尔·瓦朗斯又是恋人关系，她说他是她的初恋。他有致命的吸引力，但却总是伤害女人。我问她是什么意思。她说：'你知道，他不真正了解女人，但是她们却完全无法抗拒他的魅力。当然他牺牲的时候才二十五岁。'"在他书写的手臂停留的页脚处，纸上有些油渍，写不上字，他不得不把某些字又重写一遍："完全不可抗拒的""只有二十五岁"——结果这些字很粗重很笨拙，仿佛是写字的人仍然处于醉酒或是轻微的癫狂状态。

2

彼得·罗从他在顶楼的房间出来，穿过平台，透过楼梯扶手看向方形的大楼天井。他可以听到从下面传来的声音，过了一会儿，看到一个小男孩急急忙忙地一边下楼，一边将一只胳膊抬起来往衣服袖子里面塞。“别跑！”彼得喊道，这一声大喊如此突然如此庄严，吓得男孩惊恐地抬起头，结果一脚踩空，然后顺着硬硬的橡木楼梯嘭、嘭、嘭地滚到了大厅的地上。“现在知道为什么了吧。”彼得用轻得多的声音说着，然后回到自己的房间。

第一节没他的课，下一节是五年级的音乐课。他把水壶灌满，又简单地涮了一个杯子好冲雀巢咖啡：咖啡颗粒开始慢慢融化，在杯底发出轻微的嗞嗞声。然后他点燃了一支烟，这是这一天的第一支，眯眼看着一缕缕烟雾在床上成直线升腾，然后用毛毯掩藏着自己的违规行为。他知道，女舍监会低着头、屏着气沿着走廊一个房间一个房间地检查。只要发现哪个床铺没有整理好，边角松散、床单没有抻紧拉直，她就会弯下腰像公牛一样翻动，把它全部弄乱，把这个犯规的小子的名字写到一个卡片上。那张卡片就会被用图钉钉到员工室旁边的黑板上，在休息时间这个违规的人就得气喘吁吁地跑上楼，把床铺全部整理整齐，要方正、平整，像紧身衣一样服帖紧凑。彼得对获得这种管理的豁免权有一种刺痛的内疚感。

他开始给他父母写每周一封的信，这是他和这些小子一起严格遵守的练习。“最亲爱的妈妈爸爸，”他写道，“这是多么美好的一周啊。我很高兴，因为这个星期天就是花园设计比赛的半决赛了。校长将是这一比赛的裁判，由于他对花园的事情完全是门外汉，所以很难揣测他的喜好是颜色还是‘概念’。叫杜邦的那个小子，就是我以前提到的那个，建了一个带瀑布的假山公园，但是校长对园艺没什么品位，可能会觉得这个太‘精细’。除此之外，为了迎接开放日，所有的东西都是精心建造的。斯普雷格上尉参与了全部的组织工作。他真的是个典型的怪物啊。我管他叫魔鬼中尉。”彼得吸了口烟，喝了点咖啡。他想他可能难以用校长最近的困扰来取悦父母，那就是所谓的色情书籍在高年级学生间的传播。它被列在下周员工会议的议事日程上。这个学期校长已经没收了《冷暖人间》《江湖男女》，这些小子们急于读这些书，毫无疑问都是因为道听途说，而不是因为书中的内容。《诺博士》是在瓦尔特的点心盒里发现的，曾被转给彼得，让他来裁决，可能是觉得他更心胸开阔没有偏见吧。他昨晚一口气将其读完，发现其中有三句话出人意料的振奋人心；当然他看过电影，比起小说，电影更让人兴奋：在书上，故事情节看起来有点不到位，有点怪异，由反面人物自己叙述的整个事件是个长篇独白。他注意到詹姆斯·邦德的身体上有一种类似于被虐待的痕迹，他得要承受伤口的折磨，而在电影里，伤口却总是在下一个场景前得到痊愈。这些男孩，都是刚到青春期，自然任何东西都可以轻易让他们变得兴奋。彼得知道自己以前也是这样，因此觉得目前这种极端的净化方式其实没什么意义。他踩灭香烟，转而告诉他父母有关与比斯利的比赛首发阵容的事情。

九点三十五分，周期性的短暂恐惧过后，彼得再次打开房门，来到了外面的平台上。回身看了一眼他的房间,他觉得那里简直像是个陌生人的住所,里面狼藉一片。他走下一个环形的主楼梯,然后沿着一楼宽大的走廊走去。科里庄园里的教室占了一楼的六个房间,但放钢琴的房间被隔了出来,还有楼上尽头的医疗室。发烧或得了传染病的男孩们被从墙那边传来的此起彼伏的唱歌声和发音练习折磨着。他穿过校长的客厅,这个房间以前肯定是这所房子的主卧室:它高高的哥特式凸窗向外伸,俯瞰着法式花园的主轴线,那个曾经令人眼花缭乱的花园迷宫,现在只存活在照片里。草坪中央的那个鱼塘是唯一被保留下来的东西。

在一个叫霍尔兹沃思的人黯然离开后,彼得在年中得到了在科里的这份工作,他从一开始就对这座房子产生了一种好感,从某种程度上是因为别人对这座房子大大的侮辱让他发自内心的同情。“维多利亚时代的怪物”是他们自鸣得意的口头语。他曾听到一个一年级的学生说科里庄园是“一个维多利亚时代的怪物,是最差的建筑之一”,这个男孩发出的一阵毫无幽默感的笑声,一定和他父亲描述这个地方时一样。实际上,这个地方作为寄宿学校无可挑剔——远离喧嚣、曲径通幽,带有一点点冷酷的肃杀气氛,它有自己绿树成荫的停车场,现在已经被改造并被划分为球场。感觉上,没人会愿意住在这样一个地方,但作为一个读书学习的学校却是非常理想的。彼得开始查找有关它的历史。去年他写了一份申请书,要求保留圣潘克拉斯火车站。在科里也是,他喜欢那些颜色丰富的彩砖和哥特式建筑中那些丰富的细节,它们对英国乡村住宅那种偏重于高雅的概念是一种有趣的挑战——不过庄园内部的房间,在两次战争间曾做过改建,显得明亮而中庸,让人有点扫兴。只有小教堂、图书馆及巨大的橡木楼梯,由于其中心柱上的防尘轴承双足飞龙,才得以完全逃脱1920年代的大清洗。图书馆依然在发挥着它原有的作用,而小教堂,真正的高级维多利亚时代的瑰宝,也是学校一个最奇特的景象所在,里面有诗人塞西尔·瓦朗斯的白色大理石坟墓。

彼得进入被阳光烤灼着的音乐教室,把窗户全部打开;一股让人神清气爽的清凉空气从窗台上扑面而来。他用脚踢、用手拽，在褐色油毡地面上摆上了两排木头椅子。这个房间的唯一装饰品，是勃拉姆斯的油画式的石版画，挂在已经封闭的壁炉上边，这幅画“是他的家庭为纪念N.E.哈丁（1938—1953）而赠送的”；彼得有时会试图想象这个家庭决定送出这个特殊礼物时的情景。

他把橡子歌本放到钢琴的架子上，然后快速地练习今天的歌曲。大多数男孩还不识谱，所以要跟他们不厌其烦地讲解，经过一遍遍枯燥的练习让他们跟上来。他们对待这些歌词像赞美诗一样漫不经心。对孩子们而言，这些歌词是指定的：空泛而老派，他们以孩子的尊敬与冷漠的复杂感情接受了。现在铃声响了，整个学校都屏住了呼吸，然后嘁嘁喳喳的说笑声就会模模糊糊地从楼下传到楼上。接着又是一阵短暂的恐慌，很快被他控制住。他开始演奏《致爱丽丝》，等待着下面的吵闹声变成特有的凉鞋的声响，然后是敲门声。他总是让他们在他演奏到中间部分时看到他，他一边大声喊着“进来”，一边继续演奏，显示他对他们是否应该在课堂上说话有一种友好的不确定性。

钢琴呈直角地对着一排排的男孩们，所以他在演奏时可以从左侧肩膀上看着他们。有一天他本想演奏李斯特的奏鸣曲来刺激一下他们，但现在他谨慎地继续演奏这一首简单的曲子，有些男生有时就是跟吉平太太一起演奏这个；他的水平跟他们比较接近，不过他不愿意承认。“早上好。”他低声说，更专注于他的第二节；有一两个男生回应着。年级不同，班里的气氛也完全不同。他喜欢五年级，因为他们幽默而聪慧，还因为他能明显感觉到他们喜欢他；有的时候，也不得不也控制他们的幽默感。他站起身，看着他们，当他走过一排排座位时，他紧锁的眉头在他们关注的脸上激起奇怪的光辉与困惑。他尽量禁止自己对他们有什么偏好，不过他还是能看到这种热情通常集中在杜邦和梅尔森1号身上。

“好了，我的小百灵鸟们，”彼得说，“我希望你们都能有心情大声歌唱。”

“是，先生。”传来一阵顺从的合唱。

“我刚才问了你们一个问题吧。”彼得说。

“是，先生！”声音大了一些，然后变成一阵咯咯的笑声。彼得神思恍惚地扫视了教室一眼，终于注意到了男孩们，然后抬起眉毛，带着温和的焦虑神情问：

“对不起……你们说什么了吗？”

“是！先生！”他们大声喊道，在这个管教严格的可怕地方，由于难以抑制的兴奋，笑声还是有节制地响了起来。可以随意演奏一些老曲子是在预科学校教书的一大乐事。一大群天真无邪的孩子在那里等着被引导，即使是那些相对来说不太友好或表现较差的，或者夜间偷看《冷暖人间》的学生，也是如此。彼得的目光掠过他们，通过开着的窗户，看向远处模糊可见的一大片田地和树林。如果克里斯或查理，或他在伦敦的任何朋友看到他在干这些事情，将是一件非常丢人的事情，可眼下的事实是，这些孩子们喜欢这样。

“我们来练练这首曲子的音阶吧。”他说，走过去弹奏了低于中央 C 音的 A，然后以他响亮的男中音，自然地越来越高地唱着：“是！是！是！是！是！是！是的！先生！”男孩们参差不齐地跟着琴键，快速地重复着，一起唱到最高音，不久就变成了一片只是音节的依依呀呀。

彼得开始让他们唱《漂亮的林仙号》[①]：“在第 37 页，你们现在一定都知道了吧……”当他们还在翻找着时，他带着巨大的享受感开始了第一段：

来吧，勇敢的水手们，
你们的心已被浇筑成荣誉的模型。

① 这是一首不列颠皇家海军之歌，亨利·伍德爵士《不列颠海洋之歌幻想曲》的一部分，林仙号是一艘英国舰艇的名字。

我也展现着英国人的光荣。

他兴奋而英勇地摇头，唱到“英国人的光荣”时，由于是降调而收紧了下巴，沉着面对变成喜剧的风险：“万岁，林仙号！”他觉得自己可以这样给他们唱上一整天。一只手臂举了起来，是瘦弱的皮布尔斯，斯普雷格上尉是这样称呼他的，他说他没书。“那就跟阿克利用一本吧，连这点常识都没有。”彼得期待着有什么事情发生，他想他应该竖起耳朵倾听、等待。有一会儿他什么也没更正，因为重要的是让他们继续下去：“床单、绷线、背带都完好有序”……从这个学期开始他们每周都唱这首歌，现在他们可以以他们奇怪而漠不关心的热情拉开嗓门唱了；是他自己，有时在钢琴旁皱着眉，忘记了他们唱到哪里，冷不丁地加入进来，却唱错了歌词。“敌人已被我们驱赶上岸，永远都不敢再和英国人作战”——轻率的自夸自擂，突然被屋顶上一阵巨大的低音爆破声所覆盖，声音来自他们遥远的右上方，所以房间颤动起来，钢琴本身发出一阵轻微的乱音。他们马上慌张地跑开，冲到窗前，但是飞机离他们太远而且飞得太快，所以他们什么也没看见。伟大的科学事实看起来对此更有说服力也更具示范性。在下面的后车道上，校长也站在那里透过树梢仰望着天空，当他眯着眼睛看向蓝天时，他的上唇像啮齿类动物一样翘着。“好了，回到自己的座位上去吧。”彼得在校长这样说之前及时地说；但实际上，此时此刻，在这样特殊的情况下，短时间的好奇，也是可以接受的。

“您看见了吗？先生？”布鲁金斯朝下面喊着。校长摇了摇头，脸上带着诡诈的笑容，好像是他错过了拿枪打它的机会。有三个男孩堵在开着的窗户边，彼得在他们头上探出头。虽然他觉得校长就是个蠢货，但他不想在他面前丢脸，校长总能在一些毫不起眼的小事上找茬。他捡烟头、对道听途说的事也会天才地加以发挥。彼得是个年轻的老师，与校长相比，他的年龄和这些孩子更接近。偶尔他会在那个老男人的话里听到一点非难，说彼得本人也应该在被检查之列云云。

现在他说：

“他们告诉过我这事有可能发生。”在一楼的窗口喊着这样的事情似乎有点荒唐。

“真的吗，先生？”

“噢，是真的，我跟在基地的指挥官有联系。有什么情况他会告诉我。”

“什么事啊，先生？”布鲁金斯问。

校长带着一种亲切的神情又瞅了一眼天空。“回去上课吧，走吧！”他不确定地朝着彼得点点头，然后脚步沉重地朝着车库方向往下走去。

“有人知道那是什么飞机吗？”他们重新各就各位后，彼得问；因为他们有玩具飞机模型、有贝尔格斯[①]的冒险书，他们还有战争图片库，他们生活在持续的空战中。

“是不是盗贼啊，先生？”斯隆问道。

“盗贼怎么会有那样的噪音？”彼得说，他很确定他知道，但却装模作样地问。

“是音爆，先生。”几个男孩一起说。

“当我们说盗贼时，通常指的是什么？”彼得问。

“B—58 轰炸机，先生。”斯隆说，另外一个人发出一些轰隆隆的噪音，“它们能开到 2 马赫，而且还能携带核武器，先生。”

“希望他们不会来炸我们，先生。”皮布尔斯说，那种极度柔弱的样子只会激怒他人。

“我觉得即使他们那样做了，我们也不会知道多少。”彼得说。

“美国人不是只会到处炸人的，傻瓜。”梅尔森 1 号对着皮尔布斯，而不是对着彼得说道，不过有一点要失控的意思。

“好了，咱们刚才到哪儿了？”彼得忽然感到很无趣，仿佛是他对认

---

① 詹姆斯·贝尔格斯沃斯的昵称，一名飞行员和冒险家，W.E. 约翰斯（1893—1968）所著的青少年冒险系列丛书中的主要人物。

真和兴奋的渴望的对立物："好了，这个林仙号我今天已经弹得够多了，咱们来点别的吧。《樱桃成熟的季节》，怎么样？"

"噢，不要，先生！"引来了一些强烈的抗议。

"好吧，好吧……好吧，那《橡木之心》怎么样？"

"哦，还行吧，先生。"斯隆说，他依然处于音爆带来的兴奋之中，好像已经把自己提升为班长，或讨价的代表。

"《橡木之心》是一首优美的老歌，"彼得说，"来，振作起来，小子们，向着光荣前进！"一分钟后，他们就被他吸引过去了。

橡木之心是我们的船，快乐的水手是我们的人，
我们时刻准备着——坚持住！勇士们，坚持住！

他也加入他们以增强气势：

我们将去战斗，我们将去征服，一遍又一遍！

很明显有什么地方错了，但他喊着"继续唱！"，带着他们唱起了下一段。他离开钢琴，从第一排的前面走到最后一排的后面，他停下来，倚着墙，仿佛是与每个孩子分享着信心。在这首歌里，有些特定的地方可以咯咯地笑，像一些老音乐厅里的插科打诨一样，彼得板起脸防备自己笑出声：

就算他们的平底船能驶过黑暗，
还有英国人在等着他们上岸。

"好啊，非常感谢，普劳斯 2 号。"彼得说，"继续唱，继续唱。"作为老师，你可以让小子们发笑，但不能让他们笑你——不然的话，在课堂上，就意

味着失去了掌控权；在课堂外就是不正常的亲密。即便如此，他们纯粹白痴样的笑话也还是难以抗拒。

“啊哈！”他说，“好啊，果然不出我之所料。”他的声音听起来好像有点生气，尽管他并不是这个意思。可怜的杜邦脸色变红了，也住了口，不过彼得得到了他想要的证明。歌唱声在预示希望的小插曲中变弱，不像飞机音爆那样让人兴奋，但却激起了他们的兴趣，使他们以幸灾乐祸的放松心情打量着四周。这种事情以前发生过——在这学期的第一个星期，红头发的麦克法森被送到外面的新自由世界傻笑耸肩去了。“就唱第一段。”彼得说。杜邦以一种他以前未曾见过的既焦虑又气愤的目光看着他；他清了清嗓子开始唱，声音很小。“大点声，振作起来，小子们……”他用一种连他自己都不相信他的声音说道。从座位上传出一些窃笑，彼得鼓励着他，坚定地点着头，看着他的眼睛——

向着光荣前进
为美好的一年多做贡献……

杜邦的脸变得通红，在声音渐低后，移开了目光，摇摇晃晃地几乎失去控制。“啊好——对不起啊。”彼得说，以友好的懊悔姿态噘起嘴唇。在前一排，摩根·威廉姆斯发出了一阵颤声的怪叫。彼得没有理会随后的笑声。“这也可能发生在你身上，”他说，“那时我们大家就会享受取笑你的乐趣了。”他走回到钢琴旁。但他感到空气中有更多的东西存在。当他坐下来，转过身看着他们的时候，发现杜邦还在最后一排彷徨。彼得朝他笑了笑，跟他说再见，算是一种小小的偏袒——从某种程度上说，这是一种恭喜，就如同被认可了一样。他很快就会安定下来，下个学期就升到六年级，可以穿长裤子了。他已经可以听到，他十几岁孩子的声音。梅尔森 1 号皱着眉头看着他的朋友。斯隆说：“杜邦，这个意思是说你可以走了。”杜邦所遭受的屈辱使彼得自己很不舒服。这个聪明的孩子第一次感到自己成了被取笑的对象，也许，是迷信的对象，他代表着其他男孩，被尴尬地送往未来之途。“如果你愿意，你可以到图书馆去看书。”彼得说，那正是六年级学生的特权。当杜邦红着脸微笑着走向门口的时候，依然有一种嘲讽的声音传来。

3

保罗向前倾着身子，抬起铜插销，打开了他座位的小门。再有不到一分钟，银行就将开始营业；通过窗户下半部分的磨砂玻璃，可以看到等在外面的三四个客户的灰色身影，模糊交叠。但是现在营业大厅还空无一人，油毡地面上还没有足迹，烟灰缸还闪着亮光，墨水池是满的，《泰晤士报》和《金融时报》都放在桌子上，还没人动过。在这个纯粹的老式地方，有一种美好的东西。在桌子上方的告示板上，在黑体字“银行喜讯”下面，是一些促销公告，写着关于5%利息国防公债和无息有奖储蓄债券的信息，给营业大厅带来些潜在的兴奋因素。

他和杰夫已经清空了夜间存款保险箱，又花了十多分钟检查了锁着的皮夹里的东西。因为银行三点钟关门，为了保证资金的安全，大多数店主会在最后时刻来存营业收入，所以这一天的首要任务是计算收进来的现金和支票，并将它们入账。杰夫点钱的速度让人眼花缭乱，套在食指上的橡胶指套有节奏地快速点着纸币。让保罗有点分神的既有这种业务方面的竞争意识，同时也有杰夫睡意未消却全神贯注的状态。保罗的头发还没干，脸上是刚刮完胡子后明显的新痕迹。他叹了口气，又开始处理一批纸币。马什太太帮他解下了他的军事绷带，在他的拇指根部换上了一块干净的消毒垫，但他还是感觉很笨拙，只能小心行事。十先令纸币是最脏最破的，有时会被放到一边。出于尊重，十英镑纸币他总是要数得慢一点。苏西问起他手上绷带的事儿，所以昨晚的事他也就和盘托出了。因此这次喜剧性冒险使他第一次成了个人物，他很享受这种感觉。他听到她说："你们听说保罗小伙儿的事了吗？"

柜台上有三个位置——杰克离街边的门最近，杰夫在中间，保罗离经理办公室最近，在远远的那一端等着被人发现。杰夫非正式地留意着保罗，保罗则更非正式、实际上是偷偷地留意着杰夫。有一件关于杰夫的事很荒唐：他总是穿着紧绷在身上的西装，穿着长到脚踝的靴子，而且靴子还带内置高跟，那双靴子总是搭在凳子的横条上，他一整天坐在那里，像展览似的。吉平先生对杰夫的靴子讽刺地暗示过，但并没有禁止。姑娘们也是，在桌旁或在身后的打字机旁，她们开玩笑的话题，就是杰夫的形象，其中的笑话之一就是任凭别人说三道四，杰夫依然我行我素。保罗感觉自己没有这样的自由。当他们因为杰夫交往的那个国家地方银行的桑德拉而取笑杰夫时，感到面红耳赤的不是杰夫，而是保罗，他的脉搏也因为空气中充满了那种好奇心而快速跳动。他想象着在员工男厕所被杰夫亲吻的情形，出其不意却不可避免，然后杰夫——"开门了！"汉娜喊道。随着前门被打开，保罗带着一阵紧张的情绪，赶紧坐回到他的凳子上，把手规规矩矩地放到他面前的柜台上。

他的第一个顾客是个农场主，除了存进一张支票外，还要提取大量现金给他的员工发工资——星期五通常处理大量的工资发放、营业收入存入，长长的顾客队列中他通常要处理五十或六十笔支票。一次就会有好几百块钱从他的窗口送出去。由于以前从未见过他，他觉得这个农场主，乔治·赫瑟塞奇，竟把他当傻瓜一样来对待。他似乎暗示着，他应该带着悔恨与尴尬回顾这一刻的无知。在数着纸币并在加数机上合计支票时，保罗隐约觉得这个赫瑟塞奇的名字暗藏着某种含义，在当地人公开或私下的意识中有某种分量和地位。和许多拿来即用的当地名字一样，它也关乎一些可怕的透支额度。他发现在正常的社会条件下，要他去了解这些，是多么奇怪。这种社交尴尬像是存在于他们职业关系的核心中。

几乎被赫瑟塞奇先生完全挡在身后的是一个矮小的老妇人，M.A.雷恩小姐，她的手颤抖着，而且看起来为自己只拿两英镑的支票来取现而惶惶不安。她透过帽子上粗糙的面纱孔偷窥着保罗。保罗喜欢老人，而且也很享受她诚惶诚恐的尊重，甚至是对他这个敏捷的公务员的一丝惧怕。然后是汤米·霍布迪，他是隔壁的一位化学家，总是来来往往的，因此知道他的名字；接着渐渐的，新奇开始变得寻常无趣，原来总担心自己出错、总担心自己话太多而招惹麻烦的恐惧，在每天繁忙的事务中，一点点减退。前门进来是一个不大的大堂，还有一层带弹簧闭合器的玻璃门——咔咔哒哒的闭合器的碰撞声宣告着络绎不绝的顾客无规律的进进出出。

就在午饭前，保罗听到营业大厅有一阵说话声，意识到了随之而来的一阵骚动——现在科布小姐出现了，用某人在派对上才用的奇怪的口气快乐地说着话；然后是另一种嗓音，非常和蔼，自然是吉平太太的："不，不，不，完全正确。"她假装不想引起别人的注意，人们则四处张望。保罗的顾客已经走了，所以他很清楚地看见了她：她穿着一件淡蓝色的女装，拎一只白色的手袋，本人看起来也像是在派对上一样。她拿起《金融时报》，浏览着标题，又黑又粗的眉毛向上挑着。保罗紧张地看着她，他坐的位置有双重性，既在公共视野范围，又很隐蔽。她从报纸上抬起头，漫不经心地将目光在厅里扫了一圈，但丝毫没有看到他的迹象。他退去脸上的笑容，像是被其他什么东西吸引了，在抗议与羞愧的双重夹击下，他的心跳不由得加快。当大堂的门打开后，她轻轻地转过身，点了点头。一会儿保罗就看到了雅各布斯太太，她以她特有的沉重脚步和幽默的问询神态，走进了视线。她从远处凝视着他，然后走近前来："那个……"把她的织锦手袋放在了他们中间。

“早上好，夫人。”保罗几乎是诙谐地说，不确定是否该直呼她的名字。

“早上好。”雅各布斯太太亲切地回应，继续在包里翻找着东西，她可能已经不知道他是谁了。柜台上摆着她翻出来的东西：眼镜盒、头巾、二十支彼得·史蒂文斯牌的香烟、便笺纸在从霍布迪那儿拿的文件袋里沙沙作响、一本橙色的倒着放着的平装书、一本小说……保罗目不暇接……最后是一个支票本。然后她开始换眼镜、摸索着找笔。她狂放不羁、不假思索地写着支票，保持着一种模模糊糊的荒谬神态，好像对她而言，金钱有一种有趣的神秘力量。保罗耐心地微笑着，细心查看了支票并盖了章，这是一张25英镑的支票，他问她要怎么处理。只是到了此时，她才瞥了他一眼，发现了他是谁。“啊，是你啊！”她说，语气很高兴，但依然只是把他当成头天晚上那个有趣的小子，名字她大概早就忘了。保罗微笑着，用左腿膝盖支撑着将身体倾往现金抽屉，从纸袋里拿出一捆干净的绿色纸币。他觉得，在他点钞的手指下，这些被精良的机械技术弄得千篇一律的女王的脸很可爱。他以她能跟上的速度，把钱又数了一遍——“请拿好，雅各布斯太太。”

“对了，你的手。”她说，确定是他。保罗抬起手让她看他手上包扎的敷料，又动了动手指让她看它没事了。

“好了就好。”雅各布斯太太说，找到钱包，把钱放了进去——仿佛再一次发现从某种意义上来说金钱难以管理。“那是我们的那个小伙子。”当她女儿出来跟她会合时，她小声对她说；但她自己现在却和吉平先生小声说着什么，吉平先生刚从办公室出来，尽管从银行干净透明的上半部窗户上能清楚地看到天空晴朗无云，他的手里还是拿着软毡帽，胳膊上搭着雨衣。保罗想她们一定是来陪他一起走回家的。

今天他午饭吃得晚，他喜欢这样——他可以独占员工休息室，一边吃三明治一边读安格斯·威尔逊，没人来打扰他；等他再回去工作时，离关门就只剩下一个小时了。通常他感觉下午更难挨，他坐在高凳子上，在左膝边很深的现金抽屉和右边柜台上装别针、纸夹及橡皮筋的木碗间转来转去。由于他通常是上午头脑清醒而且效率很高，他觉得此时自己既僵硬又麻木。现金抽屉将他围了起来。他双膝抬起，脚尖紧紧地抵着金属脚架，将大腿伸开；由于大腿上部和屁股变得麻木，他只好轻轻地挪动着膝盖放松一下。如果不倚着，那靠近凳子的弯曲的后背就会往前倒；不过当他摁着桌子并呈弓形支撑时，会转身向上。他感到一阵刺痛，两腿间的隐秘区域有一种奇怪的麻木和觉醒的混合感觉。他面前已经排起了队，每个人都带着各自不同的表情——空洞茫然的、和蔼可亲的、无端指责的、顺从听话的——只有他自己能看见，有一半时间，他在柜台下面处于半勃起状态，没人看得见，也并非因谁而起。

就在关门前，他从高级职员的桌子回到自己的座位，发现已经没有顾客了——他看了看外面，看到希瑟已经穿过营业大厅，站到了门边，已经能够感到她关上门后他们所期待的小小转变，他们团队成员又可以单独待着了。也许只是一个新人的自我意识，但他感到没有顾客时，员工们有一种团结精神。当然，他们并没有表现出来——“没有，你来得正好！”希瑟挤出一点笑容说，循着声音看去，保罗看到一个高大的年轻人跑进来，热情地笑着，尽管实际上已是三点二十八分了，但毕竟没到下班时间，他还在他的权利范围之内，因此脸上的笑容所传达的自信多于抱歉。他在靠近胸口的口袋里摸索着，当他瞄准杰夫的位置时，笑容变得有点调皮，但杰夫那里已经有一个顾客在等着了。保罗得到的印象是这人生气勃勃，但有些邋遢，你在这里很少遇见这样的人。他有点像艺术家，有点魂不守舍，像来自伦敦或者十五英里之外的牛津。这个人应该是真正的牛津人，穿着浅色的亚麻夹克，衣领处有点弯曲，系着一条蓝色的针织领带。钢笔在离他心口不远处弄上了一点红色的墨水痕迹。他黑色的鬈发半遮着他的耳朵，表情中有一种诙谐而迷人的东西，不过他并不英俊。保罗俯身向前，有一会儿几乎是趴着，神思恍惚地看着这个男人，而他正透过前面人的肩膀，凝视着杰夫。他的头歪向一边，皱着眉头不耐烦地盘算着什么，舌尖舔着下嘴唇；然后，只一会儿，他的脸板了起来，眼睛睁大了，仿佛要把杰夫满满地装进去，然后又慢慢眯缝变成闪烁的逗人的放纵。保罗当然明白，因为理不清的感情，他的心怦怦地跳着，有好奇、有嫉妒，还有忧虑。“我能帮您吗？”他问，他的声音听起来那么大，几乎有点不够尊重了。

这个人看了看他，头却没动，然后张大嘴巴笑着，仿佛知道他已被抓住了把柄。他走了过来。“嗨，”他说，“你是新来的吧？”

“对，我是新来的。”保罗很开心，但感觉自己有点傻。

这个人摸索着贴胸口袋，满怀感激地看着他。“太好了，我也是。”他说，他的声音很快很深沉，带点儿幽默。

“哦，真的吗？”保罗应着，谨慎地防止太近乎，但是笑了笑。

“嗯，新老师，但都一样。现在我得要为上尉存上这个。”他有一个存款本，单子全都填好了，一张 94 英镑的支票：科里庄园学校，总账。在盖章的时候保罗看到，一张学校的图片，内容丰富，高度浓缩，他确信它肯定是著名的豪宅，虽然他从未听说过它。

“它确切的地址是在哪里？”

“什么，科里吗？”这个人说出这个词的腔调像是别人说伦敦，也许吧，或是第戎，带有一种有教养的肯定和礼貌的惊奇。“它在牛津路上，大约三英里的距离。是一个预……科学校，”他用诺埃尔·科沃德[1]的声音说。

“女士们，先生们，银行马上就要关门了！”希瑟宣布着。

“瞧，你最好给我点钱，”这个人说，“他们这里没有喝茶时间吗？”

“恐怕没有。”保罗说，他知道每个顾客都可能有自己的想法，于是他

① 诺埃尔·科沃德（1899—1973），英国演员、剧作家，1943 年因影片《与祖国同在》获奥斯卡终身成就奖。

表现出理解的姿态，点着头微笑着；他承认这个人挺帅气。这个人敏锐地看了他一会儿才拿出笔；他有一支那种带四种颜色的粗大的博罗牌圆珠笔，四种颜色分别是红色、绿色、黑色和蓝色。他写了一张 5 英镑的支票，字写得很干净但很富想象力，他选用的是绿色的墨水。他的名字是 P.D. 罗。签名是彼得·罗。

“月末了，”他说，“我们今天发薪水。”

“你想要多少面值的？”

“噢，天啊……4 英镑纸币和 1 英镑银币。就这样，”彼得·罗说，一边看一边点头，“这周末该真正疯一把了。”

保罗窃笑一声，但没有看他，然后问：“我不明白，在这个地方你上哪儿去疯？”他的声音很小，实在不想让苏茜听到。

“嗯，对，我同意你的说法。”彼得·罗说。保罗有一丝怪异的感觉，为总算能像其他柜员一样和他们的熟人说点私事而感到兴奋，尽管他完全不认识这个人，但他对他的回答很感兴趣。“我一直认为总会有什么事情会发生，你说呢？”他接过钱，把硬币装进了他拿的一个 D 形的皮钱包。“不过在这样的小地方，可能需要一些时间寻找。”他微笑着，闪动着眉毛。

保罗听到自己说：“那可告诉我一声！”至于究竟怎么疯，则只是他头脑里一个极为模糊的概念，他的兴奋中掺杂着另一种复杂的感情，觉得自己根本没有深思熟虑。

“好，我会的。”彼得·罗说。当他穿过营业大厅时，又看了杰夫一眼，闪动着一点滑稽的表情，保罗马上就明白，这也是对他的一种信号，果然，出门前，他回过头来看着他，露齿一笑。

在回家的路上，保罗想着彼得·罗，他在想能不能在镇里再见到他。此时大多数商店已关门，酒吧还没开，傍晚斜阳下的韦尔街上，笼罩着一种过早降临的空旷感。他觉得疲乏无力但又烦躁不安，好像是被周五晚上的正常活动拒之门外了。沿街而下，几乎所有的房门都被带条纹的遮棚挡着，或者是在串珠门帘后敞开着，以便让空气流通进来。他听到了收音机里的说话声、音乐声，还有一个男人进入另一个房间时提高了嗓音的说话声。布商和服装专卖店老板都用玻璃纸挡着商店的橱窗，防止阳光将货物晒褪色。那是葡萄汁饮料瓶子上使用的糖果金色玻璃纸，它使商店里所有衣服的颜色都变成了惨不忍睹的绿色和灰色。在梅夫斯商店的小橱窗里，一个女人正在琥珀色的光线下朝前走着，她穿着棉布衣服，茫然的面孔和尖尖的手指体现出上流社会的生活画面；而一个男人则穿着法兰绒衣服、戴着围巾，独自站立，脸上是始终如一的耐心微笑。整个一周他们都是这个姿势，苍蝇嗡嗡飞来，然后躺倒在他们脚下，它们肯定得在那儿待到换季，等到有一天有人来更换后面的挂板，等到有一只活人的手伸进来摸索着换掉它们。保罗继续向前走，沮丧地看着自己拉长的身影。在化学家的窗口有些巨大的眼泪形状的瓶子，装着些浑浊的液体，蓝色、绿色或黄色，它们一定有些古老的象征功能。昏暗的沉积物聚集在它们中间。他在想狂野的周末发生了什么事——他看见彼得和一屋子来自牛津的朋友随着《摇摆与呐喊》的节奏在跳着舞。他可能要去牛津参加派对吧；预科学校不是可以随便狂野的地方。他不太喜欢彼得，他能感到一点来自他的压力，能看到他们的友谊在银行就可疑地摇摆不定。他看起来已经走在他前面一两个星期了。

晚饭后，他上楼去写日记，不过感到此时不愿意去描述自己的心情。他躺在床上，发着呆。他写道："吉平太太在午饭前来到银行，但是她完全没理我，真是很窘。吉平先生也很冷淡，只是说希望我的手没事。还有雅各布斯太太花了好半天时间才认出我是谁，不过后来她表示出了合理的友好姿态。她取了 25 英镑。我认为她肯定忘了我的名字了，她介绍我时说'我们的小伙子'。"房间里，单独看起来都无可挑剔的地毯和窗帘，放在一起的颜色反差使保罗感到愈加孤独，梳妆台上的三面镜子阻挡了夕阳，屋顶的灯泡闪着微弱的光与其争辉。屋子里有成套的西装、梳妆台、大衣柜，带软包床头的床，这些东西都各成一体，谁跟谁都不搭界。它们好像都是房子里其他地方不要的东西：粗糙的扶手椅、锻铁灯、纪念品烟灰缸、马什先生自己制作的、可能情绪低落时会坐在上面的褐色羊毛小地毯。开始时，保罗想写一句关于彼得·罗来银行的事情，但写了三四个字之后，一种迷信的冲动使他画掉了它们。他用圆珠笔把这些字一遍遍地画着，直到那个地方变亮。

他把日记放到一边，在大衣柜的顶部摸索他藏在那里的那本《电影与拍摄》。封面是新电影《特权》的一幅剧照，主演是简·诗林普顿和保罗·琼斯。他们好像是一起躺在床上。简·诗林普顿雪白的身体俯在保罗·琼斯身上，保罗闭着眼睛，嘴唇和牙齿轻轻地分开。开始保罗以为她一定是在看他睡觉，由于太迷恋他可爱的面庞而不忍叫醒他。然后随着一阵奇怪的刺痛，他猜测他们一定是在做爱，明星张开的嘴不是在打呼噜，而是在喘息着投降。不过还不能完全确定。他赤裸的肩膀和胸部让人联想，至于其他的，如果你去看这部电影的话，自然就会看到了。当然这部电影不会在这里上映，他得坐汽车去斯文顿或牛津去看。从他们脸庞之间的一个角度可以看到令人不安的上肢，奇怪地扭曲着，可能是简趴在他身上，像昆虫一样弯曲在后面的右胳膊，也可能是保罗·琼斯自己的左胳膊肘。他第一次发现，那可能是他藏在简的头发里的左手腕，或者更可能是那只左手。在黑白色的特写镜头里，保罗·琼斯的脖子像小狗一样肥嘟嘟的，露出一道道的凹痕。还有，他没有耳垂，那是你注意到以后就不会再忽视的奇怪东西。保罗·布莱恩特不怎么了解保罗·琼斯。他的母亲曾经在《流行前线》杂志上看过他，也直率地说过喜欢他，而你是不能轻易和母亲分享你的幻想的。他的个人愿望，是以其非常羞怯的方式，亲吻一下保罗·琼斯即可。

他支撑着身体坐在床上，第三遍或第四遍地看着那些小广告。他有一种轻微的幻觉，那些图片里的某一张有可能会包含十个隐藏的东西：这使他颤抖地想看清被遮掩的诱惑。他系统地浏览着服务一栏："举止优雅的年轻人"寻求在"私人公寓或房子里"做家务活，或"很有力气"

的打零工的人寻找“任何种类的工作”。他不是为自己寻找服务，但他被它们的存在强烈地吸引了。有几个不同的男按摩师。一个叫扬先生的人，是个“手法治疗师”，可以在十点四十五至三点到伦敦西北去找他。即使保罗能在那个时间内出现在那里，他还是觉得自己会在扬先生面前不知所措。他的目光扫到了一些很小的诸如“甩卖及求购”的广告，这些广告看起来都大同小异，所以你可能不经意地漏掉一个，然后带着略微惊奇的困惑再重新寻找。主要是些杂志或电影。还有非常可笑的近乎疯狂的请求：“任何与克里夫·理查德[①]有关的资料，剧照、照片、文章、杂志均可。”有一家无名的“工作室”为“艺术家、学生及内行”无偿提供表现“体能和魅力的电影”，另一个人出售“五十英尺的动作电影”，不管它到底有多长。保罗想象着胶卷在放映机上转动的情景……他认为五十英尺的长度上容纳不了太多动作，它一定会随时结束。但不管怎么说，他没有放映仪；以他现在的工资水平也不可能买那个东西。如果不是因为那个，这里的空间还真有能容纳它的地方……然后他还需要一个屏幕……不少人对一种叫“磁带之类”的东西着迷，在那里你似乎可以录下一段留言，然后通过邮局寄出去，可能会很浪漫，问题是他也没有录音机，即使他有，马什太太也会以为他疯了，会一连几个小时地在他房间里没完没了地开导他。他在说话方面没什么自信，想象不出来何以能录满一盘磁带。

交友栏是独居的他最关注的，那些词语本身就模棱两可，有着让人费解的意思：“率性随意的单身汉（32 岁）愿结识具现代意识的性格坚强之人。”“摩托车爱好者，曾是海军，寻找同好者周末同驾。”广告里一个字要 6 便士，但有些人竟把它当成录音机喋喋不休：“摩托车爱好者，30 岁，不过还是初学者，寻找更高级的教练，也格外想联系一个合格的水上运动教练。伦敦北部 / 赫特福德郡地区最好。”保罗读着这些，脉搏跳动着，勉强地笑了，还是处在那种着迷的震惊状态。只有一个男人好像完

① 克里夫·理查德（1940— ），英国歌手，被誉为英国的猫王。

全没有抓住要点，想要找一个对园艺感兴趣的女孩。否则，这里就完全是“单身汉”的天下了，他们中的很多人都有“公寓”，而且大多数人的公寓都在伦敦。“伦敦中心公寓，宽大舒服。年轻的单身汉寻找相同之人分租。无限制条件。”保罗抬起头看着带花的窗帘及镜子上方夜晚的天空。“精力充沛的单身汉（26岁），自有公寓，寻找兴趣相同的合租者”——他并没说他的兴趣是什么——应该视为阅读吧。还有人说“喜欢去影院、剧场等等”，或只是“兴趣多样”“兴趣广泛”，或说“单身，四十多”，其他什么信息也没留，或许这就意味着一切，碰运气吧。

保罗闭上眼睛，心情沉重地梦想着单身公寓，他的目光慢慢移动，一团灯光下，都是与人合用的沙发、难以辨认的拖鞋、年代久远的图片，他打开通往卫生间的门，在那里他像彼得·罗一样刮着胡子，但现在看起来竟莫名其妙地像是杰夫·瓦伊纳，懒洋洋地躺在浴缸里，一边读书、一边抽烟、一边洗头发，全都同时完成，然后，透过带点紫色的蒸汽，他打开通往卧室的门，那里昏暗的景象比《电影与摄影》里描述的更惊心动魄、也更暧昧——实际上，就他所知，那种景象从来也没被描述过。

4

彼得坐在博物馆，用四色圆珠笔书写着标签。“再问一遍，那把剑是谁的？”

“噢，那把剑吗，先生？是布鲁克斯的，先生。”梅尔森1号说，走过来专注地看了一会儿。

“他宣称那是他祖父的，先生。”杜邦说。

“海军上将的正装剑。”彼得写道，用的是黑色，但继而转成红色，“从四年级的贾尔斯·布鲁克斯处借得。”他觉得这些小子们真的应该自己来写这些标签，但他们非常喜欢他的字体。他已经发现他写的e难以辨认，他写的d歪歪斜斜，而他写的B则大大地卷曲着，这种写法似乎已经深入学校，影响着迄今为止校长那像印刷体一样的字体。这很有趣，从某种意义上说，是一种讨好，但当然还是习惯使然；十年前，他从一个他喜欢的老师那里学着写了很多遍的B。“瞧啊！”

“谢谢，先生！”梅尔森说，把卡片拿到展示柜上，那里储藏着更多珍贵而危险的东西。有一套可爱的印度陶人，按照等级与行业穿着不同的服装——吹军号的、卖水的，还有警卫人员——是纽曼的叔叔非常信任地借给他们的。上面的架子上放有一个手榴弹、一把燧发枪、布鲁克斯祖父的那把剑，以及一把廓尔喀人[①]的反曲刀，杜邦把它记下来，此时正在用金属抛光纸对其进行擦拭清理。他和梅尔森正在谈论他们喜欢的字词。

“我觉得我得承认，”梅尔森说，“我最喜欢的词是‘光荣’。”

“不是‘华丽’？”

“不是，不是，我更喜欢‘光荣’。”

“啊……”杜邦说。

“好了，你呢？别说别说——千万别说，你知道……猪啊之类的，或者还有……或者，你知道……”

对他这些话，杜邦只是扬了扬眉毛。“此时，”他说，“我最喜欢的词应该只能是具有西班牙巴洛克建筑风格的。”梅尔森叹着气摇了摇头，杜邦看了看彼得，想知道他的宣告有没有一点影响。“但是从另一方面来说，”他快活地说，“也许只是像‘轻盈’一样很简单的东西。”

“轻盈？”

“轻盈，”杜邦说，在空中转着圈地挥舞着反曲刀，“只有一个小音节，但你会发现你得花几乎像‘光荣’一样长的时间来说它，而‘光荣’有三个音节。轻盈……轻盈……”

“看在老天的分上，你小心点那个武器，行吗？那可是用来砍人的脑袋的。”

“我很小心的，先生。”杜邦说，因为受了伤害脸色有点变红。自从上次音乐课他被撵出教室后，他就对彼得存有戒心，好像都不相信自己的声音，在字的中间奇怪地使用着高八度音。过了一会儿，彼得走过来，从他的肩膀上看着那把宽刃刀：是刀中间的弯角碰得他大腿疼。

“这东西看起来很厉害啊，奈杰尔……”

“确实如此，先生！”杜邦感激地看了他一眼，说道。严格地说，只有

① 尼泊尔的主要居民，以勇敢善战著称。

年级长才会被以名字相称。他把刀转过来，一面的钢铁闪闪发亮，另一面则呈现着蓝黑色的暗光。他的手指也由于使用抛光纸变得黢黑。“您看，先生，它有完美的平衡性。”他举着刀，刀颤抖地垂直着，弄脏的手指放在刀刃底部的槽口上。它轻轻地摇摆着，就像鹦鹉栖息在树枝上一样。

有很多图片要挂起来，彼得问他们挂在哪里。这是他们的博物馆——肯定是杜邦的主意，梅尔森1号忠诚地共同参与策划；皮布尔斯及其他一两个参与其中，但是当清洗马棚及粉刷墙壁等艰苦的工作开始后，他们就溜之大吉了。很明显他们只是想在展览中凑凑热闹。“我们先挂校长母亲的画像吧。”彼得说，然后看到孩子们互相挤眉弄眼、咯咯地笑。他把镶着涂金相框、颜色暗淡的油画拿起来。“我觉得，校长把这个贡献出来，真慷慨，你们说呢？”他们都颇感滑稽地盯着这幅画，这是彼得乐于创建的氛围。一个身着灰色衣装的圆脸女人静静地看着外面，脸上挂着一抹难以压制的焦虑，好像奇怪怎么生出了校长这么个东西。“已故的沃森夫人应该放在哪儿？”大家一致清楚地认为，马不用待在很亮的地方——前面有半扇门，只在后面很高处有一扇小窗。悬挂在头上的锡制灯罩中的灯泡使墙的上半部分隐在一片阴影中。“放在最顶上，怎么样……？”

“那是不是意味着她已经死了，先生？”梅尔森问。

“哎呀，对。”彼得说，很肯定的样子。有些东西不能鼓励他们取笑——尽管把她从校长起居室的墙上取下的原因，的确是因为她已经不在人世。

“我们真的需要更多的灯，先生。”杜邦说。他出了个点子想用赫瑟塞奇拿来的维多利亚时代的油灯，但是这有点冒险，就连彼得也把它否决了。

“我知道我们需要——我会去跟桑兹先生谈谈此事。”

“我觉得我们应该把她放到一个显眼的位置，先生。”梅尔森说。

彼得微笑着低头看着他，凝神猜测着：生活之路上等待这个谦恭有礼的孩子的会是什么样的际遇。“我认为你说得对。”他说，然后爬上去把那个老女人放到武器柜的上方。那是一个中心位置，不过灯罩的边缘把她下巴以上的部分都遮在了黑影里。“嗯，好了。”彼得说，他认为把它放在哪里其实根本无所谓，他把这个想法强加给了那些小子们。他们继续做别的事情，不时地抬起头来带着疑惑的目光看看她。

彼得打开了一个纸盒箱子，拿出一个带镜框的塞西尔·瓦朗斯的照片，然后小心地吹着玻璃上的灰尘，又用手绢大致擦了一下。镜框里面，在玻璃和裱纸之间，有很多小小的黑色蚂蚁，它们一定是在几十年前钻到里面又死在里面的。“应该把我们潇洒英俊的诗人挂到哪儿呢？”他问，“他可真的是我们自己的诗人。”

“噢，先生……”梅尔森说着；杜邦放下反曲刀，走了过来。

“我们可以把它放在这儿，就在桌子上方吗？”他问。

“可以啊，为什么不可以？”桌子本身就是个展品——等待义卖的维多利亚时代的家具、家用物品、放衣服的篮子、晒衣架、煤斗等的一部分，没人知道它们都是什么时候被锁在邻近的马棚里堆放着。那个桌子太沉了，有两排哥特式的小间隔、橡木城垛，现在那上面全都裂口了。

“先生，您认为塞西尔·瓦朗斯就是在这张桌子上写的那些诗吗？”梅尔森问。

“我相信是的，先生。”杜邦说。

“嗯，我觉得可能吧……”彼得说，“或许早期的那些吧——你们都知道，他后期的那些诗都是在法国写的。”

“当然是的，先生，在战壕里。”

“没错。不过写诗的方便之处就在于不受地点限制，在哪里都可以写。”彼得领着五年级的学生一直在读一些瓦朗斯的作品，不但是选集中的部分名篇，还有他从图书馆找的与斯托克斯写的回忆录一起的《诗集》。男孩们对能读到描写自己学校的诗感到很兴奋，不过他们还太小，如果没有提示，他们还不明白其中大多数诗有多糟糕。

杜邦凑到跟前看着这张照片。“能看出这是什么时候照的吗，先生？”

“挺难的，是吧？”蓝灰色的裱纸上面只有贝克大街的埃略特和弗莱照相馆的镀金印章。衣服仅是依稀可辨——深色条纹西装、硬翻领、柔软的丝绸领带及带宝石的领带别针。他半侧着身子，眼睛向下看着左边。他黑色的鬈发抹了油向后梳的，但有些定不住的卷到了眉间。眼睛很大很圆，看不出是什么颜色。彼得说他英俊潇洒，其实并不明白他指的是什么。你如果想拿鲁伯特・布鲁克来比较，那瓦朗斯看起来眼神更亮，气质更硬汉一些；如果是肖恩・康纳利或者埃尔维斯，那他是现今很少见的天生的、古董级品种的标本。“他很年轻的时候就牺牲了，可能是——”彼得没说“跟我现在的年龄相仿”而是说“二十多岁吧”。想起来有点怪，如果他还活着，那他现在和彼得的祖父同龄，而他祖父现在每周还打一轮的高尔夫，他还喜爱爵士乐，只是不能像《监狱摇滚》[①]那样疯狂。

“他结过婚吗，先生？”梅尔森认真地问。

“我想没有。”彼得说，“没有……”爬到桌子上后，他让男孩们递给他一把锤子，然后把一颗钉子敲进了粉刷一新的白墙上。

在校长会客室的员工会议上，这星期的议题全都是有关开放日的。“那我们与坦普尔斯的首场对阵，会在一点半开始。那边的情况怎么样了？”

“胜券在握，校长。”尼尔・麦考尔回答。

校长笑着看了他一会儿，几乎是嫉妒地说：“做得很好。”

“嗯，坦普尔斯处于明显的弱势，”麦考尔一本正经地说，但并没有拒绝赞扬。“不过，我这个星期想再多拿几个球网……弄得更像样些。”校长似乎已准备把他要的都给他了。彼得隔着桌子看着麦考尔，心中说不出是什么感觉。他黑色的头发，蓝色的眼睛，在一天的某些时段里不合

① 猫王出演的第三部电影，他还演唱了同名主题曲。

时宜地穿着运动服，很多男孩子都很崇拜他，但也有些人本能地躲着他。他默默地做着无声的竞争。在科里庄园的两年时间里，他把学校从肯尼特联赛中长期坐冷板凳的末等位置拉了上来，从而赢得了声望。

“队员们当然是穿干净的白运动服了，对吗，舍监？”

“我尽力吧，”女舍监说，“不过到第十周前……”

“看看你能做什么，好吧。”

“我把高年级的洗澡时间给提前到星期四吧。”女舍监非常有策略地说。

“嗯？噢，我明白了，很好。”校长说，脸上掠过一阵微红，皱了皱眉。他翻阅着手中的名单。“还有其他活动吗……？啊，我看到我有博物馆了。”

“啊，是的。”彼得说，很奇怪他会对校长感到如此紧张，其他员工有的在观望，有的漠然置之。他看着坐在对面、在老师中最有长者风范的约翰·道斯，他正在第三次或第四次点燃着他的烟斗；坐在他身边的迈克·罗林斯则深深地沉浸在他心不在焉的乱写乱画中，为此他每周都把清理誊写板当作一件正经事来做。这种会议他们已经开了二十年。“对，在开放日，我们会有些东西展示给大家。学生们已经把各种各样的东西归拢到一起了。不过你们知道，这可不是阿什莫尔博物馆[①]……”彼得露齿一笑，低下了头。

“嗯，当然了。”校长说，怨恨他提起了牛津。

“我想这个地方晚上是锁着的吧？”斯普雷格上校说，“据我所知，有很多展品都是学生的父母借给我们的？”

“对，当然是锁着的。”彼得说，“杜邦被正式任命为馆长，他从我这儿拿钥匙。”

“我们可不想出现那方面的麻烦。”上校说。

“我得找时间过去看看。”多萝西·道斯说，好像这还需要做什么特

① 阿什莫尔博物馆是英国牛津大学的博物馆，英国最古老的公共博物馆。

定计划似的。她教一年级的“娃娃们”，由于待在自己的小窝里带着孩子们编结毛线、做手工，所以好像和学校的其他地方都是隔绝的。她永远都备有两样东西来款待学生，宝路糖和洛洛巧克力，她大方地用它们来奖励或安慰学生。彼得不是很清楚道斯夫妇是否有他们自己的孩子。

“我自己也借了他们几样东西，”校长说，“一幅肖像画和几个鹿角，让他们先有点儿东西。”

“对，非常感谢，”彼得庄重地说，“我们还得到了几件瓦朗斯时代的有趣东西。”

“啊，是嘛……”校长脸上显出一丝警觉的表情，“这使我想到了一些微妙的问题，我得要求你们绝对保密。”彼得猜想他们要谈到性的问题了，忽然对自己一直想为诺博士和乌苏拉·安德斯的上半身写点诙谐评语的计划感到怀疑。“就是，你们已经知道的，约翰，还有……这些事都关系到吉平太太。”

很明显这引起了大家的极大兴趣，因为吉平太太是个很难对付的人，其他员工对她一点也不感冒；大家脸上都露出一种圆滑而有责任心的神色。

“可以说，以前我就听到过一些反映，但眼下加菲特太太又写了一封信来投诉。她说吉平太太用书打了小加菲特，我不清楚打的是哪里，而且——”校长看了一眼他的记录，“由于弹错了音符，她拧他的耳朵作为对他的惩罚。”

“天哪，就这些啊。”约翰·道斯轻声说。女舍监不明所以地笑了笑：“并不是什么对学校有益的事情啊。”

“我跟加菲特太太说了，适当的体罚是维持科里庄园这种学校正常运转的一种手段。尽管如此，我对这件事还是挺不高兴。”

“问题是她并不把自己当成学校老师。”迈克·罗林斯说，并没有停止手里的信手涂鸦。

“对，而且她也没有文凭。”多萝西说，目光有点躲闪。

“啊哈，那个……”迈克说，脸紧紧地板了起来。就彼得所知，只有他和校长可以夸口说有大学学位，其他人都只是持有不同专业的专科文凭，有的还只是获得过一枚奖牌。尼尔·麦考尔是最奇特的，持有体育教育专科证书（吉隆坡），因为具有这个优势，他在学校里教授历史与法语。

“不管怎么说，她是达德利·瓦朗斯爵士的女儿。”斯普雷格上校说，带有一种很幽默的情绪。斯普雷格本人尽管只是财务主管，但他对已成为过去的军级依然耿耿于怀，有时他会把自己的地位想象得高于道斯上尉，当然还有迈克以及校长，他们俩以前都是英国皇家空军。

“是啊，那她的教养可不容易。”迈克说。

“科里庄园是她童年时的家。”

“我不知道……”校长说，很狡黠地表现出一副含糊其辞的可怜相，他的眼睛扫视着桌上的每个人，“哎，彼得，这可能不是最好的主意，但我在想你是否可以跟她提提这些事……”

彼得的脸红了，他眨了下眼睛，立即恭敬地说：“校长，我不认为我能训导其他员工，尤其是当他们的年龄比我大两倍的时候。”

“可怜的彼得，”多萝西说，试图保护他，“他才刚到我们这儿来啊。”

“不是，不是，不是训导！”校长说，脸也红了，“我想更多的是一种……一种巧妙的闲聊，这种委婉的间接的谈话，应该比我的严厉训斥要有效得多。你跟她表演过二重奏是吧，或者……？”

“其实……”彼得说，对校长连这个都知道，几乎有点内疚，也被吓了一跳。“不是那么回事。下个星期是她母亲七十岁生日，我们只是在练习一些四手联弹的曲子好给她祝寿。我对她真的是完全不了解。”

“那么说是瓦朗斯夫人的七十大寿了？”斯普雷格上校说，“咱们学校似乎应该送点什么表示祝贺。”

“不，不，她已经不是瓦朗斯夫人了。”彼得明确地说。

“如果单从外貌上说，如今的瓦朗斯夫人大概只有二十五岁。”迈克说。

“她是个模特，对吧。”女舍监说。

实际情况是彼得有点怕科琳娜·吉平，但他确实觉得他和她有些进展，她内在比较势利的东西选中了他，他这么相信，就算不是要引诱他也是想打动他。他曾去过牛津，喜欢音乐，还读过她父亲写的书。当然，她演奏得要比他的好上十倍，但她从没想过要拧他的耳朵。实际上，她给他香烟抽，而且还用挖苦的口气跟他八卦学校的运营之事。他想他可能真是跟她谈话的合适人选吧，但又不想因此而失去她的好感。他想聚会上应该会有些有趣的人，她提起过她聪明的儿子，那个在奥多中学上六年级时“思想脱轨”的朱利安，她还认为彼得跟他聊聊会很有好处。

“你可能是与她谈话的最好人选。”约翰·道斯说，带着他昏昏欲睡的公正神情。彼得听见自己说：“好吧，如果你们想让我谈，我就跟她巧妙地谈一谈吧。”

“那就最好不过了。”校长说，因为达到了自己的目的而严厉起来。

“不过可能会因为太巧妙而达不到你想要的效果。”彼得说。这之后，谈话就往下进展到引起这些争论的特定男孩身上，当彼得在为自己刚才贸然同意而懊悔不已时，这件事已经一带而过了。他自己也开始了随手涂鸦，用绿色的笔，在博物馆这个字的周围，画了一个三角墙和一些柱子。很可能真能变成阿什莫尔吧。他在想朱利安·吉平是否招人喜爱，他“思想脱轨”的事是否有什么蹊跷。在公立学校，怪人通常并不需要反叛；尤其是当他们自己本身完美无缺的时候。他在开放日几个字的周围画着红星星的时候，听到校长说：“现在，来谈谈其他事情，哦，对了，彼得，你来谈谈关于这些色情的东西和你知道的事情吧。”彼得有点困惑，他继续描画着，但笑着说：“校长，我没什么要说的。”当他抬起头时，他看到桌子上都是些奇怪的全神贯注的目光，约翰·道斯长长的烟袋吐出的烟雾弥漫在空气中，并在他们之间慢慢消散。

“多萝西，可否请你先离开一下？”

"噢，校长——"多萝西摇着头，然后像忘记了什么似的，在她的包里翻找着宝路糖。

"根据要求，我读了《诺博士》。"彼得说，把那本被没收的书从他的书本下拿出来。封面上，乌苏拉·安德斯穿着比基尼，皮带好像有点扭结。她用被酥胸半掩着的手臂，去拔放在她左髋的刀。背面是引用伊安·弗莱明的话："此书为在火车上、飞机上及床第上热情的异性恋者所著。"尼尔·麦考尔伸过手来，将书的封面转向自己。

"世上最漂亮的女人！"他念道，"我可不这样想。"他把书转了个角度给约翰·道斯看。"她的胸部看起来很奇怪，而且还下垂。"

老约翰很尴尬，似乎研究了一会儿。"噢，是吗？"彼得试着去想象吉娜·麦考尔的胸部；他猜想人们在评判电影明星和一个人的太太时，标准肯定是不一样的。

"封面是这本书中……最粗俗的部分，"彼得说，"既然很多男孩已经看过这部电影，我认为我们没有理由担忧太多。这本书实际上写得挺好。"他看了一下四周，脸色很诚恳。"在第91页里，对柴油机有一段很好的描述。"

"是吗……"校长对这些轻率的言辞发出一声冷笑，"很好，谢谢你。"彼得再次怀疑，在校长眼中，他的形象过于世俗了。"从那时起，对四年级学生橱柜的检查就引出了……这个——"他在外衣兜里摸着，好像是找什么珍贵的手册，但是却掏出来一本翻烂了的书，大家很好奇地传看。这是黛安娜·多丝[①]的自传，《摇摆的多丝》。封面上，在她凸起的丰满胸部下，是一条口号：*我一直是个淘气的女孩*。迈克仔细地看了看这个斯文顿出生的女演员穿着貂皮比基尼的照片。"当然是绝对下流了，"校长提醒他们，"不过我担心的事现在已变得微不足道了。因为很遗憾的是，舍监在六年级的散热器后面发现了最恶心的出版物。"

"对，没错。"舍监说，她的脸僵硬地板着。彼得知道那些散热器都被

---

① 黛安娜·多丝（1931—1984），英国演员共演出77部电影，被誉为"英国的玛丽莲·梦露"。

围在厚厚的格栅后面，但可能就像她把整理得不好的床铺给重新折腾个底朝天一样，她把那些东西弄破了，搜出了这些东西。

校长把那些杂志放在他后面的一个夹子里，把它们拿出来放到膝上，在桌子底下翻阅着，粗声地嘟囔着那些标题。那都是些标准的架上读物，不过《健康与效率》却不尽相同，里面还有裸体的男人和男孩的图片。“当然了，没人承认是自己把它们放到那儿的。”他说，进一步厌恶地回避着。彼得很清楚是谁所为，但他并不想说出来。这些都是意料之中的事情。“我想你说你还听到了一些让人很恶心的话，是吗，舍监？”

“千真万确。”舍监说，但很显然她并不想加以说明。不论是什么都像是一种存在的幻觉，使桌上的每个人都显出一脸的茫然。

尼尔·麦考尔说：“我知道我以前提过这件事，但我们是不是应该考虑给他们增加一些性教育课程了，至少给五年级和六年级的学生。”

“正如你们所知道的，现在我正在跟政府官员讨论这件事，他们并不认为这有什么可取之处。”校长言辞闪烁地说。

“家长们不会同意，”舍监以更难以通融的口气说，“男孩们也不会同意。”他们两人就像是一对非常古怪的夫妇，同时皱起了眉头。彼得禁不住想，他们两人中是否有人真正明白生活的实质。大一些的男孩们有时会想象他们猥亵地纠缠在一起的情景，但他非常确定他们俩一个是处男一个是处女。私下里人们不能不感到，他们在这件事上的固执显然很不寻常。因此孩子们继续着他们的青春期，在五光十色的道听途说和实验中，用《国家地理》中那些部落妇女富于挑逗的图片、带有朦胧色情描写的小说及辗转得到的杂志来满足自己的欲望。

这些事发生以后，彼得有了一段空闲时间，到了该去见科琳娜·吉平的时间了，这是一个可能会招致责难的会面。他非常怀疑自己到底会不会说什么。在四手联弹的练习中，他和科琳娜无疑很亲密。和她坐在同一只钢琴凳上，他能感受到她紧实的身体，她戴着胸罩的坚挺胸部，当他们去触摸琴键或偶尔在琴键上交叉弹奏时，他们的臀部会碰到一起。

作为第二声部演奏者，一直是他在踩踏板，但有时她好像是一时兴起，要自己踩踏板，这样她的腿就会碰到他的腿。这些接触当然都是技术性的，就像是在运动中一样，不会与其他类型的接触混为一谈。不过他依然能感到她很享受这一切，她喜欢这种公事一样的严格，不是性接触，这些碰触也不好提起。练习结束后，彼得会发现他的衬衣上残留有她香烟和百合香水的混合味道。对他而言，这种会面没有任何多情的成分，但他天生喜欢调情，无意中他发现，他们给了他一个可以掌控某个被认为是悍妇的女人的机会。

她和七年级的唐纳森弹了一个小时，刚刚弹完，现在在音乐室里等着。“啊，干得好啊，你溜了。”她说，淘气地喷出一口烟，然后在锡制的废纸篓边上捻灭了香烟。“你终于摆脱了那些无聊的老家伙们了。”

彼得只是咧嘴笑了笑，魂不守舍似的脱下外套，打开了一扇窗户。现在提起打人事件还为时过早，尽管那些话就在嘴边，但他清楚地看到，他现在是在她面前，如果提起关于色情文学的争论，她肯定不会高兴。他说：“唉，你可以想象，开放日有很多杂事要处理。”

“我想我能想象，”她说，扬了扬她粗黑的眉毛，“他们当然不会叫我去参加这些极为重要的会议了——我为你不得不浪费时间和他们待在一起感到难过。”这是她狡猾的方法，越过其他员工而触及他。他猜想，她不得不回到童年生活过的房子里来教音乐课，她内心深处一定藏着受伤的骄傲。有一次他问她现在的音乐教室在她小时候是做什么用的：是清洁女仆的卧室，显然隔壁的医务室是厨师的卧室了。“你看过杰拉尔德·伯纳斯吗？”

“我很仔细地看了很长时间。”彼得说。

“有点古怪，是吧，”科琳娜说，“母亲一定会很兴奋，她很崇拜杰拉尔德。”

“我很高兴你不用我演奏另外那两小段。”他们演奏的就是中间相对简单的一部分，即所谓的《感伤圆舞曲》。

科琳娜把乐谱放到架子上。“你还能想到在这一领域有很高地位的其他作曲家吗？”

“哪方面的……基钦纳爵士？”彼得问。

“基钦纳爵士？你可真傻。”科琳娜说，脸稍微有点变色，但还保持着微笑。

首先他们照着曲谱一路演奏下来。“应该说，”结束后彼得说，“听起来估计我不能靠演奏为生了。”

“一点没错，你总算有点自知之明了。”和科琳娜在一起，有一点风险，就是自己很可能会变成11岁的孩子，被人拿着书打头。他们又演奏了一遍，比原来自信多了，然后她站起身来又拿起一支烟。

“你不觉得这支主曲怪耳熟的吗？”彼得问。

“是吗？我想任何杰拉尔德的作品都不可能不耳熟吧。”

“不是，我是说，我认为他是剽窃的。是拉威尔[①]的曲子，不是吗？这显然是法国的风格啊。”

“是吗？”

彼得很清楚地又弹了一遍。“天哪，你说得对，”科琳娜说，“是《库伯兰的坟墓》啊。”她重新坐回去，把他挤下了凳子，开始弹奏拉威尔，或其中的一部分，她就像是地下酒吧里的钢琴师一样，把香烟咬在牙齿之间。

“你瞧，果然是！”

“缺德的老杰拉尔德。”彼得说，这是她能容许的自由；不过她随后就说：“当然也有可能是可恶的莫里斯。你得查看一下年代。不管怎么说，我们得看十分钟的莫扎特，然后我就得回去了，我得送我丈夫去板球俱乐部。”

“噢，是在斯坦福路吗？”从银行回来的这十分钟漫步应该是很愉快的，“我得说您真宠着您丈夫啊。”

---

① 莫里斯·拉威尔（1875—1937），20世纪初法国最著名的音乐家，印象派作曲家最杰出的代表之一。

尽管没有表示反对，但看起来这些话并没有使科琳娜高兴。她把《三首梨形曲》放到音乐盒里，然后把琴架上莫扎特的奏鸣曲放平。“我估计你没听说过他的事吧？”她问。

“噢，没有，对不起……是发生了什么事吗？”彼得曾见过他在市场广场被撞倒。

“啊，你不知道？”她摇了摇头，仿佛是宣布彼得无罪，但依然还是有点感到烦恼。“人们说那是陌生环境恐惧症，但实际上并非如此。”

“是吗……？”

她又坐下来。“我丈夫经历了一次异常残酷的战争，”她说，带有一点神经质在颤抖。“这是些让人难以理解的事情。”

“我只是在去开账户的时候见过他三分钟，”彼得说，“他是一个再好不过的人——哪怕是对一个有 45 英镑以上的人也是如此。”

“他是个很有天赋的人，”科琳娜说，没有在意这些客套话，“他应该管理更重要的分行，但他发现有很多事情对别人来说易如反掌，对他却困难重重。”

“真是遗憾。”

“我觉得人们应该知道这些，尽管他不喜欢享有一些特殊照顾。他可能不喜欢我告诉你这些。基本上来说他不能一个人待着。”

“是的，我明白了。”彼得看着她的脸，不知道这种解释是否标志着新一层的亲近。她吸完最后一口烟，然后把它捻灭，扔进了垃圾箱。

“地道倒塌后，他从德国的战俘集中营里逃了出来。”她微笑地看着打开的快板乐章的最上面那一行。“没有阳光，没有空气——你能想象吗？他以为他得死在那里了，但他们及时地救了他。”

“天哪。”彼得说。

“因此，亲爱的，”科琳娜说，紧紧地皱了皱眉，“这就是我要带他去板球俱乐部的原因。”还没等他准备好，她就已经抖着下巴，弹出了第一小节。

5

“我简直不相信你在做这个。”珍妮·拉尔夫说。

“噢，说实话，没有关系。”

她穿着高跟鞋在石子路上艰难地走向他，远远地擎着玻璃杯。“他们又在利用你了！”

“只是在有人来的时候——我喜欢有点事儿做。”保罗站在门口，看到一辆3升排量的黑色罗孚汽车正沿着小路慢慢地朝这边开过来，就像是葬礼上的汽车。他尽可能高兴地说：“反正我在这儿是一个局外人。”

“哎，你用不着不好意思。”珍妮说。她穿着一件连衣裙，裙子下摆是大喇叭形，像舞女似的。她涂着很重的眼影，事实上尽管他比她年长几岁，但她的确使他感到不好意思。他还穿着上班时的套装，此时他真希望自己穿的不是这个。“很显然你与祖母一见如故啊。”

“哦……她很有趣，我喜欢她。”

“嗯，她也很欣赏你。”珍妮相当尖锐地说。

“噢，是吗？”

“那个引用亲爱的塞西尔诗句的银行职员！”

“哦，明白了……”保罗说着，从门里走了出来，脸上带着微笑，但心里又在想他是不是只是他们大家的一个笑料而已。他微笑着对着大车招手。车内的遮阳板放了下来以遮挡西沉的落日，车内的老两口好像有点不知所措。原先的计划是他们继续朝前开，过了房子，然后把车停在对面的空地，走回去穿过小路，再穿过远处通往车道的入口。如果他们身体虚弱，他们可以把车停在车道上，直接走过来。而判断这么多先后来到的老人是否足够虚弱，以符合这个条件，是个很讲究技巧的工作。空地里可能会有牛粪，那是一种潜在的危险。保罗想这件事最好不要明确说出来。“小心站稳。”当车慢慢停稳后，他喊道。

“真的，”他说，“我们必须把《士兵之梦》牢记在心。”

“你说什么？”

“瓦朗斯的诗。”

“好吧……”珍妮说。

“漫步在未被战争惊扰的田野山谷，梦里不知/战争已降临于这片宁静的土地，降临于这些湍急的河流。”

“是这首啊……”珍妮说，“对了，你知道吗，今晚在考恩礼堂有一场舞会。”

“对，我知道——啊，我认识的一个人要去。”

“哦，是吗……你想晚些时候去吗？”

“他们能让你去吗？”

杰夫说起过这事，他要带着桑德拉去，保罗对这一想法突然感到沉重起来——然后马上想到他不可能带珍妮去。

“是火车头乐队，从斯文顿过来的一帮人……太让人兴奋了。算了，不说它了。”珍妮说着，转身朝年轻的约翰·吉平笑着，他手里拿着一只平底玻璃杯，正穿过车道走来。他换上了一件深色双排扣西装，一只红色的丝绸手帕放在胸前口袋里，看起来马上就像个成功商人的派头了。“我祖母认为你可能会喜欢来一点水果杯。”他说。他带来的莫大讽刺效果是，一转眼他就变成了一个侍者。

“她真是太好了。”保罗说着，拿过玻璃杯，不过并不知道水果杯是什么。

珍妮狡猾地做了个鬼脸。“我刚才看到祖母又倒出半瓶的杜松子酒，所以如果我是你，我会小心一点。”

“噢，那就当心点吧。”约翰说道，伴着一阵懒懒的大笑。

保罗喝了一口脸就有些红了。“哦，还真不错。”他说，当杜松子酒打破了原以为是橘子水之类的短暂幻觉后，他极力忍住咳嗽。

约翰眯着眼睛看他，然后转过身来看向小路的下坡、半圆形的车道。他说：“你知道我祖父什么时候到吗？就是达德利·瓦朗斯爵士？”

“哦，是的……”保罗说。

“我们可以在前门附近给他留个位置嘛。如果让他走路，他会不高兴的。”

“对啊……”

“你知道吗，他在战争中受了伤，”约翰有点自鸣得意地说，“喏，给你。”他说，朝着正在驶近的奥斯汀公主车点点头，然后走到石子路上去找他自己的饮品了。

“他走路走得很好，”珍妮说，“只不过每个人都怕他。”

“怎么会那样？”保罗问。

“唉——”珍妮叹着气，摇了摇头，好像这一切都太冗长太乏味，没法跟他解释。“噢，哎呀，是乔治舅爷，”她说，“这样，我拿着你的酒。”她把它放到门柱旁一块比较平坦的石头上，喊道：“你好，乔治舅爷！”然后带着一种疲倦的快乐喊着：“马德琳舅奶奶……”

保罗把一只手放到已经被阳光晒得烫手的车顶边缘，透过开着的车窗朝里面微笑着。乔治叔叔，坐在乘客的位置上，看起来是个七十岁的老人了，也许吧，他的光头顶已有点被阳光晒伤，白白的胡子整齐干净。他里面是一个下巴很大的女人，灰白的头发弯曲着，脸上的妆容既古怪又艳俗，佩戴的耳环也是不伦不类。乔治叔叔本人穿着深红色的衬衫，系着带花的绿色领结。他斜视着保罗，似乎想不用别人的帮助就能解开一个谜团。“喂，你是哪一个？”他问。

“啊……”保罗说。

“他哪个也不是，”马德琳婶婶犀利地说，“你是吗？”

“你不是科琳娜家的某个小子？”

“不是，先生，我是……我只是一个同事，一个朋友——”

“你肯定记得科琳娜家的那些小子的。”马德琳说。

“原谅我，我还以为你可能是朱利安呢。”

“不是。”保罗喘着气说，对自己被当成一个在校男生表示着抗议，且不管这个男生有多漂亮迷人。

“这个人是谁啊？”一把他们送到空地那边，保罗就问。

“乔治舅爷吗？他是祖母的哥哥；唉，她实际上有两个哥哥，但有一个在战争中牺牲了——我说的是第一次世界大战，是休伯特舅爷。如果你对第一次世界大战的事情感兴趣，你可以问她。乔治舅爷和马德琳舅奶奶曾经是历史教授，他们合著了一部相当有名的书，《日常的英格兰历史》。”珍妮说，几乎因为不由自主的骄傲而大声喊起来。

“啊——不会是 G.F. 索尔吧？”

“对极了，就是他……”

“什么？ G.F. 索尔和马德琳·索尔！——我们在学校时学过他们的书。”

“那就对了。”

保罗想起来在带标题的那一页，他曾用伊丽莎白时代的涂鸦把 G.F. 索尔和马德琳·索尔的名字给框起来了。“你们家里每个人都是有名的作家吗？”

珍妮呵呵笑着。“你知道祖母在写回忆录吗……”

“是，我知道，她跟我说过。”

"实际上她已经写了很长时间了。我们都很怀疑它到底能不能见到天日。"

保罗又喝了一大口水果杯，在落日的余晖中已经感到有点飘飘然了。他说："希望你别介意我这样说，但我觉得你们家庭有点复杂，不大容易搞清楚。"

"哎，我可是提醒过你啊。"

"我不知道，比如说，有雅各布斯先生吗？"

"恐怕死了吧。从某方面来说，祖母的运气一直不怎么好，"珍妮说，仿佛那时她一直在那里，"开始她嫁给了达德利，他很容易兴奋，但战争使他神经错乱，他对她很凶；所以她就逃了出来，和……我祖父在一起了——"她喝了一大口她手里的东西。

"是什么名字来着，拉尔夫……"

"雷维尔·拉尔夫，是个艺术家，每个人都以为他是个同性恋，你知道吗，但不管怎么说吧，不管怎么说他们设法有了我父亲……在适当的时候……"

"真的吗？"保罗问，仿佛很兴奋很快乐，他走开了。他的脸因为同性恋这个词和这一事实的突然出现而发起烧来，他沿着小路往下走……这么不经意的感情迸发，好像也没人太在意吧。每个人都以为他是同性恋。谢天谢地，至少这里还有辆车，他祈祷着这辆车是来卡拉文的。他深情地看着它，心里充满了炽热的感情，希望脸上的红晕能马上退去，因此没再去理会它。一辆豆绿色的希尔曼顽童车挂在低挡，听起来很狂野，挡风玻璃上积着一层白色的灰尘，可能是农民的车吧。车上的遮阳板被放了下来，以遮挡照在司机脸上的光。保罗几乎是迫不及待地看着它慢慢驶近，带着一种奇怪的亲切感看着方向盘上的大手以及皱起的鼻子，这个脸上挂着随意笑容的男人，可能只能看到在等待中的保罗的大致轮廓，然后重遇的事实唤起了他的记忆，原来是彼得·罗。凑巧的是，酒精作用下他有一点朦胧的感觉，于是对着开着的车窗微笑着。

“哎，你好，”彼得·罗说，“是你啊！”

“你好。”保罗说着，看着他真切的脸。令人难以置信的是，这张脸比他记忆中的更清晰更可爱，他对即将来临的夜晚的感觉似乎在他周围和下方转换，像舞台上的景色一样。车里充斥着很浓的汽油和热塑料的味道。乘客座位上放着一摞乐谱——“W.A. 莫扎特，”他说，“二重唱。”他突然有点想入非非。“你不是老弱病残，对吧？”他问。

“当然不是了。”彼得·罗说，带着一点被冒犯后的温和的抗议语气和一丝狡黠的微笑。

“那就得麻烦你停到那边的空地上了。”保罗说，朝车里笑着，想不出下面应该说什么。

彼得·罗把挂挡器使劲推到第一挡。“那好吧，一会儿见，”他说，“真有意思！”保罗感觉那被晒得热热的车从他的手指下溜走了，车顶的灰尘中留下一长条明显的痕迹。“注意路面！”他在发动机的轰鸣声中喊道，出于某种原因，希尔曼顽童的发动机是在后面，在通常后备厢的地方；而路面这个词，从一开始就怪怪的，现在听起来更离奇滑稽。他看着那辆车呼啸着穿过大门进了空地，而它排出的废气臭气都融进了绿草的清香中。

“你认识彼得·罗吗？”珍妮问。

“啊，一面之交。”保罗说，奇怪地感到精神振奋起来，所以他又说：“不过我不知道他今晚会来——太好了。”

“是吗，噢，他要和科琳娜姑妈一起表演二重奏——祖母还不知道，他们要给她一个惊喜。”

“哦，明白了。”保罗说。他认为这是一种很平淡的惊喜，不过虽然他没有什么音乐细胞，音乐却总是能以其独有的特性打动他。他仿佛开始看到了那个场景，他自己看着、欣赏着、占有着，甚至对彼得表现出的自信与能力感到一丝愤怒。对晚会的这种贡献，自然要比告诉客人在哪里停车更重要了。

“你是怎么认识他的？”珍妮带着一种淘气的表情问道。

“哦，他在我们银行有账户，我帮他兑现了一张支票。”保罗说得很温和，只是脸上染上了一抹微红。

珍妮转过头看着，彼得正穿过小路，从另一个大门进去，手里拿着乐谱——他高兴地朝他们挥舞着手里的东西，不过很仓促很短暂。可能他得赶紧做准备，还得做些练习吧。这几分钟里保罗一直在半微笑地看着他，他希望这种关注不会引起什么麻烦——他生气勃勃、大步流星地走着，他发现他已经知道了。

“他也在科里庄园教书，”珍妮说，然后压低了声音，“我们管他叫——我——亲爱的——彼得·罗。”

“噢，真的？”保罗说，有点怪珍妮多事。

她再一次滑稽地看着他。“他是个很自负的人啊。”她用那种粗声大气的声音说，因此他明白她是在引用某人——很可能是她姑妈科琳娜的话。

当阴影不断转移并拉长，教堂的钟声敲响了八点，然后又敲响了八点十五后，保罗的兴奋开始变淡。在这些停泊的车中间，他喝完了酒，微微的醉意伴随着口干舌燥，使他不太高兴，也失去了耐心，因为他发现自己在一遍遍地重复着同样的话。珍妮进去找朱利安，再也没回来——尽管珍妮对待保罗的态度好像保罗比她还小一样，但不管怎么说他们毕竟还是孩子。罗杰在外面四处嗅着，在四个不同的地方挤出一点尿液，但没有进一步将它们连起来的意思。来的人渐渐稀少起来。让人望而生畏的达德利爵士恐怕不来了——到目前为止，保罗只让一辆小车，实际上它是一辆不能再使用的四轮马车，停靠在车道上。他想着彼得的微笑，想着他说“当然不是”时嗓音的震动——有一种让人激动的理解，就像酒精本身带给人的亢奋一样，这种理解未曾减弱，自从他们第一次见面后变得更强了，这使保罗的心跳又加快了。像是彼得已经知道了他在保罗的白日梦中的所作所为，知道了所有关于浴室和单身公寓的事情。现在这种朦朦胧胧的令人头疼的干渴，以及一点点困惑，就像是渐渐变冷的、诱人兴奋的空气，在他面前的灌木丛顶端涌动着然后飘然离去。他能听到房后草坪上传来的五六十人发出的欢快并夹杂着争论的说话声，那里桌子和椅子等都已安排妥当。相当自负的、我——亲爱的——彼得·罗——肯定也在那里的什么地方，在那些人的家人与朋友中，快乐地沉醉着。保罗不喜欢他的那些东西变得渐渐清晰起来。他又看见了他，他是真的喜欢他吗？他能想象和这个脚步沉重的预科学校老师脱光衣服在一起的情景吗？他想到了杰夫那绷得紧紧的拉链，然后想到了在旺蒂奇的阿尔弗瑞德国王学校那个漂亮的丹尼斯·弗劳尔斯，他是板球队队长，不过他不是老师而是个学生。保罗带着无法言说的苦恼看着大门边延伸的小路、白垩坑洞、已经干枯的青草、顽强地开着黄花的千里光属植物，它沿着冠状顶部生长着，并不怎么好看。然后教堂的钟敲响了八点半的钟声，那两个明亮的指针以其不同寻常的间隔似乎在满不在乎地提醒他，应该立即回到房子里了。

他的心怦怦跳着，走出去来到了凉台，放置酒水的桌子就在那里。那些人当然都见过他，但没人知道他是谁。当他在这些以花白头发居多的老者中慢慢向前移动时，他感到人们都带着好奇，冷漠地点着头。他们从拜尔弄来一些女人做侍者，她们都穿着黑色的衣裙、系着白色的围裙、戴着白色的帽子——她们用长柄勺给他舀了一些新鲜的水果杯，因为有些橘子之类的水果粒扑通扑通地掉进杯里，看起来有点好笑。“亲爱的，你想要多一点水果什锦吗？”那个女人问。“不用，请给我点喝的就行了。”保罗说，她们听后都大笑起来。

他看到彼得坐在离得很远的草坪的那一端，和一个穿着紧身绿衣服的女人交谈——他让她拿着他的酒杯，他从衣兜里往外掏着香烟，一阵笨拙的忙碌后，她朝他抬起头，迷人地感谢他帮着点燃她的香烟。保罗朝他们走去，听到彼得咯咯的笑声，然后急忙嘟囔着点燃了他自己的烟；他看到了他们彼此相视而笑，向外吐烟雾时仰起头——“什么？你是说

第二幕。”彼得说。此时保罗脸上带着些许紧张的微笑，已经快走到他们面前了，但还是没人发现他，他突然感到不确定自己是否受欢迎——有那么一会儿他侧身而过，他的笑容变成了无奈的苦笑。他变得忧心忡忡，在这些人此起彼伏的交谈声中，他四处张望，仿佛在寻找另外一个人，直到发现他自己形单影只、尴尬地杵在宽阔草坪上一个高台子旁的角落里。他不断地慢慢喝下手中的酒，现在感觉不像他第一次喝时那么怪了。他被自己的胆怯弄得不知所措，但只一会儿他就对自己说，他不能这么快就灰溜溜地离开，眼下这种局面一定会改变。身边的谈话好像是故意荒诞地模糊起来。“我觉得你永远也不会与杰拉尔丁在一起。”最靠近他的一个女人对一个满脸皱纹的男人说，他的胳膊肘几乎碰着保罗的杯子了。他不能再待在这儿了。透过不断转动变换的宾客背影，他看到了在草坪中间的雅各布斯太太本人，她穿着一件蓝色的礼服，戴着一条深红色的项链，她转身的时候，眼镜反着光，由于这是专门为她举办的派对，所以她看起来神采奕奕、容光焕发。“哎，这可不行！”穿着红黑相间的礼服，兴致勃勃在谈笑着的科琳娜·吉平发现了他。

他像个腼腆的英雄，不过也像个犯了错却愚蠢地以为可以逃脱她的人一样跟着她（她抑制不住要这么干）；而她则带着他，穿过密实的人群，来到草坪的另一边。“有个人想要见你！”她说道，无法完全掩饰她的惊奇，一会儿她就将他交给了彼得·罗，“还有苏·雅各布斯——好了，你们自己介绍吧。”不过她还是站在那里，带着目中无人的微笑，直到确定他们彼此做了介绍才离开。他们握了握手，彼得往外吐着烟，轻声说：“总算是见到你了。”

“我没听清你的名字。”苏·雅各布斯说。

“噢，保罗·布莱恩特。”保罗努力想要说清楚，但每当他说他是谁的时候都会笑得喘不上气。彼得点着头：“保罗……对。”当然了，他只是在此时才知道他的名字。

“晚饭马上就开始了，”科琳娜说，“然后我们大家就都来参加音乐会。”她把戴着黑色手套的手放到苏·雅各布斯的前臂。“可以吗，亲爱的？”

“当然了！”苏说，张嘴朝她笑着，好像是迎合科琳娜不寻常的幽默。

“你也演奏吗？”保罗问，还是不敢看彼得。

“我唱歌。”苏说，科琳娜离开后她脸上的笑容就消失了。“我曾希望我们会一路顺利地开过来，但这条路太难走了。”他发现她实际上比他想象的老一些，大概四十岁吧，但是身材很好，精力充沛，但从某种程度说好胜心有点强。

“你住在哪里？”

“啊？——布莱克希思。就在对面那边。如果在那边搞这个派对，要好过把大家都弄到最黑暗的伯克郡这里来。”

“但是你不能在那边办吗？”彼得问。

“科琳娜想在这儿举行，科琳娜想要的东西……对不起，我是达夫妮的继女，”她对保罗说，“她嫁给了我父亲。”她的声音听起来仿佛这是个挺遗憾的转变。

“啊，是吗！”保罗说道，紧张地笑着，他不知道布莱克希思在哪里——他想可能是和新福里斯特差不多的地方吧。他发现那个碎了的石槽还在那儿，就在他们身后的花坛边上，它的一端显然被水泥固定在后面，被临时插上的一些旱金莲花遮挡着；他的手也是，那些擦伤已经愈合，长出了一条粉红的疤痕。他对彼得说：“珍妮说你今晚要演奏。”他与他只有一步之遥，真是既神奇又毋庸置疑。他身上有一股司空见惯的气味，混合着刮完胡子后独特的气味和浓重的烟味，这使保罗稀里糊涂地想象着被他抱着、被他亲吻额头的感觉。

“老天知道，我应该也可以一气呵成的，”彼得说，“我们在学校试过，但是她的水平能比我高出十倍。”

“我如果唱歌就不该吸烟的。”苏说，打开了她的晚装包。

彼得先把自己的香烟在脚底下捻灭，然后给她拿出打火机。“我不熟悉布利斯[①]的歌曲。”他说。

“我只唱一些瓦朗斯的东西，”苏说，“噢，谢谢……那是五首歌的组曲，但谢天谢地，我们只唱其中的一首。”

“啊哈！我想知道是哪首诗呢？”

“我想你会知道的——是关于吊床的。很显然，那是他写给达夫妮的！”

“我一定要问问她关于塞西尔·瓦朗斯的事情，”彼得说，“我现在正给五年级的学生讲他的诗歌。”

“那你还真应该问问。她好像是觉得他写给她的每首诗都很好。”

“你觉得她会过来给那些小子们讲讲吗？”

“我想应该会吧。我不知道她是否回过科里，回过吗？这些当然都应该写在那著名的回忆录里了。”

“噢，她在写吗？”彼得问，把他的手放到保罗的胳膊上，放了很长时间，仿佛在谈论陌生人事情的时候，不想失去他，而且肯定还传递着更多的意思。实际上，保罗说：“她已经写了很长时间了。”

“噢，你知道啊。”苏说。

“嗯，只知道一点……”然后他又说：“是不是这样开头的那首诗：你的头上是落叶松树，你的脚边是郁郁垂柳？”

“你真知道呢。”苏又说，听起来有点恼怒。

“我最好让你来跟五年级的学生讲讲！”彼得说，那一丝淡淡的嘲弄消融在他褐色眼眸长久的注视中，仿佛他也感到兴奋之情悄悄地弥漫于他们周围，等在他们前面。那是一种保罗以前从未见过的表情，在他快乐与惊恐交织的心绪中，他发现不知什么时候他已经彻底喝完了他的酒。

“哎，可能该吃晚饭了吧。”苏说，她说话的语气使保罗以为她开始意

① 亚瑟·布利斯（1891—1975），英国作曲家，1953年获“女王的音乐大师”的称号，作品有《诺伊夫人》《色彩交响曲》等。

识到什么了。

“先生，我们可以坐到您这里吗？”彼得问。

乔治·索尔那被阳光晒得黝黑的脸上露出一丝模糊的微笑，指了指椅子。这张桌子是在最僻静的阴凉处，在树枝低垂的山毛榉的阴影下，不时有蚊虫光顾。这个老男人好像是刻意要把自己隐藏起来。“我是达夫妮的哥哥。”他说。

“噢，我知道您是谁。”彼得说，富于暗示地轻轻笑着，把他的盘子放到了他的盘子边。“我是彼得·罗。在科里庄园教书。”

“哦，天哪！”老索尔说道，他的口气听起来像是只要有人提起，就会有太多关于这个话题的故事似的。保罗张嘴笑着，但不知道应不应该说遇见他是多么荣幸。他以前曾在旺蒂奇见过约翰·贝杰曼爵士，但还从未真正认识任何一位作家。《日常的英格兰历史》在战前出版，里面有些带状耕作及马拉交通工具等丰富的古旧遗风照片。G.F. 索尔和马德琳·索尔居然还活着，已经够神奇了，更不用说他们还开着奥斯丁公主汽车四处转了。保罗紧挨着彼得坐下来——看起来这正是他们想要做的，而做起来新奇而容易，近乎荒谬。当他们一起谈笑的时候，他试图保持镇静。这一大杯白葡萄酒肯定会有帮助的。“我们刚才见过面——我是保罗·布莱恩特。”他身下的椅子有点歪斜地轻轻陷进了草地里。

“对啊，确实如此……”索尔点着头，有点羞怯地捋着下巴上长长的白色胡子。他透过他厚厚的镜片，看着他们盘子里的三文鱼和新土豆。

“您不吃点吗，教授？”彼得问。

“啊，我妻子，我想……”索尔说，过了一会儿，开始四处张望，“她来了！”他似乎是在请他们去发现，他们是一对有些滑稽的夫妻。或许因为他们之间的挚爱，也或许是因为他们那些古怪的言行。

保罗看过去，看到马德琳·索尔一只手拿着一个盘子，正小心翼翼地穿过凉台，穿过铺着白色桌布的桌子朝他们走来，周围的客人们调整着座椅，对他们设法躲避的人说："亲爱的，当然可以……"这里的这些声音，夹杂着上流社会的腔调，他听着都很新鲜，特别是偶尔出现的带有本地口音的大声说笑。他很高兴他藏在这里，藏在老山毛榉那伸展着的枝丫下。他感到今晚的好运在加速膨胀，这样说来，以前的那些怀疑都是错的——可以确定的是，吉平太太任何时候都会让他再回去站到门口。

"如你所说，我们被这个助人为乐的大树保护着。"当马德琳皱着眉头放下盘子时，乔治·索尔非常清楚地说。马德琳打开包，拿出刀叉等餐具。保罗被这个长着方形男性化面孔、戴着红色耳环的女人的大胆而怪异的举动再次震动了。"你们已经见过了，嗯……"

保罗和彼得都做了自我介绍——彼得微笑着说："彼得·罗。"热情得近乎有点慈悲，好像索尔太太早就期望知道这一让人愉快的事实似的。"我是保罗·布莱恩特。"保罗说，觉得他的介绍更软弱无力。她歪了一下脑袋——当然她已经相当耳背了。

"彼得……和保罗。"她说，带着和蔼可亲的严厉。保罗对这种联系感到很高兴，尽管在她的注视下，他感觉自己像个在校学生。他不知道索尔夫妇是不是有自己的孩子。她看起来是《日常的英格兰历史》的很好的合著者，身上有一种勤勉努力、教养良好的气质。保罗曾见过他们一起使用放在后台的、或许是他们自己的手织机，在屋内橡木梁下一起工作的情景。否则他不会知道她是谁或者她都做过些什么。他觉得有点不可思议，索尔夫妇不与家人一起共进晚餐，而是躲在这里。"你们是老朋友吗？"

"哦，是的，"彼得说，"我们在十五分钟前就认识了。"

"嗯，认识几周了……"保罗笑着说，有点不安。

"我是说和达夫妮？"

"噢，对不起——还不是，"彼得说，"不过我当然希望是了。"他基本上是微笑着一口气说完了这些傻话，保罗发现他对他的欣赏只是被一层尴尬包裹着。"我特别喜欢她。"——同时，在他朝前倾着身子准备吃东西时，保罗感到彼得的膝盖使劲地碰了碰他的膝盖，并停在了那里，几乎让他以为那是桌子腿。他的心剧烈地跳了起来，把腿挪开了一英寸的距离。彼得的腿也跟着动了动，然后为了使接触更容易，他把椅子往前挪了一下。从他的笑容能看出，他一如既往地享受着这件事。身体的温暖从一条腿传到另一条腿，又快速地向上传递着，产生了一种让人愉快又困惑的效果——保罗往前歪斜着，把他的餐巾展开放到了膝盖上。他感到一种空落落的疼痛，心中那种积存已久的饥渴蔓延到大腿。他发现自己的手颤抖着，就又喝了一大口饮料，勉强地笑了笑，仿佛为在这种场合下有人为伴、被人尊敬而感到一种恍惚的欣喜。

“哦，达夫妮……当然。”马德琳·索尔说，用带有争论的眼神看了彼得一眼，她坐到她丈夫身边，把她和保罗之间的椅子空了出来。“你不在戏剧界工作吗？”她问。

“有时候感觉是那样，”彼得说，“但实际上不是，我是个学校老师。”

“他在科里教书，亲爱的。”乔治说。

“噢，天哪。”索尔太太说，一边咂着嘴，一边展开她的餐巾，检查她丈夫是否准备好吃饭了。“我有四十年没去科里了。希望它做学校比做私人住宅更好。”

“阴森森的大楼。”教授说。

“噢……！”彼得说，脸稍微有点红，表达着幽默的抗议，而索尔太太并没注意。

“当然了，我们曾经去过那里，”索尔太太说，“就是达夫妮还是达德利的妻子的时候，我想你们都知道吧。”

“一段不太愉快的时光。”教授说，声音中带着一种隐秘的语调。

“那的确是一段不太愉快的时光，”索尔太太说，“或者说我怀疑那倒是一段幸福的婚姻生活。”她朝着盘子坚定地笑了笑。

彼得说：“我最近一直在读斯托克斯写的塞西尔·瓦朗斯的回忆录——我想您一定认识他吧，先生。”

“噢,我认识塞西尔。”索尔说。

“你对他很了解,乔治,”索尔太太说,“那是我们最后一次到那里,去见塞巴斯蒂安·斯托克斯,他在整理所有收集的资料。”

“嗯,那一切我还记忆犹新,”老索尔先生说,“达德利把我们都灌醉了,我们在大厅里跳了一晚上的舞。”

索尔太太说:“那是总罢工的前夜!我记得我们还谈了点别的什么事。”

“你知道这本书吗?”彼得问保罗,轻轻地抖动着他的腿,把腿肚子也靠上了保罗的。

“我恐怕不知道。”保罗说,他觉得很难将精力集中到谈话或吃饭上;他很确定索尔夫妇一定知道发生了什么事;但不管怎么说,他都把《士兵之梦》牢记在心,但他们在从另外一个角度谈论事情,摆脱了家庭八卦及其联系。他把他的腿牢牢地靠在彼得的腿上,这似乎意味着更多。他伸出手拿起杯子,又庄重地喝了一口来掩饰他内心的慌乱,不过他也在想他不该喝得太快,感到这事有点像是命中注定的,难以抗拒。在人群的那边,在头上密密匝匝的树叶掩映下,在幽暗的日光中,点燃的蜡烛开始在每个小桌上摇曳着。不一会儿,像是拉开了帷幕,小朱利安出现了,一只装在罐里的点燃的白色蜡烛被他拿在胸前。“这个给您,乔治姥爷!”他说,越过马德琳的肩膀,把蜡烛罐放到了桌子上。他圆润的脸、褐色的眼睛、闪着光泽的额前短发,都被映照在迅速燃烧起来的火焰下。保罗和彼得都抬起头来热切地看着他,保罗又感到了来自彼得膝盖的新的压力。“您在这里还好吗——您应该跟外婆在一起的。”他说。十七岁的他,嗓音还带有孩子般的稚嫩。他站在那里,笑着看向他们,带着对尊敬的长辈亲属举止得体的欢快表情,即使在喝了几杯后,也无忧无虑地保持着他温文尔雅的举止。

“哦,你知道,我们不想享受特殊待遇。”乔治·索尔轻轻地带点讽刺的语气说。

“我不知道是不是只有我这样觉得，”看着朱利安离开后，彼得冷静地说，“但我认为斯托克斯写的东西几乎没法读。”

索尔发出一阵咯咯的笑声。“完全是糟糕透顶的东西。”

“噢，很高兴我没有说错。”

“什么！”——老索尔带着值得羡慕的相互理解的表情看着彼得。保罗听来，那是完全的牛津和剑桥的谈话模式。

“目前为止，还没出过一本完整的传记，对吗？”彼得问。

“我觉得要写一本完整的传记，那些东西还不够，”索尔说，“说句大实话，我觉得从某种程度上说，我愧对于老塞西尔。”

“你用不着这样想啊，乔治。”他太太说。

索尔清了清喉咙。“很早以前，我应该出版一期他的书信集。”

“哦，是吗？”

“唉，最开始是路易莎——他母亲，要求的，哦，天哪，是在战后不久吧。”

“那她一定活了很大年龄吧？”彼得问。

“嗯，我想她那时是八十岁吧。”索尔带着一种淡淡的敏感情绪说，“她是一个很难对付的女人，她使塞西尔成了一个偶像。有一次特别难堪，他们叫我过去，好像是诗集马上就完成了，然后再谈论一些细节什么的。她那时已经不在科里住了，而是搬到了一个叫山谷里的斯坦福的地方。我过去度周末。‘我们把所有的东西都摆到这儿，然后再决定哪些应该放到书里去。’她说。当然了，没有编辑会在这种情况下工作。我知道我必须得等到她离开人世再说。”

“亲爱的，你愿意等多久就等多久好了，”索尔太太说，“你对自己要求太高了。我不相信会有人为那些信而热泪盈眶的。”

“噢，有些信写得非常棒——关于战争的，还有关于爱情的。但是路易莎对塞西尔给他的男性朋友的信中所说的那一类事情没有一点概念。”

“有什么很不雅的东西吗？”

索尔很抱歉地看了他妻子一眼，但没有明确回答。“我想所有的东西很快就会出笼了，对吧。我刚才跟某个人谈了谈斯特雷奇。”

“我想您肯定也认识他吧？”彼得问。

“噢，不太了解，你知道。”

“你并不太喜欢斯特雷奇，是吧，乔治？”马德琳·索尔说，又一次滑稽地看着她丈夫的食物。

“还有那个小伙子……霍普柯克。”索尔看着她。

“是霍尔罗伊德。”她说。

“他要给我们讲讲关于老利顿的事情。”

“哦，我都等不及了。”彼得说。

“马克·霍尔罗伊德。”马德琳肯定地说。

“他来见我。非常年轻迷人、很聪明，还特别顽强。”索尔笑着，仿佛承认他曾经占过上风，“我觉得我没帮过他什么忙，但看起来他说服一些人赞同这个最令人惊奇的发现。”

“很有意思，大家都这么说！”马德琳说，带着一种让人讨厌假装的热情。

“我认为如果人们真的知道了布鲁姆斯伯里团体里都发生了什么事，”索尔说，“他们一定会相当震惊。”

“我们对那个世界所知甚少。”马德琳说。

“啊，亲爱的，我们那时是在伯明翰。”索尔说。

“我们现在还是在那儿啊。”她说。

“呣，我正在想，”彼得说，“如果该法案下周通过，将会使人们的沟通更坦率真诚。”

没有机会同任何人探讨过该法案的保罗，再次感受到了危机，但不像与珍妮一起在车道时那么沮丧了。“是的……真是这样。”他相当平静地说着，在烛光中抬起头来，他感觉（当然没人能够衡量）他不像以前那样一到这种场合就面红耳赤了。

“哦，你们是说利奥·阿布斯[①]的法案吧。”索尔心不在焉地说，或许是为了避免提及敏感的“性犯罪”一词吧。他看起来像是专注于一种遥远而微妙的计算中。“它当然会改变那种环境，对吧——”带有一种小小的暗示，那是很明显的，也是尽人皆知的，不过正因为如此他才不能在他妻子面前提及。他略带歉意地重新提起他刚才的话题：“那个，还是回到塞西尔吧，我开始感觉到他所有的一意孤行都是想做这两件事中的一件——不是对他母亲做出让步，就是尽可能地远离他母亲。而去前线投身战争是一个完美的结合。”

“啊，对……”保罗几乎是崇拜地看着乔治·索尔。不仅是因为他认识利顿·斯特雷奇及塞西尔·瓦朗斯，而且还能如此客观地谈论他们。对他而言，塞西尔只是后台的一个模糊的影子，不是以诗人的身份，而更像是他家阁楼上一块突兀怪异的木头。

“达德利性格古怪，”索尔继续说，“但同样在她的掌控之下。她让他们恐惧，也让他们着迷。在他的自传里有对她很详细的描述。你们读过吗？”

保罗注视着什么，连摇头都懒得摇，当然彼得说：“我当然读过。”

“非常好，是不是？”

保罗说：“实际上我在想他今晚会不会来。”他很自信他会来，但索尔几乎是粗率地说：“他要是能来就怪了。”

说完了这件事后，保罗想他最好赶紧说另外一件他一直在酝酿和排练该如何问的问题：“实际上我想知道你们认为瓦朗斯的诗怎么样？”他看看丈夫又看向妻子，期待两位哲人提供线索。他觉得回答可能会有些尖锐；但实际上他们对此似乎并无兴趣。

马德琳说：“说实话，我很少读诗。”

---

① 利奥·阿布斯（1917—2008），威尔士律师、男性权利维护者，1962年提出了要将男性同性恋合法化的法案。

教授花了更长一点的时间来考虑，然后遗憾地说：“如果你还记得创作这些诗歌的情景，那很难说。它们可能没什么价值，不是吗？”

彼得温情地瞥了一眼保罗，也对他敏感的问题给予了热切的关注，但看起来似乎不愿意否定索尔夫妇的意见；所以保罗也保持着沉默，没有说出它们一向对他有多么大的意义。

“顺便说一下，我不是说，”索尔以他的方式拒绝别人把他引向别的方向，“路易莎对塞西尔的死没有伤心欲绝——我确定她是的。但她最大限度地利用了它……你知道吗？那些女人是这样的。那些纪念册和彩色的玻璃窗。塞西尔确实是得到了一个意大利雕刻家雕刻的大理石坟墓。”

“是，我知道……”彼得说。

“你当然是什么事都知道了。”

“什么事？”保罗问。

“噢，在学校，”彼得说，“塞西尔·瓦朗斯被安葬在小教堂。”

“真的吗？”保罗问道，喘了一口粗气。这整个话题就像是一个梦，在山毛榉树下笼罩的烛光里成形。

“如果你喜欢诗的话，一定要来看看他，”彼得说，“他真的很棒啊。”

“谢谢，”保罗说，“非常愿意去看看。”他凸出的眼睛流露出的认真态度掩盖着他的震惊，彼得的手挪动着他膝上的餐巾，正像无意地游走在保罗的大腿上，并在那里停了好一会儿。

晚饭后保罗与索尔夫妇待了一会儿，然后他们突然热情地转向了别人，像一种解脱，于是他就溜走了。他们对他一直很客气甚至很友好，但他知道他们真正感兴趣的人是彼得。在一池池烛光渐渐变深的阴影里，客人们收拾着手袋及眼镜，交谈声时断时续，热络地在落地窗前拥挤着进进出出。在保罗看来，那些身影就像是屋顶下方摇动的。他醉了，他也跟着一些人挤了进去，酒精的作用使他不那么显眼了。每个人变得都更加友善，话也更多了。客厅里被一排椅子挤得水泄不通。通向餐厅的门敞开着，钢琴被转了过来。吉平先生带着讥讽的笑站在一边，告诉大家到前边一排椅子上坐下。保罗扣好西服扣子，经过他身边时礼貌地笑了一下。在外面喝酒时，轻松自在，而现在在拥挤的屋里，则有点紧张严肃。人们能看出他到底有多醉吗？在一切开始之前，他得先去趟洗手间；可想而知，有很多人在排队；有些老妇人用了两分钟，或者三分钟。他对排在他前面的女人微笑，她也对他笑了，不过她有些拘谨，随即移开了目光，好像他们两人都刚刚进行完同一个廉价交易。然后大厅里就剩下了他一个人，周围是五颜六色的礼品和贺卡，大多数都还未拆封，摞得桌上桌下都是。很显然有书籍、蓬松包装着的植物以及其他很难包装整齐的柔软的东西。他意识到自己没给雅各布斯太太买点礼物，甚至连个卡片也没买，他的不安越来越强烈。那个女人终于出来了，急匆匆地进了客厅，保罗听到了很大的说话声、嘘声及稀稀拉拉的掌声，然后吉平太太开始讲话。可是他不能不去。最好能逃掉这场音乐会。他真正想要的就是看彼得演奏，看着他，以美好而惊人的新的信心想着他会……他看向镜子，那个以前没有想过、但现在却摆在了他面前的问题是：他们会做什么。

他以最快的速度结束，倾听着——在吉平太太致开幕词期间把水放得哗哗响肯定特别让人讨厌。但是还好，他们依然在笑。他们现在肯定都像他一样醉了。他在大厅门边的阴影里停住了，他看到有两个空座位，但都是中间座位，人群中又爆发出一阵大笑，有那么疯狂的一刻，他觉得那阵大笑是冲他来的，他红着脸溜了进去，贴着墙站到了一边，站在一排餐椅后面。在这里他可以一览无遗——但他自己也暴露在众目睽睽之下。还有另外两三个人站着，房间后面的落地窗依然开着，更多的客人聚集在外面，那里看起来已经是漆黑一片了。吉平太太直直地站立在钢琴前，双手握着放在身前，就像是个背书的孩子。她说的话他都没听进去。彼得在第一排的边上，微笑地看着他的手，或在看地面；雅各布斯太太在代表荣誉的第一排的中间，正高兴地眨着眼睛看着她女儿，令人惊喜的事情正在进行。保罗独自不安地笑着，当大家都开口大笑时，他也跟着笑。“因为母亲非常喜欢音乐，”吉平太太说，“所以我们想最好演奏几首来博她一笑。”笑声再次响起来——他看着雅各布斯太太，她正享受着大家对她的珍爱与取笑；紧靠她身后的一个女人大声说：“亲爱的达夫妮。”人们对此又笑了起来。吉平太太将黑色的披肩拉起来围着她的上臂——“那么，首先，是她最喜欢的作曲家的作品。”

“啊哈！”雅各布斯太太说，露出一丝可接受的微笑，尽管可能有点不太确定这位作曲家是谁。

“肖邦吗？”一个老男人问坐在他旁边的女人。

“你们很快就会知道的！”吉平太太说。她坐到钢琴凳上，然后环顾了下四周，“我担心我们演奏不了原曲，所以这是由李斯特改编的版本。”传来一阵低声的幽默的理解。“那个非常难的！”她兴奋地把乐谱放到琴架上，然后就开始了。

她真能演奏，是吗？——那是保罗的第一个想法。他匆忙地看着四周的人们，脸上是腼腆的笑容。是肖邦吗？他看到大家都在面面相觑，或眉头紧锁，或点头赞同，还有些人交头接耳。有一种无声的叹息，一阵聚集起来的认知与安慰的态势，使音乐本身显得不再重要：他们都了解到了。他不想表现得他没有懂。他从没近距离地看过别人严肃地弹钢琴，这使他陷入了一种困惑的尴尬境地，他极力想掩饰，却欲盖弥彰。他模糊地以为是古典音乐，其实是声音本身，夸张地充满了一种人们从未有过的感情，他看到吉平太太移动的身影，她裸露的手臂在琴键上上下舞动。她并不是个高大的女人——只是她的存在具有压倒性的力量。她的小手在伸展着弹奏出轰轰隆隆或叮叮当当等不同的音符时，看起来既勇敢又滑稽。她摇晃着，快速地往两边移动着屁股。红色的礼服上，黑色的披肩滑落下来——当她移动时，披肩以一种令人担忧的方式，颤动着垂到了她身后。最引人入胜、但又几乎惨不忍睹的是她的侧面身影，粉妆厚重、表情严肃，随着她身体的晃动及头部的颤动，看起来就像是在极力控制的面部痉挛。他用手捂着嘴和下巴，不自然地边笑边看。

雅各布斯太太将头歪向一边，也沉浸其中，不过还是快乐的。她的反应几乎是表演的一部分。过于活跃的第一部分音乐结束了，接着传来一阵缓慢的曲调，很明确，刚听到第一声，人们就知道这正是他们期待已久的。雅各布斯太太抬起右手向她致意，在曲子进行时轻轻地晃着头。保罗想她可能醉得太厉害了——自从那天晚上的第一次见面后，他就感到他与她之间友好的相互理解；尽管不知为什么，他发现对她而言，醉酒是家常便饭，有着悠久的历史；可对他而言，醉酒则是少有的体验，怪异而新奇。在后面的某个地方，有一阵低低的嗡嗡声和轻轻的咯咯笑声，然后有人嘘声制止。歌声又响起来，当他的眼睛越过观众的头顶去寻找彼得时，却发现彼得正转过身来朝后看着他，接踵而来的对他心脏的压力和脸上表现的热情正好与音乐相得益彰，像是同一支主题曲：他们两人都由衷地笑了，旋即转过身去。

此后，保罗假装随意地看了看四周，看看是否有人看到了这一幕；他看着站在另一边的朱利安，因为酒精的作用而面色绯红，正努力表现出清醒的样子，有点滑稽。珍妮就坐在他旁边，也是以批评的姿态皱着眉，定定地坐在一个身材高大的老男人身边，老人一副农民的面孔、一头乱糟糟的白发，大声而沉重地呼吸着，她对此礼貌地不加理会。保罗带着一种遥远的好像是被音乐感染的微笑转过身，看到了吉平先生，他站在后面，靠着红色的天鹅绒窗帘，专注地看着他太太，脸上也带着一抹笑容，让人捉摸不透。她在表演，向人们展示着她的身材、她的激情，保罗意识到他再也不会看到此时此刻的吉平先生了。接着他的目光落到坐在他前面的一个女人身上——她项链上的搭扣，她礼服领子上的标签写的是——安妮—玛丽巴黎伦敦——他倒着读出来的。当她随着音乐使劲地晃头时，她的发梢碰到了他的手指。她看了下四周，想要道歉却又因为被怪罪而有点气恼。没一会儿，她在丈夫耳边小声说了什么，丈夫听话地点着头。保罗突然有一种奇怪而强烈的恍惚感，三四秒钟像是过了很长的时间，像是理解了这个再不会与他产生交集的女人，她衣服的标签似有催眠的效果，她自己却无法意识到这一点。

他身边通向大厅的门敞开着，不时能听到从厨房传来的杯盘碰撞声和一时疏忽提高嗓门的说话声，那些从拜尔来的女人们正在那里洗洗涮涮。前门也开着，凉爽的空气伴随着远处冷杉的气味飘进来然后又消失殆尽。片刻的安静后，乐曲又响了起来——他不敢看彼得——他听到罗杰脖子上的项圈发出的声响，它在过道边上转圈闻着什么，丝毫也不在乎那些音调或时间。然后是石子路上传来的脚步声，接着犹豫地停下了，非常自然地对狗打了个招呼，狗不很确定地叫了几声。出于某种原因，开始保罗以为可能是警察，后来又想可能是达德利·瓦朗斯爵士带着在战争中受的伤来了，保罗这会儿倒有点被他迷住了。接着传来一阵清嗓子的声音、轻轻的敲门声，有几个人转过头，就像观众们在任何被干扰的情况下表现得一样……保罗有点不自然地做了个鬼脸，溜出去来到大厅。

"啊，您好——晚上好！"一个男人朝里面张望着，他被里面的情形深深吸引着，忘记了压低声音。他穿着紧身咖啡色西装，立刻就有了一种尴尬的感觉。"我来得太晚了——但我不想错过。"他嗓音清脆，听起来很有修养，词语间有停顿，但好像不是因为结巴。保罗出去站到台阶上，用力地握了一下他的手，但他确定并不是想给他勇气。可以肯定的是，这个人不是达德利。他们互相点了点头，好像都在想对策。

"我们刚开始听……一点音乐。"保罗机警地说，自己也在犹豫不决。

"啊！"对了，这个人大约有五十多岁，但是当他转头倾听的时候，宽宽的瘦脸上有一种孩子气的天真。保罗看着他剪得乱七八糟的一头灰发，厚厚地围着一块被太阳晒黑的光秃秃的头皮。"嗯，没错，"他说，"《珊塔叙事曲》，一直是她的最爱。"他们听到音乐声变得强烈洪亮起来，保罗想象吉平太太几乎要将自己晃成碎片了，接着马上传来一阵掌声。他认为应该有别的人出来帮忙解围了。

“请吧？”他朝大厅做着手势。

“好——谢谢您。”现在他们可以正常交流了。“你好，芭芭拉！”这个人说。一个女人从厨房跑了出来。

“你好，威尔弗里德，”她说，“你没赶上吃晚饭啊。”

“那——没关系。”这个人说，再一次带着修道士般的单纯与一点犹豫。

“我们不确定是否能见到你，”芭芭拉仍用奇怪而不太尊重的口气说，“吉平太太搞的音乐会正在进行，所以你得安静点。”

“我知道——我知道。”威尔弗里德说，对芭芭拉的语气微微皱了下眉。

“您想进去吗？”保罗问。他看到这个人看着里面的人，有一两个人转过脸来，而吉平太太则在宣布另一个节目。他穿的咖啡色西装一定是别人的，有三个扣子都扣不上，袖子短一块，裤子也短一截，好像有一个方形的大东西放在他身上紧绷绷的裤兜里。保罗不知道其他客人认不认识他，他担心他会因此而被人们指责。

“她还需要挺长时间吗？”威尔弗里德问，很开心但似乎听不到什么。又有一两个人好奇地看过来。

“我还真不知道……”保罗说，将自己摆脱出来。

“你吃东西了吗？”芭芭拉问，口气柔和了一些，“或者你想到厨房来吗？”

“我想或许吧——”威尔弗里德看着她，有点畏惧，“不会惹麻烦吧？”

“啊，没事。”

“我搭车赶到斯坦福，接着又坐公交车，然后一路走过来的。”

“那您一定饿坏了。”保罗说，采用了居高临下的口气。他听到彼得用牛津腔在说着什么，引得他们哄堂大笑，他意识到可能是发生了什么事，这个声音引发了兴奋与焦虑的震动，传递给他，使他半天没明白是怎么回事。音乐响起来。威尔弗里德跟芭芭拉走了，但到了门口又转回来，走到大厅的桌子边，从兜里拿出一个用闪光的红纸包着的小包裹，把它放到了那一摞东西的底部。他离开后，保罗看着上面的标签："妈妈，祝你生日快乐，爱你的威尔弗里德。"

这一小小的谜团并没有烦扰他多久。他倚在门边听着，或至少是看着彼得演奏。这首肯定是莫扎特的。彼得弯着腰心无旁骛地演奏着高雅但冗长的音乐，这让高大聪明的他看起来有点癫狂，但也有些感人而神秘的元素。曾在桌子下面抚摸他膝盖的大手，现在以一种独特而虚伪的庄重在琴键的末端快速地跳跃。吉平太太在另一端投入地愉悦着自己，使彼得看起来像是一个焦虑不安但谦恭有礼的随从；她不断地点头或做鬼脸，像是对他做不耐烦的指示，或紧抿着嘴唇以确定他什么地方弄对了或弄错了。给乐谱翻页是一件麻烦事，因为两个人都在忙着弹奏。过了一会儿，保罗注意到是彼得在需要的时候踩着踏板，使他的腿和手一样兴味盎然。吉平太太在弹奏时抖动着腿，彼得时不时地踩着踏板的举动就像是他在桌子底下与他碰脚调情的另一个版本。保罗被这一秘密温暖着，对彼得满是钦佩，又为自己不能亲自与他弹奏感到妒忌。最后，他使劲地鼓掌，就像在学校时一样，坚持到发出最后一个掌声。

接下来是一首很怪的曲子，从彼得搞笑的笑容里，保罗想这一定是哪个人出的主意，想要开开玩笑。音乐会结束以后的时间，以及在那个时间会发生的事，重重地压在保罗的心头，使他无法集中精力。他领会着彼得在尴尬局面下的小诀窍，希望此刻他没有自己愚弄自己。没一会儿，音乐结束了，他们站了起来鞠躬致意，现在的掌声里充满了热心的欢笑，但里面也有一点稍纵即逝的什么东西，因此这个玩笑似乎还是需要给他们解释一下。彼得的目光扫过房间，看起来几乎已经用自负的微笑吻上了保罗，他点着头，舌头舔着嘴唇，轻声地笑着。

当然这还没到最后，当科琳娜重新在钢琴边坐下时，保罗说不清自己是高兴还是解脱。彼得回到前排座位，苏·雅各布斯带着极度兴奋的表情走上前，开始演唱布利斯的《吊床》。很奇怪他对这些文字如此熟悉，他努力让自己跟上，以对抗自己这种对音乐徒劳的干扰。歌唱者用文字来表达特别的东西，在高音区的音乐下，它们转变成另一些元音的元音，使这一切变得更难，也更怪。他在想象着这首以某种方式所写的、弥漫于空中的诗歌的意境，这样也可以避免看着苏本人，她露出的牙齿，以及她逐个看向观众席的幽默巡回的目光。“每一株沉睡的园中花，在转瞬即逝时都将永驻芳华。”保罗对布利斯的所有了解是，他是女王的音乐大师，但是他发现难以想象女王陛下会欣赏这种特别的奉献。最后，雅各布斯太太站起来，亲吻了他们两人，然后把手举起来拍着，以唤起大家的鼓掌热情。她显示出被感动的表情，但保罗想他看得出来，实际上她觉得这是一个很大的压力，只是在这样的情况下她不得不这样而已。

当人们开始交谈并站起身来时，保罗捕捉到了彼得的目光及诙谐的鬼脸，于是也笑着回应，仿佛是告诉他，他刚才表现得有多棒。他不知道他真正想说的是什么——他躲闪着来到厨房，拿了一个玻璃杯。当他回来，加入到围着雅各布斯太太的那帮人中间时，他几乎不敢看他。由于紧张、渴望及对于接下来要发生的事情不可推卸的责任感，他感到极度慌乱。

几分钟后，他们穿过花园，因为在桌子中间互相让着路，偶尔会轻轻碰撞一下。桌子上，蜡烛依然在罐里燃烧；有一些火苗忽明忽暗，很多客人走出来，在繁星闪烁的夜空下喝东西闲聊。有一层神秘的面纱，掩盖着人们的身份。蛋糕已经切开，大家轮流用纸巾拿取。“我以为你会一整晚都陪着那个老女人说话呢。”彼得说。

“对不起！”保罗伸出手但并没碰到他的手臂。

“咱们来看看吧。这个花园很大，是吧。”

“噢，没错，”保罗说，“后面还有一部分，我想我们真应该仔细看看。”他觉得自己从没有这么机智过，也从没有如此担心过。

“我们喜欢你刚才演奏的曲子！”一个女人在经过他们身边往屋里走的时候说。

"哦，谢谢！"名人的光环使他们的出行显得更加引人注目，也或许是更奇怪。远离了烛光与灯光，彼得显得既亲密又疏远，好像更是一个用来触摸而不是用来注视的身影。有人在立体唱机上放上了格伦·米勒[1]的唱片，于是一丝音乐带着点浪漫的气息从树丛间悠悠地飘来。他们走过树枝低垂的山毛榉树林。"呣，我觉得不是这里。"彼得说，带着他那种安慰与决定性的口气，好像已经有了一个明确的计划。

"我觉得这个地方是花园最漂亮的地方。"保罗继续参与着这个游戏。黑暗中他们从开满玫瑰的拱形门下转到荒芜的角落，存放工具的仓库和堆肥器都在这里。他在不停地说话，好像知道他在做什么或者将要做什么。当然现在是抓住彼得的好机会，但黑暗中有什么东西使他们分开，而这一切像它承诺要将他们带到一起一样自然。

他隐约看到彼得以一种迫不及待的轻佻打开了仓房的门，听到藤椅和其他东西滑落的声音。"噢，该死，该死……"那个仓房像个陷阱。"哎，那里可是够乱的了。"保罗说，说不清为什么，他只是对自己的玩笑咯咯笑着。他醉了，那也是酒后失态所带来的不可逆转的灾难之一。此时彼得弯着腰极力地想把那些藤制品胡乱塞回去，却怎么也关不上门。刚刚把它关上，马上就又开了。"别管它了吧。"保罗说。

他咯咯笑着时，迟疑地碰了一下彼得；现在彼得的手环上了他的脖子，透过灌木丛中蜘蛛网般细微的光线，他们的脸靠得很近、他们的眼睛模糊不清；在一阵微笑与叹息声中他们开始亲吻起来，奇怪地品尝着彼此的烟味和金属味，保罗感到一阵不可置信的战栗。彼得按着他，弯腰扭动着身体让自己去适应他，他瞬间非常明显的勃起比他嘴里的味道更让他震惊。黑漆漆的昏暗中，他们狂热地近距离接触着，保罗只能看到彼得的头部曲线、他头发的轮廓以及远处参差不齐的灌木丛的顶部，它们正黑幽幽地对着夜晚的天空。他像他一样扭动着，尽力模仿他，但是

---

① 格伦·米勒（1904—1944），美国著名音乐家，1939—1943年间是他带领的大型乐队的巅峰时期，代表作有《在情绪中》《再见》等。

这种来自另一个男人的强烈渴望，以及产生的突如其来的令人窒息的本能与机械的暴行，已经超出了他的承受范围。他在彼得的双手间扭动着自己的头，试图挣脱出来，却使其变成了一种幽默而热切的依偎姿势，靠着他下巴、靠着他胸膛。“多么有趣的派对啊！”他听到自己说，“我很高兴吉平太太让我去停车场帮忙。”

“啊？”

“顺便提一下，我是说我喜欢你的领带……”

彼得把他抱在臂弯里，表情宁静，带着一点点幽默和洋洋自得的神情，保罗觉得他好像是在用先前的亲吻与征服的规模在衡量他。“噢，亲爱的。”他带着一点强制的笑喃喃地说，暗示着终究存在的羞涩。他们拥抱着彼此，脸对着脸，彼得的胡茬扎着另一个男人的脸，这加重了这种可怕的怪异。保罗不确定他是不是像第一次到这里来时，在巨大的草坪上慌慌张张地逃避一样，又无可救药地把事情搞砸了；或者这会儿被看成是自然而多情的犹豫，从中他自己的困惑可以被顺利地掩盖或得到原谅。他知道他已经发现他有所欠缺了。但很快他就想，唉，算了，能够亲吻另一个男人已经算是一种胜利了。

“我想我们该回去了。”他说。

彼得听到后，只是叹了口气，用双手更紧地抱着保罗的腰。“你知道吗，我可是认为我们应该在这里多待一会儿。这是我们应得的，你不这样认为吗？”保罗笑了起来，向他弯下腰，突然紧紧地抓住了他，使他与他紧紧地靠在一起，几乎是同时，又用某种方法将他固定住，使他动弹不得。

酒宴和亲吻似乎都按照自己的时间进行着。当他们回到屋里时，原来拥挤的人群已经变得稀稀拉拉，不过有几个老人已经安顿下来，被安排在客厅里重新摆放的拥挤的椅子中。落地窗外沉沉的夜幕下，保罗感到他和彼得肯定是带进了一丝无法言说的东西，不过所有人都假装没有看到。美酒似乎征服了所有人，使有的人安静地微笑，有的人兴奋得语无伦次。约翰·吉平醉得太厉害了，正跟一个年龄比他大三倍的人解释着他刚才喝的波尔图葡萄酒的好处。就连端着白兰地酒杯的吉平先生，看起来也是发自肺腑地开心；当他看到保罗时，尴尬地转移了目光。音乐又换了，那是一首很老的舞曲，保罗觉得是一首战时电影的插曲，钢琴旁清理出来的一块方形空地上，雅各布斯太太和那个农民正在跳舞，他们几乎没怎么移动，但却带着很投入的神情，而那个农民正是马克·吉布森，她曾提起过，那个住在旺蒂奇的出色的画家。另一对保罗不认识的舞伴以他们两倍的速度旋转着。保罗友善地对他们笑了笑，他刚刚走过的路特别黑暗，使其余的一切都显得格外迷人，但又诡异地毫无关系。“我想我得走了。”彼得把手放到朱利安的肩膀上，对他说。尽管保罗知道他们马上就会在汽车旁再次见面，但他依然对此痛心，半信半疑。

在厕所外，他被珍妮拦住了。“你想不想和我们一起去考恩礼堂？”她问。

朱利安看起来很吃惊，然后像心里有事儿似的讨好说：“对啊，你觉得我们可以……对，和我们一起来吧，那就太好了……你想问一下我爸爸吗？”他对保罗说。

“哦……我觉得不用。”保罗说，很高兴他的语音语调引来了一阵笑声。他应该在走之前感谢吉平先生的——感恩之情突然间变得强烈而愧疚，同时又被一种新的怀疑所困扰，也许人家并没想让他参加这个派对，这只是一个大大的却无法提及的错误，也只好将错就错罢了。

“我想舞会会持续到午夜，现在几点了？”

保罗不能告诉他们，他已经答应了彼得要跟他一起去坐坐——哪里呢？——他想象着曾经见过的某些伴侣将车停在阴暗的停车场，躲在车里谈情说爱的情景。所以当听到彼得说：“是吗？为什么不？——就半个小时嘛——我好像挺喜欢跳舞的……”的时候，他感到更加震惊，就好像他们自己的计划根本无所谓一样。

“好吧……”朱利安说。一种说不清的感觉弥漫于空气中，尽管他需要他们作掩护，但对他们要到考恩礼堂跳舞的想法却并不怎么兴奋。

“你哥哥来吗？”

“哎呀，还没告诉他。”珍妮说。

“我很喜欢跳舞。”彼得说。

“噢，我也是。”珍妮说，保罗疑惑不解地看到他们俩已经开始扭动着屁股，对着彼此抖动肩膀了。“你觉得怎么样？”她问。

大厅里，吉平太太站在那里，正和另一个女人快速而低声地说着什么。“他真的不能。”当保罗内疚地退回时，听到她说。

外面的车道上，在前门透出的灯光所及的车道边缘，威尔弗里德叔叔站立着，双臂紧紧地抱在胸前，虔诚地仰脸看着天空，好像他身体的其余部分没有因为紧张或拒绝而痉挛着。“我把珍妮安排到储藏室，母亲安排到客房，两个男孩子都回家……他应该说一下他要来的。”

“我想我们肯定能给他找到一个安身的地方。”另一个女人说。

“他为什么不叫辆出租车回去呢？”

“有点太晚了，亲爱的。”女人说。

“是吗？”

“我想他没有神经过敏吧？”

尽管不再想去考恩礼堂了，朱利安的脸上还是浮现出一种顾全大局的绝望神情。他走出去来到了车道旁——“您好，威尔弗里德舅舅……”把他拉到离她们远一点的地方。

“朱利安，你能看到巨蟹座吧。”威尔弗里德说。

一分钟后，他们全都坐进了顽童车里，在这个临时的小小的喜剧氛围里，他们全都表现得很幽默，每个人都谈笑风生，当汽车颠簸着以参加比赛的速度行驶到格里布街时，他们传递着从他们屁股底下拿起的书籍和废物垃圾。他们能听到青草擦着车底的声音。威尔弗里德坐在前面，保罗、珍妮和朱利安一起挤在后面。朱利安温热的大腿紧贴着保罗的大腿，保罗发现这个小子已经抓住了他的手，他认为这只是出于一般意义上的放任及无私的高尚精神。他没敢回应。汽车一路颠簸走上了教堂路，下了市场，进入了让人惊奇的外部世界，这个世界包括停在钟楼外面的一辆警车和站在警车旁的两个警官。彼得很不以为然，忽地超过他们，就在米德兰银行前停下来关了灯、熄了火。有一瞬间保罗感到他们的行为有一点不计后果，轻率而又不妥当。但明天是星期天……

他们爬出汽车，调整自己。威尔弗里德说："自从战争结束后，我就再没跳过舞了。"

"你会喜欢的。"珍妮告诉他，自信地点着头。在这个严重失衡的一群人中，她实际上是他的搭档。

"那咱们就自己跳自己的吧。"

彼得锁好车，无助但高兴地看了保罗一眼，耸了一下肩膀，嘲讽地摇了摇头。

人们都在走出考恩礼堂。夏季的夜晚，女人们的着装都很吝啬，但都紧紧地挽着男人。保罗掩藏起他见到杰夫再次觉醒的紧张情绪，进入大厅时，有意识地跟珍妮说着话。当他瞥向那些玻璃门时，椽头很高的大厅，在多彩灯光的慢慢扫射下，似乎因为有了他的驾临而显得厚重起来。大厅里正在播放着一首快速的歌曲，珍妮已经跳了一会儿了："我们现在可以进去了吗？"

"还要再等二十分钟，亲爱的。"门边的一个女人说。

"你不会跟我们收钱的，对吗？"珍妮问，无视她对她年龄的提问。

女人盯着她，门票和现金都被推放到一边，人们推搡着挤了进去，在里面等待或在有彩色玻璃门的衣帽间、卫生间进出。他们就这样进去了。

保罗为自己喝了那些酒而在心里感谢着上帝——他兴致高昂地走过前方有舞台的大厅，在阴影中微笑着，仿佛他就住在这样的地方似的——但是，没有，杰夫不在——他带着一点失落与解脱的心情回到那些人中间；然后想起了他的领带，不耐烦地把它扯了下来。他感觉跳舞和亲吻一样让他不好意思，但这次是珍妮拉起了他的手——他们这一小帮人开始随着波普爵士乐一起跳起了波普。保罗笑着看着每个人，他的心情很复杂，既有热切的渴望又有不安的焦虑，威尔弗里德跟珍妮学，但没有跟上她的节奏，她穿着伞状的女裙在摇摆，在自己面前挥着双手，也许是在等某个人来拉住它们；朱利安则点燃了一支香烟，贪婪地吸起来。在不远处，彼得在独自跳舞，随意地放松四肢，双眼则透过组成图案的斑驳灯光淘气地偷窥着保罗。周围跳舞的伴侣们给他们让路，有点困惑地看着他们，当然免不了要议论几句……城里认识珍妮、朱利安的人自然地皱着眉，带着一点惊奇的微笑。保罗跟着两对舞伴兴高采烈地一起跳摇摆舞，不去看他们的脸，清醒精确地跟着节奏，在舞台前来回晃。

一个身着缀满亮片的礼服、满面红光的高大女人拉起威尔弗里德的手……她认识他吗？——不，看起来不像，但是他准备好了迎合她。他是一个绅士，神志清醒，具有一定的要将其做好的决心。保罗看着他们离开，用一丝微笑掩盖着震惊，珍妮过来倾身对保罗点点头，说："你的一个朋友。"

保罗把手放到她肩膀上，她身上的衣服有点扎人，温暖的肌肤、陌生的女孩的感觉——"嗯？"

"小保罗？"

他转过身，就看到杰夫站在那里，他不由得弓起背，杰夫朝他走来，但因为特别震惊而向后缩着身子；然后他的脸靠过来，离得很近，可以感受到他热热的带着酒味的呼吸，随意而友好，好像也要亲吻他一样。"你怎么在这儿！"——然后把桑德拉拉过来，做了简单的几乎是不出声的介绍。她握了握手，看起来不怎么高兴，但保罗只是个同事，他可能已经提过他了。她把双臂抱在胸前，然后目光转向别处，看着门边进进出出的人。"天哪，那个老吉平也来了吗？"杰夫夸张地开着玩笑。"只有小吉平来了。"保罗说，对朱利安点了点头，但他好像没明白，灯光忽明忽暗地照着他的紧身休闲裤和深V领的衬衫，他站在那里点着头，只看了直率的杰夫一眼，就有了非常动心的感觉，仿佛心脏都要停止跳动了。他又倾了倾身子，粗硬的络腮胡子碰了碰保罗的脸。“那，我们要走了。”——桑德拉使劲拉着他，脸上微笑着但有点闷闷不乐，仿佛是说保罗不可能给他什么鼓励。“周一见！”——然后他的手就放到了桑德拉的腰上，以成人的方式殷勤地陪她走向出口处被灯光照亮的广场。

“喂，他很棒啊！”珍妮说。

“噢，是吗？”保罗扬起了一边的眉毛，好像在说女孩们都很感性，他转过身寻找他的身影，看着他走进灯火辉煌处，又走进沉沉黑暗中，好像那才是他错过的机会。然后，对着正朝他们一路摇摆着走来的彼得笑了一笑，彼得咬着下唇，然后过来抓着他们俩，随意地醉醺醺地拥抱了他们一下，贴着保罗的耳朵喃喃地说：“想走的时候告诉我一声。”

“接下来是一首快步舞曲和慢步舞曲。”火车头乐队的主吉他手宣布，这些话在高屋顶的大厅里厚重地回响，“然后我们就要跟大家说晚安了。”

“我们再少待一会儿吧，”保罗说，“反正已经来了。”

最后一首乐曲响起的时候，时钟已指向十二点过五分，两个警察笑容可掬地站在灯光明亮的门口，正和一个拿着大衣的女人交谈。他们朝里面看着，舞池里只剩下不多的几个人在跳，他们觉得周围的空间在变大在延伸，弥漫着夜的气息。珍妮和朱利安以一种试验的姿势僵硬地抱在一起，他的下巴重重地放在她的肩膀上。保罗和彼得分别在几步之遥的地方倚着墙，摇晃着，他们的脸上挂着出神的笑容，不知道为什么这么快乐。远处，在舞池的中央，是威尔弗里德和他的新朋友，这位新朋友已经按照想象将自己的舞步调整为她舞伴的节奏，他们正随着《河畔青青草》的曲子自编着一种士兵叠步舞。

6

彼得沿着牛津街呼啸驰骋,与它大名鼎鼎的同名地不同,这里的几间店铺在慵懒的夏日夜晚早早地关上了百叶窗。就在他来到广场前,他还不安而冷静地在想他是否真的喜欢保罗,再次见到他会有什么感觉。他不是很确定他长什么样了。自从在吉平家的派对上吻了他之后,接下来的这几天里,他的脸渐渐变得模糊,他脸色苍白中透着羞红,眼睛……灰眼珠,这个没错,灰色的头发在灯光下夹杂着红色,一个如此让人兴奋的奇怪的小人儿,他看起来比他的实际年龄要小,衬衫下的身体瘦小、结实而光滑,实际上相当狂热,不过在那种情况下当然是因为醉得相当厉害了——哦,他在那里,站在市场大厅边,对,是的,没错……彼得想会没事的。他身后的背景变虚无了,眼中的他在一种奇特的近焦视角当中,等你的这个人正是你在等待的。彼得来得稍微晚了点——在汽车慢下来靠近他的四五秒钟里,他看到保罗在看手腕上的表,然后抬起头看向对面的米德兰银行,好像是要逃开,然后看到他发现了汽车,浑身颤抖了一下,但随即镇定下来假装没有发生过。接着,当彼得过来时,他吃惊地跳了起来。下班后,他换上了干净的紧身牛仔,上身红色的圆领套头衫轻搭在肩头；他这努力让自己好看的心意比性感本身更打动人。彼得停下车，跳了出来，张嘴一笑——他想马上就吻他，但是他当然得控制住自己。“你的顽童在恭候大驾！”他说着，打开了乘客位的车门，车门发出一阵刺耳的咣咣声。他发现他也许该把车再好好清理一下的；他已经清理出一堆废纸放到了一边，当保罗往车里进时，他用干净的手遮挡着。保罗是个清瘦的年轻人，他的臀部像自行车爱好者一样浑圆紧实，非常迷人。彼得自己也进了车里，当把车发动起来后，他的手在保罗的膝盖上放了一会儿，感到了它紧张的一阵颤抖和要掩盖这一事实的渴望。“准备好去见塞西尔了吗？”他问，因为这是他们此次参观的借口。仿佛塞西尔已经成了他们之间的暗号。

“其实，我以前从没去过寄宿学校。”保罗说，好像这才是他担心的事情一样。

“哦，真的吗？”彼得说，“那么希望你会喜欢它。”他们绕着广场开出去，汽车发出阵阵不可避免的粗砺的噪声。这种引擎后置的车有点可笑，它不是在前进时发出阵阵轰鸣，而是在启动时发出一些像放屁一样的声响。

“这一天过得怎么样啊？”当他们回到牛津街时，彼得问。从这里到科里有三英里的路程，当他握着方向盘朝前微笑时，他感到保罗的不自在也在威胁着他。他应该在一开始就战胜它。

“哦，挺好的，”保罗说，“我们迎来了几个督察官，所以每个人都有点提心吊胆的。”

“噢，天哪。他们抓到你的把柄了吗？”

“我觉得还没有，”保罗很慎重地说。他又接着说：“你知道，因为总想着今晚的事，我今天实际上有点心不在焉的。”

“我知道。”彼得说，听到这些话他很高兴地看了一眼保罗，保罗则半转过身去，好像对自己刚才的话感到很羞愧。

“我想看一看那个坟墓。”

“噢，当然了，还有那个。”彼得说。

城外，透过开着的车窗，微风将麦田上的尘土吹进来，与车里热塑料和汽油的味道混合到了一起。在一阵阵喧嚣的噪声中，他们也许无需太多的话语；他讲着即将来临的开放日、板球比赛，以及新的博物馆，但觉得保罗根本没听进去；接着他说：“好了，到了。”那一排树木就在眼前，他希望保罗看到了主道尽头掩映在树丛中的那个耸立的小尖塔。这里是一个小门房，它是豪宅本身的一个小标志，有一排红山墙，带有一个角楼和小尖塔。巨大的经过加工装饰的大铁门永远敞开着。接着发生了一件彼得一直认为很美好的事情。当他减慢车速，转向栗树笼罩下的车道上时，他们似乎脱离了世俗的束缚，进入了一个特别的隐秘之地——从后视镜中看，依然在行驶的汽车和卡车迅速变小；但有一瞬间，没人再能听得见它们的声音。气氛变得奇妙起来，有一种特权和表演的成分，掺杂着一些真实的童年回忆，带来一阵不由自主的重回学校的恐惧——彼得偷偷看着这个他并不怎么了解的新朋友，并从他脸上寻找着这些感觉的痕迹，同时测试甚至强化自己的感觉，但还是怀疑自己并不比先前的任何人对此了解得更多。他们右边，通过那宽宽的树林，能够看到游乐场，临时用茅草搭起的存放板球物品的仓房。“顺便说一下，这片树林是一条分界线，”他说，“如果你在那里看见哪个小子，你可以给他一梳子。”

“梳子……”

“打在屁股上。”

“噢，”保罗过了一会儿说，“好的，我明白了。行啊，一会儿我们去找找看，”他对自己说出的话感到很吃惊，脸又红了。彼得笑起来，看着他，想到他以前从没遇到过一个成年男子这么容易、这么明显地对任何一点点下流话就感到尴尬。他是一捆感情和思想都受到压抑火热的小柴火——也许这就是为什么想要跟他发生性关系（他计划在一两个小时后实施）的想法让他激动不已的原因吧。不过那时他的脸会变成什么颜色呢……“好了，就是这里。”在科琳娜的派对上，人们谈论过科里，但彼得并没有告诉他他们将要看到什么，他在第二组门栅边放慢速度，然后它就突然呈现在眼前。“瞧，这就是！”

由于某种令人窒息的礼貌，或者仅仅太聚精会神，保罗根本没顾上看房子。他们慢慢驶过石子铺就的小路，来到四年级的窗外停下，彼得脸上的笑容褪去了。窗上的框格上下地动着，使空气能够流通，正在做准备工作的男孩们好奇地转过头看向外面。学校的常规及其周围神秘的能量使某种难以形容的气息悬浮于空气中、悬浮在地板上拖动椅子时发出的刺耳的噪音中，模糊的问题、说话时提高的音量都在告诉他们，所有人都要继续他们手里的工作。

在前厅，彼得轻声说：“我想你肯定特别想喝点什么吧。”在他的房间里，他有很多杜松子酒和一瓶还没开封的诺瓦丽·普拉味美思酒。

“噢……谢谢。”保罗嘴上说着，却在门厅桌子周围乱转，并以意想不到的兴趣注视着光荣榜。在两块黑色的木板上，金色的大写字体清楚地记录着寄宿学校诸多晦涩难懂的奖学金及成就展示，这些字写得参差不齐、大小不一，看着让人很不舒服。

“你注意到 D.L. 基特森了吗？”

“哦，什么？”

“唐纳德·基特森……没有？不管怎么说吧，他是一名演员。是让学校名声大振的主要原因。”他们身后传来一阵脚步声，在光亮的橡木楼梯上，是校长绉胶鞋底发出的吱吱声。他带着习以为常的料事如神的神情走向他们——这一次，也许是肯定的吧。

“啊，彼得，做得好啊。赞扬我们大名鼎鼎的人物。”他肯定是看到了拐进来的汽车，看到有陌生人进来。

“校长，这是我朋友保罗·布莱恩特——保罗……”他小声嘟囔着校长的名字，仿佛那是个机密或者认为没有必要提及。他有着要打破规矩的强烈愿望。

“啊，欢迎来到科里庄园，”校长说，和他们一起站在那里看着光荣榜，“我担心这个学期结束后，我们会需要一块新板。”实际上被频频提起的总是那些人，从1959年到1964年，这过去的五年，是绝望的五年，这期间没有一个人声名鹊起。

“彼得正在和六年级的学生一起创造奇迹。”校长说，几乎像是在和家长说话。当然他有可能已经在银行见过他，正在努力给他一个适当位置。

“校长，我可以带着保罗转转吗？”

校长似乎很赞成这个主意。“如果可以的话，离做功课的学生远点。你们会想去看看教堂吧。实际上还有图书馆。”他说，看了一眼窗户，很实际也很独断，好像对不能和他们一起去感到很遗憾，“今晚的天气挺适合在公园周围爬爬山的。”

“是有这个想法。”彼得说，面无表情地看着保罗。

“出去走到厄帕台兹！进入树林！多么……”

“好的，我们会的……”这个老傻瓜似乎在催促他们投入彼此的怀抱。

“现在，我要去检查一下维修情况了。”他说着，朝通向五年级的大门走去。

“对了，如果可以，我想让保罗也看一看。”彼得说。

“真遗憾，现在正是开放日之前。”校长继续以隐秘的口气对保罗说。他打开双扇门的左边那扇，多疑地朝里面望了一眼。“好吧，他们已经有了一些进展——”让保罗和彼得跟着他进了房间，在那里他们没有看到埋头做功课的男孩子们，而是些被推到后面靠墙放着的桌子、装满了碎石瓦砾的麻袋。稍远处，可以看到屋顶上有一个不规则的大洞，下面放着梯子和厚木板搭起的简易脚手架。屋子里有一股发霉的味道，每样东西的表面都有厚厚的一层灰。在上周二的音乐欣赏会上，舍监的卫生间被水淹了，水流到了下面的屋顶。它们一定是在这大约建于1920年的屋顶上集聚了很长时间，然后开始向下面的房间流，开始只是滴落，继而水流变大，最后轰然倒塌，一大堆灰和泥就砸到了孩子们刚刚腾出来的桌子上。彼得那著名的字体写的节目单还留在黑板上，韦伯恩[①]的《为乐团所做的六首组曲》及《威廉·退尔》的序曲还没等开始，第一波热水就哗哗地流到了菲利普森的脖子上。

“校长，您有机会欣赏过原先的屋顶吗？”彼得问，说不清自己到底是想取悦他，还是让他烦扰。

“我现在全部的心思，”校长以他最接近幽默感的虚假的坦诚态度说，“就是在周六前把这些东西都修好！”

彼得在东倒西歪的椅子间穿行着，保罗紧跟着，也许不了解事件的严重性，他四处张望，脸上挂着一丝微笑，为自己重新回到教室感到震惊。“舍监一定觉得非常难堪吧。”彼得说，此时对她投入的感情可比她当时发泄出来的要细腻得多，他爬上了一个 A 字形的梯子，这个梯子支撑着桑兹先生和他儿子的工作台。“顺便说一下，校长，我照了些照片作为档案资料。”他以那点岌岌可危的优势向下看，说道。这些档案资料是纯粹的想象资源，校长并不想否认。他和保罗都抬头看着他，流露出俗世人惯有的关切与急躁。“如果能把这块地方全部打开就好了。”

“我建议你就按现在的情况加把劲吧，”校长说，“这可是你的最后机会。”他再一次用模糊的目光幽默而怀疑地看向保罗。

“也许我们可以在放长假的时候全部打开？”

校长嗓子里发出了一阵咕噜声，像是被迫抽签选到了一场不体面的游戏。“当年达德利·瓦朗斯爵士把它掩盖起来的时候，他非常明白自己在做什么。”

但是彼得让保罗也爬了上去，厚木板在他们两个人的重压下颤抖起来，当他们都抬起头，看向两个天花板的阴影部分时，他漫不经心地把着他的胳膊。他们的肩膀挡住了透过那个大洞射来的大部分光线，这个意想不到的阁楼延伸向房间遥远的那一端，直到隐入完全的黑暗中。它大

---

① 安东·韦伯恩（1883—1945），奥地利作曲家，第二维也纳乐派的代表人物。

概有两英尺六英寸高，干燥的旧木材味和最近浓浓的霉味混合在一起。“看不见，”彼得说，“等一下……”他在口袋里慢慢摸索找打火机，把它拿到头上，然后用拇指打火。“该死的东西……”他打燃了火，当他慢慢呈弧形挥舞着手臂时，他们看到了欢快的火光，迅速吞噬了在头上镀金的小圆顶里外的阴影。在它们之间，是深红色和金色的方格天花板，水从那些裸露的板条和吊在那里的马鬃合成的灰泥碎片上流过。它看起来像是一个与日常生活格格不入的建筑，就像是一个被毁坏了的游乐宫，或者长期以来被盗挖的墓穴。在屋顶与墙壁的连接处，可以看到一个华丽的檐口、两个镀金的大写字母，以及一个大镜子模糊的顶部。

“不要让这里发生火灾，好吗？”校长说。

“我保证不会。”彼得说。

“一周里又是火又是水的……”校长抱怨道。

彼得在打火机的光亮下对保罗眨着眼睛，偷偷注视着他拘谨的小嘴，那张嘴因为仰脸朝上而微微张开。“我猜这里以前应该是餐厅，是吧。”他说，声音在这个空间里发出神秘的回声。然后他弯下了腰。“校长，有一天晚上我跟前瓦朗斯夫人聊过，这是科里庄园里她最喜欢的房间，这些圆屋顶真是美极了。”

“你站在那么高的地方，我感觉不怎么放心。”校长说。

“我肯定她会愿意再来看看。”

“好了，好了，快下来。”

“我们下来了。”彼得说，捏了一下保罗的肩膀，啪嗒一下关了打火机。他不知道保罗是不是跟校长一样对此缺乏兴趣。但是想到已失的装潢，瞥见了所住房子未经探索的空间，他感到很激动，也就不管他了。那是一个梦，一份狂热，但现在被悲哀地搁置了，因为他眼下有了另一份狂热，即他的银行小职员朋友。

“很高兴见到你，”当他们走回大厅时，校长说，“记住啊，如果你想让你的儿子到我们这里来学习，你得要早点付定金：有很多指挥官在他们的儿子出生后就交定金了——这可是学校最好的广告了。”

“噢……什么……把他们都定下？”保罗问——但校长已转过身去，看了一眼他的手表，然后越过那张巨大的门厅桌，那个不可摧毁的瓦朗斯时代的纪念物，抓起上面的手铃，激烈地摇了十秒钟，仿佛是以他强硬的管理手段来否定彼得刚才的那些无稽之谈。接着，又听到了另一种古老的噪声，音调很高，有回声，似乎为被打破的宁静感到忧伤，从远处的房间那边传来。保罗颤抖起来，也许是被记忆中的什么东西震惊了，当他们向主楼梯走去时，彼得将他的手放在他的腰上。几乎同时，门开了，男孩们都出现在大厅。“注意点！”校长不耐烦地喊道，“别跑。”男孩们控制着自己，在经过保罗身边时都好奇地看着他。每当有人从外面的世界来到学校，总会有一丝奇怪的气氛，彼得知道又有人要议论了。他不怎么太在意缺少私人空间，但有那么一瞬间仿佛他自己又回到了学生时代。“我们上楼去喝一杯吧。”他低声说，看到米尔索姆 1 号拿着《圣经》从身边经过，愉快地点了点头，但也表示不想讲话。

“那塞西尔呢？”保罗带着遗憾的目光，在第三或第四级阶梯间犹豫着。

“你想先看他吗？可以啊，快点瞥一眼就行了。”彼得眯着眼睛对他笑，想着塞西尔也许不是暗号。他又带着他下楼，穿过拱形门进到了房子一侧的玻璃回廊。参加艺术展览的作品已经放到了这里。当他礼貌地停下来观看钉在板上的那幅落日水彩画时，撞到了保罗。到处都有天才的痕迹，在他们幼稚的乱涂乱画里，依然可以看到希望。彼得发现美术是最难教的一门课，不仅需要技巧，也需要想象力；他自己在这方面不怎么擅长。他以严格的方式，教导他们锻炼自己观察事物的能力，为此他们应该感到庆幸。他想要来自保罗身体的温暖，他靠着他，把手放到他的肩膀上，盯着普利斯特曼画的放在果酱罐里的罂粟花，画上污点颇多，但据说这画显示出了一些天分。在被尼尔·麦考尔称为“性爱前沿”的科里，除了有一次学期中在伦敦的那一次醉酒之夜外，彼得在这里一直像生活在荒漠里一样；令人羞愧的是，这些十三四岁的孩子的生活都要比他的有趣得多。唉，这也是他自己开始的年龄——从此就一直如此。他捏了捏保罗的脖子后面，既是一种占有，也是一种承诺。真是奇怪，他强烈地喜欢他；但他并不急着去解开其中的谜团，这令这段情事更让人心醉神迷。在教堂里，他一定要吻他，不管以什么方式都要把手伸到他的衣服里；当然要防止保罗可能提出的一些圣地之类冠冕堂皇的理由。"快点。"他拉起他的手，说道。但是当他转动铁环打开教堂的大门时，他听到了一阵风琴萎靡不振的低鸣。"噢，天哪……"

暮色早早地笼罩着教堂，昏暗中，一盏小锡灯照着一个男孩不安的身影，这个身影那么奇特以至于彼得开始没认出来。"啊，唐纳森……"颤抖的声音随着一阵短促的尖叫传来。

"对不起，先生。"

"没关系……你继续吧。"这个男孩钢琴弹得不错，得到了许可来探索这个更复杂的乐器。"别管我们！"但是有一瞬间他丧失了信心，手忙脚乱地在踏板与膝拍间忙乎着，却没有音乐声传来，他恭敬地用鼻子吸气停了一下，然后继续弹《所有的庄稼都已收仓入库》。

保罗已走向坟墓，在深色的长椅之间，它似乎在向前方飘去。彼得走到门后，去按那些老旧的开关，但灯没亮。唐纳森看着他说："先生，我想可能是保险丝断了。"好啊，那就更好了，这将是一次在柔和微光中的参观。克莱顿和贝尔公司制造的五光十色的玻璃窗已经关闭，带着教堂窗户在日光渐渐退去时特有的忧伤，沉入忧郁的中立；这些色彩已经变成庄严的秘密。不知为什么这看起来似乎很虔诚，是可被更新的神秘。彼得走近时在自己身上画着十字，不由自主地皱了皱眉，不过他也不知道他是什么意思，或者是否想让保罗看到。对第一次约会来说，这种安排确实有些不同寻常，与他以往跟别人的约会都不一样，那些约会主要都是在酒吧里。

为了与整个学校的环境相符，他们在塞西尔坟墓两边的空地各摆了一排椅子。很明显，虽然学校也多多少少为这坟墓骄傲，但它也是一个麻烦。那些小子们在诗人的大理石嘴唇间放了一支假烟,还有一个特别傻的孩子很早前就在诗人的胸部刻上了自己名字的缩写。彼得把挡着路的椅子挪开,弄出一阵刺耳的响声。保罗走近些,跟着碑文转着。“塞西尔·图瑟·瓦朗斯,十字勋章获得者……”彼得自己也像第一次看到一样,这个二流艺术品却是房子里一个很好的摆设;能把它展示给别人,展示给一个真正喜欢瓦朗斯的人,他同时体会到了愉悦和慈悲,这个人也许还没意识到他也是二流的。此墓给塞西尔营造了一种宏大氛围,去面对任何对他水准高低的挑剔。

“你觉得怎么样?”

他还是看不透保罗庄重投入的神情到底是真情流露还是只是一种礼貌。他走回到彼得身边来跟他说话,好像在教堂里行事要谨慎似的。“真有意思,那上面没说他是个诗人。”

“对……对,真的。”彼得说,移动着身体,他们身体的不断接触让他兴奋起来,“不过我猜那是贺拉斯的诗……”

“嗯?”

他抚摸着褶状的哥特式字母。“明天我们将驶向无边的大海。”他尽量用不像老师的口气解释着上面的文字。

“哦,对……”

渐渐进入状态以后,唐纳森开始演奏更大的作品,也许应该用低音部的音栓,好演奏下一首赞美诗,风琴响亮的嗡嗡声是他们的一种掩护。“你参观过牛津大学里的雪莱纪念馆吗?”

“是的,参观过。”

“那一定是唯一展示诗人阳具的雕像。”彼得说,通过镜子看着唐纳森,看他听没听到他说的话。

“嗯,我想也是。”保罗低声说,但似乎太震惊了,不敢去看他的眼睛。他走过去看着诗人的头,彼得紧跟在他身后,假装跟他一样好奇。他再一次轻轻将手放到了保罗的肩膀上,保罗红色的毛衣围在那儿。“很帅气的家伙，”他说，“你觉得呢？”然后紧张地将手向下移动，在他的手指和他温暖坚实的脊柱曲线间只隔着一层薄薄的衬衫。“我是说，不是他看起来是那样——”接着他的手来到了那个被称为本我轮的神奇部位，是所有欲望的压迫点，这是莫德林学院的一个印度男孩有一天晚上告诉他的。所以他按着它，用中指探寻，充满希望地轻轻揉动着，他感到保罗开始喘息，背向他的脊背弯曲，就像掉入了某种陷阱，越挣扎，反而陷得越深。

“在马里库尔牺牲的。”保罗说，向前倾斜着身子像是要去吻塞西尔。

“嗯，是的。”彼得说。他沉迷于自己的秘密恶作剧，大腿和胸口因为强烈的渴望而感到阵阵晕眩般的疼痛。保罗侧身对着他，面红耳赤、心中忐忑，可能是担心自己被燃起的激情吧。

塞西尔本人也跟这有关联，这让一切有点儿滑稽而尴尬。现在他们得小心点了。仿佛已经狡猾地串通好了一样，唐纳森开始用八度叠奏音栓弹另一首更长的赞美诗。彼得有点希望能从镜子中看到唐纳森傻傻的笑，但是这孩子正激烈回应着他那暴躁的乐器。在刺耳高音（“摆脱痛苦、摆脱罪孽”）下，彼得幽默而直接地说：“我真觉得咱们最好还是上楼到我房间去吧，你说呢？”

“好……那好吧。”保罗好像之前已想过这个问题，好像在接受计划之外的改变。

彼得带着他从最近的后楼梯往上走，他们在一楼大厅走过洗衣房——有一会儿，他想带保罗往上走，穿过天窗，来到屋顶，这绝对能成为全校最出格的事。但他很快发现门开着——舍监正在那里翻着什么东西，路过的人刚好能看见她又白又大的臀部。“唉，等你下次来再说吧。”他低声嘟囔。发现保罗自己对此并不确定，热切的情绪正与某种根深蒂固的失望做斗争。他们继续向上，沿宽阔的楼梯来到二楼，保罗首次听到这种地板发出的咯吱咯吱的响声，然后他们来到了彼得的房间，他们与世界相隔的门被紧紧关上。彼得把保罗拉过来吻了他，身后的门由于两个人突然的挤压，门锁发出咔哒咔哒的声响。

有一件事他忘记了，那就是保罗会马上开始说话——他的嘴离彼得的脸只有两英寸的距离，他说着这个初吻有多醉人、说着他多么喜欢彼得的领带，以及一周来他一直在想……他因为兴奋和尴尬而出现在脸上的红晕……他发烫的额头……他颤抖着说出的话，半是真诚，半是无知，用断断续续的话语建成一道防线……因此，彼得再次吻他，用这个没有什么感情色彩的长吻来让他冷静下来、闭上嘴，然后，也许能将他瓦解。尽管他那么投入，还是听到从他身后很远的地方，熟悉的嗞嗞沙沙声通过厚厚的橡木地板传来，接着是短促的喘息声，像是礼貌但坚定的咳嗽声。然后他们俩都感觉到了一阵激烈的敲门声。他们僵住了一秒钟，彼得让保罗赶紧溜出他的怀抱，然后迅速扣上衣服扣子，不过身体还是重重地倚在门上。门把手转动着，门在轻轻地打开。科里所有的房间都没有钥匙。他看到保罗就像一个要被抓住的学生一样，假装镇定地拿起了一本书。然后彼得喊道："对不起，舍监！"他声音空洞，随即以一个滑稽的动作踢了一下门，身体忽地一转把门打开了。

舍监抱着一摞叠好的床单，科里所有洗过的东西都是这种浆洗后的灰色。她探头瞥了一眼房间。"噢，你有客人啊。"她说，在道歉和反对之间犹豫挣扎。从洗衣房走上来累得她轻轻地喘着气。她身穿白色的大褂，紧贴她胸口的干净床单几乎在随她的胸口起伏。彼得微笑着盯着她。"因为开放日的缘故，我今晚就把干净床单发下来。"舍监说。说句公道话，对彼得的魅力，她其实是在嘲讽，有一种很明显的敌对和对抗情绪。

"舍监大人，希望我的房间不会也被开放。"他说。她抓住最上面的床单。"这个，让我……"他真的应该介绍一下保罗，但他更愿意激起她的疑心。

"我们都要走在前面。"她不自然地笑着。

"哦，那是当然。"不知道她是不是希望他马上就换下床单，她眯着眼睛看着它。

“好吧，那……就把它交给你了，”她说，“完全交给你了。”

“没问题。”

她这才离开了。彼得坚决地关上门，对保罗笑得有些不自在，倒了两杯杜松子酒和苦艾酒。“真对不起，喝点东西吧……干杯。”他们碰了碰杯，透过他自己擎起的玻璃杯边沿，他看到保罗喝了一口，做了个鬼脸，由于喝得太急差点呛到，然后把杯子放到了桌子上。他说：“天哪，你看起来真是太性感了。”他自己激动得失真的声音倒是更让他心旌神摇。保罗抽了一口气，拿起他的酒杯，说了一些听不清的话，彼得觉得肯定是差不多的话。

他想，与一个被椅子抵住把手的房间相比，公园应该会提供更多的庇护。但是他们刚一走出去，他马上就意识到了室外的嗡嗡声及爆裂声，割草机就在不远处工作。在两分钟之内急忙喝下去一大杯杜松子酒后，学校看起来多了些让人高兴的梦幻色彩。夜晚也因此而神秘美好。他想起了他自己在预备学校时的那些夏日夜晚，孩子们被安顿到床上后，在微光中瞥见老师们做过的事，仍是让他不安的谜。他现在在想那些老师们有没有做过他就要做的事情。看起来保罗也在酒后有了些变化，放松下来了，对自己要说的话和要做的事谨慎起来。彼得凭直觉问他是不是家里唯一的孩子，保罗说：“对——我是。”浅浅地笑了一下，看起来既是在质疑这个问题，又恰到好处地体现了独生子的狡黠的自信。“你呢？”

“我有一个姐姐。”

“我想象不到有个姐姐会是什么样。”

“你家里其他人怎么样？”这是初次约会的谈话内容，彼得已经感到他可能不会记得答案。他想带保罗进到远离视线的树林里。他领着他快速走过那个小鱼塘，然后继续走向石门。

“我家，还有妈妈。”

“她是做什么的？”

“恐怕什么也不做。”

“是，我妈妈也一样，但我认为我应该问一下。”

保罗停顿了一下，然后轻声说：“在我八岁时她得了小儿麻痹症。”

“噢，天哪，对不起啊。”

“是……实际上日子一直挺难过的。”他的话有些干巴巴的，也许是出于尴尬和重复吧。

“她的病是在哪里？”

“她的……左腿很严重。你知道吗，她腿上装着一个规形夹……不过她出门的时候是坐轮椅。”

“那你父亲呢？”

“他在战争中牺牲了，”保罗说，带着一种奇怪的、近乎是抱歉的神情，“他是一名战斗机飞行员——但他失踪了。”

“天哪。”彼得带着真切的同情说道，冒失地觉得这些事可能有助于解释保罗的怪异的个性与自我压抑。

“那一定是发生在战争快结束的时候吧。”

“是的，没错。”

“我是说，你哪年出生的？”

“一九四四年三月。”

“那么你一点也不记得他了……”保罗咬着嘴唇摇摇头。“哎呀，真的很对不起。那你就得赡养你母亲了？”

“是啊，或多或少吧。”保罗说，又带着那种犹豫认命的表情，习惯了当别人听到这些消息时不知所措的同情。

“那她大概有空军的抚恤金吧？”彼得的婶婶格温有抚恤金，所以他对这些事情了解一些。

这些话好像使保罗有点不愉快。“是的，她有。”他说。随即又热情地说：“对，那些真的很重要，当然是的。”

“噢，亲爱的。”彼得轻声说。他自然地感到很困扰，有点后悔问了他这些问题。他看到夜晚约会那忽隐忽现的激情变成了无性的援助谈话；

这更增加了保罗的朦胧感，他有太多问题，却自身不是个问题。

“这也是我没去上大学的原因。”保罗说，对这尴尬的结论耸了耸肩。

“哦，你看我都没意识到……”彼得说，但这一话题也就到此为止了。有一阵，他蒙太奇似的回想着他在大学里做过的事情，试图摆脱悬在他们之间的同情与失望，这个人本还有可能成为他的新男友呢。他看着走在旁边的他，身着干净的咖啡色鞋子，迈着很有弹性的步伐，双手先是插在牛仔裤的口袋里，然后又拿出来，对自己说出的私事感到很痛苦。好吧，一开始就把这些问题弄清楚也好；经验丰富的爱侣则会把这些掩藏到蜜月结束。他们走过有爱奥尼柱的庙宇，男孩们的宠物在笼子里不停地上蹿下跳，穿着粗棉布裤子的布鲁金斯和皮尔森正在多情地梳理兔子的毛。他们走过用栅栏圈起来的孩子们的方形花园，每个人都说，这个地方有二十四个花坛，就像是个墓园。还有一些高年级的男生，完成功课后，在这个美妙的时间，手拿铲子跪在地上，浇灌着他们的三色紫罗兰或旱金莲。彼得想，他从保罗脸上的笑容看得出，他有点怕这些学生。在远处，是杜邦童话般的花园，暴露在外看起来有点脆弱，有用稳固的石头搭起来的小山，山顶有一个豁口，通过这个豁口，水可以从罐子里经过弯弯曲曲的小瀑布流向下面野生的欧石南和苔藓。同样不靠谱的是他竟然宣称要参与一等奖的竞争，可裁判是克雷文的母亲，她一看就是个喜欢鼠尾草和万寿菊之类花卉的女人。“它们像墓地一样，是不是啊！”保罗说，彼得再一次宽容地摸着他后腰的那一小块位置，他们继续向前走。

在高地中部，迈克·罗林斯正在修剪板球场那一大片神圣的草坪，为星期六打败坦普勒斯队做准备。彼得向他挥了挥手。在他们走近他之前，他紧紧拉着保罗的手，把他转过来。“好了，到了……”这就是那房子，高大宏伟、引人注目。远处是农田，在浓重的光线下，农田平整得像画里的一样，飞机的航迹云从布莱兹·诺顿皇家空军基地慢慢上升，逐渐消失在上方更清朗的天空里。彼得说：“不得不说这太美了。”他想让保罗说出点什么来，就像他想让一个有前途但很固执的孩子表达出什么来。不过他想，他极力想攻克的羞怯可能只是一种迟钝，他可能得一直忽略下去了。

“太美了。”保罗说。

“潮流又都回来了，你知道吗？”彼得说，僵硬地笑了笑，摇了摇头。

“你指什么？”

“维多利亚时代的事物。人们开始理解了。”去年在圣潘克拉斯车站他参加了一个由约翰·贝杰曼带头组织的小型集会；他一直梦想着能把贝杰曼请到学校给孩子们讲讲科里庄园的事情——他暗自想象着他在圆形屋顶上的喜悦。“那个就是我的房间。”他说，但没有指出来，随后发现保罗不知道他说得是哪一间。在一两个别的窗户上，斑驳的光线反射着夕阳，一楼最边上的房间的窗帘已经被拉上，在已经不再柔和的光线下，小点儿的孩子已经上床安睡了。

“你认为塞西尔·瓦朗斯真的跟雅各布斯太太有情史吗？”保罗问。

“噢，这事我想只有那个活着的人才知道吧，她是这么说的。当然你永远也不可能明白人们所说的有过情史到底是什么意思。”

“没错……”保罗说，不用说他的脸又红了。

“我想塞西尔可能是同性恋，你觉得呢？”彼得说，话里有一种直觉，也有一定程度欣喜的希望，但是保罗只是吸了一口气看向了别处。接着传来一阵奇怪的干扰声，开始时弱得几乎难以察觉。在几码外锄草机的轰鸣声中，更大更神秘的声音嗡嗡地响起来，然后，在他们刚才没注意的地方，一架军用飞机在树林上方低空盘旋，飞机的腹部好像很重，看起来悸动而壮观。但他们注意到，那个飞行员好像在冲他们招手，好像对下面伸着脖子不断转动的身影来说，空中的航行是个令人称赞的奇迹。它的四个螺旋桨使它看起来病歪歪的，很落伍了，和他们很久先听到后来才看到的、猜不出名字来的喷气式飞机大不一样。当它飞过他们头顶又飞过房顶时，它好像爬升了一点，然后穿过较低的云雾，向五英里外的小机场飞去。迈克用抬起的右手遮挡着眼睛,似乎也在友好地打招呼。他们走过去,彼得介绍了保罗,针对两冲程排气装置、刚锄的青草发出的扑鼻的清香,迈克擦着汗水解释说,这是他们刚刚引进的庞大的贝尔法斯特货物运输机之一。“是个老牛破车,”他说,“但什么都能拉。”一直站在上面楼层边的窗户前朝外看的那些男孩子的身影散去消失了。夜晚再次如约而至,但很明显夜色已深,仿佛过去的两分钟成了飞逝而过的半小时。

在他们前面,涂过木馏油的板球馆在拉长的树林阴影中等待着,至少这可能是一个长时间搂抱着亲吻的理想场所,但迈克还是离得太近了。彼得把手放到保罗肩头,他们僵硬地走了一会儿,保罗又不确定该把手放哪儿了。“那个,”彼得平静地说,“你知道吗,总有一天我要写点关于老塞西尔的东西——我想自从那个斯托克斯写的回忆录之后还没人再写过什么东西。”

“是的……”

“那是一个时期的作品。但是真的太难理解,不值一读。所以那天晚上我才会问乔治·索尔那些问题。”

“那你写了吗?”

“其实,我总是在写点什么东西。当然我还记了一本骇人听闻的日记。”

“是吗,我也是,”保罗说,彼得发现了他内心的震动与关注,“唉,无趣得骇人听闻。”这就是了,他那一点点珍贵的机智。彼得对此笑了。

就在白色栅栏的边缘,放着一台板球发球器,周围的草都割过了,但还是没什么人用它。绿草透过银白色的板条疯长着。彼得喜欢它的形状,它就像是一艘古老的木船,有时候在夜里他会独自一人漫步到这里,躺上去,点燃一支香烟,对着头顶上飞舞的蚊虫吐着烟雾。他想象此刻,保罗紧靠在他身边一起躺在这里的情景。那种地方,一直悬在空中的散漫幻想试探地碰到地面,但一会儿之后又飞回去了。

保罗在高高的草丛中发现了一只板球，他向后退了几码，将球扔了出去，板球倾斜着穿过板球篮的斜面，然后升入空中，那里当然没人等着接它——它反弹了一次，然后朝着那个陈旧的衮子快速飞去，剩下保罗站在那儿，有些得意又很尴尬。“我看出来了，你玩得挺好。”彼得干巴巴地说；又很紧张，怕保罗问他如何正确使用板球发球器。他把一个球扔给保罗，两人来回玩了半个小时，他既不会接球也不会扔球，但假装不在乎。他笑着继续走下去。保罗挥起来的胳臂，看起来很内行，还有点凶猛，球沿着弯曲的轨道沉重地滚动了好一会儿。

在树林的边缘漫步是一件美好而庄重的事情。这里的夜色又似乎在突然之间加重了，即使离他们最近的东西也都被罩上了一层神秘的色彩，被满目的绿色包围着。昏暗中，树干模糊不清，树顶上形成了一个遥远的、慢慢移动的光晕。运动场周围长着参差不齐的七叶树、酸橙树，还有几棵巨大的橡树及几株不祥的紫杉树。孩子们爬到酸橙树周围恣意生长的灌木丛中藏起来，在脚下盘根错节的土地上挖各种地道。这里和那里不时有一些矮树丛被一些人为变厚的枯树枝覆盖着，那是他们建的那个隐蔽营地，入口非常小，任何老师都不可能进来。如果有沙沙作响的声音传来，很难辨别出是藏在观测口的孩子们的喧闹声还是枯树叶中乌鸦的聒噪。

保罗的举止更加焦虑了，他又犹豫了。徜徉于树丛中，他对脚下的树叶产生了说不清的兴趣；他表示钦佩的淡淡笑容看起来近乎滑稽。“到这边来。”彼得说，当保罗走近他时，好像是善意地丢下了更吸引他的东西，并且对此还有些不舍，他用一只手紧紧扣住了他的手肘以下的腰部，随即又开了句玩笑话，拖着他大步向前。“你要跟着我！”他说，发现自己因兴奋及潜藏的强烈渴望而颤抖，却又极力在控制。他真的是连一分钟也等不下去了——只是因为他尚存的模糊意识，想到在这样美好得让人脸红的满足需求的时刻，说不定还有男孩们在四周、在树林间、在他们营地的防空洞里嬉戏游荡，这才使他没有在此时此刻急不可耐地抓住他。

他发现保罗需要被这样对待，需要有人来驾驭他。但在匆忙通过小树林和浓密的灌木丛时，保罗的几次躲闪和掩面的举动，使他还是不得不对他的“噢，实际上……”做出让步，他所做的挣扎与脸上痛苦的表情更多是愤慨而不是恐惧。

“对不起，亲爱的，我是不是弄疼你了？”彼得松开了他，转而轻柔地抚摸他，双手笨拙地抱着他，两根手指在他身上游走了一会儿，喃喃的情话幽默地表露着他被迫停下进攻的烦闷。他看了看四周好像想到了别的事；看起来平安无事，然后，他礼节性地停了一会儿后，温柔地整个覆上他的双唇。他承诺将停止部分挑逗、停止那种诱人的震颤。然后，保罗像受不了似的，再次屈服；彼得退后了一点笑了，他又开始说话：“噢，天哪……”他用彼得以前没有听过的那种悲剧性的声音低声说，“噢，天哪。”

“那就过来吧。”彼得小声说，他们带着一种新的目的往前走，自然是朝着那棵被毁坏的大树，彼得觉得它像是赫恩橡树。这周围是条分界线，是任何学生看不见但却需强制遵守的法律或禁令，它以树林为界，将界内与界外分割开来。

彼得将保罗送到马尔伯勒花园下了车，从方向盘后面看着他走进去，在灯光照耀的门边迅速转过头，但没挥手。从一个卧室窗户里，一缕灯光透过粉色的窗帘投射出来；不一会儿，卫生间的灯亮了。他感到一种隐秘而简单的生活从家里的灯光显现出来，保罗再次融入这些日常琐事里，这些既是他自己的，又不是他自己的；从某种意义上说，重新回来让他感到解脱，他因新的知识而容光焕发，但似乎对此又漠不关心。彼得费力地将车发动起来，带着一贯无可救药的冒失劲，匆匆绕着圆形的花园开走了。

他不知道对他而言保罗是不是终究太奇特了。与这样一个沉默寡言的男友相处不是件简单的事情，他的内敛就像是对你的一种评判。不过，在目前这种机会不多的情况下，留住他还是值得的。其他人——那些没有碰过他温暖光滑的肌肤、没有感受他的犹豫彷徨、没有体会他在释放自己时那突然喷发的激情的人——可能看不到他的意义。他的阳物很迷人，略微有点尖，硬硬地坚挺着，想到它在自己以外的其他人的手里，然后是嘴里，他显然感到震惊甚至有些恐惧。当冲击来到时，他先是喘息，接着又笑了。然后，他立刻慌乱起来——他让彼得抱着他，拉着他的手，但是他的表情看起来很苦恼，好像觉得他让自己失望了一样。他们匆匆收拾好，然后彼得送他回家；分手时只是说了句“不久再见”，在车中摇晃的昏暗光线中快速而几乎可以忽略不计地在彼此的脸上吻了一下。但是这些小小的尴尬却挑起了彼得的欲望，使他更兴奋了。这和他以前与别人的那些亲密截然不同，但他也感到了同样没有方向的洞见，仿佛是比希尔曼顽童车更大的运输工具的摇动与上升。在回科里的大路上，从敞开的车窗，飘进一股新的气息，夜晚湿润的清香气息从田野、从树林间送来，在如此短暂的夜里显得更加神秘。四点钟过后，太阳就会渐渐升起来：发现他们两个人都醒着，分别想着事情已发生了变化。彼得发现他在上课时心不在焉；而保罗在处理存款账簿时，也是神思恍惚，坐在旋转的圆凳上，那种被想念被需要的新意识搅得心神不宁。

他放慢速度，驶向空无一人的大路，穿过大门拐进停车场浓重的夜色中。家里的灯光……夜的芬芳在数英里外绵延……很明显，从塞西尔的时代到现在，树木已经长高了不少：此时校园里的灯光被遮挡着。那个英里数，也纯粹是诗歌中的表达——或者也许只是为了给人留下深刻印象的一种社交说法。这是塞西尔吸引他的地方之一，仿佛是塞西尔向他发出的邀请，只不过这些邀请没有被亲自送达到科里而已。他呈献给读者的是他在马背上飞速驰骋的情景，这是在充斥着廉价汽车及喷气式飞机的现代社会所难以想象的。

在白马山与莱德克大桥间，

只见玉米、灌木丛及朦胧的牧场，
灰色的乡村屋顶和沉睡的茅屋，
以及白杨树注视下的狗茴香，
都被泰晤士河的月影温柔眷顾。

这是他战前比较好的诗歌之一，不过按照最苛刻的标准来看，诗里一些伤感的冗词赘句，几乎糟蹋了他写的每一样东西。

彼得把车停在前边的石子路上，想尽量轻地关上车门，但没成功。月亮在层云中穿行，在进去之前，他在房子前面漫步了一会儿，穿过鱼塘边的草坪，然后朝通向高地的大门走去。脑中还不断回放发生过的一切，他似乎想通过散步从性满足的狂热状态中冷静下来——他发现自己正在强化它、通过一些小动作温暖着它，然后感到了像是某些不安带来的难以抵消的冷清、独自一人的寂寞。如果保罗现在还和他在一起，情形会好一些，他们会再做一次。毫无疑问，对任何求欢的人来说，这都是痛苦的，但是对两个男人而言……他在爱奥尼柱的庙宇前停住，看着里面深沉的黑暗，好奇地观察着那些被关在笼子里、几乎难以看见的温暖的生命。也许是他的打扰，一只兔子或者仓鼠抓挠着什么东西发出一阵沙沙的声响，一只相思鹦鹉不安地上下跳跃，使它身上的铃铛丁零直响。他继续走到门边，站在那里，回头看去，月光及其产生阴影使这所房子看起来很模糊，因为房顶上的那些灯泡好像有一半都坏掉了。每个宿舍都漆黑一片，但是校长房间里的电视还在窗户里面忽明忽暗地闪着光。月光映着小教堂屋顶上的风向标，也照在中心山墙上已经停摆的大钟指针上，照在那白色的石头标语下，标语上刻的是瓦朗斯的座右铭：“抓住每一天。”

有趣的是保罗竟会对塞西尔的坟墓、对科里曾经是他家住宅的事产生如此大的兴趣。当然塞西尔的弟弟在这里居住了三十多年，直到军队接管。幸运的是，所有维多利亚时代的物品都被包了起来，没有让军队糟蹋掉。达德利·瓦朗斯对这所房子的痛恨反而保护了它，使它被保留下来。争取跟他谈一谈过去的事情，谈一谈塞西尔的童年时代是值得的。在《黑色花朵》中，他对待他哥哥很冷淡——有些话听起来相当讽刺。不过，我们要说的是，在这个让人惊讶的地方，成长起两位作家；建造它的那个时代却一去不复返了。也许他自己就应该抓住每一天，着手收集资料，与老达夫妮·雅各布斯等依然记得塞西尔、爱过他，并且也得到过爱的回报的人谈谈。

人们对塞西尔有兴趣吗？应该如何给他分类？不可否认的是，他只是一个无足轻重的诗人，只是凑巧在这里那里写了几行字，留在了某处……可是他的生命却短暂而神奇，现在什么人都热衷于谈论第一次世界大战——六年级的学生都在学着背诵《阵亡青年的挽歌》[①]，他们都喜欢他给他们介绍的瓦朗斯写的战争诗歌。有几首诗里有点让人难以理解的东西；他对达德利也有些怀疑：由于达德利对那个被称作比利·普里多的强烈爱慕，所以达德利好像更像是同性恋；那个人在一次执行夜间侦查任务时，被子弹射中牺牲了，就倒在他身边，这似乎引发了他的神经崩溃，这些在他的书中都做了有力但隐晦的描述。

彼得回到鱼塘边的石凳上，点燃了一支香烟。塞西尔的那些信应该要看一看——彼得希望他的魅力在上周的派对上会对乔治·索尔有些影响，他一定还记得些有用的东西。他说的关于利顿·斯特雷奇的事情也很有趣，这本书马上就要出版了。道听途说的时代要让位于文献纪录的时代了吗？他看着这所房子，好像它用维多利亚时代的方式，将那些神秘的东西藏了起来，让这项工作困难重重。他能写传记吗？这需要比他目前更严谨有序的状态……他经常奇怪地想，在这个偏僻的地方，他与这八十个孩子和一些成人在一起，而他永远不会选择他们当中的任何一个人做朋友。不过如果他写这本书，至少这会是一个象征性的优势。

① 此诗为威尔弗里德·欧文（1893—1918）最著名的诗篇之一，诗人在第一次世界大战结束前七天牺牲。

天空中星星越聚越多，下沉的月亮将屋顶险峻的黑色轮廓投入到哥特式的浮雕里。外面没有一丝风，很温暖，是一个近乎静止的理想的英国夏日夜晚。这一切对开放日都很有利。他站起来，以准备迎接未来挑战的、有些疲倦但愉快的心情，转身朝房子走去。

那是什么？当校长房间窗户上面高高的砖头烟囱，在阴影中摇摆变幻时，好像有一只手轻轻地抚到了他的脖子后面。一个风筝形状的东西独自摆脱出来，梦幻般地穿过倾斜的管道，小心移动着；五秒钟后，又一个黑影出现了，犹豫但坚定，看起来仿佛浓墨般的黑影下还能藏起更多这样的人。这两个身影都很奇特，说不清身高尺寸，他们自己看起来就像是流动着的阴影，身上的晨衣像斗篷一样敞着。他们从一个烟囱慢慢爬向另一个烟囱，朝教堂屋顶更高的斜坡爬去。那个冠状的小尖塔在他们头上很远的地方。有一两次，彼得可以听到他们脚上拖鞋发出的很轻微的啪嗒啪嗒声。

第四章

诗人其事

从他的遗物中,费林太太发现了一句让她百思不得其解的话:“我看到了那座体面的豪宅。我看到了自鸣得意的文化堡垒。所有的门都关着。所有的窗户都关着。但永远都有孩子跑到屋顶上去跳舞。”

——E.M. 福斯特,《最漫长的旅程》第十二章

1

雨下得不是很大，但风很急。他匆匆穿过广场，紧握在手里的雨伞低低地挡在前面，遮挡了部分视线。黑夜中头上的法国梧桐在狂风中呼啸，湿漉漉的大叶子扫过他的身体，或盲目地贴上他的外套。他的左手提着公文包，黑色的皮面上已有雨水留下的一条条印记。他一直在图书馆读诗，天色渐暗，里面的人越来越少。当那个好像在研究布朗宁戏剧的叫 R. 辛普森的黑发男人收拾东西时，他也才开始收拾。可是在街口，在瓢泼的大雨中，辛普森匆匆地朝右边跑去，而他则带着惯常稀里糊涂的忧郁与欣慰，拐向左边，朝地铁走去。他发现与恶劣天气的斗争给了他一种奇怪的满足感。

暮色苍茫中，在贝德福德广场，透过一楼高高的窗户，可以看到出版社的办公室、整墙整墙的书架，以及灯火辉煌中一些参加派对的身影。在下面的前门处，几个客人正在离去。他们走到外面，高声谈笑着这鬼天气，然后融入沉沉的黑夜中。一对伴侣出现了，双双低着头，他看到他们身后跟着一个小小的身影。他肯定那是个老妇人，她站在门边系着衣服扣子、戴上帽子、把手袋挂到胳膊上，然后走到人行道撑开了雨伞。狂风迅速地扑向雨伞，然后雨伞被从里朝外地翻了个个儿，被掀到了身后。她的话清楚地传向他："哎呀，糟了！"他走近一些，看到她正挣扎着紧握那个东西，他自己手里的雨伞也在风雨中东倒西歪。她踉跄了一下，摆正了些身体，然后迅速离开，差点摔了一跤，不过雨伞上的钢丝却被困在一个毫无希望的角度，那个粉红色的东西完全散了架。风似乎减小了一些，然后突然又来一阵强风把伞从她手里刮跑了，雨伞一直飞到了路上，在那里打了几个滚，然后跳跃着来到停车场，在停在那里的车中间时而停歇，时而蹦跳。当然他应该帮帮她，去把那把伞追回来，但是她看起来似乎满不在乎，已经想要放弃它了。她转过身呆站了一会儿，路灯微弱的光照在玻璃上，她重新迎向风。此时虽然风依然在咆哮，雨却几乎停了，只像是一种喧嚣的潮湿感。在她急忙往前走时，保罗像被不安刺了一刀，所以他在伞后躲了十秒钟，不知该怎么做。他放慢脚步，似乎是想等她消失，然后打起精神。在这样的天气里、在伦敦的夜晚，还有在他面前，她迎着风吃力地朝前走，弱不禁风、不堪一击，看起来让人担忧。为什么没人跟她一起来，或者把她送上出租车？他带着一种痛惜之情跟在她身后，希望能在伸手可及的地方再多陪她十秒、十五秒；她的红色毡帽被拉低了，紧贴在头上，帽子下的白发被吹得乱成了一团。她的脖子上围着一条粉色的丝巾，身上的雨衣已经很破旧，衣领已经变暗。他闻了闻雨伞上长年累积的霉味，简单地清理了一下，然后把它放低，放到她面前，将她与大风隔开。"您需要这个……"他说。

"我知道，"她说，"真是很糟糕啊。"她继续走着，只是快速而充满疑虑地看了他一眼，不过也许还有一种安慰。

"雅各布斯太太，这样的天气您不应该出来的。"他很干脆地说。

"我以为雨已经差不多停了。"

保罗凝视着她，张开嘴笑了。"您要去哪里？"带着一点紧张及重逢的喜悦，也许这份喜悦是无法与人分享的，他感到生气勃勃。他放慢脚步迎合着她的节奏。

“你参加派对了吗？”她问，有点感伤地看了他一眼，好像还在细细品味着。

他还没来得及好好想想，就说：“对，我参加了，但我没找到机会跟您说话。”

“卡罗琳有那么多年轻朋友……”她解释道。他能看出她喝了不少——在这样的派对上，通常就是握着酒杯喝点酒，说点毫无意义的废话；然后口干舌燥、头重脚轻地冲出去，希望不再是孤单一人。夜幕降临时，你已经醉醺醺了。尽管由于某些原因他还是在逗她，但他直接地问道：“雅各布斯太太，您还记得我吗？”

仿佛是很长时间以来，她一直在耐心地等着这个问题。她没有看他，说：“我不是很确定。”

“您怎么会记得呢！”他说，“我们已经有十多年没见面了……”

“啊，是吗。”她说，态度还是不明朗。

“对，我是保罗——保罗·布莱恩特。我曾经在福克斯雷那里的一家银行工作过。我参加过您的……您的生日大派对，很多年前的事了。”这或许不太有技巧吧。

“噢，是吗？”随后雅各布斯太太奇怪地叹息了一声或者是咕哝了一声——保罗发现时间已经太晚了，好像危险就在黑色路面的前面。他们能谈那个双重悲剧吗？这也许是个机会，来表达他的同情，来让她知道他了解她的故事，她可以信任他。“对，没错。”她说。

“我听说了关于……科琳娜的事情，还有……我真的很难过。”

她几乎停下了，把一只手放到他衣袖上，可能是无声地表示感激吧，不过好像有什么东西在纠正这种想法。她抬起头看着他。“我想你能给我找辆出租车的，对吗？”

“能，当然能。”保罗说，好像同时有几件事情让他感到愧疚，不过也为自己能为她效劳而感到欣慰。他们面前有两条路，往上走是去基督教青年会的灰色新大楼，往下走是车辆川流不息的托特纳姆法院路。“您想去哪里？”

“我得去帕丁顿车站。”

“噢，您不住在伦敦了吗？”

“我想八点五十左右有一趟火车。”

此时雨又开始打在雨伞上了。在青年会明亮的大门下，不断地有年轻人出来，脸上洋溢着被唤醒的自我价值的光彩。“您在这里等一下好吗——我去给您找辆出租车。”灯光下，他更清楚地看到她有多么狼狈。她的脸上擦了很多粉，现在看起来憔悴而松弛。雨水弄湿了她浅咖啡色的长袜和已经磨损了的便鞋。他感到有些恐惧，岁月真是无情啊！他让自己冷静下来，想着多年前她的风采。那些从健身中心和桑拿房出来的意气风发的年轻人完全不知道她的价值。他大声而愉快地跟她说着话，就是想让他们知道，她值得这样：她是维多利亚时代的人，经历过两次世界大战，以一种奇怪而让人啼笑皆非的方式，她成了那个他正在书写的诗人的弟妹。对保罗来说，她的住处应该是一个英国大花园，而不是托特纳姆法院路上多风峡谷旁的一处民宅。曾经有些诗歌为她而写，而且还被谱成了音乐。她记忆中的那些亲密往事现在都几乎成了传说。不管怎么说，保罗还是不知道她是不是想起了他是谁。

他花了大约五分钟才在主路上找到了一辆出租车，打着手势让司机把车开到她站的地方。他跑到她身边，看到她既不安又神思恍惚的表情，他知道他应该陪她一起去帕丁顿，路上正好可以安排时间再见她一次。他跟司机说好后，就擎着雨伞把她带到车上。“有点难为情，”她说，“我不知道我有没有钱付车费。”

“啊！”保罗几乎是坚决地说，“别担心。”不过他也在想自己是否真的能付得起。“不管怎么样，我会跟您一起去。”在似乎什么也没听到的茫然表情中，他几乎是把她推进了出租车里，然后自己跑到另一边坐了进去。他想他们只剩下十五分钟了。

他们紧张地坐好，出租车司机通过隔板滔滔不绝地谈论着糟糕的天气，直到保罗俯身向前关上了隔板。他看了雅各布斯太太一眼以求赞许或认同，但是有一瞬间，在雨中昏暗的出租车里，她看起来对他视若无睹。在匆匆闪过的阴影与光线中，她的脸显得异常困倦憔悴。

保罗说：“真想不到会这样与您不期而遇。”

“我知道……”他感到，对她而言，这是一种在感激、尴尬和冒犯之间的挣扎。

车里有一股食物的味道，好像是前一个乘客留下的。他们的衣服还很湿，所以车座上还是有点滑。他解开衣服扣子，斜着身子坐着，热情而随意地弯起一条腿。她有着那种老者清透的气质，既令人瞩目同时又容易被人忽略。她把手袋放到膝盖上，戴着手套的两只手放在手袋上面。这不是十二年前的那个手袋，是另一个，但很相像，还是以前那种没什么形状的大而笨的样子——太笨太大，都不应该算作是手袋了。它无奈地承认了它无助的低迷状态。他问：“您一直都还好吗？”问话里透着关切与试探。他想自从科琳娜去世、莱斯利·吉平自杀以来，已经三年过去了。

“嗯，实际上，我很好。鉴于，你知道……”一声干笑，很像那些旧日时光，不过她脸上还是那种焦虑担忧与心事重重的表情。她徒劳地擦着窗玻璃，使劲地朝外看，像是在检查他们是在往哪里走。

“但是您不是住在伦敦吗？我记得上一次见您时，您是在……布莱克希思吧？”

“啊，不，不是，我搬家了，我又搬回了乡下。”

“您不想念伦敦吗？”他亲切地问。他想查出来她住在哪儿，不过已经感到她不会轻易告诉他。她只是叹着气，看着外面肮脏的世界，然后往前挪了挪，把窗户打开了一条缝，可没一会儿，发动机震动了几下，窗户就又颤抖着关上了。“我自己在伦敦已经住了三年了。”

她收回下巴。“你还年轻，对吧。对年轻人来说伦敦是个好地方。五十年前，我也很喜欢伦敦。”

“我知道。”保罗说。在她的书中，她以一些荒谬的方式描述过她与雷维尔·拉尔夫在切尔西的生活，这些给他自己认为的伦敦生活添加了一些色彩：自由、冒险与成功。“您知道吗，我从银行辞职。我一直都想当个作家。”

“哦，是吗……”

“我很高兴，现在事情进展得还挺顺利。”

“那就好。”她不安地笑着，“我们确定他是在往帕丁顿开，是吧？”

保罗把这些话当成一个小玩笑，他把身子往前倾了倾。通过一个擦出来的弧形，他往外看了看：模糊不清的街角酒吧、一家医院的大门口，不过都难以辨认。“没问题，”他说，“我在写一些评论文章。几个月前《电讯报》上就登过一篇我写的评论，您可能看过了……”

“一般来说，我不看《电讯报》。”她说，宽慰多于遗憾。

“我知道您是什么意思，”保罗说，“但我觉得它的书评版也是很不错的。”其实他真正想知道的是她有没有读过他发表在《新政治家》上的那篇评论《短画廊》的文章，但出于某种原因他没法问，他觉得她可能不会看这份报纸。他写那篇文章是出于他们的交情，把书里最精彩的内容提炼出来了，就连那些无伤大雅的批评其实都是为了表示喜爱，对史实的指正肯定会有利于未来的再版。每当他写书评时，他都会像他就是那本书的作者一样，把别人写的书评都热心地看一遍。达夫妮的回忆录被她的同辈人评论过，一些人出于忠诚，一些人出于讥讽，还有那些急于表达自己观点的年轻人；他们多少有点在公开地暗示其中大部分内容是她编出来的。当读到自己没有发现的那些失误时，保罗也会羞愧，但他认为他对她如此温和，从自己的善意中获得了一种固执的信心。他写的那些东西应该是对她的书最好的评论。当他写这些东西时，他想象着她的感激之情。为了她，他煞费苦心地遣词造句，等到评论刊出几周后——不幸的是，被删去了很多，但是主要思想还是很清晰的——他等着她的来信，等她来感谢他，回忆他们过去的友谊，建议再聚一聚，也许一起吃个午饭，他想象了几种不同的地方：安静的饭店或者是她自己在布莱克希思的住所，在她八十二年来所收藏的让人遐想的纪念品中。可实际上唯一的回应是达德利·瓦朗斯爵士寄给编辑的信，指出了保罗在引用他的小说《长画廊》时犯的几处错误，达夫妮的书名就是对这本书名字开的一个冷笑话。如果连住在国外的达德利爵士都看了《新政治家》，那达夫妮或许也看到了；或者出版社应该也会寄给她一份。保罗想可能是她的良好教养使她没给评论员写任何东西。她摘下手套。“我抽支烟你不会介意吧？”

“一点也不介意。”保罗说。当她从手袋里找到一支烟后，他从她手里拿过打火机，在她俯身向着火苗时，轻轻地把着她的手给她点燃了烟。烟刺鼻的味道反而使车里臭烘烘的空气好闻了一些。随着她吐出烟雾时头部的轻微晃动，她的面容，甚至她向上斜着的闪着光的眼镜，似乎恢复了它们十二年前的光辉。他仿佛受到了鼓舞，说：“我很高兴见到您，因为实际上我正在写一些关于塞西尔……塞西尔·瓦朗斯的东西——”他吁了一口气，笑了笑，立即又庄重起来。他还没有完全想好他的计划。“实际上我想给您写封信，问问您我可否去拜访一下您。”

“这个，我不确定，”她说，但态度很友好。她把烟吐出来，好像是吹向远处的什么东西。“我自己也写了一本书，不知道你是否读过。我几乎把所有的东西都写进去了。”

“是的，我当然读过了！”他又笑了，“实际上，我写过书评呢。”

“你讨厌它吗？”她用另一种他记得的打趣的语气问。

“不，我很喜欢它。它非常棒。”

“有些人很讨厌。”

他充满同情地停顿了一下。“我觉得如果能跟您谈一谈会是很有意义的——当然了我不想给您造成困扰。如果您愿意，我想在您方便的时候过来待上个把小时。”

她皱了下眉头，思索起来。“你知道，我从来也没假装自己是个出色的作家，但是我认识一些非常有趣的人。”她浅浅的笑容现在变得有些阴郁了。

保罗发出一点模糊的表示愤怒的声音，试图开脱掉所有针对她的批评。“当然，我看过《闲话报》对您的采访，但我觉得您应该还有更多的话要说！”

“啊，是的。”这次她看起来像既接受了恭维，又有些警惕。

“不知道您是想上午还是下午？”

“啊？”她没想承诺给他个时间，或压根没想给他任何承诺，“派对上那个好青年是谁啊——我想你认识他吧？我现在谁的名字都记不住了。他也问了我一些关于塞西尔的事儿。”这么玩恶作剧她似乎有点开心。

“希望他没有在写他！”

“哦，我可不完全确定他没有。”

“噢，天哪！”保罗感到一阵慌乱，但是控制住了自己，平静了下来，“我相信自从您的书出版后，就有更多的人对他感兴趣了。”

她深吸了一口烟然后吐了出来，慵懒的烟圈沿她的脸一圈圈向上飘散。“当然也是因为战争。人们总是看不够战争的事。”

“是的，我懂。”保罗说，好像他也认为这个题材已经饱和了。实际上他也指望着它呢。

在忽明忽暗的光线中，她盯着他，近乎傲慢。“我想起你是谁了，”她说，“你不是弹过钢琴吗？”

“啊哈！”保罗说，“是的，我知道您在想什么。”

“你跟我女儿一起弹过二重奏。”

他很享受这种被动的张冠李戴，但被当成彼得还是让他不舒服。“那天晚上真是太开心了。”他谦虚地说。

“我知道，”她说，“可不是嘛。”

“从许多方面来说，那是在福克斯雷度过的快乐时光之一。”他给时间和地点都抹上了一层温暖的色彩，好像它们发生得与实际要远得多。“对啊，他们把我介绍给了你们的家人！”他想她会把这个当成纯粹的恭维。他想问一问关于朱利安和珍妮的事情，但科琳娜和莱斯利·吉平的事情给任何这类问题都蒙上了一层阴影。谈论他们合适吗，还是太冒昧、太唐突？他努力想把谈话继续下去，停顿了一会儿。

“啊！到了……”当出租车从那一长溜斜坡开下来进入车站时，她说。他发现对她而言，逃离的这一刻也是一种恩惠。在上下车的地点，他跳下车，把雨伞举到额头前站着，打开了手里的钱包。尽管他一年只坐两次出租车，但他像城里的年轻人一样快活而粗心地付了小费。雅各布斯太太从另一侧爬出车门，像位淑女一样等着交易完成。保罗愉快而恭顺地再次站到她旁边。

“为什么不把您的地址给我，不管怎样，我都可以给您写信啊。”

“对啊，那样挺好。”她轻声说，好像她已经想过了这个问题。

“然后我们可以再看看下一步……”他公交包里有一个便签本，他把它递给她，当她在上面写下她的详细信息时，他移开了目光。“非常感谢。”他还是像公事公办一样地说。

“噢，谢谢你——搭救了我。”

他看着她有些驼背的身影、枯槁的面容、忧伤的红帽子下的眼镜，以及握得紧紧的手提袋，不禁摇了摇头，仿佛是与一个老朋友的偶然相遇。

“真是不敢相信！”他说。

“好了，就这样吧。”她尽最大的努力平静地说。

“希望很快就能见到您。”他们握了握手。她要从最近的站台搭乘，什么来着？伍斯特的火车——他还没看她留下的地址。她转身离开了，坚定地走了几步，然后带着犹豫不决又有点诡秘的神情回过头，他发现她此刻很迷人。

她说：“再说一遍你的名字。”

“噢，保罗·布莱恩特……”

她点了点头，在空中攥紧了拳头，仿佛手里抓住了一只飞蛾。“再见。”她说。

2

“亲爱的乔吉,”保罗读道,“今天午饭时将军被打动了,发表了对你的看法,说你在探访科里庄园期间表现得相当安静。应进一步的要求,又说你‘言行得体,几乎没有什么不当的地方’。可能会让你有点想不通:但她什么都不肯再说了。总的来说,我推测她的意思是说,你要再来也不会被拒绝。(……)我当然会当面向你转达她的好意,明天下午5点27分整见。为了本特利公园和霍纳面包车(荷马的——看不清?不是那个荷马吧,是那个作家吗?),感谢老天吧。接着米德尔塞克斯郡就会全部呈现在我们面前。你的CTV。”火车窗外,米德尔塞克斯郡展现在眼前,然后又藏进山背之后。保罗的手指一直放在《塞西尔·瓦朗斯书信集》上,看着外面明媚的午后景象——低低的阳光照在城郊的房子上,光秃秃的树木矗立在几个运动场之间,现在是在通过隧道。他低头看着塞西尔的脸,他突出的黑色眼睛,由于出油而几乎紧紧地贴着头皮的弯曲的黑发,别着别针的褐色领结,黄铜扣子肩章,两边各有一个徽章的大翻领毛哔叽军服,以及跨在胸间像肩带一样的带扣皮带。照片下面写着“G.F.索尔编辑”。接着日光重现,风景再次映入眼帘,他们缓缓地进入了车站。

经过研究《伦敦街道图》，他对“两英亩”的位置有了一个大致的概念。但是如果有一本小比例的黑白地图，上面标明星罗棋布的街道名称、标明模糊的菱形以及三角形，那他也许可以把所有的东西都弄清楚。留存下来的塞西尔写给乔治的半打书信，以昔日的自信风格，标明收信人地址为“米德尔塞克斯郡，斯坦莫尔，两英亩”。没有线索指向这座房子所在的街道，或许任何公职人员可能都不知道这个房子及他的居住者。霍纳面包车也许可以捎他一程。但现在不可能像塞西尔那样到达了：根据乔治·索尔一丝不苟的脚注，那个“修得像座教堂”“带有城垛塔和尖顶”的车站，从1956年开始就对乘客关闭了。保罗有一种感觉，如果花点时间在英国图书馆，或斯坦莫尔图书馆找一找的话，有可能会找到一本详细的历史地图。但是眼下，诗歌就是他的线索。有一条路叫斯坦莫尔山，塞西尔曾写到“斯坦莫尔山的山毛榉树冠”，所以这里应该是个令人满意的开始。花园非常清楚地被描绘成向下的斜坡，(它的“羊肠小径和仿造的岩石”，它的“阶梯消失在暮色中／走过芬芳扑鼻的玫瑰与青草地／进入晚霞映照下的小溪谷”)。保罗想象着，为了便于观景，它应该坐落在坡顶上。空空如也的五角形大楼本特利修道院，在《街道图》里被标为“皇家空军”，但中间有一些纵横交错的小径，一个正在消失的菱形湖泊，好像也在山坡上。乔治的注释说那家修道院，“曾经是阿德莱德王后的住处，后来成为一家旅馆；从哈罗威尔德斯通到斯坦莫尔之间开通的铁路支线，为其带来了宾客；火车每小时一班；随后，修道院又变成了一所女子学校；在不列颠之战期间，它成了战斗机司令部总部。”索尔指出参照了《失乐园》，但塞西尔所说的米德尔塞克斯是否另有所指？通读这本书时，他也像个历史学家似的，严谨地回顾了自己的年轻岁月；名字的字母缩写GFS取代了原先的第一人称单数；他耐心地做着公正的分析。但是就像这封简短的信一样，还是有些信息被删掉了，用方括号做下了标记。六十年来，还有什么东西受不了被它们冒犯吗？

站在地铁站外，保罗因为迷失方向而不知所措，但随即他就否认了。

在伦敦时，他的诀窍是不要表现出自己迷了路。他不担心自己迷路，而是害怕问路。然后就像彼得第一次带他到科里庄园、第一次带他参观塞西尔坟墓时的感觉一样，他对正在进行的实地调研、对穿行在他主人公过往的实景地带，他又感到了心中的那阵悸动，这就像是他的秘密向导。他坚定地朝前走去，穿行在午餐时间来来往往的人群中、穿行在买酒喝的上班族中，心中完全被个人的目标所占据：没人知道他是谁，也没人知道他在做什么，更没人能感受到他比他们日常惯例宏大得多的节奏。这也是一种自由，但恐惧也刺痛了他，因为保罗也曾像他们一样当过朝九晚五的上班族。

初入斯坦莫尔山，觉得它像乡村街道，但很快就变得异常开阔，是城外一条长而直的上坡路，在这个十一月的下午，这里已经满目萧条了。他走过一家叫阿伯康之臂的大酒吧，在塞西尔给乔治的那几封信中，有一封提起过它：小伙子们在那里喝一杯。作为他调查研究的一部分，保罗看到了它的吸引力，但他不好意思独自进入酒吧，所以就继续朝坡上走。当然他们都曾经是小伙子，当乔治遇见塞西尔时，乔治只是保罗现在一半的年龄，但他们似乎已经以一种不同寻常的方式主宰着自己的生活，这一点保罗感到自己从没有体验过。在山顶的一座坚固的大楼上，有一个小风标钟塔，半隐在树丛中，不过他确定这不是“两英亩”，从一些支离破碎的情况看，似乎让他对它有了某些希冀。

随后，大路变得平整起来，远处是狭长的黑色池塘，四周被东倒西歪的树包围着，然后就是斯坦莫尔公园了。他看到一个女人在遛狗，那是一只白色的贵宾犬，看起来大得有点吓人，因为他们是周围唯一的行路人，保罗觉得自己很显眼。他拐入一条小路，为自己刚才没有向她问路而有点后悔。在随后的十分钟或十五分钟里，他在纵横交错的小路间穿梭彷徨，仍是一头雾水。在光秃秃的树林间，太阳已经慢慢下沉，远处昏暗的池塘、另一边斜坡上的树林，都半隐在各处的灌木丛中、篱笆中、巨大的花园中以及几幢楼房中。他希望自己在看房子时，能更老练一些，能够判断出它们的年龄。乔治·索尔说过“两英亩”是红砖房，建于1880年左右；他父亲在1890年从它的第一任房主手中买下来；他母亲在1920年将其出售。保罗经过时，查看了每一栋房子的名字：“狗窝”……“老芥菜”……“银禧山庄”。是他错过了吗？他想着他在塞西尔早期书信中读到过的测试，那是他在马尔伯勒的第一周，他不得不向一个高年级男生证明他知道东西的位置及那些荒诞名字的意义。“我全都说对了，”塞西尔告诉母亲，“只有克顿的柳条篮子除外，关于这个一定要赏多布尼四十鞭子，是他没能把这一重要的事实灌输进我丰富的大脑中。我担心你会认为这不公平吧。”

他差不多又回到了主路上，正好那个牵着贵宾犬的女人走了过来，她朝他很快地干笑了一下，看着这个在下午拎着公文包乱转悠的男人。“您看起来像是迷路了。”她说。

“我现在没事了。”保罗朝着前面的路点了点头，“非常感谢！”然后说道：“嗯，实际上——”她正从他身边经过，“对不起，我在找一座叫‘两英亩’的房子。”

她半停下脚步，转了过来，那只狗还在拉着她朝前走。“两英亩？不……我不知道这地方。您确定是在这附近吗？”

“很确定，”保罗说，“一首很著名的诗歌描写过它。”

“呣，可惜我不读诗。”

“我以为你可能听说过它。”

“停下，金果！别……”她皱着眉头回望着他，“我是说，您知道，两英亩是相当大的。”

“啊……是的。”保罗说。

“我们有三分之一英亩，相信我，这已经让我们有些力不从心了。”

“我猜在早年……”保罗说。

“噢，您是说早年……金果——金果！小疯狗！真是对不起……您要找住在那房子里的人吗？”

“这我还不知道。”保罗说，暴露了他追寻任务中私密而怪异的部分，因为他知道如果他肯屈尊问问任何人，早就什么问题都解决了。看起来这个问题也难倒了这个女人：她皱着眉头看着他的公文包，那里面一定藏有他做这些调查研究的原因，这个她自然不会问——这人毫无疑问是什么销售代表或代理人。

“好，祝您好运吧。”她好像意识到她纯粹是在浪费时间。她边往前走边说：“到山那边找找看吧！”

保罗真的这样做了，他走下了一条好像是私人车道的窄路——那里看起来有一些新建的房子，他在坡下就能看到它们的屋顶。小路转到了一个拐角，在高大的深色落叶松树篱下延伸有三十码，即使在这样寒冷的天气里，也能闻到松篱发出的木馏油淡淡的香味。就在它后面，远处矗立着一座房子，只有它屋顶上隆起的长长屋脊和两个高大的烟囱清晰可见。在遥远的另一边，是使用和栅栏一样的材料建起来的大门，高度也相同，它被链锁和挂锁锁着；但是透过合页及框架之间的间隙，可以瞥见杂草丛生的石子路和楼下的窗户，仓皇地就在眼前。这之后，是比栅栏高出很多的、密集的花柏木屏障从路边延伸过来，一直到房角，紧挨远处的柏油碎石路面的车道，它的前头是一个很大的展示板，板上画着艺术家印象中另一个红色屋顶的房子，上面写着“老英亩——六座高级华宅，尚余两座”。

对他而言，词语上小小的错位像是一个梦，虽然在日光里几乎读不出它们有什么意义。他推测保留“两英亩”只会使那些高管们意识到他们的房子有多小；或许“老英亩”将它的气息借给了那些看起来依然未经雕琢的房子，它们彼此处于很好的角度，掩映在树丛中，而那些树木一定是索尔花园的幸存者。对那些了解情况的人而言，至少它保留了这个词的旧秩序。但是他发现那个“充满微风的花园”早已不复存在了；而且就连房子本身，保罗确信就是那所房子，似乎也让人不忍目睹。他从包里拿出相机，穿过小路，给栅栏照了张相。

这些还不够。他走回去，忧虑地看着“两英亩”前面那栋房子的入口，“科斯格洛夫斯”，一条路弯弯曲曲地消失在杜鹃花后，房子本身离得太远了，很难看到它的大门。当他慢慢地走进去时，脸上挂着温和的笑容，像一个看似平静的非法入侵者假装自己迷了路。他几乎是不由自主地做着这些，不过身心都处于紧张戒备的状态。他的右边，有一大片开阔的草坪，枯死的叶子被风吹着呈螺旋状上下翻飞。一把空空的柚木座椅、一张石桌。一个蓝色的袋子包裹着一棵植物，有一瞬间他误以为那是一个弯着腰的人。“两英亩”这边的边缘是一排密集的灌木林，然后是一排很有年头的冷杉，枝节凸出，显出一种老态，它的枝蔓低垂到古老的木车库及沥青屋顶带有蛛网窗户的小工具棚上。他听到了一种声音，不过不是女人说话发出的声音，来自外面的什么地方，只听到一个人滔滔不绝地说着，好像是在讲电话。车库与工具棚之间的空隙使他能够容身，他在空隙间悄悄地移动，然后蹲着走，有一两码的距离他是手脚并用地爬着过去的，公文包被推在前面挡着他的脸。他用手拨开冷杉间密集刺人的蕨类植物的叶子，最后伤痕累累、衣衫不整地出来了，来到了“两英亩”的后花园。

他在那里站了一会儿，环顾四周。他感到自己有点可笑，像上当受骗了，但他的兴奋还是狡黠而执着地击败了失望。这里没什么可看的。带有防护性的一排针叶树从墙角拐了个弯，从房子后面穿过，掠走了房前屋后树木间的最后一点余晖，那里肯定是本特利修道院的停车场。封闭的空间已经死气沉沉，见不到一点阳光。长满杂草的短坡，在枯死的蓟草和荨麻间，有一些看起来有可能是狐狸留下的痕迹——保罗觉得它可以在这里自在地生活下去。这个房子因为自己对隐私的迫切需要而被判了死刑。出于一种突然的强烈欲望，既有占有此地的冲动，也有生理方面的需求，他放下公文包，转过身背对着房子，在长得高高的草丛间，急急地撒了一泡尿。

他有点无法理解这房子；但他可以拍些照片，以便以后再细看。他来到房子侧面一个小窗口前，发现了这是阴暗的厨房，钢制的水槽就在他面前，一扇门开着，通向一个看起来亮堂很多的房间。放在窗格上的半透明的小风扇，被他轻轻一吹，断断续续地转了起来。他先前以为这个房子还有人住的感觉，已经荡然无存了。这房子现在已是空空荡荡的了，因此从某种意义上说，它是他的了；他突然确信他能够也应该进到里面看看。他往后退了退，发现在房檐下高高地安着一个徽章形的防盗报警器，是阿尔比恩保安公司的，这可是他不想接受的挑战。它看起来崭新而有警觉，根本不会理他公文包里的书所提供的请求，才不管他到这里只是为了来调查一个诗人以往生活的。他绕着房角来到前面的车道，其实它只是房子前面的一条狭长地带，散发着木馏油气味的难看的栅栏，将他完全从大路上遮掩起来。一条不长的砖路延伸至前门。门框齐胸高的地方有一个长方形的盒子，上面有三个圆孔，一条金属线从其中的一个孔穿过。因此，从某种程度上说，在最近的一次变故中，“两英亩”被分割了，可能是分割成了三个公寓吧——几乎和伦敦各家各户的房子没什么两样了。唉，没办法，自从索尔家从这个地方搬走，六十年间这里都无人过问。新卫生间、防火门——保罗不清楚这些都是怎么做的；他的眼睛看着楼上小窗口透出来的一点暗暗的光线；他在想是谁得到了达夫妮曾经的房间？还有，塞西尔曾经睡过的房间是变成了客厅，还是变成了另一个厨房？

保罗在房子周围待了十分钟，入了迷又感到非常困惑，他轮流在每个窗口前流连。他一直看着外面，希望能找到点可以拿下来的小东西，能够放到他的包里，跟那些书在一块儿。不是花盆，不是枝条，而是在第一次世界大战前就确切存在于此的东西。前门上方一块生锈的马蹄铁由于钉子松动，在侧面摇摆着，机会来了——他轻易就能够着它，但他不愿这样做；他把它扶正，但只一会儿它就又掉了下来。窗户前的花坛里杂草丛生，宛如藏有窃贼留下的脚印，他斜穿过去。他用手遮着眼睛，看向昏暗的房间，墙纸上的电源插座、黑色的电线以及墙纸上的方块图案现在成了这里唯一的装饰。靠近花园带落地窗的大房间肯定是以前的大客厅。他几乎可以想象塞西尔和达夫妮在砖垒的壁炉前打情骂俏的情景。一块又脏又破的方形米色地毯覆盖着木地板的一部分。在房间的另一端，巨大的橡木房梁下，模模糊糊地能看到一个壁龛，他想他看到了它曾经是多么浪漫甚至美好；但是当他穿过高高的杂草离开那里，准备再拍一些照片时，他又想这个房子看起来像是一个被废弃的庞然大物。现在他发现有些东西被拆掉了——在很有可能曾与屋顶相邻的砖墙上，有一个粗大的黑色箭头。他们在墙上给新卫生间开了一个窗户，看起来与其他的一切都很不协调。如果你足够坚定，你可以剥夺一个地方所有的浪漫，哪怕是腐朽的浪漫。他曾经以为他会找到一些东西，能或多或少看出来 1913 年的样子——当然是深藏其中，房主肯定小心地将它变得现代了，进行了有品位的改装；但假山还在，那“微光闪烁的灌木林”还是美丽的树林，那些曾经挂过吊床的大树，树皮上依然留着绳索勒出的印记。他想在过去的这些年里，其他有办法的人可能也来过，来看看它，而房子本身会穿上自尊的外衣，温和地蹙着眉，因被人钦佩而带点儿友好的态度。它不会辜负它的名声。但说实话，真的没什么可看的。楼上的窗户似乎在云影中茫然地思考着什么。

3

塞西尔·瓦朗斯为人所知的最早文字是在六岁时为他母亲所写的一篇短文。塞巴斯蒂安·斯托克斯为1926年版本的《诗集》所写的序言“回忆录”里忠实地再现了这篇文章：

四月七日

MCCMLXXXXCVII[①]

关于我的一切

我叫塞西尔·图瑟·瓦朗斯。图瑟是一位很著名的军人，他是一个伟达[②]的弓箭手，顺便说一下，塞西尔是一位有名的勋爵。我的父亲被称为埃德温·瓦朗斯爵士（从男爵二世）。我有雅的母亲是大家都知道的瓦朗斯夫人。她有一件漂亮的红色礼服，惹得阿德林夫人一见就嫉妒得要命。我家的房子在伯克郡，叫科里庄园，如果你不知道它，那我告诉你，它是这个郡里最伟达的房子之一。对了，如果你看见一个自称达德利·瓦朗斯的男孩，那就可能是我的弟弟。

① 罗马数字，表示1897年。

② 原文为“Grate”，应为“Great”，意为伟大，是塞西尔在书写时的错字，同以下“有雅（优雅）”、“《百科全素》（《百科全书》）”等处。

此时此刻我得告诉你们他可会是个难对付的家伙。星期一在农场我看到了九只新牛读——它们走路摇摇摆摆的可真好玩。今天听到了波茨卡图爵士被炸弹炸死的消息我们都很震惊他只有四十三岁。我可怜的父亲听到这个悲伤的消息都几乎要流泪了。我先前咳嗽咳得狠厉害,但现在已经好了很多了。今天我读了家庭《百科全素》中“雨是如何形成的”,因此有好几首保姆所说的适合我这个年龄的诗歌就没读,其中就有丁尼生勋爵的《小溪》,我曾决定学习它所有的九小节,它当然是所有诗歌中最著名的了。我宣布说我好像是个做诗人的材料,今年,我就已经写了不扫于七首诗“恭敬地献给”了我的母亲(瓦朗斯夫人)。

在达德利·瓦朗斯的自传《黑色花朵》(1944)中,瓦朗斯夫人——那个与塞西尔交流的最后一个人,也是同一个瓦朗斯夫人,是被这样描述的:

我母亲从不浪费时间(当然,别人的时间除外)。尽管如此,她却经常参加与灵魂对话的活动。她固执地认为可以与塞西尔联络、可以与塞西尔交谈,这使她以混乱的忧郁与决心陷入了无助的一厢情愿的执着中。尽管通常而言,她不爱表露她的私人情感,但她任由家人与一两位朋友目睹自己渴望与“另一个世界”沟通的温柔情愫,坦白得令人吃惊。她是牺牲的英雄的母亲,也许从这份职责和痛苦中找出的情感并不让她觉得尴尬。根据克里登的一个牧师教给她的方法,她在科里的图书馆里进行了很多次漫长而令人费解的“通灵测试”,她是通过莱兰德·奥布里夫人进行的,奥布里是当时一个臭名昭著的灵媒,在战后的二十年里,她挖空了那些失去亲人的名门望族可怜的希望。莱兰德·奥布里夫人自己是被一个叫拉腊的鬼魂“控制”着。拉腊是一个印度女人,好像有三百多岁了,所以显然这种交流绝不可能是直接的。我母亲声称她很支持这种跟中国耳语游戏相似的远距离交流,她把它当成来自她的灵媒和牧师的信条来吸收,对她而言它们具有很高的权威性。正是因为奥布里夫人从没来过科里,与住在那里的人没有任何接触,对那里的图书馆、对任何房间的布局也都一无所知,她才被看作是最不容易受任何不正当建议的左右、最不可能骗她的人。她跟他们没什么关联,正好说明她很正直。自信的骗子的招术就这么大胆,还让人难以察觉:一旦这一原则被认可,就会让人产生最疯狂、最神秘的自我欺骗。这样的信息来源无懈可击,任何来源于此的信息必然有其意义,我的母亲热切地研读通灵过程中出来的任何小纸片上写的信息,就像古代占卜者看鸡禽的内脏那么仔细。解释那些行为成了她一个人或偶尔在她身边的同伴的责任,对于像我母亲这种性格内向的女人而言,它的美妙之处是巫师对她所获得的信息也一无所知,灵媒只是指引她到哪里去寻找并发现。她像是打开了一封死去的儿子写来的信,奥布里夫人只是碰巧把信带给了她。

这件事的起因好像是这样的:我母亲收到了那个牧师从克里登寄来的信(是真的信,上面贴着一张一分半的邮票),牧师在战争中也失去了一个儿子,他说他与莱兰德·奥布里夫人坐着谈了一会儿后,就从已死去的儿子那里得到了灵媒传来的信息,拉腊传递的话显然是塞西尔给他母亲瓦朗斯夫人的。她能允许他把信息给她吗?这个请求正应了她的心事;毫无疑问,灵媒和牧师早就预料到这正是她渴望已久的奇迹。我母亲早就表现过她对通灵术的兴趣,在塞西尔死后的那一年,她甚至参加了很多次由招魂术士在阿德林·斯特兰奇—佩吉特夫人家办的招神会,她是我的好友亚瑟的母亲,亚瑟的小弟弟在加里波利丢了性命;这些显然都给她留下了很多疑虑,但或许还有什么没发现的方法。在那种情况下,牧师自然是奥布里夫人的同谋,后来因为几次敲诈勒索罪被起诉。但事情的真相也出人意料，牧师的儿子在皇家伯克郡军团，就在索姆河战役打响前几周，他被征募到塞西尔所在的部队；他只比塞西尔多活了三天。在寄给家里的信里，他表达了对我哥哥的爱慕与崇拜。在很多情况下，很多和塞西尔一起服过役的士兵都在塞西尔死后给我父母写信，或者是士兵的父母写信来慰问，通常这些儿子都不在了，信里包括他们儿子曾在信中表达的对他们长官的敬意。尽管如此，那个克里登的牧师却把他的敬意储备起来，一直等到他能借此获取更大的利益。

第一次通灵测试是我父母独自完成的，但从我的经历，我们敢说后面那些基本上都是前面的重复。通常的过程是这样的：奥布里夫人进入一种催眠状态，在这种状态下，拉腊与塞西尔交流，因为处于催眠状态的灵媒当然无法自己记录，因此交流的结果就由牧师当场记下来。然后这些记录下来的信息会传达给我母亲，她会马上根据指示行动起来。她保留着所有这些信息，和塞西尔的信件保存在同一个地方，把它们当作它们书信往来的更高级阶段。下面是个范例，那一次我和我太太刚好也在场。

拉腊说："这条信息是给塞西尔的母亲的。在图书馆。你进去时，它是在墙角前左边那个矮书架上，从下往上数第三层，第七本书。塞西尔说是一本绿色的书，上面或里面有绿色的东西。第 32 或 34 页，这一页没多少字，但里面有一条专门给她的信息。他想要告诉她，他爱她，一直陪伴着她。"

这最后一句话，在大多数信息中都几乎一成不变地出现过，很明显是灵媒为让她放心而加上去的。信息剩下的部分，也很典型，有一点似乎很准确的信息，但又包含无数的变化。比如说我们有三个门可以进入图书馆，主门是从大厅进入，另外两个小门，一个可以从休息室进入，另一个则可从另一侧的晨间起居室进入。这样信息里的指示就会导致三种不同的位置。晨间起居室是我母亲的私人空间，她有点怀疑塞西尔是想要她从这边进入图书馆。我父亲，经常在晚间从休息室进入图书馆，自然会走向截然不同的方向；但是在这件事上，正如在其他许多事上一样，他会把优先权给我母亲。在当前这种情况下，我想还有一些不确定性。由于第一个角落在房子遥远的那端，那角落前靠左边的矮书架范围就很广，在每个可拆卸的隔板上，我母亲都写有书名和作者的名字，还有引语。这里她写道："矮架。第 7 本书，温菲尔德的《慈善》。"没有绿色。又试了试另一端（从休息室进入），是邦宁的《兰开夏的历史》，也没有绿色。从大厅进入的话，从右边数的第 7 本书，是 E. 曼宁·格林[①]的《银色战马》，第 34 页上只写着："人们可能会说骑士回来了，他一切都好，只是他的心会在夜里出去，回到那些他爱着的人身边。"这可真是来自塞西尔的真实信息。在这些非常仔细的记录中，她天性中的诚实像她的轻信一样展现无遗；短语"从右边数"显示出她认识到书籍通常都是从左边数，但她坚信这个结果是清晰的。就连她那不怎么好看的方形大手，也在向我证明着她的固执与天真。信息下面，她像往常一样地写着"出席者"，每个见证人都要签上自己的名字，仿佛是证实这一过程的真实性。"路易莎·瓦朗斯，埃德温·瓦朗斯，达德利·瓦朗斯，达夫妮·瓦朗斯。1918 年 3 月 23 日。"（就我父亲参与了此事而言，大家注意到拉腊的信息从未涉及他——直到有一次在接下来那一周的电话通话中，才特别地提到他。）

我开过玩笑，但却出于厌恶。因为在这样的情况下，图书馆里的气氛总是难以描述又让人很不舒服；有一个越来越频繁地出现而且久久不肯离去的影子，使这个原本就已经够昏暗的房间，即使在其他时间也会又罩上一层更深的阴影。以我的感觉，这完全不是超自然的存在，更多的是希望，也就是恐惧，被痛苦地赤裸裸地揭开。从另一方面来说，当我重新装修这所房子的时候，我发现图书馆是

① Greene 包含了"绿色（green）"的字母。

我最最想拆毁的地方；虚假的、故意打扰破碎的心的伎俩，悬浮于空气中，书架上那些雕刻的小脸似乎萦绕于昏暗的壁龛，向前窥视着。你可能会觉得奇怪，觉得我意志薄弱，为什么不把这些话直接跟我母亲讲；关于这一点我只能说，很可能你一点都不了解她。

毫无疑问，还有其他一些朋友，默许甚至对这种心理骗术产生的结果抱有幻想——阿德林夫人、住在阿芬顿失去了他全部三个儿子的老布里格迪尔·阿斯通，都是如此。但是我和我太太很快就强烈反对奥布里夫人对我母亲的控制。带有明显的随机性的灵媒测试那么明确具体地抽上别人，引起了我们的怀疑（尽管对我母亲来说，这当然更增加了她的信念）。有一个星期，这个测试将我们带到刊登着塞西尔一首诗的《威斯敏斯特评论》中的那几行诗："你来时，我已离去，但在高高的阿尔卑斯山上，依然飘浮着英伦五月玫瑰的气息。"这首诗实际上是他写给一个他喜欢的纽纳姆女孩的，但在我母亲眼里，这是一个非常适用于来世的格言。另一首是来自斯温伯恩的（她先前并不喜欢的一首）："我将回到伟大可爱的母亲身边。"她好像并不在乎这里所说的伟大可爱的母亲指的是英吉利海峡。她已经习惯于得到问题的答案，习惯于她所需要的东西都能得到满足；如果不是觉得她太可怜，我早就会嘲笑她那种不可动摇的信心了，成天面对着现代维吉尔卦[①]在我家里上演。我太太有一次很勇敢问她婆婆，如果塞西尔想要告诉她"爱是亘古不变的"，为什么他没直接跟拉腊说，而是让她满图书馆从纸上找这句话？这句话也经常被老太太用来证明她不适合当科里未来的女主人。

在我父亲去世前，我和我太太住在诺顿的房子里，所以自然没办法来衡量、也没一点办法来控制这些活动，但我们的怀疑却与日俱增。有一段时间担心它会破坏整个科里的家庭生活，而由于战争的缘故，这个家庭已经承受了太大的压力。奥布里夫人非常聪明，

---

① 用维吉尔的《埃涅阿斯纪》进行占卜，一旦要寻求上天旨意，打开此书所见第一行就是神意。

偶尔也放一回哑炮（有一次测试非常清楚地指向一页写满了二次方程式的书，不管我母亲怎样努力也没法弄对）。但是那些让人高兴的陈词滥调的命中率如此之高，使我们不得不怀疑在这个房子里是否有他们的同谋，是否有女仆或男仆给他们指明某本书的确定位置。偶尔所指的书不在其正常位置——事实证明塞西尔绝对与时俱进，他的眼睛也洞悉一切。我赢得了威尔克斯的支持，他在战争期间被提升为男管家，我知道他无可指责，但他在员工中所做的谨慎调查一无所获。对于我自己搞的把戏，我不知道自己是该感到窘迫还是自豪。我学会了利用我的瘸腿，用来达到我的目的或仅仅阻碍别人达到目的。比如，我从母亲手里夺过纸片，以最快的速度蹒跚着走到图书馆，像一个热情的营业员去找一包茶一样，将书架遮住让她看不到，然后喊道："妈妈，第二个架子上的第四本书。"然后从上面随意拿下一本。我已经忘记了这本书，但会永远记得这句话："由于缺少速度，它们走向了不可避免的灭绝。"我相信这句的主语是巨型恐鸟："他那是什么意思？"面对从我哥哥那里得来的这个让人忧郁的达尔文宣言，我母亲担心地问。唉，如果塞西尔会飞，事情会是多么不同啊！

当然，你可能从一开始就好奇，奥布里夫人从中得到了什么。我们慢慢清楚地了解到，她收取的支票的数额，甚至超出了我母亲主张的最仁慈最宽厚的条件。她有一个需要她的富有的老妇人，一个渴望被欺骗的受害者。后来，我母亲以不易被人察觉的程度，似乎开始放弃了；她很少再提及这事，不知为什么她变得有点鬼鬼祟祟的——不是针对做测试，而是针对停止做测试。不言而喻，怀疑最终战胜了痛苦的渴望。我猜，到我父亲中风后，她就完全停止了。她性格强势，把那种怪异而令人畏怯的棘手氛围强加于他人，使我们无法开口深究。她身上那种缺乏幽默感的欢快劲儿又回来了，战前她一直如此。她用双倍的努力使她的乐善好施翻了番。由于父亲身体不好，这座大宅子里的人都得为眼前的事操心，追寻过去所耗的精力也就消散了。她还是每天早上到小教堂去，单独和她的长子一起坐一会儿；但悲痛本身也可能有生有灭。

保罗重读这一段时，感到一种傻气的兴奋，想着如果能从塞西尔那里为自己得到一些信息该是多么有用。在附有塞西尔书信的 G.F. 索尔版的附件里，似乎暗示测试的纸条还在，在瓦朗斯档案馆里。保罗想象它们可能随意地被捆在一起，锁在书桌里，就像《阿斯本文稿》里的那个一样。乔治并没怎么关注它们，但是指出了它们对于证实在第一次世界大战期间及之后的招魂热潮有着极其重要的意义。保罗手里的那本《黑色花朵》是企鹅出版社 1957 年出版的红色的老版本。他再次看了一眼书背面的作者小像：在一英寸的方形照片上，一个模糊的影子露着讥笑的表情。照片的下边是一段漫无边际的详尽履历：

达德利·瓦朗斯爵士 1895 年出生于伯克郡的科里庄园，是埃德温·瓦朗斯爵士（从男爵）的次子，在威灵顿公学及牛津大学的贝列尔学院接受教育，主修英国语言文学。1913 年文学士学位第一次考试获得第一名。战争开始后，他应征入伍到维尔特郡军团（属爱丁堡公爵旗下），很快被提升为上尉。但 1915 年 9 月在洛斯战役中受了伤，无法继续服役。他在战争中的经历被记录在本卷，大部分内容创作于 1920 年代，但二十年以后才得以出版。他的第一本书，1922 年的《长画廊》，得到了广泛的好评。这是一部带有讽刺意味的乡村生活小说，延续了皮科克[①]的传统，以欢快无情的眼光描写了古老的默舍姆家族三代人的故事，为英国喜剧艺术形象的宝库增加了诸如侵略主义将军加雷思·“情郎”·默舍姆爵士，以及他富有“艺术气质”、反对战争的孙子莱昂内尔等一系列人物形象。由于他

① 托马斯·皮科克（1785—1866），英国作家、诗人，擅长写讽刺题材的小说。

的哥哥已在战争中牺牲，因此在1925年他父亲去世后，达德利·瓦朗斯继承了爵位。战争再次爆发后，科里庄园被征用为军队医院，1946年达德利爵士认为最好把房子卖掉。他认为英国是个变化无常的地方，因此他和他太太每年的大部分时间都是在西班牙的安达卢西亚的安特克拉度过，那里有一幢他们家十六世纪建造的房子。他的另一卷回忆录《腐朽的树林》，于1954年问世。达德利·瓦朗斯爵士是英国皇家文学学会的院士以及英国雪利酒同盟会会长。

保罗想这两个团体的议程可能真差不太多。当然，他差一点就见到达德利了。他记得在达夫妮七十岁的生日晚宴上，他准备好要见他，在灯光昏暗的小路下等待，可他没有出现，因此他感到了莫大的解脱（很明显每个人都一样）。现在他最想要，或最需要访问一下的人就是达德利——在读过了他的书之后，他觉得自己更怕他了，他对他母亲形象的描写详尽且令人恼怒，对塞西尔则冷酷得令人不解，明显认为塞西尔被高估了。这些书的男性视角有点像是1970年代末的那时风气开明得多了。以一种被压制的英式姿态，身为“男同性恋”还挺有趣的——“是可否认的”，达德利一定会这么说。他的书名源自那个战友的牺牲，那么他俩之间的关系似乎跟他与达夫妮·索尔的婚姻要浪漫得多，人们不这样想都难。企鹅版的注释很有趣，古怪、直率又回避了很多——这两个人物确实让保罗产生了很大的兴趣，塞西尔只是被间接提到，第一位瓦朗斯夫人好像根本没存在过。相应的，那两个孩子当然也似乎不存在。即使是那本书本身，也完全没有把他们当作重要角色。在书的末尾，有一句话，以几乎滑稽的语气开始：“到目前为止，作为两个孩子的父亲，我开始以不同的观点来看待科里的限定继承顺序。”这是第一次提到科琳娜与威尔弗里德的存在。

自然，保罗的第一封信就写给了达德利，由他的经纪人转交，但是这封信与之后寄给达夫妮的信一样，都没有回音，使保罗心神难安。看来需要去接近乔治·索尔了，但由于他在跟自己较劲，而且没什么把握，他迟迟没有写信。他有一种感觉，这件事到了这个阶段，那些曾经散落各地的报道、丰富的资料、图片以及让人困惑的一件件怪事，都不断地让他坚信，他注定要写塞西尔·瓦朗斯的传记。索尔那拖延已久的书信集，虽然来自枯燥的学者，但为他提供了大量资料。除此之外，在他图庭格雷夫尼公寓的书架上，还有他收集的一些相关资料，其中一些有点牵强但神奇的联系；那些只在脚注里提到过塞西尔的书给了他最强烈的决心，一定要解开这个谜。

在他面前他发现了封皮已经破损、用透明胶带粘贴的温顿·帕菲特所著的《塞巴斯蒂安·斯托克斯：双重人生》；在大英图书馆，他在四开大的黑色笔记本上，用铅笔抄写了塞西尔和埃尔金·马休斯之间的往来书信，埃尔金是《午夜梦醒》的出版商；一册私人印刷商印制的阵亡将士名单，装订得很僵硬，闻起来有一股奇怪的口香糖的味道。在法灵顿路的一个手推车上，他发现了一本埃德温·瓦朗斯爵士写的《牛犊的饲养与护理》(1910)，共25页，他觉得这本书难以把握的内容正好传达出了他研究对象的家庭神秘的一面。他还有两本《画廊》：达德利1922年出版的小说，这里他显然是利用瓦朗斯家族来描写疯狂的默舍姆家族的故事，还有达夫妮最近的回忆录。

他给温顿·帕菲特写了封信，开门见山地问他：自从他的书二十年前出版以来，他是否存有一些关于斯托克斯与塞西尔之间已经曝光的交往资料。副标题“双重人生”令人失望，指的是斯托克斯的双重职业：一个书写文字的人和一个谨小慎微、帮保守党收拾残局的人；帕菲特从没说过他的主人公是同性恋，也没理会对保罗来说已经很明显的推论，即他曾爱上了塞西尔。他关于这位“快乐”而“出色”的年轻诗人的冗长回忆录，无疑是年老的瓦朗斯夫人可以接受的，也是他自己的一封秘密情书。实际上，帕菲特像老“瑟比”本人一样，是个外交高手，他巨大的传记上带有藏蓝色的护封，以及资深评论员的赞美，但如今这本书也和其他书一样，默默无闻地被置于二手书店，看不出与其他书有什么不同了。评论说这本书“出色”——称它是“大事件”、是“里程碑”、一件“因爱而生”——这些评语都很狡猾，也就是个二流的作品。它似乎是对保罗的一种警告。不过，他对其中半打页数已经很熟悉了。有一小段提到斯托克斯拜访瓦朗斯家，收集回忆录所需要的资料，但大罢工紧张忙乱的谈判使这事笼罩在阴影之下。在科里的那个周末，当他设法跟达夫妮说上话时，他计划问她本人一些问题：那似乎是个重要的时刻，一个不会再有的以塞西尔为中心的聚会，他早就想出现在这样的场合了。帕菲特很快就从他多塞特的庄园发来了回信，写着漂亮的斜体字，说他没什么重要的信息，但在结尾，最后一句话给予了热情的鼓励，看上去无比真诚但很可怕的话：“毫无疑问您应与萨塞克斯的奈杰尔·杜邦博士联系，他也曾因他作品的事情给我写过信，也是关于永远迷人的塞西尔。”

奈杰尔·杜邦博士让保罗非常沮丧，但又不知道能拿他怎么样。他禁不住想他一定就是达夫妮在贝德福德广场派对上遇见的那个陌生人，那个危险的、一直在打听塞西尔的事情的“很好的年轻人”。萨塞克斯大概是指萨塞克斯大学，而不是说杜邦博士住在那个郡的什么地方吧。他可能是个野心勃勃的年轻学者，大概是个英国人，但却有不可估量的高卢人的狂妄自负以及对理论的强烈热爱。他也在写塞西尔的传记吗？有几种显而易见的方法可以查出来，但保罗无法采取任何一种方法。他看到自己在另一个派对，被介绍给他的对手，这一情景在他迷茫的无知与担忧中中断。他感到“永远迷人的塞西尔”仿佛是通过“拉腊”本人，有力地鼓舞着两个传记作者，出于玩笑，也出于自负。

在图庭格雷夫尼，他们对死者都是直呼其名的。保罗的女房东凯伦，将他所做的事称为“塞西尔的工作”，将要成为他的同谋。她在帕特尼的皮尔斯书店工作，读了很多看起来很不起眼但很独家的东西，而且是在出版前很久就读到了。在当了她九个月的租客后，他渐渐习惯了每天八卦一些关于伦纳德与弗吉尼娅、利顿与摩根，以及其他人的事情，她说起他们来就像谈老朋友一样；邓肯和瓦妮莎像顾客进商店一样偶尔参与到谈话中来。她在一个青少年聚会上见到了弗朗西丝·帕特里奇，由此点燃了她对布鲁斯伯里圈子的狂热追捧，这一主题的书每个月有一本，因此她上瘾了，期待值在不断被刷新。当然严格地说，塞西尔不是布鲁斯伯里的成员，但他认识其中剑桥的大多数人，凯伦觉得他的传记作者能成为她的房客，是她的运气。她像个母亲一样关心着他，对他的“工作”投入了很大的兴趣（对保罗来说，它的吸引力就在于它不是“工作”）；保罗本人，虽然希望能给他的作品保留一定的神秘性，但还是几乎跟她分享了一切。凯伦的厨房成了这一项目的神经中枢，很多计划和猜想都是从葡萄藤缠绕图案的威廉·莫里斯[①]桌布上，或者在开始喝第二瓶里奥哈红葡萄酒时做出来的。他享受着她欣赏这些的兴趣，除了只能写到日记里的东西，他期望能告诉她一切，不过他时不时地担心她会认为这部作品是他们两人共同完成的。

圣诞节后那奇怪的一周，保罗从图书馆早早回家，发现有一封寄给他的信，信封上贴着西班牙的邮票。凯伦将它放在走廊的桌子上，好像是做了很大的努力才克制自己没去打开它。它就在这里，信封上的地址是打字机打的，他的名字被拼写错了。他把它拿到厨房，整齐地打开。由于想到信里总会说两件事情中的一件吧，拆信刀一下子就划开了信，但他还是觉得不够快。

阿尔玛森
萨巴松纳
安特克拉

亲爱的布莱恩先生，

① 威廉·莫里斯（1834—1896），英国设计师、诗人，他设计的家具、纺织品、花窗玻璃、壁纸等各类装饰品引发了工艺美术运动。

我丈夫身体欠佳，所以让我代为回复您 11 月 26 日的来信。非常抱歉，他不能见您。如您所知，我们每年大多时间居住在西班牙，我丈夫很少回伦敦。

真诚的，

丽奈特·瓦朗斯

有一瞬间，他感到无比尴尬，很庆幸凯伦没在这里看到它。这对他无疑是个沉重的打击：有那么多的东西取决于达德利以及他锁在桌子里的家族书信文件。他把信装回信封，几分钟后他觉得自己刚才太激动没记住里面说的是什么，因此又把它拿出来；但这似乎或多或少在他意料之中。除非，或许，在它的敷衍推脱里还传达了其他的什么意思？毕竟拒绝也是一种交流——这封信，尽管短而傲慢，但却为他们建立了一种微弱的联系。在某种程度上，它本身就是家庭档案的一部分。他把信放到厨房桌子上，烧了壶水，准备泡茶。每看一次，他的沮丧就会少一点。这本来就是拒绝信，需要简明有效，但它不是也没那么强硬吗？强硬的回复应该是："达德利·瓦朗斯爵士拒绝见您，不仅如此，他还坚决反对您写他哥哥，十字勋章获得者塞西尔·瓦朗斯上尉的传记。"但信里一点这样反对的迹象也没有。他开始想就连丽奈特本人也认为此事并没有结束。信里甚至还有点失败的情绪，只是用一种拖延的姿态来面对必然要发生的事情。他们给出的拒绝理由，是他们"很少回伦敦""每年大多时间"都在西班牙，用词含糊不清，显然不是不可逾越的——是不是有一种很可能的暗示，他们不想给保罗带来什么麻烦？他开始想他是否可以用某种方法安排一次安特克拉之旅，在那里跟他们谈，而不用在他们极少在伦敦短住期间去麻烦他们。他这样做势必会给他们留下深刻印象，甚至会打动他们，他似乎看见温暖微妙的友谊在他们之间慢慢建立起来，而这种友谊将会成为他的书的命脉。

后来，在楼上他自己的房间里，保罗在日记里记下了收到来信的情况，保罗向后靠在椅子上，看着窗外，心里突然对可怜的老瓦朗斯们产生了一种强烈的同情，他马上感觉到那种片刻的洞察力是成为传记作者的关键。他认为傲慢实际上是他们脆弱的表现，是上流社会的人们极力想要向下层社会掩饰的东西。达德利身体不好，在八十四岁的高龄见一个陌生人是一种很大的压力——因为他只知道保罗有可能是另一个文人，这非常可以理解；丽奈特本人，半理解地执行着一个病人的授意，匆忙写完后又要回到病榻照顾他。而如果与保罗的交流能够发生，对他们两人而言都会是巨大的快乐和解脱。他决定在未来的几天里，他要以更个人也更与人方便的姿态再写一封信，在他们之间已经建立起来的联系上再增加一些温暖的成分。

4

保罗为他的书所采访的第一个人，是塞西尔第一次到索尔家的“两英亩”时的仆人之一，他的存在有点神秘。在电话里，这个老人说如果他知道保罗是怎样追踪到他的，他会感到不可思议的。保罗给他读了塞西尔给弗蕾达·索尔的信中的一段话，在信里他说他想“在车站绑架小乔纳，然后要求一笔天价赎金”。“那是什么啊？”老乔纳愤愤不平地说，好像是保罗自己编造的一些不靠谱的建议；他的耳朵已经很背了。保罗说：“您的名字很不寻常啊！”乔治在脚注里一丝不苟地写道：“乔纳·特里克特（1898 年出生），是两英亩的伙计。他被明确地指派为塞西尔的贴身男仆；从 1912 年到 1915 年受雇于弗蕾达·索尔，然后应征入伍加入米德尔塞克斯军团。从 1919 年开始，成为 H.R. 休伊特的花匠及私人司机（另见 137 页、139 页）。”在电话里，保罗不确定乔纳是否明白他所提议的访问的目的是什么。他同意让他来，尽管听起来隐约有点被冒犯的意思，但这很正常。“在世的少数几个人中，只有很少几个记得塞西尔·瓦朗斯，你是其中之一！”保罗说。这当然挺让人费解的：有成千上万个八十一岁的老人，但在这些依然在世的老人中，没有其他任何人与这个

1916年死去的诗人有着如此亲密的接触，帮助他穿衣、脱衣，做任何贴身男仆职责内的事情。“噢，是吗？啊，知道了，”苍老的声音有点提高，“随你怎么说吧……”好像开始明白他在这个故事中潜在的重要性了。

这是又一次穿越米德尔塞克斯的伟大的长途跋涉，到艾奇韦尔要经过二十七站，它是这条北线的最后一站，那点小灯像会一直闪到永远，倒令人安心了。保罗不断地练习要提的问题，想象会得到的答案，以及他们反过来会问他的问题。他怀疑乔纳不会主动提供很多信息，他得想办法激发他，然后帮助他发现并说出那些必须得说的东西。前面要做的这些事情使他变得格外紧张，好像被采访的人是他自己一样。在公文包里，有一封彼得·罗的信，信是今天早上来的，他还没来得及看。在冬日阳光下空空的火车车厢里，他带着些许不安地打开它。信封里有一张明信片，根据彼得的特点，总是一幅他喜欢的男子裸体古画，这次是圣塞巴斯蒂安，是保罗从未听说过的、成千上万个意大利人中的某一个画的；褐色的小斜体字写道：

> 亲爱的！听闻你正在写CTV的传记时，我真的感到有一支箭射进了我的心脏。但不管怎样，现在剧痛已经消退。我一直都希望某一天我能写这样一本书，但我不确定能像你一样写得那么好。当然，我觉得我其实也参与了它的诞生，因为多年前的那个夜晚，是我带你来到了这位诗人的墓前。祈望叙谈——关于这个老塞西尔，我有一些预感，或值一谈！
>
> 你永远的，P
>
> 又及：拙作将于三月问世

保罗真希望自己没读这封信。单就彼得的字体而言，在每一个落笔的空间都带有它快速文雅的命令，让他心绪难安。还有塞巴斯蒂安，那个被绑在树上的画得比例很小的壮汉，看起来一点也不像彼得，怪异地让他想起了 1967 年那个重要的夏天，彼得在他生活中的那些日子。现在他自己的一本关于维多利亚时代教堂的书就要出版了，他还在准备一档电视节目，时不时在第 3 频道做广播谈话节目。保罗想起他就心情复杂不安，有羡慕、有嫉妒，还有恨。

阿诺德街上的房子墙面嵌有小石子，附近还有游乐场。保罗来到第二栋房子，带着新的恐惧与决心拨开前门的门闩。不大的花园里已经草木皆枯，收拾整齐准备过冬了，有几朵粉红的花蕾熬过了霜冻。前厅里亮着一盏灯，窗台上几个相框都背朝着他，他假装不朝里面看。房子似乎既警觉又无助。他希望能从里面得到一些有价值的东西——在此过程中，他愿意做出回报，发掘出它自身所不知道的有趣和特别之处。

他抓起门环，用力地叩响，本意并没想弄出那么大的响动。好一会儿他才发现，这个大门在信箱上方有四块厚厚的靶心形玻璃，与他母亲家以前的一样。有一些模模糊糊的声音，叫喊声、足球场上的口哨声传来，郊区生活这种简单的浪漫逐渐变成乡下的情景，将他的思绪带到西文汉的政府廉租房，他叔叔特里的家里。他知道，这种小房子从走廊上就几乎可以听到任何声响，可以从螺旋状图案的玻璃上看到忽明忽暗的影子。他感到自己的心慢慢提了起来，当门被打开时，他赶紧板起了面孔——一个身材高大的中年女人手握着门锁。"噢，下午好……我是来见特里克特先生的……"

"您是……？"

"保罗·布莱恩特！"

她点点头，朝后退了一步。"爸爸在等您。"她说，自己并没有确切表示欢迎的意思。她穿着一件厚厚的外套，上面是色彩黯淡的咖啡色格子图案，戴着一副咖啡色的皮手套。保罗侧身走进门廊，看到了镜子中自己礼貌的不安表情。他的出现代表迷人的开端，因为他会把她父亲写入书中，她似乎对此并不在意，甚至并不欢迎。"爸爸！"她喊道，好像知道她不会被听见似的，"他来了。"然后关上了门，也侧身从保罗身边走过，进了前屋。“布莱恩特先生到了，”她说，“怎么样，你还好吗？”保罗跟她进屋时，深深地吸了一口气，好像是满足地呼了出来。他希望当他冲向这个失聪的、带着疑问的神情抬起满是银发的脑袋、挣扎着从扶手椅上站起来的十足的陌生人时，他能够保留住所有这一切——他的热情与魅力、自信友好又不失庄重的笑容，还有带有一丝狡黠的尊重。“您得大点声说。”那个女人说。

保罗握着他的手说：“特里克特先生，您好！”——不知怎么竟忘了他听不见，然后他听到了自己不自然的声调。

“你是保罗吗？”特里克特先生问道，神经质地笑了笑，然后又像鸟一样仰头等待着答案。

“没错。”保罗说，他发现对于这个老人来讲，他当然像个孩子，甚至可能像他容易弄混的某个孙子。这也很烦人，但他会充分利用这个机会。乔纳·特里克特长得不高，但肩膀很宽，宽阔温和的脸上轮廓分明，大大的蓝色眼睛使他看起来既善于倾听又善于观察。他头发浓密，一口整齐但失真的假牙将它们无助的热情展现在老人的脸上。保罗可以看出年轻时他一定很有吸引力，现在他的表情中还有一些孩子似的神情。他走路时有点踉跄。

“我换了新的髋关节，”他说，有点尴尬地吹嘘道，“吉莉安，把年轻人的衣服挂好。”他说话声里夹杂着呼吸声，就像他居住的那条街，是带有一些乡土气息的伦敦。

他放下公文包，一边解大衣的扣子，一边打量着这个房间——墙上挂着一些盘子，但没挂照片，窗台上的几张照片是黑白的结婚照，还有一张彩色的是他们近期的合影。燃气的壁炉使房间热得让人很不舒服。电视上摆着一张乔纳和一个女人的照片，那肯定是或曾经是他的太太了。保罗觉得自己应该心存感激而不是管闲事，但奇怪的是正好相反。“那我就出去了。”吉莉安说，拿着保罗的大衣去了走廊。当门嘭一声关上时，他感到一种不自然的感觉将他们两个人都笼罩起来，好像刚刚说过些什么让人极为难堪的事情似的。通过窗户，他带着僵硬的笑看着外面，看着吉莉安走过小路，关上了她身后的大门。他想如果不能按预期的计划进行，那他只需待二十分钟。他们在壁炉的两边坐下，壁炉上放着一盆水，颤动的细管子在发亮。他有一种感觉，他们是为这个场合做了准备的：乔纳旁边的桌子上有一个纸板夹，他自己的信就放在一个彩色的玻璃镇纸下。保罗拿出一个带麦克风的磁带录音机，然后花了一两分钟将其调整好；乔纳似乎觉得这有点唐突也有点新奇，但保罗说："你说的每一个字对我都非常重要。"乔纳听着这些话，谨慎地笑了笑。保罗按下录音键。"您今天怎么样啊？"他问。

"那是什么？"乔纳问。

曾参加过秘书培训的凯伦，自告奋勇地要帮着保罗把录音带上的内容用高尔夫牌打字机打出来，于是男人说话的声音以五秒脉冲的方式从她的房间传来，不断地停止、不断地重播（他自己的声音带着自身未察觉的小舌颤音，听起来好像不是他的），在两个晚上紧张的时断时续的噼里啪啦声之后，她来到楼下，递过来一沓大张的书写纸。"有一些东西我确定不了，"她说，"我把我的猜想写在括号里了。"

"哦，好的。"保罗说，笑着表示自己并不担心，马上拿着文件找他的眼镜去了。他扫了一眼，看起来既有专业水准，又存在着严重的问题。她把它的格式设为窄列，就像剧本格式一样，不过这个剧本本身要经历一些暂停及谈话内容互不相干的荒诞考验。"那些磁带还留着，对吧？"保罗问，"咱们要把所有的东西都照原样存档。"

"我不知道那个录音机是不是好用。"

"它很贵。"

"乔纳的声音还可以，是你的声音有时很不清楚。"

"啊，麦克风是在他那儿。他说的东西才重要嘛。"

问题是，凯伦经常搞不清所提的问题是什么。他很随意地读了一点：

PB[1]：是乔治·索尔？（听不清）

JT[2]：噢，不是，他没有做。

PB：真的吗？真有意思啊！

JT：噢，天哪，不！（咯咯的笑声）

PB：那就完全是塞西尔本人。（听不清：幸运？）

JT：嗯，有可能，是的。不过我觉得并不是每个人都知道这个！

PB：我相信他们不知道！那不是你想要的！（咯咯笑）

凯伦对感叹号运用自如，还有萧伯纳的舞台指导词（窃笑、遗憾地停下、突然涌起情感等）夹杂在完全很平常的陈述中。唉，她极力想帮忙，热衷于帮忙，然而就如很多情况下一样，她帮了倒忙。有时，乔纳的失聪给他解了围，他要求保罗再大声重复一下问题。但保罗忧心地发现，有的地方他已经不记得听不清的那些东西说了什么了；对于一些他不想放到书里的东西，比如乔纳谈论的战争，他就常常让机器自己去听。也许他当时的焦虑状态使他无法集中精力倾听，他的全部心思都在于要找出塞西尔与达夫妮以及塞西尔与乔治之间的纠葛，以及乔纳对这些事情的了解，他用尴尬的战略，心烦意乱地等待着最好的时机，干扰了他的注意力。所以第二天，当凯伦去上班时，他边看着记录边重新放了一遍磁带，想看看能不能发现她漏掉了什么或记错了什么，结果发现自己稀里糊涂的开头很糟糕，不由得很沮丧很生气。

他发现在采访的多数时间里，他让乔纳偏离了塞西尔的话题，泛泛而谈他“过去的时光”，还有他在战后与哈里·休伊特的生活，他是一个富有的商人。很明显，与索尔家的人相比，乔纳更喜欢休伊特。索尔家的人似乎是一些模糊的无处发泄不满的对象，或许正是这样，才使某些

① 保罗·布莱恩特的英文首字母缩写。
② 乔纳·特里克特英文首字母的缩写。

导致事情发生、却已被遗忘的另一些事在他的记忆里保留得更长久。

PB：你是说弗蕾达·索尔喝得太多了？

JT：哦，我不知道那算不算太多。

PB：我是说，你是怎么知道的？

JT：噢，你知道你所知道的。他们是在（不清楚，厨房？）说的那些话。她有个弱点。

PB：弱点？我明白了。

JT：有一个马斯特太太（？待核），是她的女仆，是她给她拿来的东西。

PB：你是说，她给她买酒喝？

JT：嗯，是盂买杜松子酒，我好像现在还能看到。

他问乔纳最近有没有回到那所房子，乔纳说："噢，我已经有很多年没走那条路了。"就好像真的有多远似的。保罗想实际上不会超过两英里。乔纳对这所房子和这个家庭的冷漠也影响到了塞西尔本人。

PB：我想你知道他是一位有名的诗人吧。

JT：对，我们都知道。

PB：那你可能也知道，他在那里写了一首诗，那是他最好的诗歌之一。

JT：噢，是吗？

PB：那首诗叫《两英亩》。

JT：（不确定地）啊，是，我想我听说过。

PB：你还记得他来时的情景吗？

JT：（犹豫着）噢，他是一个（不清楚，绅士？），他真的是！［保罗又放了一遍，以便确认被他的咳嗽声和纸张的沙沙声掩盖的那个词是“魔鬼”。]

PB:真的?何以见得?他长得什么样?

这里保罗终于很有成效地接触到了这个伟大的简单问题;但是看起来乔纳对塞西尔探访“两英亩”已经记不起什么了;有那么一两分钟,看起来形势不错,但随着保罗提出的一个个问题,它又被稀释了。有几条还行,像为了补偿他而特别确定,第一,塞西尔像“一个讨厌鬼”,而这只不过是指其“极其凌乱”;第二,他有丝绸内衣,非常贵的(“噢,这有什么不正常吗?”“反正我以前从未见过。像女人的东西,是真的。我永远也不会忘记它。”);第三,他非常慷慨,给了乔纳一个基尼的小费,而“当他第二次来时,给了两个基尼”,由于弗蕾达·索尔一年总共才付乔纳十二英镑的工钱,外加伙食,所以这个数额显然是让人难以理解的。

PB:你一定是为他做了什么?(听不清)

JT:我什么也都没做!

PB:我真的不知道当你贴身服侍某个人的时候,会发生什么事。

JT:那实际上不是真正意义上的贴身男仆,索尔家没有。他们不知道这个。“看起来像那么回事就行。”年轻的乔治说,我记得的。“照他的吩咐做就是了。”

PB:那他叫你做什么了?

JT:我记不大准确了。

PB:(笑着)那么,你一定真的跟他很合得来了!

JT:(听不清)……差不多吧。

PB:但他第二次来的时候有什么不同吗?

JT:我不记得了。

PB:没什么特别的——

JT:(不耐烦地)那是七十年前的事了,真该死,差不多吧!

PB:我知道,对不起!我是说,第二次你得了双倍的小费,你做了什么额外的事情吗?对不起啊,听起来很无礼。

JT:(停顿)我敢说如果有额外的事情做,我会很开心的。

保罗停下来把磁带翻过来,就在这段很短的间隔时间里他有了一种感觉,当乔纳移动他的新髋骨,使劲拉扯着坐垫时,表明他已经使这个老人紧张不安了;作为一个初出茅庐的新手,他有些犹豫不决,不知道自己是该就此打住还是该加大力度。

PB:我想知道你还记不记得塞西尔说过的什么话?

JT:(停顿;尴尬地笑)那个,我知道的全部事情是,他说他是个没有宗教信仰的人。星期天他不会跟其他人一起去教堂。

PB:一个异教徒?

JT:正是。他说:“我向你推荐它,乔纳。它意味着你可以做任何你喜欢做的事情而不需日后担心。”我被他的这些话惊呆了!我说如果在做礼拜的时候这样想可是大不敬的。

PB:(大笑着)还有其他的吗?

JT:我只记得那些。我知道他喜欢说话。他喜欢他自己的声音。但我不记得了。

PB:他的声音什么样?

JT:噢,非常(听不清楚)。像个得体的绅士。

不久,由于紧张和嗓子发干,保罗要了一杯水。他想他们好像有点不太友好,什么都没给他,连一杯茶水也没有;但他是在两点半来的,是个很尴尬的中间时间。他们像他一样,不知道在这种采访中应该做什么。乔纳让他进了厨房。吉莉安把这里都擦干净了,洗碗布搭在两个水龙头上。通过窗户，保罗看到了后花园，里面有个小型的暖房，女贞树篱远处的白色框架是足球球门。他再次感到这个房间似曾相识。他站在那里，慢慢喝着凉水，处于一种出乎意料的恍惚状态，仿佛可以看到一个又一个十年，伴随着一个个学期学年、新一代男孩的喊叫，在这所房子里、在这个方形的花园里流逝，而乔纳长长的岁月，则消磨在自己所有的日常琐事及职责里，消磨在与妻子女儿的生活里，以及所有这些被忽视但令人欣慰的厨房及客厅零零碎碎的东西里，偶尔像度假一样难得地想起塞西尔·瓦朗斯。在保罗离开期间，磁带继续转着，可以听到乔纳在靠近麦克风的地方挪动着东西，喘着粗气含糊不清地说着什么，他还放了一个屁，声音不大但像音乐一样婉转。

PB：与乔治·索尔在一起时，塞西尔什么样？

JT：他什么样？

PB：（听不清）乔治，你知道吧？

JT：我不明白你什么意思。（紧张地笑着）

PB：他们是很好的朋友，对吧？

JT：我想他是在大学遇到他的。关于这个我知道得不多。

PB：你自己不会把索尔家的孩子搞混吧？

JT：哎呀，天哪，不会的！（气喘吁吁地笑着）不，不，完全不是那么回事。

PB：你知道达夫妮和塞西尔（听不清）要好吧？

JT：哦，我不记得。我们不知道那些事。

PB：（停顿）你还记得你的工作时间吗？

JT：这个，我记得，是从六点到六点，我记得很清楚。

PB：但你不住在那个房子里吗？

JT：我回家住。每天早晨五点起来！你知道的，我们不在乎！［乔纳继续说着，保罗听他的口气有一种解脱，讲着一个仆人一天的工作细节——在这样的一天里，保罗故事中的那些主要人物只是偶尔出现，像无足轻重的跑龙套角色。]

当乔纳拿出影集的时候，对凯伦而言，录音机传出的声音就变得完全像她无从破解的密码了。保罗听着，然后快进了十秒，再次切断——嘟囔声、哼哼声，还有遗憾的笑声，像有一种亲密感，而此时的他已被排除在外。他俯身在乔纳的扶手椅上，不时将手停在他翻动的页面上。这是一个共同的任务，他们以某种方式指引着对方，乔纳对保罗对所有这些事情的过度热心依然感到迷惑不解。"看吧，没什么东西了。"他说，从某方面说，这是对的，不过像以往一样，"没什么"的东西挑衅似的盯着外面。那些二乘三英寸的老照片，保罗曾经看过自己小时候一些类似的照片，也是这种小尺寸的。乔纳俯在相册之上，读报纸的放大镜挡住了这些照片，当他对其中的一两张低声嘟囔着什么的时候，一张张小脸就被放大，然后迅速掠过。有一张是"两英亩"全体雇员的集体照，一定是战争前照的，乔纳穿着扣子系到领口的工作服张嘴笑着，站在两个戴着帽子系着围裙的高个子女仆中间，一个胸脯很大的女人站在他们身后，可以肯定她是个厨师；保罗实在看不出他们后面是门还是窗，但那人确定无疑就是乔纳，他是那么光彩照人，使得老乔纳对代表着他长大感到有点难为情；在十六岁的年纪，他似乎对自己的处境感到很满足，同时对外面的世界有一点狡黠的好奇心。接着是几张家庭照。"那就是他们的母亲吗？我可以看看吗？"保罗说，他将放大镜放稳：一个看起来很结实的女人，脸宽宽的很好看，戴着近视眼镜的脸上是一种猜测的微笑。他从她身上看到了很多达夫妮的影子，不是照片里十几岁的年轻人，而是他认识的、比她母亲当年的年纪还大的达夫妮。"弗蕾达看起来人很好啊。""是的，嗯，"乔纳说，"她还可以。"不过如他所说的她的弱点，在镜片下似乎渐渐显露出来——光头秃顶但责任心重的休伯特·索尔，站在她身边，肯定也知道这个。他们都流露出对前面的危机难以说清的表情，脸上的笑容也难以将其掩盖。“乔治呢？——啊，对，那个肯定就是他了。”乔治对着相机做着夸张的表情，手指指着达夫妮，或者在她身后做鬼脸。达夫妮自己则露出年轻女孩的脆弱表情，希望能让自己看起来像个大人一样，装模作样地坚持五分钟。她优雅地微笑着坐在那里，头上戴着一只大大的草帽，草帽一侧有一朵丝绸做的花。然后乔治蹑手蹑脚地走过来，像无声电影里的反面角色一样，让她跳了起来。“那个是……？我想到了。”乔纳说，让保罗拿着放大镜，平行检视着最靠近角落的那张照片——两个年轻人躺在几乎和地面平行的帆布躺椅里：乔治戴着硬草帽，另一个人的脸被他的帽檐遮挡着，隐在一片阴影里，只露出鼻子一侧和一抹微笑。“我想，这就是你要找的年轻人，对吧？”乔纳说——实际上这可以是任何人，但是保罗说，“对，当然是了……！”说完后，他激动地确定那就是他。

他没想到乔纳有这么多的秘藏，好像是神秘而无所不在的哈里·休伊特给了休伯特一架相机，休伯特忠实地不断在拍照，然后拿给每个人看。乔纳给他看了两个年轻人的合影；放大镜下，他方形的褐色手指几乎遮着他指点的人。“我明白了……是的……”——休伯特在这里很不一样，他偷偷看着照相机，一支香烟在他的裤兜边摇摇欲坠，在他身边，站着一个脸色稍黑、年龄大很多的男人，那个人的一只手环着他的肩膀，好像是因为什么挑战而保护着他，而他则一直在不好意思地回避。那个人穿得很讲究，长长的脸庞瘦削而憔悴，他耳朵很大，宽阔的胡子在脸上不规则地延伸。“看来那个就是你在战后为之工作的人了……”这张照片上他看起来很明显是同性恋之类的人，因此他自己都觉得这个问题听起来有点旁敲侧击的意思，对乔纳可能也一样。后来他在抄写本里发现他回到有关休伊特的地方了。

JT：休伊特先生是索尔家的朋友。他是休伯特先生的好朋友。所以从某种意义上说，我早就认识他了。他一直对我很好。他住在哈罗威尔德斯通。(不清楚:派多克斯?)

PB:你说什么?

JT:那是他房子的名字。

PB:噢!

JT:那里现在是个老人之家了。那些老宝贝们都住在那里(笑得喘气了)。

PB:这样,这么说那是座挺大的房子了。

JT:哈里·休伊特,你知道吧,他是个艺术品收藏家。我相信他把他所有的收藏品都留给了博物馆,可能是维多利亚和阿尔伯特博物馆吧?

PB:他没孩子吗?

JT:噢,没有,没有。他是个单身绅士。他对我总是出手很大方。

然后,在另一页,乔纳换下了他的仆人服装,穿上了宽大的毛哔叽军装,戴着一顶过大的尖顶帽,在所有人都比他高的新兵行列里,他看起来比两年前还小,脸上充满好奇的笑容已经变成了孩子气的担忧。保罗直起身,心不在焉地俯视着面前这个干净整齐的老人,相册摊开了放在他的膝盖上;然后他再次弯下腰,呼吸着他清冽的刮胡水和护发液的味道。

过了一会儿,乔纳要上厕所,厕所在楼上,新换的髋关节使他走路很慢很吃力。当他安全地慢慢往上走时,保罗停下了录音,在房间里闲逛,透过窗户友好地看着前面的花园及小路,然后拿起乔纳椅子边那个桌子上的镇纸,饶有兴味地从收信人的角度再次看他自己的信。然后用一个手指掀起了纸箱盖,一些已经被太阳晒得发黄变脆的报纸剪贴,角落和折叠处的字迹已经辨认不清,褐色的信封由于经常的摩挲已经变得柔软。这些一定是乔纳的退伍文件,那个是他1965年赢得的康乃馨花卉比赛的获奖证书,然后是一张折叠起来的学校演出的评论,还有就是当地报纸上的一幅照片,一定是有关吉莉安婚礼的。让他震惊的是可怜的乔纳似乎没有足够多的珍贵东西，再占用别的文件夹，所有贵重的东西肯定都放在这一起了。他翻阅着那些松散的纸张，都是些和家庭有关的琐碎日常东西，很模糊也没什么价值，把它们放在这里估计是他们以为这次访谈是关于乔纳本人的生活的。他把它们重新放回去，一边放一边又最后扫视着它们，然后保罗看到了一个褐色的大信封，收信人地址是“两英亩”的休伯特·索尔先生，地址上染上了一片墨迹：他拿起它来，内心感到突然的沉重。他快速但专注地凝视着里面，抽出来上面的两三页纸，看到了一些信，其中的一个签名是 H.O. 索尔，因此可能是乔纳在那个时期的大事记或一些记忆碎片。“祝你好运！”—— 1915 年 5 月……字体大大的向后倾斜着。他发现自己在盯着它下面的一样东西，一阵突然的自责使他的脸变了颜色，那是另一种完全不同的字体，是他刚刚能从别人的字体里分辨出的字体，就像是一个新情人的字体。一个小信封，是寄给在米尔山驻扎的米德尔塞科斯军团陆军二等兵 J. 特里克特的。信封上大大的黑色邮戳已经模糊，但是年份还依稀可辨，是 1916 年，他把其他纸都放下，准备打开它，就在这时他吃惊地发现他翻到了一些塞西尔写的东西，被撕成一半半的几张纸，写得密密麻麻还有很多修改的痕迹。他手指颤抖着拿起第一张，它在他眼前一片模糊地摇晃着，使他难以专注。他知道它却不了解它。他对它如此熟悉以致他不敢想那是什么，然后当他明白过来后他发现，这并不是他知道的那个东西。“真诚、热烈、无所畏惧……”楼上厕所的冲水声响了起来，一连串的轻叹及哼哼唧唧声通过房子的管道系统传来；随后他听到乔纳小心翼翼但却过于缓慢的脚步声传下来。这是最让人彷徨犹豫的决定性的五秒钟。他整理好那些纸张，合上夹子，把镇纸放回到最上面，脑子里回想着他在动它之前它是怎样摆放的；他非常自信他已经让它们都各就各位了——就连镇纸的摆放位置也是没错的；但当乔纳回来进到屋里时，他的眼睛似乎直直地看向它，保罗不知道最后的印象是否并不那么准确，以至于从某种意义上来说让人难以信服。

后来，保罗听着模糊而外行的磁带录音，反复看着让人尴尬且不能完全核实的纸面记录，他越来越苦恼地感到，他已经失去了有重大价值的东西，不过他并不清楚怎么会这样，或者甚至不清楚那是些什么。关于塞西尔和乔治的友谊，除了他所说的，乔纳是否还知道更多？他不愿说或不知道怎样说都是很自然的事情；尽管他不怎么愿意提乔治，也不愿意提达夫妮，但他也几乎没提其他那些他六十五年没再见过的、保罗想要知道的幸存者们……让人费解的还有塞西尔所给的超过一个月工钱的巨额小费，第二次来访时又给了双倍。他为什么要那样做？因为乔纳知道他一直是个“魔鬼”吗，也许吧——但那个词到底是什么意思？为什么乔纳几乎忘记了其他所有的事情却依然记得这个？保罗怀疑是否是因为乔纳知道了什么，塞西尔付给他的封口费——或许太有成效所以他真的已经将那些事情忘到了九霄云外。或者就是因为这个，塞西尔才给在米尔山兵营的乔纳写信吗？保罗为自己没有顺手拿走那封信感到懊恼不已。到底是什么促使一个年轻的贵族军官给一个在另一个军团的二等兵写信？让人惊讶的还有，塞西尔竟然还跟弗蕾达提起过乔纳——保罗从他读过的其他类似信件中了解到，上流社会的人从来也不在别人面前谈及他们的仆人，除非是年纪很大而且德高望重，比如男管家或者保姆之类的。这多么像是《两英亩》的一份手稿，像梦一样悠忽一现，只轻轻一瞥，就充满了梦幻般的变数。

保罗收拾好录音机，穿上外套，走在前面来到门口时，它的存在仍萦绕在空气中——他喘息着，坚决地摇头表示遗憾，面对他绷紧的笑脸，乔纳否认了，没有，他没有塞西尔·瓦朗斯的信，也没有任何他留下的文字；因此保罗一筹莫展，在尴尬的僵局中，准备离开——他看起来一定沮丧透了，甚至可能还很受伤，乔纳眯缝起的蓝色眼睛里似乎有了新的怀疑与拒绝。关于这件事，保罗对凯伦只字未提。但这一切使他的这次长途旅行乘兴而去，败兴而归。

5

“肖夫？”

“嗯？”

“弗雷德贡黛·肖夫[①]。”

“哦，对！……嗯……”

“是《诗集》这本。”

“啊哈……”

“或者……等一下，这个怎么样……”他递给保罗一本看起来很珍贵的带黑色封套的书：《有趣的友谊：亨利·纽波特爵士给塞巴斯蒂安·斯托克斯的信》。“有兴趣吗？”

“哦，实际上……”可能会对他自己的研究有些意思；任何他拿走的东西都会被卖掉，或早或晚而已。

“私人出版，我们并不是非得这样做。”

桌子边上散落着一些糖和咖啡粉，还有他已经选好的一堆书籍，保罗看着它们在权衡。这里的空气中飘浮着吉坦尼斯香烟以及酸牛奶的

① 弗雷德贡黛·肖夫（1889—1949），英国女诗人，著有《四个夜晚》《运动与静止》等。

难闻气味。从那个带漫画图案、已经有裂纹的旧杯子里，可以看到一些蓝色的霉菌。能有十卷书之高的书桌本身，已经断了一条腿，由一些书支撑着，那些书估计永远也不会被人看到了。这里狼藉一片，但在这儿工作的人——不论是身穿橄榄绿灯芯绒衣服的几个年轻小伙子，还是长得好看的在电话里谈论叶芝或普桑[①]的女人——似乎都不理会。他们坐在低矮的小隔间里，周围散放着垃圾、书、纸箱、吃了一半的食品、旧衣服以及很多涂抹得一塌糊涂的长校样。

“看起来——是些同性恋的东西吧。”杰克搓着双手说道。

“没错！”保罗说道，因自己脸红了而感到愤怒。

“这些日子，我们有很多这样的书……”杰克戴着结婚戒指，但似乎为保罗是同性恋感到高兴。他跟他同龄，也许小一些，显然为能在《泰晤士报文学副刊》工作感到很自豪，因此愉快地配合着保罗——“我们做这个”“我们有那个”。保罗想象着与他共处一个工作间、远离楼下的交通喧嚣一起决定书籍命运的情景。“我想是布鲁姆斯伯里吧？”

“布鲁姆斯伯里……第一次世界大战。”保罗看到一个紫红色封皮的书在最里面，这很有希望，同性恋书籍一般都放在那样的位置，但等他把它翻出来才发现那本书是关于历史上对顶针所做的调查的书，还算不上同性恋。“我听说弗吉尼亚·伍尔芙的书信集就要出新卷本了……”

“啊，”杰克说，“对，但恐怕已经不在了——诺曼在做。”

“啊，是吗……”保罗回避着点点头，好像觉得这一委派理所应当，心里则在想着究竟谁是诺曼；他觉得诺曼不是他的姓。到目前为止，保罗只在报纸上发表过两篇东西，都很短小，而且也都是很久以前的事情了，几乎都是在分类栏里：一篇是关于德林克沃特的戏剧，在另一篇里对退休外交官塞德里克·伯勒尔写的小说进行了令人惋惜的抨击。这引起了一阵不小的震动，因为伯勒尔马上退订了《泰晤士报文学副刊》，而他

① 尼古拉斯·普桑（1594—1665），17世纪法国巴洛克时期重要画家，《阿尔卡迪的牧人》为其代表作。

从1923年在牛津上大学时就开始订阅了。不过看起来也没人在乎，他们甚至还挺高兴，杰克还告诉保罗路过时过来转转，“看看这些书”。保罗在过了一天半以后就过来了。

“你在忙什么来着？”

“我在写塞西尔·瓦朗斯的传记。”保罗坚定地说，这一声明在新的场合下听起来有点愚蠢而大胆。但毫无疑问，总有一天，他的书会出现在他面前的这张桌子上。会有人要求来编这本书的。或许诺曼会有意试试。

“啊，对了，‘英国土地上神赐的两英亩’。”

“其中一部分吧……”

“最近没有什么有关他的书吗？”

“噢，可能就是《书信集》了吧？也都是几年前的事了……”

“那一定是了。所以他也是个同性恋，是吧？”

“还是那句话……其中一部分吧。”

杰克再次高兴起来。“他们都是，不是吗？”他说。

保罗觉得他应该慎重些：“我的意思是说，他确实和女人有瓜葛，但我感觉他其实更喜欢男人。这也是我想查证的事情之一。”

一个年龄稍大的男人从他的小隔间出来倒咖啡，然后站在那里。他大概五十岁，黑头发上擦过油，戴着佩斯利花纹领结，从他的半月形眼镜上方看着新书，也看着保罗，脸上是探究的神情。杰克说：“罗宾，这是保罗·布莱恩特，他一直在为我们做些事情。这是罗宾·格雷。”

“啊，是吗。”罗宾·格雷友好地说，带点贵族口音，收起了下巴。他的神情看起来像讲师或法官，却长着在校男生一样的蓝色眼睛。

“保罗正在写关于塞西尔·瓦朗斯的书，你知道吧，就是那个诗人。”

“是的，没错。”罗宾左右看了看，好像在掂量这个话题的微妙性，“的确如此，我听说过……”

“哦，是吗？”保罗笑着回应，忽然感到一点不安，“天哪！”

罗宾说："我相信您偶遇过达夫妮·雅各布斯吧。"他挠着头，几乎带点尴尬的神情问。

"噢，对啊……"保罗说。

"达夫妮·雅各布斯是谁？"杰克问，"罗宾，是你的某个老情人吗？"罗宾敷衍地笑了一下，依然看着保罗。保罗觉得他不应该替他回答这个问题。他自己也有点好奇这个问题的答案会是什么。"其实，"罗宾说，"她是寡居的巴兹尔·雅各布斯太太，但很久以前是瓦朗斯夫人。"

"别告诉我她嫁给了塞西尔。"杰克说。

"塞西尔！"罗宾说，好像杰克有太多东西需要了解。"没有，没有。她是塞西尔的弟弟达德利的第一任妻子。"

"我应该解释一下，罗宾没有不认识的人。"杰克说。但就在这时，他被叫到办公室的最里边去听电话，将他们两个留在意料之外的新关系中。他们进了罗宾半隐蔽的办公间，他将咖啡杯放到桌子上；与其他人不同的是，他使用的是瓷杯和托碟，各种书籍都很整齐地放着，有一套有关考古学及古代历史的勒布经典丛书。暖气片上，散放着褐色毛巾和游泳裤。这里散发着一股有秩序的单身汉生活的强烈气息。罗宾挪走第二张椅子上的纸。"我是古代历史的编辑，"他说，"每个人都认为很恰当。"保罗坐了下来，小心地微笑着，他身边是一架子的《德布雷特英国贵族年鉴》及《名人录》，还有几卷本神秘有用的《往昔名人录》，记录了一些已经过世很久了的人的喜好和电话号码。有一天晚上很晚的时候，他和凯伦拨打了塞巴斯蒂安·斯托克斯本人的电话：瞬间的沉默后，是让人气馁的此号码不存在的嗡嗡声。当然应该把老号改成新号了——可能是他们弄错了吧。"哦，说一下啊，坐在那把倚子上，可别往后仰，不然会摔到地上的。"

"我有点担心……达夫妮，"保罗说，向前倾着身子，以周到的方式证明自己认识她，"好像没有人照顾她。"

"我想你对她一定好。"罗宾小心地试探着。

“其实，我也没做什么……你知道……你认识她很久了吗？”

罗宾注视着他，嘴里发出咕哝声，仿佛是在想怎样解释更合适，最后以非常慢的语速说：“达夫妮第二任丈夫同父异母的姐姐嫁给了我父亲的哥哥。”

“哦……这样啊！……所以……”保罗注视着肮脏窗户外的世界，看着格雷旅店路对面酒吧的顶楼。

“所以达夫妮是我的继伯母。”

“没错，”保罗说，“我真的很高兴能遇见你。你看，我想采访一下她，但我十一月份给她寄的信她没回，现在已经过了三个月了……”

“这个啊，你知道她身体一直都不好。”罗宾说，又收回了下巴。

保罗皱了皱眉。“我也担心是这个原因。”

“她有视网膜黄斑。”

“是吗？”

“就是说她其实看不见什么东西了——她的视力非常差。你可能知道她还有肺气肿吧。”

“是因为吸烟导致的吗？”

“我想两个病都是。”罗宾说，对着自己的烟灰缸叹息道。

“她好点了吗？”

“唉，我不确定得了这种病还会不会真正好起来。”

保罗感到一阵心慌，怕在他找到机会跟她谈话之前，她就把自己抽死了。“我很吃惊，你知道，科琳娜出事后……她怎么到现在还抽烟。”

“嗯。”罗宾敏锐地看着他，“这么说你认识科琳娜，是吗？”

“的确如此。”保罗说，好像在用眼角的余光表示自己是多么喜爱她，反正她无法出现在这里揭穿他、奚落他；她成了他计划里可以利用的一部分。“你知道吗，我就是那样遇见达夫妮的。我在莱斯利·吉平手下工作过几年。”

“噢，你在银行待过啊，”罗宾说，“我明白了。”他将他的打火机和香烟盒放到了桌子上，好像在微妙地思量着什么。“我想知道当莱斯利去世时，你还在不在那儿？”

“不在，我已经离开了。”

“噢，这样啊。”

“但这些事我当然都听说了。”这是和保罗还算有点关系的最严重最轰动的消息了，虽然是些可怕的事情，但他却觉得跟其有种亲密的联系。

“可以想象，所有那一切对达夫妮打击很大。”

“是啊，当然了……”保罗恭敬地等着，“我第一次见到他们是在1967年，”他说，“不过，当我再次见到达夫妮的时候，不知道她是否还记得那些。”

“她的记忆力自然是，怎么说好呢……晦……有策略性。”罗宾说。

保罗咧嘴笑道：“是，我明白了……但是我在想，她现在不是一个人住，对吗？”

“不是，不是，她第一次婚姻所生的儿子，威尔弗里德——你认识吧？——跟她一起生活。”

“我确实认识威尔弗里德。”保罗说，马上想到了第一次也是最后一次见到他时，他在福克斯雷的考恩礼堂跳的奇怪而热情的舞蹈。他想象不出他会是个有经验的护士或管家。“她第二次婚姻生的那儿子怎么样？”罗宾快速地摇着头，像是一种颤抖。“好吧……！”保罗笑了，“那吉平家的那些小子呢，不去看她吗？”

“噢，约翰实在是太忙了，”罗宾坚定但有点讽刺地说，“你知道朱利安已经成了个废人……”就像一个地方法官对一些传到耳边的道听途说感到惊奇。“当然用不了多久，威尔弗里德就会继承爵位了。”

“对，那是当然。”

“他是第四任从男爵。”他们惊讶地相互看了看，然后带着些许尴尬笑了笑，好像是有些什么误解。保罗感到他们的谈话有某些潜在的性意味，就连他们迅速转到这种话题的方式也是，尤其是在这种办公环境下。

“非常坦率地讲——”罗宾说，一边伸手去拿香烟，点燃，迫不及待地大吸了一口，接着用蓝色的眼睛定定地看着他吐出的烟圈顶部的神奇景象，扔下保罗在那里坐立不安地等着，“我认为达夫妮对你在《新政治家》上对她的书所做的评论感到很恼火。”他的声音里也有点严厉，“她觉得你是在抨击她。”

“哎呀，不是的！”保罗说，脸上带着内疚，不过对自己的尖锐态度还是感到骄傲，稍微抵消了涌上来的笨拙和尴尬。“那篇文章被严重删减了，我确实跟她说过。”

“我相信你讲过。”

“我写的很多赞美之词都被他们砍掉了。”他想起在去帕丁顿的出租车上，听到她说有些评论家真是让人反感之类的话。假装她没有看到他的评论，现在看来是有点过分的礼貌。她设法指责他但同时又原谅了他。“本来那篇评论应该是有点像粉丝的来信的。”

“我不知道读起来像不像那么回事，”罗宾说，“不过你绝不是最糟的。”

“我当然不是了。”（“一个被遗弃的妻子的悲惨幻想”一直是德里克·梅森格在《星期日泰晤士报》对她的定评。）

罗宾喝了口咖啡，抽着烟，仿佛是在衡量遗憾并思考着可能性。他是他计划外的因素，保罗感到能遇见他真是一大幸事，如果能得到他的帮助，就有可能也得到达夫妮的。“说实话，我很喜欢那本书。”罗宾坦率地晃着头说。

“对，我也很喜欢。当然有些事情我希望能知道得更多一些……”保罗几乎是狡诈地看着他笑了笑，但首先问了点无关痛痒的问题：“我还真是不知道巴兹尔·雅各布斯是谁。”

“哦，巴兹尔啊——”对这种乏味的问题，罗宾自己就显出了不耐烦，“那个，巴兹尔当然是她那些丈夫里最好的一个，尽管从某个角度看，他和……和其他几个一样无可救药。”

"噢,天哪!那么雷维尔·拉尔夫也是无可救药的吗?"

罗宾深吸了一口烟,好像是让自己平静下来。他说:"雷维尔是完全不可能的。"

保罗张嘴笑了:"真的吗?你该不会认识他吧。"

"这个……"罗宾玩味着这种奉承,"我是1919年出生的,所以你自己算一算吧。"

"这样,我明白了!"保罗说,实际上并没完全明白——罗宾是在自称他自己和雷维尔也有某些瓜葛吗?雷维尔死的时候只有四十一岁,所以毫无疑问应该还是像以往一样精力充沛,可他那时所看到的罗宾应该只不过是个年轻顽皮的士兵而已——问题太多无从问起。

"噢,天哪,对了,"罗宾说,突然对香烟感到了厌恶,他捻灭香烟,用拇指将其摁在烟灰缸里,"巴兹尔不是那种不可救药,他要传统得多。我想达夫妮感到她已厌倦了喜怒无常的艺术家了。"

"他是干什么的?"

"他是个商人——他有一家小工厂,生产什么东西我忘了,好像是……垫圈之类的。"

"是嘛。"

"不管怎么说,他破产了。他和前妻有个女儿,他们搬过去跟她一起住。我觉得肯定就像个噩梦。"

"噢,对,苏。"

"完全正确……"罗宾说,露出谨慎的微笑,"好像这个家庭的大多数人你都认识。"

"那个……"保罗说,"就塞西尔来说,他们并不是全都那么有价值。但知道他们站在我这边还是挺好。"他发现自己站了起来,微笑着,像是要离开,就在那时,他同情地摇着头说:"我是说,你觉得达夫妮和塞西尔之间到底是怎么回事?"

罗宾干笑着,好像是说问问题是有限度的。保罗已经知道信息是一种资产——拥有它的人喜欢保护它，并通过一些暗示和保留使其增值。也许，接下来他们会享用自我感觉良好的光彩，并告诉你想知道的事。“这事嘛。”他说，由于自己郑重其事的压力而有点脸红。

“我的意思是，我现在不想打扰你了，咱们找时间一起喝一杯怎么样？”保罗想，一次慎重的邀约，几乎带点约会的意思，可能会更吸引罗宾。因为那也是他自己的习惯。他发现，他的眼光在别处上下左右的扫视中，是如何停留在他穿着黑色牛仔裤的两腿之间。但罗宾还在犹豫着，好像在寻找着其他借口。

“你知道，我在大斋期是不喝酒的，”他说，“但之后……”——暗示着在一年的其他时间里他都可以豪饮。“啊，杰克——”杰克又出现了，站在他们身后，像发现了什么秘密似的眨着眼睛。

“希望我没打断你们的谈话。”

“一点也没有。”罗宾圆滑地说。

“我有时间给你打电话，”保罗说，“复活节以后吧！”

杰克带着保罗回到柜台将他拿的书输入系统，那是一个让人眼花缭乱的开单据和卡片的流程。“我刚跟编辑谈过，”他说，“我们想知道你没有兴趣为我们报道一下这个？”他递给他一张纸，“最上面的东西不用看。”这里有两个其他人的名字，后面带着问号和电话号码，已被墨迹弄得很模糊，显然是打电话时弄的，也显然是没什么结果。“你可能得住一晚上——是评论栏一篇七百字的文章。”他看了看，是些很难理解的东西，贝列尔学院、牛津、会议、晚宴、沃顿的英语教授……他感到一阵惶恐的战栗，却将其转换成了喘气的笑声。

“好吧，如果你们认为我是合适的人选。”

“你不是贝列尔学院的，对吧？”

“哦，我不是！”保罗说，打了个寒战，“我不是。那就谢谢你了——啊，我看见了，达德利·瓦朗斯要去演讲。”

“就是这个让我糊涂了——我都不知道他还活着。”

“恐怕身体不行了。”保罗说。

“你一定认识他吧……”

“一点点吧，你知道……他和丽奈特每年的大部分时间都住在西班牙。”他再次感到那种神秘的刺痛和信号，以及他要写这本书的强烈意愿。在人的一生中，那些决定性的时刻总要在经历时才明白，他会明白所有的决定早已为他做好了。

杰克和他一起走到办公室门边，站在那里又谈了一会儿，接着不得不闪到一边，因为一个穿着牛仔T恤的高个胖小子推着一辆摞得高高的大包印刷品的车走过；他将一包扔到地上，愉快地竖起大拇指。“快读一读吧！”脸上浮现出一种好奇而玩世不恭的笑容，看他们怎么回应。

“啊，对了……趁现在……”杰克说，有些炫耀，但愉快地款待着他的客人。又有一两个人站起来，围成一圈，寻找剪刀、锋利的刀具，谁都没注意那个送货的小子，他已经推着车子回到走廊，还是浅浅地笑着。不一会儿，塑料带被剪断了，最上面的那几份翘了起来，在保罗面前随意地舞动着：“给你的！”——新的《泰晤士报文学副刊》——星期五的《泰晤士报文学副刊》，提前两天就好了，有人说是“刚出炉的”，想看他的反应，虽然纸张摸起来有些凉，甚至有点潮湿。他们对其进行了大致的检查，保罗也礼貌地参与了——那些照片印出来了，最后一分钟还做过修改——空气中弥漫着令人羡慕的职业满足感，然后又马上平静下来（因为这是每周都有的例行公事），人们重新回到办公桌前，忙着下一个星期或下一个月的事情。保罗跟杰克道了再见离开了，心里清楚地知道他以后还会来几次。

在沿着阴暗的走廊前行时，他拐进男厕所，刚刚拉开拉链，就听到身后的门被打开了，瞬间一个半是高兴半是尴尬的声音响起来：“啊哈……！”他看向四周。令人不安的是，罗宾·格雷没有遵循正常的规矩，而是来到了保罗旁边的小便池旁边，让其他三个远处的位置都空着。传来一阵汩汩声，他皱着眉头忙乎着自己的事，就像是在一只晃动的小船上一样晃来晃去，随后站稳，接着以友好但公务性的目光迅速又坦诚地看着陶瓷隔板另一边的保罗。然后，他看着前边，说：“对了，你早先说的那些话，说得很对啊。”

“噢……是吗？”保罗看着他，感觉有点莫名其妙，“说的什么？”

“关于塞西尔·瓦朗斯与男人的事。”

现在轮到保罗说了：“啊哈！……嗯，我想是肯定的。”

罗宾收起下巴，带着那种心事重重的神情。“我想，现在不行。”他笑着咳嗽了一下，“但我相信你会发现很有趣的。哎，等我们见面时，我会把这些都讲给你听的。”信誓旦旦地说完后，他就拉上拉链，回到办公室了。

保罗脸上挂着笑，悠闲地走下宽敞的楼梯，进了《泰晤士报》大楼的大厅。在他的手提箱里，有一本《一种有趣的友谊》，他感到还有一种更有趣的——第一次感觉到来自那个文学家庭的欢迎：拉到后面的窗帘、敞开着通向半隐蔽房间的门，那里装满了很多东西，对住在那里的人而言它们毫不起眼，可对他而言却是珍宝。在长长的大厅里，午后斜阳给这里带来了迟到的光线，扶手皮椅之间的低矮桌子上散放着今天的《泰晤士报》《太阳报》及三份《泰晤士报文学副刊》，是楼上工作的动人证明。从旋转大门走进来一个戴着头盔和护腿的特快专递邮差，他手里拿着一个贴有红色紧急字样的包裹；保罗走进还在旋转着的大门，来到了大街上，对过往行人露出客气而匆忙的浅笑。他们永远也无法接触到这些神秘的东西。他腋下夹着一份后天将出现的《泰晤士报文学副刊》，他想马上就看。他想大街上来来往往的人们并不明白其中的含义——但是他感到，在大英图书馆的北面阅览室里，会有人因为羡慕和猜测而引起一阵骚动。

6

保罗快步走下长长的石阶，进入外边的方庭，心事重重地皱着眉，有种古怪的感觉，觉得自己似乎冒名顶替了别人。虽然他的年龄足够当导师了，但他心中却涌起了一波又一波新学生那种紧张的无知感。他沿着草坪边上小心地走着，头上是一排排哥特式的窗户，抓紧了公文包，想象着即将来临的夜晚及其带来的一连串挑战，在高级会议厅里的酒会，大会堂的晚宴，社交联络以及大学生活浸淫的那些令人生畏的潜规则。但在某一刻，他几乎可以确信，今天晚上或明天，他会得到机会。当然那个老小子依然有可能不会露面；在八十四岁的高龄，他随时都有足够的借口。保罗带着兴奋的预感，可以想象到他那张阴沉而专横的面孔，就如他在照片上所看到的一样。当他又迈上三级台阶走到门楼上时，他突然看到他就在那儿——穿着深色的大衣，拄着拐杖，站在拱形门下的门房边上。

保罗差一点就跟他打招呼了，经过他身边时深吸了一口气，控制着自己的微笑；他的心由于这突然出现的机会而狂跳不止——他转身在他身边站住，站的角度像是在等其他什么人。当然如果不是他就糟糕了；

但没错，是他宽阔而强硬的脸，不会认错的，只是由于年龄的缘故，他的脸被拉长了，嘴唇变薄了，嘴角向下拉着，令人印象深刻的黑眼睛注视着前方，灰白的头发整齐地梳在后面，在衣领周围弯曲着。保罗走到一边，看着被玻璃框着的告示板，玻璃上映出他自己有点得意的脸。老人依然一动不动地站着，只是偶尔用拐杖的橡胶头戳两下石板。他显然是什么安排都不用自己操心的那种人。保罗清了清嗓子，在周围踱步，挑选着合适的话。通过门房里面的一层窗户，在小隔间的深色墙壁前面，保罗看到一个女人正在跟门房说话。毫无疑问，她一定是丽奈特——头发厚而硬，是一种奇异的褐红色，与翻领的狐狸毛大衣混杂到一起。脸很严肃，但很美，有精致的妆容，从那皱着眉头绷紧的笑容上，他一下子就明白了，她那是在指使别人做事。门房简短地打了电话，然后走了出来，为她打开门，提着她的手提箱。"晚上好，达德利爵士！主席先生会亲自下来见您。"他表达得有点夸张，保罗从中听出了双重的尊重，表示了对雇主不变的忠诚及对客人的尊敬。丽奈特的出现使保罗无法上前打招呼，他只好向宽街走去寻找他想象中的朋友。他能听到瓦朗斯夫妇在嘀嘀咕咕地说着什么，但听不清他们的谈话内容。学生们骑着自行车从他面前经过，尽管是假期，但学校生活依然在继续。不一会儿，他身后传来打招呼声和气喘吁吁的笑声，保罗转过身，看到一个穿着袍子、头发花白的瘦小老人从方庭快速走来招呼着他的客人——准确地说不像是老朋友，似乎只是基于对一些事情的相互理解，这些都从他热情而精神焕发的脸上表现了出来。达德利爵士以一种居高临下的语气粗声说："您没必要自己亲自过来的。"他的太太说："主席先生，晚上好！"语气虽然谦恭，但也表明她得到了自己要的。

他们走了出去，在台阶上，主席把一只胳膊伸给达德利爵士。"您是哪年离校的？"他问。保罗听到："1914 年，您知道……我一直也没拿到学位……我结婚了……"瓦朗斯夫人替主席笑了，好像是表明没有学位根本就不算什么，或是在迁就他刚提到了一次婚姻。毕竟，他们在一起快五十年了，他跟达夫妮在一起不过九或十年而已，保罗此时认为还是达夫妮更亲切一些。她们俩的对比是多么强啊——他想起达夫妮那破旧的雨衣、帽子，而这个女人却保养得那么好，依然像模特一样趾高气扬地走动。两个身体强壮、穿着白色赛艇短裤的男生突然从门边跑了出来，然后放慢速度在原地跑着给主席及其客人让路；接着他们离开，急匆匆地从保罗身边跑过，跑出大门，到了大街上。这次，这位老人牢牢吸引着他的注意力，他气派十足地用拐杖戳向地面，坚持元音发音，看起来确实是有点不可思议。他们穿过方庭远处的一个拱形门，达德利显然还深受洛斯战役之害，另一些不易察觉的东西好像总是挥之不去，是他哥哥在《乔治诗集》及《牛津名言词典》中的著名诗句语。保罗觉得，自己也几乎看到了塞西尔，这虽有些愚蠢，但不容否认。

他继续沿着宽街走，去书店看看。赛艇男孩已经消失于傍晚渐暗的斜阳中——西边的太阳光正好照在街道上，照向那些朝他走来的人，这使他成为他们眼中一个模糊的身影，而他却可以仔细地观察他们。当他绕着布莱克威尔书店放传记的桌子闲逛，拿起一本昂贵的新书，读着目录与作者的致谢语时，达德利有点驼背但英俊的身影浮现在他的脑海，而且开始用那种奇特的嗓音回答他的问题。保罗想，他愿意在他自己的致谢语里，首先感谢他研究对象的弟弟，那时最理想的致谢语或许是“已故的达德利·瓦朗斯爵士”，他“慷慨地奉献了自己的时间”，而且“无条件地为他提供了翔实准确的信息”。这个珀西·斯莱特的新生活的作者甚至还被“热情地邀请到这个家庭”——保罗感到在他这种情况下，这种事不大可能发生。

他总是翻开这样的书，一下子就翻到灰黑色的部分，那里有插图。对于自己的书的梦想经常驻留在这最后的、几乎是装饰性的附加物上——很快就被遗忘的乏味的先人照片出生或童年时的住所，主人公少年时代的焦点照、一度让人困惑的右下角、对面、反面的注释说明等——他想有一两张照片值得用整个页面来展示，比如肖像。达德利能让他的这些想法成为可能吗？保罗觉得可能有必要采取一些策略。珀西·斯莱特活了七十多岁，妻子换了好几位，孩子也多，有在肯尼亚和日本拍的照片，最近的一张照片是他穿着这所大学的博士袍，与哈罗德·麦克米伦[①]大臣在交谈。当然他没有这些东西给塞西尔，也许他有的只是他坟墓的照片吧。

那里，在桌子的那一头，有《伊夫林·沃书信集》，护封是干净的棕色，书名是红黄两色。在保罗看来，这是一本带着光环的书，它对自己的关注度有足够的信心——开始时他看着其他的东西，就是为了细细品味并累积期望值，然后过了一分钟，他随意地拿起了一本，以自己的系统方法通过索引翻到后面——他看到了瓦朗斯，然后是索尔，接着是拉尔夫。有两处提到了达德利，一处提到了塞西尔，都在脚注，指明达德利是“第一次世界大战时期的一位诗人的弟弟”。他渴望得到这本书，但它的价格是十五英镑，够一周的房租了——不大可能了。他又表现出那种熟悉但非凡的冷静。他去了趟历史系，从书架上选了一本有关中世纪英国历史的厚书，它属于一个庞大的学术丛书，浅蓝色的封皮，是克拉伦登出版社出版的，价格是四十英镑。一分钟后，他把它带到楼上。在他包里有《泰晤士报文学副刊》的杰克给他的一张便条，上面有他的名字和一些潦草的留言：“三月末前八百字。”他把它夹到书的头几页，走了过去。他在底层摆放文学名著的地方停下了，拿出笔记本，写下了一个书名，然后跪在桌子后面的低层书架前，用铅笔在他那一册金雀花王朝历史书的扉页上写下了三四个页码及一个问号。从这里再转个弯上去是二手书部门，他问那个留着胡子的店员他们是否收购状态良好的赠阅本。店员扫了一眼金雀花王朝，又几乎下意识地看了看书评单，然后他又检查书是否有任何贬值的旁注。“我们只能付半价。”那个人说。“哦，是吗？”保罗咬着腮帮子，“行吧，既然那是你们的标准，那就这样吧。对不起……

① 哈罗德·麦克米伦（1894—1986），英国政治家、首相，保守党成员，1957—1963年出任英国首相。

让我拿一下书评单……”这一项被写在总账上，书随即被转到了一个放新购入的品种的小推车上，两张干净的十英镑钞票递了过来。几分钟后，他又回到大学，手提包里装着那本《伊夫林·沃书信集》，后裤兜里还有五镑快乐的盈余。

给他安排的房间，是在长长石阶的最上面，门上的名字是格雷格·哈德森，尽管床单和毛巾都是新的，但他感觉自己就像是一位不速之客，身处于格雷格留在假期中的那些书籍、笔记及衣物之间。床下有一双沾满泥土的胶底帆布鞋，桌子上方有一张金发女郎的海报。在一个散发着香甜气味的橱柜里，装满了果酱和咖啡，他发现了一瓶麦芽威士忌，还剩下半瓶，就往一个平底玻璃杯里倒进了一指多。他一只脚踏在壁炉的炉底石上，站在那里慢慢喝着。有一首斯蒂芬·斯彭德的诗开头很奇怪：“马斯顿，把它扔进炉子里，摔断他的烟斗。”刚才在他开门的一刹那，这首诗忽然浮现在他脑海。他心中不安而且烦躁，又有些隐约的兴奋，却发现房间里到处都是别人的东西。关于马斯顿的描写是他对牛津错觉的一部分，仿佛看到了那些名门望族的孩子们抽着烟斗的形象；尽管他已经忘记了诗里的其他部分是如何描写的，但他似乎看到了马斯顿就在这里将他的烟斗扔到石头壁炉里，轻易得就像他随时可把手中的这杯珍贵的格兰菲迪威士忌滑落一样。

他读着放在壁炉台上的那些来自巴黎或悉尼的明信片，两张的署名都是雅基，画了很多叉，他取下装在镜框里的大学橄榄球队替补队员的照片，它下面用非常华丽的字迹写着一些名字。那个就是格雷格，像个巨人似的站在远离中心的地方，咧嘴笑着，坐在他前面那个人的乱蓬蓬的圆脑袋挡住了他身体的一部分。他汗津津的高大身躯躺到这个标准尺寸的床上会是多么难受啊——而如果雅基来看他，他们俩挤在一起又得是多么糟。他拉开桌子最上面一格的抽屉，但里面乱七八糟地塞满了各种纸，他此刻还没有办法着手仔细看都是些什么。另外，除了化学书，他可能也找不到什么可读之物。出于某种原因，那本他曾经想要的书，他连碰也没碰一下。

保罗决定在下楼吃饭前的半个小时里，再看一遍达德利的《黑色花朵》，这样如果在酒会上有机会的话，他可以引用点什么，或者问一些问题。“我想知道，达德利爵士，当您说……”既然他知道科里庄园，看起来这应该是个很好的切入点。他饶有兴味地又看了看作者像，似乎觉得达德利比照片看起来还更年轻一点—— 1950 年代的风格，文人雅士都想刻意让自己显得老成一些。保罗手里端着威士忌，若有所思地坐在明亮的吊灯下。扔在扶手椅上的一条红色花格图案的围毯盖住了椅子已经坏掉的弹簧，可能是它经常受格雷格冲击的缘故吧。关于科里庄园的变化，达德利写道：

> 战争结束一年后，我父亲就卧病在床，由于中风几乎不能说话了；他活到了 1925 年，耐心地被囚禁在轮椅上，但他天性中的快活劲儿却没有因此而泯灭。他说话时，还是他那独特而欢快的语气，没有意识到对听者而言，他嘴里发出的声音已经没有任何意义。从他的表情来判断，他说的通常是些有趣的事。而且他似乎能很清楚地跟上我们的谈话节奏。每次与他持续对话，都是对我们耐心的极大考验，很多情况下只能好心地不懂装懂。然而，从他的表现来看，他从这些令别人痛苦的经历中获得了极大的满足。
>
> 当然，他要写的书《黑种安格斯牛中的红色牛犊的出现频率》也被永远地搁置下来了，这本应是他对农学的重大贡献。我母亲很能干，将她打理科里居家生活的能力延伸到了对这个庞大地产的管理；我试图帮助她，但不是被粗暴地拒绝，就是被当成不现实或无聊来对待。她觉得（在我看来简直是她在空想）我哥哥塞西尔通晓所有的农活，用我母亲的话说就是“牛角和玉米”他都在行，但我却从未显露出我在这方面的天资。到一定时候我自然会接管科里，这一事实似乎对她没多大影响，真是奇怪。我本人，确实因战争致残，很

多事不能干，也可以不干很多事；但我不是游手好闲之人。或许是因为我们家另外两位作家已经沉默，一位是诗人、一位是农学家，所以为小儿子打开了一扇门。研究家庭生活的心理学家可能会找一些潜意识里的诱因和机会心理形态。反正，当我重新再看很久前出版的《查威尔》和《伊希斯》里面的小品文时，年轻时的讽刺文风仍然令我愉悦。再次证明，我们很多人在战后都动辄把以前的自己想象成异类、想象成阿卡狄亚式的无辜者，这些想象不过是部分的真相而已。

我写《长画廊》时速度非常快，精神紧张、情绪高昂，只用了不到三个月的时间就写完了。我已经说过这本小书受到的评价，也讲到了它的成功给我们的生活带来的变化，有些可能很有趣，有些可能很枯燥。但随后我发现，我曾经了然于胸的另一部更严肃的作品却拒绝出现。我觉得好像有很多障碍要扫除。毫无疑问，关于这一点，我们的心理学家也要说些什么。我觉得，在我强烈的愿望背后，有这样一种需求，既然我父亲已经去世，我需要把科里本身也清除出去。我顺理成章地继承了这座极其丑陋且生活不便的维多利亚时代的大宅子，之后我对所有维多利亚时代的东西都越来越厌恶，这简直成了我的一项使命。有时我也确实会想，若干年后，对尚未出生的新世代而言，它的丑陋会不会变成一种独特的魅力。对那些我祖父装修得既沉重又艳俗的地方——装饰华丽的天花板，暗沉的镶板，幼稚又笨拙的石雕和马赛克凸起——我支持它们被完全拆毁，但是在一位现代风格的室内设计师的帮助下，我确保它们全都被“包了起来”。沃特豪斯曾以他阴沉的哥特式大楼毁了我的大学生涯，有人也说是他设计了这座房子。毫无疑问，在让眼睛受苦这点上，这可真是他的顶级水准了。很有可能是我祖父咨询过他。但留存在科里的所有图纸都出自某位莫尼先生[1]之手，他是当地的一

① 原文为“Mr. Money”，词语“money”意为“金钱”。

个设计师，他另一部为人所知的作品只有位于纽伯里的那座四处透风的市政厅了（这栋房子让人难受的地方我和我哥哥早就领教过了，因为我们小时候每年都要去那里看我父亲给那些当地的畜牧农民颁发奖杯）。当然了，在科里，有些东西是神圣不可侵犯的——金钱（或莫尼先生）所能建造的最接近哥特式尖拱教堂的小教堂，在那里，我的兄长长眠在许多卡拉拉大理石之下。那是永远都不能动的。我母亲强烈要求留下来的图书馆，依然跟以前一样昏暗。但在其他的大房间里，充满现代气息的明亮与简洁已有效地取代了早先那些巧妙的恐怖气氛。

保罗喝完了杯里的酒，感觉再添一点也不会被发觉，而且就算被发觉了也无从追查。他心安理得，又走向了橱柜。他在想，这栋楼，这间斯巴达风格的阁楼，也是沃特豪斯作品的一部分吗？他看着被石头包住的窗户，有凹痕的脏窗台，木板包着的壁炉，它可能和科里庄园的壁炉有着泛泛的亲缘关系。彼得的房间里也有个一模一样的壁炉，是用灰色的石头垒的，带一个宽而平坦的尖形拱顶……他记得那个时候，彼得异常兴奋地让他看天花板上的大洞。实际上这种事情对他没有任何意义——彼得当然会知道这一点。他曾在埃克塞特学院念书——但他在一街之隔的贝列尔学院有朋友吗？保罗觉得自己在这所大学里完全就像在家里一样，好像他们是命中注定的一对。他走出去来到位于一间看起来很怪的小角楼里的卫生间，当他在窗边看着下面昏暗的方庭时，他看到一个黑发的身影快速穿过阴影，进了灯光明亮的门厅楼梯，这几乎很有可能就是彼得。可能是十五年前的他，在他还不认识他的时候，他来看望一个朋友，可能是早先的情人吧，他那些没有伪装的夜晚一直就是那样度过的。

等保罗动身去喝酒时，他已经谨慎地振奋起来了。宽敞的公共休息室灯火通明，这竟然是个豪华的现代化房间，他在这儿遇上了一个英语系办公室的秘书而无法脱身。她是个漂亮的年轻女子，一直负责会议的安排工作。共同的羞涩将他们拴在了桌子旁的那个角落，桌上散放着各种各样的报纸，其中包括《泰晤士报文学副刊》。“好吧，是你啊！”他的朋友露丝说，因一丝满足感而羞红了脸，所以保罗有点警觉，想到她可能喜欢上他了。房间里充斥着自信满满的聒噪、轻松愉快的相互介绍、由于重逢而发出的连连欢叫，对保罗而言有点突然，让他透不过气。他意识到站在他旁边的这个男人是斯托尔沃西教授，他写的威尔弗里德·欧文的传记曾极力回避欧文对其他男人的感情。保罗突然也为他们感到脸红。离他挺远的地方站着一个穿显赫军装的白发老人——那是科索普将军，露丝说，他将要发表关于韦维尔将军[①]的讲话。她证实那个脸庞宽宽的、看起来很好斗、正跟主席谈话的人是保罗·福赛尔[②]，他关于大战的书曾经让保罗非常感动，得到了许多启发，这是其他任何同一题材的书所无法相比的——不过就像伊夫林·沃的《书信集》一样，让人伤心的是，它也只是在脚注里提起过塞西尔（“没那么神经质——也没那么有天分——布鲁克的追随者”）。保罗手上托着空空的雪利酒小酒杯，钦佩而又心神不定地打量着四周，等着瓦朗斯夫妇的到来。“你是在牛津念的书吗？”露丝问。

“不，我不是。”保罗说，露出有点不好意思的微笑，仿佛是说他理解并原谅她的过失。

他被介绍给一个年轻的英语教师，他们热切地聊着塞西尔，但翻来覆去总是那几句话。每当教师移动或转身时，他袍子的长袖都会碰到保罗的手。保罗有时听不懂他说的话；他发现自己在扮演一个卑微的工兵的角色，而马丁（他是叫这个吧？）则以一种讽刺的神情谈论着更宏大的战略问题——“嗯，确实如此！”保罗发现自己迎合他说，已经说了两三次了。他感到他在惹他烦，而他自己不久就被来到房间的瓦朗斯夫妇搞

---

① 阿奇博尔德·珀西瓦尔·韦维尔（1883—1950），英国陆军元帅，英国最有才华的将领之一。

② 保罗·福赛尔（1924—2012），美国宾夕法尼亚大学文学教授，著名文化批评家，著有《恶俗》《格调》等。

得痛苦而紧张，注意力也分散了，所以当马丁离开时，他只是客气地点了点头。达德利的声音不时从人们的高谈阔论声中传来，他的声音既清晰而又有点有气无力，可能因为背井离乡在雪利酒的故乡生活了三十年，具有历史感的元音发音被保存得更有风味了。他周围的年轻身影都比他高，人们的长袍飘飞，互相热络的程度显得怪异而粗野，置身其间，他很容易被淹没了。丽奈特闪闪发亮的绿色晚礼服是在人群中找到他们慢慢移动的身影的一个线索。过了一会儿，他们来到了他身边。丽奈特背对着保罗，达德利稍微弯着腰，又露出那种呼吸困难的幽默神情，努力理解一个年轻的印度人用时髦的理论术语，向他讲述战壕里的生活。

“噢，这我不知道。”达德利说，表现得温和而谦逊，却又似乎明知那个印度人是一派胡言，在两者间保持着岌岌可危的平衡。他张大嘴对他微笑，那种神情在保罗看来意味着谈话已经结束，但那个印度学者则把它当成一种暗示，让他可以更进一步提一些复杂的问题：“那么，先生，您是否同意，从具有真实意义的观点看，大多数作家对于战争的体验是基于这样一种想法——”

“亲爱的，你不能太疲劳了！”丽奈特突然说，这使那个印度人很尴尬地道了歉，在她一闪而过的微笑中走开了。好吧，这对保罗可是一个小小的教训，告诫他该如何适可而止。接下来让人难堪的沉默，可能是他的机会：他抬起了下巴说着话，但一种奇怪的麻痹状态使他只能眨着眼睛，喃喃低语，几乎像刚才那个提问者一样愧疚。他应该让露丝引荐一下他，但在目前这个阶段，他格外不想让丽奈特过早知道他的名字——他怀疑达德利本人是否看到过他的信。达德利脖子僵硬，好像就要转过头了，可是从另一面传来的一声喊叫让他的整个身体都转了过去，他很熟练地一个趔趄将身体重量倾斜到拐杖上。剩下保罗站在那里，因为几乎与伟人发生了联系而感到震撼，这人就在他一臂之遥的地方。

晚宴时，他发现他又被安排坐在露丝旁边，当他说“噢，这可真好！”的时候，一半是出于真心，一半是感到大势已去。他们坐的是长条凳，大家都还站着，有一两个人双腿分开跨在凳子上交谈，直到大家全都就坐。达德利笨拙地穿行于排队的人群，走向有舒服椅子的贵宾席。现在主席先生对与会人员致以比较正式的欢迎词，他快速地说了一长串拉丁文，却适得其反，似乎是在愧疚地提醒在座的来宾，某些东西他们大家知道得比他多得多。

保罗喝多了，醉得向坐在他对面的那个乏味的瘦小男人做起了自我介绍（这里男人比女人多多了），但他很快发现他的肩膀转了过去。在接下来别别扭扭的十分钟里，他紧张地吸引着对面两个男人的注意。他们俩在谈论系里一些错综复杂的事，没有要吸纳保罗加入的意思，保罗的《泰晤士报文学副刊》的资格证明也开始大打折扣。他俯身向着他们，脸上带着强迫自己感兴趣的微笑，但他们也粗暴地未予理会。“我为《泰晤士报文学副刊》写这次大会的报道——”保罗感到这个话他已经说了太多次了，“不过同时，我也在写塞西尔·瓦朗斯的传记。”

“他那部有关清洁派教徒的作品完成了吗？”坐在右边的人问。

“就我们所知，没有。”保罗说，他觉得要沉着地应对这些可怕的问题。这个人是在说其他人吗？出于某种原因，塞西尔在剑桥的作品是关于印度兵变的。这和清洁派有什么关系吗？首先，清洁派指的是什么啊？

“或者是我弄错了吗？”

“这个嘛……”保罗停了一下，“他的研究是关于——顺便说一句，他一直也没完成——哈夫洛克将军的。”

“噢，那么说，根本不是清洁派了。”那个人说，不过是用指责的目光看向保罗，好像在说错的人是他。

另外一个看起来友善一点的人说：“我刚刚在晚宴前跟达德利·瓦朗斯说过话，您肯定知道他的——当然他跟阿道司·赫胥黎和麦克米伦是一个时期的。他一直没有拿到学位。”

“说到这个，麦克米伦也没有。”第一个人说。

“但这并没妨碍他成为财政大臣。”保罗答道。

“说得对。”友善些的人说，拘谨地笑了笑。

“那都是残忍的特雷弗—罗珀干的。”第一个人说，表现出一副苦涩的表情，保罗发现他已从容地迈入了其他学术雷区。

饭后又是新一轮的酒中沉醉，时间不知不觉间匆匆而过。他知道他喝得太多了，对自己笨拙的恐惧和新的成就感交织在一起。他很清楚地告诉露丝，他对女孩不感兴趣，但这似乎只是使他们陷入了一种更说不清的亲密关系中。主席先生拍着手说了几句话，然后所有人都站了起来。坐在贵宾席的人鱼贯而出，其他人被邀请到一个房间去喝咖啡吃茶点，房间的名字保罗没有听清。所以今晚可能完全没机会跟达德利说上话了。然后在方庭外面，人们点燃香烟，新的圈子开始形成并慢慢散去，露丝把他留住，然后问他：“你为什么不跟我一起溜进休息室？”

“好吧，如果你认为可以这么做的话……”

“我不想让你错过任何东西。”她说。

所以他们走了回去，保罗现在对他想得到的东西感到羞怯。他越过咖啡杯，第一次快速环顾四周时，发现丽奈特与她丈夫分开了，正站在那儿和一帮男人说着什么，有一个人几乎和她年龄相仿，有几个比保罗还年轻。他来到围着乔恩·斯托尔沃西的一帮人中，从这里他可以在点头赞同的同时，做一些观察。达德利和几个同伴坐在房间另一头的长沙发上，一个漂亮的年轻女人好像正在和他调情。尽管一大把年纪了，但他的外表还是很有吸引力，当然对某些人而言，他的身份也是考虑因素。没有他，丽奈特就好像失去了方向，只是一个七十岁的普通英国女人，一生中大多数时间都在国外生活。她从这些男人身上索求殷勤，而他们则紧张地继续说话并笑着，这或许是为了掩盖他们跟她待着感到的无聊及茫然吧。然后保罗恍惚间以一种奇怪的沉着姿态，接过一杯白兰地，穿过房间，加入她周围那帮人的行列里——他不知道自己会说些什么，这似乎没什么意义，而且有点反常，但这是他自己提出来的挑战，他无法逃避。在她绿色的晚礼服上，别着一颗大大的黑玉胸针，是一朵黑色的花朵。在她谈话的时候，他仔细地看着它。近距离看，她的脸很迷人，皮肤很紧实，很上相。不管怎么说，在长达半个世纪之久的岁月里，达德利·瓦朗斯愿意并自豪地每天注视着这张像他自己一样好看的脸，这张脸以其自己的方式，对这个傲慢的现代社会嗤之以鼻。她应该说点关于他作品的事情，但保罗觉得他们的生活及他们所见到的人都离文学很远。他想象着他们坐在坚固的房子里，大口地喝着加烈葡萄酒，他们的朋友想必也是些居住在安特克拉等地的侨民吧。还有其他的东西，那整齐的红褐色头发和长长的黑色睫毛——保罗清楚地知道，尽管她现在穿上了涂漆的外壳，但她实际上生来并不是达德利世界里的人。不管怎样，他的到来或多或少似乎正是这些人所期待的，一分钟后，随着几声低语及点头，他们全都四散而去了，留下了他们两个人。“我真的得去看看我丈夫了。”她说，越过他看过去，亲切的笑容还没从脸上完全退去。保罗有种感觉，一旦他说出他的名字，这一切都会改变。他说：

“瓦朗斯夫人，我非常期待着和您丈夫明天的讲话。”

“是的，我知道。”她说，他差一点笑出来，然后明白这只是表示同意的一种寻常方式。她的意思是她接下来说的话：“你们大家能把他弄到这里来，真的是一件了不起的事情”。

“我想每个人都这样认为。”保罗说。然后紧接着又说：“我希望他能说点关于他哥哥的事情。”

丽奈特的头往后移了移，仿佛她只是模模糊糊地听说他有个哥哥。“噢，天哪，不行。”她说，有一点轻微的颤抖。“不，不会的——他要谈的是他自己的作品。”一丝新的怀疑浮现在她的眼睛里、她抿紧的嘴唇和歪着的头上。“我想我没听清您的名字。”

“哦——保罗·布莱恩特。”在真相边上偷偷摸摸的让他觉得很荒唐，但他很高兴自己能说：“我在为《泰晤士报文学副刊》做这次会议的报道。”

“为谁？”她转过头。

“《泰晤士报》……”

“噢，是吗？”她现出一点尴尬的迟疑，“你给我丈夫写过信吗？”

保罗看起来很迷茫。“噢，您是说，关于塞西尔的事情吗？对，我是写过……”

她赞同地看着达德利：“恐怕像你这样的要求都会碰钉子。”

“是啊，我也不想给他添任何麻烦……”保罗似乎瞥见了安达卢西亚贫瘠的山坡，“所以您刚才说还有其他人曾……”

“是的，你知道吗，每隔几年，就有人想在塞西尔的文字里找到点什么，我从一开始就知道，这将是一场灾难，所以最好干脆说不。”对此她颇为开心，“我是说，他的书信集已经出版了——不知道你是否读过？”

“啊，当然读过！”保罗答道，他不知道这里说的这些事是否对他有利。她似乎在诱使他同意他正在制造一场灾难。

“那你读过我丈夫的书了吗？”

“当然读过。”现在可是吹捧的绝好时机，“很显然，《黑色花朵》就是一部经典——”

“那我就遗憾地告诉你，你已经读过了他所能说的所有关于老……呃……塞西尔的东西了。”

保罗微笑着，好像除了达德利已经告诉他们的东西之外，他又得到了一点意外收获；但他还是继续说：“还有一两件事情……”

丽奈特的注意力转移到了别处，但五秒钟后她还是转过来面对他，还是那种傲慢的幽默，使他搞不清她到底是在取笑他还是邀请他分享她对其他东西的嘲讽。“有些人写了些出人意料的鬼话。”

“是吗？”保罗很想知道是些什么。

她做出一副噢——哎呀的表情：“一些出人意料的鬼话！”

“是瓦朗斯夫人吗？我不知道现在是不是合适的时机？”一位上了年纪的导师走过来。“请原谅我的打扰……”

“哦，是为……噢……？”

“确切说来，如果您想看一看……”老人微笑着，在他的声音里恰到好处地留下了一点被琐事所纠缠的厌倦感，清楚地表明他是在为她解围，让她无法拒绝。

“我不知道我丈夫……”但是她丈夫看起来非常高兴。像是奇迹发生了，那个老家伙把她带走了，离开了房间，他掀起的长袍之下，可以隐约看见她高跟鞋轻浮的摇摆。最终，保罗终于可以一个人不受约束地走向他的战利品了。

实际上是马丁给他做了引荐：“达德利爵士，不知道您是否见过——”

“噢，没有，我们还没有见过。”保罗说，弯腰握着他的手，这好像使达德利有些不舒服，在别人提到他的名字前，保罗愉快地接着说：“我给《泰晤士报文学副刊》写这次会议的报道。”马丁当然知道他在写关于塞西尔的书，但未必知道达德利对此的反对。

“啊，对，《泰晤士报文学副刊》。”达德利说，保罗随即发现他被赏了一把低矮的扶手椅，这把椅子在沙发的一端，与他所坐的位置成直角。他已经登堂入室了，自然可以说出他期待已久的东西。“说到《泰晤士报文学副刊》，我可得跟他们理论理论。”达德利接着说，脸上显出一抹并不算表示幽默的浅笑。

“哦，天哪！”保罗说，他紧紧抓住白兰地酒杯，似乎是在用一种新的方法来表演，感到了一种难以抑制的喜悦。但是达德利仍然笑着说：“他们曾经给过我非常负面的评论。”

“噢，我太吃惊了……为什么啊？”

“啊？因为我的一本叫《长画廊》的书。”

这种模式化的自嘲式的谦虚使这不那么有趣，尽管对面的一个人笑着说：“那都是多久前的事了，六十年以前了吧？”

“哦，我那时还没出生。”保罗说，使劲朝后仰着头，喝光了他杯底的那点白兰地。他发现达德利在对待周围事情时所表现出一种视若不见，其严重程度让人不安，他仿佛是在养精蓄锐，也许只是年龄大了的缘故吧。他看起来是想显示，他并没怎么想让这些人来陪他，对他们参与的这种大型活动也没什么期待，但却毫不怀疑地认为自己的角色是相当重要的。保罗想在丽奈特回来前将话题转到塞西尔身上，但又不能泄露自己的计划。然后他听到一个他之前有过一面之缘的美国毕业生说："先生，请问您如何评价您哥哥的作品？"

"噢……"达德利有点低沉，不过还是挺客气的，也许喜欢别人给他机会让他说一些负面意见吧。"那个，你知道……现在看来它们很有时代价值，对吗？有一些漂亮的词语——但却不足以产生什么影响。几年前我重读《两英亩》时，我认为只有把战争的因素加进去，它才算有点意义——现在看来它有点过于故作多情了。"

"噢，我是读着这首诗长大的。"另一个人半笑不笑地说，并没有完全不赞同他的意见。

"嗯，我也是……"保罗越过他面前的气球，小声说。

"一想起来就觉得滑稽，"达德利说，"我哥哥，一个三千英亩的法定继承人，却竟然因为称颂了一个仅有两英亩大的庄园而名扬天下。"这和他在《黑色花朵》中所开的玩笑完全一样，在贝列尔学院的高级公共休息室，它没有得到很好的反响——此时传来一些恭维的笑声，主要是保罗本人发出的。"啊哈……！"科索普将军回到他们中间。即使在和平环境中，他的到来也引起了一阵不安的骚动，他们中的一些人站了起来。

"你们在谈论谁啊？"他问。

"我哥哥塞泽尔①，将军。"达德利好像在说。

"啊，是这样啊。"将军说，他没理会给他腾出来的沙发上的位置，而是拿了一把硬椅子，使这一群人围成了一圈，空气中突然有了一种战略气氛。"是啊，真是一个悲剧。一个非常有前途的作家。"

"是的……"达德利现在谨慎多了。

① 塞西尔的昵称。

“你们知道吗，有几首诗韦维尔烂熟于心。是《士兵之梦》，对吧，他把它放进《别人的鲜花》里，但却又花了大量时间在《老连队》上。”

“噢，那个，对。”达德利应道。

“明天我要谈一谈这个。他曾经引用过它——”将军眨了眨眼睛，“依然是曾经的老连队／却不见了旧日战友的容颜——这是反映年轻军官经历的最真实的句子之一。”他看了看四周，“他们回来了，他们回来了，你们知道吗，如果他们经历了这一切，发现战友都换了，就说明那些老战友都牺牲了。我们总是以连队为单位，大家保持密切联系，但能记住老战友的有限的几个人往往不久也牺牲了——曾经的那些战友、那些事情都没人再记得了。没错，这是一首有其独特风格的好诗。”他坦率地摇了摇头。保罗感到周围的人有异议，但将军所陈述的诗歌的事实又让他们犹豫不决。

“这是一个主题，当然了，我自己也写了一些这样的东西。”达德利以奇怪而做作的口气说。

“嗯——没错。”将军说，可能对这个弟弟的作品并不那么熟悉，或者对他以那样的口气诉说军旅生活感到不满。科索普将军是一个有教养的人，靠行动和力量来征服世界，他有一张睿智的长脸和一双洞穿一切的眼睛，与他的庄严威武相比，那个缀着漂亮的袖口链扣、拄着银头拐杖、灰白色卷发整齐地梳到脑后的达德利本人则显得阴柔有余、阳刚不足。将军歉疚地皱着眉。“我在想——还没有他的传记问世，对吗？”

保罗的心跳急剧加快，为提到这个依然处于半秘密状态的愿望而脸红。“这个嘛……！”马丁说道，在对面冲他笑了。

“有关塞泽尔的吗，没有。”达德利说，“实在是没有足够的东西可写。多年前，乔治·索尔彻底地搜罗了那些书信——几乎是挖地三尺，翻出了很多关于女朋友之类的东西：我哥哥非常喜欢结交浪漫的年轻女性。不管怎么说吧，我给了索尔一些义务帮助——他是一个很可靠的人。很多年前我就认识他了。”在这种学术环境下，达德利小心地环顾了一下四周。“当然还有那本老回忆录，您知道，就是塞比·斯托克斯写的那本——非常好，有一些时代局限，但所说的全是事实。”

这使保罗陷入了一种很荒谬的境地。他俯身向前，刚开口说“实际上，达德利爵士，我在想——”，就见丽奈特又出现了，独自一人，出现在房间遥远的另一头。

“啊，原来你在那儿啊……”达德利喊道，语气中奇怪地混杂着嘲笑与解脱。

丽奈特仍以她迷人的风度款款向他们走来，她似乎很高兴被人打量，她的微笑里似乎藏着什么说不出口的东西。将军站起身来，接着是一两个人跟着站起来，似乎因自己没有想到这点而感到羞愧。丽奈特知道她得说点什么，但动人地表现出迟疑的姿态。“亲爱的，那个……高级系主任刚刚给我看了个非常不可思议的东西……叫什么来着……？”她不确定地微笑着。

“亲爱的，我不知道啊。”

她喘息地笑着。“是一种……很大……很可爱的……”她抬起一只手比画着，却使她要描述的东西更模糊。

“是动物、植物，还是矿物质啊。”达德利问。

“你那么着急干吗？”她说，俏皮地噘起了嘴，以致有一瞬间，保罗感到在这种半公开的场合，就像朋友们在后院或在安特克拉的什么地方可以见到的一样，有一种自己被承认的感觉。这有点让人尴尬，但他们坦然而自信，显示出他们是一对多么迷人有趣的伴侣。“我本来想说，我希望他们没有让你感到疲倦，但现在我倒真的希望如此了！”

“瓦朗斯夫人。”科索普将军把他的椅子让给她。

“非常感谢您，将军，但我真的有点累了。”她带着取笑责备的神情看着达德利。“你不觉得吗？”她问。

“你先走吧，亲爱的，我想再坐一会跟这些好人多聊聊——”一闪而过的笑容再次使这种礼貌扑朔迷离，像是一种讽刺；尽管他有可能确实想利用这次难得的机会跟年轻的读者和学者们谈一谈；当马丁跳起来护送她回到他们的住处时，保罗想，或者也许，达德利真正想要的是另一大杯威士忌。

第二天早上，保罗听到了阵阵钟声，从宿醉中醒来，格雷格·哈德森房间里令人难受的陌生感使他感觉更糟。他躺在床上，用指关节使劲地压着疼痛的前额，好像在沉思。他脑子里想的都是昨晚的事，记忆跳跃回旋，令他眩晕。与一个目光无神但胃口很好、酒量很大的八九十岁老人相比，他为自己不胜酒力感到耻辱。他胃肠一阵痉挛，想起了自己谈论科琳娜时的情景。达德利的目光紧盯着保罗右肩膀旁边的某个点，他开始错误地以为这是一种温柔的感激之情，甚至是一种含蓄的鼓励，但二十五秒后他发现恰恰相反，那是对任何亲密的冰冷拒绝。谢天谢地，就在这时，那个年轻的英语导师马丁回来了。但是最后，也许是因为酒的缘故，他们在分手时表现得还挺直率和友好，是吧？在院长住所门前的台阶上，在灯光下，达德利闪烁不定的阴沉沉的脸上终于露出了一点笑容，抓住这一瞬间，他们愉快地道了晚安：保罗现在还依稀能听见那些话——从那以后就没人和他说过话，达德利说的那些话的声音还萦绕在耳边，挥之不去。“好吧，明早见！”如果能躲开丽奈特，说不定有机会再来一次交谈，可以用录音机录下来。而达德利昨晚说的其他事情，则都被彻底忘到脑后了。

他趔趄着下了床，吃惊地发现格雷格未洗的护裆及其他一两样贴身物品散放在地板上，但此时去洗手间的需要，淹没了对昨天深夜那些可怕而模糊的回忆；他刚好及时到达。他吐了以后，在连续吐得很久的时间里，他有一种几乎美妙的虚弱同时觉得有所好转；他的头疼症状并没有消失，但好了很多，几分钟后当他开始刮胡子时，他看到他的脸已重现出一种自豪的魅力。

当然达德利没有到大厅来用早餐，所以在九点二十分时，保罗下楼来到楼梯边的电话旁，拨打院长住处的分机号。他依然能感到那种奇怪的虚弱与迷惑所带来的痛快感。接电话的是一个在帮忙的秘书，但达德利几乎马上接过了电话，很绅士，但也带着点有策略的虚弱，似乎是想将任何不受欢迎的请求拒之门外。“达德利·瓦朗斯……？”

“噢，早上好，达德利爵士——我是保罗……！”这正是他梦寐以求的联系。

那边一阵沉默，似乎是在思考并有些潜藏的担忧，然后完全是愉快的声音：“保罗，噢，谢天谢地……”

“啊……！”保罗轻松地笑着，一秒钟后，达德利也如法炮制。“我希望这电话没有打得太早。”

“一点也不。你能打来真是太好了。对不起，有那么一瞬间我还以为是保罗·布莱恩特呢。”

保罗不明白自己为什么也会暗自发笑，但他的脸随即就变了色，并迅速环顾了一下四周，看看有没有人看到或听到他的话。“噢……啊……”这简直像无意间听到的东西一样糟糕，仿佛是对自己的惊鸿一瞥——也是对达德利震惊的一瞥：瞬间他就发现这一问题微妙的相互作用，这种侮辱暴露了他的失礼……不过话已经说出口了。“实际上我就是保罗·布莱恩特……”

“噢，是吗，”达德利说道，“真对不起！”传来一阵尴尬的笑声，“实在是太不好意思了！”

由于还是一头雾水，无法完全接受这种震惊，保罗语无伦次地说：“达德利爵士，现在我就不打扰您了。去听您演讲的时候再见吧。”他再次放下电话，难以置信地看着它。

那是在科索普将军谈论韦维尔时，保罗突然恍然大悟，再次羞愧难当，虽然很气愤却又无可奈何，只能为自己的愚蠢感到脸红。他小心翼翼地从桌下的手提包里拿出达夫妮·雅各布斯的书。在讲述达德利玩世不恭那一段的什么地方，她用机智聪慧的语言将它们转述成经典，留给读者去思索它们蕴涵的残忍或无聊。和以前一样，他感到科索普将军从讲台后面用很特别甚至有点指责的目光看着他，但是他一直假装糊涂不予理会，终于找到了那一处描述她第一次到科里情况的段落，然后在阅读这些句子的间隙抬起头来专注地看着将军，这里显然是描述达德利接听他哥哥电话的情形：

> 那个非常熟悉的声音传来，电话是从旺蒂奇的电报局打来的，信号很不好："达德，老弟，是我，塞西尔，你能听见吗？"达德利停顿了一下，带着猫一样邪恶的表情咧嘴笑着，对不是他捉弄对象的人而言，这可能很有趣，然后尖促地笑了声，装作放心了，说："噢，谢天谢地！"塞西尔的声音很模糊，但带着真诚的惊喜与关心："一切都好吗？"对此，达德利注视着镜中的自己和他身后走廊中的我，说："有那么一瞬间，我还以为你是我哥哥塞西尔，真后怕。"开始我有点迷惑，继而震惊不已。从我哥哥们那里，我几乎见过所有捉弄人的把戏，但如此大胆的戏弄我连听也没有听说过。后来我听他跟其他几个或敌或友的人也开过这种玩笑，然后他们意外地发现他们自己被捉弄了。当然塞西尔只是说"你个傻瓜！"就继续跟他说话了；在以后的岁月里，已经不再可能听到塞西尔从遥远的地方打来的电话，但这个恶作剧还经常在我脑海浮现。

7

保罗在日记中写道：

1980 年 4 月 13 日（塞西尔的 89 岁生日）/ 晚 10 点 30 分。

我现在写的东西，是根据当时趁着头脑还清醒，还能记得事情的时候，在便签纸上记下的梗概来整理的。在从伯明翰回来的列车上，我开始听采访的磁带，结果几分钟后就完全没声了：肯定是麦克风里的电池用完了。采访了二十个人后，这种情况竟然在这个人身上出现，真是令人称奇——对到目前为止最重要的信息，我现在竟没有文件证实。惊人的发现。（如果这是真的！）

我预约的采访时间是两点三十分。从 1930 年开始，索尔夫妇就一直住在这所房子里（索利哈尔，奇尔克特大街 17 号）：这是一座很大的半独立式红砖住宅，前面有一面黑白两色的山墙。他们买的时候它还是新房。我离开前，乔治·索尔带着我在花园走了一圈，将都铎风格的露木构造指给我看：他说大学里的人都说，两个历史学家住在仿都铎式的房子里，简直太搞笑了。花园后边有一个池塘，里面有很多蝌蚪，引起了他极大的兴趣，还有一座假山。我们在花园里转时他一直拉着我的胳膊。

他说在“两英亩”曾有过一座“很宏伟的假山”。小时候,他和休伯特还有达夫妮经常在那里玩游戏——他一直都喜欢假山。休伯特在第一次世界大战中牺牲了。他们的父亲在1903年“左右”死于白喉,弗蕾达·索尔是“大约1938年”(恐怕我对日期不敏感,常常记不住日期)。GFS自豪地告诉我他已经84岁了,但在此之前他说他是76岁(实际上他是85岁了)。

我到的时候是马德琳给我开的门——她不断地抱怨她的关节炎,好像这主要是我造成的。她拄着肘拐杖(跟妈妈有点像)。她说:“他说的话不知道你还能听懂多少。”她很坦诚,但不太友好;不知道她是否还记得我也在达夫妮七十岁的生日晚会上。她比十三年前聋得更厉害了,但看起来却一点也不比那时老。她的幽默感实际上不过是对某些东西的敏感猜疑,在别人看来可能很好笑。她说:“我只给你一个小时的时间——即使这都可能太多了。”这可真是一个全新的情况,使我陷入一种焦虑状态。

乔治·索尔在书房,我进去的时候,他看起来一脸茫然,但等我说出来我到此的目的时,他立即满面生辉。“啊,对啊,可怜的老塞西尔,可爱的老塞西尔!”他透出的一丝狡黠似乎暗示着他确实知道一切来龙去脉。不过他比我记忆中在达夫妮的生日派对上的那个人要友好多了——实际上到了最后,有点过于友好了(往下看!)。现在他的头已经全秃了,白色的胡子长而散乱,看起来有点疯狂。颜色很杂的衣服很鲜亮,红色的格子衬衫外穿着件绿色的套头衫,旧的细条纹西装裤往上拉得太紧,弄得你不知该往哪里看。我跟他回忆着我们以前见面的情况,他愉快地吸收了,可是随后他说:“真遗憾我们以前没见过。”开始的时候我被他的健忘搞得很尴尬——当人们不断重复他们说过的话时,为什么要感到尴尬?后来我想既然他不记得,周围又没别人,那就没有关系;那是一次完全私下发生的戏剧场面。他坐在写字台旁边的椅子上,我则坐在一张较矮的扶手椅里——我觉得肯定像是老师在给学生辅导课程。房里的三面墙都是书，房间一直都有人居住，但很沉闷。

我开门见山地问他是如何认识塞西尔的（奇怪的是他写进书信集的序言里）了。“那是在剑桥。他帮我竞选成传道者。当然了，我是不应该说这些的。”他们称作“合适的”本科生是得要经过单独挑选并考查的，但这个社团如此神秘，他们并不知道他们是为了它而被考查。“按照他们的说法，C 是我的‘教父’，出于某种原因，他很喜欢我。”我说那他一定是合适的人选。“一定是的，对不对？”他说道，然后很好笑地看了我一眼，接着说：“我是一个非常腼腆的人，可 C 却正好相反。受到他的关注会让你感到非常兴奋。”那个时候他什么样？在校园里他是“大学里的一个大人物”，他做了很多工作。因为总是在外面忙于其他事情，他错过了第一次历史学位考试；他对人对事都没什么耐性，很容易厌倦。他有两次获得过研究员的提名，但最终都未得到。他一直喜欢玩橄榄球或赛艇，还有爬山。“不是在剑桥郡吧？”GFS 笑了。“他去苏格兰，有时去意大利的多洛米蒂山。他很强壮，双手很大。他墓地上的形象完全不对，那双手看起来几乎像是女人的。”

C 还喜欢舞台表演——连续很多年他都在每年一度的法国戏剧中扮演角色。“但他演技很差。他扮演的每个角色都像是他自己。在莫里哀（查一下）的《唐璜》中，他扮演一个仆人，这可不是他能演得了的。”是 C 不理解其他人吗？GFS 说是他的成长环境所致，他（C）认为他的家人及家族都很重要，“天真地”认为其他人也应该对他们很感兴趣。他是摆谱吗？“实际上倒不是摆谱，更多的是一种与生俱来的社会优越感。”他写作水平怎么样？GFS 说他对写作也很自信，写了很多关于科里庄园的诗。我说他还写情诗。“对，大家觉得他是上流社会的鲁伯特·布鲁克。身处上流社会但水平二流。”我说从那些书信中看不出他对布鲁克了解多少——只有两三处以讽刺的口吻提及过，但在凯恩斯版本的 RB[①] 书信中却只字未提。“噢，他认识他——当然认识，他也是社团成员。RB 比

① 鲁伯特·布鲁克英文名字的缩写。

他大三四岁吧。他们关系不太好。”他说C在很多方面都嫉妒RB，C天生有很强的竞争意识，但RB却使他黯然失色，无论是从诗人的角度还是从“美男”的角度。C不是很英俊吗？GFS说：“他是很吸引人，一双顽皮的黑色大眼睛总是用来勾引人。罗伯特完美得挑不出一点毛病，不过塞西尔更强壮更阳刚些。他的那个东西奇大。”我查看了一下，磁带还在顺畅地转着，我写下他刚才说的话，然后又抬头看了看他——他脸上没什么感情色彩，但对于自己刚刚说过的话，还是隐约有点震惊。我说我猜他可能和C一起游过泳。“嗯，偶尔吧，”他说，好像没明白这个问题的关键，“C总是喜欢脱光衣服，在这方面他很出名。”很难搞清下面该问什么。我问那些情诗后面是不是特指某些真实的人？这个其实才是我的中心问题。他说：“噢，是的。”我说那就当然是玛格丽特·英厄姆和D[①]了吧。“英厄姆小姐是个女学究，她只是个挡箭牌而已。”（大笑。）我觉得我应该说出来，C除了勾引女人还勾引男人吗？他看着我，好像我们之间有一点小误会似的。“C男女通吃，谁都干。”他说。

正在这时，MS[②]用拐杖使劲地顶着门，拿着装有两杯咖啡的托盘走了进来。GFS的前列腺有问题，但他说咖啡有助于他的记忆。“我开始有点健忘了。”他说。“有点！”MS说。GFS（小声地）：“那，亲爱的，你知道，你并不是总能听清我说什么吧。”她说咖啡使他兴奋，使他神志不清；他老是出错。她以第三人称的方式谈论着他。GFS说：“彼得问我塞西尔在剑桥的事情。”她没有纠正他，我也没有（后来我又成了西蒙，等到离开时我是伊恩）。“不管怎么说，亲爱的。对于C我还是记得很清楚的。”MS坐在我的椅子扶手上，把我挤向一边；她说她从未见过C，但对瓦朗斯家的其他人有点模糊的印象。老埃德温爵士看起来很和善，不过在她认识他的时候他已经开始说胡话了，而在此之前他显然只会谈论他的牛；他一直是个很乏味的人。C的母亲很专横，总是盛气凌人。达德利

① D指达夫妮。
② MS指马德琳·索尔。

则喜怒无常——他在战争中受过重伤，随后就以此为借口，攻击敌人，也攻击朋友。我问，那他可能也没什么魅力了？他的第一部小说很有趣，D在书里说他“很有魅力”。“可能是对某一种类型的女人吧。达夫妮总是很容易对别人着迷。他们离婚时，我总算松了口气，我们再也不用到那里去了。科里庄园是个恐怖的地方。”把这里的气氛搅得一团糟后，她又出去了。不知为什么GFS好像没怎么在意她——尽管他对刚刚发生的事情模模糊糊地记不清楚，但对六十年前甚至更早的事情却记忆犹新。（“比任何时候都清楚”，他说，好像是说我很走运。）他说话很跳跃，我很难跟得上。（他现在毫无条理地讲着第一次世界大战，他在军事情报处的事情——跟C一点关系也没有。）

我想把他带回到我们被打断之前的话题上。花了好一阵时间我才意识到，他原来对我是谁的那一点点意识也已经完全丧失了——我巧妙地在提醒他。我说我最近才第一次见到达德利。“噢，你是说达德利·瓦朗斯吗？”然后他就开始谈论达德的事情，他是如何“出奇的迷人，但是有点危险，太性感了”。比C还有过之而无不及——他双腿修长有力，牙齿洁白整齐。达德总是我行我素，玩世不恭。C是最讨父母欢心的，达德对此很气恼，因此总是惹麻烦。后来他成了让人恐怖的臭狗屎。我说在C的一封信中，他把达德叫情圣。GFS说这只是那个时候他们大家调侃异性恋男人的一个词，没有任何意义。“利顿和其他人总把这个词挂在嘴边，他们都怕女人。”但是C不怕吧，我问。“他是既怕又不怕，他对女人的了解不比对仆人多。”我说他（GFS）在信里没讲清楚“情圣”的意思。这样会不会误导什么？他说达德读了这本书，没有提出什么异议。他可能喜欢人们认为他曾经是个浪荡子吧。这点有关达德的事实际上是说他对“所有的那一切”都不大热心：他喜欢玩女人。威尔弗出生后他才多少有点收敛——对D来说这很困难。这是战后他精神疾病的一部分。

我问他当D突然嫁给达德时，他是否觉得震惊？GFS：“这种事很常见。女人经常嫁给在战争中牺牲的未婚夫的兄弟。这表达了一种纪念，也是一种忠诚，是顺理成章的事。年轻的女人们有一个近在眼前的相似的人，就不必再去费心寻找其他人了。”C 和达德有某些特别的相似之处吗？“他们住在同一个屋檐下，从第一次见到 C 时起，D 就对科里充满向往。C 是 D 的初恋，但她敬畏他。在年龄上她与达德更相当，从一开始就跟他相处得很好。”我问他为什么 C 在法国既寄信给 D 又寄给英厄姆，而且问她们两个人“如果嫁给我会成为寡妇，你是否还愿意嫁给我？”他和 D 真的订婚了吗？他说：“我觉得没有，不过当然了他们有了孩子。”哪个孩子？此时 GFS 诚实地看着我，有片刻的迷茫，接着他说：“那个，那个女孩，不是嘛……”他饮了口咖啡，看起来依然是拿不准的神态。“你看，我还不知道她是否知道这个呢。”我问他是指科琳娜吗？他说是。我说，你知道她三年前就死了吧。这是一个可怕的时刻，他苍老的面容布满了无助的忧伤，继而是一种愤怒，好像我在对他说谎。我说她得了肺癌，这好像对他起了点作用。“可怜的老莱斯利。”他说，但我觉得我对莱斯利自杀的事情什么也不该说。他嘟囔着说真糟糕，但我发现尽管他还绷着脸闷闷不乐，但已开始接受这一事实了。他说：“嗯，那就没关系了。”我依然没明白他的意思。我说：“科琳娜是怎么回事？”这下我肯定没搞错：他说在 C 最后一次出征前，也就是他牺牲前的两个星期，他曾和 D 在伦敦待了一晚，使 D 怀了孕。（在 D 的书中，她说他们一起在饭店用了晚餐，然后她就回家了。）那达德知道他不是科琳娜的父亲吗？ GFS 也不知道。

我当然对这些感到兴奋异常，但同时我又担心这些事件的日期。科琳娜是 1917 年出生的，但具体日期呢？我很懊恼她已经不在了：如果能发现一个尚在人世的孩子，这本书早就写成了！我浑身起了鸡皮疙瘩，想到我在银行工作时，每周都能见好几次的那个女人有可能就是 C 的女儿。尽管她难以相处又比较势利，显然觉得自己的地位下降了，但她却表现出更多浪漫与宽容的特性。在那段时间里，我全然不知。而现在她已经不在了。我感到错失了良机，心中有种巨大的失落，所以我对自己说，甚至有点希望，这些都不是真的。

我对 GFS 说，科琳娜和威尔弗两人看起来都特别像达德。这样向他挑战，似乎有些粗鲁，可能也没什么意义。我说，是不是 D 亲口告诉他这些的？他说：“那个，你知道的……”

我决定我要去趟洗手间。MS 坐在走廊的电话旁，好像是随时准备为我叫出租车。我在想是否应该问一问她所知道的事情，但一种保护 GFS 本人的愿望阻止了我。我对他们的婚姻有所怀疑。我猜想，她也许在为他可能表现出来的一些不当举止感到焦虑，她看起来挺严肃，但她的担忧还是表现了出来。她说他在吃冠心病的药，这些药对他的老年痴呆有严重的副作用，它们可以抑制解除；绝对不能喝酒。我不愿说他不喝酒就似乎在抑制解除。（当然，我不知道，他是不是跟她分享这些秘密——或推断？）

当我回去的时候，我得再次帮他回到我们原来的话题上。我认为我会问他关于雷维尔·拉尔夫的事情。（和这本书没有太大的关系，但我想知道。）“噢，我喜欢 RR[①]，他是个迷人的家伙，非常招人爱、非常性感，不过不是传统的类型。你知道他娶了我妹妹吧。她跟他私奔了——这在当时是很大的一桩丑闻，因为达德是个公众人物。虽然他并不看重那些宣传，但又离不开它。实际上他并不太在意——他娶了一个模特，你知道吧，一个长腿的金发女人。她是一个可怕的婊子。”我问他 D 跟 RR 在一起是不是幸福。他说 RR 比达德好多了，当然了，而且还年轻——他们没有太多钱，但他们也是很出名的一对夫妻——他们住在切尔西。“我曾经说过他们纯粹是在享受生活。（这句话 D 在她自己的书里也说过。）你知道吗，他们家墙上挂着毕加索，而孩子们却穿着带窟窿的衣服。威尔福崇拜雷维尔，但是科琳娜不接受他。RR 是个很有名的舞台设计师。他很古怪，而且性格很软弱。D 总是爱上那些不靠谱、不能正常爱她的男人——他们都不能给她她想要的东西。RR 后来吸毒，他们两人都酗

① 雷维尔·拉尔夫英文名字的缩写。

酒。”我问他 D 是不是也吸毒。“我想是吧。如果她试过，我也丝毫不会奇怪。”在 1930 年代，他经常见她吗？“我们从来也不是很亲近。对了，她还活着，你知道吧。”我说：“但是你不去看她吗？”我觉得他不是很确定：“我们现在彼此很少见面了。”

RR 对 D 不忠吗？（这些问题都太小儿科，但我觉得“抑制解除”和健忘的共同作用使其恰到好处。）“我肯定是这么回事。他性欲很强。任何人他都会干。”（听到这里我笑了，但他好像不明白我笑什么。我感觉他觉得任何人都比他有更多的性生活。）我问：“她和 RR 生的那个儿子怎么样，就是珍妮·拉尔夫的父亲，他认识他吗？”“哎，是有个儿子，但 RR 显然不是他的父亲。”我觉得我不能再次用我的惊讶来吓唬他了。他再一次神秘地看了我一眼：“得了，我认为这已经不是什么秘密了，那个孩子的父亲是一个叫马克·吉本斯的画家。他们有婚外情。”我想象马克·吉本斯肯定也是谁都能干，但懒得去问了。记得我在 D 七十岁生日派对上见过他，他与她在一起跳舞，那就是里面有什么事了。（注：MG[①]还活着吗？他有可能认识 C 吗？还有珍妮·拉尔夫知道她的祖父是谁吗？）“我很确定就是这么回事，”他说，“但你最好对谁也不要说。”我对此没做任何承诺。

我问他有没有 C 的照片。“我肯定有！”他走到房间另一头的一个矮架子旁，那里有成打看起来像是旧相册及相片粘贴簿之类的东西堆在一起，他把它们放到旁边的桌子上扒拉起来。看着他弯着腰、撅着屁股、眯着眼睛、舌头在双唇间转动咕哝着的样子，我想到了乔纳相册中 GFS 十九岁时的那些照片，那种拘谨又神秘的表情我认为多少有点像我。我说在书信集中有一些很好的照片。“哦，是吗？”他说。但我想要的是 GFS 和 C 在一起的合影。“我就是在找这样的啊。”他说。他抽出一本封面已经有些松散的大相册，当他把它放到桌子上时，一些小照片滑了出来，散落到地上到处都是。很显然，曾经的那个他已经不在了。我捡

① 马克·吉本斯的全名缩写。

起其中的一两张，注意着其他照片掉落的地方（包括一张有趣的C在给布兰查德和拉格力朗读的照片，这张在书信集里也有。）

“好了，让我看看……”有一点很明确，就是我们两人都不知道我们会找到什么。他把他的身体轻轻地靠在我的胳膊上，在我面前弯腰看着这些特别的照片，因此他光秃秃的头和他的胡子挡住了我的视线。不过他在那里唠叨着，仿佛我也能看到他正在看的东西。这本相册还装有他父母的家庭在后维多利亚时代泛黄的画像（很显然，弗蕾达·索尔有一半的威尔士血统，她的叔叔是位著名歌唱家）。GFS很容易走神，眯着眼睛读着已经泛白的题词，叨咕着让他困惑的东西然后再自己更正，在那些纸面上呼出一口口热气。我说我相信休伯特有一架相机。“没错。我记得是哈里·休伊特给他的。”这里再一次出现了HH[①]——我在想GFS对他会是什么看法。“HH是个有钱人，住在哈罗威尔德。他做进出口生意，与德国做些玻璃、瓷器等的贸易。有些人认为他是个间谍。”我说：“但他不是吗？”GFS捏着我的胳膊，咯咯笑了：“我认为不是。他是个同性恋，你知道吗，他爱上了我哥哥休伯特，可他在战争中牺牲了。”那休伯特没有回应吗？“休伯特根本不是那种人。他很腼腆。HH老是给他买各种昂贵的礼物，这成了他的负担。”我问C是不是认识HH？“有一次C在两英亩的时候，他们见过，然后成了朋友。”HH也爱上C了吗？“可能没有，他很忠诚——他想要一个他能保护能帮助的人。C太有钱了，HH打动不了他。”C会跟他调情吗？“那太有可能了。”（大笑着。）

“好，西蒙，我找到了一个！”有几张“可怜的老C”的照片——最好的在书信集里都有了，有一张C穿着短裤，抱着一个橄榄球，看起来怒气冲冲的。“你看看他的腿多健美！”我说：“我想把那张照片再复制一张。”GFS问：“你要用到哪里？”我答：“我正在写的关于C的书里。”GFS：“噢，对啊，我认为你应该这么做。多好的主意啊。你知道，还没有一本关于他的书呢。我很高兴你要来做这个，这会令人们眼界大开的。”有一

① 哈里·休伊特英文名字的缩写。

张照片，是在 2A[①] 照的，一小帮人在房前的草坪上，我可以辨别出，C、D、GFS 还有一个穿着黑衣服的肥胖的老女人。“那个是住在我们附近的一个德国女人——我母亲很同情她。战争爆发时，她正在德国参加瓦格纳歌剧节，没办法返回英国。她的房子被当地人捣毁了。战后她回来以后我母亲就把她弄到自己的翅膀下保护起来。我们都有点担心她，不过她可能完全没事。看，这个是我和 C 的——这张照片很有意思，不过我太太认为我没照好。”我俯身朝前看着，GFS 把他的手放在我肩膀上。“那是在科里庄园照的——你可以从窗户里爬出去直达屋顶。”由于以前彼得带我去过两三次，所以片刻后，我就完全认出了那个地方。我说：“可以从洗衣房爬上去。”GFS：“对，真是那样，你明白了吧。”照片上显示的是 C 和 GFS 倚着一个烟囱，C 没穿衬衫，GFS 的衬衫只穿了一半，还有一半没穿好，看起来有点局促但很兴奋。照片很小，但很清楚—— C 的身体瘦长而健壮，胸脯上有一点黑色的胸毛，向下延伸到腹部，一只胳膊抬起来放在烟囱上，二头肌明显地凸起。他的微笑带点嘲讽，看起来比 GFS 大很多，GFS 在镜头前总是很不自然。他那时二十岁，挺帅气——我瞥了一眼，奇怪地发现他的前胸光滑洁白，一点胸毛也没有：在 C 身边，他看起来像个在校学生。我问：“我想知道，这是谁照的？”GFS：“我也想知道。可能是我妹妹吧。”——如果她只是抓拍，那么可以解释 GFS 表情困惑茫然的原因。它给了我有关 C 的身体的第一个真实的想法，因为照相机像是个干扰者，我突然感到当相机伸到他——我的采访对象——面前时是什么情景！我感觉很奇怪，甚至有点兴奋—— GFS 好像也有同感。“我看起来的确挺放荡的，是不是？”他问。我说：“是吗？”然后我感到他的手抚摸着我的后背，而且并非心不在焉地向下移动着，刚好在我的腰部上方停住了。他说：“你知道吗，恐怕我还真是。”

现在的气氛相当紧张，我看了他一眼，看看他对此意识到了多少。“您觉得，您是以何种方式体现的？”（我往旁边挪动了一点，但不想惊着

---

① 指“两英亩”。

他。）他不停地看着那张照片，呼吸缓慢而沉重，像是在犹豫："那个，你知道，正常的方式。"我想这个答案很好。我说着些"好吧，我不怪您！"之类的话。"很那个，是不是，想当年我也是帅哥一个！但你看看现在。"他把他的脸转向我，硕大的下巴上满是胡子，同时他的手又坚决地移动着，直达我的臀部。

就这样，我和《日常的英格兰历史》的著名（合著）作者一起待在那里，他看着我的眼睛，带着那种谁知道是什么回忆、什么推测的神情，他的手窝成杯状放在我的臀部。我尴尬地笑着，但带着一种好奇的心，还有一种确定的意义。我也与他对视了一会儿，既然C在七十年前就已经这样碰过他，也许我只是把这些东西带到我自己身上，从而让他从他的记忆中解放出来。而且，大可不必担心的是，不用多久我就会离开这个满是书籍的房间，把他自己留在这里，就连这个房子本身也会恢复到我想象的很久以前的样子，一个真正的都铎式的、到处是历史文物的房子。我回想着我在十二岁左右不辞辛苦地在他们写的书的标题页上，在他的名字和马德琳的名字周围做的那些涂鸦；此时此刻有一瞬间我以为他要来吻我，我不知道该如何接受——从某种程度上，我几乎希望他这样做——但他却低下了头，当他低下头时，我突然想，对了，这是一段我要写下来的历史。我继续礼貌地问："C写给您的那些信呢？您说您弄丢了？"他说："是的，你看，我说不清到底是怎么回事儿。我母亲把他们都毁掉了，她把它们几乎都烧了。对了，顺便提一下——"他的手还抓着我的左边臀部，不过目前好像更多的是要靠它来支撑他自己，而不是从中得到什么乐趣，"最好别跟我太太提这个事儿。""这个事儿"指的是什么不是很清楚。"好吧。"我说，他就不再提了。GFS："哎，这是一个很大的损失，是文学的损失。不过其中有一些还是相当令人毛骨悚然的！"

我们刚刚重新坐下来，MS就进来了，说她要打电话叫出租车了。于是我们来到大厅。MS坚持要自己打电话：拿着放大镜，在老电话簿上查找号码，接通后就是她不耐烦的声音。因为老是听不清那个人的话，她就对着镜子皱着眉头地说着，并欣赏着她自己的严肃处理态度。“还得二十分钟！”她说，这样就出现了一段挺尴尬的空白时间。她说：“希望你能用你自己的判断力来甄别我丈夫跟你说的那些话。”我在想她以前会是个多么让人害怕的老师啊；我说我也希望如此。“说真的他现在是稀里糊涂的了，我真不应该让他见你。”我说他对 C 的了解可能比任何其他活着的人都多。MS：“恐怕我不得不问你，他给了你什么东西让你带走吗——文件之类的？”我说除了笔记我什么都没带，不过他承诺要借给我一些书中要用的照片。她直直地盯着我，我当然也不示弱；然后她开始打量我的公文包。但就在此时，书房的门被打开了，GFS 慢悠悠地走了出来。“噢，嗨！”他说——看起来对见到我很感兴趣。“亲爱的，保罗就要走了。”MS 说，第一次用名字来称呼我。“对，对……”——他露出一种相当狡诈的微笑来掩盖显然处于记忆边缘的那些事情，口气中几乎是在忍让她。MS：“乔治，你们交谈得愉快吗？”GFS：“噢，很愉快，亲爱的，是的。”他看着我的目光像是在偷偷摸摸地要极力想起我是谁，或者恶作剧般地在脑中重放他刚才对我的动手动脚。MS：“你们都谈了些什么？我猜你可能记不住了吧。”GFS：“哦，你会感到惊讶的！”随后他提议绕着花园走一走，MS 允诺了，不过发生了室内的那些事后，我感到更担心了。但很明显的是，我假装什么也没发生的礼貌行为，很快就在他也忘之乎也的情况下变得什么都不是了。“乔治，看一下那些蝌蚪。”她说，我们都遵命看了，MS 一直从窗口看着。“这些蠕动的小东西。”GFS 这样称呼它们。

8

迪德科特站过去了，然后斯文顿站也过去了，既熟悉又陌生的郊区景色一一掠过，而此时即将到来的又一次较量分散着他的注意力，带着更大的使命感，他赶往伍斯特灌木山。他很珍惜这次漫长的旅行，当列车在一片片农场与丘陵山谷间起伏穿行时，他有一种孩子般的感觉，对达夫妮·雅各布斯的重要采访总是被莫名其妙地推迟；不过随着每次长时间的减速与停靠（斯特劳德，对吧？不一会儿就是斯通豪斯了），列车不可避免地在靠近终点。当然，他想去那儿，奥尔加，达夫妮的房子有这样一个让人吃惊的名字；他也愿意待在这没什么人的、令人身心愉快的火车上，优哉游哉地晃悠上一整天。他甚至无法让自己做些准备工作；他写出了一系列，或说是一大堆的问题，他希望通过她对这些问题的回答，能理清这些脉络，从而抵达顶点。但是那些做了标记的证据却被放在重重的公文包里，放在他身边的座位上，动也没动。

列车离开斯通豪斯车站行驶了一会儿后，沿着科茨沃尔德西部边缘的长坡蜿蜒下行，然后进入了看起来很广阔、在日光下半隐半现的大平原。保罗从未朝这个方向走这么远。在自己的岛屿上进入一个全新的区域，让他感觉有点像是梦幻，但也让人心绪难安。几分钟后，他们就快速进入了格洛斯特站，月台上人流如织，徒步旅行者、士兵们都一点点靠近又慢慢远离，他们的目光或担忧或焦虑地追随着正在快速刹车的列车。不过，还得经过切尔滕纳姆才能到达伍斯特。

可是，过了没一会儿，他就不得不把他的东西挪走，给一个女人和她的两个孩子腾出座位坐下，她不停地跟他们唠叨着，由于担心而把脸绷得紧紧的。当列车再次启动后，他发现从伦敦出来后这一路上的浪漫感觉，一去不复返了，他们自然对此一无所知，一段共处一隅需要忍让妥协的时光开始了。保罗的公文包还是放在桌子上，只给那个男孩子留出很小的地方放他的涂色本。孩子们千变万化的折腾让他难堪，他对孩子的厌烦使他阴沉着脸把注意力放到《短画廊》上，他恨不得把它摔到他们脸上。他将要为他的书、同时也是为他未来的生活做一次极其重要的采访，这事像任何人都无法察觉的疾病一样压迫着他、禁锢着他。如果乔治说的是真的，那今天还有明天，保罗与达夫妮的谈话，必然是一场不同寻常的博弈，而在这一过程中，他得对他最渴望知道的事情装作一无所知，而让她自己把它们说出来。

他再次浏览着第一章，这是她对塞西尔的“描述”：

> 这个美好的六月夜晚，有可能是我和他的最后一次见面。塞西尔将我带到詹纳饭店吃了一顿简朴的斯巴达晚餐，但对一个痴情的女孩而言，这无异于完美的爱的盛宴。我记得有豌豆汤、一个鸡腿，还有一杯草莓牛奶冻。我想，我们俩都不会在乎吃什么。我们最看重的是，在我们内心强烈感情的魔法笼罩下，远离战争喧嚣，能够相聚在一起的机会。吃完后，我们在街上漫步，走了一个多小时，走下堤岸，看着灯光在宽阔的河面上不断延伸。第二天，塞西尔要启程去法国，我们所知道的大进军要开始了。他当时没有问我——是在几天后，他给我的最后一封信中——他问我是否愿意嫁给他，但这

个最大的问题似乎就悬在夜晚的空气中。同时，在我们的交谈中，谈的都是简单快乐的事情。他看着我进了能把我送到马里波恩乘坐火车的出租车；我看到他的最后形象是他靠在圣马丁教堂巨大的黑色柱子上，挥舞着他的帽子，然后迅速转身走进了我们两人如此兴奋、又如此恐惧地憧憬着的未来。

或许这只是他自己的惯性思维，但保罗觉得没人会记得四年前某一顿饭他们吃的所有菜肴，更不要说六十四年前了；不过（可能又是他自己仅有的那点经验）与人上床的事却不会那么轻易被忘记。鸡腿和草莓牛奶冻加重了整个事件的不真实感，有些令人不安。在某种程度上，保罗不愿去想的这些事，似乎就在那里，平静地掩盖着他们在瓦朗斯的马里波公寓待过一晚的事实——就连车站的名字也成了一种掩饰。如此说来，这就是塞西尔所准备的“大进军”吗？

保罗咬着嘴唇，仔细看着护封后面达夫妮的照片。这是一张半身照，她穿着一件普通的黑色西装，一件衬衣，戴着一串珍珠项链，可能是由于没戴眼镜的缘故吧，她半是微笑半是严肃地向外看去，表露出一定的魅力。她身后就是拱形门，隐约可见大厅和楼梯。当你凑近细看时，可以发现她脸有点模糊，眼睛周围和下巴底下被磨白了；摄影师的技术让她看起来年轻了十五或二十岁。这种背景下，她给人的整体感觉是一个可以考虑娶回家的漂亮女人，她的光彩不言而喻。很难把她和他在街上救助的那个像落汤鸡一样老态龙钟的身影联系起来。然而一想到另一个角色的存在，他还是有点隐隐约约的不安。

在伍斯特，他突然对他的行动感到欢欣鼓舞；他排队等了一辆出租车，这是从去年十一月他们那次共同旅行后，他第一次坐出租车：大教堂公司的车。当车渐渐离开城市，里程表欢快地跳出绿色数字时，他以轻松的语气与司机攀谈。他认为，在回来的时候他会更喜欢这些乡村小路——到目前为止，他一直在透过谷仓和篱笆，直直地看向他想象中的奥尔加的景象。他们进入了斯汤顿圣吉尔斯，驶过一座大宅的几扇小门，然后沿那条不起眼的宽马路行驶，这条路附近有很多半独立的廉租房；沿途有战争纪念碑、远处的一座教堂、一家乡村小卖店、邮局、黑熊酒吧，开始他差一点就在那儿停下来，但看一看差几分钟就关门了，也就作罢。“你知道奥尔加在哪儿吧？”保罗问司机。

“噢，知道。”他说，好像奥尔加是当地名胜似的。他们经过了一座漂亮的石头房、古老的教区牧师住宅、一排看起来比这个村庄的其他房屋都孤芳自赏的老式农舍别墅，这里应该是达夫妮度过余生的好地方。出租车减慢速度转到一条边路，然后出乎意料地在一个破旧的平房前停下了。“正好十二英镑。”司机说。

保罗一直等到出租车转过街角，才沿着小路往前走了一小会儿，越过低矮的花园墙，他给这座平房拍了四五张照片。这一纪实性工作使他沉重的尴尬情绪得到了片刻缓解。他又走回去，把他的相机藏到了公文包里，想待会儿再看达夫妮是否介意拍几张她自己的照片。有时候，在采访过后，拍出的照片都太刻意太不自然。

由锻铁做成的“奥尔加”几个字安在大铁门上。保罗越过杂草丛生的砾石走了进去，打量着无人管理的花园：屋顶的排水沟里，青草长得又高又绿，已经枯死的爬藤玫瑰挂在门廊上；大楼侧面，停着一辆破旧的雷诺，右边车身上有一道锈迹斑斑的凹痕，车窗的密封橡胶周围长满了绿色的青苔。草坪上的草被修过两三道，锄草机被扔在原地。花坛上到处都是去年留下的枯枝败叶。这一切都让他联想到他进到屋里后会看到的情形，因此感到焦虑不安。他按下门铃，一阵有气无力的叮咚声不断地响着，冷冷清清的，仿佛显示着按铃的人希望掩藏的一些焦躁。在前门带波纹的玻璃上，他发现自己的脸可怕地扭曲着；他似乎已经融进了他们海浪般涌来的生活里。是威尔弗里德·瓦朗斯过来开的门。他依然是保罗记忆中的模样，不过，在以往的磕磕碰碰中又经过了十三年的岁月，他有了明显的变化，和孩提时一样的方脸上布满了沟壑般的皱纹，一缕灰白色的头发旁若无人地从他的光头中间耷拉下来。

“你们还好吗？”保罗问。

“噢，你看到了，我们还好。”威尔弗里德说，挤出了一丝微笑，但目光躲闪。保罗想他可能觉得他的来访是挺大的一件事。

“那个，大概……”他含糊其辞地说着，把他的外衣和围巾递了过去。门厅很小，其他镶嵌玻璃的门都朝它开着——1960年代时看起来很明亮的东西现在已经显得很沉闷了。“您母亲怎么样？”有一瞬间，他对即将见到她这件事感到一种敬畏，她是这些事件的幸存者、是那个长眠者的朋友。一阵类似于嫉妒的念头涌上心头：如果他不是一个传记作者，他们也有可能会成为朋友。

“噢，她啊……”威尔弗里德摇了摇头，咧嘴笑着；保罗记得他在说话时通常在句子中间有像口吃一样的停顿，但这次剩下的话却没有说出来。

起居室被带两个加热棒的电热炉烤得有点让人窒息——这是一个巨大的像火盆一样的东西，在阳光下，里面的假煤块闪着模糊的光。有一种更强烈的烧焦的气味。保罗走了进来，决定不要流露出他对屋子里情况的震惊，他高兴地打着招呼：“您好，雅各布斯夫人。”她几乎是背朝着他坐在一把高背椅上，一块破旧的粉红色印花棉布盖在椅子上。她的周围全是些垃圾，乱得一塌糊涂，他想他只能装作没看见了。让人担忧的是，一些临时的东西似乎都变成了永久的，摞起来的物品被桌布覆盖着当成了家具，顶上摇摇晃晃地摆放着灯具、花瓶以及一些小摆设。

“还行吧，”她说，略微转过头来，但并没有看他，“关于你的事情，威尔弗里德纠正了我。”

“噢，是吗？”他小心地笑着：看来她就这样单刀直入地解决了关于他评论文章的问题。

“你不是那个弹钢琴的人。”

“不是，我不是——您说得很对。”保罗说。

“妈妈，你知道的，我的记忆力绝对好，”威尔弗里德说，好像还在反驳她，“弹钢琴的是个高大……英俊的家伙。”

“噢，他叫什么来着？那个迷人的年轻人……那么有才……”

保罗思考了一会儿，好像也在极力回想。“您是说彼得·罗吗？”

“彼得——你明白了吧，我很喜欢他。”

“哦，对，那个……”保罗嘀咕着，来到了她面前；她看起来不怎么想握手。她穿了一条挺厚的灰色裙子，衬衫外面套了一件破旧的无袖开衫。可能只是因为她还没有好好看他的缘故吧，她审视地看了他一眼。最初的尴尬过去后，他把这当成未来几个小时灾难的开端。

“不知道他现在怎么样了？”

“彼得吗？噢，我想还不错吧。”保罗漫不经心地说。他站在火炉和低矮的咖啡桌之间的狭小空间里，桌上摆满了报刊书籍，他的小腿被烤得越来越热，但却表现出一种孩子气的无畏。

“他是在科里庄园教过书——您知道吗，他对那座房子特别感兴趣。”

“噢，没错。”威尔弗里德摇着头说。

“是特别有兴趣。他想恢复圆屋顶和所有被达德利拆掉的那些东西。”

“当然是根据您那个年代的风格了。”保罗鼓励说，好像采访已经开始了似的。他走到面向她的那把扶手椅旁，偷偷摸摸地从公文包里拿出录音机。

“你知道吗，我是希望由他来给塞西尔写书的，”她说，“他对他也是特别感兴趣。”

“哪有他不感兴趣的东西！”保罗说道。

达夫妮说：“我的眼睛现在毛病很多了。”她朝身边放着灯和书的小桌伸出手去。保罗心下疑惑，她还能读书吗？他心里有点期待能在那儿看到他写给她的信。

“是，我从罗宾那里听说了。”他用一种很亲热的语气说起这个共同的朋友。

“你没挡住车道，对吧？”达夫妮问。

“噢……没有——我在伍斯特车站打了一辆出租车。”

“哦，你要了一辆教堂出租车，它们不是很贵吗？”达夫妮带着一种满意的口气说道。“你能找个地方坐下来吗？这几天威尔弗里德要把这个房间清理出来，但在此之前恐怕我们只能在混乱中生活了。回想以前我曾经住在有三十五个仆人的房子里，想想真是不可思议啊。”

“天哪……！”保罗叹道，从扶手椅上拿起一个皮质的装《广播时报》的夹子，还有一大堆也许等着缝补的厚羊毛袜。他很确定她在她的书里说的是二十五个仆人。他急急忙忙地把麦克风放到他们之间那个咖啡桌的书本上。“我想知道这个房子为什么叫奥尔加？”他问，正好试试音量。

“啊！你知道吗，这房子是卡罗琳夫人为她的女管家建的，”威尔弗里德虔诚地说，“女管家的名字就叫奥尔加。她在这里干到退休……不太能见着了但并非遥不可及。”

“所以现在卡罗琳夫人就把它租给了您两位。”保罗说，然后看着那个摆动的红色指针降下来，没人说话时，好像是万有引力的作用使其如此。

“唉，我们也付不了……”

达夫妮轻声笑了笑。“你那是什么东西啊？”她问。

“希望您不介意我录下谈话内容……”保罗按了一下键，倒了回去。

“那可得把它弄好了，别出错。”达夫妮不确定地说。这是巧妙暗示了对对磁带录音机的奉承与不信任吧。有些人看到它，会把它当成房间里让人尴尬的第三者；有些人会因为看到磁带轮的转动而镇定下来；还有些人，像他在赛德茅斯寻访到的塞西尔的远房老表姐琼·瓦朗斯，则因为有了这个既公正又包容的听众而变得口齿伶俐、话语清晰。达夫妮坐立不安地摆弄着坐垫。“我说话可得小心点了。”

“噢,我可不希望这样。”他的耳朵在听着回放的单调音调。

“得非常小心。”

“如果有什么东西您不想让我录下来:只管说好了,我会停止录音的。”

“不,我想我不会那样做的,”达夫妮说,笑容一闪而逝,“威尔弗里德,我们没有什么喝的吗?”

“那你们想来点……”

他们两人都说咖啡。“威尔弗里德,给我们来两杯咖啡吧,然后自己找些有用的事做。你可以开始收拾车库里的那些东西了。”

“哎呀,妈妈,那可是些繁重的工作。”威尔弗里德说,好像不会那么轻易就被愚弄。

他离开了房间后,她说:“之所以是繁重的工作,就是因为他总拖着不干。唉,他可真是……乱七八糟的。”她又倒腾着坐垫,有点退缩地半转过身子,她那被粉末和烟雾弄脏了的镜片在光线下出现了片刻的空白。这种急躁的紧张情绪会很难控制。保罗想跟她提一提他们的那些老相识,但是又害怕会提及科琳娜。在等待时,他说:

“我想知道,您还能经常见到约翰、朱利安和珍妮吗?”听起来他们像是些儿童读物中的人物。

“坦率地说,我们这里有点闭塞。”她说。他知道她不愿承认她被人忽略了。

“他们现在都在做什么?”他看了一眼红色的指针。

“那个……”她慢慢地想着这个问题,“那个……他们都特别忙,特别成功,就像你所期待的那样。珍妮弗是个博士——我是说,不是医学博士。她在爱丁堡教书,我想是爱丁堡吧。如果我说得不对,威尔弗里德会纠正的。”

“教法国文学?”

“是的……当然约翰的葡萄酒生意也很成功。”

“他挺像他祖父。”保罗几乎很怜爱地说。

“他祖父可没有葡萄酒生意。”

“对，我是说——我想达德利爵士对雪利酒有些涉猎，对吧。”

“哦，我明白了……还有朱利安——嗯，朱利安是很有艺术天赋的一个。他很有想象力。”

保罗可以听出来语气中也有怜爱，但也表示不想多说了，他也没法问想象力用在了什么方面。他感觉他对朱利安这第六个往昔朋友的秘密兴趣可能会被莫名地看穿。达夫妮问：“难道说，你见过达德利了？”

“是的，见过。”保罗简单地说，他还没想好用什么方式来谈论他。他以他觉得公正的方式对她大致说了一下牛津大学的会议，发现不知为什么他略过了达德利在电话中对他的奚落，也为他做了开脱；作为一桩逸事，它有其独特的价值，补偿了他们没能继续的谈话。“他是个很有争议的人。他说战争期间所写的战争诗歌，通常都很一般，我想他的原话说的是‘无力而且业余’；而关于战争的伟大作品都是散文，而且是在战后十年才出现，当然了，在他的情况下，可能更晚。”

“这些听起来像是达德利说的。”

“他不愿谈论塞西尔的任何事情。”

她停顿了一会儿，他以为她自己会说一些关于他的事情。“他们已经让他成为了荣誉院士，对吧。”她说。

“这个我还真不知道。”

“是的，他们是这么做的。我们正在谈论你父亲。”威尔弗里德回来后，达夫妮说。

“哦……！”威尔弗里德表情冷冷地说，令人意外。

“他不算是威尔弗喜欢的人。”达夫妮说。

威尔弗里德再次出去后，屋里的气氛立刻变了，有一种非自愿的亲近，好像保罗是个医生，将要求她解开上衣一样。他又检查了一下磁带。

达夫妮的神色看起来有些顺从，但也是有条件的。他清了一下喉咙，看看他的笔记、他的计划，想让整个事情看起来更像是一场对话，使他们双方更明确。不过，听起来比他想要表达的还是生硬一些："我在想您写您的回忆录时所使用的方式，您看，比如《短画廊》吧，您描写的是一些其他人的形象，而不是您自己。"他唯恐她看不到他恭敬的笑容。

"噢，是的。"她的头收回去了一点。毫无疑问，在实际问题之外，他对那本书的评论就藏在某处阴影之下，"那个……"

"我是说——"保罗笑着，"您为什么那样写？当然了，我记得我第一次见到您时，您说您当时正在写回忆录，因此我知道您为此花费了很长时间。那是十三年以前的事情了。"

"对，确实如此，"达夫妮说，"甚至比那还长很多。"

"我只想说，我非常欣赏这本书。"

"噢，谢谢你的好意，"她说，颇为冷淡，"嗯，我想主要原因是因为我有幸认识很多比我更有才华也更有趣的人吧。"

"当然了，从某种意义上说，我还是希望您能更多地描写一下您自己。"

"这个嘛，我想书里已经涉及很多了。"她眯着眼睛看了看录音机，知道它正在捕捉这种敷衍和她的反应。"大家有所共知，在我成长的环境中，我周围的所有男人都是些举足轻重的人物。他们当中的很多人都写有自己的回忆录，或者，如你所知，有人在为他们写传记——关于马克·吉本斯的新传记也马上要出版了。"

"噢，对啊，我听说了。"保罗答道。凯伦已经看到了校样——没有索引，但快速浏览一遍后发现书里很少提及达夫妮；看起来，达夫妮也有这本书。

"出版社寄过来的。威尔弗里德一直在读给我听，因为我已经读不了东西了。但显然她把事情都搞错了。"

"她写那本书时咨询过您吗？"

“噢，是的，那个女人给我写过信。但是实际上，关于马克，任何我认为值得说的事情，我都写到我自己的书里了——当然了，他是一位很亲密的朋友。”

“嗯，我知道。”保罗说，有点狡黠地看着她；但从她勉强挤出的一点笑容里，可以马上清楚地看出她不会坦白她曾经有过他的孩子的事情。“我记得在您七十岁生日时我见过他。”

“啊，是吗……”她接受了这一事实，“对，他肯定在那儿。你说糟糕不糟糕，我都忘了。”她说道，露出更甜美的微笑，好像刚刚找到了一种更好的方法以对付他将问的问题。

“嗯，我当然不希望弄错什么，”保罗说，“得需要您的帮助啊！”他喝了一口淡淡的咖啡。这让他想到如果当初达夫妮能多提供一些信息，那么给马克·吉本斯写传记的作者也不会因为这些错误而被她这样谴责了。这是经常出现的于己不利的抵触，可能所有给在世者写传记的作者，都得面对并想办法抵消这种阻力。人们往往不告诉你事情的真相，然后又抱怨你不知道事情的真相——除非他们是乔治·索尔，不过那点秘密已经不可遏制地传得沸沸扬扬，几乎没有什么使用价值了。不过，达夫妮是他比较喜欢的一位老妇人，因此他温柔地说：“但是我猜您肯定想澄清一些事实吧。”

“嗯，是有一点——就是关于《两英亩》的，你知道。在那首诗中，我只是被称作‘你’。可在塞比·斯托克斯的那个东西里我竟成了‘S[①]小姐’！”

保罗充满同情地笑起来，因自己新的猜疑而觉得有点尴尬，他认为诗里的“你”实际上指的是乔治。“在达德利爵士的书里……有更多关于您的描写。”

“是的……但他那时候对每个人都那么吹毛求疵。”

“让我感到吃惊的是他极少提及塞西尔。”

① S是她姓氏“Sawl”的第一个字母。

“我知道……”她声音很温和，但马上又对谈论《黑色花朵》感到烦躁起来。

“我想塞西尔一定是您遇见的第一个真正的作家。”

“噢，是的，正如我在书里所说，尽管那时他并不是很出名，但他是我婚前遇见的最有名的人。我是说，虽然他在这里那里写了一些诗歌，但还没有一本书或任何东西出版过。”

“那本《午夜梦醒》直到1916年才出版，对吧，就在他牺牲前几个月？”

“可能是吧，”达夫妮说，“那之后他就理所当然地成了一个重要人物了。”

“但您在见到他之前就读过他的一些诗歌吧？”

“我想读过一两首吧。”

“所以对您来说，在见到他之前，他就已经是个很有魅力的人物了。”

“我们大家对他都很好奇。”

“对他第一次去‘两英亩’您还记得什么？您何不跟我说说这个呢。”

她收紧下巴。“这个嘛，他来了。”她说，好像决心要干脆地处理这个问题。

“他是在五点二十七分到的。”保罗说。

“是吗……？对。”

“我想……您哥哥……一定先见过他了。”

“那当然了。”

“不是……我是说，他是在车站去接他的。”

“噢，很有可能。”

“您还记得您自己第一次见到塞西尔是什么时间吗？”

“嗯，可能就是那个时间吧。”

“您马上就被他吸引住了吗？”

“那个，你知道，他是很有魅力。我那时只有十六岁……还很天真……那个，那时候我们都是——我从没交过男朋友，或任何类似的经历——我很喜欢读书，喜欢读爱情小说，但对爱情却一无所知——我也读了很多诗，我们都很喜欢的诗人，比如济慈和丁尼生……”保罗发现她放松下来了，像在说套话，声音中有一点甜蜜、一点做作。他任由她继续说，当他看到下一个问题时，他变得心不在焉而且烦躁不安起来，因为下一个问题更难。当她似乎说完了话，转身去拿咖啡时，他问道：

“可以问一下吗，您怎么看待您哥哥跟塞西尔的友谊？”

“噢……”她吹着杯里的咖啡，“嗯，很不同寻常。”

“何以见得？”保罗轻轻地摇了摇头。

“嗯？可怜的乔治，他以前从来也没有朋友。他突然交了一个朋友，我想我们大家都很开心。”

听到这里保罗笑了，对这种时时影响他采访的亲情无可奈何。“您能看出来他俩为什么那么要好吗？他们看起来很亲近吗？”

达夫妮再次叹息一声，仿佛是说她也可能会坦诚相告。“我认为那明摆着只是一种老式的例子——”她停下来喝了口咖啡，“就是，英雄崇拜，真的，对不对？从感情上说，乔治心智还不太成熟。我认为上剑桥让他成熟了一些。”她皱了皱眉，“坦率地说，乔治一直都有点像个冷血动物。”

保罗停顿了一会儿，思考着更坦率的措辞，但看着她，他有点拿不准，害怕会引起她的反感。他说：“我在想您有没有觉得，他嫉妒您跟塞西尔的亲密关系？”

“乔治吗？没有，没有。”好像对先前自己贬损他的话语还不满意，或者觉得事已至此说什么已经没关系了，“你知道吗，乔治从来也没有正常人的情感。我也不知道为什么。不过我敢说这对他也没有丝毫坏处——没有它们，尽管会有些单调乏味，但生活可能会简单得多，你不这样认为吗！”保罗想象着乔治和半裸的塞西尔一起坐在科里屋顶的情景，毫不掩饰地微笑着，搞不清楚她对此相信多少或希望他能相信多少；又有多少是她自己也愿意忘记的。"如果你早来几年,我会建议你去跟他谈谈,但现在恐怕他已经全都记不得了——脑子的问题,你知道。我想可怜的马德琳跟他没少费劲。"

"听到这个消息我很遗憾。"保罗说。

"是的,其实他才是对你有用的那个人,你应该找他谈才对。顺便说一下,我并不是说他从来都是个无趣的人。他是个学者,一直都是我们家的聪明人。"

保罗停了一会儿没有说话,看着他的记录,这是他作为采访者的哑剧表演,更多的是为了自己的利益,而不是为她。"您不介意我问您吧——您在书里说那是,嗯,是恋爱——我是说,您和塞西尔……!"

"嗯,确实是。"

"你们互相通信,但彼此见面吗?"

"我没说过吗?是的,我想我们是经常见面的。"

"我猜,战争阻碍了这一切吧。"

"对,战争,的确是。那段时间我们就不那么经常见面了。"

"我一直想,从他在英国时候的那些书信中发现——他几乎马上就入伍了,是 1914 年 9 月吧。"

"对,他喜欢战争。"

"因此在 12 月前他就出发去了法国,然后只在休假时偶尔回趟家,直到——直到十八个月后他牺牲。"

"是那么回事,对。"达夫妮说,不耐烦地轻轻咳嗽了一声。

保罗很策略地选择好语气,脸上还带着一丝转瞬即逝的微笑,像在表示歉意,问道:"我可以跳到您最后一次见他的那个问题吗?"

"噢,可以……"她吸了一口气,好像出现了片刻的头晕。

"那时发生了什么事?"

"那个,又是……"她摇了摇头,好像是说她是愿意帮忙的,"我想这些东西和我在我的那本小书里面写的都一样。"

因此保罗快速地朗读起来,挑的是他之前在火车上读的那段。她听着,带着既有点好奇又有点抗议的神情。他还是不确定该怎么做:你如何问一个八十三岁的老妇人是否有人——就连他自己都不愿说出来。如果塞西尔真使她怀孕了——也许,她会最终将其心事和盘托出,声泪俱下地宣泄以得到解脱,但冥冥中保罗知道,在目前的氛围下,这是不可能发生的。但是,当他抬起头来他发现,她看起来被自己的文字打动了。“好啊,这就是你想要的东西嘛!”她说,又摇了摇头。这是一个令人困惑的时刻,这种时刻在保罗的生命中很常见,他发现他错过了什么东西,但回过头来却依然搞不懂,是什么东西导致别人的情绪发生了那么快的变化。他不知道她是不是要哭了。如果这个计谋得逞,能唤起她一些新的记忆,那么从社交方面讲比较尴尬,但对这本书而言却非常有利;他瞥了一眼那个耐心地运转着的磁带。然后他发现他又弄错了——不然的话,她会直率地把他从她意想不到的情绪转变中剔除出去。她说:“说实话,有时候我觉得我被老塞西尔绊住了。这有他的责任,因为他死于战争——如果他还活着,我们只会是彼此往昔岁月里的一个影子,我想没人会在乎两个滑稽可笑的人的。”

“噢,我想他们可能已经做……”他是在取笑她还是在安慰她?“我想你们是准备结婚的吧?”

“其实……即使我们真结了婚,我也不认为会是很幸福的婚姻。”

“在他的一封信里他问:‘如果嫁给我会成为寡妇,你还愿意嫁给我吗?’”保罗认为即使是现在提到这个事实还是不够有技巧,那些信里透露出,就在同一天塞西尔还写信问玛格丽特·英厄姆是否愿做他的寡妇。“但是我想他可能很……变化无常?”

“嗯,那是当然了。但是有件事你必须知道,就是塞西尔总会使你觉得你就是他那个世界的绝对中心。”听到这些话,保罗感到既同情又有一丝羡慕。

很快就到了去洗手间的时间,这是惯例,是必要的而且通常又都是很有用的——以受欢迎的姿态遁入隐私空间，可以对着镜子打打哈欠。这还是一个窥探受访者的卫生习惯、生活态度以及幽默感的大好机会。在奥尔加，也许疯狂的幽默体现在垃圾堆里，它们被堆积在阴暗发霉的小屋里。门后边有一堆带碎玻璃的图片，还有一张可折叠的牌桌。水池下面有一个放槌球设备的长箱子，箱子盖上印着雅各布斯几个字。水池对面是一个镀金的高档画框，画框上部有一大块暗色的油漆，不同的碎片开始脱落：画的是一个面色白净的年轻人，戴着黑色的帽子，表情高傲，它被蹭上了一道道条痕，好像是有人曾用肮脏的海绵擦拭过，试图将其蹭掉。本来厕所通常就都是阴暗的，加上弗吉尼亚爬山虎覆盖了磨砂玻璃的下半部，它就显得更暗了。爬山虎还穿过开着的天窗，伸了进来，一根长长的藤蔓穿过被桌布覆盖的一大堆物体上方的墙壁，摸索着前行。保罗不喜欢使用这个厕所，吃水线以下黑如泥炭不说，还有一个必须得掀起来的、彼得·罗曾经称之为女同志之座的东西。桌布下面是装葡萄酒的瓶子，用薄脆的黄色透明胶带封着，可能是要留给以后的来访者才值得开封的吧。沿着厕所的那面墙，是堆得有几英尺高的书和杂志。最上边是有采访达夫妮的文章的《闲谈者》杂志，还有一本六年前的《乡村生活》，附有斯坦顿大厅的特写，“卡罗琳·梅森特夫人的家”——他想他们之所以将这些东西保存下来，可能是因为想求得一点安心吧。这些书籍像是一些等待义卖的废品，你可以从中发现一些有价值的东西——很明显，达夫妮或者威尔弗里德习惯于撕一块手纸做书签。共同生活的母子俩使保罗感到一种说不清的压抑。他坐下来待了一会儿，侧着头看着标题。那儿，就在地板上方，他很意外地看到了《黑色花朵》，它戴着书套，虽然已经有些残破肮脏，但却是 1944 年的第一版，在战争期间廉价的纸张上，题写着“威尔弗里德雅正，达德利·瓦朗斯”。如此有价值的东西却被扔在这里，真是太凄凉、太悲惨了。保罗把它放到了一个他随后可以拿到的地方。他洗了洗手，照了照镜子，评估了一下自己的进展，迅速给自己鼓了鼓劲，隐约看到身后镜框里年轻人的冷笑。

威尔弗里德意识到了自己的短暂缺席，现在回来了，在客厅的一端转圈，明显是在找什么东西。“我真的必须得问问您，”保罗急忙说，“那个写有《两英亩》原稿的本子是不是还在您手里。我想看一看。”

“那，恐怕你没那么好运了，”达夫妮说。

“没有了？”

她几乎是生气地皱了皱眉。“威尔弗里德，那个本子在哪里？”

“我相信是在伦敦，母亲，”威尔弗里德说，朝放在一堆旧窗帘上面的一个柳条筐里看来看去，“被送去拍照了。”

“它被送去拍照了，”她肯定地说，“它很脆弱了，哎，已经七十年了，对吧？——将近七十年了。”

“对啊，这是个好主意，”保罗说，“谁在给它拍照？”

“我记不住他的名字——他在整理塞西尔诗歌的新版本。”

“噢，您可真能找人。”保罗说。

“他叫什么名字来着？”

“我想是叫奈杰尔·杜邦博士。”

“完全正确。他告诉我他感到跟塞西尔有一种很私密的联系，因为他曾在科里学校学习过。”

“噢，真的吗？”

“因为总是看见小教堂的坟墓，所以对他产生了很大的兴趣。”

“多有意思啊，”保罗说，很有可能杜邦就是彼得过分关注过的某个学生。“奈杰尔……嗯……他来见过您吗？”

“没有，一切都很简便，我们通过邮寄。”

“挂号信。”威尔弗里德说。

“你知道，他不在乎传记部分，”达夫妮说，“应该说他更主要是一个文本编辑。”

“嗯，的确如此。”

“都是不同的版本，诸如此类的。”

“很有意思……”保罗侧身走回他的椅子。房子外面，太阳已经快落山了，夕阳使肮脏的窗户晦暗起来。

“噢，确实很有意思。他说他们都漏洞百出。你知道的，是塞比·斯托克斯，是他都弄错了。很明显，我猜他认为他是在做些修正。”

“也许他是的。”

达夫妮转过身说：“你和布莱恩特先生出门到村里转转吧。”

“我们可不知道他想不想出去。”威尔弗里德说。

“到下面的农场走一走吧，你会喜欢的。”

达夫妮大胆地分散了注意力，借以缩短采访时间，但保罗正好一直想找机会与威尔弗里德就某些事情单独谈一谈。所以他们走了出去，保罗借了一双旧的黑色防水雨靴，穿上去又大又肥，他们刚走上大道，威尔弗里德就告诉他，这双雨靴“以前是巴兹尔的”。

“噢，真的吗？”保罗说，对穿着死人的鞋感到不快；他们在柏油路上缓慢而沉重地走着。“不知怎么的，我没想过他是这么大的块头……”后来他说他觉得很奇怪，达夫妮一直留着它们，搬家时还把它们带过来了。威尔弗里德穿上了一双结满泥块的工作靴，在他绒布衣服的外面套上了一件类似于风衣的衣服。除了几缕灰白色的头发，他那苦行僧般的大脑袋，已经是光秃秃的了。

“很多村庄都很迷人，风景如画，但这个不是。”威尔弗里德说。他们大步返回下面的小路，经过了蒸汽弥漫的商店、经过了政府廉租屋，然后进入了另一条小路，通向另一侧被栅栏隔开的停车场和被犁过的田地。离开了那间平房，威尔弗里德变得更坦诚、更焦虑了；他说了两次：“她只能自己照顾自己半个小时。”

“有您在她身边她很幸运。”保罗说，听起来无力而客气。

“噢，她真让我受不了！”威尔弗里德说，咧嘴笑着，有点内疚和兴奋。他们走到路边，给一辆拖拉机和一辆拖车让路。很多成块的饲料掉到车后的小路上。威尔弗里德看着司机但没打招呼。保罗不知该怎么说——

他觉得这母子俩正是通过给彼此出难题而保持着振奋的心态，才能继续生活。

“看起来，她恢复得很好。”保罗说。

“多亏了瓦朗斯护士。”威尔弗里德用一种奇怪的轻快语调说。

保罗难以想象如果没有妈妈需要他照顾，这些年来威尔弗里德能做什么。“您有什么帮手吗？”

“不值一提。当然了，所有这一切都使我……很难找到女朋友。”

保罗努力同情地扬起眉毛。“是的，我能想象……”

“那你就明白了！”威尔弗里德说，“我反正是要一直陪她到最后了。那边那个就是斯汤顿庄园，她想让我……指给你看。那是卡罗琳夫人住的地方。”

“奥尔加的前雇主。”

“奥尔加是她叫她的名字……实际上她叫珀蒂·特里亚农。”保罗看见了那栋隐在树林间的方形大房子，就在那片田地那边。此时此刻夕阳西下，从篱笆后方照射过来，那座豪宅阁楼上的小窗闪着明亮的光，好像屋里所有的灯都开着。“你想看看农场吗？”

“我无所谓。”保罗说。

“如果当初我是一个农民，我也不会介意的。”威尔弗里德说。

他们走了一会儿，保罗说：“嗯，当然了！——您祖父……”

“我一直都很喜欢动物。科里有两个农场。我就是在那种环境里……成长起来的……”他一丝不苟的口气也许是为了掩盖过去与现在之间奇怪的脱节吧。但正如罗宾曾经提醒过他的，威尔弗里德不久就会成为第四任从男爵。

“您还记得您的祖父吗？”

“不，几乎不记得了。他去世的时候，我只有……四五岁。你知道吗，我叫他……噢咿—噢咿爷爷——因为那是他所有能说的话。”

“他中风了，是吧。”

“他只能发出那种噢咿—噢咿的声音。”

“您怕他吗？”

“我想有一点吧。”威尔弗里德说，“我那时是个很紧张的孩子。”他好像是在回顾一些不同以往的情形。

“您父亲很爱他。”

“我觉得我父亲没多少时间陪他。”

“啊……他可是写了很多赞美他的话。”

“对，没错。”威尔弗里德说。

小路越来越泥泞，一个直角拐弯处是通向农场的入口，门旁是一个水泥平台，用来放带盖的大牛奶桶。远处，一些油亮褐色牛粪一路延伸到开着门的波形铁皮谷仓。“啊，一定就是这儿了！”保罗说。他觉得没必要把已故的巴兹尔·雅各布斯的长筒靴弄脏，何况威尔弗里德的靴子可能根本走不过去。对把他带到这种地方来，威尔弗里德看起来觉得很尴尬，所以他随后说：

“或许咱们最好还是回去吧。”

“您还见过您父亲吗？”当他们转身往回走时，保罗问。

“不经常见他。”威尔弗里德肯定地说，看向农场的那端。

“关于您姐姐的事儿……他一定感到很难过。”

“你一定这么想……是吗？”

保罗感到已经给了他够多的压力，就把话题转到了他的旅店上，他正在为如何回到那里感到忧心忡忡。

“可恶的是，”威尔弗里德打断了他，“他不来参加葬礼。他说他要过来，但当然了，正巧那周莱斯利……自杀了，结果姐姐的葬礼只能推迟，他根本就没来。他只是买了个讨厌的花圈……送过来了。”

“那可太糟糕了。”保罗说。他想问，达德利是不是有多种精神问题，但他相信威尔弗里德也是，所以他只是礼貌地看了他一会儿。

“不过他以前就不太关心我姐姐，”威尔弗里德说，“所以尽管他这么做不好,但也不……奇怪。”

“是,我明白了……”

“不过有时候有些事情……几乎让人奇怪,一个人竟可以如此坦诚。”

“您是说在这件事上,您本以为他会做该做的事。”

“愚蠢地说,我们是这样认为的。”威尔弗里德说,然后看起来就没有太多的要说了;不过有很多东西需要保罗去思考。

此时,太阳沉到了西边黑色的云带中,村庄背面的景色清晰地挤成了一团,但在傍晚模糊的光线中显得很黯淡。养鸡场、花园仓房、成堆的花园垃圾被成年累月地扔到篱笆上;一辆停在砖道上的汽车,一间被涂成白色的暖房,高高的电视天线拥挤地对着清冷的天空。保罗想象着图庭的街道以及灯光下红色的公交车,心里涌出一阵渴望。那是彼得曾经称之为他的怀旧之路的地方,是对伦敦急切的渴望。“噢,天哪,”在旺蒂奇或福克斯雷他会说,“我可不想死在这儿。”

他们回到平房时,保罗说:“非常感谢,我可能该走了。”但出乎他意料的是,达夫妮说:“先喝点东西吧。”她移动身子,将桌子和椅子挪到房间的一角,那里,在一个拥挤的台面上,有一堆放在冰桶里的瓶子,塔巴斯克的小玻璃瓶,以及调制苦味酒、鸡尾酒用的所有用具。威尔弗里德被派到车库冰柜里去拿冰块。“他知道我们需要它,可他还做鬼脸!”达夫妮说。“金汤力吗?”保罗说好,然后想到了第一次见到她的情景,笑起来,那时也是喝一样的东西,他那时坐在花园里,尽量不去看她的裙子。她熟练地猛然打开一瓶奎宁水,酒嗞嗞地从瓶口冒了出来,滴到了她手腕上。“你找到了吗?”当威尔弗里德拿着银色的塑料桶回来时,她问。“哎呀,你看看,怎么全是些那么大的块,我没法用,你得把它们弄碎了。真是的,威尔弗里德!”由于她自己的烦恼,为了他们的客人,她制造了这场并非真心的喜剧。

他们坐下后,达夫妮走了回来,和蔼但颇具深意地看了一眼她一直在读的关于马克·吉本斯的新书，她再次说那本书一点也不好，不管怎么说，如果那些照片都是黑白的话，那基本上就看不出是马克了。(保罗猜想她是说，一直是威尔弗里德读给她听，但是像往常一样，他的作用被莫名其妙地忽略掉了。她说真是不可思议，有些原本是大背景里的小人物却被放在了前面，而有些人则被彻底遗忘了。马克曾经有过一个能工巧匠之类的雇工，名字叫迪克·明特，他挺是个人物，为马克修理汽车、侍弄花园，人们经常看到他坐在马克在旺蒂奇的厨房里，与雇主没完没了地闲谈。实际上他是个相当讨厌无聊的人，但是他有他自己的说法：他认为后印象派与邮政总局有些关联。或许吧，什么？全世界有二十个人认识他，他根本不是什么家喻户晓的名字。他住在大篷车里。现在，多亏了这本书，可能会有成千上万的人认识他——他将成为世界舞台上的一个人物。在美国的人也会知道他。然而有个女人，达夫妮认为她的名字叫珍，做着所有洗洗涮涮的工作，却连提也没人提一下——实际上现在一年年的，再也没人想起她。

"我必须得读一读吉本斯的书。"保罗说，很希望他的录音机是开着的，能录下这段滔滔不绝的诉说。

"我真不应该瞎操心。"达夫妮说。

保罗笑了。"您一定经常遇到这种事吧。"

"嗯？"

"您一定认识很多被写成书的人吧。"

"是的，或者如你所知，他们会出现在别人的书里。"

"像你一样，你自己，真的，妈妈！"威尔弗里德说。

"可实际情况是，他们都弄错了。"她现在又恢复到那种易于激动的心情，但很明显她很享受这种感觉。

"可能最好的那些没有吧。"保罗说。

"他们把别人写得很坏，"达夫妮说，"或者他们访问的人心里有怨气，所以跟他们说的都是错的。然后他们把这些串到一起，好像是真理一样！”这显然像是一个警告，但她好像完全忘了刚才说的，保罗自己就在写一本传记。她红光满面，收紧着下巴，眼睛转向他，此时他不得不提醒着自己，她却几乎没有看他，尽管电热器颤动的热量在他们之间传递着一种震颤的联系。

“好了……！”保罗客气地停下了。第一杯匆忙喝下的杜松子酒使他觉得所有的一切都在他的掌控中，他可以问她那几个解不开的疑团，他听到的那些谣言和诽谤，关于她及她的家庭等。比如说，她知道乔治和塞西尔之间是怎么回事吗？威尔弗里德本人知道他姐姐是塞西尔的孩子吗？他不得不谨慎行事，但他比以往任何时候都清楚地看到，传记作者不仅要写过去，他所涉及的秘密有可能给别人的未来岁月带来一系列后果。鉴于威尔弗里德在场，在大口喝着橙汁，他无法问那些私密的问题；不过在喝了点酒后，达夫妮也变得而坦率更兴奋了——有可能值得一试。

不过，有什么东西警告保罗不要再接受第二杯杜松子酒了。七点时，他问他是否可以叫辆出租车。达夫妮对此微笑表示允许，威尔弗里德说他会很高兴开着雷诺把他送到伍斯特。

“我真不想害您晚上还往外跑。”保罗说，他彬彬有礼的拒绝里掩盖着他对汽车及司机的担忧。

“噢，我愿意带她出去兜兜风，”威尔弗里德说，所以有一瞬间保罗以为达夫妮也会一起去，“就那么一周周地停在车道上，对她不好……”

达夫妮站起来，紧紧抓着放在房间的大橡木箱子，表现一种全新的温暖与热情。“你住在哪儿啊？”她问，像是在考虑回访似的。

“我住在图庭格雷夫尼那边里。”

“啊，对……离牛津近吗？”

“还真不近，不近……靠近斯特里汉姆。”

“斯特里汉姆，噢！”——就连这也很像是个玩笑。

他们接着握了下手。“那么，非常感谢你们。”或许现在这个时刻应该跟她叫达夫妮，但他想第二次会面时再这么做，“我明天再来看您，同一时间。”

后来保罗不知道那是真的误会还是带点达德利式的愚弄，她停在大厅的门边，一脸困惑地歪着头。“啊，你还会来啊？”她问。

“对……那个——”保罗吸了口气，“我想那是……我们说好了的啊！”他今天从她那里什么也没得到，但他把它当成一次暖场，希望明天下午能有一些真正的探讨。

“威尔弗里德，咱们明天做什么？”

“如果有什么事做才怪。”威尔弗里德说。这从某种程度上使保罗怀疑他所有的单纯天真或许并不全是冷酷的讽刺。

在雷诺车里，他们看起来更像是一个孩子在开车载着一个大人，他们都假装没什么可担心或奇怪的。他们发现变光开关坏了，所以只能靠侧灯照着慢慢爬行，树篱模糊的影子在上方隐约可见，或者靠从迎面而来的车辆所发出的刺眼的强光来照亮前方。威尔弗里德以他一如既往的怪诞耐心应付着这两样。保罗不想分散他的注意力，但当他们驶入主路后，他还是说：“希望我没让您母亲感到太累。”

“我想她很享受，”威尔弗里德说；然后看了一下镜子，仿佛是要确定她没在那儿，“她喜欢讲故事。”

保罗倒非常希望她能给他讲一个故事。他说：“恐怕那都是很早以前的事了吧。”

“有些事情她是不愿谈的……希望我们能信任你。”威尔弗里德说，在早先的那些嘟囔抱怨之后，出乎意料地表现出一种团结一致的口气。

“那……”保罗觉得难以决断，不知道应该只是问他一些问题，还是让他说清楚他指的是什么事情。“我不想说任何让她难过的话——或者任何涉及你们家庭的话。”威尔弗里德会跟他说些什么吗？从智力层面讲，保罗不了解他的能力。很明显他爱他的母亲，或多或少恨着父亲，但他未必会是保罗进一步窥探索尔家族与瓦朗斯家族内幕的盟友。如果科琳娜真是塞西尔的女儿，那达德利对她令人震惊的冷漠可能会有更深层次的原因。

“我想你没结过婚，对吗？”威尔弗里德问，躬身坐在方向盘前，凝视着前边伍斯特城边让人眼花缭乱的炫光。

“没有，我没……”

“对了，母亲也认为你没有。”

“啊，对……那个，嗯。”

“可怜的老伍斯特。”一分钟后，当汽车通过大教堂旁边类似于城市的高速路时，威尔弗里德说。那灯光照耀下的砖石建筑以及宏伟的哥特式高塔，都矗立在那儿，因为离得太近反而看不清楚。“他们怎么能把这个古老的地方糟蹋成这个样子？”保罗听到觉得这像是句口头禅，母子俩每次进城脱口而出的都是这句话。“就在大教堂旁边。”威尔弗里德说，将头探出车窗并鼓励保罗也这样做，与此同时汽车慢慢驶上了快车道——震耳的汽车喇叭声过后，一辆像高塔一样亮着灯的大卡车在他们车后发出尖锐的响声，然后呼啸而过。

他们转向左面，然后坚定地穿过一个禁止通行的牌子，在一条相反的单行路上一直开到头，威尔弗里德有点被迎面而来的司机的粗鲁无礼激怒了，又拐了一个弯，这下他们来到了费瑟斯的前门外。“太妙了。”保罗说。

“我对这个老城区了如指掌。”威尔弗里德说。

“好了，明天见。”保罗说，打开了车门。

“需要我来接你吗？”威尔弗里德问，似乎有一点呼吸困难，保罗认为，这是他因为他们单调的生活迎来了一位来访者而表现出的一丝兴奋。但保罗坚持说他完全可以叫一辆大教堂的出租车。他站在那里，看着威尔弗里德开车驶进浓重的夜色中。

9

那天晚上达夫妮还是像往常一样遵守着她的生活规律——一杯热牛奶,然后是一小杯樱桃白兰地,以驱除那种让人恶心的催人入睡的口感。安眠药则随着最后一口凉牛奶吞下,随后在身体被羟基安定征服前,她会被一种愉快的确定感所包融:这一天紧张而兴奋。今天晚上,樱桃白兰地似乎在庆祝这个事实。她问:"他什么时间过来?"只不过是想确定他不会在午饭前过来。新闻过后威尔弗里德开始看电影,可是她的视网膜黄斑病使她觉得电视看起来既无聊又烦躁。所以她就走出房间,留下他继续看电视。经过时,她在他的胳膊上或肩膀上轻轻地拍了拍,然后向房子的另一头走去(好在奥尔加还有另一头)。

这周的睡前读物是一个女人的自传——她记不住她的名字,也记不住她一直在肯尼亚到底做了什么。昨晚当困意袭来时,她只记得关掉了收音机和床头灯。梳妆台上,这张桌子是白色镶金边的廉价货,桌上放着她从没仔细看过的照片,但此时在她往脸上涂抹着护肤霜时,她侧身凝神注视着它们。自从那个年轻人来访后,它们的兴趣点提升了,她很高兴他没看到它们。她和科琳娜及威尔弗里德站在科里鱼塘边的那一张是她最喜欢的——虽然很小但很清楚:她用黏糊糊的拇指将照片转到光亮处。她在想,是谁拍的这张照片?——这张珍藏在心中的照片,是某个她已完全遗忘的场合的证明。还有一张是比顿[①]拍摄的雷维尔的照片,在这张照片里,雷维尔穿着制服,神情愉悦,同一时期的其他照片都出现在那些书里,有一张还在她自己的书里,但是只有这一张照片,仅仅属于她。照片里他的身体有一瞬间向下俯着,舌尖淘气地抵在上唇上。尽管雷维尔穿着很难看的大衣,但他本人曾教过她该如何看到它宝贵的一面。他瘦削的头部和刚理过的头发被向上翘起的衣领撑着——他看起来像是那些顽皮的学生,不过她知道如果凑近细看,就能看到他眼睛周围及嘴部周围的细纹,在处理这些照片时,比顿对这些细纹做了修复。

她在黑暗中醒来,梦见了自己的母亲,那简直就是个噩梦;梦中情景是在战争时期,她在寻找母亲,在商店和咖啡馆里进进出出地问有没有人见过她。达夫妮从来也记不住梦境,尽管如此,她也很确定她以前从没梦见过她母亲——她是一个新事物,一个入侵者!它令人振奋、疑惑,甚至有点令人惊奇,她摸到灯颈处的开关,打开了灯,斜着眼睛看了下时间,喝了一点水。弗蕾达死于 1940 年,所以闪电战几乎跟她没什么关系。毫无疑问,与那个年轻人的谈话、绞尽脑汁地去应付他那些愚蠢而让人不快的问题,把她带回了往昔的岁月中。在交谈中,她只是提及了她母亲,她已完全想不起来 1913 年她母亲的真实情形,但这些足以让老太婆继续说下去,仿佛是渴求更多的关注。达夫妮让灯又亮了一会儿,几乎是无意识地感到,在童年她也会这么做的,渴望母亲但又太骄傲不肯开口。

再度置身在黑暗中,她发现她正处在临界点,对昨天已经过去的欣慰正在无可挽回地消退,而对明天(当然已经是今天了)的恐惧已经渐渐加重,像是她满心的悔恨。她到底为什么说他可以再回来?当他在《听众》或者《新政治家》上居高临下地对她的书加以愚蠢的评论后,她

---

① 塞西尔·比顿(1904—1980),英国著名摄影师、服装设计师。

究竟为什么还要让他来？他只是假装是朋友——任何采访者可能都永远不可能成为的东西。保罗·布莱恩特——他就像是一个硬毛叛徒，长着一个长鼻子，穿着粗花呢外套，存心刁难人。她转过身，感到一阵纠结的烦恼，为他，也为自己。她不知道哪个更糟，是那些亲切而含糊不清的问题，还是那些严肃而实际的问题。他一直管他叫塞西尔，确切地说，不是以似乎认识他的姿态，而是以似乎能帮助他的姿态。“塞西尔人什么样？”——多么愚蠢的问题…… “当你在书里说他向你示爱时，究竟是怎么回事？”她对那个问题的回答是：“无可奉告！”这个回答相当不错，仿佛她在参加《主谋》的节目。她想明天她要对所有的问题都回答：“无可奉告！”

还有罗宾——这事那事都跟罗宾有关系。她想不通他是什么意思，推荐了他，把他送到这里来；接着她明白了，一件残忍、轻浮、几乎无法开口的旧事浮现出来，但不一会儿又在她脑海里安睡了——她不但如此，还有其他的，不过从某种意义上说，这或许是值得庆幸的好事，那就是在交谈中，有很长一段时间，年轻的保罗很显然并没听进她说的任何一个字。他以为她没有察觉，在她说话的时候他自顾自地看着什么东西；然后催她往下说，或者突然打断她去说一些毫不相关的事情。也许他以为他已经知道了所有问题的答案，如果真是那样，他又为什么要问这些问题？当然了，他有那个该死的录音机，一切都会被录下来，但这并不能免除他应有的正常礼貌啊。她想早上她要给罗宾的办公室打个电话，让他好好解释解释。

她再一次转过身来，在一阵自以为是的想象中安定下来；就在她要再次睡去的时候，一个想法让她突然开心并且精神起来：她可以彻底敷衍保罗·布莱恩特。威尔弗里德把他送回到费瑟斯旅馆，那个恐怖而肮脏的地方——她很高兴他是住在那里的。他似乎以为那是个正经不错的地方！只是个两星级的，他说，但非常舒服——她要告诉她儿子早晨起来的第一件事就是帮她打电话。她躺在那里，一边昏昏欲睡地打着盹，一边密谋着，想象没有他在的自由午后时光，虽然她会内疚，但不至于让整个下午都被无可挽回地破坏掉。她很确定她说过他可以来两次，不管怎么说他是特地从伦敦过来的。但是她都八十三岁高龄了，为什么要受人利用？她的身体状况很糟糕，眼睛的问题很多——她真的不应该被这些事所打扰。他跟她把塞西尔的所有信件都捋了一遍，并声称它们都是经过精心处理的——千真万确，也许吧，那么他还想从她这里得到些什么？他想要记忆，但他还太年轻，根本不明白记忆只是能够回忆起的记忆。要想起一点新东西真是比登天都难。况且她觉得即使她能想起点什么，她也不太可能会与保罗·布莱恩特分享。

人们都认为达夫妮应该有很好的记忆力，但成千上万的事情她都没记住的事实，让她不得不持续不安地面对这样的虚名。她为她的书挖掘出很多陈年旧事，大家很惊喜，但正如她对保罗·布莱恩特所坦白的，其中的大多数——不是涉及真人真事的小说，而是一种诗意的重建。实际情况是，在她成年后，所有有趣和决定性的事情，都发生在她境遇坎坷的时候，只不过程度不同而已。对于大约六点四十五分以后发生的任何事情，她都很难回忆起来，在过去的六十年及更长的时间里，她对夜晚记忆的模糊也延伸到了白天。在写那本书时，她遇到的第一个问题就是要回忆每个人说过的话；实际上，她杜撰了所有的对话，依据的是（如果一个人真是绝对诚实的话）五年内，或最多十年内的事件记录，只是些那人有可能说过的只言片语。这只是她一个人的过错吗？人们不时会给她一些让她大跌眼镜的信息，说她说过些什么，玩笑话人们永远都不会忘记，这让她很是欣慰——虽然也许这些话也应该受到类似的怀疑？有时她很确定他们把她和另外一个人弄混了。或许她的回忆录写了太长时间。巴兹尔曾经鼓励过她，非常直率地告诉她把雷维尔的一切都写出来，还有他之前的达德利。“非常重要的人物！”他自嘲地说。但是她花了三十年的时间才把它完成，在这段时间里，她自然忘记了很多她开始写时还记得很清楚的东西。如果她写日记，那可能会有很大不同，但她从来不写，她撰写回忆录的经历，如果有代表性的话，就是忍不住把已经写了一半的回忆录中最没有把握的部分删掉。她写的某些事件确实跟伯克郡和切尔西有着密切的联系，但更多的是以日常生活为背景，比如剧院、装酒品的托盘、镜子及被印花棉布覆盖的沙发等，她把所有的社会生活混合成一条线，弯弯曲曲地向前延伸。

她感到有些东西很相似，但从某一方面说可能更糟糕，就她读过的成百上千本书来说，小说、传记，偶尔也有些音乐、艺术方面的书——读过后就忘得干干净净了，所以，要说自己读过这些书真的没有任何意义；这样的声明是人们比较重视的，但她不认为谁会比她想起更多的东西。有时候从视线边缘，一本书像是彩色的阴影持续存在着，朦朦胧胧、难以捕捉，就像从疾驰的车里看着雨中的什么东西：当你定睛看向它时，已经全都消失了。有时候有种气氛，甚至是一个基本的场景：一个人从办公室里看着摄政公园，外面的大街上细雨纷飞——这是一个铭刻在心里的模糊场景，只是，她想，她永远也不会、永远也不能从她过去的三十年里、从她曾经什么时候读过的小说中追溯到出处了。

醒来时她发现灰白色的光线已经蔓延到了窗帘的上方，大约能估算出是什么时候了。醒得早总让人焦虑地计算得失——已经睡到了不介意醒来的时间了吗？是不是还太早，再睡一会儿也说得过去？随着春天的临近，更让人无助。五点五十分：还不错。她正在想是不是得去趟厕所，就发现她真是得去一趟。下了床，穿上拖鞋，在睡衣外套上晨衣——她很高兴她在镜中看到的自己不过是一个模模糊糊的影子。打开灯，走过威尔弗里德的房间，有些松动的镶木地板发出咯吱咯吱的声响，但这不会吵醒他。他跟孩子一样睡觉很沉。她脑中有个影像，他的头枕在枕头上，五十年来没有什么变化，什么事都未曾发生过，至少就她所知是这样。可是现在却出现了这个用心险恶的波吉特。可怜的威尔弗里德太天真了，他看不出这个女人是为了钱来的——而我们有那么多呢！……达夫妮嘴里发出不耐烦的啧啧声，摸索着穿过阴暗的橱柜，在堆积如山的垃圾之间，面盆和厕所就像是超现实的闯入者。

早晨很早的时候，卡罗琳·梅森特夫人就打来电话请她喝茶。在奥尔加，电话是固定在厨房墙上的，也许卡罗琳想象过奥尔加早已习惯待在这个房间里了，当她跟她说话时，她站在那儿，会或多或少地留心倾听。“我去不了，亲爱的，”达夫妮说，“那个年轻人还要来。”

“噢，让他晚点来，”卡罗琳用那种滑稽而匆忙的声音说，“他是谁啊？”

“他叫——他在审问我，我在自己的家倒像个犯人似的。”

“亲爱的……”卡罗琳说，允许它至少现在是达夫妮的家，“我可忍受不了。他是从燃气委员会来的吗？”

“唉，比那还糟。”达夫妮靠着工作台让自己站稳，她隐约发现那里正处于危险的混乱状态，堆满了脏盘子、半满的瓶子及药盒。“他昨天就来过了——他就像是个科林尼兹公司的人。”

“你是说推销？”

“他说他在科琳娜和莱斯利的家里见过我，但我完全没有一点印象了。”

“啊，我明白了……”卡罗琳说，好像稍稍偏向于入侵者一边了，“但是他想要干什么呢？”

达夫妮沉重地叹息一声。“基本上就是些前尘往事。”

“前尘往事？”

“他想要写一本关于塞西尔的书。”

“塞西尔？噢，你是说那个瓦朗斯吧？好吧，我明白了。”

“你知道，关于那些我已经把所有要写的都写了。”

卡罗琳停顿了一下。“我想只是时间问题吧。”她说。

“嗯？我不知道他脑子里在想些什么。他在旁敲侧击，你明白我的意思吧。他含沙射影地说有些东西我在书里没有合盘托出。”

"真是的，那一定特别烦人。"

"怎么说呢，实际上正如阿尔弗雷德·丁尼生勋爵曾经跟我父亲说过的，不是特别，而是相当烦人。"

"那个，真逗。"卡罗琳说。

"说真的，对我而言，塞西尔没有任何意义——六十年前我对他迷恋了五分钟。对我来说，有关塞西尔比较重要的事情，"达夫妮说，并没有完全听着自己说话，"是他把我引向了达德、引向了孩子们以及我成年后的那部分生活，而所有这些都与他本人无关。"

"好啊，亲爱的，把这些告诉你那个科林尼兹人吧。"卡罗琳说，明显认为达夫妮抗议得太多了。

"我想我会的。"她发现这个意愿里还有一点可耻的不情愿，因此更降低了她对那个年轻人的兴趣。她突然想到卡罗琳一定早就认识他了。"我肯定他来参加过你的纪念会，"她说，"是保罗·布莱恩特。"

"你不是指那个年轻人吧……从坎特布雷来的……红砖大学的那个。"

"我想有可能。他曾经和莱斯利一起在银行工作。"

"啊，那不是。不过你说得对，是有一个聪明的年轻人，在做些整理塞西尔诗歌的事情。"

"对，我知道你说的是谁，我记不住他的名字。我已经跟他打过交道了。这是另外一个年轻人。"

"哎呀，亲爱的，现在可真是塞西尔的时代啊。"卡罗琳说。

10

第二天早上，保罗坐在他旅馆的房间里，浏览着他的笔记，身边放着一个咖啡托盘：一个带有凹痕的金属咖啡壶，把手已经坏掉没法握了，一个有唇膏印的杯子，放在碗里的软纸包装的糖条，他连续倒进了三杯浓咖啡里，所以他很快就兴奋起来，身体也热过了头。一只盘子上铺着小饰巾，装了五块饼干，虽然他刚吃过早餐，但还是把它们都吃了，都是非常熟悉的种类——波旁威士忌味儿、糖衣的尼斯、让人讨厌的姜味薄脆饼，整块儿塞进了嘴里——有一瞬间，他被英国生活中密不可分的贫穷与一致触动了，皮克·弗里安什锦饼干盒正是这种生活的具体呈现。他向后仰着坐在椅子里，大声咀嚼，并从镜子中上上下下地打量自己勤奋运动着的下巴，被一种不太舒服的感觉包围。他从来也没有观察过自己的吃相，现在惊异于自己有力的、啮齿类动物似的样子，当他咀嚼时，松弛下垂的脖子歪向一边，两边太阳穴都在动。这一定也是他的同伴在别人眼里的样子，是每天晚饭时凯伦都要面对的情形，这种领悟使他若有所思地放慢了速度并最终停止咀嚼那半块饼干，然后他又重新开始，像是要打自己一个措手不及。他完全没把握是否要把自己的秘密吐露给这样一个男人。

在日记中，他把昨天采访的更多内容全部整理出来了。这个本子里曾经是他自己生活的零碎记录，现在大部分被别人的生活细节所取代了。他时不时回放磁带，最主要的是为体会那种感觉，并非是认为能从中获得更多的信息。很多东西他都忘了，但他也知道在任何一次采访中，总会有那么一段时间，他根本没听别人在说什么：部分原因是那种一直存在的自我意识，对所扮演的角色的认知——大笑、叹息、难过地点头——这件重要的事让他不可能记得谈话的内容；另一部分原因则来自更为清醒的认知，被采访者根本都在闪烁其词或者啰嗦，故意让他烦躁或浪费他的时间。令人震惊的是他们居然都不记得了，他作为首要的目击者，他想象着这些都八十好几的老人，被困在单调的生活中，或被困在轮椅上，用鼻子和双手固执地追逐着已被岁月抚平的那些相同的有限回忆。当他与达夫妮整理“吊床”那一段时，他曾希望它能勾起她的回忆，而她一直坚持使用她在书中使用过的相同的字词和短语，也可能在之前的五十年里也都这样做。她在书中营造了一个浪漫的青春故事，他知道这个故事已经取代了那些遥远的最初体验，再也挖掘不出任何不被人知的有价值的细节了。看起来她对塞西尔完全不感兴趣，更不会因保罗给她提供的这个机会，在生命的最后阶段，去还原事实真相。想到在他离开时她的怠慢（“你还会来啊？”），他无奈地笑了起来；但从某种意义上说，这恰恰更坚定了他的决心。

如果乔治说的有关科琳娜的事情是真的，那就表明达德利这个人非常奇怪。也许今天他可以试着把话题引到她的第一次婚姻上，然后骗她来谈一些相关的事情。乔治曾经说过那样的婚姻在那个年代很常见。显然保罗应该要搜寻一下科琳娜的出生证明。在整个事件中，达德利知道多少？这是一个最特殊的三角恋。在《黑色花朵》中，达德利以一贯杂乱而尖刻的风格描述他哥哥的风流韵事：

我妻子在战前遇到了塞西尔，那时塞西尔相当于是她哥哥乔治·索尔的导师。他去了索尔家在哈罗的小别墅后，写下了《两英亩》，这首诗在战争期间和战争之后为他赢得了一些名声。我想她在很大程度上被他的活力和外表所迷惑，作为一个浪漫诗歌的狂热爱好者，遇见了一个黑眼睛、黑头发的活生生的诗人，她当然被打动了。确有迹象表明塞西尔喜欢她，不过这些不应该被夸大；我哥哥习惯了别人崇拜他，而对那些崇拜者，他总是亲切友好。应她的请求，他在她来访者的本子上写下了他著名的诗句以示纪念，但那时他与她仅仅相识了两天的时间。让我颇感滑稽的是，作为三千英亩庄园的继承人，塞西尔竟然是因对一个区区两英亩的讴歌而名扬天下。有一次当她哥哥在科里逗留期间，他好心地把她也邀请过来了。

接下来是对乔治拜访瓦朗斯家时的各种讽刺：

他对房子和庄园都表现出极大的兴趣。即使他在推销员或法警面前表现得有些出人意料，他的兴趣大体上还是理智的。他和塞西尔有时一走就是好几个小时，回来后就会说些他们在迷宫似的地窖里或偏僻的阁楼里发现了什么，或者报告一些关于牧草的质量或科里农场树林护理的信息来取悦我父亲。

这使保罗又一次想起了乔治和塞西尔在房顶的情景，它以画面和推论的形式呈现了诸多难以言说的证据。可以肯定的是，达德利在这里暗示了一些事情，他无法公开说吗？

小两三岁的达夫妮更坦率、也更无忧无虑，她表达思想的方式有时会让我母亲惊讶，但总体上却让我感到喜悦。她和自己的两个哥哥一同长大，习惯了他们对她的娇宠。由于乔治和塞西尔排外的活动，我和她就被扔到了一起，开始时我们的关系是兄妹般的友好；很明显她把塞西尔当成偶像来崇拜，但对我来说，她是一个很逗人笑的单纯快乐的伙伴，没有受到我的家人对我看法的影响，在他们眼里，我就算不是“黑羊”，也绝对是只“灰羊”了。她喜欢说话，最简单的玩笑都能让她高兴得神采飞扬。对她而言，科里庄园与其说是一些社会历史学家眼里的样本，不如说是一个某些旧时浪漫故事的场景。它不人道的方面也是它的魅力所在。阻挡阳光的彩色玻璃窗，让任何采暖设施失效的高天花板，房间里到处是摆满了东西的桌子、椅子以及盆栽棕榈，这些在她眼里都带有魔力。在第一次来做客的时候，她说：“我好想住在这样的房子里。”四年后，她在科里的小教堂里举行了婚礼。不久之后，虽然时间不长，她还成了这个庄园的女主人。

保罗确定旅馆不是工作的最佳场所。四周全是噪音——楼上一个起得晚的人打开了水龙头，脏水和泡沫流下的声音和漱口的声音一起从离写字台只有几英寸远的管子里传过来，丝毫不考虑是否让人尴尬；尽管在11点前退房就可以，清洁工还是来过两次了；她有点困惑但不屈不挠，不停地用吸尘器在走廊里打扫，上上下下，一会儿关门一会儿开门；他之前没有注意到，在紧靠他左侧的房间里，有人好像在谈事情，偶尔会传来一阵笑声和讲话人冗长的演讲，一些废话不时地从薄薄的墙边传来。保罗非常沮丧地坐回到椅子里；但他发现这个情景倒也有点价值，所以完整地把它写进了他的日记里，以表示传记作者的艰难。

当他回到奥尔加时，正好快到两点了。他发现前门敞开着，可以听到威尔弗里德的声音从厨房传来，比往常更有规律，也多了着重音。但即使这样，他开始也听不清他在说些什么。他感觉自己无意间撞见了一些让人尴尬的隐私。他感觉是发生了什么危机。保罗没有按门铃，迈进了门厅，握紧了公文包，向前倾着身子，脸上带着歉意。现在他明白了，威尔弗里德在给他母亲读书。他好像在说:“啊,铁锤……曾经见过的烘干机。”在那错位的瞬间,他丝毫也没想起来他说的是什么,然后他明白了。在舞动的绿色面纱间/可曾有人见过树神……?他在给她读《两英亩》,她嘴里发出一阵阵嘟囔声,或者是自己读出来了,似乎表示这种阅读几乎没什么必要;看起来他们像是为第二次采访做准备,这让保罗安心,还有点莫名的感动——他们的角色互换了过来——儿子在给母亲读书。“或停下来后,转而走进僻静之处,小路在——”“应该是‘齐膝的蕨草中藏有一条小路’,”达夫妮插嘴道,“你读得一点都不好。”

“那你不想让我读了?”威尔弗里德以他一贯干巴巴的忍耐口气说。

“诗歌,我是说,你不知道怎么朗诵诗歌。不是念足球比赛的比分……”

“好吧,对不起……”

“晚钟敲响,宣告了一天的结束。一分。晚归的农民艰难地跋涉在归家之路。零分”,达夫妮说,有点激动,“等我走了,你应该能在电视台找个工作。”

“别……这么说。”威尔弗里德说,因为看不到他们的脸,保罗花了几分钟才意识到,他不是在抗议她的嘲弄,而是抗议说到她的离世。那么他接下来到底该怎么办?因为自己对达夫妮那份说不清的亲近和气恼,他困惑了一会儿,然后踮起脚尖走了出来,按响了门铃。

和昨天完全一样,但带着新生的坚定热情,保罗在门厅问威尔弗里德:“您母亲还好吗?”

“我担心她根本就没睡好,”威尔弗里德说,躲避着他的目光,“你今天或许最好把时间……缩短一点。”保罗走进客厅,放好麦克风,看了一下他的笔记,清楚地意识到她没睡好都是他的错。但实际上当达夫妮过来时,如果有什么不同的话,那就是她看上去比昨天精神多了。她穿过房间里那些有益的障碍物走来,脸上带着发自内心的微笑,这是一个上了年纪的人知道自己大限未至时的微笑。他感到在这段时间里发生了什么事；当然了，当她睁着眼躺在床上时，她会思考、会评估自己的处境，而他则要在谈话中发现她精神振奋到底是什么征兆，是服从还是抗拒。

“天气真不错。”她坐下时说；然后歪着头看威尔弗里德是否还在厨房准备咖啡，“他跟你说过他的美人儿了吗？”

“噢——那个，据我所知……”保罗在检查着他的录音机，心不在焉地笑了笑。

“我的意思是，他六十岁了！他照顾不了一个年轻活泼的女人，他几乎连我都照顾不了！”

“也许她会照顾他呢。”

但是她对此发出一声直率的轻笑：“他这个人不错，他连苍蝇都不忍心拍死，甚至连跳蚤都不忍心，但是他完全是个不现实的人。我是说看看这房子！真是很神奇，我竟然没被什么东西绊倒，摔断腿、摔断手腕、摔断脖子什么的！”

“她是当地人吗？”

“谢天谢地，不是——她在挪威。”

“噢，我明白了……”

“波吉特。她是个笔友，他跟你说过吗？”

“不过，挪威可是很遥远。”

“波吉特可不这么想。其实，她早就计划好怎么摆布他了。”

“您这样认为吗？”

达夫妮私下坦白说：“她想成为下一任瓦朗斯夫人。啊，茶，威尔弗，太好了！”

“咖啡，你要的，妈妈。”她小心地从托盘里拿下来。“那我可以去史密斯家拿那些东西了吗？”

“不，不，”她说，“留下来跟我们一起说吧——对布莱恩特先生来说会更有趣，而且你也可以帮我——我忘记得太多了！”

“请叫我保罗吧。”他说，对威尔弗里德闪过一丝微笑——如果他留下来，那达夫妮肯定什么有趣的事都不会说了；应该把他支出去做他的那点差事，但保罗很难想到是什么事情。

“好啊，我当然对保罗的大项目……非常有兴趣。”

“嗯，我知道，”达夫妮轻抿一口咖啡，“啊，味道真好。”

保罗在想如何处理眼前的局面。和以往一样，他有计划，但实践证明他经常无法按计划执行。他一直不擅长临场发挥：在可能的情况下，他依然会紧抓着废弃的计划不放。他提醒她有关科里庄园的事，他说自己去过好几次，希望能再次前往，他还曾给校长写过信等；但她对这些话题根本没有表现出任何兴趣。“我想知道，您还有以前那个年代的东西吗？”保罗问。也许在这个房间的桌布下或地毯下就有瓦朗斯家的传家宝，塞西尔可能拥有过或经手的一些沾满灰尘的小东西。塞西尔生活未被人检视过的部分离他如此之近，但又棘手地在他视野之外，这种感觉就像梦幻般的机会和困惑，时时像波浪般冲击着他。“我没有多少。我有拉斐尔的画。”

“哦，那……？”听到她的语气，保罗眯起眼睛。

“你可能已经在厕所里见到了。”

“噢……啊，您是说那个男人的画像……天哪……这么说，那一定很值钱的！”保罗痛恨自己的窃笑——他完全不明白。

“嗯，有不少人这样认为。可惜的是，这是件复制品，什么时候的，威尔弗？”

“我想大约是 1840 年吧，”威尔弗里德很公正，但语气里也带有一定自豪感。

“您那时不知道吗？”

“唉，我想……你知道。还有什么？”她看了看四周，好像在躲避一道亮光。

“烟灰缸。”威尔弗里德说。

“啊，对——我还有烟灰缸。”在小桌上，她的咖啡杯旁边有一个银质小碗，带有花边。“看一下吧。”她拿起来，保罗站起身，从她手里接过来。这只是那种人们通常放在小箱子里，保存在银行保险柜里的东西，但因为被一个烟鬼旷日持久地使用而变得有些晦暗、有些刮痕。

“看看底下。”威尔弗里德说。

“啊，我知道了……”

“我想达德利对于财产有一种情结或什么之类的感情。他对所有有价值的东西都干了这个，毫无疑问这大大降低了它们的价值。”他看到流利的字母写着“盗自科里庄园”，就像一些刻在银器上的传统题字。他把它递了回去，为这个有缺陷的特殊罪名感到脸红。

“我对您身后的那幅画比较好奇。”他说，想分散她的注意力。不知何故，这个噩梦般的房间里出现了一些小宝物，它们是安慰奖，因为达夫妮一直在躲避某个话题。

“啊，那当然是雷维尔画的了。”达夫妮说，好像是提到了一个毋庸置疑的大师。

“那画中人很明显……是您了！”保罗说。

“我非常中意那幅画，是不是啊，威尔弗？”

“是的……你是的。”威尔弗里德说。

“这是什么时候画的？”保罗站起身，在达夫妮的椅子后背与落地灯之间侧身而过，靠近细看。他突然明白科里庄园维多利亚时代的“灌木丛”式的家具和物品，被达夫妮乱糟糟地在这里重建了起来。也许混乱无序总是赢得最后的胜利。

“这是一幅很精致的画像。”达夫妮说。画面上是一个圆脸的年轻女子，黑色的头发梳成两条发辫，分别在头的两侧。一条轻柔的围巾宽松随意地围在她上衣的领口处。她微微向前倾着身子，嘴唇微启，似乎在等笑话里的那个包袱。保罗认为它是用红色粉笔画成的，签着“致达夫妮—— RR1926 年 4 月”。“我们两人那时都是宿醉未醒，但我认为你们谁都看不出来。”

保罗笑了一声，但没有贸然发表看法。当他看到日期时，才意识到重要性。“我想看看他更多的画。”他说，因自己离塞西尔的话题更远了而感到难过，但感觉他会把她拉回到那个话题上的。

“是吗，真的？”达夫妮听起来很惊讶，但已经准备好要帮这个忙了。“我们都有什么？好吧，我想还是看一看雷维尔的画册吧。威尔弗，你知道它们在哪儿吧。”

“好……那么……”威尔弗里德说，当他从他身后的柜子抽屉里把它们拿出来时，轻轻地摇着头。保罗开始怀疑威尔弗里德成年累月地不能把屋子收拾整齐，其实是因为他有一套他独特且有效的系统。“啊，不管怎样，这是一本。”他们急急忙忙展示给保罗看，比他预想的要急切。是雷维尔·拉尔夫的一个黑色封皮的大素描本；它摆放在达夫妮的膝盖上，摊开，保罗和威尔弗里德站在她两边，礼貌地伸长脖子，看着她从一个奇特的角度凝视着画像，然后迅速翻动着，好像已经后悔让他们看了。有几幅看起来像是乔治王朝时期的房子，保罗不知道是真的还是虚构的，很漂亮但是有些单调，威尔弗里德说那些是《造谣学校》的设计图；还有几幅是一个戴着黑色帽子的女人的素描，达夫妮说是为一个什么夫人的肖像做的习作，“一个很难缠的女人”；接着是一些快速完成但看上去不错的系列画像，有十页或十二页之多，是一个裸体的年轻男人，躺着的、坐着的、站着的，摆的是一些理想但是看起来很自然的姿势，他的一切都被巧妙地表现出来，只有他的下体被铅笔一带而过，留给人们去想象，明显很谨慎，假装那不是重点。看起来达夫妮注意到了保罗的兴趣——“那是什么啊？”她把本子推到一边，这样就只有她能看到它，“噢，你记得他的，威尔弗，就是科里的那个苏格兰男孩。雷维尔非常迷恋他——他给他画了很多画像——我记得他们成了非常好的朋友。”

“我太小了，对他没什么印象。”威尔弗里德说，越过达夫妮的肩膀看着保罗，“当我们……呃，搬到伦敦时，我只有七岁。”

即使如此，保罗还是想：当着母亲的面看这些素描，威尔弗里德是否会感到尴尬。那些私密的地方都用了醒目的黑线条，对苏格兰男孩的大腿、臀部及乳头做了细节的描绘；嫁给了一个画这种东西的男人，达夫妮自己到底是怎么想的。“我记得他来参加过几次我们在画室举办的派对。”她说道，好像实际上是在赞赏她丈夫贪恋美色这件事。保罗想了一会儿，认为她可能是在逗他。

“这些东西应该放在博物馆里。”他尴尬地说。

“我敢说不久它们就会在那里了。但我喜欢把它们放在身边，所以我还会暂时留下它们，非常感谢。”她在中途把画册合上，好像是说她已足够纵容他了。

“其实我想知道，您是否有‘两英亩’的照片？”他好像是得到了一些提示，聪明的做法应该是要房子的照片而不是人物的照片：这样听起来没什么利害关系，但毫无疑问这两种照片通常会被放在同一本相册里。威尔弗里德再次帮忙拿了出来。“这是索尔外婆的相册。”他说。

“那是一座可爱的房子。”达夫妮说，再次抓着相册，把它放到左膝上，多疑地扬起了眉毛。“那是从小路的角度看到的，对吧，是的，那是餐厅的窗户，它前面当然就是那四棵樱桃树了。”

“复活节季节的一团团云雪！”保罗说（这不是塞西尔最独创的诗句）。

“啊哈！”威尔弗里德从房子的另一头说。

“就是那儿……”达夫妮说，“瞧，那个假山。天哪，这一切突然都在眼前了。”

“那我很高兴啊。”保罗说，坦诚地笑了笑。

“那个是谁啊？威尔弗，是外婆吗？”

“啊……”保罗说。又是那个矮胖的德国老女人，乔治之前跟他说起过，不过他当然不知道她的名字。保罗已经开始讨厌她了，一个他不感兴趣的人物却在不断地要求关注。他记得乔治说她是一个讨厌至极的人。她坐在一个黑色吸光的帆布躺椅里，很难看出她如何能从里面站起来。

"什么事？"威尔弗里德说，走了过来，"我不是每个人都认识的，你不记得了吗，我那时还没出生呢。哎呀——不是，不是，那不是外婆。不是，不是。"他笑得喘不过气来。"外婆是个相当——可爱的女人，漂亮的茶褐色头发。"

"啊，我可不认为是茶褐色，"达夫妮说，"她的头发是深金色的。她对自己的头发感到很骄傲。"可能达夫妮不会这样形容自己的。保罗看着威尔弗里德，说："她是那个德国女人，对吗？"

"对啊……"威尔弗里德说，已经心不在焉了，俯下身来赶紧翻到下一页。"我有好长时间没看这些东西了。"他说。

"我在想房子现在变成什么样了。"达夫妮说道。

"它可能已经不存在了，母亲。"威尔弗里德答道。就是在这样小小的瞬间，保罗发现事情尽在他的掌握之中，他可以给应给他信息的人一些消息，甚至能让此人烦恼。

"噢，其实它还在。"他说。

"我猜你看见过它了，是不是。"达夫妮急切地问。

保罗遗憾地噘起嘴，"不过，我不确定您是否还能认出那个老地方。"

"噢，是吗？"她语调很轻，但很严肃。

"啊，是——您能的，"保罗说，"您当然能认出来。"他想："但是你绝不会去那儿，绝不会再去看它。"使用多年的公寓、被廉价出售的花园，他感到她已经开始为这些变化而责备他，怪他知道了这些事情，也怪他告诉她那些她希望自己永远也不知道的事情。

"说真的，别告诉我。"她说。

"不管怎么说，我们有那首诗，对吧。"威尔弗里德说。

"啊，当然了，"达夫妮说，"这首诗总在。"

相册里没有塞西尔的照片，不过这也不足为奇，在他的生命中，他只在"两英亩"待过六个晚上，当然这种结果还是有点让人失望。每当有乔治的照片出现，保罗都会仔细看一看，有他六岁时穿着水手服的照片，也有戴着硬草帽在剑桥时期的。他越来越相信，无论这个冷血动物曾感受过怎样的温暖，都给了其他的年轻男子。他问达夫妮可否翻拍两张房子和花园的照片，她说她看不出有什么不可以，但却坐立不安，直到确信威尔弗里德把相册藏回了隐蔽的地方。当他们重新坐下后，保罗清了清喉咙，比以前更仔细地看着她，而且越来越觉得，不论他怎样看她，她都难以看见他。他漫不经心地说："有一件事——"就在此时，达夫妮好像是对他们达到了共同的满意度而嘴笑出了声，说道："噢！我很遗憾，我已经答应我的朋友卡罗琳，要在四点前赶到她家，所以，我们不得不结束我们的谈话了。我要感谢威尔弗里德·瓦朗斯的茶点！"

保罗的脸即刻涨红了，表情僵硬，但他不会甘拜下风。他看着表，似乎有点遗憾地点着头。"那么，如果我抓紧点就能赶上五点十分的车了。"他说。

"噢，对，就是啊，太好了。"达夫妮平静地说。

保罗不清楚威尔弗里德是否还想送他回去；他准备打电话从大教堂要辆车。他站起来，以尽量少的狼狈把磁带录音机及笔记本等放回公文包里，实际上他还在拖延，并尽量以恢复到正常的语调。"我对你们深表感谢。"他说道。

"不过我觉得我没帮上什么忙。"她说。

"您对我一直都很好！"保罗完全是言不由衷地说。他拿出一本《短画廊》："我在想——您能给我签个名吗？"那是他用来写评论的那本。他想她即使想读那些铅笔写的旁注，也已经读不了。

"那是什么……？"

"哦，妈妈，保罗想让你给他在你的书上签个名。"威尔弗里德说，很显然他对这个请求感到很高兴。

"噢，好吧，如果你喜欢——"她在一阵摸索后找到了一只圆珠笔，然后眯着眼睛，挥动着大手，在标题页写了点什么——保罗没看，但这让他想起在帕丁顿站那个晚上她给他写地址，还有更早以前的那个早上，在福克斯雷他看到她带着一种滑稽而谨慎的表情填写支票，好像不知道自己在做什么。从她的字里能看出点什么东西，她写的字母带有方形的大圈，字体比正常要大，这些似乎都在向他表明她还是那个小姑娘，有些东西未被时间所保护，也几乎未因时间而改变。第一次世界大战前她给塞西尔·瓦朗斯的书信中的签名就是这胖鼓鼓的 D 和带钩的 p，而现在她却用相同的笔迹在给他签名。她合上书，递给他；脸上不确定的表情好像是在说一种她已完成了一件事情，并且它不会给自己带来太多坏处，然后站了起来。他快速关上了公文包。

“好吧！我将会和您保持联系。”他说。他完全不确定是否还会再见到她。“如我所说，无论这本书什么时候出，我都会将相关情况告诉您。届时您一定要到场！”她对此毫无反应。保罗友善地吸了一口气，身子前倾，拍了下她的手臂——出乎她的意料，只是在他已经印下了第一个吻，而且已经要来第二个的时候，她才反应过来开始反抗，发出一点困惑的嘟囔，向后一缩，好像是要逃离他完全的误解。

第五章

老伙伴

你已被人们彻底遗忘。

——米克·伊姆拉

《纪念阿尔弗雷德·丁尼生爵士》

1

坐在他身边的女人问："我不知道朱利安会不会来，您知道吗？"

"恐怕不知道。"罗布说。

"我想他们是很好的朋友。我不确定现在还能不能认出他来。"她四下张望着。她黑色的帽子前面有一英寸的面纱，右耳上方有一朵淡紫色的丝绸花。没戴结婚戒指，但有几只精美的老戒指，可能是祖传的吧，戴在其他几根手指上。她的衣服都是容易起皱的柔软的天鹅绒和丝绸，黑色和深红色相间，很时尚，但确切地说并不是当下流行的款式。她又对他笑了一下，他不确定她是否觉得她认识他，或者她很自然地认为，不认识也照样可以跟他说话。她坚定清晰的声音里带有一点淘气的意味。"我担心有很多人都不得不站着了。"她满意地四处看着那些新来的人正在尴尬地艰难行进，看着他们在一排排座椅间攀爬，或者赶紧在壁架或散热器边上坐下，仿佛根本不介意那里有多难受；一个老人像网球裁判一样高高地坐在图书馆的最高台阶上。现在还差十分钟才到两点，但这样的活动会激发出人们奇怪的热情。罗布很幸运地找到了这个座位，在一排座椅的尽头，但靠近前边。"您去参加葬礼了吗？"

“没有。”他说。

“我也没去。不是粉丝。”

“哦……”

“我是说，不是葬礼的粉丝。我已经到了一定的年龄，这个年龄的人总会痛苦地发现参加的葬礼比派对多了起来。”

“我想您可以说这个活动介于两者之间……”他打开叠好的活动日程表，上面列着九位朗读者和讲演者的名字。由于情感因素、缺少经验及完全的自负，他们的演讲肯定都会不可避免地冗长。闪亮的葡萄酒杯、被盖上的自助餐点都放在图书馆遥远的那一端，人们只能远远地看着，要等到四点钟才能去取。图书馆本身是举办葬礼之类活动的绝好地方——罗布以行家的眼光挑剔而隐秘地凝视着一层层皮革封面的书籍。此时椅子都摆成了大弧形，台上放置了一个低矮的讲台，有一个读经架和麦克风。穿着黑色外套的服务员们紧张起来，拿来了更多的椅子。这种活动对一个普通的俱乐部来说，一定是个挑战，由于一位成员过世而自然生出的庄重感，因人群混杂而被稀释了。有几个年轻人被要求系上领带，但还有一小帮穿着皮衣的男人，偏离着装要求太远了，无法补救，最后也被无争议地放了进来。另外唯一没打领带的人是那个穿着紫丁香颜色马夹的主教。罗布从他的座位上发现，家庭成员都坐在前排的侧面，另外还有按计划要讲话的人：他辨别出萨拉·巴福特、奈杰尔·杜邦以及彼得的丈夫德斯蒙德。十年或十二年前，罗布本人也曾和德斯蒙德有过一段短暂的情事。他看着他，为可能的重聚而感到安心，但也暗自担心，不知道会发生什么。另外那些朗读者也许可以从名单中辨别出来。詹姆斯·布鲁克博士他根本就不认识。最边上的是一个大约六十岁的男人，长着一个长鼻子，戴着一副系着绳子的眼镜，正在看他要读的打字演讲稿。他看起来不知为什么不那么紧张，也没有那种前来支持的氛围，跟这个团队其他成员的不一样，也许他自己的情绪藏在他皱紧的眉头后，藏在对他身后观众突然不耐烦的一瞥里；然后他看到了一个熟人，快速但幽默地点了下头。罗布想这个人一定是保罗·布莱恩特,那个传记作者。

罗布身旁的人问:“他多大年龄了?”然后拿出了她的放大镜。

他看着卡片正面那个黑白小照片及文字:“彼得·罗—— 1945 年 10 月 9 日—2008 年 6 月 8 日——胜利的一生”。“哦——六十二岁。”卡上的照片很有特点,并无哗众取宠之意。那是彼得在一个晚会上,手里端着一杯葡萄酒,正在讲着什么话。在这些纪念的时刻,死者的一些无伤大雅的小缺点都被人们当成他的可爱之处,被展现出来。罗布发现这让他立即想起了彼得说话的声音,拿腔调、有趣、洪亮——那种声音彼得自己也很喜欢。

“您可能很了解他吧。”

“恐怕算不上。我是说,我是看着他的电视节目长大的,但我很晚才认识他。”

“我喜欢那些节目,您也是吧。”

“我们跟他来往很多……对不起,我应该告诉您,我是一个书商,”说着,罗布将手伸进他的西装上衣,拿出一个透明的小盒,递给她一张名片:罗布·索尔特,Garsaint.com,书籍与手稿。

“啊哈,非常好……”她看了一眼,“他有一个很棒的艺术书库。”

“我想是这样的。那是您的领域吗?”

“我们主要是做 1880 年之后的——文学、艺术与设计。”

她把名片放到手袋里。“我想你们不做法语书吧?”

“如果需要,我们可以搜寻特定的东西。”他快乐地耸了耸肩膀,“我们可以找到任何您想要的东西。”

“噢,那我可能还真得去拜访拜访您。”

“既然您有了所有信息……”

“好主意,对吧。”她说,掏出自己的名片,用手摸着名片角,那里是用墨水写着的私人电话号码:牛津大学圣希尔达学院,珍妮弗·拉尔夫教授。"这个给您。"

"啊……"罗布说,"对,的确……我想是维利耶·德利尔—亚当 吧?"

"你真聪明。"

"我卖过几本您的书。"

"啊,"她虽高兴但又不露声色,"哪一本?"

正在此时,身材高大的奈杰尔·杜邦走近扬声器,却传来一阵恐怖刺耳的噪音,他笑着躲开了,然后再次走近,刚说了"女士们、先生们",那种激烈的噪音再次充斥了房间,余音在墙壁和天花板上回荡。虽然不是他的过错,但也让他出了丑,显然他对此还不习惯。他有点不知所措,将额前的金黄色头发理到脑后。当这个问题多少得到解决后,他斜眼看着苹果手机上的短信,然后简短地说:"我相信大家都能理解,我们可能会有一点延迟,因为彼得的姐姐遇到了塞车。"

"我想这就是大名鼎鼎的杜邦吧,"当谈话恢复后,珍妮弗很大声地说,"我们很荣幸啊。"

"我知道……"罗布说,杜邦的脸由于长年的阳光照晒,呈现一种古铜色,脸上戴着一副几乎看不见边框的眼镜,穿在身上的西服显示着南加利福尼亚大学教授得天独厚的绝对优势。

"你知道最边上那个人叫什么名字吗——系着,噢,绿色领带的那个?"珍妮弗问道,抓住了他最不具有辨识度的特征。

"那个,我想,"罗布说,"一定是保罗·布莱恩特,是不是啊,他写了所有那些传记——其中就有关于杜伦主教的,引发了轩然大波。"

珍妮弗慢慢地点着头。"好……天哪……对,是他!我有四十年没有见过他了。"

她扫视房间的神态一半是专注,一半是嘲弄,让罗布觉得很有意思。"您怎么会认识他?"

"嗯?这个嘛,"珍妮弗说,从椅子里向下坐了一点,仿佛怕布莱恩特看见她,似乎也想与罗布进入一种更私密的谈话,"几年前他写过其中的一本书，实际是他的第一本书，也引起了一些骚动——是关于我……算是我伯祖父的。”她省略了不必要的解释。

“噢……那是塞西尔·瓦朗斯了？”

“完全正确。”

“您伯祖父是塞西尔·瓦朗斯啊……”罗布惊奇地、几乎有点取笑地说。

“那个——”她快速地叹了一口气，他仿佛看到在大学教室里，她正在尝试引导学生了解一些超出他们知识范围的信息，有关马拉美或一些其他主题，“我是说，你真的想知道吗？”

“非常想。”罗布很真诚地说，而且他感觉如果活动要是开始，肯定会让人很懊恼。瓦朗斯传记问世的时候，他还是个学生，他记得他从星期日的报上读过一些章节，当时他很喜欢揭开往事真相的气息，却并没有特别关注里面所涉及的人物。

“我祖母，”珍妮弗说，“嫁给了塞西尔的弟弟达德利·瓦朗斯，他也是一名作家，不过现在已被遗忘了。”

“哦，《黑色花朵》。”罗布说。

“没错——我可不能忘了你是个书商！但不管怎么说吧，她离开了他，嫁给了我的祖父，艺术家雷维尔·拉尔夫。”

“对——没错。”罗布说，看到她快速地扬了一下眉毛。

“我父亲主要在马来西亚工作，他在橡胶方面的生意做得很大，但我却被送到英国读书。在假期里，我经常去我姑妈科琳娜家里，她是达德利的女儿。顺便说一下，我就是在这时候遇见了彼得。他跟她一起弹奏二重唱。她是个杰出的钢琴演奏者——应该可以成为音乐会的钢琴演奏者的。”

“我明白了。”罗布说，他开始出神地想象着她父亲在橡胶林的情景，不过粗鄙的潜台词只是一闪而过，并对她报之以鼓励的笑容。“真有意思。”

“嗯，是有意思，”珍妮弗收起下巴，冷淡地说，“但是根据保罗·布莱恩特的说法，刚才我说的一切都不是真的。让我想想……长话短说吧：我姑妈不是达德利的女儿，而是塞西尔的；尽管达德利同我祖母有了一个儿子，但他是个同性恋；我父亲的父亲不是雷维尔·拉尔夫，他是个同性恋，而是一个叫马克·吉本斯的画家。”

罗布咧嘴笑着，点着头，但并没有全部听进去。“难道不是这样的吗？”他问。

“唉，谁知道？”珍妮弗说，“大家都知道保罗就是个空想家。在当年还引发了一场陈年旧怨。达德利的妻子甚至想搬出禁令来对抗。”

“是的，当然——”他感觉这就像一个老售票员努力让队伍向前靠，但却失败了。

“你还记得吗？它无疑使我可怜的祖母陷入了尴尬的境地。”

“对，我明白。”

“她结过三次婚，现在他竟宣称她三个孩子中的两个不是跟她丈夫所生，而且，我有没有提过塞西尔和她的哥哥还有一段风流事？是的，那也是他写的。”

“噢，天哪！”罗布说，他没弄明白在这件事上珍妮弗究竟是什么立场。她似乎是在谴责保罗·布莱恩特，但又没有完全质疑他说的话。她的语气滑稽而有点儿学究气，势利但有所保留，并不想否认这些。“我猜那时她已经不在了吧？”

“哦，恐怕还在，不过已经老了，几乎失明，所以她实际上没机会读到它了。每个人都努力瞒着她。”珍妮弗退缩了一下，因为她话里的幽默感和实际情况的糟糕程度，“不过我相信您肯定明白，总会有一个非常亲密的朋友觉得，他不得不将你的秘密告诉那些需要知道的人。我认为在某种程度上这本书把她给毁了。那件事发生的时候，她碰巧刚写完一本相当敏感的、关于她与塞西尔往昔情事的书，所以当她听到他和她哥哥还有过绯闻时，她感到非常震惊。”

"哦，当然了，当时同性恋作家风行一时。"

"唉，好吧，"她说，轻轻地摇着头，"如果事实果真如此……，"

罗布看着她，想起了那本书的书名。"是《震撼英格兰》吧。"他说。这本书早已绝版，不过美国的一种平装版随后就出来了——他能看到封面瓦朗斯的照片——"耸人听闻！"——《伦敦时报》——之类的。

"是《震撼英格兰》，"珍妮弗说，"没错……"并以颇具法国风格冷漠表情，向下撇了撇嘴角，"问题是——"

一阵呼噜呼噜的声音传来，是会前准备的嘟嘟囔囔的自娱自乐，盖过了他们的谈话，然后是："女士们、先生们，非常感谢大家，我是奈杰尔·杜邦……"

"啊——"罗布皱了皱眉。

"还有一个关于布莱恩特大师的好故事，"珍妮弗说，快速地点了下头并做了个鬼脸，像是承诺以后再继续讲。"事情并不像看上去那样……"罗布坐回去，感激地微笑着，看来稍后才能对此事下定论，对此他也觉得很有意思。

看来杜邦是应家人的要求担任司仪的——他显然很乐意担当这一角色，自然地行使着他的权威，在能接受的范围内犯点儿糊涂，好像是提醒他们他只是在好心帮忙。"那么，我们大家都来了。"他说，带着夸张的耐心笑容看着彼得姐姐忙乱的身影。由于刚刚从伦敦糟糕透顶的交通拥堵中赶过来，她面色绯红，还在前排忙乎着她的手袋和书稿。接下来杜邦的微笑扫过了一排排座位。"我知道在这个华丽的房间里，很多人比我……呃，比我更了解彼得，过一会儿我们就能听到他们的讲述。彼得是个非常受欢迎的人物，朋友遍布各行各业，我在这里看到了各种类型的人——"他用外籍人士的目光，幽默地环顾房间。这使人们想着他们自己应该属于哪一类人，产生了一些困惑，有的人笑了，"也许这次的朋友聚会最好能被当成彼得著名派对的最后一个，在这里人们什么人都能遇到，从公爵到……流行音乐节目主持人；从主教到手推车货郎——"

杜邦也许在暗示他对现代的英国生活缺乏一定的了解；坐在第二排的主教宽容地笑了。“当然有很多友谊是通过这些派对发展起来的。我知道如果不是……嗯，彼得的引荐，我自己的一些最好的作品将根本无法完成。”他沉思了一会儿——看起来他想脱稿演说，这样一来可能产生的尴尬让他有一些紧张，不过当他继续讲下去的时候，又恢复了轻松。似乎彼得的名字就难倒了他。“不管怎么说，彼得的父亲特伦思建议我说一说我最初遇见他的那段日子：他那时只有二十出头，而我才十二岁。”对这段回忆，杜邦冷淡而宽容地笑了笑，同时，刚才他说的话在人群中激起了一阵模糊的回应。罗布环顾了一下房间，发现一个高个子的金发男人也在笑，而且还颇有深意地特意对着他笑。罗布想他可能以前见过他，但是他那按目录分类的脑袋还是没找到他的位置。他低下头，发现在她看似礼貌的专注下，珍妮弗正在用自动铅笔在卡片背面小心地画画：她很熟练地画了一张杜邦教授的小素描。

“有一段不长的时间，将近三年吧，彼得在伯克郡一所预科学校教书，就是科里庄园里。那是他第一份正式的工作，在此之前我记得他在哈罗德百货公司男装部工作了几个月，就是在这里他对伦敦生活有了最初的体验，他曾称其为裤裆里的生活。他以牛津大学的第二名的成绩屈尊到这里，但是学术活动从来不是彼得的长项。”杜邦得意地注视着一排排皮革封面的书，而此时观众席里大家都对他刚才所说的话不确定地皱起了眉头。“当然了，他求知欲很强、涉猎很广，但没有什么专长——在科里正要如此，我记得除了数学和体育，他在那里什么都教。科里庄园是个引起过很多非议的维多利亚时期的豪宅，不过彼得对它一见倾心。它是由一个叫做尤斯塔斯·瓦朗斯的人建造的，他通过草籽生意发家致富，并以其丰厚实力被封为男爵。他的儿子也是个农学家，但是他的两个孙子，塞西尔和达德利，却以各自的方式成了著名的作家。”此时，罗布看着珍妮弗，她一边轻轻地点着头，一边将杜邦额前的孩子气的卷发涂黑。

“在座的各位可能都会背几句塞西尔的诗。”他继续说，笑着环顾密集的排排座椅，仿佛他会叫谁起来背几句，这又一次引发了大家交织着抵抗与渴望的复杂情绪。“他是二流诗人的一流例子，他进入了公众的视野，甚至比一些更有名望的大师还深入人心。门前的蔷薇在五月含苞吐艳／整个英格兰在它馥郁的芬芳中轻颤……英国土地上神赐的两英亩。”——仿佛他自己就是预备学校的老师一样，故意在逗他们。“你们中有些人可能知道我在继续编辑塞西尔的诗歌，如果不是彼得先前的鼓励，我永远都不会实施这个计划。”他慢慢地点着头，好像是说天意如此。罗布忘记了这个事实，而这将珍妮弗和杜邦以一种他喜欢的方式出乎意料地联系在了一起。

“所以……”杜邦停顿了一下，像是要恢复风度，还带点小聪明的虚荣心，邀请大家看他怎么即兴发挥。有一半的观众看起来受到了他的诱惑；其余人，彼得的老同事、从未听过杜邦大名的亲朋好友，则还没搞清他的意图，露出一种被稍微冒犯到的茫然表情，正是任何集会场合的默认表情。当然，有一两个人可能读过杜邦在酷儿理论方面里程碑式的作品，他们会惊喜地发现，在必要的时候他也能说简单易懂的英语。罗布再次感到他用不着有什么特定的看法，他以幽默的神情探寻地看向珍妮弗膝盖上的画，她则撇下嘴角笑着给他看那张卡片：她把杜邦画得很传神，是介于肖像和卡通之间的素描。罗布近乎无声地哼了一声，当他再看向一排排座位时，他发现那个高个子的金发男人还在对他微笑，并在转过头之前慢慢地眨了眨眼睛。罗布觉得在追思会上猎艳不太合适，不过他似乎感到彼得本人并不会介意。他带着庄重的好奇心看向另一边，目光落在了德斯蒙德身上，他笔直地坐着，但他的眼睛却在盯着杜邦的布洛克皮鞋。“所以，”杜邦说，“那个……噢，彼得曾经将它们称为一幢‘维多利亚风格突出的房子’，还有一名在私生活方面颇为有趣的一战时期的诗人。我们现在可以看到，科里庄园不但对彼得的作品有着深远的意义，它对我的作品也同样有着深远的意义。他的两部颇具独创性的系列作品，为格拉纳达所写的《战地作者》，以及为英国广播公司第二频道所写的《维多利亚之梦》，都几乎是在那个与世隔绝的特别地方酝酿而成的，因此——”讲到这里，他因自己的美妙想法自信地笑了，“也是它的见证，从很多方面来讲都是如此……”

罗布的眼睛扫过前排座椅拐弯的位置，随后的演讲者们都坐在那里，脸上带着不耐烦和焦躁，但仍对杜邦笑着。最远的那端，保罗·布莱恩特正在往他的打印稿上写着什么，像辩论赛的选手；彼得的父亲表情极度忧伤，但充满好奇，似乎仍然在探寻有关他儿子的重要信息。这次活动是在彼得去世后四个月举行的，对他而言确实并非易事。但有一件其他的事，很尴尬很滑稽，现在已经变得不可忽视了。杜邦咕噜咕噜的说话声本来很响亮，部分是由于两旁的两个大音响，使这种声音的亲密感被放到了最大，充斥了这间天花板很高的房间，他的音量在减弱，不太能听清了，刚开始至少还比较清楚，因为没有了回音，但后来却更弱了，像一个不起眼的官员在使用一件豪华的机器。他自己也注意到他的声音有点变小了。“当彼得开着他的车载我们几个人到牛津时，”他说，“他带我们首先去看的就是基布尔学院的小教堂……”“听不见！”后面的人难得借此机会大声喊道，其他人则礼貌地随声附和。杜邦低下头查看，发现架子上的麦克风已经像花朵一样耷拉下来，正指向他的胯部。

罗布对此笑了，瞥向那个金发男人，却发现他正跟房间最里边一个穿皮夹克的男人对笑。罗布感到有点烦心，缩回到座位里，抬头凝视着离他最近的书橱，等人重新调好麦克风。他想这个区域一定是给会员放书的地方。有几个名人的名字很显眼，肯定是俱乐部的骄傲；其他罗布没有听说过名字的作者一定尽职尽责并坚定地将他们出版的每一部作品送到此处一本——经过了一个又一个十年，这些书已经褪色了、封面被补了皮，接受阳光的曝晒，却从来没人碰过。他喜欢这种衰退的效果，作品被骄傲地展示出来，又马上被人遗忘——从整体上看被隐藏起来，甚至连那些每天都要扫视一遍书架的会员们都不会注意到它们；这正是全副武装的书商愿意涉足的昏暗地带。

“彼得的故事我能一口气说好几个小时，”杜邦说，“但是我们现在来听点音乐吧。”他走下讲台，他们听到了珍妮特·贝克演唱的马勒的《世界已离我远去》，音量太大，以至于音响发出了一阵噼里啪啦的响声，负责音响的年轻人猛地把音量调小，看到一些观众微笑着仔细在寻找声音后，又把音量调大了，笑了一下并将头发掖到耳后。罗布拿出钢笔，在他的服务卡背面写下了几行字。

下一个发言的是尼克·鲍威尔，他是彼得在牛津大学的同学，他给大家描述了某年夏天他们一起去土耳其的经历——他读着讲稿，不过与杜邦的即兴演讲相比，他显得更犹豫，也掺杂了更多个人因素；他没明确说他和彼得有过情史，不过从他的口头回忆与听众的想象中，似乎有很大的可能。然后老问题又来了，开始像是因情感而变得沉重，声音粗糙起来，快听不清了，一辆摩托车加大油门飞驰于长长的帕尔摩街，发出阵阵刺耳的轰鸣，突然将外面世界的悲哀传了进来。还有工人敲击铁锤发出的叮当声、模糊的汽车刹车声。一个更有同情心的女人从座位上站起来指出了麦克风的问题。接着后面又传来了喊叫：“听不见！”仿佛是扬声器的故障证实了他的讲话无足轻重。

差劲的麦克风让这场活动本身变得有些令人厌烦，甚至有点破坏了整体氛围。它考验了所有人的耐性，那个负责音响的男孩，带着空洞茫然的眼神，显示出他的音响知识可能一点也不比在座的人多，他不断地站起来去拧固定麦克风的蝶形螺帽，因为不断有人对他表示不耐烦，并指示他应该怎么做。在这种无意识的情况下，观众对朗读者及演说者也都感到了厌倦。最终，麦克风被从架子上取下来，说话人不得不像歌手或喜剧演员那样手持麦克风，但这又导致了另外的问题，由于演讲者都将麦克风拿得很低，离自己的脸很远，产生了回声，音量也变得很低。这是个难以解决的问题，人们看到，当萨拉·巴福特拿着麦克风时，她的手明显在颤抖。

在其他人说话时，罗布做了一点笔记——彼得学过低音号，并已达到“可以忍受的水平”；他在父母的花园里建了一座庙宇，但又中途放弃了，称其为虚假的废墟。据说这是他的性格特点。“彼得是个理想的媒体导师，”英国广播公司的某个人说，“不过他从未真正做过导师——也其实没掌握什么多媒体的技术，与他共事的制片人对他节目的成功起着至关重要的作用。”至少有三个人说他是个“很擅长沟通的人”，以罗布的经验，这句话的意思通常是指令人讨厌的自大狂。尽管罗布对彼得不是很了解，他还是被几个奇怪的评语震惊了，他们并未刻意掩饰的话语中暗示说，虽然彼得“很出色”“很能激励人心”“特别有趣”，每个认识他的人都崇拜他，但他最多也只是个半吊子，正是他激情产生的轻率和热情让他无法以学者的眼光细致地研究任何事物。当然了，他过了“胜利的一生”，因此这些缺点被一层薄纱掩盖着，但掩盖得并不完全，人们并非看不见画它的那只手，一本正经地显示出圆滑。然后他们播放了九十秒钟彼得本人在《内心激情》[①]中的访谈，他谈的是李斯特。他的声音带着醉意的浑厚颤动，以及善变而枯燥的俏皮话，充满了这个房间，并以半宽恕的姿态，让他们所有人各就其位，仿佛他依然活着，正从一面面书墙后看了他们；也仿佛已无可挽回地远离他们。从座位中甚至传出了一些笑声，因他的出现感到震惊，感激并专心起来，虽然彼得从来不是个幽默的人。罗布以前从未听过这一段——《致埃斯特庄园的柏树》，它的音量让人难受，因此很难判断它是不是彼得所说的它是对“死亡的想象”。李斯特拒绝接受“挽歌”作为标题，认为它“温情及安抚的意味太重”，而将其称为“悼词”，他说这是一首哀悼生命本身的歌。罗布根据不同的词源学在卡片的背面写下那两个词。顺着眼光看向前排，他看到下一个发言的是保罗·布莱恩特，他显然不知道李斯特会持续多长时间，只是仔细地涂抹着无色唇膏，然后朝前坐了坐，眼睛盯着地板，脸上带着紧张而宽容的微笑。随后他走上讲台，抓住了麦克风，神情就像是一个人终于把

① 英国广播公司第三频道访谈节目，邀请嘉宾谈音乐和音乐家生平。

期待了许久的东西抓到了手里。

罗布看了看珍妮弗,她眯起了眼睛,若有所思地转着手指间的铅笔。布莱恩特是个很好的话题,他个子不高,行动笨拙,敏感易发红的脸上长着一个长而坚挺的鼻子,卷曲的灰白色头发被仔细地从苍白的头顶梳向两边。他就站在讲台旁边,用那只空闲的手往下整理了一下领带。他说,作为一个文学传记作者,他受邀谈一谈彼得在文学方面的兴趣,要在短短的七分钟里谈论这个话题当然是荒谬的。实际上,彼得值得拥有他自己的文学传记,他很有可能会来写它——任何知道一些他故事的人都可以在会后找他,要在严格保密的情况下。他的这番话意外地引起了一些惊奇的热情的笑声,不过,在听了珍妮弗所说的话之后,罗布不确定他是否又会通过讲述别人秘密的方式来抬高他自己。

与尼克·鲍威尔巧妙回避的方式不同,布莱恩特明确表示,彼得曾经是他的情人——罗布看着德斯蒙德,他依然无动于衷;他们之间三十年的年龄差距当然说明一些彼得的坚韧和魅力。他说他没有接受过大学教育,"但是在很多方面彼得·罗就是我的启蒙老师。彼得是我们有幸遇见的那个神奇之人,告诉我们如何生活,如何做真正的自己"。这激起了人们对于布莱恩特无人知晓的私生活的模糊猜测。"跟……杜邦教授一样,也是彼得把我带到了塞西尔·瓦朗斯面前。我依然清楚地记得我们第一次约会时他带我参观科里的诗人坟墓的情景——不同寻常的第一次约会,但那就是彼得所给予你的!在那样的时刻他甚至谈起过要写一点有关瓦朗斯的东西,但是我想我们都认为他永远也不会有那份耐心和毅力去撰写一部完整的传记——我刚开始动手研究瓦朗斯,他就给我写了封信,他就是那样,他说他知道我是做这事的最佳人选。"罗布看了一下珍妮弗的卡片,她正快速简练地在上面写着"不是"。"当我在文坛小有作为的时候,我很高兴可以让彼得给我写一些评论,他在《泰晤士报文学副刊》及其他地方都写了一些很好的文章——不过我相信,对他来说,按时交稿依然是个小'问题'……"

事实的确如此，深情的挽词里常常夹杂着一些非常乏味的情绪，忍不住要抓住机会不合宜地道出真相，不然随后也要补充起来——因为与此事相关的人已经无法介意什么了。其中有一种特别的语调，坦白得有些过分，兴致盎然地纠正对往事的误解，而真相很容易就会被无形地卷进恩怨纠葛中，与客观事实相差甚远。"他有一次多少向我坦白过，"布莱恩特脸上带着遗憾的笑容说道，"他几乎不会弹钢琴，但面对预科学校的男生们，他还是可以侥幸蒙混过关的。"(听到这里珍妮弗摇着脑袋叹息了一声，仿佛很失望却并不吃惊。)一直到他再次坐下，他几乎没谈到任何彼得·罗在书里的生活，只是说他除了"电视衍生"外几乎一事无成。这是嫉妒吗？很明显，在过去的四十年里，他们没见几次面，所以这种谈话只是在浪费时间——罗布在想，对彼得的那些藏书他又会怎么说。

最后讲话的是德斯蒙德，他的神情没那么多幽默感，用双手抓着麦克风。屋里大概有十几个有色人种，但德斯蒙德是唯一一个黑人演讲者。罗布感到观众都在对自我身份进行细微而复杂的调节，在同情心和自我意识之间寻找平衡；想到十年前的德斯蒙德，他自己也感到一阵意想不到的冲击。他现在发福了，脸更宽了，曾经动人的稚气已不见了，只是在他因下决心而激动时，还能看见一点影子。想到德斯蒙德后背上的伤疤，几乎没有汗毛的光滑身体，以及疙疙瘩瘩的肚脐，罗布轻轻地皱了皱眉；但他发现对他来说，曾经对他的爱欲魔法，现在只是以一种萦绕于心的忠诚和感伤。他知道在与彼得相伴的六年里，对德斯蒙德有不同的见解，特别是彼得的那些老朋友：他是上帝派来的使者还是一个可怕的讨厌鬼？现在他是一对爱侣中仍然活着的那位，只是没有过世的那位有趣，他有了某种尴尬的尊严，测试着那些铁杆朋友的忠诚度。也许是悲伤本身微妙地使他失去了性别特征，正如他也这么看待他，而他不管怎样，都要重新开始。

他讲话的声音清楚，但很生硬，对以前的那些琐碎之事，他脸上有一种自责的神情。罗布曾在一次聚会上与他相遇，带他回家，看他在出租车上冻得瑟瑟发抖，多少年过去了。他那好听的辅音轻柔、元音铿锵有力的尼日利亚口音，也在这些年里慢慢被伦敦同化了。他说他能成为彼得的朋友是何等荣幸，与他结婚的这两年里是多么美妙而幸福，也代表了彼得所信奉并为之奋斗的一切的胜利。他总说1967年法律的修改对他和那些跟他一样的人来说意义有多重大，那时他还很年轻，在科里庄园教书，但这修改还远不够完美，仅仅是个开始，还有更多要赢的战斗，随之而来的针对同性伴侣的民事伴侣法就是一个重大的进展，不仅仅是对他们，而且对通常意义上的公民生活也是如此。这段话赢得了几秒钟坚定的掌声，那些没鼓掌的人虽然有点慌乱，但脸上也带着支持的表情。罗布鼓掌了，珍妮弗有点吃惊，但片刻后也心甘情愿地鼓起掌来。看到同性恋主题被带到了这里，被带到一个伦敦著名的俱乐部科林斯式镀金柱子下，罗布感到是一件好事。与他自己相比，毕竟同性恋这个话题以更尖锐更具挑战性的方式贯穿了彼得的生活。在一些老者的脸上，并没有为此感到惊恐，反而有些怀念的意味。然后德斯蒙德说他要读一首诗，随即从他细条纹西装的前胸口袋里掏出一张折叠的纸。“啊，如果这是最后的时刻，请不要对我微笑／你美丽的双唇一定会屈服于另一个嘴角……”罗布想他未必理解这首诗，同时也感到有一点尴尬，听未经训练的人读诗就是这样；但突然又觉得并非如此，朗诵时过度表现出来的痛苦反而像是演员在炫弄演技。“让你蓝色的眼睛，和微笑的双唇／在最后的时刻，永远，都对我微笑。”罗布带着揶揄的神情瞥了珍妮弗一眼，她弯过身靠近他，用手挡着嘴说：“塞西尔的诗。”

罗布陪着珍妮弗穿过正在清理和已经摞起来的椅子，向自助餐桌子周围的人群走去，珍妮弗私下在评价有的发言人，但声音挺大的，罗布同时小心地打开了手机。“音响效果太差劲了，”她说，“那个年轻人真是没什么办法！”

“我知道……”

“本以为这么基本的问题他们不会解决不了的。”罗布看到他有一条短信，是加雷斯发来的。“我觉得那个苏格兰人真是无聊透了，你觉得呢？”

7点风格酒吧见——急不可待！ XxG

“他相当……”罗布说——有一瞬间的意乱情迷，让他有点精神恍惚，他把手机装到口袋里，四处张望。金发男人和一群穿着皮衣的女王们[①]在一起。由于他们诡秘地相视一笑，让他想去跟他搭讪，这个想法并未因即将到来的与他人的约会而完全消失。用来盛茶和咖啡的白色杯子和托碟放了一排又一排，但珍妮弗说：“我想喝一杯。”白天从不喝酒的罗布说：“我和你一起去。”她用颤抖的手快速拿起了一杯红葡萄酒——看到一盘盘的三明治已经被拿得快剩盘底了，她就挤进两个正在排队等候的人中间，拿了一小盘香肠卷和巧克力棒，脸上露出大获全胜的表情——罗布想圣希尔达学院的生活可能是太简朴了，而到伦敦的旅行……她熟练地用一只手拿着盘子和玻璃酒杯，吃得很快，几乎有点贪婪。他好奇她的情感历程会是什么样的——他感觉她爱的不是女人。她身上有一股战栗的性能量，只是出人意料地藏在她那被压得变了形的天鹅绒帽子下。他们一起走开了，两人都往四周看了看，仿佛准备还对方以自由。他感觉她喜欢他，虽然对他并不感兴趣——这显然只是短时间的好感，但他对此还是很高兴。他说：“那个，你刚才说……！”她说：“什么？——哦，对，是的……在成为一个伟大的文学人物前，保罗·布莱恩特本来只是一个卑微的银行小职员……”罗布看了看四周——“噢，其实呢……”他说，碰了碰她的胳膊。朗读者和发言者当然都在人群中移动，状态并不确定，像哀悼者，也像演员。现在布莱恩特就在他们旁边，朝放自助餐的桌子走去，他正在同一个高大的女人和一个英俊而年轻的中国人交谈，那个中国人戴着眼镜和领带夹。“哦，我知道！”布莱恩特

① 指女性化的男同性恋者。

说，“真是骇人听闻——整件事！”他说话有点夸张，慷慨激昂——罗布觉得他依然沉浸在自己的表演中，对他来说，他依然是大家关注的焦点。“我需要点喝的！”他说，听起来和彼得一样，他插队到珍妮弗身后，匆忙但不失优雅地点了点头，毫无防备、漫不经心地看了她一眼，经过沉重的两秒钟，又大气不敢出地转过身去，他可能已经认出了她，但却拒绝承认——“安德里亚，你拿了点什么？”但是珍妮弗却好奇又无所畏惧地碰了碰他的肩膀：“是保罗吗？”她问，当他颤抖着转过身时，她的脸戴上了犹豫不决而又相当奇妙的面具，混合着嘲弄、问候和责问。罗布想她一定是最让学生害怕的老师。

布莱恩特后退一步，握紧她的前臂，盯着她，好像被捉弄到了，同时他脑子里在迅速做着复杂的盘算。接着，他说：“珍妮，亲爱的，真是难以置信！”

“是的，就是我。”

“天啊，彼得一定会高兴坏的。”他惊奇地摇着头。这是一场战争还是一次团聚？他伸长脖子——“真是难以置信！”又说了一遍，吻了吻她。

她笑了笑。“噢！”脸色微微变红，马上继续说：“嗯，很久以前，彼得对我来说是个重要的人。”

“是的，他就是那种可爱的……”布莱恩特说，眯起眼睛看着罗布，他当然不知道他在彼得的生活中是个什么角色。“对啊，一个了不起的人。你以前称呼彼得·罗为——我——亲爱的，你还记得吗？”他坚持以亲近得体的口气评论死者，但迁就的语气里却带着刺。

“安德里亚，这是珍妮·拉尔夫——或者曾经是——我不确定……？”

“依然是。”珍妮肯定地说。

“一个很早以前的朋友。安德里亚……是彼得的隔壁邻居，我说得对吗？”

“罗布。”罗布点了点头说，他不想让他们往下说得太多，不过珍妮弗赞同他，也附和着小声说："对，罗布……"

"罗布……嗨，这是——你在哪儿？——过来啊！——波比——"他朝之前背对着他们的那个耐心的中国男人说："我的伴侣。"

罗布与波比握了握手，对他笑了笑，感受到了同性恋之间的自我介绍，以及惊奇和猜测。"是民事的吗？"他问道。

布莱恩特说："嗯，对，有时候。"波比亲切而疲倦地对他咧嘴一笑，礼貌地说："对，我们是民事伴侣[1]。"

过了一会儿，装满葡萄酒的酒杯举了起来，布莱恩特谨慎地透过酒杯偷偷地看向珍妮弗，她却以她坦率直言的风格说道："对了，我读了你写的书。"

"啊，亲爱的，"他说，不易觉察地摇了摇头，然后问："哪一本？"

"你知道的——关于塞西尔……"

"噢，《震撼英格兰》，对……"

"那本书可曾引起了一些争议呢。"珍妮弗说。

"给我说说看！"布莱恩特说道，"噢，就是那本书给我惹的麻烦。"他对安德里亚解释说，"如果你还记得的话，就是我刚才发言时提到的那本书——关于塞西尔·瓦朗斯的生活。实际上，那是我第一本书。"他转向珍妮弗。"有时，我觉得我当时揽下的这件事有点超出我能力所及了。"

"对，我确实这样认为。"珍妮弗说。

"是他写了《两英亩》吧？"安德里亚说，"在学校时，我还得学。"

"那你可能还记得。"珍妮弗让她放心，"关于什么爱的小路什么的……"

"那是写给我祖母的。"珍妮弗说。

"或许，如我所说，是写给你舅爷的！"布莱恩特不屈不挠地说。

"太让人惊讶了。"安德里亚扫视了一圈，"我一定得把你介绍给我丈夫，他真的是个诗歌迷。"

---

① 从 2005 年 12 月 5 日起，英国正式允许同性伴侣登记成为合法的民事伴侣。

布莱恩特不安地笑了一声。“你亲爱的祖母倒是给我制造了很多麻烦。”

“不过,你当然也回报了她。”珍妮弗说,罗布因此认为这也许终究还是场战争。

“是我不好吗?从她那里我可是什么信息也没得到。”

“我想那可能是因为她并不想跟别人说那些事。”

“嗯,珍妮,我看得出来,你并不赞同。”

“这个人是谁啊?”安德里亚问。

“我祖母,达夫妮·索尔。”珍妮弗说,好像这不需要进一步解释。

“当然了,我知道她从来也没读过它,所以……”

但是珍妮弗却不肯就此退让,罗布则认为他们两个人都有不对,只不过方式不同而已。他没有心情听这些争论。他对波比说:“你见过彼得吗?”在他拿了第二杯酒后,把他拉到一边。他环顾了一下四周,心中有一丝安慰,毕竟只要他愿意,他还可以跟这里的其余两百个人说话。他看到那个金发男人正越过与之谈笑的那个人的肩膀,直率而挑逗地看了他一眼,好像他以为罗布已经搭上了波比。波比笑的时候嘴张得很开,有一头乌黑闪亮的短发,对其丈夫的作品有一种坚定而不加辨别的崇拜。他辞去了自己在IT公司的工作——“太无趣了!”他告诉罗布,他们住在城外的斯特里汉姆,虽然保罗经常在大英图书馆里工作,波比却很少进城。他们在一起九年了。“你呢?”波比问。“哦,我长期是单身。”罗布说,撇嘴笑了笑,觉察到波比有点为他感到惋惜。他看了下四周,发现奈杰尔·杜邦正穿过人群朝自助餐走来。“那个女人对保罗真是不依不饶啊!”波比说。“是的,我知道……”罗布说。实际上,布莱恩特本人已经从珍妮弗那里半转过身来了。

“关于我目前的计划?我不能跟您说。”他对一个穿着黑色西装的女人坦白说。“是的,对,是另一部传记。目前还得保密——我相信您会理解的!——啊哈,奈杰尔……”聪明地表现出了一点泄气的感觉。

“嗨，保罗！”杜邦说，亲切中有些谨慎，也相当怪异，毕竟他们刚刚站在了同一个讲台前呢。

“噢，我喜欢您刚才的发言。”那个女人说，“很感人。”

“谢谢……”杜邦说，“非常感谢。”

“你认识珍妮·拉尔夫吗？”布莱恩特问。

“啊，很高兴见到您。”杜邦热情地说，话里包含了他们以前见过彼此的可能性。

“你已经见过波比，这位是……”

“罗布·萨尔特。”

“罗布……你好！”感激地握着他的手，盯着他的眼睛。

罗布报以微笑。“听到你们学校那些事情很有趣——还有跟瓦朗斯的关系。”

“没错……那些旧时光……”

“他的编辑就在我们这里——”

“……在红色的角落里……！”布莱恩特说，“哈！——还有他的传记作者！”

“对啊……”杜邦又说。

“不，我们是老朋友了。”布莱恩特说，委婉地表示着反对，仿佛他刚才是在开玩笑。“结局都还不错，对不对。我们两个从不同的角度，都疯了似的刻苦钻研。”他轻轻地将头从一边晃到另一边。“如果我发现了一样，老奈杰尔就会发现另一样。”

“是不错。”杜邦说，他的语气似在显示他天性宽容，况且那一切都是很久以前的事了。从现在看来，关于瓦朗斯的作品似乎只是一个序幕，它之后还有更令人震撼的成就呢。

“我可是给你提供了特里克特的手稿。”布莱恩特说，摆了摆他的手指。

“你说得对……要是你也能追踪到那些遗失的诗歌就好了……”杜

邦说着，幽默地摇了摇头。

“哎，它们都没了，你不觉得吗？我敢肯定路易莎把它们都烧了——如果它们真的存在过的话！”

“特里克特是怎么回事？”罗布问，对他们不停地谈论手稿和遗失的诗歌感到气愤。

罗布发现，他对杜邦的偏见突然不见了，觉得他其实很有魅力，甚至有些性感，他在把话题引入学术领域前停顿了一下。“哦，那是一首诗歌中未发表的部分，除了是用四音步句写的之外，它其实是一种同性恋者的宣言……”

“真的吗？”

“写于1913年，非常有趣……”

“你知道吗，我对你说的一件事有些不同的看法。”布莱恩特说。

“噢，天哪。”杜邦说，滑稽地表现出畏缩的神情。

“我是说，刚才，你说亲爱的老彼得那辆著名的顽童车是豆绿色的。”

“是的——”杜邦看起来很困惑。

“我敢发誓是米色的。”布莱恩特笑了，眯起了眼睛。

“我觉得不是，”杜邦说，“那辆车我坐过很多次。实际上，我还洗过一次呢，那是在我们一帮人去温莎城堡之前，怕万一见着了女王。”

“哎，我不会告诉你我都在车里做过什么！”布莱恩特吸了一口气说，“不会，但我敢保证你错了。”

“也许您是色盲。”穿黑衣服的那个女人说。

“绝对不是，”布莱恩特说，“不管怎么说，无所谓了！”

“我想要是沾满了灰尘的话，那它看起来就是米色了。”杜邦聪明地以含糊其辞的腔调说。

珍妮弗说：“我非常赞同杜邦教授的观点。”

罗布觉得非常好笑的是，这两个人曾经为了塞西尔·瓦朗斯吵得不可开交，现在又因彼得·罗而对立起来。他发现，布莱恩特毕竟还算个小有名气的作家，已经六十多岁了，看起来竟有点恼羞成怒，好像他从来没有得到过他应得的认可，而现在更是不惜惹怒别人也要得到它。罗布想他应该弄一本《震撼英格兰》读一读，以便做出自己的判断。

半个小时后，酒过三巡，他来到楼下用大理石和红木装修的厕所，在那里彼得的父亲从一个小隔间里出现了，然后就在水池边与他进行了一番诚恳的对话，同时十几个醉醺醺的客人急急忙忙地或摇摇晃晃地进进出出，他陪着老人上了豪华的楼梯，想与他告别，赶紧离开。巨大的黄铜枝形吊灯被点亮，房间变得窄小起来。看起来那个金发男人已经离开了，罗布感到几乎松了口气。确实，现在不是时候……还有一个小时就要去风格酒吧见那个热切的年轻人加雷斯了。他四处张望，寻找德斯蒙德，那个他并不是有意回避的人。

他看见他正跟一对上了年纪的夫妇在说话，脸上带着一种彬彬有礼的坚定神情，但当他向他这边轻轻移动时，罗布发现这种神情缓和了一些。越过他们灰白的头，他热切地对他笑了一下，唤起旧情。德斯蒙德迎上了他的目光，但还在继续说话："好吧，我们会跟安妮谈谈此事——应该没问题。"他依然站得笔直，因此，片刻的迷惑后，罗布只是从侧面拥抱了他一下；然后他被介绍给索利夫妇。

"您很了解彼得吗？"索利夫人问。她身形娇小，面色和蔼，或许是午后喝了点酒又加上屋里人多的缘故，她的脸有点微微发红。他们来自约克郡，好像现在还住在那里。

"不太了解，"罗布说，"我曾卖给他很多价值不菲的书。"

"哦……哦，我明白了！我们是特里和露丝的老朋友——对了，比尔和特里一起在部队待过。当然我和露丝是在伦斯认识的——很多很多年前的事了！"——这么快就诚实地把信息暴露了出来。罗布说："这么说，您两位对彼得的一生都很了解了。"他微笑地回应道。

"哦，是的，"她说，认真地轻轻摇了摇头，"我刚才还跟德斯蒙德说过，彼蒂[①]从小多么喜欢表演——他和他姐姐扮演所有的角色。那都是些真正意义上的大人角色的，您知道吗——尤里乌斯·凯撒大帝之类的。”

“我能想象得出来！”罗布想他们那时可能没有想到，半个世纪之后他们来到伦敦，在彼得自己的葬礼上，会与他的男性伴侣交谈。他想宽慰他们，但从某种程度上，也想恭喜他们。

“好了，我必须去跟爱德华爵士说几句。”德斯蒙德说，露出一丝尽责的微笑。

“好吧，你今天表现得很棒。”罗布歪着头，表达他的哀悼。

“是吗，谢谢，罗布。再联系吧——我想我们有你的电子邮箱地址。”——这么说他已经有了新的男人了吗？还是“我们”只是一种习惯，是怀念他和彼得共有的家庭的方式？他吻了吻索利夫人，不过没吻罗布。他穿过房间，人们对他报以同情的笑容，木然的眼神停在他身上不愿挪开。

罗布与索利夫妇又说了一会儿话，被德斯蒙德的冷漠刺痛了，当然他完全无法抗议或解释。事实如此，他没有参加葬礼，从1995年起，他就与德斯蒙德彻底断了联系。对德斯蒙德而言，他已经没有任何意义。当他越过比尔·索利的肩膀，有点茫然地注视着什么时，他想也许德斯蒙德以为他今天过来只是想就收购彼得的藏书的事情询询价吧——说实话，他确实有这个想法。不过他想要的比这个多，而且多得多。

他看出索利夫妇想黏着他。在所有这些陌生人和一些惊人的、有时叫不出名字的名人中，他们抓住了他。保罗·布莱恩特和波比要走了，波比折回来，对着罗布挥了挥手指。他们通过对开门走了出去，有一会儿是挽着胳膊的，他们明显的满足感和自给自足让他有些窘迫。“那可真有趣。”他对比尔·索利说。“是啊……”他们似乎并不介意自说自话。他发现了珍妮弗，她正站在白色大理石的壁炉旁，跟一个男人在说话。

① “彼得”的昵称。

这个男人是半小时前才来的，好像是被一些难以脱身的事情耽搁了，或者根本不在乎任何一种约会。他面色柔和而睿智，但却非常紧张，齐肩长的浓密灰发脏乎乎地乱作一团，说话时还不停地用手去梳理头发。他穿的西服很旧，已经被磨得发亮，裤脚也已破损，罗布想，可能他在进来时，楼下的门童找了他的麻烦。珍妮弗的表情看起来介于忧伤与快乐之间，所以罗布看不出来她是否需要营救。他微笑着遗憾地说："那个，我想我真的得走了……"

他走近她时，她抬起头，对他点了点头，好像他们是一对伴侣，或至少达成过应对这种场合的勇敢约定。那个男人半转过身来——"见到你真是太好了，亲爱的。"他的声音听起来很有教养，不过他牙齿不好，露出胆怯的微笑，一副看起来饱受别人厌倦的表情。

"是你啊！"珍妮弗说，在摆脱的这一刻变得热情起来；但是也许这里还隐含着更多的东西吧。"可以吗？"她对罗布说。然后说："这是朱利安·吉平。"

"你好。"罗布对他热切地笑了笑，倾身握住他瘦骨嶙峋的手。

吉平摆动着他的另一只手，仿佛在说他不再打扰他们了。"彼得的一个老朋友，很久以前的。"他说，摇着头。"太久太久以前了！"他身上有一股难闻的气味——罗布认为那种呛鼻的又甜又酸的味道不是酒味；但无疑有烟味，他的指尖和指甲都被熏黄了；除此之外，或许就是长时间不断加深的被人忽视之感。罗布又对他点点头，然后跟着珍妮弗来到门边。

站在楼梯顶端，她问："你想叫辆出租车吗？"罗布在此之前没时间注意，但此时他发现她已经酩酊大醉了。她过分小心地往下走，微微笑着，也许心里还想着那个不幸的人吧。罗布自己也因酒精的作用而变得欢快敏捷，对自己回荡在大理石楼梯天井里的说话声有点内疚，因此笑了笑起来。"不管你信不信，"她说，"那是我的初恋情人。"

"真的啊，"罗布说，"这个……"他瞥了她一眼，还是摸不准她的感情，或者她想让他从中看出什么。

“没人会说他穿着得体。”

“嗯，对……”

“实际上，他是科琳娜的儿子。”她说道。

“噢，真的吗？”罗布眯起眼睛看着她，“这么说，他是你表哥，哎，让我想想，他是塞西尔的外孙啊！”

“嗯，如果你相信这一切的话，”她说，摇着头笑道，“噢，天哪！”

他们分别去了不同的衣帽间，然后他站在大厅的柱子下等她——此时灯都亮了，透过夜色下的玻璃门往外一瞥，外面的街道上已是夜色深沉。她面带诙谐的微笑和适度的礼貌，走了出来。她的脸有一点点绯红，但却清醒甚至坚决地又将注意力集中在眼前。她的外套很长，是深色的，材质有些发皱和发亮，有种隐藏起来的奢侈感，又彰显出她独具特色的时尚品位。“见到保罗·布莱恩特真是太有趣了。”当他们走近大堂时，她说，她的语气又变得冷淡了。

“哦，是的。”罗布说，很高兴她没有忘记她的承诺。

“也许我不该说这个……”

“哦，什么？”他捕捉到她印花帽子下淘气的神情，眩晕地看到了身穿条纹长裤的门童是清醒的，和他形成鲜明的对照。珍妮弗转过头。“他总是有点爱吹牛，你知道吧。他讲了很多关于他父亲的悲惨故事，他父亲是战斗机飞行员，在战争就要结束的时候，在一个什么地方被击落了。”

“你不记得了？”

“不是我不记得了，是他不记得了。那个故事总是在变。我和我姑姑已经耳熟能详了，她认为这有点蹊跷，她有一双火眼金睛，能识别任何的胡说八道。”

“你是说科琳娜？”

“对……不管怎么说，当然了，问题是他从来也没有过父亲，他是一个私生子，”她以那种坦率而老派的语气说，“战争期间，他母亲在一家工厂做工，被那里的某个人弄得怀孕了。还有一些关于她生病的事儿，我记不住了。当然了，也可能是真的，但不得不让人对他说的话都持有一定程度的怀疑态度。”

罗布又看了门童一眼，门童盯着他们，他的目光看起来既有些被冒犯同时又有些冷漠。他本人并没有像珍妮弗那样，把这些看成是不利于布莱恩特的事情——实际上这使他显得更吸引人也更值得同情了。“您说他曾经是个银行职员？”（他有现成的例子，T.S. 艾略特和 P.G. 沃德豪斯就是。）

“对，曾经是，在我姑夫的银行。不过，糟糕的是，我姑夫不得不解雇了他；我觉得没有闹上法庭，已经算他幸运了。”他们走了出去，沿着台阶，进入清冷的帕尔摩街。车辆在靠近他们的时候，短暂地灭了一下灯，这是伦敦的夜晚，明亮、冷淡、匆忙。“是因为某种欺诈行为吧。保罗·布莱恩特过去很聪明——他现在也很聪明，只是有点怪——我想那事很难证明，但是莱斯利姑父对此坚信不移；而就我所知，保罗本人不知为什么对被赶出银行并不感到吃惊。我那时正在读我的博士学位，出乎意料的是，他给我寄了一张明信片，说他要离开银行业，他的职业目标是当一个作家。”

罗布看了看四周，以淡淡的幽默口气说：“好有更多的时间陪家人？”

“得了吧，结果是他好有更多的时间陪我的家人。”珍妮弗说。

“剩下的就是传记了。”罗布露出智慧的笑，当他招手叫的出租车停下来后，他为她打开了车门。

2

这家古董二手店，罗布本以为是雷蒙德的，但其实属于查德威克，不过它在一个世纪前是哈罗最好的服装店。在门口的地板上，马赛克砖已经被磨得很暗淡了，“克莱尔夫人”几个字周围环绕着勉强可以辨认的“风尚”。此时，在曾经摆放过爱德华七世时期无头人体模型（帽子则放在另外的架子上，像摆蛋糕一样）的两个宽大橱窗里，摆满了旧家具，有背面粗糙的大衣柜、摞在一起的桌子等，偶尔会有一个贝多芬的石膏半身像或纯玻璃的蛋糕架，毫无美感地暴露在公众面前。罗布从没看到过赫克托·查德威克本人——他看见的总是雷蒙德。如果他正好在周围，或者雷蒙德会过来告诉他，有什么东西要给他。在哈罗的老房子里能不时发现一些珍品，它们藏身在一车车被拉走的无法售出的书籍中，这些书被送往商店，然后再被送到遍布伦敦北部的旧货商店以及散发着霉味的慈善商店。

罗布推开门，一阵悠闲的铃声响起来，然后又响了一遍，这次是从店里某个看不着的地方传来的。被雷蒙德称为陈列室的房间，被一套套家具分割成一个个昏暗的隔间，很难看见里面是不是还有其他人。这里透不进多少自然光线，销售的灯具在桌子上和橱柜边亮着，给人一种神秘感和安全感，但也有一丝孩子气的不安。房间后面是一整墙的书，罗布有时会快速浏览一下，破损的包装、灰暗褪色的织物，带着不确定的可能性，在灰尘和废弃物的气味当中，谨慎萌发的兴奋之情往往就此熄灭。书的味道就像是一种毒品，带着承诺的快乐和预知的遗憾穿过身体。在梦中，他就是爬到这种书架上的，或者飘浮在它们上方，看到那些从未存在、有难以理解的重要性的绝版书就藏身其中，绿色和褐色的封面已经旧了，黄色已经褪掉了。未完工的样品书、只印了一本的伍尔芙的小说、未被发掘的康普顿·伯内特夫人的作品以及她不断变化的书名《帮忙的人与碍事的人》《一个房屋以及它的马》《朋友与骗子》等。他在房间艰难地走着："雷蒙德？"

"嘿，是罗布吗？"里面传出键盘的哒哒声。"马上就来。"雷蒙德和他的电脑住在一起，有一种紧密的依存关系，仿佛共用一个大脑。他那神秘而未经筛选的记忆被备份到机器上，又被它永久地扩大。雷蒙德本人体形很壮，有点让人害怕，但跟他相处也很愉快。罗布并不知道离了这家商店，他过着什么样的生活。"正在给你上传一点东西。"

"哦，是吗……？"

"你会喜欢这个的。"

"噢，未必吧。"

在商店的一侧，有一个混乱的格子间，被他当成了办公室。罗布越过一堆堆的纸张和落满灰尘缠绕在一起的电线朝里面笑了笑，雷蒙德的圆脸被显示器的光照亮了；他点点头，坐在他的办公椅子上轻轻弹了一下。

他的红胡子，像殉道者的胡子一样疯长，延伸到他的 T 恤衫上，半掩着他网站的标语："诗人永存！ Houndvoice.com"。上面是一幅 W.B. 叶芝满面笑容的画像。他朝上看了看，点点头。"我刚弄完了丁尼生的——想看看吗？"

在 Houndvoice 网站上，雷蒙德贴出一些已经去世很久的诗人的朗读视频，人们可以听到从图片合成的嘴里发出的真实声音的录音。从一些评论中可以很清楚地看出来，一些人以为他们真的看到了阿尔弗雷德·诺伊斯[①]在读《拦路强盗》，即使那些没被蒙住的人，看到诗人像鱼一样张合的嘴唇及有节奏地颤动的眉毛，也被深深打动了。

“我想，好吧……”罗布说，雷蒙德往后推了推椅子，走过来，“它们有点恐怖，是不是啊。”

“是吗？”雷蒙德显然高兴起来，“对，我想大家可能会被它们吓到。”

罗布认为，远距离看，这些视频并不怎么令人信服，在某种程度上，这让它们更加令人不安。像假人一样向下动作的下巴、对人物相貌蹩脚的融合和设定，就像其他的冒名顶替的证据一样——像是被改过的早期降神会的照片，对罗布来说，这比跟死者真正对话更让人毛骨悚然、更让人沮丧。罗布曾在一些有趣而悲伤的梦里见过他死去的朋友，他们一点也不像这些满脸苦相的家伙。

“可以看了。”雷蒙德说，将播放器最大化并调大了音量。丁尼生勋爵著名的头和肩膀占满了整个屏幕——深陷的两颊、高高的额头、乱作一团的油腻腻的头发，还有夹杂着很多灰白胡须的杂乱的黑胡子。那些胡子至少是个好东西，因为它们完全盖住了诗人的嘴，让人看不到他像死尸一样活动的嘴唇。雷蒙德按了播放键，在呼啸的暴风雨和轰鸣的汽缸声中，伟大诗人坚定而带点颤抖的声音通过其熟悉而急促的“到花园里来吧，莫德”开始了。罗布一直认为录音本身很诡异——每当他听录音的时候，滑稽、感动、让人敬畏的振奋，这些感受都会交替出现。他在看着视频，发现雷蒙德正在看着他，他轻轻地笑了笑，好像只是保留着他的意见。当那张著名的脸重复做着皱眉、咀嚼这些动作时，诗人的胡子像树丛中的野兽一样抖动着。罗布感到，在老年丁尼生的眼睛里有一种

① 阿尔弗雷德·诺伊斯（1880-1958），英国诗人，许多诗歌取材于英国的历史和传说，代表作是抒情诗《拦路强盗》。

不同寻常的神情，几乎是好斗的焦虑感，通过他面容下部被施加的不幸耻辱，有力而直接地打动了他。然后视频戛然而止，接着出现了雷蒙德的版权行——不是录音或图像，而是用他们制作而成的木偶表演——横穿过丁尼生凝固的脸。

“听着一个人朗读他一百五十年前写的诗歌。”罗布说，“真是令人难以置信。”

“啊哈——没错。”雷蒙德说，发现这个回答是在回避问题。

罗布朝后退了退。“我想这是你能做的最古老的一个了，对吗？”然后赶紧补充说：“那一定是最古老的诗人录音了。”

“嗯，严格意义上说是这样。”雷蒙德说，“不过当然了，如果你想的话，你完全可以伪造声音。”一个中年男人，用那种奇怪的眼神偷看着罗布，就像一个少年在碰运气一样。

“噢，看在老天的分上。”罗布说。

“是，可能有点老套。”雷蒙德用亲切的声音转换了话题，掩盖了自己的心情。“那么，罗布，我能为你做点什么？”

罗布眯起眼睛。“你说你有点东西要给我……”

“噢，对了……对，确实是。”雷蒙德转动着椅子，茫然地瞥了一眼办公室——他正在戏弄人以掩饰他的兴奋。他一边捋胡子一边扫视书架。“我想，这正是罗布最拿手的……但愿我能找到它。噢，我知道了，我把它放到淘气抽屉里了——”雷蒙德向前探出身子，打开了档案柜最下边的抽屉。淘气抽屉是他放比较隐秘的东西的地方，这些东西他不想让哈罗的那些男学生发现，因为他们有时会到店里一些比较隐蔽的角落，长时间地寻摸。有时候清理房间时，会发现一些隐藏的色情杂志甚至健身杂志，而如今它们都快变成可收藏的古董了。雷蒙德仅仅是个经销商——在罗布看来，他似乎是在以相同的粗暴的超脱来鉴定旧《阁楼》杂志和《健美集锦》。他拿出一个红色皮革封面的本子，那是一个相当厚的四开本，乍一看，像是一本杂志或手稿，它圆形的书脊使其能够平摊打开。他又转过身来，两只手托着书，好像是说除非有某种警示或先决条件，他不会轻易放手。“关于哈里·休伊特你都知道些什么？”

“什么都不知道。”罗布发现这个本子有锁扣，可能是可以上锁的日记本；封面上，在雷蒙德拇指下的地方，是一个印花的金色 H。

“不知道吧……”雷蒙德点点头，“他是一个很有意思的人物，六十多岁时死的，是个商人、艺术品收藏家——给维多利亚与艾伯特博物馆留下了一些东西吧？”罗布亲切地摇着头。“就住在这条路上——哈罗威尔德。一栋叫马托克斯的大宅子，收藏些工艺美术品之类的。终身未婚。”雷蒙德理智地说。

“我大概有点明白了。”

“他和他姐姐住在一起，他姐姐在七十多岁时死了。之后马托克斯就成了一个老人院。几年前关闭了——用木板封住了，但孩子们总进去，所以遭到了一点破坏，不过还不太糟糕。现在准备拆除。”

“我想赫克特去过……？”

“没剩下什么东西了。”

“真的，不过，那些老人……”

雷蒙德嘟囔着。“小偷已经把最好的彩色玻璃窗偷走了。赫克特抢救了一两个壁炉。但是有一个保险库谁都进不去，不过这也没能难住赫克特多久。但很明显里面没什么有价值的东西，只是一些休伊特时代的文件之类东西。”

“包括你手上拿的东西。”

雷蒙德把它递过来——就在他递过来时，那个用铰链连接的黄铜锁条开了。“恐怕我们只能把它切开了。”

“哦……”罗布对此感到有点奇怪，一个能打开保险库的人，却不得不对一个日记本动上钢锯。这个日记本精致而漂亮，装订线的内边涂有金粉，页边也都有一层厚厚的金粉，卷首及卷尾之空白页都有带金边的深红色大理石花纹，是韦布斯特设计的，“受亚历山德拉皇后的任命”。

与损坏其价值相比，罗布更怕的是会侵犯别人的隐私。里面有大约一百页左右用已经变淡的蓝黑色墨水密密麻麻地写着字，一张深红色的吸墨纸放在文字停止的地方。

“看一看吧，”雷蒙德说，“要杯茶吗？”

他将大衣柜挪了位置，一阵刺耳的噪声过后，营造出一个临时小客厅，在床头柜和落地灯旁，放了一把贵妃椅，他就这样将罗布安顿下来。茶水由骨瓷茶杯盛着放在一个茶碟上。在衣柜另一边，罗布听到雷蒙德又回到了电脑上，不一会儿就听到了音乐声和谈话声。

开始，罗布并不确定自己在读什么。“1911 年 12 月 27 日——亲爱的哈里——对你赠送的留声机，或者用正式名称称之为‘喜来登大立式’，我真是感激不尽！这真是最绝妙的礼物，哈里老伙计。你应该看一看盖子刚打开时我妹妹的表情——真是太典型了，哈里。我母亲说在自己卑微的客厅里，能听到麦科马克先生的倾情演唱，真是太神奇了！你一定要尽快过来自己听一听哈里。一声谢谢不足以表达我的心情，哈里老伙计——挚爱，你永远的休伯特。”字体很小、很模糊，而且密密麻麻的。文字下画了一条横线下，又是另一封信：“1912 年 1 月 11 日——我亲爱的老哈里——对你寄来的书表示万分感谢。书籍装订本身已经相当漂亮了，而且我相信谢里丹是最好的作家之一。我母亲说我们一定要排演出来，哈里，她非常希望你也能扮演一个角色！达夫妮已经跃跃欲试了！你知道我不大会演戏，哈里老伙计。明天 7∶30 见。你对我们全家真的太好了。无尽的爱，你的休伯特。”

那么，这是一本书信集了，是充满感激之情的“休伯特”来信的副本？看起来他似乎不太可能如此以它们为傲。这样说来，信件是由收件人，当然也是一个叫“H”的人抄录下来，如果用一个恰当的词来表示，就是要将其永久保存？它们当中那么多都是感谢信，以至于看起来它只是为了满足虚荣心。他脑子里出现了一个画面，这个有钱的老女皇自己给自己写感谢信（“我亲爱的哈里”，哈里写道）。罗布继续浏览着，目光在寻找合适的名词，几乎没抱什么希望……哈罗、马托克斯、斯坦莫尔，所有这些都是当地的名词，然后是汉堡，“哈里，等你从德国回来后”，对了，我们都知道哈里是个商人。罗布皱着眉头喝了口茶。店里有点冷。“哈里，你会发现我不怎么会玩桥牌，我充其量也只是个女仆的水平！”

跳转到前面，罗布开始发现这里还有点别的东西，在感恩光环下的阴影。1913年6月4日：“我亲爱的老哈里，很对不起！但现在你知道了，我不善于表达感情，天生就不会，哈里。”1913年9月14日：“哈里，你千万不要以为我忘恩负义，从没有过比你更好的朋友，但我恐怕确实是在有意回避、也不喜欢男人之间的肢体接触。这不是我想要的方式，哈里。”实际上——当然——这两种情况经常同时出现：满篇谢字与全无谢字。或许这个本子的虚夸之处还在于，它还是一种禁欲——或者说是成功的秘密记录：罗布不知道这将如何收场。他试着想象肢体接触——是些什么？可能不止拥抱、接吻吧，从紧张的失误开始，然后变得越来越迫切、越来越执拗。同时礼物在不断升级。1913年5月：“今天上午收到了手枪——这可真是个美妙绝伦的东西，哈里老伙计”；1913年10月：“哈里，不知该如何感谢你送我的真正完美无比的大衣柜。我那些可怜的旧衣服在它们的新家里显得破旧不堪！”还有一点古怪的反思：“哈里，无论神学家怎么说，生活中物质的东西的确至关重要！”然后是1914年1月：“我亲爱的老哈里，这辆小车真的是份惊喜——我开着它和达夫妮一起出去兜了一圈，有好几次我们都开到了时速48英里，她说斯特拉克是世界上最好的轿车，我完全赞成。只有一辆大沃尔斯利超过了我们。”可怜而困惑的休伯特是否已经被这些慷慨施舍腐蚀，变得有些麻木不仁，并显露出半藏半露的贪婪？也许下次哈里就会给他一辆沃尔斯利。对于一个热情的同性恋男人来说，贯穿于书信中不断出现的“老”字——“我亲爱的老哈里”“哈里老伙计”——不管听起来如何令人振奋，但用多了还是有点乏味的：“哈里老伙计，真不敢相信明天你就37岁了！”写于1912年11月。嗯，这可是个有趣的东西——聪明的雷蒙德发现了它，还值得花点钱。加森特的某个客户可能会买，还有同性恋生活的收藏者们，罗布已经将同性恋的生活作为他的特色领域了。然后当然就是日期了。

他一页页地往前翻，在密密麻麻的字体中，文字本身就是一种抵抗。1914年以后，书信就变少了——好像只有几封简短的来自法国的信：在鲁昂之前，既然他们分开了，信也更真心了，也许整个情况发生了变化吧。然后是一封1917年4月5日的信："我亲爱的老哈里——出发在即，只能急书寥寥数语，不过还不知要去哪里。根据规定他们不会给我们太多信息。今天天气晴好，使我觉得生活很美好，更值得好好活下去。今天我们参加了复活节礼拜，因为到那时我们可能就会开拔了，我一直待到后来的圣餐会。你会照看黑兹尔的，对吧，哈里老伙计——她是一个可爱的姑娘——还有母亲和达夫妮。晚安哈里。挚爱，休伯特。"在这封信的下面，哈里写道："我亲爱的男孩的最后一封信：绝唱。"但在它的下面，一块用墨水画出来的框格里，有一小段纪念文字：

休伯特·欧文·索尔

"蓝军"一等中尉

1891年1月15日出生于米德尔塞克斯郡斯坦莫尔

1917年4月18日阵亡于伊夫里

终年26岁

电脑桌旁，雷蒙德捋着胡子："喂，罗布——发现什么有趣的东西了吗？"

"这个休伯特·索尔——跟乔治·F.索尔和马德琳·索尔有什么关系吗？"

"很好，罗布……是的……休伯特是乔治的哥哥。"

“以前从没听说过。”

“那是以前……”雷蒙德对着本子点点头。

“达夫妮·索尔是妹妹。你知道吗，上周我见到了一个女人，她是达夫妮·索尔的孙女。”

“是吗……”

“她说的话我有点不明白，你知道吗，是关于塞西尔·瓦朗斯传记的。她说她祖母写了一部回忆录。我想查证一下。”

“我不知道。”雷蒙德说；由于这不是他想谈论的东西，他就又回去工作了。

“《两英亩》里的房子肯定就在这附近，对吗？”

“斯坦莫尔吗，对。”

“那儿还有什么东西吗？”

雷蒙德舌头抵在嘴唇上，凝视着屏幕，上下滚动着页面。

“五六年前被拆了——不过它早已经变成废墟了。没有了，罗布，除了乔治·F. 索尔和马德琳，再没有人叫索尔，而我碰巧知道马德琳是他太太。”

“你是在 Abe① 的网上吗？”

“乔治编辑了瓦朗斯的书信集，当然了。”

“没错。”罗布说，再次把某些私密细节联系到了一起，从而在对他的猎物进行任何扩展搜索时，有了某种保护意识。

“我想达夫妮可能是以雅各布斯的名字写的那本书。”

“噢，对啊……”雷蒙德的大手在键盘上方舞动着。

“她现在已经被人们忘到脑后了，但她的这本回忆录是三十年前出版的——她嫁给了达德利·瓦朗斯，然后又嫁了一个叫雷维尔·拉尔夫的艺术家。”

“对……在这儿……达夫妮·雅各布斯：《亚述木管乐器》——是这

---

① 英国一个书库网站。

个吗？”

“噢……”

“《古代美索不达米亚的青铜饰品》。”

“我不认为她会写那么久远的书。”

“《美索不达米亚文集》……”这使他放慢了一会儿速度，“很多这类东西。”

“我想她的书是叫《短画廊》。”

“好——找到了——《短画廊：生活画像》。啊哈，7 本……普利姆布里奇出版社，1979 年，212 页……第一版，1 英镑。没错，就是这个！”

罗布走过来，从雷蒙德的肩膀上探头看着。“往下拉一点。”有一些通常的异常现象——带护封的书况良好的，2.5 英镑；以前的图书馆藏书，没有护封，封底有些水印，书中有些轻微下画线的，18 英镑，正在大幅减价销售，“包括重要作家及艺术家的肖像：A. 赫胥黎、玛丽·吉本斯、罗德·伯纳斯、拉尔夫牧师等，与一战时期诗人达德利·瓦朗斯之间令人感动的年少情事”。

“这里说得不对！”雷蒙德说，“是吧？”

“爱你的拉尔夫牧师，”罗布说，“现在这事有点意思了。‘本书有作者题写的‘保罗·布莱恩特雅正，1980 年 4 月 18 日’’”。它有十六页的目录，加森特有时会有这个，是 1984 年在迈克尔·帕金画廊为雷维尔·拉尔夫举办的“场景与肖像”的展览，有达夫妮·雅各布斯为逝者写的前言——令人安心的是没有签名：25 英镑。

最后一本来自洛杉矶的狂想出版公司，飘浮在书商世界苍穹的至高处：“达德利·瓦朗斯先生的藏本，印有圣约翰·豪尔先生设计的藏书票，附有作者的题字签名‘达德利惠存，达芙儿’，达德利·瓦朗斯用铅笔和钢笔做了几处评注及修改。书况：良好。封面书脊上部已经开裂，使用有保护作用的红色摩洛哥皮条做了一厘米的破损修复。一个特别的留念藏本。1500 美元。”

“你随便挑。”雷蒙德说。

“嗯，好的。”罗布说。

珍妮弗·拉尔夫形容这本书时所说的“相当敏感”引发了他更放纵的好奇心。当然了，她可能会认识本书中的几个人物，这自然就不同了。“这本休伊特你要多少钱？”

“一百？”

罗布扬起一只眉毛。“雷蒙德？”

“你看见瓦朗斯的信了吗？”

“你说什么……？”罗布又扬起一只眉毛，脸上有点变色。

“哦，这儿有的。”雷蒙德从他手里拿过书，在中间“绝唱”的几张空白页后，有一小块地方还抄了几封信，语气非常不同。“罗伯逊，我的朋友，那才是真正有趣的东西。”

“亲爱的休伊特”，第一封开头写道，写于1913年9月；在第三封寄自法国的信中改为“亲爱的哈里”。一共是五封，最后一封日期为1916年6月27日，署名为“你永远的，塞西尔”。

“我想知道，这些发表过吗？”

“你得查一查了。”

“我敢说没有。”他以最快的速度浏览着。瓦朗斯可能跟休伊特也有瓜葛……没有任何迹象，这本身就带一点暗示。“这个傻瓜为什么要把它们抄写下来——我是说，那些原件呢？”

“啊哈，你看，他没有想到一个21世纪的书商的需求——这是从前的人很普遍的疏忽。”

“谢谢你这么说。”罗布更仔细地看着最后一封信：

很遗憾你不能到斯托克斯这里来了——我想你会喜欢他的。我突然想在陷入下一个大展的忙乱之前，把这些新诗寄给你——我会明天寄出，我又重新看了一遍，一切都还好。它们都是只给你一个人看的——在我的有生之年，或者说在英格兰的有生之年，它们都不能发表！斯托克斯看了一部分（不是全部）。你会发现，其中一首是描绘我们上一次见面的情景的。安全收到后告诉我一声。

我的爱（是不是太新鲜了？）致以严格的学者埃尔斯佩恩。

你永远的，塞西尔。

"那座房子里的东西都被清空了，是吗？"

"这个星期他们会把最后一些东西清理走。"

"噢，什么样的东西？"罗布觉得，当雷蒙德转过身在桌子上乱翻时，他看到雷蒙德胡子后面的脸慢慢变了颜色——是用来扰乱话题的，不过罗布开始以为他是在找更多的证据。

"我自己没过去。我想黛比现在在那边。"

"哎呀，你为什么不早说啊？"对罗布来说，这一个慢腾腾的午后时光、伦敦北部让人有些恍惚的秋天、散发着冥界霉味的查德威克商店，都变成了一个圈套，灾难性地浪费着他的时间，就像是一些让人窒息的障碍，阻挡着他某种梦想的实现。"那个房子有多远？"

"啊，那要看你怎么去了？"

在通往学校的路上有一个出租车停车处，好像随时准备着把那些学生们送回家、送去商店或者机场……罗布跑向第一辆车，但司机不在：他在路上的咖啡店里，正在买一杯茶和一个三明治，由于出租车司机乏味的礼仪，第二辆出租车司机不能拉他。罗布感到是他自己的急不可待让人避而远之，是他自己惹来了不受欢迎的烦恼——他不耐烦地咧嘴笑着走到咖啡馆，一分钟后，出租车司机跟着他出来走向出租车。"是一个房子，叫马托克斯——曾经是老人院。你知道吗？"

"嗯，我确实知道。"出租车司机说，慢慢地享受自己的嘲讽，"现在那里已经什么都不剩了。"

"对，我知道。"

“他们会派一些清障球过来，随时会来。”

他坐进车里，从镜子里看着罗布，无疑是在随口说着一些无趣的笑话。

“我们还是先看看能不能到那儿再说吧。”罗布说。他讨好地向前一靠，看着镜子中自己的眼睛和鼻子，有一种超现实的隔离感。

他们掉转车头，又向北边驶去，穿过山坡处哈罗最繁忙的交界处，司机将其礼貌延伸到了驾驶中，礼让一切在路口处犹豫不决的行人、倒车的货车以及从边路过来的心急火燎的工匠们；他是个伟大的让路者。然后在落叶满地的住宅区街道和威尔德大街上，他含糊地微笑着慢慢地挂上第三挡，好像不知道他要去哪里。他开始对一些罗布似乎错过的东西开着玩笑，罗布问：“对不起，你说什么？”然后发现他是在讲电话，跟一个朋友抱怨着什么，然后笑着、毫不在乎地大声谈着，罗布的需求似乎进一步萎缩，只剩下滴答作响的声音在算计他的车费。

路面上方，高大的马栗树的树叶正一片片地掉落，橡树的叶子正在一点点枯萎。那么多老旧的大房子已经倒下了，它们长长的花园里被盖上了新的建筑。有一堵带斜顶的矮墙，围栏没了，后面有一个破烂不堪的歪斜的木板栅栏。“等一下，安迪。”司机说道，让罗布下了车，一边高兴地点头，一边找零钱，好像模糊地暗示他们一起度过了一段愉快的时光。

罗布跳过路上车辙坑里漆黑的水洼。沿路边往回走五十码就到了那所房子，不过它已经没有任何隐私而言——两边的新建筑都可以越过分界墙看到里面。它也是那些红砖结构的大别墅之一，可能是1880年代的，带有山墙和塔楼，有大量的木材和瓦挂。一楼的房间很高，要在家具和供暖上花很多钱，因此很容易变得阴冷黯淡（罗布在全伦敦都见过这种情况），不适合他们晚年居住。陡峭的石板瓦屋顶上有些破洞，水沟里落了些小灌木的种子，沿墙而下是一道道的苔藓和烂泥。树下停着一辆班福德挖掘机，旁边是一辆蓝色的福克斯汽车，可能是黛比的。

前门被木板封死了，罗布来到侧面。有一阵烟味传来，闻起来刺鼻有毒，不是秋天叶子好闻的味道。地板向下陷，因此房子一侧的阳台能有肩膀高。然后是圆形塔楼，接着是一堵很高的砖墙，有一扇门通向小院，是工作人员的入口，这里的门敞开着——罗布悄悄来到房子里面，穿过了装有锡制大水槽的洗涤处，一间昏暗的厨房，里面有一个煤气灶、几把破椅子，没什么可用的东西。脚下的地面上有不少沙砾，散发着一种强烈的阴冷潮湿的气息——然后他推开了一扇防火门，进入一个房间。又闻到了一股烟味，这里肯定曾经是餐厅。他看到了乱七八糟的电线和被拆除的包墙的材料——由于没有得到人们真正意义上的重视或发现，这座老房子在三十年前就已经被严重损毁。他认定这里没什么，就匆匆而过……进入门厅——又是挡住了楼梯的防火门，但是有灯光透过双扇门到达花园一侧的一个房间。他听到了一个孩子的声音，无忧无虑又带有一点坚定的决心。

“是黛比吗？”外面草坪上，灌木丛生的地方，一个穿着牛仔裤与T恤衫的红脸女人正站在一堆东西周围，那堆东西像篝火一样燃烧着，她将拣到的东西扔到火里——一些旧杂志趁机扑向翻卷着的火焰。

“喂，别靠得太近了。”一个六七岁、也是红红脸庞的男孩，穿着一件小小的夹克，拿着随手捡的东西走上前，把一个小纸盒、一小把草以及掉在他脚边的小树枝扔进火里。

黛比不知道罗布是谁，他看到了她抑制的好奇心，以及对眼下正在发生的事情临时产生的责任感。“我叫罗布，是雷蒙德让我过来的。”

“哦，对，好啊，”黛比说，“我刚想给他打电话，我们差不多快结束了。”

罗布往火里看了看，里面的东西似乎已差不多燃尽，只有几个旧的小地毯还能看到一些颜色，是吧？——火苗最终也放弃了，一个熏黑的窗帘露出粉红色的边缘。

“这火烧了多长时间了？”

“多长时间，杰克，前天开始的吧？”

但是男孩却跑开了，去捡其他可烧的东西去了。罗布掩饰着自己的焦虑，拿起一根棍子，将散落在外面的一些木片弄进火堆里。他几乎荒谬地想，有些东西可能还被藏在底下未被烧毁；他看到它们兴奋地从那里出来，似乎感觉到有比燃烧更重要的意义——看起来这已经是不可能了。

“雷蒙德说您已经清理完那间保险库了？”

黛比小心地看着外面，搜寻着孩子。“对，那个可以，宝贝儿。”不过小杰克有他自己的随意性和自己的主意。

“我想把这个留下来，妈妈。”

“啊，好吧……”黛比说，看了罗布一眼，假装很有耐心，“对不起啊……对——”他发现她对他的话既不赞同也不反对。“星期一我们就把那里清理完了——只是些旧书和账本之类的。”她不屑地点着头。“都是些垃圾，谁都用不上。”

罗布转头看着他们身后的房子后部，他来到花园时经过的那些弧形的破碎的石阶；哈里·休伊特一定在那里走过上千次，还有他心爱的休伯特，在战争前，为保险起见，和他妹妹不时地一起开着那辆斯特雷克过来。

“我转一转可以吗？”

“您随便。不过，没电了——您看不到太多东西。”她告诉了他保险库的位置，在放电视的房间旁边，对吗？——唉，所有的东西都乱成一团了。他在想自己到底是不是真想进去。

“妈妈？妈妈？”小杰克双手将一个柳条筐擎在空中。

“对，那个可以扔进去——天哪，是维多利亚时代的，有不少这种东西！”她第一次以相互串通一气的幽默眼神看着罗布。小杰克有一堆自己救出来的东西，一些是他从火里救出来的，另一堆是可以高兴地扔进去的。有时一样东西被从这一堆挪到另一堆，完全凭运气。

他穿过落地窗回到客厅——墙上有一个阴暗的大洞：可能是赫克特抢救壁炉时留下来的。通过左边的门进入放电视的房间，这里有了点亮光，犹如水下一小丛荆棘覆盖着的窗口；旁边是一个很短的通道，几乎漆黑一片，右边有一扇刷成白色的门，门开着，露出了就在它后面的保险库的黑色大铁门，大铁门半开着。当握住门把手时，罗布对这个秘密房间的好奇，就像对它里面所藏的东西的好奇一样大。他想，收藏家是需要一个这样的地方，也许休伊特是一个贮藏者，他更喜欢的是拥有而不是展示。那么，在过去的九十年里，它把秘密隐藏得很好。他感到纳闷的是，他是什么时候把那些信全都抄下来的——是刚收到的时候，忧思难解的时候，还是很久以后，在痛苦地寻找已经失去的感情的时候。罗布小声低语，轻轻地迈过门槛，呼吸着这里的气息。与其他地方不同的是，这里是一股干燥的木头的气味。然后他想到了自己的电话，随后啪的一声将其打开，让它微弱的光照在他前面。这里的空间只有一臂深，三面都是木板架子，像是一个通风的橱柜。地面是石头的，一只灯泡挂在上面。手机的光亮一会儿就黯淡下来，最终消失了，他重新将其点亮，快速地扫视了一下周围。黛比收拾得很干净，除了左边架子底下一块发白的东西，什么都没留下，他看了看那个发白的东西，那是一张报纸。罗布捡起来，是一张《每日电讯》，然后将其抚平：1948 年 11 月 6 日。亮光再次消失后，他站在那里待了一会儿，黑暗中，他给自己壮着胆，体验着这里的空寂以及让人窒息的回声，然后走了出来。当他回到相对亮堂一些的客厅时，他感到有一点困惑，随即从《电讯》已经变硬的折痕中意识到，那张报纸只是用来包裹一个方形物品的，它完全是随机产生的幸存物，本身没有任何意义。他把它拿出来扔到了火里。

现在那里的场面很壮观，几把破椅子被扔进了火里，整个火场散发出一股疯狂的危险热量，传出响亮的爆裂声和噼啪的火花，一股黑色的浓烟从泡沫橡胶坐垫里冒出。小杰克有点畏怯，往后退着到了妈妈身边，但他的神情显示着他在估算着自己到底有多少胆量。它们似乎在向前延伸。

“有什么发现吗？”黛比问。当然他什么也没找到，表明她做得好。当他走回到大路，来到一条不知名的街道时，他突然想到：其实瓦朗斯承诺的、要在索姆河战役前夜寄出的那封信，根本就没有寄——如果他寄了，就凭休伊特的细心和记忆力，当肯定会把它抄下来。现在罗布得要赶回城里了——七点钟他有一个约会，是跟……一瞬间他想不起他的名字。他查看着电话上的那则短信，闻到了手上的烟味。

文学新读馆

追踪世界文学前沿，沉淀时代作家经典

已出版：

陌生人的孩子
布克奖入围
书写英国情爱观念百年变迁

望远镜里的视野：
伊迪丝·珀尔曼短篇故事集
欧·亨利短篇小说奖三度得主
美国的艾丽丝·门罗

城市寻人电台
诡计与谎言的城，怎样找到你的爱人？

沉默女王
法兰西学院最佳小说奖，
美第奇文学奖

世界上第二强壮的人
七个漂泊异乡的成长故事
英联邦作家奖

面包匠的狂欢节
人类欲望的终极演绎
吉姆·汉密尔顿奖

在迦南的那一边
布克奖入围
沃尔特·司各特奖

法兰西兵法
龚古尔奖，
波澜壮阔的法兰西《现代启示录》

十个离奇而真实的故事
苏格兰当代最伟大的作家，
多艺术形式表现的文学工艺品

蓝狐
冰岛现当代文学首次译介
北欧文学奖获奖作品

女性时代
俄语布克奖

修补匠
普利策小说奖

看不见的山
意大利瑞吉昂·朱利新人小说奖，
乌拉圭心灵地图

男孩杰的动物园
继《少年Pi的奇幻漂流》后，
文学界最精彩诡谲的海上传奇

老虎的妻子
奥兰治奖

圣徒与罪人
弗兰克·奥康纳国际短篇小说奖

最佳欧洲小说系列

精选欧洲各国年度最优小说
一本书，一幅欧洲当代文学地图

航空信

诺贝尔文学奖得主特朗斯特罗默
通信集